악착같은 장미들

# 악착같은 장미들

이우연 장편소설

arte

## 작가의 말

이 글은 경악하는 히스테리 짐승들의, 즉흥적인, 음탕한, 불결한 소음들의 장소다. 동물들의, 동물일 수 없는 여자들의, 너무 느끼는 자들의, 아무것도 느낄 수 없는 자들의. 이 글은 내가 발견한 실종자들의 이야기이다. 그러나 그들은 내 것이 아니다. 난 그들의 온전한 장소가 될 수 없음을 안다. 그들은 이름도, 직업도, 국가도, 모어도 없는 실종자들이다. 난 그들 모두를 위한 범죄적인 장소를 만들고 싶었지만 그들은 나를 원하지 않았다. 난 그들의 욕망에 대한 나의 욕망으로 글을 쓸 수밖에 없었다. 그러나 내가 아닌, 한 번도 나인 적이 없었던, 너무도 나인 목소리들. 이 비열하고 치졸하고 음탕하고 아름다운 실종자들이 불법적인 삶을 영위하기를 바랐다. 그들은 무정부주의자들이 아니다. 그들에게는 법이 있고 그들에게는 위반이 있다. 그들은 비상하여 뛰어넘고, 금에 잘리어 피를 흘리는 불결한 날개로 글을 쓴다. 난 글을 쓰면서 종종 그들 잘린 손가락의 피 냄새를 맡았다. 바퀴벌레의 알처럼 이글거리는, 날카로운, 치명적인, 순결한 생의 흰빛, 난 흰 잉크로 글을 쓰고 싶었으나 내 잉크는 그러한 흰빛일 수 없었다. 피가 한없이 흴 수 없는 것처럼. 가장 투명하고 순수한 피조차 희지 않은 것처럼,

나는 죽어가는 자들을 살리는 대신 죽어가며 글을 썼다. 나는 그들을 감히 우리라고 부른다. 내 글을 장소로 삼는 타자들, 내 안에서 부글거리는 나조차도 모르는 흰빛, 그들-우리는 희지 않은 흰빛으로 역겨운 흰빛을 목격하였다. 우리는 흰빛이 고통스럽게 추락하는 것을 가만히 지켜보았지만 흰빛이 산산조각나는 모습, 그것의 핵심적인 파멸을 목격하지는 못했다. 우리는 바들바들 떨었고 흐느끼며 흰 것을 보았지만 그것은 완전히 흰 것이 아니었다. 그러나 우리를 오염시킬 만큼은 충분히 흰. 우리들은 그 흰빛에 대해 썼다. 결국 목격한 적이 없는, 사실이 아닌, 그러나 적시할 만큼 희었던 추락에 대해 썼다. 마치 비상하듯 가볍게 떨어져내리던.

그들이 추락했다는 소문을 들었다. 그들이 추락하고 말았다는 것을, 그들을 보기 전부터 그들은 알고 있었다. 하지만 흰빛, 다시, 치명적인, 그러나 존재한 적 없었던 흰빛. 우리는 흰빛을 보았고 흰빛은 부글거리며 차올랐고 죽어가는 검붉은 날개, 끔찍할 정도로 불결한 바퀴벌레의 날개로 글을 썼다.

# 차례

# 인어

　우리에 갇혀 있는 여자는 인어라고 했다. 그녀의 몸은 해양생물처럼 축축했으며 매끄럽고 불그스름했다. 밤이면 창백한 흰빛으로 보이기도 했다.

　처음 그녀를 보았을 때 소녀는 죽을 듯 놀랐다. 우리에는 여자만 있었던 것이 아니었다. 소녀 또래의 여자 아이들과 여자보다 조금 나이가 들어 보이는 여자들이 있었다. 하지만 소녀는 여자를, 여자의 눈부신 녹빛 눈을 바라보았다. 햇빛을 가득 머금어 터질 듯 팽창한 투명한 나뭇잎의 초록이었다 소녀는 사람이 그런 색을 가질 수 있다고 생각해 본 적이 없었다. 여자는 아름다웠다. 소녀는 그토록 벌거벗은 여자를 처음 보았다. 여자들은 벌거벗었으며 소녀들 역시 마찬가지였다. 여자들의 가슴은 소녀가 보아온 것보다 훨씬 컸다. 짙은 빛깔의 유륜과 배꼽 모양 또한 소녀에게 익숙한 것은 아니었다. 소녀는 벌거벗은 여자를 보면 가슴이 타들어가듯 아프고 눈물이 흘렀다.

연민은 아니었다. 소녀는 누군가를 연민하는 법을 몰랐다. 왜냐하면 소녀는 그 무엇도 의심하지 않았으므로. 굶는 날은 그저 굶는 날이고 벌레들이 들끓는 날은 그저 벌레들이 들끓는 날이며 지나치게 더운 날은 그저 지나치게 더운 날이었으므로. 그러나 여자는 소녀가 이해할 수 없을 정도로 벌거벗었다. 소녀는 우리 옆 대로에 주저앉아 여자를 빤히 바라보았다. 여자는 눈부신 녹색 시선을 소녀에게 돌려 주었다. 쇠창살은 침과 오물이 희게 늘러붙어 더러웠다. 여자들과 소녀들은 수갑과 족쇄로 결박되어 있었다. 여자의 손목에 붉게 짓무른 자국이 보였다.

밤이 될 때까지 유리구슬을 들여다보듯 여자를 바라보는 소녀를 발견한 남자는 윽박을 지르며 어서 집으로 돌아가라고 했다. 소녀는 그녀들이 누구인지, 어디서 왔는지, 어째서 갇혀 있는 것인지 물었다. 남자는 자신이 직접 잡아온 것이니 넘보지 말라고 하며 곧 자랑스럽게 그녀들이 인어라고, 해안가에 떠밀려 온 것을 가장 먼저 발견해서 재빨리 그물로 묶어 데려왔다고 말했다. 소녀는 여자를 달라고 저 많은 여자들 중 여자 하나만 달라고 애원하고 싶었다. 그러나 남자는 결코 주지 않을 것이었다. 소녀는 이미 알고 있었다. 애써 발견한 한 번뿐인 보물을 남에게 넘기는 이는 백치뿐이다. 여자는 너무도 헐벗었고 너무도 아름다웠으므로 소녀가 남자라면 결코 그녀만은 다른 누구에게도 넘겨주지 않을 것이다. 소녀는 남자가 부러워서 죽을 것 같았다. 소녀는 처음으로

질시를 느꼈다. 소녀는 남자이고 싶었다. 남자가 되어 여자를 갖고 싶었다. 어째서 그녀는 내 것이 아니지? 어째서 그녀를 처음 발견한 사람은 내가 아니지? 어째서 나는 그녀를 가질 수 없지? 하고 소녀는 생각했다. 그러한 의심이 소녀를 불행하게 만들리라는 것을 모르는 채로, 소녀는 파멸적인 의문들을 던졌다. 어째서 나는 바닷가로 나가지 않았지? 난 그녀에게 무엇이든 해 줄 수 있는데 그녀와 함께 놀고 그녀가 원하지 않는다면 아무것도 하지 않은 채로 눈만 바라보아도 좋은데 어째서 그녀는 내 것이 아니지?

소녀는 여자들을 더 구경하고 싶다고 속삭였다. 남자는 야릇하게 웃으며 원하는 대로 해도 좋다고 말했다. 그리고 인어들에게 너무 정을 붙이지는 말라고 충고했다. 그러나 소녀는 돼지나 소를 사랑하듯이, 곧 잡아먹힐 가축들을 애틋하게 돌보듯이 여자를 사랑하는 것이 아니었다. 소녀는 신을 사랑하듯 여자를 사랑하였다. 여자의 녹색 눈은 신처럼 아름다웠다. 소녀는 그 누구에게도 여자를 신처럼 사랑한다는 말을 할 수 없었다. 그것은 불경한 말이었기 때문이었다. 여자는 인어였고 남자는 곧 여자의 살에서 기름을 짜낼 것이고 그녀는 사라질 것인데, 고기가 발려진 돼지들이 그러하듯 여자는 사라지고 말 것인데, 어떻게 그녀를, 고기를 신이라고 할 수 있겠는가? 그녀를 신이라고 하는 것은 신이 고기라고 말하는 것과 같았다. **그러나 그녀를 사랑하기 위해 신을 고기로 만들어야 한다면 소녀는 기꺼이 그렇게 했을 것이다.** 여자는 봄철의 장미처럼 아름다웠고 소녀는 그녀를 갖는 것 이외에 그 무엇도 바라지 않았다. 그녀의 초록색 눈은 햇빛에 더 연하고 투명하게 반짝거렸다.

여자의 옆에 옆 이마를 기대고 앉아 있는 소녀를 우리 속 소녀들은 신기하게 여겼다. 그녀들은 금세 친구가 되었다. 소녀들은 천사처럼 아름다웠다. 그녀들의 머리칼은 금빛이었으며 속눈썹까지도 황금처럼 반짝이는 젖은 빛깔이었다. 소녀들은 인어들의 둥글고 부드러운 언어로 속삭였다. 소녀는 우리 밖으로 빠져나온 소녀들의 결박된 손들을 매만지며 놀았다. 그녀들의 손톱은 모래가 엉겨붙어 지저분했다. 소녀들은 공포와 절망마저도 잊고 환하게 웃었다. 소녀는 소녀들과 손뼉 장난을 하며 놀았다. 소녀들은 소녀에게 인어의 말을 가르쳐주려는 듯 계속해서 반복적인 음절을 속삭였고 소녀가 어설프게 따라하자 저들끼리 꺄르륵 웃으면서 즐거워했다. 소녀 역시 소녀들에게 사람의 말을 가르쳐주려 했으나 소녀도 소녀들도 손뼉 장난을 하고 노느라 금세 잊어버렸다.

남자는 소녀가 인어들을 보러 찾아오는 것을 말리지 않았다. 대신 누군가 인어들을 훔치려 들면 남자에게 알려달라고 요구할 뿐이었다. 소녀는 인어들의 곁에서 고개를 숙이고 잠들며 인어들의 꿈을 꾸었다. 그녀들이 바다 밑 깊고 아름다운 궁전에서 물거품 속에 작고 섬세한 얼굴을 담그고 물거품에 감추어진 노래를 듣는다. 물거품 속에는 소녀의 수줍은 노래가 담겨 있다. 소녀는 스스로도 기억하지 못하는 노래를 그곳에 숨겨 놓았고 소녀의 노래를 듣고 소녀를 기억한 인어들은 소녀를 황홀한 심해의 왕국에 초대한다. 바다 속에서 여자의 눈은 더 깊고 매혹적인 녹색으로 변한다.

잠결에 눈을 뜨자 여자 역시 흰 눈꺼풀을 잠그고 잠들어 있는 것이 보였다. 소녀는 우리 속에 손을 넣어 여자의 손끝을 만져 보았다. 그녀의 손은 따뜻한 얼음처럼 매혹적이었다. 소녀는 누군가 인어들을 훔치러 올까 경계하면서도 알 수 없는 누군가 인어들을 데리고 도망가기를 은밀하게 바랐다. 아니면 남자가 죽어버리기를. 보물의 최초 발견자가 죽으면 그 보물은 다시 돌아올 최초를 기다리며 놓일 것이다. 남자가 죽고 나면 인어들은 그녀들을 처음으로 발견한 소녀의 것이 될 것이다. 소녀는 여자를 가질 수 있을 것이다.

게다가 남자는 인어들에게 잔인했다. 인어들에게는 바닷물이 필요할 것이다. 그러나 철창살은 그녀들의 배설물과 토사물 이외에는 물기라고는 찾아볼 수 없을 정도로 말라 있었다. 소녀는 어째서 남자가 인어들을 다른 물고기처럼 바닷물로 채운 수조 속에 가두지 않는지 이해할 수 없었다. 처음 봤을 때와 달리 그녀들의 몸은 형편없이 메말라 있었다. 살을 찌운 인어들이 더 풍부한 기름을 내놓기 때문에 남자는 그녀들을 잘 먹였지만 소녀들은 음식을 먹는 그녀들이 몇 번이고 구역질을 해대는 것을 볼 수 있었다. 돼지 여물이 인어들의 입맛에 맞지 않으리라는 것은 큰 주의 없이도 알아차릴 수 있었다. 인어들은 걸신들린 듯 물을 마셨다. 그녀들의 끝없는 갈증을 소녀는 충분히 이해할 수 있었다. 그녀들은 바다에서 온 인어들이므로 더 많은 더 짠 물을 필요로 하는 것이다. 소녀는 간혹 해안으로 나가 바닷물을 담아오려 했지만 손바닥에서 찰랑거리는 투명한 물은 인어들의 우리까지 찾아가는 사이 손가락 사이로 다 빠져나가 버리고는 했다. 몇 번을 시도한 끝에 소녀는 바닷물을 실어 나르려는 헛된 시도를 그만두었다. 무엇보다 소녀가 바다에 간 사이 인어들이 사라질까봐 두려웠던 것이다.

남자는 언제 인어들을 잡아 도축할 것인지 이야기해주지 않았다. 그는 장난스럽게 때가 되면, 하고 말할 뿐이었다. 남자는 소녀에게 다정했다. 그는 인어들과 놀고 있는 소녀에게 간혹 말린 멸치를 가져다주기도 했다. 멸치는 씁쓸했지만 맛있었다. 소녀는 인어들 앞에서 멸치를 먹어도 되는지 고민했지만 소녀 역시 뭍에 사는 짐승들을 잡아먹으므로 상관 없으리라고 생각했다. 소녀는 머리를 떼어낸 멸치 몸통 몇 개를 훔쳐 소녀들에게 나누어주었다. 여자는 먹으려 들지 않았다.

여자는 오래도록 잠들어 있었다. 소녀들이 잠에서 깨어나 한낮의 바다처럼 푸른 눈으로 소녀를 응시하며 키득거릴 때도 여자는 희멀건 눈꺼풀로 그 매혹적인 녹색을 숨기고 있었다. 여자가 눈을 감고 있을 때 소녀는 그녀가 무엇을 꿈꾸는지 궁금하여 안달이 났다. 여자가 소녀의 꿈을 꾸기를 바랐다. 그러나 그럴 리 없을 것이다. 여자는 소녀의 것이 아니었으므로. 여자는 소녀를 몰랐고 여자를 최초로 발견한 사람 역시 소녀가 아니었으므로.

소녀는 인어들을 연민하지 않았지만 남자는 소녀를 연민하는 것 같았다. 그는 간혹 소녀를 보면 눈물을 흘리면서 끔찍하게 다정한 목소리로 무언가 필요한 것이 있는지 물어봤다. 소녀는 그가 다정한 사람이라고 생각했다. 그는 인어의 곁에서 잠든 소녀에게 더러운 담요를 가져다 주기도 했고 학교에 가지 않느냐고 물어보기도 했다. 소녀의 주위에 소녀를 궁금해하거나 소녀에게 무언가를 주려 하는 사람은 남자밖에 없었다. 소녀는 학교에 가 본 적이 있지만 이제는 가지 않는다고 말했다. 남자는 인어의 우리 옆에 있는 판잣집의 창문을 열고 머리를 내민 채로 소녀와 대화했다. 왜 이제는 가지 않아? 소녀는 출석부에 소녀의 이름이 없었다고 대답했다. 아무도 소녀의 이름을 알지 못했고 심지어 소녀조차도 자신의 이름을 알지 못했으므로 소녀가 학교에 나가지 않는다 해도 소녀를 부를 수 있는 사람은 없었다고. 아무도 소녀를 찾지 않았다고. 남자는 그래도 학교에 나가야 한다고 소리쳤다. 학교에 나가지 않고서는 아무것도 할 수 없어. 선생님에게 이름을 지어달라고 하렴. 아니, 학교에 가기 전에 미리 이름을 지어 가자.

노을이 질 때까지 남자는 소녀와 함께 이름을 지으려 했다 그러나 그들은 끝내 단 하나의 이름도 생각해내지 못했다. 남자도 소녀도 이름을 갖지 못했기 때문이었다. 그들은 이름을 짓는 방법도 이름을 가지는 방법도 알지 못했다. 소녀는 괜찮다고 했다. 남자는 바깥이 춥지 않느냐고 물었다. 소녀는 괜찮다고 했다. 남자는 배고프지 않느냐고 물었다.

소녀는 괜찮다고 했다.

소녀는 남자가 어째서 그렇게 다정한 것인지 이해할 수 없었기에 그대로 물어보았다. 남자는 웃으면서, 어린아이는 누구나 이 정도의 호의를 받아도 괜찮다고 했다. 삶은 돕고 살아야 한다는 말도 했다. 소녀는 더 이상 남자의 죽음을 바랄 수 없었다. 소녀는 남자를 미워할 수 없었다. 왜냐하면 남자처럼 소녀에게 친절한 사람은 없었으니까. 남자는 소녀를 조금도 미워하지 않았으니까.

남자는 이틀에 한 번씩 바다로 나갔다. 바다로 나갈 때마다 그는 어망 가득 작고 매끄러운 은빛의 물고기들을 안고 돌아왔다. 그 매혹적인 비늘들은 밤에 축축하게 빛나는 인어들의 피부와 닮아 있었다. 남자는 일정량의 물고기들은 팔지 않고 잡아서 인어들의 먹이에 섞어 주었다. 내장과 비늘과 피가 섞인 생살이 인어들의 여물통에 담겼다. 먹이에서는 고약한 악취가 났다. 소녀도 인어들도 구역질을 했지만 인어들은 조금씩 조금씩 힘겹게 여물통을 비웠다. 인어들은 구토를 하는 만큼 많이 먹었다. 남자는 누룽지를 뜯어내어 소녀에게 건네주었다. 남자가 아주 어렸을 때 그의 할머니가 그렇게 탄 밥을 주었다고 했다. 그것은 조금도 역겹지 않았다. 소녀는 이제 무엇도 훔칠 필요가 없었다. 남자가 간혹 건네주는 음식만으로 소녀는 충분히 살아갈 수 있었다. 과일 가게에서 내놓은 썩어가는 사과나 쓰레기를 먹고 통통하게 살이 오른 들쥐를 잡아먹지 않아도 되었다. 남자는 소녀가 원한다면 함께 살아도 괜찮다고 말했다. 그러면 밤에는 좁고 더럽지만 지붕으로 황량하고 냉혹한 하늘이 가려진 자리에서 밤의 악몽을 피해 잠들 수 있고, 배부르진 않아도 굶어 죽지는 않도록 먹을 수 있으며, 학교에도 다시 가게 될 것이라고. 소녀는 거절했지만 계속해서 남자와 대화를 나누었으며 남자가 주는 음식을 먹었다.

　다만 밤에 인어들의 곁에서 잠들 뿐이었다. 소녀는 남자에게 자신을 잡아먹으려는 것이냐고 떨리는 목소리로 물어보았지만 남자는 절대 아니라고 대답했다. 사람의 아이는 누구나 사랑받을 자격이 있단다, 하고 남자는 다정하게 속삭였다. 남자가 정말 좋은 사람이라는 것을 소녀는 알 수 있었다. 남자는 소녀의 더러움과 불결함과 소심함과 불행함에 대해 윽박지르지 않았으며 결코 소녀를 탓하지도 않았다. 그는 소녀가 어떤 허무맹랑한 이야기를 해도, 말 하는 중간에 생각을 하느라 아무리 길게 입을 다물고 있어도 참을성 있게 소녀의 이야기를 끝까지 들어 주었으며 심지어 고개를 끄덕이기까지 했다! 소녀는 인어들의 곁에 앉아 창문 밖으로 고개를 내민 남자와 대화를 했다. 인어들과는 말을 할 수 없었기 때문이었다. 그러나 소녀는 인어들의 우리를 떠나지 않았다. 남자는 끝까지 언제 인어들을 잡을 것인지 이야기해주지 않았고 소녀는 그가 소녀가 없을 때 인어를 도축할 것임을 알았기 때문이었다. 남자는 소녀에게 관대했지만 그가 발견한 보물을 포기할 정도로 소녀를 사랑하는 것은 아니었다. 길거리를 떠도는 아이에게 그 정도로 다정할 수는 없는 것이었다.

　소녀는 인어들을 훔쳐 달아나고 싶었다. 소녀는 남자와 이야기를 하면서도 여전히 여자의 신비로운 녹색 눈을 바라보고 있었다.

간혹 눈을 뜨고 소녀를 응시하는 그녀의 눈을 바라보면 여전히 가슴이 욱신거렸다. 소녀는 그녀의 눈이 언제나 젖어 있는 언제나 낮인 호수 같다고 생각했다. 그녀의 눈은 소녀가 한 번도 본 적이 없는 값비싼 보석처럼 투명하게 일렁거렸다.

인어들은 바다의 공주님인지도 몰라요, 하고 소녀는 수줍게 속삭였다.

그래, 인어들은 아름다우니까 그럴지도 모르지.

그녀들은 정말 아름다워요. 정말, 정말 아름다워요. 소녀는 여자의 눈을 가로지르는 무수한 균열들에 매혹된 채 중얼거렸다. 인어들은 바닷속이 너무 지겨웠던 거예요. 바다는 깊고 검으니까, 그녀들은 그녀들과 닮은 희고 아름다운 수면을 향해 날아온 거예요.

달을 따라 날아오르는 나방처럼, 하고 남자는 소녀의 말을 받았다.

그래요. 하지만 인어들의 아버지인 왕은 허락하지 않아요. 바깥이 위험하다고, 바깥으로 나가기에는 그녀들이 너무 연약하고 햇빛은 너무나 잔혹하게 희다고 왕은 말해요. 하지만 인어들은 검고 어두운 바다 밑에서 살아가기에는 너무나 아름다워요. 그래서 그녀들은 바깥으로 나가고 말아요. 그녀들은 그녀들의 피부처럼 희고 붉은 빛을 따라 날아올라요. 바다 밑에서 그녀들을 따라 올라온 거품들은 수면을 견디지 못하고 터져 버려요. 그녀들은 바다 밖으로 올라와요. 하늘은 눈부시게 희고 그녀들은 처음으로 마시는 공기에 가슴이 터질 듯 숨이 막혀요. 그녀들은 너무 많이 호흡하면서 울어요. 그러고는 곧 웃음을 터뜨려요. 그녀들은 행복해요. 그녀들은 황금처럼 반짝거려요. 그녀들은 바다 밑에서 떠밀려온 보물이에요.

소녀는 가만히 말을 멈추고는 남자가 말을 잇기를, 인어들의 미래를 이야기해주기를 기다렸다. 하지만 남자는 인어들은 해산물이며 인간이 아니라고 진지하게 말했다. 설령 공주이고 설령 바다 밑의 삶을 가지고 있다고 해도 인간은 아니라고.

소녀는 그런 뜻이 아니라고 흐느꼈지만 그런 뜻이 무엇인지, 그런 뜻이 아니라면 무엇인지 소녀 자신조차 알지 못했다. 소녀들은 깜짝 놀란 듯 소녀를 멍하니 바라보았다. 그녀들은 소녀를 위로하려는 듯 소녀에게 손을 뻗었지만 손은 소녀의 피부 위를 부드럽게 스칠 뿐 깊이 닿지 못했다. 소녀는 어째서 바다 밑에서 온 것은, 해안에서 발견된 보물은 사람일 수 없는지 이해할 수 없었으나 소녀들과 여자들이 사람이기에는, 소녀와 같은 사람이기에는 너무도 헐벗었고 너무도 아름답다고 생각했다. 인어들은 갈라지고 쉬어버린 목소리로 다급하게 무어라고 중얼거렸고 그녀들은 동시에 속삭였고 말들은 돌이킬 수 없이 섞여버렸고 소녀는 단 한 마디조차 알아들을 수 없었다. 인어들은 오물이 늘러붙은 역겨운 우리 바닥을 손톱으로 긁어내리고 있었다. 소녀들은 갈수록 지쳐갔고 잔혹한 낙관의 마지막 빛조차 그들의 아름다운 얼굴에서 떨어져 나갔다. 그녀들은 종종 참지 못하고 흐느꼈다. 소녀는 밤의 파수

꾼처럼 그녀들 곁에 앉아 그녀들과 함께 울었다. 누군가 그녀들을 데리고 달아나기를 그래서 그녀들을 영원히 놓쳐버리기를 간절히 바라며 소녀는 깨어서 악몽으로 지샜다. 그러나 사실 소녀는 그 어느 때보다도 풍족했다. 소녀는 이전보다 훨씬 많은 것들을 가지고 있었다. 두툼하고 더러운 담요와 인어들의 옆자리, 대화를 나누어주는 남자와 훔치지 않은 음식. 그러나 소녀는 처음으로 절망하였다. 소녀가 가진 것은 소녀가 가지지 못한 것을 선명하게 드러냈다. 더러운 담요는 더 깨끗한 담요를, 대화를 나누어주는 남자는 소녀가 갖지 못한 부모를 상기시켰으며 인어들의 옆자리는 인어들의 내부를, 소녀가 진입할 수도 소유할 수도 없었던 인어들의 비밀을 드러내었다.

좁은 어촌에 인어들의 소문이 퍼지는 것은 순식간이었다. 인어들을 보기 위해 찾아온 주민들은 마치 소녀가 인어들의 관리자라도 된다고 여기는 듯 소녀에게 인어들의 내력과 인어들의 정체와 인어들의 비밀에 대해 꼬치꼬치 물어보았다. 남자 역시 누군가 인어들에 대해 물어보면 소녀에게 물음을 돌렸다. 그러나 소녀는 그리 많은 것을 대답해줄 수 없었다. 소녀도 인어에 대해 잘 알지 못했기 때문이었다. 그들은 인어들의 눈이 어떻게 녹색이거나 푸른색일 수 있는지, 인어들의 털 색은 어째서 금빛이고 어째서 그녀들의 얼굴이 그토록 아름다운 것인지, 어째서 그녀들에게 아가미가 없는 것인지, 어째서 꼬리 대신 두 개의 길고 매끄러운 다리가 달린 것인지 소녀에게 집요하게 물어보았으나 소녀는 단 하나의 대답조차 내놓을 수 없었다. 누군가 소녀에게 인어들의 값을 물어볼 때 소녀는 말없이 눈물을 흘릴 뿐이었다. 사람들이 인어들을 보며 환성을 내뱉을 때마다, 그녀들이 몇 근이나 나가는지 물어볼 때마다 소녀는 가슴이 찢어질 듯 아팠다.

　인어들이 인기를 끌자 한동안 남자는 인어들의 우리 위에 검은 천을 둘러놓고 관객들에게 구경값을 받았으나 몇 번 인어들을 샅샅이 훑어본 관객들은 금세 흥미가 떨어져 욕을 뱉으며 떠나버리고는 했다. 한 번 떠난 관객은 다시는 돌아오지 않았다. 인구도 많지 않은 어촌에서 마을의 모든 주민이 한 번씩 인어들을 보러 오기까지는 얼마 걸리지도 않았을뿐더러 그렇게 해서 벌어낸 푼돈으로는 생활을 유지할 수가 없었다. 남자는 다시 천막을 걷었고 주민들은 구경값을 받아먹은 인어들에 대해 모종의 권리를 가진 듯 여기며 이전보다 집요하게 인어들을 응시하고는 했다. 그들은 인어들의 늘어진 젖가슴이나 음모를 가리키며 킬킬거렸으며 소녀들이 부끄러움에 몸을 가리며 흐느끼는 것을 보고 놀라기도 했다.

　인어들은 간혹 소녀의 귓가에 입술을 붙이고 울었다. 소녀들은 연약하게 떨리는 목소리로 소녀에게 갈급하게 중얼거렸다. 소녀는 깜짝 놀랐지만 그녀들이 무슨 말을 하는지 알아들을 수 없어 함께 울기만 했다. 구해줘, 혹은 죽여줘, 소녀는 알 수 없었다. 인어들의 울음소리를 들을 때마다 소녀는 금지된 소리를 들은 것처럼 흠칫 떨며 찢어져나가는 균열을 느꼈다. 어째서 그녀들은 그토록 오랜 밤을 함께 보냈는데도 단 한 마디의 말조차 전할 수 없는 것일까. 대화는 울음소리를 투명한 고리 삼아 이어졌다. 소녀는 울면서 그녀들을 사랑한다고 그녀들을 원한다고 속삭였고 그녀들은 울면서 소녀가 알아들을 수 없는 언어를 애처롭게 내뱉었다.

여자의 눈을 가로지르는 균열의 불가해한 방향들 속에서 소녀는 찢어졌다. 소녀는 미칠 듯한 갈증과 허기에 시달렸다. 남자는 소녀를 걱정했다. 인어와 너무 오래도록 가까이 지내면 파멸하고 말 것이라고 남자는 소녀에게 말해 주었다. 그는 소녀가 이미 찢겨버렸다는 것을, 이제는 벌거벗은 희고 붉은 여자를 사랑하지 않고는 살아갈 수 없다는 것을 알지 못했다. 그는 소녀가 인어에게 홀려 불행해질 것이라고 했다. 인어에게는 인어의 삶이 있고 사람은 사람의 삶을 살아야 한다고. 하지만 보물에게도 보물의 삶이 있는가? 소유됨과 보임 이외에 보물이 무엇일 수 있는가? 소녀는 그의 말을 이해할 수 없었다. 소녀는 여자를 갖고 싶었으며 여자를 잃어버리고 싶었다. 그 이외에 소녀는 무엇도 바라지 않았다. 인어의 고기도 인어의 기름도 필요 없었다. 왜냐하면 소유는 잃어버림이니까, 가진다는 것은 잃어버릴 수 있다는 것이니까.

내가 어렸을 때 할머니는 암탉을 한 마리 키웠어. 남자는 울다 탈진해 쓰러진 소녀의 옆에 앉아서 속삭였다. 인어들은 밤에 일그러진 검은 눈으로 남자를 바라보았다. 정말로 하얗고 예쁜 암탉이었지. 난 그 암탉을 정말 좋아했어. 밤낮 가리지 않고 닭장으로 찾아가 암탉을 쓰다듬을 정도였지. 무릎 위에 암탉을 올려놓으면 그녀는 그 작은 얼굴을 내 품에 파묻고 잠들곤 했어. 가슴 위에 얹힌 머리의 무게가 애틋하고 간지러워서 그녀를 안고 있으면 나도 곧 잠이 들었어. 새털처럼 포근하고 감미로운 구름에 둘러싸인 채로 날면서 그녀를 꿈꿨지. 할머니가 암탉을 잡던 날 나는 미친 듯이 울부짖었어 난 그녀를 사랑하고 있었고 그녀를 잡아 죽여서 먹어야 한다는 것을 받아들일 수 없었어. 하지만 할머니는 무릎에 드러누운 그녀의 목을 꺾었고 그녀는 조금도 저항하지 않았어. 목이 부러진 채 죽은 그녀의 밑에서 기적처럼 흰 알이 떨어졌어. 마지막 순간에 그녀는 알을 낳았던 거야. 그녀의 알은 믿을 수 없을 정도로 희고 축축했어. 나는 멀미가 나서 구토를 할 것 같았지만 사실은 아무것도 토하지 않았어. 그리고 우리는 그날 삼계탕을 끓여 먹었어. 흰 깃털이 모두 뜯겨나간 고기는 그녀와 조금도 닮지 않았고 나는 뼈를 발라 핥아 먹으면서 그녀가 조금 더 빨리 알을 낳았더라면 할머니는 그녀를 죽이지 않았을지도 모른다고 생각했지. 애야 무언가를 사랑하는 것은 그렇게 위험한 일이야. 어린아이가 아니라면 쉽게 할 수 없는, 끔찍하게 위험한 일이지. 나는 네가, 남자는 말을 멈추었다. 소녀는 여자를 위해 아무것도 먹지 않고 굶어 죽을 수 있을 정도로, 혹은 살아 있는 여자를 뼈째로 씹어 삼킬 수 있을 정도로 여자를 사랑하고 있었다.

인어들을 데리고 도시로 가면 더 많은 사람들이 그녀를 보러 올지도 몰라요. 도시 사람들은 돈이 많으니까 더 많은 돈을 줄 거예요. 그러면 당신은 인어들을 죽이지 않아도 돈을 벌 수 있을 거예요. 살아 있는 인어들은 인어 고기보다 더 많은 돈을 벌어들일 수 있을 거예요.

남자는 대답하지 않았다. 그는 이곳을 떠날 수 없다고 했다. 그는 바다에서 태어났고 영원히 바다에서 살아가도록 운명지어져 있으므로. 소녀는 그런 운명을 누가 말해주었느냐고 물었다. 남자는 아무도 알려주지 않았다고 다만 그는 그저 알고 있는 것이라고, 나뭇가지에서 빗물이 흘러내리듯이 그렇게 알고 있는 것이라고 말했다.

인어의 눈은 너무 투명하고 반짝거려서 가장자리가 들려 떨어져나갈 것 같았다. 불완전한 꿈의 부착물이 순식간에 희박하게 사라져버리는 것처럼. 소녀는 남자를 설득시킬 수 없었다. 사라진 부모에게 이름을 지어달라고 설득할 수 없었듯이, 교사에게 소녀를 붙잡아달라고 설득할 수 없었듯이. 소녀는 끝내 보물을 가질 수 없을 것이었다. 소녀는 존재에 서툴렀다. 이토록 아름다운 인어는 소녀에게 지나치게 과분한 것이었다. 인어들은 물고기처럼 침묵하고 있었다. 소녀는 인어의 초록 눈에 소녀의 울음 일부가 남겨져 있을지 궁금했다. 그토록 오랜 시간 그토록 집요하게 바라보았던 그녀의 눈 속에도 소녀가 있을지, 그렇다면 여자의 눈에서 소녀를 바라보는 소녀는 무엇을 원하고 있을까. 그녀의 내부에 있는 소녀 역시, 그녀가 바라보는 소녀 역시, 여자를 바라고 있을까.

그날 남자는 소녀의 곁에서 잠들었으나 인어들은 그녀들을 소유한 남자 대신 소녀를 바라보았다. 마치 그녀들이 남자가 아닌 소녀에게 속해 있는 것처럼. 소녀가 그녀들에게 속해 있듯이 그녀들 역시 소녀에게. 그러나 소녀는 인어들과는, 바다와는 무관한 사실이었다. 견딜 수 없이 낮은 천장에서 인어들은 곧 죽을 것이었다. 그녀들에게는 우주처럼 넓고 아득한 검은 깊이가, 그리고 끝없이 상승하는 낙관과도 같은 흰빛이 필요했다. 여자의 녹색 눈이 소녀에게 감염시킨 균열들로, 소녀는 깨어지고 있었다. 소녀는 우리 속에 갇힌 채 소녀를 내다보는 아름다운 눈을 느꼈다. 소녀는 우리의 내부와 외부에서 동시에 소녀를 바라보고 있었다. 안과 밖에 동시에 존재하는 여자의 벌거벗은 희고 붉은 몸을 어루만지고 있었다. 소녀는 인어가 아닌 여자를 보았다. 마침내 여자가 입을 벌리고 시간의 간극을 찢어내며 속삭이기 시작했을 때 소녀는 여자의 가느다랗고 지친 목소리 대신 그녀의 흰 입술을 보았다.

여자들과 소녀들은 합창을 하듯 저마다의 둥근 음절들을 내뱉기 시작했다. 소녀는 그녀들의 말 속에 파묻혀 으스러지는 음절들을 속삭였다. 스스로 무슨 말을 하는지조차 알아들을 수 없었다. 인어들은 미친 듯이 숨을 쉬고 있었다. 가장 선명하게 들리는 것은 여름철의 안개처럼 엉망으로 늘러붙은 편육과도 같은 호흡들이었다. 소녀가 인어였다면 그녀들의 말을 알아들을 수 있었을 것이다. 그녀들의 육체에서 넘쳐흐르는 물과 같은 숨의 의미를. 그러나 소녀가 들을 수 있는 것은 그녀들의 헐떡임뿐이었다. 피처럼 아름다운, 노래와 같은. 우리 너머에서 반짝이는 별들을 인어들은 바다 속에서 볼 수 없었을 것이다. 별들의 고요한 운행은 그녀들의 운명을 숨긴 채 비밀스럽게 존재했을 것이다. 운명을 알았더라면 인어들이 빛을 쫓아 나왔을 리 없다. 하지만 불우한 운명은 별들이 아닌 피로 쓰인다는 것을 소녀는 아직 모르고 있었다.

소녀는 여자를 사랑했고 그 이상 무엇도 할 수 없었다. 소녀에게 소유란, 사랑이란 그런 것이었다. 가만히 가지고 있는 것. 그리고 아무것도 하지 않는 것. 왜냐하면 사랑은 그렇게 은밀한 것이었으니까. 소녀는 그 누구에게도 여자를 자랑하지 않을 것이다. 그리고 더 넘치게 원하지도 않을 것이다. 오직 여자만으로 소녀는 만족할 것이다. 소녀의 욕망은 그녀를 넘치지 못할 것이다. 그녀의 녹빛 눈만으로, 신비로운 수면처럼 일렁거리는 색만으로, 소녀는 유순하게 행복할 것이다. **하지만 여자는 소녀의 것이 아니었다.** 여자는 그녀의 최초 발견자의 것이었다. 아무리 오래도록 여자의 감긴 눈꺼풀을 들여다보아도 그녀의 최초를, 이미 발생한 시간을 빼앗아올 수는 없었다. 어째서 간절한 이에게는 보물이 주어지지 않는 것일까? 남자는 여자를 그리 사랑하지 않았다. 소녀는 알 수 있었다. 그에게 인어들은 그저 질 좋고 희귀한 해산물에 불과했다. 그는 그녀들의 눈을 사랑하지도 않았다. 녹빛의, 황금처럼 반짝이는 그녀의 신비로운 눈은 박제조차 되지 않고 버려질 것이다. 생선의 눈을 어부들이 어떻게 취급하는지 소녀는 알고 있었다. 여자는 소녀를 감은 눈으로 바라보고 있었다. 소녀는, 장미 한 송이조차 갖지 못한 소녀는 장미를 원하듯이 여자를 원하는 소녀는 결국 그 무엇도 갖지 못할 것이다. 장미를 갖기에 소녀는 너무 가난했으니까. 장미는 여자가 아니었으니까. 소녀는 여자의 눈꺼풀 밑으로 흘러내리는 창백한 광채를 홀린 듯 바라보았다. 하다못해 만질 수만 있다면. 우리 깊숙이 몸을 숨긴 여자의 피부를 훑어 내릴 수만 있다면. 소녀는 우리에 눈을 가까이 대고 시선으로 여자의 몸을 만졌다. 그녀의 둥근 이마와 불룩한 광대, 날카로운 턱과 긴 목, 처진 유방과 말라빠진 배를 따라 그림자에 숨겨진 그녀의 길고 매끄러운 두 개의 다리, 틀림없이 하얄 발까지.

악몽에서 깨어난 소녀가 우리 밖으로 손을 뻗었다. 소녀는 소녀의 손가락에 손을 마주대었다. 소녀들은 거울을 보듯 달빛에 투명하게 드러나는 서로의 윤곽을 더듬었다. 여자는 소녀에게 처음으로 갈망을, 남자는 결핍을 가르쳐주었다. 여자를 보기 전에 소녀는 한 번도 온몸을 가득 메운 균열에 아파하지 않았다. 그녀의 눈 깊이 드러난 징그럽고 매혹적인 녹빛의 깊은 균열들이 소녀의 가슴과 얼굴에 옮아와 소녀를 찢어놓기 전까지는. 남자가 소녀에게 누룽지와 남은 생선 살, 낡은 담요와 대화를 기다리는 온순한 침묵을 건네주기 전까지 소녀는 불행하지 않았다. 소녀는 가난한 어린아이들이, 행복 이상의 것을 알지 못하는 유년들이 늘 그렇듯 온순하게 행복하였고 심지어는 허기에 시달리지도 않았다. 오래도록 먹지 않으면서 소녀는 허기에 익숙해졌고 마침내는 허기에 길들어 배고픔을 느끼지 않게 되었다. 그러나 무언가를, 아주 작고 불충분한 음식들을 먹기 시작하면서 소녀는 언제나 배가 고팠다. 음식을 초과하는 허기가 소녀를 괴롭혔다. **소녀는 처음으로, 살아 있음을 느꼈다.** 그녀는 고통과 절망과 불운과 결핍으로 살아 있었다. 그것은 행복보다 훨씬 강렬한 정동이었다. 여자를 가질 수만 있다면 소녀는 두 다리를, 혹은 언어를 바칠 수도 있었다. 여자가 말 하는 것을 소녀는 가만히 들으며 웃을 것이다. 그녀가 여섯의 벌레 같은 다리로 기어다니는 것을 소녀는 기쁘게 바라볼 것이다. 소녀는 그 많은 팔다리에 가만히 끌어안길 것이다. 그녀들은 벌레처럼 벌거벗은 채로 밤을 지새울 것이다. 아, 그녀에게 목소리를 줄 수만 있다면 소녀는 그 무엇도 말할 수 없다 해도 괜찮았다. 소녀의 모든 요구는 이제 여자에게 있으니까. 여자는 소녀에게 말을 걸 것이고 소녀는 당연하게도 한때 자신의 것이었던 언어를 알아들을 것이다.

신은 외국인이어서 소녀의 기도를 알아듣지 못하는 것이 틀림없었다. 신은 인어처럼 아름다운, 그러나 불가해한 언어로 말할 것이다. 신은 소녀의 간절한 애원을 알아들을 수 없을 것이다. 인어에게 언어를 바치기 위해서는 그보다 먼저 신에게 언어를 바쳐야 할 것이었다. 하지만 소녀가 가진 목소리는 하나뿐이었다. 소녀는 목소리를 두 개로 찢어서 말하는 방법을 몰랐다. 누군가 목을 찢어준다면 두 개의 언어로 말할 수 있을까? 그 두 개의 언어를 모두 바칠 수 있을까? 소녀는 신이 외국인이라는 사실을 이미 알고 있었다. 아무도 소녀에게 그 불운한 비밀을 알려주지 않았지만 소녀는 이미 알고 있었다. 왜냐하면 기도를 하는 자들을 모두 사랑하여 기도를 들어주는 신은 소녀의 기도만은 들어주지 않았으니까. 여자를 가지게 해달라는 기도를. 한 송이의 장미만을 훔쳐 달아날 수 있게 해달라는 애타는 기도를. 소녀가 보기에 그것은 신에게 불가능한 일은 아니었다. 여자와 소녀 사이에는 몇 개의 쇠창살밖에 없었으며 남자의 발견과 소녀의 만남 사이에는 고작해야 며칠의 시차밖에는 없었으니까. 하나의 사실을 취소하고 다른 사실로 뒤바꾸는 것이 신에게 그리 어려운 일은 아닐 것이었다. 그것은 불가능한 일들 중 가장 쉬운 축에 드는 불가능일 것이다. 신이 할 수 있는 일은 오직 불가능한 일들뿐이므로, 만약 신이 소녀의 기도를 알아들었다면 가장 먼저 소녀의 소원을 들어주었을 것이다. 하지만 소녀가 매일밤 불면하며 아무리 다급하게 애타게 기도해도 신은 철창살 하나조차 부러뜨려주지 않았다. 신이 바쁘리라는 생각은 들지 않았다. 신은 모든 몸이며 모든 팔이며 모든 발이고 벌레처럼 많은 다리를 가지고 벌레처럼 많은 일들을 하므로. 신은 모든 벌레이므로, 그 많은 이빨들과 칼처럼 날카로운 다리들을 가지고 철창살 하나를 잘라내는 일을 신이 못할 리 없었다. 그것은 마을을 떠도는 주정뱅이 목수조차도 간단히 할 수 있는 일이었다. 그러나 목수는 신이 아니었으므로 목수에게 부탁할 수는 없었다. 신이 아닌 자들은 대가를 요구하므로. 언젠가는 남자도 소녀에게 대가를 부탁할까? 그러나 소녀는 남자에게 줄 수 있는 것이 없었다. 적어도 신의 기적으로 여자를 훔치기 전까지는. 그러나 신이 소녀에게 건넨 여자를 소녀는 결코 남자에게 넘기지 않을 것이었다.

밤의 나방들은 어둠에 눈 먼 소녀의 작고 밝은 달과 같은 눈동자를 찢어발기고 있었다. 어둠 속에서 소녀의 젖은 두 눈은 창백한 광채로 빛났다. 소녀는 흐느끼며 기도했다. 그녀가 찾은 가장 아름다운 보물을 소유할 수 있기를, 진실로, 소녀는 소유 이외에 더 바라는 것이 없었다. 장미처럼 아름다운 그녀를 가질 수 있다면 소녀는 당장 죽어도 좋았다. 소녀가 학교에 다닐 때 교사는 열심히 일을 해서 돈을 벌면 원하는 것을 살 수 있다고 했다. 일생은 보물을 찾기 위한 여정이며 보물을 갖기 위해서는 그에 적합한 값을 치러야 한다는 말도 했다. 여자는 소녀가 찾은 유일한 보물이었다. 그보다 아름다운 보물을 소녀는 죽을 때까지 발견할 수 없을 것이었다. 밤에 짙게 물든 음울한 녹색 눈동자보다 아름다운 것을. 그러나 일을 해서 돈을 버는 것은 너무 오랜 시간이 필요한 작업이었다. 사내는 인어들이 신선함을 잃고 부패하기 전에 그녀들을 도축할 것이다. 바다 밖으로 끌려나온 물고기들이 그렇듯 그녀는 마지막 순간에 제 붉은 피로 젖어 축축할 것이다. 그녀를 마지막으로 적실 그 붉은 피는 모두 버려질 것이다. 창백하게 피가 뽑힌 그녀는 더 창백하게 변해서 도축될 것이다. 인어의 기름을 어떻게 짜는지 소녀는 도저히 상상할 수 없었다. 학교에 더 오래 다녔다면 배울 수 있었을까? 신이 끝까지 기도를 들어주지 않으면, 신이 끝까지 소녀의 언어를 배우지 못하면 곧 알게 될까? 죽어서 신이 될 수 있다면 그래서 소녀의 소원을 들어줄 수 있다면 그래서 여자를 가질 수 있다면 소녀는 오백스물다섯 번, 구백구십구 번, 구천만 번, 소녀가 셀 수 있는 가장 많은 숫자만큼 죽었을 것이다. **그러나 소녀는 고작 한 번밖에 죽을 수 없을 것이었다.** 게다가 죽음 이후에 신이 될 수 있는 자는 신뿐이다. 소녀는 신이 아니었다. 소녀는 이미 알고 있었다. 그러므로 죽음 이후에도, 단 한 번밖에 가능하지 않은 죽음 이후에도 소녀는 신이 될 수 없을 것이고, 소녀의 하나뿐인 소원을 들어주지 못할 것이고, 그러면 정말 영원히 여자를 가질 수 없게 될 것이었다.

어린아이들이 죽음 이후에 천사가 된다는 사실을 소녀는 학교에서 배워 알고 있었다. 신은 그의 기쁨과 행복을 위해 아이들을 소유한다. 가엾고 아름다우며 선한 아이들을 신은 지체없이 그의 세계로 데려간다. 아이들은 유리병과 같이 투명하고 깨끗한 깃털에 꽂혀 천국에 박제된다. 신은 원하는 만큼 사랑하는 아이들을 바라볼 수 있다. 그 모든 아름다운 아이들은 신의 소유이다. 그러나 유리병에 꽂힌 장미가 움직일 수 없듯, 천사들은 신의 기적을 대신 행할 수 없다. 소녀는 그토록 많은 아름다운 아이들을 원하지 않았다. 소녀가 원하는 것은 여자뿐이었다. 소녀는 신이 아니었으므로 신처럼 무한하고 게걸스러운 탐욕을 가지고 있지 않았고, 신처럼 많은 장미들을 원하지도 않았다. 순종하는 손쉬운 죽음들을 원하는 것도 아니었다.

교사는 언제나 소녀에게 욕심이 없다고 했다. 소녀가 일찍 죽을지도 모른다고 말하기도 했다. 소녀는 교사가 만난 아이들 중 가장 온순하고 행복한 아이였으므로, 순종하는 아이가 그렇듯 가장 먼저 하늘로 올라갈지도 모른다고. 그러나 소녀에게는 그 어떤 병도 절망도 없었다. 소녀는 아직 죽지 않아서, 신의 식탁에 올라가지 않아서 다행이라고 생각했다. 신의 유리병 속에 꽂혀 있었다면 여자를 만날 수 없었을 테니까. 깨어지는 유리처럼, 가슴을 이루는 유리 심장의 파열처럼 잔혹하게 아름다운 보물을 찾을 수 없었을 테니까. 소녀는 아프지 않은 자신을, 깨어지지 않은 자기 자신을 더 이상 상상할 수 없었다.

오래도록 소녀는 학교에서 지냈다. 학교의 관리인은 소녀를 구태여 학교에서 쫓아내지 않았다. 소녀는 새끼 쥐처럼 소리 없이, 비밀스럽게 밤의 학교를 떠돌았기 때문이었다. 소녀는 무료 급식으로 나오는 우유 한 팩 만으로 만족하였고 그 이상을 탐하지 않았다. 소녀는 작고 딱딱한 나무 책상 위에 웅크리고 잠들었으며 학교 화장실의 수도꼭지로 머리를 감고 세수를 했다. 깨끗이 빤 걸레에 물을 묻혀서 몸 구석구석을 닦았다. 바닥에 떨어진 물 얼룩까지도 깨끗이 훔쳐내었다. 소녀는 흔적을 능숙하게 갈무리할 줄 알았다. 유령처럼 복도를 떠도는 그림자를 보지 않았다면 관리인조차도 소녀가 학교에서 생활한다는 것을 알아차리지 못했을 것이다.

그러나 지금 소녀는 너무 많은 흔적들을 흘리고 있었다. 산산조각난 유리 심장에서는 투명한 물이 뚝뚝 떨어졌다. 도저히 주워담을 수 없는 모래알 같은 파편들. 소녀는 갈망으로 찢어지며 울부짖지 않을 수 없었다. 갈무리할 수 없는 소음이 소녀에게서 새어나왔다. 소녀의 앞을 맨발로 지나가는 사람은 누구든 발이 베어 피를 흘리고 말 것이었다. 유리조각을 출혈하는 소녀의 앞에서 그 누구라도 다치고 말 것이었다.

　학교에서 소녀는 한 번도 울지 않았다. 소녀는 무척 조용한 아이었다. 만약 한 학년에 하나뿐인 교실에 아이들이 고작 여덟 명밖에 없지 않았다면 그 누구도 소녀의 존재를 알아차리지 못했을 것이다. 소녀는 얌전하고 순종적이며 행복한, 어디에서든 볼 수 있는 매끄러운 아이였다. 깨끗이 빨아낸 걸레로 목 뒤와 사타구니, 겨드랑이를 깨끗이 닦아낸 소녀에게서는 이렇다 할 악취도 나지 않았다. 부패해가는 생선들의 젖은 비린내가 넘쳐흐르는 어촌에서 소녀가 풍기는 빈곤의 냄새는 그리 강하지 않았다. 아이들은 소녀의 악취와 지나치게 앙상한 몸을 조롱하지 않았다. 소녀는 그림자처럼 아이들 사이에 틈입했다. 아이들은 유령처럼 얌전하고 유순한 소녀에게 대답 이외의 말을 하는 것을 허락하지 않았지만 그들의 엉성한 원에서 구태여 쫓아내지도 않았다. 소녀는 책상과 의자를 내버려두고 교실 뒤쪽에 둥글게 둘러앉아 수다를 떠는 아이들 사이에 틈입하여 그 애들을 가만히 지켜보았다. 아이들에게서는 바다의 짭조름하고 씁쓸한 냄새가 났다. 그 애들은 전부 어부의 자식이었다. 그들의 아버지들은 같은 배에 올랐고 그들의 어머니들은 아이들처럼 같은 바닥에 둥글게 모여 앉아 수다를 떨었다. 아이들은 모두 이웃이었으며 아주 어릴 적부터 서로를 알고 있었다. 아이들은 친근하게 서로의 이름을 불렀고 서로의 부모에 대해 집에 대해 말했다. 소녀는 알아들을 수도 이해할 수도 없는, 알려지지 않은 지형들에 대하여 아이들은 신나게 떠들어댔다. 그들이 너무도 자연스럽게 서로의 이름을 불러댄 탓에 소녀는 마지막으로 교실에서 지내던 날까지 단 한 명의 이름도 외우지 못했다.

아이들은 소녀의 이름을 물어보지 않았다. 다행스러운 일이었다. 왜냐하면 소녀는 이름을 갖지 못했으니까. 아무도 소녀를 부르지 않았고 아무도 소녀를 불러야 할 필요를 느끼지 못했으니까. 인어들이 인어이며 생선들이 생선이고 새들이 새이듯 소녀는 소녀일 뿐이었다. 인어의 이름이 인어가 아니듯 소녀의 이름은 소녀가 아니었다. 소녀가 알고 있는 것은 소녀가 이름을 가지지 못했고 다른 아이들이 이름을 가졌다는 사실뿐이었다. 소녀는 그 애들의 구체적인 이름이 무엇인지 알지 못했고 소녀에게 이름이 없는 이유가 무엇인지도 알지 못했다. 그때 소녀에게 돈이 있었다면 소녀는 딸기 우유나 쇠고기나 리본 머리핀이나 레이스가 달린 원피스보다도 먼저 이름을 샀을 것이다. 이름을 가진다면 누구나 소녀를 부를 수 있을 것이고 이름이 있기 때문에 아이들은 소녀의 이름을 부를 필요를 느낄 것이므로. 그러나 간절히 욕망할 정도로 이름을 원했던 것은 아니었다. 돈이 없음에도 돈이 있음을 바랄 정도로, 없음을 있음으로 뒤바꾸는 얼토당토않은 불가능을 바랄 정도로는, 아니었다. 소녀는 달에 가 닿기를 원하는 탐욕스러운 아이가 아니었다. 탐욕스러운 아이들은, 특히 탐욕스러운 여자아이들은 벌을 받는다. 교사는 수요일 점심마다 황홀한 색채들로 가득 찬 동화책을 읽어주었는데 이야기 속의 욕심 많은 여자아이들은 언제나 벌을 받고 불행해졌다. 아무것도 원하지 않는 여자아이는 언제나 황금으로 된 왕관을 쓰고 행복해졌다. 행복해진 뒤에도 착한 여자아이는 아무것도 바라지 않았으며 오직 바라지 않는다는 그 사실 때문에 더욱 큰 보상을 받았다. 그러나 욕심 많은 여자아이들은 벌을 받았고 벌 때문에 무너진 집과 망가진 드레스 앞에서 울며 더 많이 바라는 여자아이는 더 큰 벌을 받고 절망했다.

소년들의 경우는 달랐다. 남자아이들은 지나치고 비범한 야망 때문에 보물과 왕좌를 얻고는 했다. 아름다운 공주님은 그녀를 갈망하는 용기 있는 남자아이에게 입을 맞추며 웃어보이고는 했다. 그러나 소녀는 여자아이였으므로 욕심을 내서도, 바라서도, 절망해서도 안 되었다. 절망과 결핍은 더 큰 불행을 가져올 것이므로. 교사는 동화의 교훈을 명시적으로 밝히지 않았지만 소녀는 동화에서 공통되는 요소들을 추출해 생각할 수 있을 정도로 똑똑했다. 소녀는 많이 바랄수록 불행해진다는 것을 배웠다. 소녀는 아무것도 바라지 않음이 자랑스러웠으며 행복했기 때문에 응당한 행복을 가질 수 있음을 알았다. 무엇도 욕망하지 않음으로써 쟁취한 행복은 소녀가 가진 유일한 것이었다. 그러나 재앙과도 같은 결핍이 소녀를 관통한 순간부터 소녀는 더 이상 행복할 수 없었다. 소녀는 현기증처럼 깊이 원했으나 여자는 소녀의 소유가 아니었으므로 소녀는 불행했다. 소녀는 끔찍한 허기와 갈증에 시달리며, 갈수록 깊어지는 결핍에 신음했다. 소녀는 곧 파멸하고 말리라는 것을 알았다. 욕심 많은 여자아이들이 그렇듯 소녀는 벌을 받을 것이다. 소녀는 영영 행복해질 수 없을 것이다. 그러나 절망하더라도 좋았다. 소녀는 여자를 갖고 싶었다. 여자에 대한 갈망은 여자의 소유만큼이나 소중했다. 그녀에 대한 매혹과 고통스러운 균열을, 절망을 이미 소녀는 사랑하고 있었다.

소녀는 신에게 불행하고 욕심 많은 나쁜 여자아이에게도 보물을 달라고 기도했다. 보물을 갖지 못하면 여자아이는 점점 더 불행해질 테니까. 그러면 여자아이는 갈증에 목말라 검게 바스라져 죽어버릴 테니까. 나쁜 여자아이는 천국에도 가지 못할 테니까. 그러나 신은 외국인이었다. 교사는 신의 언어를 아이들에게 선보여준 적이 있었다. 그것은 무척이나 유려하고 아름다운, 주문과도 같은 언어였다. 뱀으로 만들어진 미로처럼 길고 구부러진 문장을 교사는 한달음에 읊어나갔다. 그러고보니 신의 언어는 인어들의 언어와 비슷한 면이 있었다. 어째서 그때 교사에게 신의 언어를 알려달라고 부탁하지 않았던 것일까? 소녀가 곧 죽을 것이라고, 그래서 천사가 될 것이라고, 그러니 신의 언어를 배워야 한다고 말했다면 교사는 분명 신의 언어를 알려주었을 것이다. 그때 소녀는 탐욕스럽지도 나쁘지도 않은, 오직 행복과 순종만으로 매끄러운 착한 아이였으니까. 그러나 이제 소녀는 그 누구에게도 숨길 수 없이 흉측하고 깊은 균열로 일그러져 있었고 신은 그의 언어를 결코 소녀에게 허락하지 않을 것이다. 소녀는 여자에게 사랑을 고백할 수조차 없을 것이다. 소녀가 갈망한 최초의 것이, 소녀가 가질 수 있는 가장 아름다운 보물이 그녀임을 알릴 수도 없을 것이다. 소녀는 처음으로 불행하고 나쁜 여자아이들을, 왕자도 드레스도 행복도 심지어는 절망마저도 소유할 수 없었던 동화 속 심술궂은 표정의, 붉은 눈물로 온몸이 추잡하게 젖어든 아이들을 연민하였다.

그 애들은 죄보다 더 아름다운 것을 발견하지 못했던 것이다. 결핍에 비하면 행복조차도 퇴색된 흔한 돌덩이에 불과했을 것이다. 행복은 아프지 않았으며 쉽고 값싼 것이었다. 행복을 위해 필요한 것은 믿음과 순종밖에는 없었다. 그러나 행복보다 깊은 것을 발견한 소녀들은, 이름을 알지 못하는 그것을 원하는 일을 그만둘 수 없었던 것이다. 결핍과 죄악은 그녀들의 세계에서 가장 아름답고 애틋한 것이었기에, 소녀들은 왕자보다도 왕자의 빈 자리를, 왕자에 대한 끔찍한 피투성이 결핍을 더 사랑하고 있었던 것이다. 해변에 쓰러진 왕자를 발견한 여자아이는 왕자를 바라지 않고서는, 왕자를 사랑하지 않고서는 견딜 수 없었다. 설령 왕자가 그녀를 초과하는 과분한 보물이라고 해도. 여자아이는 처음으로 그녀의 내부에 있던, 상상조차 할 수 없이 깊고 아득한 심연을 발견한다. 그 심연은 여자아이의 작고 빈곤한 심장보다도 깊다. 끝없이 깊어서 여자아이는 그것 없이는 악몽조차 꿀 수 없다. 성스러운 심연을 엿본 여자아이는 불행하다. 심연과 갈망이 고통임을 알면서도 여자아이는 심연을 잊을 수 없다. 왜냐하면 심연은 그녀가 가진 가장 아름다운 것이기에. 상처에는 상처 이외의 운명이 없다는 것을 알면서도 여자아이는 깊고 텅 빈, 붉은 상처를 맨손으로 벌린다. 손가락에는 피와 살점이 묻고 그 끔찍한 악취에 겁에 질린 왕자는 여자아이를 영원히 사랑하지 않을 것이다.

여자아이들은 이교도였기 때문에 신에게 기도하지 못했다. 신에게 용서를 빌지도 못했고 신에게 왕자를 사랑한다고 고백하지도 못했고 회개하지도 못했고 용서받지도 못했고 참회의 대가로 왕자를 요구하지도 못했다. 그러나 그녀들이 기도했더라도 신은 그녀들을 알아듣지 못했을 것이다. 여자아이들은 신의 언어를 배울 수 없으므로. 신의 비밀스럽고 신비로운 언어는 오직 남자아이들에게만 허락된 기적이므로. 신은 여자아이들의 탐욕을 용서하지 않았을 것이고 용서받지 못한 소녀들의 기도를 들어주지도 않았을 것이다. 소녀는 탐욕스러운 여자아이들을 더 이상 미워할 수 없었다. 소녀 역시 깊고 아픈 틈을 발견했으므로. 그 틈은 달보다도 더 깊고 아득했으므로. 여자아이들은 서로의 언어를 알아들을 수 있지만 그녀들은 결코 서로에게 기도하지 않는다. 그녀들이 가진 것은 깊고 아득하며 매혹적인 틈뿐이므로. 그녀들은 불가능한 것 이외에는 그 무엇도 가지고 있지 않은 가난한 아이들이므로. 우리는 신이 아니므로. 용서할 수 없이 벌거벗은 여자아이들은 영원히 무엇도 갖지 못할 운명이었다. 그러나 교사는 우리가 언젠가 우리의 보물을 찾을 수 있을 것이라고 했다. 어른이 될 때까지, 등이 굽고 이빨이 빠질 때까지, 눈물과 침이 말라붙을 때까지, 머리가 눈처럼 희게 샐 때까지 오래도록 살면 보물을 찾을 것이라고

했다. 그때가 되면 보물을 살 수 있을 만큼 부자가 될 것이라고도
했다.

　하지만 해산물은 순식간에 부패해버리므로 등이 굽고 머리가
흰 노인이 되기 이전에 인어들은 사라질 것이다. 교사는 보물이
썩어버릴 수 있음을, 보물 역시 늙고 망가져 바스라질 수 있음을
미리 경고해주지 않았다. 우리 속 소녀들은 기도를 하듯 작고 여
린 목소리로 무어라 중얼거리고 있었다. 소녀는 그녀들의 말소리
에 귀를 기울이면서도 아무것도 알아들을 수 없었다. 그녀들도 무
언가를 원하고 있을까? 탐욕스럽게도 그녀들이 가질 수 없는 것
을 바라고 있는 것일까? 달의 흰 살을, 하늘의 눈부신 검은 광채를
탐하고 있는 것일까? 그녀들도 불가능한 것을 원했기 때문에 벌
을 받고 있는 것일까? 벌을 받으면서도 욕망하는 것을, 삶을 그만
둘 수 없는 것일까? **소녀가 신이라면 그녀들을 용서했을 것이다.**
그리고 그녀들에게 찢어발겨진 아름다운 달을 선물했을 것이다.
소녀가 신이라면 그녀들을 사랑했을 것이다. 그리고 그녀들에게
절망보다 깊은 환희를 주었을 것이다.

　소녀들의 푸른 눈이 별처럼 반짝이는 사이 여자는 눈을 감고 있
었다. 여자가 눈을 감는 시간은 갈수록 늘어났다. 다른 여자들은
우리 구석에 미동도 하지 않고 가만히 누워 있었다. 수조의 수면
에 흰 배를 까뒤집은 채 둥둥 떠 있는 물고기들. 그녀들의 발목과
손목은 끔찍하게 앙상해져 원한다면 언제든 수갑과 족쇄에서 발
목과 손목을 빼낼 수 있을 것 같았다. 하지만 우리 밖으로는 나갈

수 없을 것이다. 철창살은 가느다란 호흡조차 없이 적요하게 단단했다. 메마른 우리 속에서 그녀들은 오래 버틸 수 없을 것이다. 숨을 쉬는 물고기들, 살과 피를 가지고 있는 물고기들은 금세 썩어버린다. 피를 빼내고 말려낸 생선과는 달리 축축하게 살아 있는, 부드러운 살을 가진 물고기들은 순식간에 부패한다.

물고기들도 신을 가지고 있을까? 물고기들은 소녀의 신과는 다른 신을 상상할 것이다. 인어들이 소녀와 같은 신에게 기도한다면 신이 그녀들의 기도를 들어주지 않을 리 없었다. 그녀들의 언어는 신의 언어와 무척이나 유사했으므로. 그녀들은 신의 언어로 애걸했으므로. 자비롭고 전능한 신은 분명 그녀들의 부탁을 들어주었을 것이다. 신은 복수보다는 구원을 더 좋아하므로. 그러나 그녀들은 메말라 있었고 깊이 함몰되어 있었고 자글자글한 깊은 주름과 함께 부패되어 가고 있었다. 그녀들의 신은 그녀들의 외국인일 것이다. 어쩌면 그녀들의 신은 소녀와 같은 언어를 사용할지도 몰랐다. 그렇다면 소녀는 그녀들의 신에게, 그녀들은 소녀의 신에게 기도한다면 어떨까? 하지만 어떻게? 어떻게 다른 이의 신에게 기도할 수 있지? 소녀는 그녀들의 신의 이름조차 알지 못했다. 그녀들의 신은 그녀들처럼 아름다울 것이다. 그녀들처럼 유달리 희고 매끄러우며 기다란 두 개의 다리와 원숭이처럼 긴 두 팔을 가지고 있을 것이며 그녀들처럼 높고 오똑한 코와 날카로운 턱, 토성처럼 거대하고 깊은 두 눈을 가지고 있을 것이다. 눈은 낮이나 밤의 바다와 같은 깊은 초록, 혹은 푸른색일 것이다. 눈은 언제나 젖어 있을 것이다.

　소녀는 눈을 감고 인어들의 꿈 속에 들어서기 위해 애썼다. 같은 곳에서 같은 것을 바라며 잠들면 같은 꿈을 꿀 수 있다고 교사는 낮잠을 자는 아이들에게 말했다. 그들은 모두 행복을 꿈꾸었고, 형체 없이 빛나는 거대하고 난폭한 해를 꿈꾸었다. 은밀하고 조용하게, 어떠한 흔적도 남기지 않고 인어들의 꿈에 방문하면 그녀들의 언어를 볼 수 있을지도 모른다. 꿈 속에서 언어는 수수께끼와 같은 추상성을 상실하고 즉각적인 물질로 흘러내리고는 하니까, 소녀는 신의 언어를 배울 수 있을지도 몰랐다. 신의 언어로 소녀는 인어들의 행복을, 그리고 소녀 자신의 절망을 기도할 것이다. 인어들이 바다로 돌아가기를, 그리고 단 하나의 매혹만이 소녀의 곁에 남기를 소녀는 바랄 것이다. 소녀가 원하는 것은 장미의 녹빛 잎사귀처럼 짙고 매혹적인 여자뿐이었으므로. 소유보다도 깊은 갈망을 위해 소녀는 그녀가 아닌 모든 것을 신에게 바칠 수 있었다. 이미 신의 것인 모든 것을.

## 붉은 춤

그녀의 춤을 보기 위해 사람들이 모여들었다. 그녀는 짧고 단단한 다리를 허둥거리면서 뛰어오르고 있었다. 그녀가 무대를 빠져나가면 거친 손이 그녀의 부드러운 날개를 잡아채었다. 그녀는 흐느끼고 있었다. 희고 날카로운 날들이 그녀의 연약한 결절점을 찢어내었다. 무대는 얇고 넓은 철판이었다. 햇빛에, 그리고 불에 달구어진 철판 위에서 그녀는 춤을 추고 있었다. 그녀가 춤을 추고 있는 것이 아니라는 사실을 알아차린 관중은 비명을 질렀다. 구역질을 하며 물러나는 이도 있었다. 그러나 여자는 완고했다. 관중들의 아우성과 비난에도 여자는 그녀가 철판 위에서 춤을 추도록 내버려 두었다. 유달리 키가 큰, 강직한 인상의 청년이 여자에게 다가가 항의했다.

대체 뭘 하시는 거예요?

여자는 단단한 턱을 움츠리며 밤처럼 단조롭고 검은, 그래서 안

온한 분위기를 띠는 눈으로 청년을 올려다보았다. 저 가엾은 걸, 말 못하는 짐승을, 분노를 이기지 못하고 더듬거리는 남자에게 여자는 그녀가 여자의 것이라고 말했다. 저건 내 거예요, 하고. 남자는 여자를 경멸스럽게 내려다보았다. 곧 침을 뱉고는 군중 틈으로 사라졌다. 아직 사라지지 않은 군중들은 기름의 막처럼 그녀를 둘러싸고 그녀의 춤을 바라보고 있었다. 그녀는 날개를 푸드득거리면서 날아오르기 위해 애쓰고 있었으나 오랜 세월 동안 퇴화되어버린 비상의 기관은 그녀를 다른 곳으로 데려가지 못하였다. 한없이 흰 하늘 아래서 그녀는 계속 춤을 추고 있었다.

그녀만큼 자그마한 소녀가 반짝이는 등불과 같은 눈을 그녀에게 들이밀며 무대 가까이 다가섰다. 소녀의 엄마는 소녀의 손을 붙들고 뒤로 밀어내었다. 소녀의 엄마는 구역질을 참고 있는 듯 일그러진 얼굴을 하고 있었다. 그녀는 한쪽 발에 차오르는 열기를 다른 발로 옮겨내며, 달아오른 철판 위에 쓰러져 익어버리지 않기 위해 간신히 중심을 잡으면서 탭댄스와도 같은 스텝을 밟고 있었다. 와아아 하고 웃는 소리가 군중 틈에서 들렸다. 끔찍한 비명과 울음소리도 들렸다. 여자는 석상처럼 무감하게 앉아 그녀가 무대를 빠져나가지 않도록 감시하고 있었다. 여자의 엷은 입술은 입속으로 말려들어가 마치 입술이 없는 짐승처럼 보였다.

어젯밤 여자는 그녀에게 절망적으로 상냥했다. 그녀는 처음으로 신선하고 달콤한 붉은 빛의 고깃덩이를 먹어 보았고 여자의 품에 안겨 여자의 목소리를 들으며 잠들었다. 여자가 우는 모습을 본 것도 어제가 처음이었다. 여자는 미안하다고 하지 않았다. 여자가 그녀에게 미안해할 필요는 없었다. 그녀는 이 년간 셀 수도 없이 많은 달걀을 낳았다. 묽은 배설물 이외에는 어떠한 단단한 것도 낳을 수 없게 되었을 때 그녀는 죽었어야 했다. 안락사되어 사료 공장에 팔려 가거나 고기가 되거나 기름만 남겨진 뒤 나머지는 매립되었어야 했다. 한밤중에 질식사당하는 것이 그녀가 가질 수 있는 가장 편안한 미래였을 것이다.

　여자는 암탉들만을 모아놓은 작은 수용소에 종종 들어와 노래를 부르고는 했다. 미친 여자였다. 처음 여자가 벌거벗은 포유류의 몸으로 울타리를 넘어왔을 때 암탉들은 여자가 그녀들을 산 채로 잡아먹을 것이라고 생각했다. 살쾡이들이나 늑대들이 그리하는 것처럼. 왜냐하면 그녀들은 무척이나 어렸고 탐욕스러운 살은 오물에 뒤덮였어도 관능적인 향기를 내뿜고 있었으니까. 하지만 여자는 그녀들의 가느다란 목을 조르지도 목뼈를 꺾어놓지도 가슴팍을 물어뜯지도 심장을 빼내지도 않았다. 여자는 그저 그녀들 사이에 드러누운 채, 달처럼 하얀 가슴과 배를, 유달리 둥근 무릎을 드러낸 채 노래를 불렀다. 죽어가는 암탉처럼 신비롭고 지친 허밍. 암탉들은 점점 여자의 침입에 익숙해졌다. 여자는 부드럽고 매혹적이었으며 무엇보다도 벌거벗었으므로, 암탉들은 여자를 사랑하게 되었다.

　여자는 암탉들이 낳는 것과 무척이나 유사하게 생긴, 그러나 유달리 흰빛의 알을 낳았다. 항문이 아닌 질구에서, 포유류의 아이가, 엷은 막 이외에는 무엇에도 감싸이지 않는 단단한 머리가 나와야 하는 곳에서 신적으로 둥글고 매끄러운 타원형의 알이 빠져나왔다. 여자는 알을 낳고는 새벽이 도래하기 전에 사라졌다. 여자는 알을 그리 소중하게 여기지 않았다. 간혹 여자는 알을 암탉들 사이에 두고 축축하게 젖어 늘어진 몸으로 울타리를 넘어 기어가기도 했다. 암탉들은 여자가 낳은 알을 조심스레 날개 끝으로, 부리로, 발로 건드려보았다. 알은 선명한 흰빛이었다. 알에서는 여자의 냄새가 진동했다. 알에서 태어날 것이 여자를 닮았으리라는 사실을 쉽게 예측할 수 있었다. 그러나 알의 미래를 예상할 수는 없었다. 닭장 안의 모든 알은 날 때부터 미래를 빼앗긴 수용소의 배아들이었으므로. 악몽에 지친 암탉들은 갓 낳은 알들을 히스테릭하게 짓밟고 깨뜨리며 비명을 지르기도 했다. 그러나 그러한 광란은 오래가지 못했다. 그녀들은 매일같이 알을 낳아야 했고 매일 아침 알을 빼앗겼다. 히스테리와 발작에도 불구하고 아침은, 그리고 산란은 계속되었다.

닭장 안에서의 생활과 신비로운, 그러나 그녀들이 품을 수 없는 알들이 영원할 것이라고 닭들은 믿었다. 그녀들의 상상력을 넘어서는 오랜 시간 동안 그녀들은 그렇게 살아왔으므로. 닭장 안에서 꼬꼬댁거리면서 알을 낳고 배설물을 흘리고 무수한 알들을 피해 비틀비틀 걸어가면서 간혹 서로의 날갯죽지 사이에 부리를 묻고 눈물 없이 흐느끼며 모래를 구토해내는 그런 삶. 그러나 삶보다 생명이 길고 끈질기다는 것을, 삶이 끝난 뒤에도 지속되는 생명이 있다는 것을 누구도 그녀들에게 알려주지 않았다. 그녀보다 먼저 팔려 간 암탉들이 있었다. 더 이상 항문에서 알을 낳을 수 없게 되어버린 암탉들, 너무 작은 몸에서 너무 비대한 알을 낳아대는 바람에 자궁이 탈구되어버린 그녀들이 어디로 사라지는지 암탉들은 이미 알고 있었다. 그녀들이 어떻게 버려지는지 어떻게 죽어가는지 어떻게 질식하고 어떻게 벗겨지고 어떻게 압착되고 어떻게 생매장되는지. 왜냐하면 그녀들은 같은 꿈을 꾸었으니까. 아직 닭장 안에 남아 산란하는 그녀들도 버려진 그녀들의 죽음을 느낄 수 있었으니까. 깨지기 위해 만들어진 무수한 알들을 생산하고 낳기 위해 그녀들은 뼈를 구성하는 십 퍼센트가량의 칼슘을 포기해야 했다. 그 때문에 암탉들은 구멍이 숭숭 뚫린 보이지 않는 희미한, 날로 희박해지는 뼈로 비틀거리면서 닭장 내부를 쏘다녔다. 그녀들은 간혹 서로를, 서로의 짙고 검은 눈을, 절룩거리는 걸음과 절망에 잠식된 울음소리를 견디지 못하고 부리로 서로의 항문을 쪼아 살해하였다. 다시는 낳지 못하도록. 아무것도 낳지 못하도록. 지나치게 단단한 태양을, 태어나지 못할 신을 다시는 낳지 못하도록. 부리가 잘려나간 뒤에도 그녀들은 습관적으로 더러운 땅 위에, 계란 위에, 항문에, 서로의 목에 머리를 박았다. 부리가 잘려나간 암탉들은 제 깃털을 뽑아 세어가며 제정신을 유지할 수도 없었다. 포유류 여자가 벌거벗은 몸으로 그들 옆에 누워 잘 때도 그녀들은 여자를 물어 죽일 수 없었다. 여자의 머리칼을 뽑아낼 수도 없었다. 그녀들은 그저 꼬꼬 거리면서 여자의 곁에 누워 해양

생물처럼 부드럽고 매끄러운 여자의 몸을 관찰할 수밖에 없었다.

양계장에서의 마지막 밤, 여자는 그녀를 훔쳐 달아났다. 죽음 직전의 암탉들처럼 자궁이 조금 삐져나오고 골다골증에 시달리며 돌이킬 수 없이 늙어버린 그녀를. 그러나 그녀는 아직 세 살밖에 되지 않았다. 삶이 끝난 뒤에도, 알을 낳을 수 없게 된 뒤에도 끈질기게 남아 있는 생명이 있다는 사실을 그녀는 아직 알지 못했다. 그녀에게 산란 이후의 삶을 가르쳐줄 수 있는 암탉은 없었으니까.

철판 위에서, 끓어 넘치는 태양과도 같은 광폭한 열기 위에서 그녀는 흐느끼면서 주춤거렸다. 골절된 날개로 그녀는 어디로도, 심지어 여자의 둥근 어깨 위로도 도망칠 수 없었다. 관중들이 그녀를 보고 있었다. 그녀는 그토록 많은 사람을 본 적이 없었다. 암탉처럼 흐릿하고 지친 얼굴들.

**그들이 무엇을 먹고사는지 그녀는 알고 있었다.** 그들을 원망하는 것은 아니었다. 그들에게 복수하고 싶은 마음도 없었다. 원한과 복수는 그녀의 관심사가 아니었다. 그녀를 분노케 하는 것, 그녀를 고통스럽게 하는 것은 그들의 삶이 아닌 그녀의 삶이었으므로, 그들의 상처와 아픔이 아닌 그녀의 생명과 절망이었으므로. 사라진 알들을 잊기 위해 그녀는 오래도록 잠들지 않았다. 악몽 속에서 그녀는 여전히 기계처럼 알을 낳고 있는 어린 여자들의 흐느낌을 느낄 수 있었으니까. 그러나 잠 없이도 그녀는 꿈꿀 수 있었다. 비대한 생명을, 찰나의, 부화할 수 없는 끈적하고 영양가 넘치는 흰 알들을 낳고 죽어가는 여자들의 밤을. 그녀들의 유년은 악몽과도 같았다. 부화장에서 산 채로 갈릴 운명의 수평아리들 사이에서 솎아내져 살아남은 그녀들, 죽음을 통과한 그녀들은 곧바로 생명의 비대한 기계 속에 밀려들어 갔다. 그때 그녀들에게 생명은 특권과도 같았고 그녀들은 살아남음을 자랑스럽게 느꼈으나 곧 그녀들은 생명이 너무 많다는 것을, 그곳에는 너무도 많은 생명이 있다는 것을, 그녀들의 몸속에는 그녀들이 도저히 감당할 수 없을 만큼 무수한 생명들이 넘쳐흐르고 있다는 것을, 그래서 그녀들의 몸을 갈기갈기 찢어놓고 뼈를 손상시키고 쓰러진 그녀들의 내장을 비집고 끄집어낼 만큼 지독한 생명들이 있다는 것을 알게 되었다.

미쳐버린 암탉들은 까마귀처럼 낄낄거리며 웃었다. 그녀들은, 생명에 너무도 지쳐버린 그녀들은 죽음을 찾기 위해 비좁은 닭장 안을 미친 듯이 헤집고 다녔다. 항문에 부리를 박고 그 깊은 곳에서 울렁거리는 죽음의 깊다란 관능을 향해 비명을 질렀으나 수백억의 견고한, 취약성만으로 끔찍하게 견고한 생을 잊을 수는 없었다. 알들은 끝없이 태어났고 그녀들은 사라져가는 태어남을, 그리고 못내 자라나고 마는 태어남을, 잊혀지지 않고 반복되는 태어남을 붉게 물든 검은 눈으로 바라보았다. 평생, 그녀들은 태어남을 넘어설 수 없을 것이었다. 생의 견고하고 여린 껍질을, 그 출혈을 넘어설 수 없을 것이었다. 태양을 죽여버리지 않고서는, 밤을 찢어발기지 않고서는, 그녀들에게 불가능한 영원과도 같은 범죄를 범하지 않고서는. 만약 그녀들이 가진 유일한 흉기였던 부리가 있었다면 그녀들은 지체없이 여자를 살해했을 것이었다. 여자의 부드럽고 굵다란 목을 물어뜯고 여자의 섬세하고 널찍한 얼굴을 찢어발기고 여자의 질구를 베어내 자궁을 헤치고 아직 알이 되지 않은 난소들을 먹어 치웠을 것이다.

그만큼 그녀들은 여자를 사랑하고 있었다. 여자의 생을, 과도하고 비리며 거북스러운 새로운 생까지도 맛볼 수 있을 정도로. 하지만 여자는 그녀들을 잡아먹지 않았고 그녀들은 여자를 해칠 수 없었다. 그녀들은 비좁은 우리 안에서 함께 잠들 뿐이었다. 간혹 부드러운 깃털이나 매끈한 살을 맞대며. 그녀들은 사 면이 막힌 울타리 위쪽으로 만개한 밤을 지켜보았다. 여자가 그녀를 데리고 떠났을 때, 그녀가 어떠한 기대를 했는지 그녀 자신조차도 더 이상 기억할 수 없었다. 여자가 그녀를 먹어주기를 바랐을까? 숲 속의 짐승들이 그러하듯 그녀의 목을 거칠게 물어뜯고 흘러나오는 피와 내장을 붉고 깊은 입 속으로 밀어 넣어주기를 바랐을까? 그렇게 잊히기를 바랐을까? 생명에 침몰하여 생명을 잊을 수 있기를, 더 이상 그녀를 암탉의 삶을 살지 않아도 되기를 바라고 있었을까? 왜냐하면 그녀는 암탉이 지겨웠으니까. 배설물 찌꺼기에 얼룩진 더럽고 누런 알들이, 타원형의 취약한 생명, 그녀를 작은 몸 밖으로 자꾸만 밀어내는, 그래서 그녀의 연약한 장기가 흙과 먼지에 더럽혀지게 만드는, 그 비대한 생명들이 끔찍하게 지겨웠으니까. 그녀는 더 이상 암탉이고 싶지 않았다.

그러나 암탉이 아니라면, 그녀가 무엇일 수 있단 말인가? 그녀는 암탉이 아닌 그 무엇일 수 없었다. **왜냐하면 그녀는 암탉이었으니까.** 처음부터, 암탉 이전부터 그녀는 영원히 암탉이었으니까. 그녀가 꾸는 악몽도 그녀가 불면하는 밤들도 그녀의 잠도 그녀의 더럽혀진 몸도 전부 암탉의 것이었으니까 모든 것이 암탉이었으니까. 그녀는 죽어서도 암탉일 것이었다. 암탉에서 벗어날 수 있는 길은 어디에도 없었다. 여자가 뭉툭하게 잘려나간 그녀의 부리에 조심스럽게 입술을 맞대었다. 식물 위에 퍼지는 빛의 반사를 관찰하듯 그녀는 여자의 검은 눈을 밝히는 달의 짓무른 흐느낌을, 알을 감싸는 질액과도 같이 투명하고 축축한 물기를 바라보았다.

　　여자가 무엇인지 그녀는 알지 못했다. 그녀가 볼 수 있는 것, 그녀가 알 수 있는 것, 그녀가 사랑할 수 있는 것은 모두 암탉의 작고 반들거리는 눈에 비추어진 이미지들뿐이었다. 그렇다고 해서 여자에 대한 사랑이 거짓인 것은 아니었다. 사랑은, 알에 대한 사랑 생명에 대한 경멸 죽음에 대한 매혹 여자에 대한 사랑은 그녀의 몸만큼이나 진실했다. 그녀가 가지고 있는 유일한 진실만큼이나, 그녀의 몸을 형성하고 그녀의 피부를 찢어내고 벌어진 상처에 틈입하는 숨결들은 진실하였다. 사랑 없이 그녀는 살아남을 수 없었다. 사랑하지 않고 살아가는 방법을 암탉들은 알지 못하였으니까. 빼앗긴 달걀들의 생김을, 고유한 곡률과 얼룩, 미세한 크기의 차이들을 정확하게 기억하고 있듯 그녀는 그녀를 아프게 하는 것조차, 태양조차 사랑할 수밖에 없었다. 생은 그녀의 본능이었으니까. 불면보다도 깊고 너른.

　그녀가 더 이상 그녀 자신을 닮지 않게 될 때까지 그녀는 그녀를 사랑하였다. 그녀는 여자를, 여자의 길고 매끄러운 손가락들, 깃털 하나 돋아나지 않은 질긴 가죽을, 유달리 얇은 입술을, 단단한 턱을 불가능할 정도로 사랑하였다. 제단에 바쳐진 어린 소녀가 신을, 자신의 죽음을, 생을 사랑하지 않고는 견딜 수 없는 것처럼. 깨져버린 달걀들, 비대하게 부풀어 오른 누런 빛의 난소가 흙 사이로 스며들었다. 그녀는 출혈하면서, 잘려 나간 부리로 짓무른 이마를 비린 생의 물에 담근 채로 흐느꼈다. 그리고 그녀는 서른 시간만에 새 알을 낳았다. 그녀는 그것을 더 이상 사랑하지 않기로 결심하였으나 그리할 수 없으리라는 것을 이미 알고 있었다. 그녀가 실패하리라는 것을, 실패한 삶을 벗어날 수 없으리라는 것을. 그러나 그녀가 대체 무엇을 할 수 있었단 말인가? 그녀는 처음부터 암탉이었고, 부화기 속에서 갓 깨어날 때도, 온몸이 찐득거리는 점액으로 뒤덮여 있을 때도, 그녀의 성기를 확인하는 감별사의 손가락 사이에 갇혀 애처롭게 떨 때도, 갈려 나가는 수컷 병아리들을 두려움에 떨면서 지켜보면서 서서히 멀어져갈 때도, 그리고 이후의 삶에 접근해갈 때도, 산란과 생명의 붉은 세계가 점점 가까이 다가들 때도 그녀는 이미 암탉이었는데 암탉 없이 그녀는 살아갈 수조차 없었는데. 그러나 그녀는 무언가 다른 것을 원하고 있었다. 그녀가 원하는 것은 그녀 자신조차도 상상할 수 없는 것이었다. 아무도 알려주지 않은 것, 그녀 자신조차도 아직 발견해내지 못한 이미지들과 어휘로 이루어진 상상적인 세계. 그녀는 생명보다 깊은 것을 갈망하고 있었다. 그것이 무엇인지도 알지 못한 채. 외계에서 온 것처럼 벌거벗은, 날개도 깃털도 없이 매끄러운 몸을 가진 여자가 그것을 알려줄 수 있다고 그녀는 은밀하게 기대하였다. 여자는 그녀보다 훨씬 늙었고 훨씬 커다랬으며 훨씬 많은 어휘를 가지고 있었으니까. 그러나 닭장 밖에서도 여자는 많은 말을 하지 않았다. 여자가 매일 낳는 알들에 그녀가 장난스럽게 머리를 가져다 대어도 여자는 두려움도 없이 가만히 그녀를 내려다볼 뿐이었다. 그녀가 여자의 알을 훔쳐 간다 해도 여자는 놀라지 않을 것 같았다.

철판은 그녀의 온몸을, 그녀의 황폐한 몸속에 잔재되어 있는 생명의 징후까지도 불살라버릴 정도로 뜨거웠다. 순수한 잔혹성으로 반들거리던 소녀의 눈, 엄마의 손을 뿌리치고 군중의 앞까지, 암탉의 머리 바로 앞까지 튀어나온 소녀가 갑작스럽게 울음을 터뜨릴 때도 암탉은 우스꽝스럽게 제자리 뜀을 반복하고 있었다. 갑작스럽게, 너무도 갑작스럽게 소녀는 비명을 지르며 울기 시작했다. 소녀가 암탉에게서 무엇을 보았는지 암탉 스스로도 알 수 없었다. 어쩌면 소녀는 암탉이 아직 알아차리지 못한 어떤 것, 죽음보다도 끔찍하고 신적이며 신비로운 생명의 흔적을 느꼈는지도 몰랐다. 어린 소녀가 도저히 감당할 수 없는 것을, 살 속에 내재된 균열을, 그 속에서 들끓으며 갈망하는 것을, 말없이 전해지는 끔찍하고 서글픈 갈망을, 심지어는 결여조차 없이 원하는 것을, 마치 달걀과도 같이 완전하고 견고한 신적인 욕망. 암탉은 삶을, 삶보다도 불결하고 역겨운 삶을, 삶 그 자체를 원하고 있었다. 살고 싶다는 바람 없이, 암탉은 삶을 갈망하고 있었다. 성인 여자의 무릎까지도 오지 않는 그 작은 짐승이, 끔찍하게 멍청하고 조악하며 비천한 그 짐승이 삶을 원하고 있다는 것을 소녀보다 멀리에서 짐승의 허둥거리는 추악한 몰골을 바라보는 이들은 감히 상상조차 할 수 없었다. 암탉은 열기를 감당하지 못하고 바르르 떨었으나 동시에 그녀가 그것을 감당할 수 있다는 무시무시하고 파렴치한 예감을 느끼고 있었다.

어쩌면, 그녀는 고통스럽고 음험한 생명의 원형을 감당할 수 있을지도 몰랐다. 어쩌면, 그녀는 달걀보다도 아직 태어나지 않은 수백억의 달걀들보다도 오래 살아남을 것이었다. 그녀를 학대하는 여자가 죽은 뒤에도 그녀는 살아남을 것이었다. 암탉들이 멸종하고 난 뒤에도, 암탉들이 불면 외에는 아무것도 꿈꾸지 않을 때도, 그녀는 갓 태어난 애벌레처럼 끈질기고 성스러운 삶을 살아갈 것이었다. 영원히 끝나지 않는 죽음과도 같은 삶을. 길거리에서 암탉과 함께 잠드는 벌거벗은 여자를 폭행하고 짓밟고 더럽히고 모욕하고 침을 뱉는 이들이 있었다. 여자의 둥근 배, 불가해한 생명을 매일 배설해내는 배를 짓밟고 여자의 위에서 여자의 머리칼에 배설을 하고 사라지는 이들이 있었다. 벌거벗은 채 거리에 누워 있는 여자는 때려줘, 모욕해줘, 죽여줘, 하고 애원하는 것이나 다름없다고, 말 없이 전하고 있는 비천한 몰락이 여자의 주위를 떠돌고 있는 것이라고 여자의 손가락을 부러뜨리면서 속삭이는 목소리가 있었다. 암탉은 무시무시할 정도로 부풀어 오른 여자의 보랏빛 손가락을, 골절된 뼈를 사랑했다. 암탉이 여자의 머리칼에 더러운 머리를 집어넣었을 때 여자의 부러진 손가락 위에 자리를 잡고 눈을 감았을 때 여자는 그녀의 작고 연약한 머리를 쓰다듬었다.

나를 죽여달라고 암탉은 말 없이 속삭였다. 그러나 여자는 그녀를 죽일 정도로, 그녀의 음험하고 비참한 욕망을 들어줄 정도로 그녀를 사랑하지는 않았다. 여자는 그녀를 질투하고 있었을까? 암탉은 적어도 그녀 자신이 암탉이라는 것을 알고 있었으니까. 여자는 그녀를 경멸하고 있었을까? 암탉은 그녀가 이해할 수 있는 것, 그녀가 이해하고 있다고 믿는 것에게 살해당하고 싶었으니까. 여자를 이해하고 있다고, 그녀처럼 벌거벗고 그녀처럼 둥글고 끈질긴 알을 배설하는 여자를 알고 있다고 그녀는 믿고 있었으니까. 그러나 여자는 암탉과 닮았음에도, 사랑하지 않고는 배길 수 없을 정도로 암탉과 치명적인 유사성들을 공유하고 있었음에도, 결국 암탉이 아니었다. 그래서 여자는 암탉으로 혼동되는 일을 견딜 수 없었던 것이 아닐까? 그러나 암탉은 여자를 사랑하는 일을 그만둘 수 없었다. 그것이 아무리 여자를 비참하게 만든다고 할지라도, 그것이 암탉이 아닌 여자를 암탉으로 만드는 비겁하고 증오스러운 범죄라고 할지라도.

군중은 점차 늘어갔다. 치명적인 흰빛으로 폭사하는 별이 암탉의 머리 바로 위에서 비명을 지르고 있었고 암탉은 짓무른 발로 절룩거리면서 하염없이 뜀박질을 하고 있었다. 이름도 동작도 없는 경련과도 같은 기괴한 춤이 계속되었다. 누군가 경찰을 불렀으나 경찰은 여자를 조심스럽게 만류할 뿐 그 이상의 조치는 취할 수 없었다. 닭을 괴롭히는 것을 막을 만한 법률적인 방법은 아직 없었으니까. 여자는 암탉이 자신의 것이라고 주장했고 여자에게는 자신의 유일한 소유물인 사물을 원하는 대로 망가뜨릴 자유가 있었다. 그들은 잔혹한 공연을 무력하게 바라볼 수밖에 없었다. 그러나 관객들은 더욱 불어났다. 점차 길어지는 그림자와 함께 무대를 둥글게 둘러싼 인간의 열들 또한. 그녀는 고통스러운 열기를 느꼈다. 살아서 끓어 넘치는 별의 뜨거움을, 태어남의 격렬한 피막을 통과한 새끼 짐승의 뜨거움을, 살아서 폭사하는 생의 뜨거움을. 그녀는 열에 잠식되어가고 있었다. 도저히 죽음을 믿을 수 없을 정도로, 그녀의 내부에 차갑고 견고하며 고요한 죽음이 현존한다는 사실을, 침묵하는 길고 검은 밤에 몇 번이고 확인하였던 사실을 더 이상 확신할 수 없을 정도로. 무한한 열기와 무한한 시간, 그녀는 고통스러웠다. 어쩌면 여자도 고통스러울 것이었다. 여자의 단단하게 경직된 턱이 어떠한 아픔을 신호하고 있다는 사실을 그녀는 날카롭고 예민해진 감각으로 알아차렸다. 그녀는 다시 없을 정도로 정확하게, 그리고 기민하게 세계를 관찰하고 있었다. 여자는, 그리고 그녀를 보면서 울부짖는 소녀는, 구역질을 하는 관객들은 고통을 느끼고 있었다. 그러나 그들은 그녀가 느끼는 열기와는 다른 것을 아파하고 있는 것이었다. 그들의 고통은 그녀가 느끼는 고통과는 다른 것이었다. 위선도 공감도 아닌 어떠한 고통.

여자는 울지 않았다. 여자의 검은 눈에서는 흐릿하고 미세한 물기조차 흘러내리지 않았다.

여자는 울지 않았다.

그녀는 여자를 결코 용서할 수 없을 것이었다. 여자는 그녀를 결코 이해할 수 없을 것이었다. 왜냐하면 결국 여자는 암탉이 아니었으니까. 여자는 철판 위에서 춤을 추는 작은 새의 고통을 이미칠 듯한 열기를 영원히 모를 것이었으니까. 용서와 화해는 불가능한 것이었다. 그럼에도 그녀는, 학대받은 작은 암탉은 믿을 수 없게도 여자를 사랑하고 있었다. 여자 외에 다른 선택지가 없었기 때문은 아니었다. 그녀가 더 이상 닭장 안에서 다른 암탉들과 함께 잠들고 서로의 깃털을 매만질 수 없기 때문도, 모래 섞인 쌀알을 내미는 여자의 손이 여자 자신처럼 단단하고 아름답기 때문도 아니었다. 여자가 살아 있었기 때문에, 오직 그 이유 때문에 암탉은 여자를 사랑하고 있었던 것이다. 사랑은 암탉의 천성과도 같았으므로.

암탉의 발이 검붉게 달아올랐다. 매캐한 재의 냄새가 진동했다. 암탉은 산 채로 익어가고 있었다. 두려웠다. 더 이상 춤을 추고 싶지 않았다. 심장이 터질 듯 달아올랐고 작고 연약한 허파는 찢어질 것 같았다. 튀어나온 항문이 열오른 단단한 다리에 자꾸 들러붙었다. 여자는 흰 대리석처럼 고요하게 그녀의 옆에 앉아 있었다. 여자가 암탉의 곁을 떠나갈 때까지, 돌이킬 수 없이 익어 짓무른 암탉이 숨을 쉴 수 없을 때까지 펄떡거리는 붉은 심장에서 더이상 피가 흐르지 않을 때까지 암탉은 춤을 추고 있을 것이고 여자는 암탉의 곁에 앉아 있을 것이었다.

그때까지, 사랑은 계속될 것이었다. 그때까지, 생명은 계속될 것이었다.

암탉은 웃고 있었다. 잘려나간 부리를 한껏 벌리고 그녀는 비명 대신 웃음을 터뜨렸다. 하늘을 향해 고개를 쳐들고 작은 입을 끔찍할 정도로 벌린 그녀가 공포에 질려 울부짖고 있는 것이라고 군중들은 생각하였을 것이다. 그러나 그녀는 웃고 있었다. 왜냐하면 그녀는 살아 있었으니까 그녀는 살아 있는 것을 절망적으로 두려워하면서도 사랑하고 있었으니까 그녀는 사랑하는 것을 그만둘 수 없었으니까 살아가는 것을 그만 둘 수 없었듯이 삶을 사랑하는 것을 멈출 수 없었듯이 그녀는 평생 계속되었던 사랑을 한껏 내밀고 있었으니까. 그녀는 죽을 듯 괴로웠고 이 춤이 산란처럼 영원하리라는 것을 알았고 산란이 끝난 뒤에도 이어지는 잔혹한 생이 있다는 것을 알았고 그녀가 그 무엇보다도 경멸하는 뜨거운 열기로 파열하는 태양은 눈부시게 아름다웠고 그녀는 이름 모를 별이 아름답다는 것을 알고 있었고 그녀는 용서할 수 없는 것들을 사랑하고 있었고 어쩌면 고통마저도 어쩌면 그녀를 잔혹하게 살해하는 철판마저도 어쩌면 불가능한 범죄를 가능케 하는 잔혹성마저도 어쩌면, 어쩌면 그녀는 그녀가 갈망하던 것을 알 것만 같았으니 타원형의 알을 둘러싸고 있는 점막을 둘러싸고 있는 피와 살, 이름도 언어도 없는 그것이 무엇인지 그녀는 비로소 알 것 같았으니 그것은 웃음이었고 무자비한, 용서 없는 광폭한 사랑의 웃음이었고 신들에게만, 신의 공포와 전능, 몰이성의 황홀을 가지고 있는 어린 짐승들에게나 가능할 법한 그런 웃음이었고 그녀는 달아올라 파열되어가는 가느다란 다리에서 탈장되어 너덜거리는 항문에서 피어오르는 희뿌연 웃음을 보았으니 그녀는 죽음 속에서 기꺼이 살아갈 수 있었고 가능의 한계를 배반하는 불가능을 기꺼이 웃을 수 있었고 의무감조차도 없이 기꺼이 삶을 위반할 수 있었고 그녀는 향기롭고 매혹적인 배반의 웃음을 지었고 그 웃음은 그녀를 한껏 벌리면서 녹아내리고 익어가고 타오르는 살을 일그러뜨리면서 향기롭게 흘러내렸고 삶의 파괴만으로 치달아가는 쾌락, 내장과 시간과 일상과 망가진 자궁과 조각난 병아리들과 깨진 달걀 조각과 피투성이 진물에서 피어오르는 무질서의 관능, 오로지 배반만으로 웃음 짓는 짐승들의 서글픈 관능 속에서 그녀는 잘려나간 부리를 벌리고 목 깊이, 난자가 하나도 남지 않은 황폐한 자궁보다도 튀어나온 항문보다도 더 깊이, 그녀를 파괴하는 철판보다도 불보다도 더 깊이, 웃음 지었다.

# 돼지재판

한스라는 이름은 스스로 지은 것이었다. 그것이 독일의 남자아이들, 게다가 인간들이 주로 쓰는 이름이라는 사실도, 그녀와는 아무런 연관도 없는 이름이라는 사실도 그리 중요하지 않았다. 한스라는 이름이 그녀의 세계에 등장한 것은 순전한 우연이었다. 아무도 그녀의 곁에서 한스라는 이름을 누설한 적이 없으며 그녀를 한스라고 부른 적이 없음에도, 그녀 주변의 누군가를, 심지어는 지나가던 행인을 한스라고 부르는 소리를 들은 적도 없음에도 그녀의 심장 안쪽에서 인이 박히듯 갑작스럽게 한스라는 이름이 흘러넘쳤다. 발톱이 자라고 주둥이가 길어지며 덧니가 나는 것처럼 자연스러운 일이었다. 그녀는 살아가면서 한 번도 그녀가 한스임을 의심해 본 적이 없었다. 그녀 주변의 다른 돼지들은 대개 자신의 이름을 모르고 살아간다는 사실, 이름이 나타나는 기적같은 순간과 이름 이후의 세상을 경험하지 못하고 살아간다는 사실도 큰 문제가 되지는 않았다. 그녀는 언제나 자신이 여타의 돼지들과 다르다고 생각해왔으므로. 그녀는 그녀가 아닌 모든 것과 달랐다. 그저 유전자의 특정 조직이 미세한 차이를 갖고 콧구멍의 너비가 다르고 눈의 색깔이 다르고 점유하는 공간의 방위가 다르다는 그런 하잘 것 없는 이유에서 다르다는 것은 아니었다. 그녀는 본질적으로 달랐다. 이유를 찾거나 만드는 일에 다른 어떠한 종족보다도 능숙하다는 인간들마저도 찾지 못한 본질에 대해서 그녀가 명확히 설명할 수 있는 것은 아니었지만, 적어도 본질이라는 것이 실재한다면 그녀의 본질은 여타의 꽥꽥거리는 돼지 여자들과는 다르리라는 것을 그녀는 잘 알고 있었다. 그녀는 완벽한 여자였다. 아름답기로 유명한 장미보다도, 수컷 공작보다도, 심지어는 소금호수에 투명하게 비추어진 하늘의 파란 허공보다도, 겨울이면 정령들처럼 그녀의 세계로 하늘하늘 밀려오는 베일과도 같은 안개보다도 막 새로운 아이를 낳고 있는 분만하는 짐승들보다도 쪼개짐에 온몸을 노출시키고 있는 먹구름보다도 그녀는 완벽한 여자였다. 여자라는 것을 어떻게 정의할 수 있는지 그녀 스스로도 알 수 없었지만 그녀는 자신이 완벽한 여자, 규정할 수 없는 여자, 하나의 축으로 이분할 수 없는 여자, 무참히도 이질적인 살들이 서로에게 대항하여 투쟁하고 경멸하며 불협하는, 기관의 유기적이며 통일적인 구조조차 없이 살아가는 여자라는 사실을 알고 있었다. 그 증거로 그녀는 한 번에 열두 마리의 새끼들을 낳았으며 열두 갈래로 쪼개지면서도 울지 않았다. 그녀는 언제나 그러한 쪼개짐을 살아가고 있었기 때문이었다. 그녀는 분홍빛의 오톨도톨한 신체가 언제나 분열중이라는 사실을 알고 있었다. 여타의 돼지 여자들이나 남자들과는 달랐다. 그들의 매끄러운 몸, 마치 한 번도 찢겨본적이 없다는 듯, 처음부터 완벽하게 이어진 한 덩이의 살결이었다는 듯 번들거리는, 홈 하나 없는 세계를 물끄러미 바라보고 있자면 그녀는 갑작스레 몰아치는 수치를 이기지 못하고 둥글고 커다란 머리를 목 아래로 숙이곤 했으나 정작 그들은 그들의 기만적인 부드러움에 아무런 이질감도 느끼지 못하였는지 행복에 겨운 꿀꿀거림을 내지르며 농장 이곳저곳을 돌아다니곤 했다. 그녀는 대체로 다른 모든 유기체와 비유기체를 무시하고 경멸하였으나 농장 돼지들은 특히 견딜 수 없을 정도로 멸시하였다. 그곳의 여자와 남자들은 아무런 사유도 반성도 기대도 없이 한없이 행복한 꿀꿀거림을 똥처럼 지려내며 돌아다녔다. 물론 예정된 죽음을 인도받고 선물과도 같은 최후를 기다리며 행복에 질겁한 분홍빛 얼굴을 햇볕에 마음껏 태워내며 살아간다고 해서, 생명보존과 실패 없는 죽음을 확실히 보장하는 시스템 속에서 자유에 굴종하며 여생을 만끽한다고 해서 누군가의 비난을 받아 마땅한 것은 아니었다. 때로 생물은 자유롭기 위하여 스스로를 가두어두는 법이니까. 돼지 여자도 자랑할만한 방랑자는 아니었다. 그녀는 대개 여섯 마리의—나머지는 하나씩 사라져갔다. 언젠가 그들이 여자의 몸을 열고 세상으로 나왔던 때처럼 또 세상을 열고 사라져가는 그들을 여자는 그리워하지 않았다. 아이들은 아직 여섯이나 있었고 그 여섯도 곧 그녀를 두고 사라질 것임을 알고 있었기 때문이었다.—아기 돼지들과 함께 붉은 숲 내부만을 서성거릴 뿐이었다. 대부분의 시간 한스는 붉은 삼목 아래 등을 기대고 분홍빛 배와 네 다리를 앞을 향해 내민 상태로 앉아—돼지로서는 참으로 기묘한 자세이지만—눈앞에서 흔들거리는 풀의 희미한 기척만을 느끼며 사색에 잠기고는 했다. 그녀가 주로 몰두하는 사유는 그녀가 무언가를 경멸하는 이유와 경멸하지 않는 이유에 관한 것이었으나 후자에 관한 생각은 거의 이루어지지 않았다. 그녀는 기실 모든 것을 경멸하였으며 경멸하지 않는 것은 아주 일시적인 현상으로 경멸의 부재를 양도할 만 한 사물은 고정적이며 항구적인 것도 아니어서 바람 한 점에, 기온의 변화에, 해의 높이에 따라 순식간에 사라져버리곤 하는 것이었다. 비가역적이며 일방적인 환멸의 향방, 한스는 바라보고 지각할 수 있는 모든 것을 경멸하였다. 경멸은 그녀가 세상을 살아가는 방식이었으며 동시에 무엇인가를 사랑하는 방식이기도 하였다. 그녀는 세상 모든 것을 경멸하였으며 세상 모든 것을 사랑하였다. 다만 경멸은 언제나 선행하는 정서였던 것이, 그녀는 사랑하지 않는 것을 경멸하기도 하였지만 경멸하지 않고서는 사랑할 수 없었기 때문이었다.

오늘은 농장의 돼지를 도살하는 날이었다. 매주 일요일 아침, 새들의 울음소리를 고기경단으로 뭉쳐놓은 것처럼 크고 음산한 종소리가 울리는 날, 농장의 돼지들은 목줄을 매고 도살자의 인도를 받아 최후의 공간으로 산책하고는 했다. 아직 죽을 때가 되지 않은 돼지들, 도살할 시기를 놓쳐 지나치게 늙어버린 돼지들, 도살할만한 가치가 없거나 농장 손녀의 사랑을 받아 죽음으로부터의 영원한 사면을 선고받은 돼지들은 그들 최후의 걸음을 경건한 눈, 존경과 경외에 찬 눈으로 하염없이 바라보고는 했다. 도살의 시간은 성령의 도래와도 같이 신성하였다. 죽음의 시간과 장소를 알고 거의 자발적인 걸음걸이로, 언제든지 찢어내고 도망칠 수 있을 느슨한 목줄에 순순히 감겨 걸어가는 돼지들의 뒷모습은 햇빛을 받아 눈부시게 반짝거렸다. 도살은 거의 해가 가장 높이 뜨는 시간인 오후 두세 시쯤에 거행되었으므로.

한스는 아기 돼지가 열두 마리 남아 있던 시절 아이들과 함께 농장 울타리 바깥에서 그들의 도살 행진을 물끄러미 지켜보기도 하였다. 환희에 찬 경건에 압도당한 아기 돼지들은 흥분을 이기지 못하고 끼끼대면서 발버둥쳤으나 한스는 그 애들이 모든 것을 지켜보도록 종용하였다. 만약 그들이 농장에서의 자유와 예속을 선택한다면 언제든지 울타리 안쪽으로 밀어넣을 수 있도록. 한스는 농장에서의 삶을 경멸했지만 그렇다고 해서 농장 바깥의 삶이 우월하다고 생각한 것은 아니었다. 두 마리의 이름 없는 아기 돼지들은 농장 안쪽을 향해 달려들어갔고 한스는 마음만 먹는다면 얼마든지 그들의 작고 여린 몸뚱이를 물어 붙들 수 있었으나 그들을 내버려두었다.

오늘은 그때 보낸 이름 없는 아이 중 한 마리가 죽음을 선고받는 날이었다. 한스는 농장 바깥에서 붉은 삼목 뒤에 숨어 그녀의 돼지들, 그녀의 살과 그녀의 피와 그녀의 숨이 갈취당하고 세계에 발발한 사건들이 변형되어 가는 모습을 묵묵히 지켜보았다. 이름없는 두 돼지 아이들은 눈깜짝할 새에 거대하고 퉁퉁하게 자라났다. 한스는 그들이 곧 최후의 신에게 인도되리라는 사실을, 존재가 사라지기 위하여 충족시켜야 할 질과 양을 모두 충족시켰다는 사실을 직감하였다. 한스는 허공에 둥둥 떠있던 네 발을 척척한 낙엽 아래로 떨어뜨리고 지상에 안착하는 무게가 동반하는 필연적인 소음에 화들짝 놀라 낑낑거리는 우둔한 새끼 돼지들을 불렀다. 그 애들은 항상 그녀 주변에서만 이리저리 뛰어다니며 상상의 놀이에 삶을 매진하였기에 여섯의 충실한 종과도 같은 아이들을 불러모으는 일은 그리 어렵지 않았다. 한스는 붉은 삼목 바깥을 향해 걸어나갔고 아이들은 행복하게 꿀꿀거리며 그녀를 따라나섰다. 만약 그녀가 당장 그 애들의 목덜미를 물어뜯는다고 해도 아무런 의심도 없이 심지어는 고통도 없이 그녀에게 순종하며 꿀꿀거릴 아이들, 어둠 속에 오래도록 격리되어 있다가 불현듯 나타난 최초의 온기에 제가 가진 모든 정열을 바치는 인질처럼. 그러나 그들에게는 납치당한 소녀와 다른 점이 있었으니, 그들이 가진 모든 피와 살, 내장과 궁둥이, 주둥이와 꿀꿀거리는 비명은 모두 그녀의 몸에서 갈취해낸 것이라는 사실이었다. 한스는 당장이라도 이 부조리한 율동들을 짓밟아 바스라뜨리고 싶은 충동에 시달렸다. 아무런 거리낌도 수치도 없이 그녀의 젖을 물고 끔찍하게 새까맣고 축축한 눈으로 저를 올려다보는 덩어리들, 그녀의 내부에서 도래한 덩어리들, 그녀에게 맹목적인, 그녀에게 순종하는 덩어리들, 그러나 그녀는 다른 모든 것들을 경멸하듯 그 애석한 덩어리들마저도 경멸할 수밖에 없었다. 그녀는 아무것도 모르고 그녀를 따라 농장 울타리 바깥으로 날듯이 걸어가는 새끼들을 연민하지 않았다. 새벽빛이 밤의 순결한 어둠 군데군데에 퇴락한 얼룩을 남기고 침잠한 빛이 점점 진해질 무렵, 폭발적인 흰빛이 하늘을 가로지르며 초연하게 떠올랐고 곰팡이와 같던 희끄무레한 얼룩이 활개를 치며 번져가 하늘을 짙은 푸른빛으로 흠뻑 물들였다. 종을 치는 날, 수천 마리 새들의 건조한 울음소리가 빗발치는 날 누군가 도살자의 따뜻하고 축축한 손에 머리를 비비고 끝을 목격할 수 있다는 사실을 알고 있는 목장 안의 돼지들은 흥분을 이기지 못하고 울타리와 잔디 곳곳에 몸을 거칠게 비벼대며 날뛰었다. 푸른 풀물이 든 몸은 수확할 때를 기다리는 과실처럼 향기로웠다. 기벽을 지닌 짐승이라면 산 채로 뜯어먹을 수도 있을 정도로.

한스는 잔디 위에 드러누워 하늘을 우두커니 올려다보고 있는 제 아이를 발견할 수 있었다. 다른 아이는 어디에 있는지 찾을 수 없었지만 그 아이가 언젠가 제 살과 피를 먹고 자궁 속에 감금되어 최초의 온기, 최초의 울음과 최초의 입맞춤만을 하염없이 기다리던 그 가엾은 생명임은 분명히 알아볼 수 있었다. 아이는 놀랄 만큼 자라났고 놀랄 만큼 아름다워졌으며 놀랄 만큼 통통해졌으나 그녀는 분명히 알아볼 수 있었다. 농장 안쪽의 생활이 따뜻하고 안락했던지, 원하는 만큼 바람을 쐬고 원하는 만큼 사료를 먹고 원하는 만큼 물을 마시고 원하는 만큼 위험에 제 몸을 노출시키며 단련되었을 피부는 물결처럼 부드러워 보였다. 한스는 풀밭 위에 그림처럼 드러누운 채 서정적인 최후를, 보랏빛 밤처럼 낭만적인 끝을 상상하는 아이를 불러오고 싶다고 생각했다. 언젠가 저 애가 농장 안쪽으로 들어가기 전에, 안락하며 자유로운 삶을 선택하기 전에 이름을 지어주었다면 그녀는 목끝까지 차오르는 꿀꿀거림을 이기지 못하고 이름을 부르고 말았을 것이다. 각자의 방식으로 죽음을 명상하고 죽음을 상상하며 죽음을 전조하는 핑크빛의 살덩어리들 사이에서 그녀가 제 살의 이름을 부른다면 아이는 아무런 의심없이, 죽음을 애걸하고 죽음을 갈망하고 죽음을 전조하던 모든 세월을 잊고 그녀의 비루먹은 여섯 아이들과 함께 붉은 숲으로 돌아갈 것이었다. 한때 자신이 삶과 죽음을 구획시키는 명료한 질서에 매혹되었다는 사실마저 망각하고, 다시 불운한 허기와 추위, 고통이 온몸을 지독하게 옥죄어오는 투쟁에의 얽힘 속으로 뛰어들 것이었다. 그녀가 그곳에서 이름을 불렀으므로. 최초의 부름, 최초의 목소리, 최초의 이름을 거역할 수 있는 생은 없으므로. 한스는 그렇게 존재하지도 않는 아이의 텅 빈 이름을 침묵하였다. 색색거리는 숨소리, 낄낄거리며 해 주위를 산만하게 떠도는 까마귀들. 예수의 단단하고 초연한 머리를 감싸안은 면류관처럼 낮을, 빛을, 하늘을 둘러싼 검은 날개들.

돼지처럼 통통한 분홍빛의 머리를 높은 곳에 치켜들고 걸어오는 맨몸의 사내가 도살자라는 것을 한스는 언제나 모든 사물을 일순에 관조하고 직감하는 진단적인 시선으로, 곧바로 알아볼 수 있었다. 그의 몸에는 피 한 방울 묻어 있지 않았으며 그는 흔하디 흔한 도살자의 표식인 도끼도 들고 있지 않았으나 두 발로 서서 걷는 그의 존재는 그와 놀랄 만큼 닮은 수십 마리의 돼지들 가운데에서도 확연히 이질적이었다. 두 발로 구부정하게 걷는 그의 연약한 배와 성기는 애처로울 정도로 활짝 노출되어 있었다. 죽을 날을 받은 사형수들 앞에서 구태여 비밀을 숨길 필요가 없었던 것이다. 간수들은 사형수들에게 제 죄를 털어놓았고 얼음처럼 차게 굳어 있던 신부의 얼굴 역시 사형수의 벌거벗은 눈앞에서 순식간에 쭈글쭈글하게 주름지며 흘러내렸다. 햇빛을 받아 반짝이는 사내의 핑크빛 몸에는 털이 한 올도 없었다. 그가 발을 교차시켜 앞으로 내밀 때마다 선연하게 드러나는 사타구니는 아이의 음부처럼 매끈하였다. 차라리 그의 몸 전체가 갓난아이의 음부를 이루는 투명하고 발긋한 속살로 짜인 것 같았다. 사형수에게 제 죄를 고백하고 삶이 순식간에 소진되어버리는 순간, 면도날처럼 거칠고 날카로운 공업용 밧줄이 그의 목을 지탱하는 순간 형벌과도 같은 삶으로부터 해방되기를 기대하는 신부처럼, 돼지들은 그의 알몸을 길게 휘어진 혀로 핥짝거리며 그가 선택한 죽음 속에 함몰되기를 애걸하였다. 벌거숭이 사내는 빛 아래 드러난 천사들의 알몸을 음울한 얼굴로 훑어보았다. 한스는 그의 헐벗은 몸에 맨몸을 비비고 그를 애무하고픈 충동에 휩싸였으나, 그녀의 작고 멍청한 아이들은 순식간에 작열하는 탄성을 끽끽 터뜨리며 춤을 추듯 빙빙 맴돌았으나, 그들은 결국 울타리 바깥에, 사물들의 시체를 목격하되 그들의 생과 사에 개입하지는 않는 신과 같은 관조적인 자리에 머물렀다.

선택된 것은 한스의 예상대로 그녀의 아이였다. 그녀의 아이만큼이나 통통한 두 마리 돼지들이 지금 막 발생한 것처럼 갑작스럽게 튀어나온 줄에 묶여 거대하고 탐스러운 풍선다발처럼 사내의 뒤를 졸졸 쫓아갔다. 하나의 끈으로 엮인 돼지들은 같은 운명의 다발에 얽혀 있는 연쇄적인 사건의 이음고리를 각자의 뻔한 양태로 표상하며 즐겁게 꽥꽥대고 있었다. 갑작스레 다리를 절고 시를 읊고 똥을 지리는 돼지들. 그러나 소동보다도 황홀한 침묵이 돌연한 소나기처럼 풀밭을 적시자 돼지들은 신의 죽음을 배웅하듯 엄숙한 자세로 정지하여 허공을 쏘아보았다. 마치 초점을 맞출 수 없는 아득한 어딘가에 그들의 최후가 고대의 주술적인 언어로 쓰여있는 것처럼, 누군가의 죽음이 확정되고 집행되는 신비로운 순간에는 그 언어를 읽을 수 있다는 것처럼, 하지만 아무도 글자들을 발견하지 못하였으며 발견하지 못한 글자들을 읽을 수 있는 돼지들은 어디에도 없었다. 통사적인 구조도 없는, 엉망진창의, 산발적인, 파편화된 비문들, 세계에 산재된 원초적인 기호들은 모두 그처럼 어긋난 비문들이었으나 그들은 마치 세계가 처음부터 형이상학적으로 완벽한 작품으로 이루어졌다는 양 연결도 사랑도 규칙도 없이 무차별한 의존으로 불협하는 기호들을 한 방향으로 매끄럽게 읽어내려 애쓰곤 했다. 애초에 세계는 읽히기 위한 기호들이 아님에도, 누군가는 그 불가해하고 부조리한 비밀, 처음부터 노출되어 있던 상처의 무표들을 읽어내릴 수 있겠지만 그 순간의 그들에게, 그들의 비천하고 우매한 지성에게는 허락되지 않은 일이었다.

나신의 사형집행인이 철문을 열고 세 마리 돼지들을 밀어넣었다. 돼지들은 비밀스럽고 공공연한 결말을 목도하기 위하여 뒤도 돌아보지 않고 도살장 안으로 들어갔다. 풀과 배설물, 진흙에 젖은 통통한 엉덩이들. 한스와 돼지들은 곧 몸의 격렬한 사실을 현화시키는 환희를 들을 수 있었다. 최초의 절정을 맞이한 여자처럼 황홀한 비명소리. 침묵보다도 깊은, 침묵보다도 암시적인, 침묵보다도 고요한, 순전히 물질적인 소리, 비릿한 냄새가 진동하는.

한스는 두세 마리의 아이들을 더 농장으로 떠나보낼 각오를 하고 있었으나 아이들은 얌전히 한스를 따라 숲 안쪽으로 들어섰다. 그날 밤새도록 그들은 침묵하였다. 형제의 환희, 절대적인 죽음의 매혹이 사소한 일상의 꿀꿀거림과 함께 순식간에 부식되어버릴까 봐 두려운 듯, 그러나 그들은 두려워할 것이 없었던 것이, 머지않아 그들은 두 번째 죽음을 목격하게 될 테니까. 머지않은 그 순간이 도래하면 그들은 세 번째 네 번째 죽음을 두려워하고 갈망하며 서글픈 울음을 터뜨릴 것이었다. 이름 없는 돼지 하나가, 그러나 분명히 그녀의 자식인 돼지 소녀 하나가 그녀의 궁둥이에 주둥이를 박고 훌쩍거리는 소리를 그녀는 분명히 들을 수 있을 것이었다. 죽어가는 그녀의 세계 속에, 그녀가 태어난 죽음 속에 머리를 밀어넣고 돌아가고 싶다는 듯, 그래서 다시는 깨어나고 싶지 않다는 듯, 길고 긴 유폐생활로부터 깨어나고 싶지 않다는 듯, 차라리 아무도 자신을 구해주지 않았으면 하고 바라는 납치된 인질과도 같이. 예고 없이 도래하는 어둠은 부드럽고 애틋하였으므로. 잔존하는 열기를, 절망을, 고요를 사랑하지 않고서는 살아갈 수 없었으므로. 마침내는 삶을 파기하고 죽음의 내장으로 머리를 들이밀고 질식해갈 때까지. 특유의 체념적인 소심함으로 도처의 비통한 환희를 망각하고 잠이 든 살덩이들, 만약 그들을 낳지 않았더라면 그녀는 여전히 쪼개지고 있는 열두 조각의 균열에 담긴 얼굴을 볼 수 없었겠지. 지금도 이해하지 못할 잠든 얼굴들, 어쩌면 얼굴이 아닌 머리들. 한스는 당장이라도 세상 앞에 무릎을 꿇고 굴종하고 싶었다. 하지만 무엇을 위하여? 무엇을? 한스는 세상이 저보다 열등하다는 것을, 그녀보다 덜 암시적이며 그녀가 알 수 없는 무언가를 그녀의 끊임없이 갈라지는 살보다 덜 내포하고 있다는 것을 알고 있었다. 잔혹한 폭도들이 최초의 혁명 이전에 물러나고 다시 물밀듯이 밀려오는 낮과 시간에 맞추어 조금씩 더 늦게 밀려나가는 낮과 질식해가던 몸을 아련하게 풀어헤치며 갈수록 졸아드는 시간을 생존해나가는 밤, 그리고 다시 혁명도 반역도 몰락도 없는 새벽과 낮, 한스는 모든 것이 언제라도 끝나리라는 것을 알았으며 끝까지 끝나지 않으리라는 것 역시 알고 있었다. 그녀가 산산이 와해되는 순간 표식될 본질, 오로지 사라짐으로써만 현현하는 세계의 내용을 그 순간, 다시는 돌아오지 않을 비가역적인 순간에 읽어낼 수 있을 것인지, 이해할 수 있을 것인지는 미지의 영역에 파묻혀 있었다.

어쩌면 영원히, 영원히 도래하지 않을 순간, 그 순간이 머지않았다는 사실을 그녀는 예감할 수 없었다. 찍 소리도 내지 않고 묵묵하게 죽음을 견디는 식물들처럼 그렇게 찢겨나갈 수는 없는 것일까. 그녀는 언제나 제 몸을 찢어발기는 절단을 소란을 경멸을 때로는 상스러운 무력감에 절어 외면하고는 하였는데 그럴 때마다, 예컨대 열두 마리의 절망적인 타성이 그녀의 몸을 벌리고 기어나오던 순간, 죽음을 선취한 그녀의 살이 그녀를 버리고 떨어져나가는 순간, 철문이 닫히고 여자의 기묘한 교성이 흘러넘치고 아무것도 볼 수 없으면서도 모든 것을 예상할 수 있던 그 순간, 그녀는 자기보존이라는 숙명과도 같은 함정, 치명적이며 동시에 항시적인, 이제는 삶과 분리할 수 없는 애석한 덫에 걸려들고는 했다. 새끼들은 발작하듯 흐느끼며 가시철조망이 둘러싸인 울타리에 연약한 발을 박아넣었지만 한스는 그들을 돌보지도 제지하지도 않았다. 누군가 끌어안아주기만을 기다리며 몸부림치는 가련한 머리들, 할 수만 있다면 영영 취소해버리고 싶은 쪼개짐, 분열 이후의 세계에 대해 그녀는 한 번도 생각해 본 적이 없었다. 모든 것은 한없이 쪼개지고 갈라져 출혈할 것 같았다. 아무것도 열리지 않고 아무것도 길들지 않고 아무것도 닫히지 않고 아무것도 협화하지 않는 채로 오로지 자멸을 향하여 찢겨져나가는 찢겨짐의 상태. 그녀는 그러한 고통 이외의 삶에 대하여 아는 바도 없었으며 한갓

얕은 비유로 고통 너머의 삶에 대해 상상하려는 시도를 하려한 적
도 없었다. 봉합되지 않는 찢겨짐, 중력이 가장 취약한 부분에서
이를 드러내고 나오는 새하얀 구더기들, 마침내는 흰빛의 꽃처럼
우글거리는 환부.

새끼들은 제 목과 발톱을 뜯어내며 울부짖었다. 그들이 곧 자신
과 어미를 망치리라는 것을, 그들을 관리하고 감독하고 규율하고
책임지며 길들이는 일을 오직 한스만이 할 수 있음을 알고 있었으
나, 대개의 어미들은 새끼를 훈육하고 교육하며 매질하고 헐뜯고
보상하고 경합시켜 인도한다는 사실을 알고 있었으나 한스는 몸
부림치는 불치의 뒤틀림에 얽혀들고 싶지 않았다. 새끼들이 자신
을, 다른 누구도 아닌 자신을 갈망한다는 사실을 견딜 수 없었다.

알몸의 사내가 천사처럼 흰빛으로 번들거리는 몸을 철문에서
울컥 내뱉었다. 그는 홀로였다. 한스는 희끄무레한 유령 한 마리
도 볼 수 없었다. 사내는 끔찍하게 지쳐 보였다. 숨을 헐떡이면서
천식환자처럼 기침을 해대는 앙상한 가슴, 한스는 그가 죽어가고
있다는 사실을, 다른 모든 생명이 죽어가는 것보다 더욱 격렬하고
확실하게 몰락하고 있음을 알았다. 물론 그의 죽음이 인류의 죽
음과 쇠퇴, 종말을 은유하는 메타포는 아니었다. 그의 죽음은 오
로지 그의 죽음이다. 단자의 죽음도 세포의 죽음도 생명의 죽음
도 시대의 죽음도 아닌 죽음, 다른 무엇도 아닌 죽음, 그러나 그는
아직 살아서 헐떡거리고 있었다. 돼지들을 도살하는 도끼로, 무수
한 죽음을 양산해낸 무기로 단 한 번만 제 목을 내려친다면 그는

그에게 호소하는 죽음들을 전부 내버려두고 사라질 수 있을 텐데. 죽음을 목격하지 못한 군중들, 죽음의 존재와 죽음의 장소만을 어렴풋이 볼 수 있었던 외부자들은 붉은 숲으로 돌아섰다. 나뭇가지 위에서 잔뜩 긴장한 채 웅크린 새들이 그들을 반기며 찍찍거렸다. 한스는 잘 움직이지 않는 다리를 질질 끌며 붉은삼목 아래, 그녀가 세계의 공공연한 비밀과 그 심층의 무의미, 불쾌한 뒤틀림을 표상하는 자리에 앉았다. 새끼들은 아직도 흥분과 공포에서 벗어나지 못한 채 새들처럼 높은 소리로 찍찍거리고 있었다. 어쩌면 아직도 그들은 한스의 포옹을 기다리고 있을지도 몰랐다. 한스는 그들이 포기하기만을 기다렸다. 찍찍거림이, 절망적으로 만연한 찍찍거림이, 개체들의 무수한 간격에서 흘러나오는 찍찍거림이 멎어들고 다시 세계의 역겨운 부조리와 불완전성, 균열들을 가만히 들여다보는 시간을 맞이할 수 있도록. 감지와도 같이 예민한 붉은 머릿속에 내려앉는 생각들을 표현할 수단이 있었다면 그녀는 기꺼이 그리했을 것이다. 인물 혹은 시간 혹은 장소에 따라 분권한 여러 권의 책들 위에 제 속에서 찢겨나가는 기꺼운 환부의 형태를 그려넣고 찢어버렸으리라. 책에는 결국 한 장의 종이조차 남지 않을 것이고 한스는 기억하는 것만을 기억할 것이다. 소화조차 되지 않은 종이조각은 위장을 찢어내고 소장을 대장을 찢어내며 긴 환부를 만들 것이고 환부 속에 스며드는 위액과 장액에 상처는 돌이킬 수 없이 벌어져 감염될 것이다. 그녀는 날마다 제가 삼킨 글의 모서리에 찔려 선연한 고통을 만끽하며 뒹굴 것이다.

그렇게 엉망으로 찢기고 나면 또 열댓 마리의 아이를 낳을지도 모르지, 돼지는 무덤덤하게 생각했다. 만약 그녀가 아이들을 돌보기로 마음먹었다면, 아이들이 종족을 보전하고 그녀 유전의 형질 일부를 자손들에게 남기며 그녀의 일부를 널리 퍼뜨리고 이어나갈 수 있도록, 어떠한 작품도 예술도 글도 찢겨진 일기장도 없이, 그렇게 불구와도 같은 균열을 낳고 낳을 수 있도록 유도하려 했다면 아이들에게 날마다 독약을 먹도록 했을 것이다. 그들이 독의 치명적인 고통에 익숙해질 수 있도록. 독을 먹을 때마다 죽음이 아닌 삶을 상기할 수 있도록. 더 이상 독 없이도 독과 같은 고통을 느낄 수 있을 때까지 그 고통을 사랑하게 될 때까지. 하지만 한스가 바라는 것은 그들이 독을 경유하여 삶에 안착하는 일이 아니었다. 한스는 그들의 죽음을 바랐다. 쪼개짐의 취소, 방만한 노출의 취소, 그녀의 가장 연약하고 아픈 균열을 고스란히 내보이는 분홍빛 살들의 취소를. 그들이 자살하겠다 해도 한스는 막지 않을 것이다. 끊기지 않을 매듭을 만들어주는 수고까지는 해줄 수 없지만 적어도 그들을 붙잡지는 않을 것이다. 목장의 이름 없는 아이가 죽음을 향해 걸어가는 것을 막지 않았듯. 아이들이 그녀를 즐겁게 해주지 못했다고 해서 그녀가 특별히 아이들을 경멸하는 것은 아니었다. 그녀는 모든 것을 무차별적으로 차별하였으며 자애롭게 경멸하였다. 그녀를 즐겁게 해주는 대상은 아무것도 없었다. 일과처럼 빠져드는 명상 역시 역겨움과 불쾌함만 불러일으킬 뿐이었다. 다만 그러한 불쾌함이라도 그녀에겐 간절하였다. 구토를 유발할만한 현기증, 아무것도 토해내지 않고서는 한없이 도태되는 세계를 견딜 수 없었으므로. 처음부터 어디로도 가지 않았던 우주, 끊임없이 경련하고 진통하고 비명하면서도 한 치 앞으로도 나가지 못했던. 왜냐하면 우주의 지평은 어설프게 기울어져 있으므로, 구부러진 타원으로의 확장은 완벽이 아닌 기형의 벌어지는 절단에 불과했으므로. 하늘은 언제나 정밀하고 치밀하게 같은 높이를 유지하였다. 그녀는 밤의 천구에 떠오른 구더기들을 하나하나 세어보다가 잠들었다.

잠 속에서 그녀는 어린 소녀를 보았다. 비참할 정도로 작고 앙상한 소녀였다. 삑삑거리며 살금살금 기어가는 깜찍한 걸음걸이는 어떠한 낙담도 좌절도 실망도 모르는 듯 무고해보였다. 여자는 소녀의 허리를 잡아들고 벌레처럼 연약한 몸을 내려다보았다. 그토록 자그맣고 부드러운 머릿속에 어떠한 사유가 싹틀 수 있다는 것을 믿을 수 없었기에 한스는 아무런 의심없이 소녀가 무지한 백치일 것이라고 확신하였다. 소녀는 겁도 없이 삑삑거리며 부리를 벌렸다 오므렸다. 한스의 무엇이 소녀를 매혹시켰는지, 소녀는 두려움도 불안도 없는 말간 눈, 그녀의 새끼들처럼 검고 축축한 눈으로 한스를 올려다보고 있었다. 끔찍하게 여리고 애처로운 눈, 한스는 참지 못하고 그녀를 바닥에 내리쳤다. 우연히도―혹은 운명적으로―소녀의 머리 아래에 놓여 있던 뾰족한 돌이 소녀의―우글거리는 구더기밖에는 없는 흰빛의 빈 종이일 것이 분명한―이마를 깨뜨렸고 소녀는 너무도 무해하고 가녀린 존재인 그녀의 육체에서 발생한 사건을 도저히 이해하지 못하겠다는 듯, 아무런 비명도 없이 부리를 오물거렸다. 혓바닥처럼 말캉한 두개골의 균열에서 붉고 축축한 피가 하염없이 흘러나왔다. 한스는 젖은 흙과 같이 부드러운 머리를 핥아내렸다. 그녀의 새끼들이 피냄새를 맡고 소녀의 곁에 몰려들었다. 소녀는 아직까지도 꺼지지 않은 생명의 빛을 스스로 끌 여력조차 없이 그녀의 위에서 번져가는 물결을 혼몽한 시선으로 올려다볼 뿐이었다. 한스는 소녀의 균열 깊은 곳에 퉁퉁한 혀를 밀어넣었다. 소녀는 황홀과도 같은 둔감한 고통에 헐떡이며 한스의 애무를 받아들였다. 갑작스러운 몰락에 함몰된 신체는 사랑과 갈취를, 애무와 폭력을 구분할 수 없었을 것이다. 소녀는 죽어가면서도 어미의 품속으로 파고들 듯 한스의 머리 쪽으로 몸을 가져다대기 위해 팔딱거렸다. 한스는 소녀가 희고 가느란 거미줄과도 같은, 중심축이 어긋난 천구와도 같은 균열을 바라보고 있음을 직감하였다. 세계를 직관하는 오랜 습관대로 한스는 소녀를 소녀의 이미지를 소녀의 세계를 직감하였다. 한스는 소녀를 감내하고 소녀를 길들이고 하다못해 소녀를 파양할 수도 있었으리라. 그러나 한스는 그녀의 연약한 눈꺼풀과 가녀린 손가락을 견디지 못하였고 소녀를 내리쳤다. 너희가 되기 위해 필요한 것은 하나의 밤, 숫자 하나의 공모뿐이었을지도 모른다. 그러나 한스는 감내하지 못하였고 길들이지 못하였고 사랑하지 못하였다. 이제 와서 소녀의 출혈에 코를 박고 혀를 밀어넣는 이유가 무엇인지 한스 자신도 알 수 없었다. 경직된 머리에서는 더 이상 피가 흐르지 않았다. 한스는 소녀에게 이름을 지어줄 수도 이름을 가르칠 수도 이름을 불러줄 수도 없을 것이었다. 소녀는 밤처럼 새까만 눈, 곧 절망적으로 말라버릴 눈을 활짝 열어젖힌 채였다. 아이들은 기쁨을 이기지 못하고 꿀꿀거리며 소녀의 몸속으로 파고들었다. 그들은 구태여 어금니를 박고 소녀의 여린 살을 찢어낼 필요도 없었다. 소녀의 몸은 삶에서도 죽음에서도 내내 그녀를 가로지르는 쪼개짐에 노출되어 있으므로 그들은 쪼개짐의 한가운데에 입술을 벌리고 소녀가 그들에게 들어오기를 기다리기만 하면 되었다.

소녀는 끔찍하게 달았다. 새끼의 고기가 원래 그토록 단 것인지 한스는 알 수 없었다. 그 밤 이전까지 그녀는 한 번도 갓 잡은 고기를, 그것도 새끼의 고기를 먹어본 적이 없었으니까. 그들은 주로 공동묘지를 파헤쳐 백골이 된 시신을, 구더기와 파리, 갈매기와 개미에게 거진 잡아먹히고 겨드랑이뼈와 무릎뼈 안쪽 덜렁거리는 살점 조금만 남은 부패한 고기를 조금씩 뜯어먹거나 붉은 숲을 구성하는 붉은 숲의 내용물을, 도처의 단단한 나무껍질과 풀, 유년을 버리고 도망친 나비가 두고 간 말라빠진 번데기나 주인을 잃고 늘어진 거미줄 아래에 다닥다닥 붙어 있는 날벌레들을 먹으며 살아왔다. 죽음의 장소를 사수하고자 하는 이들이 무덤가 주변에 울타리를 세우고 감시원들을 고용하였으므로 최근 몇 년 들어서는 공동묘지에 갈 수 없었기에 한스와 새끼 돼지들은 붉은 숲속에서 그들의 장소나 다름없는 식량을 먹어치우고는 했다.

한스는 끝나지 않는 악몽을 표류하였다. 몸에 힘을 빼고 제 몸을 헤집고 나오는 비명을 감내하면 가라앉지는 않았으나 그뿐이었다. 그녀는 처음부터 끝까지 절망적으로 같은 밀도와 같은 색채를 지닌 검은 물속을 떠내려갔다. 밤의 역겨운 내장을 물어뜯는 개들을 상상하며 견디는 일은 차라리 간단한 일이었다. 무엇보다 견디기 어려운 것은 해가 뜨는 일, 빛이 들어오고 한결같이 검은 세계가 무참한 검은 베일을 드러내며 그녀의 앞에 부정할 수 없이 명백한 난장을 현현하는 일이었다.

어김없이 아침은 찾아들었으며 낮은 밝아왔고 그녀는 깨어났다. 엉망진창으로 뜯겨나간 소녀의 시신이 그녀의 두 발 아래 있었다. 새끼들의 주둥이는 시뻘건 빛으로 젖어 있었다. 검은 진주처럼 반들거리는 파리떼들이 웅웅거리며 그들의 입가를 시꺼멓게 뒤덮었다. 소녀의 얼굴은 알아볼 수 없을 정도로 훼손되어 있었다. 눈구멍 주위와 코, 입술은 물론이고 인중과 볼, 이마마저도 끔찍하게 뜯겨나간 채였다. 눈부시게 흰 뼈가 군데군데 드러난 머리에 한스는 입을 맞추었다. 쪼개짐에서 태어난 이들은 분열의 원주민이 될 수밖에, 한스는 더 이상 찢겨져나가지 않는 삶을 상상할 수 없었다. 한없이 검고 너른 파리들의 물결, 실패한 표류는 아직도 끝나지 않고 이어지고 있었다. 한스와 새끼들은 이제 가까이 다가갈 수 없을 정도로 파리떼에 시꺼멓게 뒤덮인 소녀의 시신을 음울하게 내려다볼 뿐이었다. 그들은 더 이상 현존하지 않기만을, 살아가지 않기만을 간절하게 바랐으나 늘 그렇듯 한 번 불붙은 존재는 쉬이 사그라들지 않고 계속되었다. 가라앉기 전에는,

심해의 무게를 통과하기 전에는 죽을 수도 없는 대양 위의 통나무처럼. 어쩌면 소녀는 아직 죽지 않았을지도 몰랐다. 그녀의 위에서 멈추어버린 심박을 대신하듯 출렁거리며 쩝쩝거리는 파리들의 울음소리, 아니, 그녀는 죽은 채로 이곳에 왔다. 그녀가 범한 최초의 살인, 그리고 최후가 될. 한스는 아직도 숨을 쉬고 있는 그녀를 발견하였다. 한스는 아직도 사라지지 않은 사유를 발견하였다. 오래도록 죽음의 상징물로 자리매김해온 파리들이 텅 빈 허공을 물어뜯고 있었다. 더 이상 죽지 않는 생물들에, 은밀한 방식으로 매장되어 영원히 숨겨지는 죽음들에, 지칠 대로 지쳐 말라빠진 앙상한 몸에 유일한 기관처럼 반짝이는 두 개의 커다란 겹눈. 그녀가 그들을 위한 죽음이 되어 줄 수 있을까? 그런 일은 없을 것이다. 한스는 단 한 번도 타자를 위한 적이 없으며 타자 역시 단 한 번도 한스를 위한 적이 없었다. 함께 존재하나 서로를 위하지는 않는 공모자들, 그들은 삶이라는 공모를 저질렀으나 서로의 이름조차 모르고 있었다.

알몸의 도축자 사내가 웅성거리는 침묵의 소란을 따라 붉은 숲 안으로 들어오기까지, 목장을 도망쳐나오는 돼지의 꿈을 쫓아 한스의 악몽으로 건너오기까지, 그녀는 그 자리에 그대로 앉아 있었다.

소녀는 검은 날개의 천사들에 뒤덮인 채로 투명하게 구부러진 세계를 응시하였다. 천사들은 그녀의 귓속에 콧속에 항문 속에 입속에 끊임없이 파고들며 신비로운 밀어를 속삭이고 있었다. Which witch wished which wicked wish? 언젠가 소녀는 우발적으로 발생되는 존재는 어디에도 없다는 문장을 읽은 적이 있었다. 모든 생물은 유성생식 혹은 무성생식으로, 반드시 그를 닮은 무언가로부터 파생된다는 것이었다. 그러나 천사들은 투명한 날개를 닮은 밤에서 나온 것 같지도, 땅 속 깊은 어둠으로부터 나온 것 같지도 않았다. 그들은 마치 소녀를 위해 탄생한 기적적인 존재처럼 여겨졌다. 소녀의 내부에서만 물결처럼 일렁거리는 환상들과 마찬가지로.

소녀는 아빠가 입 속에 사냥용 총구를 밀어넣는 모습을 보았다. 그의 눈은 괴물처럼 크게 벌어져 있었고 툭 불거져나온 정맥류는 시퍼렇게 이글대었으며 방아쇠를 당기기도 전에 당장이라도 내파될 듯 불안해 보였다. 소녀는 있는 힘껏 비명을 질렀다. 깜짝 놀란 아빠는 총구를 그대로 바닥에 떨어뜨렸고 귀신을 보듯 허망한 낯으로 소녀를 바라보았다. 소녀는 무력하게 떨어진 총구를 당장이라도 물어뜯고 으스러뜨리고픈 충동에 휩싸였다. 아빠는 소녀의 어깨를 조심스레 끌어안고 흐느꼈다. 자신을 불러주기를 그가 기다리는 것을 알 수 있었으나 소녀는 아무말도 하지 않았다. 할 수만 있다면 그녀는 그를 외면하고 싶었다. 돼지처럼 벌거벗고 다니면서 돼지들을 잡아 죽이는 남자, 소녀는 자신이 그와 조금도 닮지 않았다고 확신할 수 있었다. 왜냐하면 그는 소녀를 낳은 적이 없었으므로, 소녀는 그의 내부를 조금도 기억할 수 없었으므로. 소녀는 밤마다 그녀의 진짜 가족들과 만나고는 했다. 오래도록 빨지 않고 방치되어 쿰쿰한 냄새가 나는 이불 속에 몸을 밀어 넣고 얼굴까지 어둠으로 뒤덮은 뒤 잠자코, 얌전히, 착하게 기다리고 나면 그녀의 진짜 가족이, 상냥한 흰빛의 레이스로 뒤덮인 귀부인과 나무 꼭대기까지 닿는 높은 중절모를 쓴 콧수염의 사내, 손바닥만큼 작고 연약한 흰빛의 푸들 한 마리가 그녀를 에워싸고 부드럽게 웃는 것이었다. 소녀는 그들이 진짜 엄마, 진짜 아빠, 진짜 동생이라는 것을 알 수 있었다. 그들의 입술은 소녀처럼 붉은 빛이었고 귓불은 소녀처럼 동그랬으며 눈 역시 소녀처럼 유달리 축축하고 검은색이었기 때문이다. 소녀는 한 마리 돼지도 살지 않고 한 마리 돼지도 죽지 않는 아늑한 공간 속에서 낮을 보내고 싶었다. 그러나 낮에는 아무리 침실 속에 꼼짝없이 들어가 눈을 감고 양을 천마리씩 세어 보아도 그들은 등장하지 않았다. 간혹 소녀의 턱과 입술을 게걸스럽게 물어뜯는 무례한 검은 들개가 튀어 오를 뿐이었다. 소녀는 잠에서 깨어난 아침부터 저녁까지의 시간, 돼지농장에서 살아가는 모든 시간을 무감하게 넘기려 애썼다. 브라운관 TV에서 나오는 길고긴 광고, 그녀는 이해할 수도 없고 이해하고 싶지도 않은 용어들로 이루어진 어색한 문장들을 일부러 집중하지 않은 상태, 아무것도 듣고 보지 않는 무심한 상태로 넘겨버리려 하듯. 밤의 가족이 그녀를 상냥하고 부드럽게 끌어안을수록 소녀는 낮을 견디기가 어려워졌다. 돼지 비린내가 진동하는 농장에는 유리로 만들어진 자동피아노도 없었고 엄마의 섬세한 손끝에서 마법처럼 흘러나오는 천상의 음률도 없었으며 행성과 행성 사이의 마법과도 같은 허공을 짐작해 볼 수 있는 어떠한 매개도 없었고 긴 중절모를 쓴 신사 같은 아빠가 건네어주는 달콤한 사탕 요정들도 없었던 것이다. 머리부터 발끝까지 하얀 솜사탕을 뒤집어쓴 것처럼 사랑스러운 푸들은 소녀의 얼굴을 행복에 겨운 깔깔거림과 함께 핥아내었고 소녀는 그녀의 눈을 마주보며 깔깔거렸으나 한낮의 농장에는 시커먼 들개 한 마리 없이 추악하고 천박한 분홍빛 알몸을 부끄럼도 없이 위시하고 돌아다니는 돼지들뿐이었다. 사방은 돼지, 돼지, 돼지, 그리고 돼지들뿐, 어디에서 불어나는지 알 수 없을 정도로 끝없이 꿀꿀거리는 돼지들. 소녀는 그들이 대체 어디에서 와서 계속해서 늘어가는 것인지 대체 언제까지 꿀꿀거릴 셈인지 도저히 짐작할 수 없었다. 아빠는, 아마 평생토록 돼지들과 함께 살아온 돼지 같은 사내는 알고 있을 것이 분명하였지만 차마 물어볼 용기가 나지 않았다. 돼지들은 하늘과 구름, 붉은 숲과 붉은 흙과도 같이 영원히 꿀꿀거릴 것이라고, 적어도 세계가 실재하는 동안에는 돼지들도 꿀꿀거리며 불어날 것이라고 말할까 두려웠던 것이다. 살아 있는 돼지들보다 더 끔찍한 것은 돼지들의 죽음이었다. 지금보다 더 어릴 적, 소녀가 돼지들처럼 꿀꿀거리며 네 발로 기어다닐 무렵에 그녀는 아빠의 등에 업혀 그가 돼지 두 마리를 도축하는 모습을 본 적이 있었다. 아마 그는 너무도 어린 소녀, 외감에 의해 받아들인 정보를 바탕으로 사유를 해낼만한 지력조차 없는 것처럼 보이는 작은 소녀, 그저 세계의 즉각적인 자극만으로 이루어진 신경다발처럼 보이는 소녀가 아무것도 이해할 수 없으리라 짐작했을 것이다. 그의 짐작은 반쯤은 맞고 반쯤은 틀렸다. 물론 소녀는 그의 등에 업혀 그가 돼지의 발을 자르고 목을 도끼로 쳐 떨어뜨리는 모습을 보고도 아무것도 이해할 수 없었으나ー그가 돼지들을 죽이고 있다는 것, 목이 떨어져나간 생물은 대개 죽음을 맞이한다는 것, 돼지들은 놀랄 정도로 차분하다는 것, 그들의 비명소리가 창부의 신음처럼 천박하다는 것, 어쩌면 그의 아빠는 돼지들과 정사를 벌이고 있다는 것, 돼지들과 같은 황홀경을 맞고 돼지들을 환희케하는 사내, 어쩌면 소녀의 어미는 돼지일지도 모른다는 무시무시한 추측ー 불가해한 만큼 강렬하게 인화되어 있던 소녀 내부의 상은 이후 소녀가 풀밭에 드러누워 불현듯 구름이 뚝 떨어지고 하늘이 신음하는 모습을 바라볼 때, 그녀의 내부에 침잠하는 현상 외부는 알 수 없다는 깨달음이 그녀를 파도처럼 휩쓸 때 돌연히 떠올라 그녀에게 공포스러운 징조를 새겨넣었다.

어쩌면, 생각하기도 싫은 일이지만, 어쩌면, 그녀는 돼지의 배를 찢고 태어난 돼지의 아이인지도 모른다. 소녀는 돼지 이외의 생물과 교류하는 아빠의 모습을 한 번도 본 적이 없었다. 그는 언제나 돼지들에게 둘러싸여 있었고 돼지들을 먹이고 돼지들을 쓰다듬고 돼지들을 보고 있었으며 돼지들에게만 무어라 알 수 없는 말을, 아마 돼지들 역시 결코 알아들을 수 없을 말을 속삭이곤 했다. 마을 사람들은 그녀의 아빠를 볼 때마다 귀 옆에 손가락을 휘

휘 저어보이는 모멸적인 제스처를 취해보이고는 했다. 그녀는 굴욕과 경악에 질린 채 그들이 아무런 거리낌 없이 그들 앞에서 아빠를 모욕하는 모습을 바라보았다. 아빠가 돼지 이외에 말을 걸고 바라보고 어루만지고 어여뻐하는 대상이 있다면 그건 소녀가 유일했다. 그러므로 어쩌면, 정말이지 어쩌면, 말도 안 되는 말이지만 그래도 어쩌면, 소녀는 돼지의 아이일지도 몰랐다.

그처럼 끔찍한 추측이 멸망의 징후처럼 소녀의 가슴속에 떠오르던 날 밤 소녀는 처음으로 그녀의 진짜 가족들을 만났다. 섬세하고 고귀한 이들, 건재한 귀족 가문의 사람들, 인간의 상징을 치렁치렁 매단 진짜 사람들, 돼지와는 조금도 닮지 않은 사람들, 온갖 장신구와 옷가지들을 겹쳐 입고 또 겹쳐 입어 자신들이 돼지가 아님을, 그들에게는 분홍빛의 맨살이 어디에도 없음을 입증하는 사람들. 그들은 드러난 맨살에 흰빛의 분을 발라 화장을 하거나 흰빛의 털을 온통 뒤덮은 채로 소녀를 맞이하였다. 그들은 스스로의 매혹적인 차림새로 소녀에게 그녀가 그들의 자식임을, 그들이 돼지가 아니듯 소녀 역시 돼지가 아님을 증거해 주었다. 아무런 말도 필요 없었다. 소녀는 하늘의 귀퉁이가 떨어져내리는 순간을 보았을 때처럼 그들의 가려진 살을 믿을 수 있었다. 계시와도 같던 밤 내내 귀부인은 소녀의 머리칼을 쓰다듬어주었고 한 번도 미용사에게 보인 적 없이 정원용 가위로 삐뚤빼뚤하게 잘라낸 그녀의 머리에 기름을 바르고 섬세하게 빗겨내어 여왕의 왕관처럼 복잡하고 우아한 무늬를 만들어 주었다. 흰빛의 개는 복슬복슬

한 털을 소녀의 얼굴에 문지르며 검고 말간 눈, 얼굴의 대부분을 차지할 정도로 커다란 거울과도 같은 눈으로 소녀의 미소를 반사해주었다. 긴 중절모를 쓰고 양복을 차려입은 사내, 콧수염을 기르고 얼굴 전체를 흰분으로 뒤덮은 사내는 그녀의 뒤에 무릎을 꿇고 앉아 페르시아의 시가를 읽어 주었다. 소녀는 난생 처음 듣는 언어의 울림에 놀랍게도 깊은 감명을 받아 눈물까지 흘렸다. 그녀는 그가 읊는 언어를 모두 이해했다고 느꼈다. 소녀는 황금빛의 모래와도 같은 이국적인 언어의 물결을 외우기 위해, 그리하여 언제든 그녀를 괴롭게 하는 몰락과 공백의 시간에 꺼내어 보기 위하여 사내의 입술 모양을 따라하였다. 그러나 빈둥거림으로부터 깨어난 돼지들이 그들을 물어뜯기 위해, 끈질기게 쫓아오는 악몽으로부터 벗어나기 위해 꽥꽥거리며 울어대는 통에, 그 천박하기 그지없는 난장에 충격을 받은 고귀한 가족이 모두 물러나고 난 뒤 소녀는 사내가 읊어준 페르시아의 시구를 단 한 문장도, 아니 어휘 하나조차도 하나의 음절조차도 기억할 수 없었다. 푸들의 얼굴도 귀부인의 손길도 기억나지 않았다. 오직 그들의 얼굴, 손길과 시가 현존했다는 사실만이 기억날 뿐이었다. 소녀의 아빠가 언제나와 같은 알몸으로 농장을 누비는 모습을 보는 순간, 수십 마리 돼지들의 상스러운 분홍빛을 바라보는 순간, 그녀를 에워쌌던 모든 신비는 일시에 오염되고 말았다. 소녀는 아빠가 돼지를 잡던 순간, 짐승의 살 가장 내밀한 곳까지 일시에 파고들어 붉은 피로 흠뻑 젖어들던 순간을 잊었다. 그녀의 어미가 돼지일지도 모른다는 불길한 추측을 잊었다. 그녀의 기묘한 출생을 둘러싼 치명적인 징후들을 잊었다. 그녀는 나날이 통통하게 살이 오르는 그녀의 분홍빛 피부를 흰빛의 터져나갈듯한 레이스를 둘러 가렸으며 어릴 적 그랬듯 돼지들의 울음소리를 따라하던 일도, 돼지들의 품속에서 잠들던 일도, 돼지의 젖을 빨던 일도, 돼지의 거대한 코에 입술을 가져다대던 일도 관두었다. 그녀는 농장의 울타리 너머, 돼지들의 공간으로 섞여들어가지 않으려, 그녀와 돼지들 사이의 보이지 않는 선을 가시성의 세계로 끌어올리려 애썼다. 그녀는 더 이상 돼지들에게 동화책을 읽어주지 않았으며 돼지들의 언어를 배우지 않았고 돼지들을 사랑하지 않았고 돼지들을 연민하지 않았으며 돼지들의 발자국을 따라가며 제 발의 크기를 견주어보지 않았고 죽은 돼지의 뼈를 남몰래 훔쳐 묻어주지도 않았고 돼지들의 무덤에 찾아가 흐느끼며 기도하지도 않았고 돼지들의 사랑을 구걸하지도 않았고 돼지들과 눈을 맞추지도 않았고 돼지들과 함께 춤을 추지도 않았고 아끼는 쿠키와 아이스크림을 일부러 남겨 돼지들에게 선물하지도 않았다. 그럼에도 돼지들의 지독한 살비린내는 경계도 없이 소녀의 내부로 흘러들었다. 돼지들의 비명과도 같은 울음소리도, 환희에 젖은 최후의 단말마도 고스란히 들려왔다.

일요일, 악몽과도 같은 교성과 존재에 대한 반복적인 암시, 순식간에 베일을 풀어헤치고 넘실거리는 몰락의 징후들. 소녀는 일요일의 악몽으로부터 조금이라도 멀어지기를 바랐지만 일요일이

지나가는 순간부터 또다시 일요일에 가까워지고 있다는 사실을 모른척하려 했지만 어느덧 토요일 밤에 다다르고 파기하고 싶지 않은 꿈이 서서히 흐려지고 나면, 희박해지는 엄마와 아빠와 동생의 희멀건 얼굴, 인사도 배웅도 없이 불현듯 사라지고 말 진짜 가족의 이미지가 소진되고 나면 어김없이 찾아드는 일요일, 교회의 엄숙한 종소리, 종말의 도래를 알리는 묵시록적인 징후들, 까마귀들은 피냄새를 쫓아 농장으로 몰려들고 붉은 숲은 더 짙은 붉은빛으로 침잠하며 개미들과 파리들은 정기적인 행사를 쫓아, 점차 현실로 발현되고 있는 잠재태의 죽음을 쫓아 이리저리 날아다니며 아빠가 도끼날을 가는 소리, 죽어가는 새끼짐승의 비명처럼 끔찍하고 애처로운 소리, 소녀는 그가 맨발로 돼지들 사이를 터벅터벅 가로질러 걸어가는 모습을 보았고 무대에 서게 되는 행운만을 간절하게 기다리는 대역배우들이 분홍빛의 탐스러운 젖을 드러내며 아빠를 유혹하는 모습을 보았고 아빠의 분홍빛 유방이 나지막하게 출렁거리는 모습을 보았고 돼지들이 서로에게 매혹되기 위하여 천박하고 은밀한 소리로 낑낑대는 소리, 소녀는 눈을 돌렸으나 그들의 서글픈 애원은 사라지지 않았고 소녀는 귀를 막았으나 속살의 짙은 향은 사라지질 않았으니 소녀는 구부러진 성기를 발기한 돼지들이 흥분에 주춤거리면서 아빠의 벌거벗은 등을 따라가는 모습을 보았고 남겨진 돼지들이 땅을 파며 흐느끼는 것을 보았고 죽음을 숭배하는 더러운 이교도들이 불결한 의식을 치르기 위해 침을 오줌을 질질 흘리며 두 발 돼지의 뒤를 따라가는 것을 보앉고 돼지들은 당장이라도 난교할 듯 발기한 성기를 제 살에 문대기 시작했으니 소녀는 그 치졸한 이교도들에게 죽음을 겁간하여도 죽음의 허공에 대고 이 리터가 넘는 정액을 분사하여도 죽음은 삶을 낳을 수 없다는 사실을 알려주고 싶었고 그녀가 잊기로 결심한, 그리고 잊었다고 믿는 돼지의 언어로, 그러나 세이렌의 침묵처럼 밀도 높은 교성이 들리고 무언가를 내리치는 소리, 다시, 다시 무언가를 내리치는 소리, 돼지의 목이라고는 상상할 수도 없을 정도로 단단한 것, 나무토막이나 수십 년 묵은 브라운관을 도끼로 내려칠 때나 날 법한 소리, 소녀는 돼지들의 부드럽고 축축한 살에서 그러한 파열음이 날 수 있다는 사실을 도저히 믿을 수 없었고, 발작하듯 바들바들 떨리는 몸을 스스로 느낄 수 있었고 돼지들은 순식간에 수그러든 꼬리, 유령과도 같은 안개를 바라보는 검은 눈들, 그들의 눈은 소녀처럼 검고 축축하였고 소녀가 숨겨놓은 살처럼 통통하고 윤기도는 분홍빛의 피부, 그들은 소녀를 닮았으니 소녀는 유기물은 반드시 닮은 것으로부터 닮아 나온다는 문장을 떠올리지 않을 수 없었고 철문 안쪽에서 폭발적으로 밀려나오는 불치의 천박함, 관능적인 비명, 언젠가 농장 근처를 지나가던 촌부는 젖소의 우유로 찰랑거리는 양동이를 두 개는 양 손에 들고 나머지 한 개는 묘기를 부리는 서커스의 개처럼 입에 문 채로 소녀를 보며 귀여운 아기 돼지라고 불렀는데 소녀는 그녀에게 내재된 치명적인 비밀을 누설하는 무례한 입술을 향해 그녀가 돼지의 언어를 잊었다는 사실, 그녀는 더 이상 돼지들과 함께 잠들지도 않고 돼지의 젖을 물고 빨지도 않으며 돼지들을 어루만지지도 않고 돼지들이 두툼한 혀로 그녀의 얼굴을 핥도록 놓아두지도 않으며 돼지들과 대화를 나누지도 않고 돼지들에게 칭얼거리지도 않는다는 사실을 알려주려 입을 떼었으나 그녀는 벌써 줄 타는 광대와도 같은 속도로 순식간에 구불구불한 외길 너머로 사라져버린 뒤였고 소녀는 아무에게도 털어놓을 수 없었던 변명들을 굴욕적으로 되삼켜야 했는데 이제와서 구역질처럼 역류하는 변명들, 그녀는 돼지도 아니고 돼지의 자식도 아니라는 말, 그녀의 친모와 친부, 친동생은 한없이 투명하고 순결한 밤 속에서 창백한 피부를 문명의 징표들에 감춘 채 그녀를 기다리고 있다는 말, 그녀는 진실을 말해야 했으니 그러나 젖을 출렁거리며 걸어가는 촌부의 뒷모습은 보이지 않았고 그녀의 얼굴도 그녀의 양동이도 보이지 않았고 귀여운 아기 돼지라는 말도 들리지 않았으니 소녀는 대상 없는 변명을 풀밭에 주르륵 게워내었고 돼지들은 헛구역질을 계속하며 훌쩍거리는 소녀의 주위에 몰려들었으니 그들은 소녀에게 괜찮느냐고 어디가 아프냐고 그녀를 따라 훌쩍대며 물었고 소녀는 그들의 언어를 모두 알아들을 수 있었으니, 그들이 소녀를 걱정하고 있다는 것, 마치 혈연의 형제자매를 걱정하듯 그렇게 소녀를 걱정하고 그렇게 소녀를 사랑하고 있다는 것, 소녀는 하염없이 흐느끼면서 웩웩거리면서 그들에게 괜찮다고 아니 괜찮지 않다고 대답하였다. 돼지들의 어리둥절한 얼굴을, 그들의 안타까운 표정을 소녀는 전부 읽어낼 수 있었다. 소녀는 목끝까지 칭칭 감아올렸던 레이스의 붕대를 풀어내렸다. 돼지들은 그녀의 핑크빛 맨살에 따뜻한 맨살을 비벼대었다. 소녀는 제 살로 번져오는 살을 더 이상 밀어낼 수 없었고 미워할 수도 없었다. 돼지들은 나지막하게 꿀꿀거리며 그녀를 위로하였다. 그녀에게 번져오는 따뜻하고 축축한 피부로부터 떨어지고 싶지 않았다. 그러한 접촉 없이, 마주침 없이, 그녀는 자신을 이해할 수도 발견할 수도 없었기 때문에. 만짐과 만져짐 없이 제 극간을 확인할 수 있는 아이는 없기 때문에. 소녀는 돼지들과 함께 돼지들에게 기대어 밤으로 진입하였다. 주홍빛의 메아리 같은 노을이 침잠하고 신비로운 분홍빛으로 돌변한 하늘이 조금씩 가라앉는 동안 그들은 서로의 포동포동한 살에 머리를 뉘고 훌쩍거렸다. 고상한 가족들은 소녀를 찾아오지 않았다.

소녀가 깨어났을 때, 그날은 여느 때와 같은 아침이 아니었다. 소녀는 세계를 잠식한 짙푸른 밤을 혼몽한 눈으로 둘러보았다. 그녀의 곁에서 잠들었던 돼지들은 그녀를 두고 어딘가로 떠나버린 뒤였다. 소녀는 그들이 울타리 안쪽, 짚이 쌓인 잠자리에서만 밤을 보낸다는 사실을 알고 있었다. 주위가 텅 비어있었음에도 놀라지 않은 것은 그 때문이었을 것이다. 그녀는 밤을 생존하는 대부분의 생물들이 그렇듯 홀로에 길들여져 있었다. 헐벗은 생들은 대개 그녀로부터 떨어져 있었고 간혹 몸을 밀착할 때에도 그들은 피부와 피부 사이의 경계를, 그녀의 내부와 외부 사이의 돌이킬 수 없는 간극을, 불연속성을 명료하게 일깨울 뿐이었다. 좀전과 같이 그녀의 피부 내부로 번져가는 온기는 드물었다. 소녀는 꿀꿀, 하고 울어 보았으나 그녀의 울음을 반향하는 소리는 어디에서도 들리지 않았다. 피아노 위에서 완전 5도를 넘나드는 귀부인의 목걸이처럼 치렁치렁한 손가락과 페르시아의 융단과도 같은 매혹적인 시구, 강아지의 복슬거리는 흰빛은 어디에도 보이지 않았다. 소녀는 더 이상 그녀가 친가족으로부터 납치되어 이 돼지목장에 잡혀온 것이라고 생각할 수 없었다. 그녀는 너무도 돼지들과, 돼지를 닮은 사내와 닮아 있었기에 돼지들이 없는 삶을 상상조차 할 수 없었기에, 그녀는 돼지가 아닌 자신을, 돼지를 닮지 않은 자신을 인식할 수도 없었다. 그녀는 찬란한 최후만을 갈구하는 이교도들과 함께 자멸할 것이며 그들과 함께 몰락할 것이었다. 소녀는 자신이 이 악몽과도 같은 멸망의 징후들로부터 벗어날 수 없다는 사실을 깨달았다. 그녀는 처음부터 돼지목장의 딸이었으며 돼지목장 바깥에는 그녀가 없었기에. 이른 봄에 구제역이라도 덮쳐오면 그녀는 수십 마리 돼지들과 함께 구제역을 앓을 것이며 새빨간 열에 뒤덮혀 죽어가거나 돼지들과 함께 폐사되어 시커먼 구덩이 안에 그들과 함께 파묻혀 죽어버릴 것이었다. 소녀는 잘못 묻힌 죽음처럼 비틀거리며 일어나 울타리를 뛰어넘었다. 두 발로 걷는 그녀에게 울타리는 그리 높지 않았으며 뛰어넘는 일도 그리 어렵지 않았다. 달은 한없이 높은 곳에 거대한 얼룩으로 침잠해 있었고 소녀는 엄마가 죽었다는 사실을 처음으로 깨달았다.

## 재림 예수

　나는 예수의 재림이다. 징조를 느낀 것은 아주 어릴 적부터였지만 내 존재가 지닌 가혹한 무게에 대해 고백하는 것은 지금이 처음이다. 오랫동안 내 신성은 나만이 감내해야 할 고통스러운 비밀이었다. 어머니는 내가 당신의 죄악이라고 말했다. 아버지를 본 적은 한 번도 없었다. 어머니의 현존과 아버지의 부재는 성경을 읽으며 느꼈던 예수와의 첫 번째 유사성이다. 난 이후로도 셀 수도 없이 많은 유사성들을 발견하였다. 물론 하나의 사물과 다른 사물이 수천 개의 유사성을 공유한다고 해서 두 사물이 동일한 사물이라고 판단하는 일이 자명하지는 않다. 난 성모 마리아가 아이를 낳았고 나 자신도 아이를 낳았으므로 내가 성모라는 식의 유사성에 근거한 논리전개가 조악하다는 사실을 부정하려는 것은 아니다. 하지만 예수에 한하여, 끊임없이 부활하는 연속적 존재, 무한한 불연속으로 연속하는 특별한 존재에 한하여 이러한 논리는 커다란 힘을 갖는다. 내 주장을 미치광이의 전형적인 논리 결핍의 사례로 채택해 왔던 국내의 여러 심리학 교수들은 이 치명적인 사실을 간과하고 있다. 예수는 끊임없이 부활하는 존재이며 시간과 공간의 물리적인 제약으로부터 자유로운 존재이므로 수천 개의 유사성을 공유하는 그와 나의 존재가 연속적이며 단일적인 것이라고 해도 모순될 것은 어디에도 없다. 부활하는 존재의 논리는 필멸하는 존재의 논리와는 상이한 메커니즘으로 작동한다. 그는 언제나 나로 분화하고 나로 찢겨지며 나로 재생하고 있었으며 나는 언제나 그로 분화하고 그로 찢겨지며 그로 재생하고 있다. 우리는 언제나 찢겨지며 살아남는 존재이며, 온몸을 횡단하는 지독한 고통은 우리의 신성을 증명하는 본질이다. 수난은 나와 그의 발생이 표상하는 우연적인 외피를 불가분의 필연으로 묶어 신적인 것으로 만드는 초월적인 속성이다. 지금부터 내가 열거하는 수난은 나와 그의 고유한 근본을, 한 번도 분리된 적이 없는, 언제나 찢겨지며 해체되는 순간으로서 파기되고 되어가는 과정으로서 이어지는 우리 존재의 본질을 증거하는 성경의 간단한 다시쓰기(re-writing)가 될 것이다.

　수난은 태어나는 그 순간부터 시작되었다. 숨통이 막히는 고통, 두개골이 바스라지는 끔찍한 아픔을 견뎌내고 어머니로부터 탈출했을 때 어머니는 내 목을 조르며 소리를 질렀다. 난 먹먹한 귀에 가느다랗게 울려퍼지는 소리, 심해에서 듣는 것처럼 아득하게 번져오는 비명을 아직도 기억하고 있다. 탈진하여 쓰러지기 전에 나를 골목의 쓰레기통에 버린 뒤 피에 젖은 옷가지를 챙겨 입고 택시를 잡아타는 어머니의 모습을 난 선명하게 기억하고 있다. 그녀는 내가 죽었다고 믿었겠지만 난 살아남았고 유전자 검사 결과가 확인되고 난 뒤 그녀에게 분실물처럼 반환되었다. 어머니는 이후로 몇 번이고 나를 버리기 위하여, 나를 완전히 파손하여 버려진 사물로, 더 이상 반환되지 못할 망가진 쓰레기로 만들어버리기 위하여 노력하였으나 난 끝까지 살아남았다. 끓는 물을 귓속에 부어넣어도 목을 졸라도 바닥에 집어던져도 깨진 거울 조각으로 목을 그어도 난 죽지 않았다. 어머니가 나를 살해하려 하는 순간, 예정되어 있던 실패를 이어나가는 순간에 나는 그녀를 용서하였으며 그녀는 이미 죄가 사해진 순결한 손으로 이미 용서받은 죄를 범하였다. 최초의 어머니와 이후의 어머니는 다른 여자였다. 어머니들은 내게 말해준 적이 없지만 난 알 수 있었다. 내게는 다른 사람은 짐작하지 못하는 아주 어린 시절의 기억이 있었으므로. 나는 용서함으로써 모든 것을 기억하였고 모든 것을 기억하기 위하여 용서하였다.

두 번째 어머니는 부유한 사람이었다. 그녀가 아니었다면 내게 닥쳐온 무수한 방식의 쪼개짐도 없었을 것이다. 그녀는 내게 끝내 이름을 붙이지 않았는데 그녀 자신도 그 사실을 모르는 것 같았다. 대리석으로 만들어진 설원과도 같은 아파트에서 우리는 둘뿐이었으므로 서로를 부르기 위하여 특별한 지시어가 필요하지 않았다. 여자는 내게 몰두하며 시간을 쏟고자 했다. 하릴없는 귀부인이 식물키우는 취미를 들이며 일생을 소진하듯, 내게 집중함으로써 그녀가 죽어가고 있음을 잊고자 했던 것 같다. 그녀는 내게 여러 언어를 가르쳐주려 했다. 영어와 프랑스어, 중국어, 인도어, 베트남어, 아랍어, 독일어, 러시아어, 라틴어와 그리스어까지, 내가 진정으로 익힐 수 있는 것은 단 하나의 언어밖에 없었는데 그녀는 끝내 그 언어를 가르쳐주지 않았다. 따라서 나는 한 번도 배운 적이 없는 모어 대신 아무리 익히고 익숙해져도 낯선 외국어로 글을 쓰고 있는 것이다.

그녀와 함께 살기 시작한 무렵부터 이상한 꿈을 꾸곤 했는데 그 내용은 이렇다. 난 그녀와 함께 미국의 중소도시에 여행을 간다. 그곳에는 자살로 유명한 호텔이 있다. 자살하고 싶은 자들, 타인의 죽음을 목도하고 싶은 자들이 언제나 그 호텔에 가기 때문에 호텔은 언제나 만실이다. 우리는 우리와 합류한 동료들이 미리 예약을 해 두었기에 얼떨결에 그 호텔에 가게 되었다. 호텔은 지독히 낡았고 음침했으며 더러웠다. 붉은색의 카페트에는 한 눈에 봐도 눅눅해 보이는 잿빛 먼지가 두껍게 내려앉아 있었고 구석자리에는 거미줄이 진을 치고 있었다. 거미줄은 어디에나 널려 있었지만 거미는 한 마리도 보이지 않았다. 프론트 직원은 끔찍할 정도로 커다란 머리를 제대로 가누지 못하고 고개를 까딱이며 전화를 받고 있다. 전화의 내용은 들리지 않지만 우리는 그에게 다가가 키를 받으려 한다. 직원은 여섯 개나 되는 수화기를 한 번에 들고 우리에게 대답을 하는데 어떠한 말이 누구에게 하는 대답인지 알 수 없지만—네 아니요 호텔 람세스에 오신 걸 환영합니다 아니요 당신은 안돼요 환영합니다 아니요—우리는 그가 건네주는 더러운 키를 받아들고 마찬가지로 먼지가 눅눅하게 찌든 붉은빛 융단이 뒤덮여 있는 계단을 올라간다. 계단 옆에는 엘리베이터가 세 개 있는데 엘리베이터는 특이한 구조로 되어 있다. 전화를 받느라 바쁜 프론트 직원은 우리에게 그 사실을 설명해주지 않지만 우리는 그저 안다. 엘리베이터는 위로 올라가는 동안 총 세 개의 층에서만 멈춘다. 엘리베이터의 층수 버튼을 모두 누르는 것은 가능하지만 엘리베이터가 멈추는 층은 오로지 가장 낮은 세 개의 층뿐이다. 내려가는 동안에는 가장 높은 세 개의 층에서만 멈춘다. 그러나 중요한 것은 올라가는 일이지 내려가는 일은 아닐 것이라고 우리는 모두 그렇게 생각한다. 난 꿈 속에서 항상 나와 나의 의식을 이어받는 우리로서 사고한다. 손과 팔의 자아가 아닌, 사지의 자아로 사고하듯, 등뼈에서 흘러내리는 머리와 머리 위로 결박된 팔에서 흘러내리는 신체 전체의 사고로 생각하듯 꿈 속에서 난 자유로이 우리로서 사유하고 감각한다. 이러한 공동체적 사고방식 역시 내가 메시아라는 근거로 들 수 있을 것이다. 난 삶에 갑자기 끼어든 역사에 치를 떨며 무너져버리는 그러한 사람은 아니다. 원한다면 언제든지 다른 사람의 꿈 속에 들어가 타인을 꿈 꿀 수 있고 그러면서도 난 우리에 대해 생각한다. 그러므로 나의 꿈이 다른 사람의 잠을 원류로 갖는지 오로지 나로부터 발생한 것인지는 중요하지 않다. 난 꿈 속에서 우리를 사유하고 내가 사유하는 것이 우리임을 믿어 의심치 않으니. 올라가는 동안 세 개의 층에만 멈출 수 있다는 것은 곧 우리에게 치명적인 사실이 될 것이라고 누군가 경고한다. 우리는 그의 누런 이를 보지만 그의 얼굴과 몸은 보지 못한다. 존재하는 것은 경고의 문구뿐 경고하는 사람은 없다. 기묘한 생김의 경고 스티커에 적힌 문구를 우리는 눈을 가져다대고 세세히 읽는다. 추상화 옆에 쓰인 설명을, 작가의 삶과 세계에 대한 설명, 예술이 그토록 멀어지고자 했던 그토록 잊고자 했던 사실들에 천착하며 작품을 잊고 획을 잊고 선을 잊고 그림자를 잊고 색을 잊고 윤곽을 형상을 배경을 아플라를 모조리 잊어버리고 마는 관객들처럼 이해하기 어려운 규칙을 우리는 모두 이해했다고 느낀다. 우린 모두 같은 방에서 잠들 것이므로 하나의 층에만 도달하면 될 일이지만 엘리베이터는 최소한 세 개의 다른 층수가 입력되기 전에는 움직이지 않는다. 우리는 우리가 도달할 층부터 일렬로 세 개의 층을 누른다. 엘리베이터가 움직인다. 우리는 도달한 층에 내린다. 엘리베이터가 나머지 두 개의 층을 더 올랐는지는 확인하지 않는다. 이미 도착했으므로 그런 것은 더 이상 중요하지 않다. 객실은 길고 어두컴컴한 복도에 들어서 있다. 호텔의 카페트는 언제나 조악한 붉은색이다. 중국인 고고학자 부부—난 그제야 그들의 정체를 읽어낸다 이 순간에 도달하기 직전까지 그들은 서먹서먹한 지인에 불과하지만—는 갑자기 서둘러야 해, 서둘러야 해 하고 다급하게 속삭인다. 우리는 영문을 모른 채 그들을 쫓아 달리듯 빠른 걸음으로 걸어간다. 복도 거의 끝에 위치한 객실에 잘 맞지도 않는 열쇠를 억지로 쑤셔넣고 놀랍도록 습한 객실 내부로 쏟겨들어가고 나서야 그들은 한숨을 내쉰다. 그들은 곧 폭동이 일어날 것이라고 설명한다. 언제나 그렇듯 폭동이 일어날 겁니다. 폭동이요. 진짜 폭동 말이에요. 폭력에 항거하기 위한 비폭력의 시위도 아니고 대대적인 사보타주도 아니에요 진짜 폭동 말이에요. 사람을 깨부수고 사람을 찢어내고 사람을 살해하는 그런 폭동이요. 우리는 그들이 어떻게 그런 사실을 알았는지 묻지 않는다. 묻지 않아도 우리는 그들의 말이 진실임을 안다. 이 순간이 닥치면 누구나 알게 되는 것이므로 이 순간이 닥치면 전쟁이나 폭동 혹은 혁명이 일어나기 마련이므로. 안타깝게도 우리는 정말 자살을 하기 위해 자살 호텔에 방문한 것은 아니기에, 고고학자 부부가 이 호텔에 방을 잡고 여행을 떠나온 것은 모두 이 호텔에서 유명한 연극을 보기 위한 것뿐이기에 우리에게는 아무런 대책이 없다. 우리에게는 자살 호텔에선 흔하디 흔한 올가미 하나도 없다. 난 호텔 직원에게서 올가미 하나를 얻어오겠다고 그들에게 제안하지만 그들은 고개를 젓는다. 이미 늦었어요. 지금 나가는 건 위험해요. 끔찍하게 높은 소리가 들린다. 무언가가 깨지는 소리. 몰락을 건설하는 망치질 소리. 누군가가 무언가를 망가뜨리는 소리. 훼손되지 않기 위해 저항하는 힘들이 돌이킬 수 없게 망가져버리는 소리. 그들은 비명을 지르지 않기 위해 입을 벌린다. 난 처음으로 그들의 입을 본다. 붉은 기운은 조금도 없이 한없이 검기만 한 입, 그곳에서는 병적으로 시끄러운 침묵이 터져나온다.

난 귀를 막고 그들은 입을 벌린다. 그들은 입을 벌리고 난 귀를 막는다. 어느새 나 역시 입을 벌리고 있다. 그들이 갑작스레 나를 돌아본다. 내 벌어진 입에서 당장이라도 커다란 비명, 우리의 존재를 누설하는 음성이 새어나올까 봐 두렵다는 듯. 그들의 불안에 조응하듯 나는 새된 비명을 지른다. 우리는 두려움에 떤다. 곧 그들이 올 거예요, 이제는 숨길 필요도 없다는 듯 그들은 고래고래 소리를 지르며 흐느낀다. 발자국 소리와 깨어지는 소리 깨어지는 소리와 발자국 소리. 몰락의 폭도들은 세계의 환각적인 피막을 갈기갈기 찢어내며 다가오고 있다. 난 그들이 우리를 찾아 달려들까 두려우며 또 우리를 두고 돌아갈까 두렵다. 이중의 두려움. 난 단일한 두려움을 온전히 만끽하는 그들을 어린아이처럼 훌쩍거리며 바라본다. 그들을 달래기 위해 난 바깥에서 밀려들어오는 소음보다 더 큰 소리로 소리지른다. 괜찮아요. 우리는 완전히 망가지지도 않을 거고 완전히 와해되지도 않을 거예요. 잘 단련된 폭동은 언제든지 혁명이 될 수 있다는 걸 당신들도 알 거예요. 깨어지지 않는다면 아무것도 감각할 수 없겠죠. 감각의 강렬도는 추락으로써만 경험되니까요. 아무도 이전의 폭력을 재현하려 하지 않을 거예요. 설령 누군가가 그러려 한다고 해도 우리는 재현된 폭력이 아닌 감각의 폭력이 될 수 있어요. 화합과 평형이 아닌 긴장을 유발하는 추락, 추락은 오로지 되기이며 우리는 이 시련을 심화의 기회로 삼을 수 있을 거예요. 수축과 팽창, 소실, 재생, 상승까지도 포함한 비이성적이고 광적인 논리법칙을 오로지 이 순간 우리가 만들 수 있을 거라고 생각하지 않나요. 모든 것이 깨어지는 동안에 현현하는 무한한 발생과 사건, 우리는 우리를 자신을 언어를 생명을 아이를 모든 순결한 것을 끊임없이 문제시하고 새로운 법을 형벌을 죄를 벌을 창조할 수 있어요. 인간의 발명 이전의 인간은 미지의 형상이었다는 걸 알고 있나요. 인간이 깨어지는 순간 우리는 인간이 아닌 다른 어떤 것을 다른 어떤 것의 세계를 처음으로 직관하게 될 거예요. 인간 이후의 그리고 인간 이전의 무언가를 무수한 파편으로 나누어진 세계에서 동시에 조응하는 무언가를. 길들이고 정상화하고 규범화하는 복잡한 총체를 파열하고 오로지 언어의 복수성과 주름과 틈으로, 한 번도 명명된 적 없이 박탈되었던 세계로 스스로 포위되어 끊임없이 즉흥적인 예리한 붕괴를 살아갈 수 있을 거예요. 고백과 담합을 통한 길고 지루한 주체의 이야기를 새로운 세계는 더 이상 원하지 않아요 새로운 세계는 무수한 필멸의 영혼들로서의 주체들이 무한한 형성들과 조응하는 진리 없음의 고유한 세계가 될 거예요. 아직 알려지지 않은 새로운 죄와 서사와 주체의 형식으로 나를 현재화하는 우연성, 현재적 나의 우연성 나를 변형하고 무수한 작용을 수행하도록 하는 기술들 무한한 복수성 부단한 작용과 훈련과 시도와 연습들 우리는 시들어가면서 다시 발발하는 극도로 염세적인 창조들을 경험할 거예요. 같은 궤도에 일시적으로 공존하는 두 별처럼 무한한 겹침과 증폭과 미끄러짐으로 우리는 기꺼이 훼손되고 저속해지고 천박해지는 복수성을 살아갈 거예요 텅 빈 언어, 아직 생성되지 않은 언어 안으로 흡수되길 바라는 시인처럼 피아노가 되길 바라는 피아니스트처럼, 음률도 멜로디도 아닌 악기가, 아무것도 연주되지 않고 아무것도 연주하지 않으며 침묵하는 악기가 될 거예요. 지금의 세계에서 가장 부족한 것은 불확실성이죠. 우리는 언제나 단일한 체계를 희구하고 세계의 몰락을 경유한 복귀를 몇 차례나 경험해왔으니 그러한 항상성, 침투불가능성에 대한 경멸을 가지는 것도 당연해요 하지만 경멸이 파괴적이며 동시에 생산적인 정동이라면 우린 언제든지 미래를 불확실하게 만들 수 있어요 깨뜨리는 것 파괴하는 것 훼손하는 것만큼 확고불변한 불확실의 생성적 충동이 어디있겠어요 미래의 불확실성은 자유의 조건이고 불안의 증진과 자유의 증진은 공의존 관계라는 말을 하지 않아도 몰락을 건설하는 파괴가 자유와 불가분의 관계로 엮여있다는 것은 당신들도 이해하겠죠. 이전의 철학자들은 오로지 믿기 위해 복귀하기 위해 의심하였지만 인간성은 가치인가? 인간이어야 하는가? 인간은 살아남아야 하는가? 무수한 불안과 몰락을 스스로 상연하고 연습하면서까지 인간은 살아남기 위해 투쟁해야 하는가? 하는 질문에서 꼭 인간으로 되돌아갈 필요는 없어요 의미없음을 깨닫는 것만으로는, 니힐리즘을 신봉하는 것만으로는 부족해요 우리는 무의미와 우연에 대한 새로운 윤리를 건설해야 할 필요가 있어요 그 윤리는 진부한 보편의 강령이 아닌 지극히 산발적이고 개별적이며 치명적인 형태의 무언가가 될 거예요, 생명에 내재된 종말을 무자비하게 폭로하는 괴리, 분열, 영원한 불가해함, 존재의 무의미가 그 무의미의 무게가 치명적일 정도로 잔혹하다면 하필 사람이 그 무게를 견뎌야 하는 이유는, 하필 사람이 실존-탈존의 무게로부터 살아남아야 하는 이유는 뭐죠? 우리는 더 이상 인간을 정당화할 수 없을 거예요, 신에게서 풀려났던 사람들이 살인하고 자살하며 전염병과도 같은 니힐리즘에 시달려 죽어갔듯 인간의 예속으로부터 벗어난 사람들은 치명적인 고통을 앓게 되겠죠 하지만 현재는 역사화되어야 할 시간이며 인간 역시 마찬가지예요. 당신 고고학자들은 언젠가 인간의 지층을 발견해야 할 거예요 어쩌면, 아니 분명히 지금 당장, 아니 어쩌면 이미 지나가버린 지층인지도 모르죠, 비등하는 폭력성을 이기지 못하고 스스로를 파괴하고 인간의 해체와 인간 이후의 인간을 경험하는 인간들의 역사에 우리는 언제나 귀속되어 있겠지만 결국 우리를 인간 이후의 존재로 해체시킨 것은 그 폭력성이고 폭력성 없이 우리는 인간에 대한 이교적인 맹신으로부터 깨어날 수 없었겠죠. 감당하면 파멸하고 말 것을, 참을 수 없는 것을 감당하는 인간들은 필연적으로 깨어질 수밖에 없어요 그 시간이 꼭 지금이라고 해서 이상할 건 없죠. 필연적인 와해와 몰락과 죽음을 늦출 수 있다고 조절할 수 있다고 믿었던 자들은 지금 밖에 있어요. 우린 문을 열고 유예되는 미래와 지속 가능성에 대한 맹목적인 가치 부여가 산산조각나는 광경을 목격해야 해요. 인간의 종말을 살아가는 인간으로서 우리는 우리가 깨어지는 것을 보고 우리의 파편으로부터 창발하는 타자들 그리고 우리의 바깥에 도사리고 있던 타자들 처음부터 존재하고 있었으나 보이지도 들리지도 않았던 그 무수한 먼지들, 왜곡된, 들끓는, 불결한 수억의 반사들을 마주하고, 아니 일방적으로 그들에게 보여지면서 소통도 이해도 없이 함께 비명해야 해요 전이되는 공포를 살며 현상 없이 몸 없이 인간의 눈과 인간의 기관 없이도 존재하는 세계에, 언젠가 우리로부터 밀려나 우리의 경계를 구성하던 희멀건 덩어리가 우리에게 침투하고 감염되는 모습에, 기형의, 불온한, 미친, 아름다운 괴물로 변한 신의 모습에 당도해야 해요.

타구통에 침을 뱉어내듯, 이미 말라붙어버린 침을 계속해서 뱉어내듯, 탈장된 창자가 목구멍 밖으로 쏟겨 나올 때까지 뱉어내듯 말을 하며 난 그들 중 누구도 내 말에 깨어지지 않을 것임을 깨어지는 것은 오직 나뿐이고 동시에 깨어지지 않는 것 역시 나뿐임을 깨닫는다. 고고학자 부부와 여자, 당신들은 나를 끔찍하게 생경한 눈으로 바라본다. 난 우리가 누구인지, 처음부터 누가 우리였는지 알아차린다. 숨을 죽여 흐느끼는 그들을 두고 잠겨 있던 문을 연다. 우리는 텅 빈 방 안으로 밀려든다. 그들은 다시 시작하고 싶다고, 처음부터 다시, 모든 것을 아는 채로 다시 시작하고 싶다고 애원한다. 그들은 미안하다고 잘못했다고 살려달라고 말하지만 그 중 어느 것도 진실이 아니다. 그들에게는 아무런 죄도 없고 아직 그들은 적합한 죄를 만들어내지도 못했으며 그들은 진심으로 살아남기를 원하지 않기 때문에. 몰락으로부터 살아남은 자들이 자살하고 말리라는 것을 나는 알고 있다. 처음은 이전이 아닌 이후예요, 하고 나는 그들에게 말한다. 그들은 열렬하게 고개를 끄덕인다. 쥐 죽은 듯 조용하던 객실에서 홍수에 휩쓸린 쥐들처럼 밀려나온 투숙객들은 파멸자들의 인도를 받아 호텔 로비로 내려간다. 호텔 로비는 끔찍하게 북적거린다. 나는 그들과 우리 양쪽에 섞여 있다. 나는 죽고 싶으며 또한 삶을 멈추고 싶다. 그러나 양자는 동시에 이루어질 수 없다. 살지 않으면 죽을 수 없기에, 나는 다시 두 개로 찢겨지는 나를 느낀다. 나는 다른 누구보다도 우리이고 싶으나 동시에 그들이기에 엘리베이터 속으로 미친 듯이 뛰어드는 것도 엘리베이터 바깥으로 밀려나는 것도 엘리베이터에 탄 사람들을 뒤쫓아 걸어들어오는 것도 모두 나다. 우리는 우리의 층을 누른다. 순간적인 소강상태. 엘리베이터에는 우리뿐이고 우리의 층뿐이다. 우리는 곧장 우리의 세계로 우리의 고립으로 우리의 독단으로 도망치려 한다. 하지만 엘리베이터 문은 닫히지 않는다. 세 개의 층을 눌러야 엘리베이터가 가동된다는 사실을 우리는 잊는다. 닫히지 않은 엘리베이터 문으로 다른 생존자들이 밀려든다. 두 명 세 명의 사람들이 한 번에 엘리베이터 버튼을 누른다. 우리는 우리의 아래층에 들어오는 노란빛의 불빛을 바라본다. 우리는 엘리베이터 문을 닫으려 애쓰지만 문은 닫히지 않는다. 우리는 또다시 밀려든다. 자살자들은 오로지 살해당하고 싶지 않다는 욕망만으로 닫힘 버튼을 미친듯이 누른다. 하지만 문은 닫히지 않는다. 여러 번 반복해서 누른 통에 작동하지 않는 것인지 처음부터 닫힘 버튼이 고장나 있었던 것인지는 알 수 없다. 그럼에도 그들은 계속해서 닫힘 버튼을 누른다 엘리베이터는 닫히지 않고 또한 무리의 사람들이 쏟아져들어온다. 우리는 우리의 실패를 직감한다. 엘리베이터는 움직이지 않는다. 시체에 백신을 주사하듯 우리는 뒤늦게 계단으로 뛰어올라가야 했다는 것을 깨닫고 버둥거리지만 군중에 갇혀 옴짝달싹할 수 없다. 엘리베이터는 치명적이고 비열한 기만에 불과했다는 것, 오로지 파멸만을 상연하기 위한 조악한 무대장치에 불과했다는 것을 우리는 너무도 뒤늦게 알아차린다. 이미 돌이킬 수 없이 냉혹해진 기후 속에 얼어붙은 우리는 아무것도 통제할 수 없다. 난 우리가 도래하고 우리가 밀려들며 우리를 갈가리 찢어내는 것을 느끼며 깨어난다. 더 이상 보이지 않는 군중의 희끄무레한 얼굴을 하나하나 되짚으며 그 중에 연극배우가 섞여 있었으리라는 생각을 한다. 하지만 군중들의 얼굴은 너무나 엇비슷했으며 그들의 몸짓과 태도, 숨소리까지 판에 박은 듯 똑같았기에 연극배우를 찾아내는 일은 불가능했다. 꿈 속에 다시 밀려들어 면밀하게 얼굴과 얼굴, 억양과 독특한 버릇 따위를 주의깊게 관찰하지 않으면 우리 사이에 분명히 끼어 있었을 연극배우를 선별해내는 일은 불가능하리라. 다음 밤에 꿈을 꿀 때에는 반드시 그들을 찾아보겠다고 다짐하지만 꿈 속에서의 사유와 감각은 이미 쓰인 내레이션처럼 정확하게 같은 흐름에 따라 이어지기에 우리의 존재와 우리의 부재, 우리의 현전을 깨닫는 과정에서 난 언제나 우리가 연극을 보러 왔다는 사실을, 모든 것이 연극일지도 모른다는 사실을, 우리 중 누군가는 분명 연극배우일 것이라는 사실을 잊는다. 실제로 여자와 나는 한 번도 함께 여행을 가본 적이 없음에도 난 꿈속에서 여자와 수백 번 수천 번 함께 여행을 다닌 사람처럼 익숙하게 여행을 받아들인다. 여자에게는 친구가 없음에도, 적어도 나와 함께 텅 빈 설원과도 같은 공간을 살아내는 동안 연락을 하고 지내는 친구는 없는 것이 분명함에도 난 얼굴 없는 고고학자 부부가 그녀의 오랜 친구라는 사실을 아무런 의심 없이 수용한다.

내가 꿈 이야기를 들려주었을 때 여자는 여행을 가고 싶냐고 물어보았지만 난 고개를 저었다. 난 우리가 여행을 가게 된다면 반드시 람세스 호텔에 묵게 될 것이고, 그녀가 오래도록 숨겨온, 존재하지 않는 중국인 고고학자 부부와 함께 여행을 떠날 것이며 파멸과 몰락을 상연하는 급진적인 연극을 보게 될 것이라는 불길한 예감에 대해 털어놓지는 않지만 여행이 곧 우리의 끝, 끝의 우리가 되리라는 사실을 직감한다. 삶은 사르트르의 연극에 등장하는 총과 같은 것이라고 그녀는 이야기한다. 그녀는 내게 풀리지 않는 단단한 매듭을 묶는 방법을 가르쳐 주었다. 그녀의 부모는 그녀에게 아무것도, 진실로 그녀에게 필요했던 것 무엇도 가르쳐주지 않았기에 모든 것을 그녀 홀로 배워야 했다고 그녀는 내게 이야기했다. 그녀는 마치 독백을 하듯 내게 말을 걸었다. 나를 호명하지 않고 불쑥 말을 시작했기에 그녀의 말은 더욱 혼잣말처럼 여겨졌다. 그녀는 내게 점자 읽는 방법을 알려주겠다고 했지만 난 배우고 싶지 않다고 말했다. 그녀는 눈이 멀지 않았고 주변에 눈 먼 사람도 없었으며, 사실 살면서 눈 먼 사람을 한 번도 만나 본 적이 없었음에도 점자 읽는 방법을 알고 있었다. 그녀는 언젠가 자신의 눈이 멀 것 같았기 때문에 점자를 배운 것이 아니라, 눈이 멀 것이기에 점자를 배운 것이라고 말했다. 그녀는 점자를 배움으로써 맹시를 현실로 만들었다. 언젠가는 너도 네게 도래할 불구를 선택해야 할 거야, 하고 여자는 말했다. 눈 먼 사람은 귀가 먹지 않는단다. 난 음악을 좋아하니까 끊임없이 울려퍼지는 불가해한 목소리들을 듣는 걸 좋아하니까 목소리 없이는 살 수 없으니까 눈을 포기하고 귀를 선택한 거야. 선택하지 않으면 선택할 수 있는 때를 놓치면 선택할 수 없게 되어버리고 마니까. 만약 점자를 배우지 않았다면, 그래서 눈 머는 미래를 현실로 만들지 않았다면 난 반드시 귀가 먹고 말았겠지. 오직 내게 귀가 더 소중하니까, 난 귀 먹은 채로 사는 삶을 상상할 수 없으니까, 바로 그 이유 때문에 난 눈 대신 귀를 잃고 말았을 거야. 그러니 난 귀가 먹기 전에 눈 멀고 말겠다고 결정해야 했고 점자를 배웠지. 점자를 배웠기 때문에 난 반드시 눈이 멀고 말 거야.

　내게는 귀보다는 눈이 더 소중했으므로 나는 여자에게 점자를 배우지 않겠다고 말했다. 점자를 배우지 않았기 때문에, 점자를 배울 수 있었음에도 배우지 않았기 때문에 나는 눈이 머는 대신 귀가 먹으리라는 것을 알 수 있었다. 아직 여자는 눈이 멀지 않았으며 나 역시도 귀가 먹진 않았지만 우리는 언젠가 반드시 눈이 멀거나 귀가 먹으리라는 것을 알고 있다. 귀가 먹기 전에 난 악기를 배우고 싶다고 여자에게 말했다. 그녀 자신은 내게 악기 연주법을 알려줄 수 없었다. 그녀는 다룰 수 있는 악기가 하나도 없었으므로. 눈 머는 미래를 결심하고 난 뒤부터, 점자를 배우기 시작한 뒤부터 여자는 그림을 그리기 시작했다고 말했다. 그녀는 선 없이 색만을 겹쳐서 그림을 그렸다. 그녀가 그리는 것은 언제나 거대하고 불가해한 비명이었다. 비명으로부터 피어나는 입, 그녀는 아직 입이 되지 않은, 언제나 입이 되어가는 중인, 그리고 입으로부터 와해되어 사라지고 있는 비명을 그렸다. 그녀는 침대도 가구도 없이 텅 빈 안방에 수십 년 동안 그린 캔버스들을 쌓아두었다. 내가 점자 배우는 일을 거부하기 전까지 그녀는 안방 출입을 허락하였으나 내가 눈이 머는 일을 거부하고 귀가 먹는 것을 선택하고 난 뒤부터는 그녀의 그림을 볼 수 없게 막았다. 안방 문은 잠겨 있었으나 그녀는 창문을 합판으로 막아둔 안방의 밀폐된 공기를 견디지 못하고 훤히 드러난 거실 한복판에서 거대한 융단과도 같은 캔버스를 이젤도 없이 바닥에 깔아 놓고 작업을 하였으므로 난 그녀의 그림을, 항상 무엇인가가 되어가고 있는 그녀의 비명을 별 어려움 없이 훔쳐볼 수 있었다. 난 그녀의 그림이 무언가를 암시하고 있다는 인상을 지울 수 없었으며 특히 그녀가 그리는 모든 비극이 결국에는 내 수난이 되리라는 직감에 시달렸다. 그럼에도 불길한 미래를 점치며 은밀한 황홀을 만끽하는 점술가처럼 그녀의 그림에서, 훤히 뚫린 창처럼 내게 닥칠 고통을 암시하는 비명의 색채에서 눈을 돌릴 수 없었다. 그녀는 다양한 사람, 식물, 동물, 비인간, 비생명의 비명을 그렸지만 그중에서도 난 공중곡예사의 비명 연작을 가장 좋아했다. 헐벗은 빛으로 빠져나가 와해되는 공중곡예사의 형상, 언제나 추락하는 도중인 검은 비명은 긴 잔상을 남기며 미끄러지고 있었다. 끝없이 높은 그네에 매달려 있거나 외줄 위에 간신히 서 있었을 그녀의 곡예사들은 균형을 잡고 버티는 일에 항상 실패하였으며 항상 떨어졌고 추락함으로써 비로소 비상하고 있었다. 길게 찢어져 흔들리는 부드러운 푸른 빛의 비명. 내가 눈 대신 귀를 포기하겠다고 마음먹은 것은 그녀의 곡예사들, 곡예사들의 영원불멸한 죽음과 추락, 파멸과 비명 때문인지도 모른다. 정작 그녀는 귀가 아닌 눈을 포기하겠다고 마음먹었다. 현전하지 않는, 대기의 세속적인 온도와 습도에 오염되지 않은 순수한 비명의 색을 듣고 싶었기 때문인지 아니면 비명과 색을 완전히 잊어버리고 싶었기 때문인지 그녀는 한 번도 내게 말해주지 않았다. 아직 그녀 자신도 알지 못하는 까닭인지도 모른다.

그녀는 바이올린 선생님을 불러주었다. 유독 덩치가 크고 단단한 체격을 가진 긴 머리의 여자가 우리의 설원으로 들어오던 순간 난 처음으로 그녀가 무척이나 작고 구부정하다는 사실을 깨달았다. 언제나 그녀뿐이었던 이 집에서 둘로 찢겨진 여자, 처음부터 둘이었던 여자, 영원히 둘인 여자의 모습은 내게 절망적인 충격을 주었다. 그녀를 선생님이라고 부르기 전까지, 그녀가 내게 작고 가느다란 소년에게 딱 맞을 법한 검은 관을 건네기 전까지, 텅 빈 관이라고 생각했던 검은 상자가 텅 비어있지도 않았고 관이었던 것도 아니라는 사실을 확인하기 전까지, 난 환한 빛 속에 훤히 드러난 그늘처럼 일렁거리는 두 여자의 찢겨진 환부 사이에서 치밀어오르는 구역질을 참아내야 했다. 내 관이라고 생각했던 길고 검은 상자에서 선생이 바이올린을 꺼내주기 전까지 난 내가 바이올린을 배우게 되리라는 사실, 나를 대신해 관 속에 누워 있던 그 악기를 연주하게 되리라는 사실도 알지 못했다. 하지만 난 곧 귀가 멀 것이다. 바이올린을 연주하면서 난 여자의 그림을 떠올렸다. 그녀의 비명들을 뒤덮은 붉은 푸른빛. 활이 현을 스칠 때면 내 안에 깊은 칼날이 밀려들어온다는 생각이 들었다. 그러나 악기를 연주하면서 무한한 형성과 추락, 강렬한 밀착과 으깨짐, 익명의 포위와 파열 같은 것을 느껴본 적은 없었다. 바이올린 선생이 들어올 때마다 난 항상 그녀가 언제 나를 죽일까 궁금했다. 난 그녀가 나를 해치지 않을 이유가 없다는 사실을 알고 있었다. 그녀는 언제라도 내 목을 자르고 내 배를 찌르고 창밖으로 내던질 수 있었다. 내 것보다 더 길고 단단한 바이올린 활로 긴장한 내 손목을 내려칠 때마다 난 그녀의 활이 내 뱃속으로 밀려들어 나를 꿰뚫고 날아갈 것이라고 생각했다. 끽끽거리는 쥐울음소리로 가득찬 세계에서 난 언제나 죽음에 대해 생각했다. 그녀가 날 죽이려 할 때 어떠한 표정을 짓고 어떠한 자세를 취해야 그녀가 당황하지 않을지. 난 예상하지 못했던 사람처럼, 기습을 당한 어린아이처럼 굴고 싶지 않았다. 언제나 기다려왔으므로. 알고 있었어요. 당신이 이곳에 오리라는 걸. 메시아를 기다리는 죄의 후손들처럼. 죄인들의 기도를 기다리는 메시아처럼. 사랑하는 부모가 직접 사지를 잘라내주기를, 그래서 더 많은 돈을 구걸해 살아남을 수 있도록 도와주기를 얌전하게 기다리는 길거리의 어린아이처럼. 팔다리가 없었다면 눈이나 귀를 포기하지는 않아도 되었을 텐데. 팔 없이 바이올린을 연주하는 상상, 발로 활을 잡고 온몸으로 바이올린을 지탱하여 첼로처럼 세운 뒤 똑같은 끽끽거림을 울어대는 상상. 선생은 내 손목을 내려쳤고 난 그녀가 곧 나를 살해하리라고 생각할 수밖에 없었는데 날카로운 면도날들이 턱 밑을 베어내는 소리 곧 눈이 멀 여자는 테이블 밑에 무릎을 꿇고 앉아서 끔찍하게 거대한 비명을 그려내고 있었고 난 알고 있었어요 진작부터 무슨 일이 벌어질지 모두 알고 있었어요 그렇게 말하면 선생은 여자처럼 무릎을 꿇고 여자의 그림처럼 비명을 지를지 궁금했으나 선생은 내 팔목만을 회초리로 변모한 악기로 내려칠 뿐 날 찌르지 않았고 나는 아직 살아서 끽끽대고 있었고 그렇게 믿음은 반증되었으니 난 내가 그녀의 살해계획을 알고 있었기 때문에 내가 이미 모든 것을 짐작하고 있었기 때문에 선생이 날 찌르지 못했다는 것을, 바이올린 활이 내 상완을 관통하지 못했다는 것을 알 수 있었다. 그녀는 당장이라도 나를 죽이고 나를 취소하고 나를 잊고 싶었을 것이다. 그러나 내 손목을 내리치는 날카로운 활은 한 번도 내 손목 깊숙한 곳을 파고들어 나를 떨쳐낸 적이 없었고 난 그녀가 영원히 나를 변화시키지 못하리라는 것을 알고 있었다.

처음 내게 바이올린을 쥐어주던 날 선생은 내게 다른 모든 음을 연주해도 좋지만 E flat만은 연주해서는 안 된다고 말했다. 그러나 난 E flat이 어떤 음인지 짐작조차 할 수 없었다. E flat을 알려주기 위하여 가장 확실한 방법은 여자가 E flat을 연주하여주는 일이었을 것이나 여자는 결코 E flat을 연주하지 않았다. 대신 그녀는 음계 스케일을 모두 짚어가며 부드럽게 연주하면서 E flat의 자리만은 공백으로 남겨 들려주었다. 그러나 난 들을 수 없었다. 각각의 음계가 양적인 연속선상에 있는 것이라 제각기 전혀 다른 질을 가진 (비)물질이라는 사실을 여자는 알려주었다. 그럼 E flat은 어떻게 들죠? 하고 물었을 때 여자는 색깔 스펙트럼을 떠올리라고 말했다. 하지만 음정을 색채로 대체할 수는 없었다. 색채는 음악이 이루지 못한 지향점이며 음악은 색채가 다다르지 못할 불가능의 이상향이므로. 여자는 바이올린의 네 줄 밑에 E flat을 가리키는 스티커를 덕지덕지 붙여 주었다. 흰 테이프가 붙은 자리만은 결코 짚어서는 안된다는 것이었다. 활을 들지 않을 때 장난으로 짚어보는 일도 여자는 엄격하게 금지했다. 숙련된 연주자라면 조심스럽게 그 음을 눌러서 소리가 나지 않도록 갈무리하는 일이 가능하겠지만 아마추어들은 흥분을 이기지 못하고 손가락을 거세게 튕겨서 E flat을 소리내버리곤 한다는 것이었다. 선생이 가르치던 학생 한 명도 실수로 E flat을 짚어 튕기는 바람에 조사를 받았다는 이야기를 들을 때까지만 해도 난 그녀의 말이 질 나쁜 농담이라고만 생각했다. E flat을 소리내서는 안된다는 말은 완전히 불가해한 것이었으며 이빨요정이나 고속도로 귀신과 같이 순전한 미신에 불과한 것처럼 여겨졌기 때문이었다. 다른 규칙들, 가령 먹지 않을 동물은 도축해서는 안되며 말을 하는 짐승, 그것도 특정한 정도 이상으로 복잡하게 말하는 짐승들은 죽여서 안 되며 그러한 짐승들과 유사한 머리모양과 사지를 가진 짐승들도 죽여서는 안되며 그러나 죽어가는 짐승이 죽어가도록 놓아두는 것은 문제될 것이 없고 모두가 보는 앞에서 죽어가는 짐승이 죽어가도록 놓아두는 것은 더더욱 문제될 것이 없으며 다만 주의할 것은 불가침의 죽음에 손을 대어 더럽히는 일은 끔찍한 죄이므로 아무에게도 보이지 않는 곳에서 홀로 죽어가는 짐승에게 손을 대면 안된다는 것, 이러한 규칙들은 나 역시 다른 모든 사람들이 그러하듯 자연스럽게 익힐 수 있었다. 그러나 E flat의 존재에 대해 배우기 전까지 난 한 번도 E flat을 연주해서는 안된다는 생각을 해 본 적이 없었다. 지금껏 존재하지 않았던 규칙이 어째서 바이올린을 배우기 시작하는 순간 불현듯 출현했는지 도저히 이해하지 못한 채로 난 선생의 것보다 작은 바이올린에 덕지덕지 붙어 있는 흰 테이프를 바라보았다. 선생의 바이올린에는 길고 하얀 테이프가 한 장도 붙어 있지 않았다. 네가 더 능숙해지면 테이프를 하나씩 떼어 줄 것이라고 선생은 이야기했다. 그러나 테이프를 떼어버리기를 원하는 것은 아니었다.

어째서 E flat을 연주하면 안 되느냐고 물었을 때 선생은 침묵하였다. 그녀는 E flat을 소리내서는 안 될 수천 가지 이유를 알고 있는 것 같았지만 도저히 그 많고 지당한 이유를 전부 이야기해낼 자신이 없다는 듯, 아무런 말도 하지 않았다. 우리 뒤에서 새빨간 페인트로 비명을 뚝뚝 떨어뜨리고 있던 여자가 갑작스럽게 말했다.

내가 네 나이일 때는 한 번도 그런 멍청한 질문을 한 적이 없어. 누구나 E flat을 소리내서는 안 된다는 걸 알고 있어. 그건 누구에게 배워서 알 수 있는 일이 아니야. 당연한 거지. E flat이 부당하다는 것, E flat은 금지되었다는 것은 당연히 묵시적인 믿음이어야 해. 선생님이 네게 새삼 그 규칙에 대해 상기시킨 것은 네가 바이올린에 서투니까 실수로 E flat을 짚어 연주할까봐 걱정되었기 때문이지 네가 E flat에 대해 새삼스레 배워야 하기 때문은 아니야. E flat에 대한 거부감은 네가 사람이라면, 네가 동물이라면, 네가 생물이라면 당연히 가지고 있어야 하는 거야. 난 네게 E flat의 부당함에 대한 이유들을 설명해줄 수 없어.

여자는 말을 멈추고 나를 한참 노려보다가 흐느끼기 시작했다. 네가 그런 걸 물어볼 줄 몰랐어. 이 집에 올 때만 하더라도 넌 얼마나 작고 여렸는지. 누구라도 네게 E flat을 강요할 수 있었을 테지만 난 한 번도 그런 적이 없었어. 그런데 이제와서 E flat을 소리내면 안된다고 물을 줄 알았다면 널 데려오진 않았을 거야. E flat이 금지된 이유를 알기 위해 우리는 모든 것을 처음부터 시작해야 할 거야. 모든 악기들이 부정을 내포하고 있다는 사실이 전면적으로 드러나면 바이올린 피아노 플루트 첼로 모든 악기들을 뜯어고쳐야겠지. 모차르트나 베토벤 헨델 바르톡과 알반 베르크 전부 찢어버려야 할 거야. 처음부터 다시 시작해야겠지. 바이올린이나 비올라 같은 현악기들은 영원히 금지될 것이고 플루트의 구멍 하나는 영원히 막혀버릴 것이고 피아노는 군데군데 검은 이가 빠진 채로 재조립되겠지 지금까지 우리가 안고 있던 모든 불온한 위험성은 완전히 폐기될 거야. 그걸 원하니? 처음부터 다시 시작하기를. 그것도 이전보다 반드시 불완전하며 미개하며 조악한 형태로 이어질 쇠퇴의 길로 들어서기를? 수백 개의 이야기가 완전히 사라질 것이고 수백만 개의 교향곡이 완전히 잊혀질 것이고 수십 개의 언어 역시 자취를 감출 거야.

난 여자의 떨리는 등을 향해 다가가 그녀를 끌어안으며 말했다. 하지만 난 한 번도 E flat을 소리낸 적이 없어요. 그게 그렇게 큰 죄라면 당신이 알려줬겠죠.

여자는 소스라치게 놀라며 비명을 질렀다. 지금까지 몰랐다는 거야? 하고 여자가 말했을 때 난 고개를 끄덕일 수밖에 없었다. 그 순간 모든 것이 흉측하고 징그럽게 느껴졌다. 견딜 수 없이 메스꺼워 난 그들을 위협하듯 바이올린을 들고 방금 전에 선생이 붙여준 하얀 스티커에 손가락을 가져다대었다. 두 여자가 나를 쳐다보고 있는 것을 느낄 수 있었다. 난 언제든지 E flat을 소리낼 수 있었다. 바이올린은 내 손에 있었으며 사실 악기 없이도 난 E flat을 소리낼 수 있었다. 선생이 했듯 스케일을 죽 짚어 소리내다보면 알아차리지도 못한 사이에 E flat이 범해질 것이고 E flat의 존재는 나보다 두 여자가 더 잘 알겠지. 하고 나는 생각했다. 난 보란 듯이 바이올린을 배 앞에 가져다 붙이고 활을 들어 네 개의 현을 마구잡이로 그어내렸다. 새끼 짐승들이 발작하며 죽어가듯 끔찍한 소음이 났다. 난 여자들의 표정을 보고 내가 무엇을 범했는지 알 수 있었다. 소음은 역겹게 뒤얽혀서 무엇이 금지된 소리이고 무엇이 허용된 소리인지 구분할 수 없었으나 난 내가 그어낸 거북스러운 비명 사이에 분명히 E flat이 섞여있다는 것을 금방이라도 졸도할 듯 창백하게 질린 여자들의 얼굴을 보고 곧바로 알아차릴 수 있었다. 선생은 당장 나를 고발하겠다고 했다. 그녀는 분명히 들었다고. 내가 E flat을 연주하는 것을, 내 몸 속에서 악마같은 소리가 새어나오는 것을, 이렇게 어린아이가, 하고 믿을 수 없다는 듯 선생은 소리질렀다. 이렇게 어린아이가 그토록 당당하게, 수치심도 없이 E flat을 연주할 수 있으리라고는 상상도 못했어요, 하고 법정에서 선생은 증오심에 일그러진 눈으로 나를 노려보며 소리쳤다. 하지만 당시 나는 재판을 받게 되리라고는, 겨우 잘못된 방식으로 잘못된 음정을 짚었다는 이유만으로 법정에 서리라고는 생각할 수 없었다. 난 그때까지도, E flat을 소리낸 이후에도 여자들이 어른들 특유의 강박적이며 짓궂은 농담으로 나를 조롱하고 있다고만 생각했다. 난 오로지 두 여자들을 괴롭히고 싶었으며 그들이 비명을 지르는 것을, 당장이라도 죽어버릴 듯 새하얗게 질려버리는 꼴을 보고 싶었을 뿐이지 그 이외에는 다른 마음이 없었다. 난 결단코 죄를 범하고 싶었기 때문에 죄를 범했던 것은 아니었다. 그러나 돌이켜 생각해보면 E flat에 대한 치명적인 갈

망을 느꼈던 것, 그 순간 여자들을 처벌해야겠다고 생각했던 것,
동시에 그녀들이 범하지 못한 죄를 짊어짐으로써 그녀들을 구원
했던 것은 모두 새로운 세계의 도래를 암시하는 전조였던 것이다.
선생이 몸서리를 치며 현관문으로 기어가는 것을, 미친 듯이 덜덜
떨면서 짐승과도 같이 애처로운 신음을 흘리며 복도 바깥으로 쫓
겨나가는 것을 여자도 나도 말리지 않았다. 그녀가 더 크고 반짝
이는 바이올린이 아니라 내 바이올린, 흰빛의 조악한 스티커가 덕
지덕지 붙은 바이올린을 검은 관에 챙겨 가는 것을 다 보았음에도
난 아무말도 하지 않았다. 여자는 계속해서 발작하듯 울고 있었
다. 그녀가 그린 비명처럼. 난 지금껏 여자가 그려왔던 비명들이
모두 그녀의 미래를 암시하는 자화상이라는 사실을 뒤늦게 알아
차렸다. 하지만 그녀에게는 더 해 줄 말이 없었다. 난 신에게 응당
한 본성으로 그녀를 냉혹하게 무시하였지만 더는 E flat을 연주하
겠다고 위협하지도 않았다.

　곧 경찰들이 들이닥칠 거야. 하고 여자는 잔뜩 뭉그러진 소리로
신음했다. 이 집에. 다른 곳도 아닌 이 집에 들이닥쳐서 모든 걸
엉망으로 만들어버리겠지. 지금까지 내가 그려왔던 그림들을 모
두 갈기갈기 찢어놓고 캔버스 위를 무례하게 걸어다니고 시끄러
운 소음과 오만한 음성들이 거실을 가득 채우고 나면 난 아무것도
그릴 수 없을 거야. 아무것도. 여자는 나를 증오에 찬 시뻘건 눈으
로 올려다보며 말을 이었다. 이러려고 널 데려온 건 아니었어. 어
떻게 그럴 수 있었니? 마치, 마치 날 조롱하듯이. 내가 E flat은 불

가능하다고 선언한 바로 뒤에. 보란 듯이 내 앞에서 E flat을 연주했지 너는, 날 망가뜨리고 싶었던 거야. 이 공간을, 내 그림들을, 내가 마지막으로 간직할 영상들을, 눈 멀기 전의 세계를 진창으로 만들고 싶었던 거야. 악마 같은 새끼. 널 데려오지 말았어야 했어. 경찰들이 올 텐데. 그 무례하고 천박한 남자들이 내 공간을 그림을 세계를 모조리 찢어발길 텐데. 그런 걸 원했던 거니? 물감들은 말라비틀어질테고 걸레짝같은 캔버스 조각이 공중을 둥둥 떠다닐 테고 내 비명의 유골을 찾아서 난 저열한 사내들의 주위를 미친 여자처럼 헤집고 돌아다녀야겠지. 끔찍하게 시끄러울 거야. 어쩌면 네게 E flat을 한 번 더 연주해 보라고 요구할지도 몰라. 현장검증이라는 천박한 재현에서 흔히 그러듯이, 무고한 마네킹을 인형을 다시 살해해보라고 요구하듯이 네게 E flat을 다시 한 번 연주해보라고 할 지도 몰라. 난 꼼짝없이 네 곁에 서서 네가 보란 듯이 E flat을 연주하는 꼴을 다시 지켜봐야겠지. 그런 쓰레기 같은 소란 속에서는 아무것도 그릴 수 없어.

　여자는 밤새도록 안방에 틀어박혀 울었다. 무언가를 찢고 부수고 깨뜨리는 끔찍한 소음이 계속되었고 난 오직 E flat으로만 이루어진 리드미컬한 곡에 대해서 생각했다. 난 한 번도 내가 사람들에게 그토록 잔혹하고 치명적인 영향을 줄 수 있으리라고 기대해본 적이 없었다. 그러나 난 할 수 있다는 것을 알았다. 이 글을 쓰는 이유는 내가 할 수 있다는 사실, 다른 누구보다도 더 잘 할 수 있다는 사실을 깨달았기 때문이다. 난 일생 누구도 두 손으로 직접 죽이지는 못했지만 이 글로 누군가의 자기-파괴, 자기-살해에 기여할 수 있다면 더할 나위 없이 만족스러울 것이다. 나의 탄생은 누구도 예측하지 못한 비극적인 사고였으나 세계에 있어 필수불가결한 숙명이었다. 세계는 나를 통과해야 했으며 나는 세계를 통과해야 했다.

경찰들이 들이닥치기 전까지 여자는 안방을 완전히 파헤치고 무너뜨리는 중이었다. 경찰들의 부름에 뛰쳐나온 여자의 머리는 끔찍한 산발이었으며 짓무른 입술에서는 피가 흘러내렸다. 찢겨나간 손톱 역시 검은 피로 범벅이 되어 있었다. 그녀의 긴 원피스는 반쯤 찢어진 상태여서 어깨 부분부터 아래로 무너져내리고 있었다. 경찰들이 E flat을 연주한 진범이 여자라고 믿어 그녀를 체포하려 할 정도로 여자는 망가져 있었다. 그녀는 흠집 투성이었다. 잘못 만지면 손뿐만 아니라 내장 깊은 곳까지 끔찍하게 베일 것처럼. 여자는 비명을 지르며 이 집에서 나가라고 흐느꼈지만 경찰들은 묵묵하게 집안을 수색했다. 여자가 이미 한 차례 찢어발긴 캔버스들이 더러운 비닐 속으로 밀려들어갔고 집안에는 희고 축축한 먼지가 죽은 물고기처럼 둥둥 떠다녔다. 당시 나는 통통하고 가여운 유충처럼 어렸기 때문에 경찰들은 내가 E flat을 연주하는 미친 여자에게 학대당했다고 여겼다. 그들이 신고 내용을 오해했던 것인지 바이올린 선생이 그녀가 겪은 상황을 오해했던 것인지 그것도 아니면 내가 내게 벌어진 비극을 왜곡했던 것인지 당시에는 알 수 없었기 때문에 난 경찰들의 처분을 묵묵히 기다렸다. 경찰들은 절망적으로 어렸다. 그들은 나와 별 나이 차이도 나지 않는 어린 소년들처럼 보였는데 볼은 발그레했고 콧등과 이마, 턱에는 부드러운 여드름 자국이 선명하게 남아 있었다. 여자는 한 명도 섞여 있지 않는 것처럼 보였다. 그러나 그 나이대의 소녀들은 간혹 소년처럼 보이기도 하고 반대의 경우도 종종 있으므로 그들이 전부 여자일지도 모른다고 생각했다. 그들의 턱에는 갈무리하지 못한 푸르고 촘촘한 수염자국이 있었지만 내 머리를 쓰다듬는 손길은 놀랄 정도로 부드러웠으므로. 경찰관 한 명이 내게 입을 맞출 듯 고개를 가까이 가져다대며 이제 무서운 일은 끝났다고 안심해도 된다고 속삭였다. 소녀 혹은 소년 같은 두 명의 경찰관들은 허공을 떠도는 푸르고 흰 캔버스 조각을 가리키며 낄낄거렸다. 그 거대한 유소년 무리를 이끄는 상관은 없는 것 같았다. 헐렁한 경찰 제복을 입은 소년―혹은 소녀―들은 처음 집안을 수색할 때 근엄한 침묵으로 만들었던 견고한 인상을 완전히 망가뜨리려는 듯 경박하게 굴었다. 그들은 압수수색을 한다는 명목으로 집안 곳곳을 누비며 흥미로운 장난감을 찾는 아이들처럼 이것저것 들춰보았고 여자가 찢어발긴 캔버스들에 특히 큰 관심을 보였다. 불행히도 여자의 불길한 예감은 끔찍하고 경멸스러우며 가장 징그러운 방식으로 맞아들어갔다. 경찰들은 휴지조각처럼 찢겨진 캔버스 위에서 뒹굴면서 어린 짐승처럼 낄낄거렸다. 여자가 안방 침대 밑에 숨겨 두었던 유화 물감을 짜내며 시트를 어지럽히기도 했다. 심지어 구석 자리에 숨어서 바지 지퍼를 내린 채 유화 물감으로 더러워진 손으로 성기를 쥐고 채색하는 소년도 있었다. 그 끔찍한 난장이 끝나고 밤이 깊어가자 경찰들은 아무것도 찾지 못했다는 사실에 절망한 듯 수군거렸다. 사건 현장은 끔찍하게 어지럽혀졌으며 그들은 아무것도 발견할 수 없었다는 것이었다. 경찰들은 마치 집안을 어지럽힌 장본인이 그들이 아니라 전혀 다른 사람이었다는 듯, 난장이 된 집안은 돌발적인 재해의 피해를 받은 것이었다는 듯 굴었다. 소년들의 붉은 얼굴들이 당장이라도 터질 듯 부풀어올랐다. 난 그들이 울음을 터뜨릴 것 같아 E flat에 사용된 유일한 증거이며 유일한 무기인 바이올린, E flat이 범해진 위치가 이미 흰 스티커로 지시된 2/4 사이즈 바이올린을 바이올린 선생이 들고 갔다고, 내 앞에 선 소년의 커다란 두 눈에서 넘쳐흐르는 축축한 눈물을 맨손으로 닦아주며 말했다. 그 외에는 어떤 증거도 필요 없죠. 소리를 낸 사람과 소리를 낸 구체적인 물체, 그 외에 어떤 증거가 있을 수 있겠어요? 하고 물었을 때, 경찰들은 갑작스레 기운을 차린 듯 흥겹게 찍찍거렸고 난 그들, 끔찍하게 어리고 순진한 소년들이 과연 진짜 경찰이 맞는지 의심스러웠지만 그들이 갖고 있는 총이 진짜인지 실험해 볼 정도로 멍청한 것은 아니었으므로, 게다가 검고 유연한 총신은 어느 모로 보나 진짜처럼 보였으므로 난 아무 말 없이 그들의 옷가지를 정리해 주고 현관으로 안내했다. 경찰들은 아직도 절망적으로 비명을 지르고 있는 여자에게 수갑을 채워 연행해 가며 한 명씩 줄을 서 내 머리를 쓰다듬고 곧 모든 일이 해결될 것이라고 여직 울음기가 남아 있는 앳된 목소리로 어른스레 중얼거렸다.

두 번째로 방문한 그들은 배신당한 연인처럼 분노에 찬 눈으로 날 노려보았지만 특별히 추궁하지는 않았다. 그 때에는 내가 수갑을 차고 연행되었으며 여자는 내가 거칠게 끌려가는 동안에도 집 안에 그대로 남아 반쯤 눈을 감은 채 폐허가 된 그녀의 세계를 멍하니 응시하고 있었다. 목격자의 증언 이외에 특별한 증거는 없었지만―더구나 E flat의 자리에 스티커가 붙어 있는 바이올린은 목격자에게서 발견되었고 그것이 목격자에 의해 구매되었다는 것이 밝혀졌으며 E flat 자리에 스티커를 붙인 것도 목격자라는 사실을 목격자 스스로 인정했으므로―경찰들은 내가 이미 한 차례 경찰들을 속여 넘긴 전적이 있는 만큼 충분히 간교하고 영악하게 굴수 있는 아이, 충분히 E flat을 연주할 수 있는 아이라고 생각하는 것처럼 보였다. 난 순순히 E flat을 연주했다고, 여자들의 증언은 사실이라고 털어놓았다. 어째서 그런 짓을 했냐는 물음에는 특별히 대답할 말이 없었다. 여자들의 창백한 얼굴과 아름다운 비명, 그보다도 더 매혹적이었던 침묵이 떠올랐지만 단지 그런 것을 위해 E flat을 연주한 것은 아니었다는 생각이 들었다. 그러나 난 굳이 진실하고 싶지 않았으므로 여자들을 괴롭히기 위해 그랬다고 이야기했다. 물론 그건 사실이 아니었으며 만약 지금 다시 그들의 앞에서 증언할 기회가 주어진다면 난 전혀 다른 말을 털어놓을 텐데, 안타깝게도 그때 나는 너무도 어렸고 내게 닥친 시련과 숙명과도 같은 충동이 의미하는 바를 곰곰이 생각해본 적도 없었으므로 대부분의 사람들이 가지고 있는 저열하고 치명적인 버릇대로 진실과는 가장 무관한, 그 어느 모로 보나 진실이 될 수 없는 천박한 진술로 진실을 완전히 가리려 했던 것이다. 여자들이 E flat에 치를 떤다는 사실을 알았기 때문에, 그녀들을 괴롭히고 싶었기 때문에 E flat을 연주했다는 말은 내 진실을 은폐하는 최악의 기만이었지만 법정에서는 내게 유리하게 작용하였다. 사내아이들 누구에게나 여자들을 괴롭히고 희롱하고 싶다는 충동이 있는 법이므로, 역사상 대부분의 사내아이들이 가지고 있었던 그런 충동들이 사회에 근본적이고 절대적인 위협이 된 적은 한 번도 없었으므로, 내가 진정으로 E flat을 연주하고 싶은 욕망에 이기지 못해 E flat을 연주한 것이 아니라면 크게 문제될 것이 없다고 판사는 판결하였다. 내 변호사는 국선이었는데 병적으로 유능했다. 그는 판사와 친분이 있었으므로 내게 반성문 서너 장만 미리 제출하면 무죄로 풀려나게 해 주겠다고 넌지시 일러줄 정도였다. 변호사는 끔찍하게 바빴다. 재판 전에 그와 만난 시간은 다 합쳐보아야 십 분도 채 되지 않았을 것이다. 그러나 난 성실하지만 무능한 로펌의 변호사들보다는 끔찍할 정도로 바쁘지만 유능한 국선 변호사가 훨씬 낫다고 생각했다. 난 아직 여자의 곁을 떠날 생각이 없었으므로. 반성문 서너 장만 쓰면 되리라는 생각에 무척 안심하였지만 백지 앞에서 난생 처음으로 글을 쓰기 위해 앉은 순간 난 글을 쓸 줄 모른다는 것을 처음으로 자각하였다. 정말 난 그때까지 한 번도 글을 써 본 적이 없었다. 여자는 내게 글을 쓰는 법을 가르치지 않았으며 난 끝내 점자 쓰는 법을 익힌 적이 없었고 다른 어떠한 언어도 배운 적이 없었다. 내 모어는 언제나 구어였고 문자 언어에는 관심을 가진 적이 없었다. 난 눈이 아니라 귀 먹기를 선택하였으므로 글자는 언제든지, 청각적인 불구가 발발한 이후에도 배울 수 있다고 생각했던 것이다. 그러나 글 쓰는 법을 모르는 채로 반성문을 쓸 수 있는 방법을 일러줄 변호사는 이미 내 앞에 없었고 여자는 안방에 틀어박혀 문을 잠근 채 계속 울고만 있었으므로 나로서는 할 수 있는 일이 없었다.

재판 당일 두 번째로 만난 변호사는 내게 손을 내밀었고 난 그가 내 손이 아닌 반성문을 요구한다는 것을 알고 있으면서도 수치스럽게도 빈손을 내밀 수밖에 없었다. 난 반성문을 실수로 집에 두고 왔다고 말했고 그는 놀랍게도 내 말을 믿는 것처럼 보였다. 난 끔찍한 수치과 고통을 이기지 못하고 울고 있었으나 그는 내 눈물을 닦아주지 않았다. 그러나 걱정할 필요 없다고, 모든 것이 잘 끝날 것이라고 그는 끔찍하게 유능한 사람들이 그러하듯 간결하게 이야기하였고 재판은 정말 그의 말대로 내게 유리하게 진행되었다. 심지어는 바이올린 선생의 증오 어린 증언 또한 내 치기를 정확하게 입증해주는 증거로 변모하였다. 범행을 저지를 당시 내가 취했던 도발적인 태도는 여자들을 겁주고 희롱하며 제 존재를 입증하려는 사내아이 특유의 충동에 부합하는 것이었다. 그것은 분명 가장 저속하고 비열한 종류의 충동이지만 셀 수 없이 많은 사내아이들이 실제로 그러한 충동을 갖고 있고 그에 따라 행동했다는 사실이 경험적으로 입증되었으므로 사내아이들을 받아들이기 위해 그러한 충동 역시 어느 정도는 수용할 수밖에 없다는 것이 재판부의 입장이었다. 중요한 것은 E flat을 원했기 때문에 E flat을 연주한 것은 아니라는 사실이었다. E flat에 대한 충동은 전례없는 것, 그 무엇보다도 파멸적이며 위협적인 것, 당장이라도 인간을 몰락시킬 수 있는 해로운 것이므로 두고 볼 수가 없겠지만 E flat을 다만 수단으로만 사용했을 뿐이라면 내 비열한 치기도 사회가 감당할 수 있으며 감당해야만 하는 악이라는 것이었다. 결국 내게는 1호 보호처분이 내려졌다. 다만 여자는 원한다면 언제든 나를 파양할 수 있을 것이었다. 내가 그녀에게 명백한 위협을 가하려 했다는 것이 공공연히 입증되었으므로. 그녀가 나를 포기하면 그녀의 하얀 빛의 세계로부터 풀려나면 어디로 가게 될지는 나도 알 수 없었다. 그녀는 나와 함께 지내면 완전히 파멸해버리리라는 사실을 짐작했겠지만 그랬기에 나를 보고 마치 내가 아직까지 E flat을 연주하며 그녀의 귀를, 그녀가 선택한 청각을 가장 잔혹한 방식으로 찢어내고 있는 것처럼 창백하게 질린 낯으로 흐느꼈겠지만 그녀는 끔찍하게 지쳐 있었고 심지어는 나보다도 더 지쳐있었으므로 새로운 소송을 걸고 파양 절차를 밟을 기력은 조금도 남아있지 않은 것처럼 보였다. 그녀는 차라리 이제까지 그래왔듯 나와 함께 그녀의 희게 짓무른 폐허 속에서 죽어가기를 원하는 것 같았다. 그녀는 다시 그림을 그렸으나 이전처럼 발생적인 비명을 채색하는 것만으로는 만족하지 못했다. 그녀는 그림을 그리다가 불현듯 그리고 있던 그림을 찢어내고 행주로 벅벅 문질러 닦아내고 손으로 헤집어 뭉그러뜨렸다. 그런 파괴작업 도중에 그녀는 항상 확인하듯 나를 돌아보고는 했다. 내가 언제고 그녀의 세계를 다시 경찰들로, 끔찍한 E flat으로 불온한 파멸로 망가뜨릴 수 있다는 듯, 그 전에 그녀의 그림을 손수 훼손하는 것만이 그녀가 할 수 있는 유일한 방어라는 듯. 그러나 난 더 이상 그녀의 그림에 특별한 관심이 없었다. 여자들을 괴롭히는 일은 내게 있어 근본적인 충동이 아니었으므로. 난 그날 내가 듣지 못했던, 이 하얀 몰락에서 오직 나만이 듣지 못했던 E flat에 골몰했다.

난 다시 바이올린을 배우고 싶다고 말했고 얼마 지나지 않아 바이올린 선생이 돌아왔다. 그녀는 마치 이전에 있었던 재앙을 깡그리 잊었다는 듯 그녀가 들고 나갔던 증거를 다시 내게 되돌려 주었고 난 종종 그녀의 바이올린 활에 손목을 맞아가며 바이올린을 연주했다. 그녀는 나를 용서하겠다는 말도, 나를 용서할 수 없다는 말도 하지 않았다. 용서하는 자는 결코 잊을 수 없다고 믿는 사람처럼, 그녀는 철저하게 잊음으로써 영영 나를 용서하지 않겠다고 침묵으로 경고하는 것 같았다. 그러나 난 아무것도 잊을 수 없었다. 혼탁하게 뒤섞인 비명소리, 여러 새끼 짐승들의 머리를 덕지덕지 이어붙인 기괴한 동물이 내지르는 울음과도 같은 끽끽거림을 나는 몇 번이고 다시 재생해 보았다. 그 속에 분명한 E flat이, 공적으로 확증된 E flat이 실재했다는 사실이 절망적으로 야릇한 울렁거림을 불러일으켰다. 그녀들은 내게 무기를 다시 쥐어줌으로써 내가 E flat을 연주하지 않으리라는 것을, 내가 그 무기로 그녀들을 공격하지 않으리라는 것을 확인하고 싶어하는 것 같았지만 난 정말이지 언제나 E flat에 대해 생각하고 있었다. 나는 내 충동이 병적으로 고유하며 경악스럽게도 특별한 것이라는 사실을 짐작하고 있었다. 예수를 제외하고는 누구도 나처럼 파괴적인 충동에 진심으로 천착하지 않았다. 난 밤마다 주방 테이블 밑에 숨어 어둠에 검고 희게 이지러진 모노크롬의 악기를 뚫어지게 들여다보며 E flat에 대해 연구했다. E flat을 구성하는 담론들과 세계, E flat에 관한 법과 규칙, E flat의 경제적인 구조와 문화적인 효용들에 대해 찾는 것은 물론 쉬운 일은 아니었지만 난 E flat의 본질, E flat 그 자체를 현상해낼 수 없었기 때문에 오히려 그것을 구성하고 둘러싸는 주변 담론들을 연구하게 되었으며 역설적으로 그 덕분에 E flat에 대해 어느 누구보다도 더 치명적인 앎을 갖게 되었다고 확신할 수 있다. E flat 자체에만 천착한 폭도들은 결국 E flat에 너무 몰입한 나머지 E flat에 대한 최초의 전조와도 같은 충동을 상실하고 말았으며 살인이나 방화와 같은 포악한, 그러나 동시에 시시하며 범속한 범죄에 빠져들었다. 살인과 방화는 수천 수만 년 전부터 발명된 범죄이며 이미 몇 번이고 반복되고 왜곡되고 증폭되고 축소되어 더는 새로울 것도 신비로울 것도 없는 저속한 악행이었다. 살인자와 방화범들은 결국 메시아가 될 수 없었다. 그러나 난 한 순간에 순수한 E flat을 짚어내지 않음으로써 E flat의 주변 담론에 몰입함으로써 E flat에 대한 경악스럽고 막연한 갈망을 유지하여 놀랍게도 성인이 되고 난 뒤까지도, 지금까지도 E flat을 욕망할 수 있었다. E flat에 대한 성인의 순수한 욕망은 이전에는 한 번도 존재한 적도 입증된 적도 없는 현상임을 나는 누구보다도 잘 알고 있다.

내가 스스로를 몰락의 메시아, 재림 예수로 지칭하는 것은 내 오랜 연구의 필연적인 결과이며 첫 번째 예수를 믿었던 사람이라면, 또 철저히 귀납적인 연구의 논리추론 과정에 동의해온 사람이라면 당연히 나의 신성을 받아들일 수 없으리라고 자신한다. 난 아직 믿지 못하는 자들을 위한 수난의 근거들을 수십만 가지는 더 제공할 수 있다. 물론 그 중심에 있는 것은 E flat에 대한 확고부동한 충동, 절망적으로 순결한 욕망일 것이다. 순수한 비명일 수 없는 색, 검은 빛과 흰 빛으로 이루어진 모노크롬의.

# 사냥꾼 그라쿠스

그가 돌아왔다는 소식을 들었을 때 믿지 않았다. 남편과 만난 것은 오래전의 일이었고 그와 헤어진 것은 그보다 더 오래전의 일이었으므로. 하지만 가지 않을 수 없었다. 시청에서 전화가 왔고 리바의 시장은 울먹이는 소리로 전했다. 남편이 살아왔다고. 나는 믿지 않았다. 내게는 믿을 수 있을 만한 용기가 없었으므로. 남편이 사라진 이후 나는 단 한 번도 남편의 재생, 남편의 유령, 남편의 기억을 믿지 않았다. 그와의 기억은 완전히 왜곡되고 돌이킬 수 없을 정도로 훼손되어 침잠하였고 난 망가진 기억을 진심으로 믿을 정도로 어리석지 않았다. 그러나 완벽히 잊을 수 있을 정도로 현명하지도 못했다. 리바의 시장은 내게 전화를 걸었고 나는 내가 갈 수밖에 없으리라는 것을, 남편이 아닌 자를 보러 남편일 수 없는 자를 보러, 시청 병원으로 향할 수밖에 없다는 것, 이 우스꽝스러운 희비극에 동참할 수밖에 없다는 것을 알고 있었다.

남편은 산양을 쫓다가 절벽에서 떨어져 죽었다. 그는 평생 산양들을 죽여왔고 살해만이 그의 오랜 과업이었다. 그의 아버지도 그의 아버지의 아버지도 사냥을 했다. 사냥하지 않는 남자들은 그라쿠스가 아니었다. 그는 자신의 과업이 신성한 일이라고 했다. 설령 사냥이 죄라면 그의 살해는 다른 어떠한 죄악보다 신성한 죄일 것이라고 말하곤 했다. 난 짐승의 불쾌한 피냄새에 찌든 그의 머리칼이 내 입 속으로 흘러들어 올때마다 견디지 못하고 구역질을 했고 그는 당장이라도 울음을 터뜨릴 듯 얼굴을 일그러뜨렸다. 난 그가 잡아온 산양 고기를 먹었다. 그가 잡아 온 산양의 털을 채워 만든 이불 속에서 잠이 들었고 그가 잡아 온 산양의 피를 마시기도 했다. 그러나 내 손으로 산양을 사냥한 적은 한 번도 없었다. 그는 내게 총을 쥐어주지 않았다. 그는 항상 다락 깊은 곳에 사냥용 총들을 숨겨 놓았는데 내게는 다락으로 들어가는 자물쇠의 열쇠를 보여주지도 않았다. 내 손에 총이 쥐어지면 내가 산양을 쏘지 않으리라는 것은 자명했으므로. 나는 종종 산양들의 유령을 보았지만 그는 한 번도 자신이 사냥한 짐승들의 유령을 본 적이 없다고 했다.

뿔이 유독 길고 눈은 새까만 아이였어, 하고 내가 말했을 때 그는 나를 산양처럼 검고 촉촉한 눈으로 멀거니 바라보았다. 내 가슴에 파고들어서 털을 만져봤는데 유달리 검고 찐득찐득했어. 피였을까?

남편은 대답하지 않았다. 그는 산양들이 고통 없이 죽었다고 말했다. 만약 고통을 느꼈더라도 그리 길지 않았을 것이라고. 그는 언제나 산양의 머리 정중앙을 정확하게 겨냥하므로. 그의 총은 표적으로부터 완전히 빗나가거나 정확히 적중하거나 둘 중 하나이므로 어떠한 경우에도 그들에게 지나친 고통이 가해질 수는 없다고 말했다. 남편은 자신이 자비로운 사냥꾼이라고 말했다. 그가 살해한 짐승들 중 죽고 싶어 하지 않는 짐승은 한 마리도 없었다고. 모든 짐승들이 죽고 싶어했고 그는 그라쿠스이기 위해 짐승을 죽여야 했으므로 그와 이해관계가 일치하는 짐승들만을 죽이면 되는 일이었다고 했다. 하지만 그는 내게 총을 쥐어주지 않았다. 그는 한 번도 사람을 죽인 적이 없었다. 그라쿠스의 여자를 그는 죽게 놓아두지 않았으며 그라쿠스의 여자를 그는 언제나 살렸다. 내가 진정으로 바란 것은 한 자루의 총, 혹은 하나의 올가미밖에 없다는 것을 알면서도 그는 사냥을 가기 전에 내게 어떤 짐승을 갖고 싶으냐고 물었다. 아무것도 필요 없어. 하고 말하면 그는 나를 끌어안으며 그래도 어떤 짐승을 갖고 싶으냐고 당신의 남편에게 축복을 내려주라고 주절거렸다.

난 아무것도 필요없어. 내게 필요한 것은 한 자루의 총, 혹은 하나의 올가미. 그러나 목을 매는 것보다는 총에 맞는 일이 여러모로 더 낫다. 그가 사냥을 나가는 동안 난 집에 남아 자살에 대해 생각한다. 총과 올가미 올가미와 총, 목을 매는 일과 총에 맞는 일 중 무엇이 더 나을 것인가? 입 안에 사냥용 총을 밀어 넣고 직접 발사한다면 실패할 일은 없을 것이다. 수백 마리의 산양들과 같은 최후를 맞이하며 난 산양들의 유령들과의 어떠한 암시적인 관계를 가질 수도 있을 것이다. 목을 매는 일은 고전적이지만 매혹적이다. 목을 매고자 하는 충동에 완전히 현혹당하는 것, 죽기 직전에 공중에 매달린 자신을 느끼는 것만큼 황홀한 일은 없을 것이다. 그러나 미칠 듯이 우글거리는 머릿속의 지독하고 답답하며 파멸적인 소음을 폭파하여 시원한 구멍을 뚫는 것, 기억과 희망, 기대와 절망의 지긋지긋한 파편들이 사방으로 쏟겨나가며 파열시키고 파열당하는 것, 머리가 깨지는 순간 인간의 주름과 인간의 얼굴과 인간의 사유를 갉아먹는 끔찍한 소곤거림이 찢어발겨지는 순간 난 자유로울 것이다. 다시없을 자유, 물리적이며 현상적인 자유. 내가 원하는 것은 산양들의 머리가 아닌 나 자신의 머리였다. 산양들의 파멸이 아닌 나 자신의 완벽한 몰락이었다. 남편은 알고 있었다. 끔찍하고 경멸스럽고 징그러운 소음이 일순 터져나가는 황홀한 상상에 몰두해있을 때 마침내 내 머리가 진짜로 조각났다고 야릇하고 경악스러운 파편들이 세계를 뒤덮고 돌이킬 수 없이 훼손된 내 세계는 완전히 몰락하였다고 스스로 믿게 되었을 무렵에 남편은 항상 삶의 악취를 풍기며 문을 열곤 했다. 그의 등에는 죽은 짐승으로 불룩 튀어나온 녹빛의 더러운 자루가 메어 있었다. 그라쿠스의 자루. 그의 아버지도 그의 아버지의 아버지도 그 더러운 자루 속에 삶의 찌꺼기를 두둑하게 챙겨들고 다녔다. 그라쿠스의 남자들은 언제나 성공한 사냥꾼들이었으므로. 그들은 끔찍할 정도로 능숙했고 끔찍할 정도로 유능했다. 난 그의 앞에 무릎을 꿇고 복종하듯 머리를 들이밀었으나 그는 내 머리를 터뜨리지 않았다. 난 항상 남편의 곁에서 살아남았다.

산양의 유령을 봤어. 이번에는 긴 백발을 치렁치렁하게 늘어뜨린 여자였어. 여섯 개나 되는 젖가슴이 내 머리를 짓눌렀어. 그 여자는 당신이 그녀의 소원을 들어줬다고 말했어. 여섯 마리나 되는 자식들을 전부 죽여줬다고. 하지만 이상하게도 죽은 것은 그녀이고 살아남은 것은 여섯 마리나 되는 자식들이라고 했어. 여섯 개나 되는 작은 머리들을 당신이 차례로 쏘는 것을 모두 지켜보았는데 이상하게도 더는 살아 있지 않은 것은 그녀였다고 했어.

그라쿠스는 고개를 저었다. 남편은 그런 유령을 본 적이 없다고 했다. 유령 같은 건 없어. 모두 당신 환상이야. 너무 피곤한 모양이야 좀 더 자는 게 좋겠어.

하지만 난 지나치게 오래 잤다. 이십 년 넘도록 나는 잠만 잤다. 목을 매는 동안에도 총으로 기억과 기대를 부수는 동안에도 산산조각 나는 동안에도 산산조각 내는 동안에도 난 언제나 잠들어 있었다. 내게 필요한 것은 잠이 아니었다. 잠의 완전한 부재, 잠의 완전한 파괴. 난 그에게 총을 빌려달라고 말했으나 그는 또다시 고개를 저었다. 당신은 언제나 거절만 하는군. 하고 말했을 때 그는 당장이라도 울음을 터뜨릴 것 같았지만 울지는 않았다. 그러나 난 곧 내가 정말로 죽을 수 있으리라고 믿었기에, 한 번도 유령을 본 적이 없다는 그가 아니라 바로 내가 곧 죽으리라는 것을 알았기에 그를 더 다그치지도 불평하지도 않았다.

그러나 다음 날 죽은 것은 내가 아니라 남편이었다. 산양을 쫓다가 절벽에서 떨어졌다고 했다. 짙은 녹빛의 아마포에 덮인 그를 보는 순간 난 그가 무엇을 쫓다가 떨어졌는지 알아차렸다. 그는 생의 마지막 순간에 유령을 본 것이다. 한 번의 매혹과 한 번의 접촉과 한 번의 갈망, 한 번의 총성만으로 모든 산양의 생을 끝냈다는 그의 호언장담과 평행하게도 그는 첫 유령에게 홀려 죽은 것이었다.

난 끔찍한 비명을 지르며 울었다. 몰려든 군중들과 경찰들과 시청 직원들의 얼굴이 검게 일그러지며 줄줄 흘러내렸고 땅에 떨어진 살점에서는 시커먼 연기가 피어올랐고 그의 죽음 위를 서성거리던 검은 파리떼가 날아오르며 비명을 지르고 있었다. 귀가 절망적으로 아팠다. 난 나를 부수고 나로부터 탈출하려 발버둥을 치면서 내가 한 방울도 새어나가지 않았음을, 내 과거와 절망적인 미래는 모두 내 안에 그대로 침잠해있음을 느꼈다. 난 유령을 보면서 살아가는 것이, 유령과 함께 살아가는 것이 얼마나 괴롭고 끔찍한 일인지 그제야 깨달았다. 그러나 유령들은 계속 내 곁을 떠돌았으며 난 계속해서 살아 있었다. 남편의 유령을 본 적은 한 번도 없었다. 그의 유령을 보고 싶은 마음은 없었다. 다만 그의 사냥용 총들을 모아둔 지하실의 열쇠가 어디에 있는지 그에게 물어보고 싶었을 뿐이었다. 난 그가 저장해둔 산양의 육포를 먹고 아직 죽지 않은 가여운 여자를 위해 마을 사람들이 전달해준 구호 물품 박스에서 산양의 젖을 꺼내 마시며 살아남았다. 마을 사람들은 일주일에 한 번 순번을 정해서 산 중턱에 있는 내 집에 찾아왔다. 대개는 십 대의 소년들이나 소녀들이었다. 그 애들은 내게 그들의 상반신만 한 거대한 구호 박스를 건네준 뒤 문가에서 어물쩍거리며 수줍게 나를 올려다보고는 했는데 그들이 무엇을 바라고 그런 야릇한 표정을 짓는지 난 정확하게 알고 있었음에도 한 번도 그들의 앞에서 울부짖은 적은 없었다. 문을 닫고 그들이 나를 떠나 멀어지는 소리가 들릴 때야 난 비로소 귀를 막고 끔찍하게 비명하고는 했다. 그러나 그 애들은 분명히 내가 울부짖는 소리를 들었을 것이다. 문 밖에서, 어쩌면 문을 닫기 전부터 난 그 애들을 보면서 흐느끼고 있었을지도 몰랐다. 매주 구호박스의 내용물은 더 풍성해졌으며 구호박스의 무게는 끔찍할 정도로 늘어갔다.

리바의 시장이 내게 전화를 걸었을 때 난 마을 사람들이 전해준 체리 절임을 씹으면서 울고 있었다.

믿을 수 없겠지만 부인, 꼭 드려야 하는 말입니다. 당신이 나를 무례한 사람이라고 오해하신다고 하더라도 어쩔 수 없습니다. 이 소식은 오직 당신을 위한 것이고 당신이 아니라면 사실 다른 누구에게도 의미가 없는 말일지도 모르니까요. 아니라고는 하지 말아주세요. 당신은 믿어야만 합니다. 오늘 새벽까지만 해도 나 역시 믿지 못했어요. 비서들을 면박하고 겁주어도 그들은 똑같은 어조, 똑같은 표정으로 똑같은 말만 되풀이하더군요. 오랫동안 감추어왔던 회초리로 그들의 발목을 때려야 하는 것이 아닌가 하는 생각이 들 정도였죠. 부인은 잘 모르시겠지만 비서들은 제대로 훈육받지 않으면 그들의 상관, 그들의 주인을 철저하게 무시하고 복종시키며 지배하려 드니 말입니다. 상관은 결코 그들의 부하를, 특히나 비서를 완전히 지배할 수 없지만 비서들은 종종 그렇게 하는 데에 성공하곤 하죠. 그러므로 비서들은 상관들을 종종 훈육시키고 종아리를 매질할 필요도 없지만 상관에게는 그러한 훈육이 무척이나 절박하죠. 하인에게 완전히 지배당해 그에게 복종하고 배를 보이고 그의 한 마디 한 마디에 끔찍할 정도의 위력을 실어 주고 싶은 것이 아니라면 주인은 언제나 그를 신중한 무자비함으로 통제해야 합니다. 비록 리바 시는 다른 무엇보다도 인권을 우선시하는 고장이므로 비서들에게 야만적인 조치를 취할 수는 없지만 그렇다고 해서 그들을 완전히 방치할 수도 없는 노릇이죠. 얼마 전에 비서가 내게 체리 절임을 가져다 달라고 요구했을 때 난 올 것이 왔구나하고 생각했습니다. 체리 절임을 가져다 달라는 말이 어떤 무시무시한 의미를 가지고 있는지는 부인도 잘 아실테죠. 서랍 판자 아래에 숨겨 놓았던 회초리를 꺼내들기 전에 난 다시 한번 그에게 기회를 주기 위해 못 알아들은 척 물었습니다. 물론 난 끔찍할 정도로 명확하게 알아들었지만 말입니다. 비서는 눈 하나 깜짝하지 않고 체리 절임을 가져다주세요, 하고 말하더군요. 난 그에게 다시 생각할 기회를 분명히 주었는데 말이죠. 그럴 순 없다고 고래고래 소리를 지르니 그제야 비루먹은 개새끼처럼 깽깽거리면서 구석자리로 도망치더군요. 하지만 모든 것이 철저한 위악이었죠. 난 그가 한 시간도 채 지나지 않아서 다시 체리 절임을 가져다 달라고 할 수 있다는 것을 알았어요. 그래서 그에게 체리절임을 주었죠. 대신 그에게 체리 한 조각도 꺼내먹어서는 안 되며 밀봉된 상태 그대로 그라쿠스의 부인을 위한 구호상자에 담아 넣으라고 일러 주었어요. 그가 정말 그렇게 했는지 모르겠군요. 아니 부인 난 그가 내 말에 따르지 않았다고 확신할 수 있습니다. 그는 밀봉된 유리그릇을 열어서 그 안에 가득 들어 있는 체리절임을 기어코 먹고야 말았을 겁니다. 체리절임이 밀봉되어 있었다고요? 그럼 더 심각하죠 부인. 그놈은 체리절임을 꺼내 먹은 뒤 다시 밀봉을 한 겁니다. 밀봉을 어떻게 복구할 수 있을 정도가 아니라 완전히 돌이킬 수 없이 훼손시켜버렸기 때문에 처음부터 다시 밀봉을 해낼 수밖에 없었을 거예요. 여하튼 오늘 새벽, 아니 아침이었나요? 당신에게 전화를 걸기 전에 말입니다. 지금보다 훨씬 전에. 몇 년은 지난 것 같지만 아직 채 반나절도 지나지 않은 끔찍하게 먼 오늘 그는 이렇게 말했습니다. 사냥꾼 그라쿠스가 돌아왔다고요. 처음에 난 그 애가 당신을 말하는 줄 알았습니다. 뭐라고? 하고 물었을 때 그 애는 기계처럼 반복했어요. 사냥꾼 그라쿠스가 돌아왔다고요. 분명히 당신은 아직도 그라쿠스이지만 사냥꾼은 아니죠, 부인. 그라쿠스 부인은 사냥꾼 그라쿠스가 아니라는 사실을 마을 사람들 모두 알고 있으며 내 어린 비서도 알고 있고 나 역시도 알고 있어요. 당신 역시 알고 있겠죠. 그러니 비서가 또다시 저열한 위악을 부리고 있다는 사실은 명백해 보였어요. 난 참지 못하고 회초리를 꺼내서 그 애의 종아리를 열세 대 정확히 열세

대 때렸죠. 지난 번에는 열두 대를 때렸으니 열세 대를 때리는 것은 과학적이며 경험적이고 실증적인 일이었죠. 한 대를 때릴 때 그 애는 비명을 지르며 발악하더군요. 세 대를 때릴 때는 체념한 듯 보였고 열 대를 때릴 때는 만족한 것 같았어요. 하지만 열한 대를 때릴 때는 갑자기 벌떡 일어나더니 끔찍한 비명을 지르면서 눈물을 흘리기 시작하는 거예요. 그 애는 내가 그렇게 굴어서는 안 된다고 말했어요. 그의 충성에 그의 헌신에 그의 사랑에 이렇게 보답해서는 안 된다고요. 난 어리둥절하여 아직 끝나지 않았다고 대답했죠. 열두 대를 때렸을 때도 그 애는 울고 있었어요. 그 애는 시장인 내가 잘못했다고 자신은 잘못한 것이 하나도 없다고 흐느꼈죠. 그때 난 뭔가 잘못됐다는 걸 느꼈어요. 내 비서는 영악하며 교활하고 비열한 음모꾼이긴 했지만 기본적으로는 비서로서의 역할에 만족하는 아이였으니까. 평소에는 열한 대를 때릴 무렵이면 절도있게 고개를 숙이고 구석자리로 돌아가 서류를 정리하고는 했거든요. 그런데 오늘은 달랐어요. 그 애는 갑자기 날 경멸스럽게 노려보면서 당신이 실수한 거예요, 하고 중얼거렸어요. 난 가슴이 내려앉는 섬뜩한 느낌에 휩싸여 벌벌 떨면서 열세 대를 때렸죠. 그 애는 침묵했어요. 불길할 정도로 눅눅하고 위압적인 침묵이 시장실 전체를 무너뜨리고 있었죠. 곧 시장실 문이 열리고 가슴에 손을 얹고 헐떡거리는 여자 비서가 내게 똑같은 말을 전했을 때—사냥꾼 그라쿠스가 돌아왔어요—난 그 애에게 사과를 할 수밖에 없었죠. 이건 돌이킬 수 없는 잘못이에요. 그렇죠, 부인? 남자 비서는 돌이킬 수 없이 기고만장해졌고 이제 그 애는 완전히 날 지배하려 들 거예요. 난 업무를 시작하기 전에 그 애가 앉아 있는 구석자리로 가서 조심스레 그 애의 의향과 기분을 물으면서 그 애가 원하는 서류만을 선별하여 전달하고 그 애의 지시에 따라 이곳저곳에 사인을 해야만 하겠죠. 열두 대, 열두 대에서 그만두었다면 이런 상황까진 닥치지 않았을지도 모르는데. 난 열세 대를 때릴 수밖에 없었어요. 지난 번엔 열두 대를 때렸고 그 전에는 열한 대를 때렸으니까. 그때 그 애는 날 노려보지도 않았고 날 경멸스레 비난하지도 않았고 심지어는 눈물 한 방울 흘리지 않고 능숙하게 매질을 견뎠어요. 그러니 그 애가 울기 시작하던 순간 난 모든 과오를, 오해를, 잘못을 알아차리고 당장 다른 비서에게 전화를 걸었어야 했죠. 그러나 첫 번째 매질을 시작하는 순간에는 비서가 울든 애원을 하든 침묵하든 두 번째 매질을 관둘 수는 없는 거예요. 게다가 바로 전 번에 열두 대를 때렸다면 그리고 그 전에는 열한 대를 때렸다면 이번에는 열세 대를 때릴 수밖에 없는 거죠. 충분히 이해하실 거예요, 부인. 부인도 하인을 둔 적이 있으시다면 그들이 얼마나 광포하고 흉측하고 징그럽게 구는지 아실 겁니다. 그들에게 조금만 정을 주고 자비롭게 굴어도 그들은 곧 집안 곳곳의 살림살이를 눈앞에서 훔치고 보석을 앞치마 앞주머니나 바지 주머니 속에 당당하게 담으면서 이건 당신의 어머니 당신의 할머니 또 당신의 고조할머니 누군가가 내게 물려주신 거예요 하고 비웃으면서 당신의 집을 그리고 당신을 끔찍하게 난도질하죠. 당신은 사람의 형상을 한 쥐새끼들이 당신을 훼손하는 모습을 견뎌낼 수밖에 없어요. 물론 그들은 철저하게 유능하지만 언제나 그들에게 배당한 것 이상의 몫을 바라죠. 당신의 집은 곧 당신 하인의 것이 되어버리고 당신은 하인이 그의 취향대로 닦고 배치하고 무너뜨리고 몰락시키는 것을 구석에서 멀거니 지켜보면서 제발 그의 청소가 끝나기를, 한 순간이라도 더 빨리 끝나기를 바랄 수밖에 없죠. 당신은 제발 청소를 더 빨리 끝내 달라고 애원하고 매달리고 그들을 회유해보기도 하지만 그들은 끔찍하게 완강하게 굴어요. 아직 안 되었어요 시장님 조금만 더 기다리세요, 하고 그들은 우리가 일생 쌓아오고 정렬하고 체계화했던 서류와 책들의 성탑을 가공할만한 방식으로 해체하고 무너뜨리고 몰락시켜요. 내가 한평생 매달렸던 작업을 일별하며 그것의 무용함을 판별한 뒤 바퀴벌레와 쥐의 시신들, 먼지구덩이와 함께 쓰레기통에 쏟아버리는 모습을 보면서 난 견디지 못하고 비명을 지르지만 그들은 무심하게 무엇이 잘못되었냐고 묻죠. 시장님이 바퀴벌레와 쥐, 거미줄과 거미, 썩어버린 빵과 곰팡이 핀 감자 중 무언가에 변태적이며 유아적인 집착을 가지고 있다면 늦기 전에 하나를, 둘도 셋도 안 돼요, 오직 하나만을 구제할 수 있는 기회를 드릴게요 하고 관대하게 제안하는 듯한 그 시선 앞에서 차마 죽어가고 죽어버린 어떠한 동물의 시신도 아닌 내 오물 같은, 끔찍하게 무용한 글을 살리기를 원한다고 말할 수는 없는 거예요. 리바의 시장이 쓰레기 같은, 아니 쓰레기인 글을 쓴다는 사실은 모든 시민들이 알죠. 하인들도 비서들도 내 개인적인 연구 작업이 언제나 실패했다는 사실을 알고 있어요. 그러니 난 감히 그들 앞에서 재생불가능한 연구를 다시 시작하겠다는 말을 꺼낼 수 없는 거죠. 난 시민들이 내놓은 돈으로 살아가고 있으며 시민들이 제공한 집에서 시민들이 제공한 속옷과 양복을 입고 시민들이 제공한 커피를 마시면서 시민들이 제공한 민원을 처리하는, 시민들이 제공한 시청 직원들의 보고서를 받아 살펴보는, 시민들에 의해 구성된 인간이니까, 시민들이 인정하지도 허용하지도 않는 순전히 개인적인 연구에 천착하는 것은 가공할만 한 기만이죠. 나도 알고 있어요. 하지만 난 한 번도 내 사적인 연구를 낮에 진행한 적이 없어요. 낮은 리바 시장의 시간이지만 밤은 사적인 시간이지 않나요? 십 년 동안, 부인, 십 년 동안 난 단 한 시간도 자지 않고 연구를 해왔어요. 리바의 유령들에 대한 연구이죠. 리바의 기후와 언어, 지질학적 특성이 유령들의 생태에 어떠한 영향을 끼치는지. 당신도 알다시피 리바 사람들은 다른 어떤 독일 사람들도 쓰지 않는 독특한 언어를 사용하죠. 우리는 바람처럼 숨 쉬고 바람처럼 흘러가는 음율을 내뱉어요. 리바어의 음절들은 무척이나 가변적이죠. 우리는 그날 떠오른 해의 위치, 구름의 모양과 하늘의 빛깔에 따라 서로 다른 리듬으로 음절들을 끌고 끊으면서 말해요. 그렇기 때문에 리바어로 공적인 연설을 하는 것은 무척이나 어려운 일이죠. 모든 사람들은 각자의 기질에 따라 다른 하늘과 다른 해와 다른 구름을 맞이하기 마련이니까. 그리고 이러한 보편적인 개별성은 리바의 시민들에게도 분유되어 있으니. 그러나 우리는 상황에 맞게 타협하며 오해하는 방법을 익히며 살아왔어요. 우리의 조상들과 노인들이 리바어를, 사실 효용성의 측면에서는 끔찍할 정도로 저열한 리바어를 포기하지 않았다는 사실에 대해 원망하는 젊은이들이 많다는 것을 물론 알고 있습니다. 우리는 리바를 떠나면 절망적으로 어눌한 외국인이 되어 버벅거릴 수밖에 없죠. 다른 어떠한 언어와도, 심지어는 독일어와도 유사성이 전무한 리바어의 특성상 리바어를 모어로 배운 리바 시민들은 외국어를 익히는 데에 치명적인 장애를 갖게 되고 우리는 리바를 벗어나면 글과 말을 잃은 벙어리가 되어 끔찍할 정도로 외롭고 서글픈 침묵을 표류할 수밖에 없어요. 하지만 리바어는 아름답습니다. 우리 조상과 노인들, 그리고 나 역시도 리바어를 포기할 수 없었던 까닭은 우리 리바어의 고유하고 불규칙하며 신경질적인 아름다움에 있지요. 리바의 시민들은 하멜른의 피리를 목 속에 간직하고 있어요. 우리는 원한다면 천 마리의 쥐 아이들과 천 마리의 사람 아이들을 홀려 강으로 몰고갈 수 있을 매혹적인 언어를 가지고 있습니다. 이러한 언어적인 고유성은 고산지대에 위치한 리바의 희박하면서도 습한 바람 때문에 생겨난 것이죠. 부인 이미 많은 리바 출신 학자들이 연구한 바 있듯. 오래전에 리바는 섬이었다는 기록도 있어요. 언젠가 리바는 평원이었고 또 언젠가 리바는 항구도시였지만 이제는 알프스와 같은 고산지대에 위치해 있죠. 리바의 지형이 이토록 가변적이기 때문에 독일 정부는 리바를 철저하게 무시해왔죠. 독일인들은 마치 다른 나라로 여행하듯 휴가철이 되면 리바에 놀러와요. 리바의 기후는 언제나 독일의 기후와 다르고 리바의 언어는 독일어와도 다르므로 그들은 리바가 스위스나 프랑스보다도 훨씬 더 멀고 이국적인 이방이라고 생각하는 것이죠. 어떠한 지질학자들은 리바의 땅이 이탈리아 북부 지역에서 떨어져나와 이곳까지 흘러들었다고 말하기도 합니다. 물론 그러한 논설은 터무니없을 정도로 급진적이지만 리바의 독특성과 견주어봤을 때 일리가 없다고 할 수도 없는 노릇이죠. 리바 바깥의 어느 누구도 리바가 어떠한 나라에, 특히 독일에 귀속되어 있다고 확언할 수는 없을 겁니다. 실제로 리바의 시민들이 독일로부터의 독립을 원했다면 독일은 주저 없이 리바를 해방시켜주었을 거예요. 그러나 우리 리바 시민들에게는 독립운동에 필수적인 자긍심과 독립심이 없지요. 우리는 천성적인 학자들이고 담론들로 이루어진 안락하고 불쾌한 밀실로부터 한 발짝도 벗어나기를 원하지 않으므로. 하지만 리바의 날씨는 연구를 하기에 이상적인 기후는 아니죠. 우리 리바는 지나치게 습하고 바람이 많이 불어요. 한 곳에 간신히 정박시켜 놓았던 논리의 층위는 끊임없이 흔들리며 무너져내리죠. 특히 추상적이고 형이상학적인 주제에 골몰하는 일은 더 어렵습니다. 유령들에 대해 십 년 동안 연구해왔음에도 뚜렷한 성과를 내지 못한 것은 다 그 탓입니다. 하인들도 비서들도 내 연구서를 비웃었죠. 그들은 한 번도 내 앞에서 내 연구를 나무란 적은 없지만 불더미에 쓰레기통에 대놓고 내 연구서를 던져 넣으면서 그들이 내 연구 내용에 대해서 어떻게 생각하는지 명확히 보여줬어요. 남자 비서가 사냥꾼 그라쿠스가 돌아왔다고 말했을 때, 나는 그가 날 조롱한다고 생각했습니다. 유령에 대한 연구를, 실패로 끝났음에도 영원히 실패할 것임에도 내가 아직 놓지 못한 연구를 비웃고 있다고요. 실제로 어젯밤에 난 유령과 리바의 기후, 언어의 상관관계에 대한 연구를 처음부터 다시 시작했으니 말입니다. 하인은 내 앞에서 내가 십 년 동안 연구한 페이지들을 전부 쓰레기통에 부어버렸죠. 커피 필터와 오렌지 껍질, 바퀴벌레의 찢겨진 날개와 뭉그러진 날벌레들과 함께 뒤얽힌 내 밤들, 치명적으로 오염된 밤들, 그러나 오염된 것이 내 연구인지 벌레들인지는 모를 일이죠, 부인. 난 내 실패한 연구로 그 미물들의 가여운 죽음을 조롱한 것인지도 모릅니다. 차마 버리지 말라고 붙잡지는 못했지만 연구를 완전히 포기할 수도 없었어요. 물론 어제 낮까지만 해도 연구를 끝내야겠다고, 날 비참하게 하고 철저하게 몰락시키며 파멸시키는 연구를 그만두어야겠다고 다짐했죠. 리바의 시장 직무와 리바의 귀신 연구를 함께 할 수는 없어요. 리바에 남아 리바의 시장으로 살거나 리바를 떠나 리바의 귀신에 대해 연구하거나 둘 중 하나여야 했죠. 하지만 난 이미 시장이고 리바 역사상 리바의 귀신을 연구하기 위해 시장직을 그만둔 사례는 단 한 번도 없었어요. 난 리바의 시장이라는 종신형을 선고받은 거예요. 이상한 일이죠, 부인. 난 리바의 시장직에 자원한 적이 없는데도 리바의 시장직에 선출되었어요. 난 후보로 나서지도 않았지만 리바의 시민들은 투표지에 번호도 없이 내 이름을 수기로 적어내렸죠. 당시 난 끔찍할 정도로 어리고 멍청한 대학생일 뿐이었는데, 정말이지 그때는 정치에 어떤 관심도 없었어요—솔직히 말해서 부인, 그건 지금도 마찬가지입니다.—대체 리바의 시민들이 나를 왜 뽑았는지도 모르면서 난 리바의 시장으로 당선되었고 그때부터 지금까지 계속해서 시장으로 살아가고 있습니다. 누군가는 리바의 시장직이 대단한 특권이라고 생각하지만 그건 끔찍한 오해예요 부인, 난 형벌을 받고 있는 겁니다. 그것도 종신형을요. 모든 것이 지독한 장난 같습니다. 그러나 진실이죠. 난 정말로 리바의 공문들을 처리하고 있고 내가 작성하고 편집하고 제출한 공문들은 정말로 그렇게 받아들여지는 것 같습니다. 지난 이십 년 동안 그랬어요. 난 정말이지 정치에는 아무런 관심도 없었는데 말입니다, 부인. 아마 부인이 나를 뽑은 건 아닐 테죠. 부인뿐만 아니라 오늘날 리바 시에 살아가는 대부분의 주민들은 날 뽑은 적이 없다고 했습니다. 그렇다면 대체 누가 날 시장으로 선출한 거죠? 믿을 수 있으신가요? 아무도, 정말이지 아무도 날 뽑은 적이 없다고 했어요. 어떤 이는 선거조차 치러진 적이 없다고 하더군요. 하지만 선거는 분명 있었습니다. 이름이 기억나지 않는 몇 명의 유력한 후보들이 나왔고 그들은 붉고 푸르고 노란 숫자를 전면으로 내세운 채 도시 곳곳에 박제되었는데 난 비둘기들이 탐욕스러운 입질로 그들의 평평한 두 눈을 갉아먹던 모습을 아직도 선명히 기억하고 있어요. 투표장까지도 갔지만 투표를 하지는 않았죠. 누구를 뽑아야할지 몰랐으니까. 난 새로운 리바를 만드는 일에 조금도 기여하고 싶지 않았어요. 당시 내가 관심있던 것은 세계가 아닌 나였으니까. 그래요. 세계도 아니고 세계인 나도 아니고, 세계가 아닌 나. 그렇다고 현상학에 심취해 있었던 건 아닙니다. 부인. 현상학은 충분히 멀리 가지 못하죠. 현상은 아무것도 들리지도 보이지도 않는 끔찍한 절망 바깥에 우리가 끝내 닿지도 변화시키지도 못할 세계가 있다는 자명한 사실을 설명하지 못하죠. 닿을 수 없는 것, 끝내 얽히고 오염될 수 없는 세계가 있다는 것, 그것만이 영원한 진실입니다. 당시 난 오직 나 자신에게만, 내 안에서 역겨울 정도로 깊고 넓게 퍼져가는 검붉은 구멍에만 몰두해 있었습니다. 바깥에는 관심을 기울일 수 없을 정도로요. 맞습니다. 부인, 당시 난 심각한 우울증자였어요. 물론 지금 우울증자가 아닌 것은 아니지만. 예나 지금이나 난 우울증자였죠. 순간 같았던 멍청하고 기만적인 어린시절을 제외하면 난 언제나 우울증자였어요. 또 지독한 근시였고요. 우울증자들은 대개 근시지만 난 우울증에 걸리기 전에도 아주 어린시절에도 미래를 암시라도 하듯 심각한 근시에 시달렸죠. 유령을 연구해야겠다고 마음먹은 건 안경을 벗으면 기다렸다는 듯이 사방에 어른거리는 희끄무레한 그림자들을 보았기 때문입니다. 리바의 귀신들은 명물이지요. 다른 어떤 도시에도 리바의 귀신과 같은 유령들은 없습니다. 조용하고 불온한, 그러면서도 무척이나 온순한. 그들에 대한 연구는 불가피하며 무척 가치 있는 것이라고 생각했습니다. 물론 이전에도 리바의 유령들에 대해 연구한 학자들은 있었죠. 리바의 학자들이 연구했고 베를린의 학자들, 베이징의 학자들과 파리의 학자들도 연구했습니다. 그러나 리바의 기후와 언어, 귀신들의 생태를 관련지어 설명한 자는 아무도 없었죠. 리바의 기후를 연구한 수십 명의 학자들, 리바의 언어를 연구한 수백 명의 학자들도 그 셋을 연관지어 볼 생각은 하지 못했습니다. 그 일은 꼭 필요한데도 말이에요. 지금의 리바 시민들이 무엇이기를 그만두고 무엇이 되어가는지 알기 위해, 지금과 여기로 만연하는 단순한 세계가 아닌 도래하는 현재를 이해하기 위해 반드시 리바의 귀신들에 대해, 리바의 언어와 리바의 기후에 기생하며 자라는 귀신들에 대해 알아야 합니다. 시민들은 귀신에 대한 연구가 세금 징수나 하수 문제만큼 급박하지는 않다고 생각하지만 귀신들은 정말 어디에나 만연해 있어요. 십 년 전까지만 해도 이 정도는 아니었죠. 예전에는 아주 특별한 사람들, 정말 소수의 인원들만 귀신을 봤던 정도였으니까요. 지금은 리바 시의 모든 여자들이 귀신을 보죠. 남자들은 전부는 아니지만 그래도 상당한 수는 귀신을 봐요. 그들이 어떠한 형태의 귀신을 보는지, 귀신이 어떠한 소리로 우는지는 결코 밝혀지지 않았어요. 난 아직도 귀신을 보지만 부인, 내 귀신이 어떻게 생겼고 어떻게 우는지에 대해서 부인에게 설명할 자신은 없습니다. 대부분의 학자들은 그들이 과거의 원한 때문에 존속하는 망령이라고 결론지었지만 내 생각은 다릅니다. 리바의 귀신들은 인간 이후, 우리가 되어갈 무언가에 대한 과거의 암시이고 예언입니다. 귀신들은 인간이 아니죠, 부인. 그들은 주민등록도 되어 있지 않고 실종 신고도 되어 있지 않으니까요. 리바의 귀신들은 미래의 실종자들입니다. 아직 어디에도 등록되지 않고 발견되지 않은 채 당도해버린 누군가—어쩌면 우리—의 미래이죠. 물론 귀신들이 우리이고 우리가 귀신들이라는 급진적인 이야기를 하려는 건 아닙니다. 물론 아니죠. 부인, 아직도 어리둥절하긴 하지만 난 분명히 리바의 시장이고 리바 시장으로서 20여 년의 온 낮을 바쳐 일해왔어요. 내 개인적인 추정상 실종된 것이 분명한 귀신들과 실종된 리바 시민들 사이에서 난 언제나 리바 시민들을 택해왔어요. 리바의 실종 시민들을 구하는 데에 투입한 인원을 한 번도 아직 밝혀지지 않은 리바의 귀신들을 찾는 데로 돌린 적은 없습니다. 그러나 리바의 귀신들 역시 리바의 실종자들이라는 사실이 언젠가는 밝혀질 것입니다.

시장은 갑자기 울먹거리면서 말을 멈추었다. 난 그의 광적인 수다가 멈추던 순간을 뚜렷하게 기억하고 있다. 교회에 홀로 남아 오르간을 연주하다가 갑작스레 전율하며, 그가 실어보낸 메시아의 잔음을 들으며, 메시아의 날갯짓을 포착한 듯 황홀에 겨워 몸부림치는 오르간 연주자처럼, 그의 격정적인 침묵을 훔쳐듣는 은밀한 청중처럼 난 그의 울음을, 울음의 공백을 멍하니 듣고 있었다.

**사냥꾼 그라쿠스가 돌아왔다.** 그는 어째서 사냥 끝에 언제나 돌아오던 우리의 집이 아닌 시청으로 간 것일까? 어째서 내가 아닌 리바의 시장이 먼저 그의 귀환을 알게 된 것일까? 그가 리바의 귀신이기 때문에?

시장은 흔들리는 목소리로 다시 말을 이었다. 당신 남편 그라쿠스씨는 슈바르츠발트 태생이 아닙니까? 난 그렇다고 대답했다. 이상한 일입니다. 그렇다면 그라쿠스씨는 어째서 슈바르츠발트가 아닌 리바로 온 것일까요?

그는 슈바르츠발트가 아닌 리바에서 사냥을 했으니까요. 하고 나는 대답했다. 그의 모든 죄는 리바 시에 있었습니다. 비록 그이는 리바가 아닌 슈바르츠발트에서 태어났지만 그는 참으로 리바의 사람이었습니다. 리바에는 산양들이 많지요. 물론 오래 전에 그라쿠스의 남자들은 슈바르츠발트에서 사냥을 했습니다. 그러나 리바의 지형이 바뀌고 깊다란 절벽들이 생겨나자 산양과 함께 그라쿠스의 남자도 이곳 리바로 온 것입니다. 남편의 마지막 주소지는 리바 시로 되어 있었습니다. 시장님. 그는 더 이상 슈바르츠발트의 위대한 사냥꾼이 아닌 리바의 사냥꾼입니다. 위대하지는 않을지언정 그는 리바의 사냥꾼이고 리바의 시민으로 죽었습니다. 아무도 그의 죽음을 축복해주진 않았지만 리바의 모든 시민들이 그가 리바에서 리바의 시민으로 죽었다는 것을 알고 있습니다. 그런데 시장님은,

시장은 숨을 몰아쉬며 황급히 대답했다. 아닙니다. 당신과 당신의 부군을 모욕하려는 생각은 없었습니다. 방금 말은 순전히 사적인 질문이었는데 오해하신 것 같군요. 난 그저 리바의 귀신들이 어째서 리바에 남는지 그들이 리바 태생이기 때문인지 리바에서

죽었기 때문인지 궁금했을 뿐입니다. 사냥꾼 그라쿠스가 리바의 사냥꾼으로 죽었다는 것을 의심하는 것은 아닙니다. 그러나 부인, 이상한 말이지만 리바의 지형이 바뀌지 않았다면, 그래서 리바는 계속 항구도시였고 가파른 산도 절벽도 알프스산양들도 없었다면, 사냥꾼 그라쿠스는 리바의 사냥꾼이 아닌 슈바르츠발트의 사냥꾼으로 남았겠고 아마 슈바르츠발트의 사냥꾼으로 죽었겠지요.

그럴 거예요, 하고 난 대답했다. 그리고 나와 결혼하는 일도 없었겠죠. 난 그라쿠스가 아닌 누군가로, 이제는 나도 더 이상 기억하지 못하는 이름으로 살았겠죠.

그렇다면 부군은, 시장은 나지막한 목소리로 물었다. 리바가 아닌 슈바르츠발트의 귀신이 되었을까요? 하지만 슈바르츠발트에도 귀신들이 있다는 말은 한 번도 들어본 적이 없습니다. 다른 어떤 도시에도 귀신이 있다는 말은 들어본 적이 없어요. 학술적으로 증명되고 연구된 귀신들은 모두 리바의 귀신들이죠. 다른 곳에 예컨대 서울이나 뭄바이 같은 곳에 귀신이 있다는 생각은 터무니없을 정도로 기이하게 느껴집니다. 슈바르츠발트의 귀신 그라쿠스라니. 그러나 리바의 귀신 그라쿠스는 자연스럽죠. 신기할 정도로 자연스럽습니다. 마치 그가 리바에서 죽어 귀신이 된 것이 필연적이었던 것처럼. 당신의 부군께 몇 가지 질문을 하고 싶었지만 부인, 당신이 찾아오기 전까지는 입을 열지 않겠다고 맹세라도 한 것 같더군요. 그는 눈을 감고 입을 다물고 가느다란 숨만 몰아쉬고 있습니다. 마치 깊은 코마에 빠진 익사자처럼 말이에요. 그의 입술은 푸르고 속눈썹은 돌이킬 수 없을 정도로 축축하게 젖어 들었으며 얼굴 곳곳에는 검푸른 얼룩이 피어났지만 그 외에는 놀랄 정도로 깨끗합니다. 파리 한 마리, 구더기 한 마리 갉아먹은 구석이 없어요. 그는 정말 살아서 잠든 것 같습니다. 게다가 숨까지 쉬고 있고요. 난 그의 명성과 그의 보존된 신체 사이에 어떠한 상관관계가 있는지 궁금합니다. 모든 건 당신이 시청으로 온 이후에 진행될 테지만 전 당신 부군께 여쭈어볼 말이 정말 많습니다. 그는 당신의 입맞춤만을 기다리고 있는 것 같아요. 전설 속의 공주처럼 말입니다. 시청으로 오시면 됩니다. 부인. 시청 앞에서 제 비서가 당신을 기다리고 있을 겁니다.

난 가고 싶지 않다고 말했다. 시장님, 당신이 거짓말을 하고 있으리라고 의심하는 건 아닙니다. 하지만 도저히 믿을 수 없군요. 어쩌면 시장님은 너무 지치신 건지도 모르죠. 시장님이 봤다는 그 어렴풋하고 매혹적인 유령들, 리바의 유령들에 대한 이야기라면 저는 들려드릴 말이 없습니다. 전 한 번도 남편의 유령을 본 적이 없었고 남편의 유령이 리바에서 가장 오랜 시간을 보냈던 이 집, 내 곁이 아닌 시청으로 흘러갔다는 건 정말 이상하게 여겨져요. 정말 외람된 말이지만 혹시 시장님은 너무 오래 귀신에 대해 생각해서―게다가 잠도 안 주무셨다고요! 그것도 십 년이나!―최근의 죽음에 대한 망상을 실제적인 귀신으로 혼동하신 건 아닐까요?

그러나 전화는 이미 한참 전, 시장의 마지막 용건을 전달한 이후 곧장 끊겨져 있었다. 난 시청에 갈 수밖에 없다는 것, 사냥꾼 그라쿠스를 만날 수밖에 없다는 것을 알았다. 그러나 그에게 무슨 말을 한단 말인가? 이제와서. 난 그의 죽음을 원망하지 않았으며 그 역시 나의 삶을 원망하지는 않을 것이다. 우리는 서로의 죽음에는 지나칠 정도로 관심이 많았지만 각자의 삶에는 큰 관심이 없었다. 그가 자신의 죽음을 후회하고 있을지 궁금했다. 아니, 그는 아무것도 후회하지 않을 것이었다. 어미 산양의 죽음도 그 자신의 죽음도 그에게는 불가피한 것이었으므로. 바깥은 끔찍할 정도로 추웠다. 겨울이 온 줄도 모르고 있었던 것이다. 그러나 겨울용 외투가 어디에 있는지 찾으러 갈 정신은 없었다.

아무것도 걸치지 않고 나는 리바 시청으로 향했다. 시청까지 가는 길은 불길할 정도로 고요하고 한적했다. 한참을 걸어 시청 광장까지 가는 동안 한 명도 마주치지 못했다. 벌거벗은 비둘기 몇 마리가 검고 깊은 거울과도 같은 눈으로 날 뚫어져라 쳐다보고 있는 것을 보았을 뿐이었다. 그 외에는 아무도 없었다. 시청의 유리문 앞에 섰을 때 두툼한 양털 외투를 걸친 소년이 입이 찢어져라 웃으며 손을 흔들어 보였다. 간혹 구호 박스를 가져다주던 그 소년이었다. 코는 햇빛의 흔적과도 같은 상냥한 주근깨 자국으로 뒤덮여 있었으며 불룩 튀어나온 볼은 붉게 익어 있었다. 소년은 유리문 옆의 센서에 손목을 대어 문을 열고 그 안으로 들어섰다.

시장님께 당신을 불러오라고 건의드린 건 바로 저예요, 부인. 지난번에 뵈었을 때 말씀드렸죠? 곧 다시 뵙게 될 거라고요. 물론 저도 이런 기적을 염두에 두고 한 말은 아니었지만 어쩌면 전 대단한 예언을 했던 것인지도 모르죠. 어느모로 보나 완벽한 예언이었죠. 진정한 예언은 예언자에게도 알려지지 않은 상태에서 무의지적인 속삭임으로 튀어나와야 하는 것이니까. 시장실 문 앞에서 소년은 멈칫거리며 조심스럽게 속삭였다. 부인 너무 큰 기대는 하지 마세요. 기적은 일순일 뿐, 죽은 사람은 죽은 사람이니까요.

소년이 시장실의 문을 열자 푸른 꽃무늬가 군데군데 얼룩진 짙은 녹빛의 아마포로 뒤덮인 인영이 보였다. 문 뒤에서 시장이 갑작스럽게 튀어나와 침울한 낯으로 인사를 건넸다. 난 대답하지 않고 희미하게 들썩거리는 푸른 꽃무늬를 뚫어져라 바라보았다. 자세히 보니 꽃무늬는 곰팡이였다. 확인하시겠어요? 하고 비서가 물었을 때 난 아무런 대답도 하지 못했지만 소년은 내 대답을 확실히 들었다는 듯, 듣기도 전에 내 대답을 알아차렸다는 듯 자연스러운 손길로 아마포를 벗겼다. 새하얀 밀랍과도 같은 낯이 드러났고 그와는 상반되게 갈빛으로 그을은 벌거벗은 가슴과 하반신, 길고 구부정한 다리와 도자기처럼 단단하게 굳은 발까지. 난 마치 처음으로 남편의 죽음을 확인하는 것처럼 그를 내려다보았다. 그는 끔찍할 정도로 검고 커다란 눈으로 날 뚫어져라 응시하고 있었다. 시장의 증언과는 상반되는 두 눈, 활짝 열린 두 눈, 잠 없는 자의, 불면하는 자의 두 눈. 난 소스라쳤지만 비명을 지르지는 않았다.

그가 푸른 입술을 벌려 쉭쉭거리며 말했다. 난 그의 말이 유령의 언어라는 것을 알면서도 그 기묘한 언어, 이전에는 한 번도 이해해본 적이 없는 그 언어를 이해하고 있었다. 놀랍게도 나뿐만 아니라 소년과 시장 역시 그의 말을 이해하고 있는 것처럼 보였다.

물을 한 잔 가져다 주시겠어요, 하고 남편은 중얼거렸다. 소년이 시장을 향해 손짓을 했고 시장은 헐레벌떡 일어나 정수기로 다가가 그가 쓰던 검은 컵에 찬물을 따라 바쳤다. 남편은 누운 채로 입만 벌려서 물을 마셨다. 그러나 대부분의 물은 입술 밖으로 흘러내렸다. 그는 서글프게 웃으며 당신은 누구냐고 물었고 내가 대답하기도 전에 시장은, 당신 부인입니다 그라쿠스씨, 하고 대답했다. 남편은 다 알고 있다고. 다만 첫 순간에는 모든 것을 기억해내기 위하여 모든 것을 잊어야만 하는 것이라고 중얼거렸다. 그는 나에게 할 말을 구하듯 계속해서 검고 반질반질한 산 자의 눈으로 나를 응시하였지만 난 그에게 해 줄 말이 아무것도 없었다. 그가 죽은 시간 동안, 그의 죽음을 사는 시간 동안 난 그에게 너무도 많은 말을 걸었고 이제 내게는 한 마디의 말조차 남아 있지 않았다. 그럼에도 그는 잔혹한 두 눈으로 나를 응시하고 있었다. 끔찍하리만큼 고요한, 그리고 다정한 적막. 소년은 신경질적으로 손톱을 물어뜯으며 그를 둘러싼 어른들을 둘러보았다. 시장은 죽음에 매혹당한 어린아이처럼 남편 곁에 무릎을 꿇고 앉아 그의 벌거벗은 몸을 조심스레 쓰다듬었다.

당신은 살아 있나요? 하고 시장이 물었을 때 그는 고개를 끄덕였다. 죽은 채로 살아 있지요. 난 리바의 유령입니다. 하고 그가 말했을 때 소년은 갑작스럽게 비명을 질렀으며 시장은 당장이라도 남편에게 입을 맞출 듯 고개를 그의 턱 쪽으로 들이밀며 열렬한 눈으로 그를 바라보았다. 귀신, 리바의 귀신! 하고 소년은 멍하니 중얼거렸다. 소년이 갑작스럽게 거칠게 문을 열고 시장실 밖으로 뛰쳐나가 오십여 명의 소년들을 불러올 때까지도 남편은 나를 뚫어져라 올려다보고 있었으며 시장은 남편의 벌거벗은 가슴을, 대리석처럼 창백하지만 검게 그을린 가슴, 희미하게 오르내리는 가슴을 매혹당한 채 바라보고 있었다. 소년들은 시장실 밖에서 수군거리며 서성였다. 남자 비서는 가슴을 앞으로 내민 채 으스대듯 시장실 안으로 들어섰고 시장은 믿을 수 없다는 듯 그들 모두를 돌아보며 한탄하듯 속삭였다. 이렇게 될 줄 알았습니다. 부인. 열세 대를 때려서는 안 되었어요. 하다못해 열두 대에서 그쳤더라면 이렇게는 되지 않았을 텐데. 소년들과 함께 나타난 여자 비서는 소년들 뒤에 다리를 펴고 앉아 그들 모두를 감시하듯 묵묵하게 지켜보고 있었다. 다시 남편에게로 눈을 돌린 시장은 무언가 알아차린 듯 거칠게 고개를 돌리더니 변명하듯 말을 이었다.

솔직히 말해서 당신 남편과 그리 닮지는 않았어요, 부인. 하지만 시간이 오래 지났잖아요. 모든 사람들은 변하기 마련이고 망자들도 변화와 왜곡의 법칙으로부터 자유로울 수는 없으니까요. 그러나 부인은 아시겠지요. 그가 진짜 그라쿠스라는 걸.

난 고개를 끄덕였다. 들것에 누워 나를 뚫어져라 응시하고 있는 검은 두 눈은 틀림없는 남편의 것이었다. 남편은 푸르고 얇은 입술을 벌려 새벽의 찬바람과도 같은 음성으로 말하기 시작했다. 그가 입술을 움직일 때마다 투명한 물줄기가 줄줄 흘러내렸다.

　저승으로 향하는 배가 난파할 수 있다고는 한 번도 생각해 본 적이 없었습니다. 내 관념 속에서 죽음은 언제나 완벽하고 불멸하는 것이었으니까요. 슈바르츠발트에서 산양을 쫓던 때, 아니, 아닙니다. 전 더 이상 슈바르츠발트의 소년이 아니니까요. 아버지도 아버지의 아버지도 슈바르츠발트에서 사냥을 했지만 전 리바에서 사냥을 했죠. 돌이킬 수 없이 변해버린 리바에서요. 오늘날 리바에는 슈바르츠발트보다 훨씬 많은 알프스산양들이 삽니다. 아내와 만난 곳도 여기서죠. 슈바르츠발트가 아니에요. 독일이 아니에요. 독일이 아니라 리바에서—리바 역시 독일이죠, 하고 시장이 끼어들었다.—그래요 어찌되었든 리바에서 전 산양을 쫓다 바위에서 떨어졌습니다. 순식간의 일이었습니다. 아주 오랫동안 그 산양을, 오로지 그 산양만을 쫓아왔다는 생각이 들더군요. 산비탈까지 갔을 때 위험하다고 직감했지만 계속 나아갈 수밖에 없었던 건 그 때문이었습니다. 리바에는 산양들이 정말 많지만, 분명 조금만 더 기다리면 안전한 곳에서 죽음을 기다리고 있는 다른 산양들을 사냥할 수도 있었을 테지만 그 산양이어야 했습니다. 그 순간에는 꼭 그 산양이어야 한다고 믿었습니다. 그 산양은 기이하게도 내 아내를—망자는 여전히 나를 뚫어지게 응시하고 있었다. 처음부터 그는 단 한 번도 눈을 돌린 적이 없었다.—닮았고 난 그 놈을 잡아 내 아내에게 선물해야겠다고 생각했어요. 그러나 모든 일이 잘못되었고 난 순식간에 떨어지고 말았죠. 땅이 미친 듯이 흔들리고 있었어요. 정신을 차렸을 때는 배 위였죠. 눈 먼 사공은 내가 어디에서 왔느냐고 물었어요. 난 리바에서 왔다고, 산양을 쫓다가 떨어졌다고 말했죠. 그는 이해하지 못한 것처럼 보였어요. 어디에서 왔느냐고 다시 물었을 때 슈바르츠발트라고 대답하고 말았죠. 시장님 솔직히 난 아직까지 유년과 지금을, 슈바르츠발트와 리바를 혼동한답니다. 아마 리바에서 나고 자라신 시장님은 이해하시기 어렵겠지만 내가 어릴 적의 슈바르츠발트와 지금의 리바는 놀랄 정도로 닮았어요. 그때 슈바르츠발트는 산골이었고 리바는 항구도시였지만 지금 리바는 산골이죠. 슈바르츠발트에 살던 산양들은 리바로 옮겨와 서식하고 있어요. 그들이 어떻게 어떠한 경로로 리바까지 왔는지는 불명확하지만 슈바르츠발트의 산양들과 리바의 산양들이 같은 피를 잇고 있다는 사실은 확실하죠. 시장님, 사실 난 오래 전부터 항상 같은 슈바르츠발트를 살아왔다는 생각을 하고 있어요. 한 번도 어린시절로부터, 슈바르츠발트의 그라쿠스로부터 벗어나지 못했고 아직도 슈바르츠발트를 살고 있다는 생각을. 어릴 적에 난 사냥으로부터 벗어나고 싶었어요. 아내에게는 한 번도 말해본 적이 없지만—그는 여전히 나를 서글프게 응시하고 있었다. 한없이 축축한 두 눈, 밤처럼 새까만—어린시절에 난 종종 집안에 장식된 산양의 박제 머리들이 둥둥 떠다니며 날 괴롭히는 악몽에 시달렸고 언젠가 그들이 날 죽이고 말 것이라고 생각하게 되었죠. 아버지는 내가 슈바르츠발트의 위대한 사냥꾼이 될 것이라고 말했어요. 아버지와 할아버지는 슈바르츠발트의 사냥꾼이었지만 슈바르츠발트의 위대한 사냥꾼이 되지는 못했죠. 하지만 난 분명히 슈바르츠발트의 위대한 사냥꾼이 될 것이라고 말했죠. 난 세 살이 되던 해, 다른 소년들이 겨우 말문을 트던 시절 내 작고 통통한 붉은 손으로 집안을 돌아다니는 쥐들을 잡아 죽였죠. 몇 개월이 더 지나서는 내 몸집만 한 근육질의 토끼들도 목 졸라 죽일 수 있었어요. 처음으로 산양을 잡던 날에는 그 머리를 명중시켰죠. 부서진 두개골과 떨리는 다리를 확인했을 때 아버지는 거의 울 듯이 웃으며 나를 끌어안았어요. 넌 슈바르츠발트의 위대한 사냥꾼이 될 거야, 하고 아버지는 몇 번이고 다짐하듯 말했죠. 하지만 난 사냥꾼이 되고 싶지 않았어요. 이미 어린 나이에 많은 것을 사유하고 경험한 어린 철학자들이 세계에 완전히 질려버리고 말 듯이 나는 어릴 적에 이미 너무 많은 짐승들을 죽여보았고 더 이상 아버지를 위해 그리고 아버지의 아버지를 위해 슈바르츠발트를 위해 짐승을 죽이고 싶지는 않았어요. 난 오직 나를 위해 죽이고 싶었지만 사실 더 이상 아무런 죽음도 원치 않았으므로 아무것도 죽이지 않는 것, 살해되어야 할 것을 살게 만드는 것으로 오랜 사냥의 역사를 변혁하고 싶었죠. 결국 스무 살이 되던 해에 난 아버지에게도 아버지의 아버지에게도 말 한 마디 남기지 않고 집을 나섰죠. 이탈리아로, 이탈리아의 항구도시로 갈 생각이었어요. 하지만 난 리바에 왔죠. 오래전에는 이탈리아의 항구도시였지만—그런 가설이 제기되긴 했지만 명확한 근거는 없소. 하고 시장이 끼어들었다.—아주 오래전에는 이탈리아의 항구도시였을 지도 모르지만 지금은 춥고 습한 산악의 바람이 부는 리바에. 이 곳의 지형과 생태는 슈바르츠발트와 놀랍도록 흡사해요. 물론 슈 바르츠발트보다는 훨씬 습하지만 이곳의 초목은 슈바르츠발트의 초목이고 이곳의 산양들 역시 슈바르츠발트의 산양들이죠. 난 결 코 슈바르츠발트로부터 빠져나갈 수 없다는 걸 깨달았어요. 이 낯 설고 익숙한 곳에 그대로 자리를 잡고 사냥 일을 계속한 것은 불 가피하며 영속적인 숙명에 굴복했기 때문이죠. 오늘날 결정론자 들은 터무니없는 회의와 비관으로 인해 박해받지만 시장님, 그날 사공에게 내가 슈바르츠발트에서 왔다고 대답한 건 지금 이 순간 을 위한 필연적인 실언이 아니었을까, 내가 리바를 언제나 슈바르 츠발트의 연장으로 생각하고 있었던 것, 수염과 머리칼이 엉겨 엉 망이 되어버린 늙어가는 나날을 유년의 연장으로 생각하고 있었 던 것은 모두 이 순간을 암시하는 필연적이며 불가피한 실수가 아 니었을까 생각해요. 사공은 끔찍할 정도로 오래전의 사람이니 그 가 리바와 슈바르츠발트를, 산악마을과 항구도시를 헷갈린 것도 충분히 있을 수 있는 일이죠. 사공을 비난할 생각은 없어요. 그는 산양을 잡다가 추락한 사냥꾼이 리바에 있을 수는 없다고 생각했 어요. 결국 눈 먼 사공은, 망자들의 타고난 솔직함에 기대어 죽음 의 강을 항해하는 선장은 터무니없는 오해의 중첩에 따라 길을 잃 고 말았던 거예요. 암초와 맞닥뜨렸을 때 사공은 절망하였고 치명 적으로 끔찍한 비명을 질렀어요. 무언가가 잘못되었다는 것을 느껐을 때 난 아무것도 할 수 없었죠. 나룻배에 구멍이 뚫리고 검고 끈적한 물이 쥐떼처럼 들끓기 시작할 때도 난 아무것도 할 수 없었어요. 사공은 어서 배에서 뛰어내리라고 소리쳤고 난 그의 말에 따라 검고 차가운, 무시무시할 정도로 냉혹한 죽음의 물 속으로 이미 죽은 몸을 내던졌어요. 산산조각 난 배의 파편 하나가 내 앞으로 흘러들어왔고 난 간신히 작은 판자 위에 몸을 뉘었어요. 판자는 그리 크지 않았지만 죽은 뒤에 무게가 조금 가벼워졌기 때문인지 판자 조각은 내 몸무게를 간신히 지탱할 수 있었죠. 그때 밤처럼 새까만 여자 한 명이 내게로 헤엄쳐왔어요. 그녀는 너무도 검어서 온통 새까만 안개와 물에 가려 제대로 보이지도 않았죠. 그녀가 내 판자 위에 상반을 쏟아내었을 때 난 간신히 그녀의 번들거리는 검은 얼굴과 끔찍하게 녹아내린 입술을 알아볼 수 있었어요. 그녀는 죽은 지 꽤 오래 지난 것 같았죠. 어떠한 경위로 그녀가 표류하게 되었는지 그녀 역시 리바와 슈바르츠발트를 혼동하여 길을 잃어 좌초한 것인지, 그것도 아니라면 그녀가 내 눈먼 사공이었던 것인지 알 수 없었지만 천천히 물어볼 여유가 없었어요. 그녀가 판자에 기대는 즉시 판자가 가라앉기 시작했던 거예요. 검은 물이 입술 속으로 밀려들기 시작했고 난 미친 듯이 발로 그녀의 배를 내리쳐 밀어냈어요. 그녀는 힘없이 떨어져나갔고 검은 물과 안개에 가려 그녀의 얼굴은 더 이상 보이지 않았죠. 그녀가 가라앉았는지 또 다른 판자에 기대어 살아남았는지—죽음의 강물에서 살아남았다는 것은 죽음에 성공했다는 이야기일까요?

당시에는 그런 것을 생각해볼 겨를도 없었어요─알 수 없었어요. 시장님 난 끔찍하게 지쳐 있었고 하염없이 떠밀려 갔죠.

시장은 고개를 끄덕이며 물었다. 이제 어떻게 할 셈이요?

죽은 남편은 대답했다. 모르겠습니다. 하지만 이 모든 일에 내 책임이 있다면 내가 그녀를 밀어 떨어뜨렸기 때문에 이곳까지 떠밀려 온 거라면, 그래서 죽을 수 없었던 거라면 죄값을 치러야 할지도 모르지요.

리바의 법으로는, 하고 시장은 황급히 말했다. 당신을 처벌할 수 없을 거요.

하지만 리바의 법이 아닌 다른 법으로는요? 예컨대 저승의 법으로는 죽은 자를 죽음의 바깥으로 밀어내는 것만큼이나 중한 죄는 없을지도 모르죠.

그러나, 하고 시장이 대꾸했다. 죽음 바깥으로 밀려난 건 그 검은 여자가 아니라 당신이지 않소.

그렇습니다. 시장님. 그게 더 심각한 문제입니다. 만약 제가 표류한 곳이 저승이 아니라 이승이었다고 하면, 남편은 나를 뚫어지게 바라보며 은밀하게 속삭였다. 모든 일이 설명되지 않습니까. 검은 물 밑은 죽음의 바깥이 아닌 죽음의 심부였고 내가 살기 위해 검은 여자를 밀어낸 거였다면. 그러나 문제는 그렇게 간단히 끝나지 않습니다. 내가 살아 있다고 할 근거는 죽어 있다고 믿을 근거만큼이나 희박하니까요. 어쩌면 아주 오래 전부터 난 지금과 같은 상태로 삶을 표류하고 있었는지도 모릅니다. 그렇다고 해서,

내가 이전과 같은 상태라고 해서 지금 살아있다고 볼 수 있을까요? 오히려 이전 내가 지금과 마찬가지로 죽어 있었다고 보아야 하지 않을까요? 시장님 난 이제 무얼 해야 할지 모르겠습니다.

이전과 같이, 하고 시장이 대답했다. 사냥을 하고 살면 되잖소. 당신은 여전히 리바의 사냥꾼 그라쿠스이니.

남편은 여전히 나를 올려다보며 말했다. 이런 꼴로 사냥을 할 수는 없어요.

그렇다면, 시장은 고개를 저었다. 우리로서는 더 도울 수 있는 일이 없소. 다만 내가 개인적으로 부탁하고 싶은 것이 있는데,

시장은 시장실 문턱 바깥에 정렬하여 남편과 시장을 경악스러운 얼굴로 바라보고 있는 소년들을 힐끗 보더니 입을 다물었다.

죽은 자들이 죽음 이후에 어떻게 살아가는지 이전까지는 고민할 필요가 없었죠. 그러나 삶에 대해 생각하기 전에 죽음에 대해, 언제나 몸을 담그고 있었을지도 몰랐던 죽음에 대해 생각해야 했던 것입니다. 내가 살고 있었던 건 삶이 아니라 죽음이었으니. 남편은 곧장이라도 몸을 일으킬 것 같았다.

얼마 뒤 시장은 리바의 시민들이 모두 유령이라는 급진적인 가설을 내놓았지만 그가 쓴 것을 아무도 읽지 않았다.

# 람세스 호텔

대기 시간은 길었다. 소녀는 배우 지망생들이 이토록 많다는 사실을 이전까지는 자각해 본 적이 없었다. 소녀가 배우가 되고 싶다고 말하면 사람들은 우선 놀랐고 소녀가 당장 대단한 유명인이라도 되는 양 추켜세우며 악수까지 청하고는 했다. 그들은 소녀가 훌륭한 배우가 될 수 있을 것이라고 말했다. 소녀에게는 다른 누구도 갖지 못한 독특성이 있었으므로. 소녀 역시 배우로서의 미래에 대해 의심해 본 적은 없었다. 소녀는 반드시 배우가 될 것이었다. 성공한 배우가 되지는 못하더라도, 그리 유명해지지는 못하더라도 어쨌든 소녀는 배우가 될 것이었다. 소녀는 몇 년이 지나면 나이가 들리라는 사실을 받아들이듯 담담하게 배우로서의 미래를 그렸다. 어떠한 기대도 흥분도 없이. 그녀가 배우가 되리라는 것은 이미 오래 전에 결정된 사실과도 같았으므로. 심지어 소녀가 배우로서 성공하지 못하리라고 말리던 사람들도 소녀가 배우가 될 수 있으리라는 사실을 부정하지는 않았다. 그녀에게는 분명히 재능이 있었다. 하지만 소녀는 배우가 되기 위해 누군가와 경쟁해야 한다고는 생각해 본 적이 없었다. 배우 오디션장에 온 모두가 채용될 것이라고 믿었다. 설령 모두는 아니더라도 특별히 촌스럽거나 범상한 사람이 아니라면 대부분은.

그러나 대기실에 들어섰을 때 소녀는 문 바깥쪽에 적혀 있는 긴 명단과 마주쳐야 했다. 대기실 입구에서 접수를 받는 안내원은 소녀에게 접수번호를 물었으나 소녀는 기억하지 못하였고 결국 그들은 함께 머리를 맞대고 소녀의 이름을 끝없이 긴 후보자 명단에서 찾아낼 수밖에 없었다. 소녀 뒤에서 초조하게 순번을 기다리고 있는, 아직 밝혀지지 않은 신원의 대기자들이 소녀를 채근하였지만 그녀로서는 어쩔 수 없는 일이었다. 안내원과 소녀는 갓 부화한 벌레처럼 자그마한 글자들 속에서 소녀의 존재와 대응되는 것으로 추정되는 유사한 글자조합을 다섯 개 찾았다. 안내원은 소녀의 접수번호를 추려내기 위해 소녀의 나이를 물었다. 소녀는 안내원에게 필요한 나이가 지금 이 순간 소녀가 살고 있는 나이인지, 생일 이전의, 접수를 할 때의 나이인지 알 수 없어 머뭇거렸다. 소녀는 열네 살, 혹은 열다섯 살이라고 대답하였고 다행스럽게도 안내원은 아무런 불평 없이 서둘러 열네 살에서 열다섯 살 사이, 소녀의 이름을 공유하는 두 개의 번호를 추려내었다. 그러나 두 개의 이름 사이에서 무엇이 소녀를 지칭하는 것인지를 밝혀내는 작업은 그 전 단계만큼 쉽지 않았다. 곰곰이 살펴보던 소녀는 안내원이 짚은 이름 중 하나의 철자가 틀렸다는 사실을 밝혀내었고 안내원은 오류가 어느 단계에서 발생한 것인지 혼잣말로 중얼거리며 고민해야 했다. 이름을 기입하는 단계에서, 이름을 옮겨 적는 단계에서, 이름을 출력하는 단계에서 소녀의 이름을 잘못 적었을 가능성이 있으며 마지막으로 그들이 소녀와 전혀 다른 존재를 가리키는 전혀 다른 이름, 소녀의 이름과 유사하지만 근본적으로는 완전히 상이한 이름을 착각하여 선별하였을 가능성이 있다는 것이었다. 소녀는 어느 모로 보나 마지막 가능성이 가장 그럴듯하며 철자가 틀리지 않은 나머지 이름의 접수번호를 소녀의 것으로 확인하는 게 가장 편하리라고 생각했지만 안내원은 이러한 접수 과정에서 결코 착오가 있어서는 안된다고 말했다. 안내원은 그 역시 배우이며 후배들을 선발하는 일은 배우 공동체의 신의와 관련된 일이므로 할 수 있는 한 철저하게 진행하고 싶다고 말했다.

소녀는 그 역시 배우라는 사실에 깜짝 놀랐다. 그가 배우라면 그리 유명한 배우는 아닐 것이다. 소녀는 이곳 공연에서 한 번도 그의 얼굴을 본 적이 없었으니까. 물론 무대에 오르는 배우들 중에는 짙은 분장을 하는 이도 있기에 소녀가 그를 한 번도 보지 못했다고 장담할 수는 없었다. 그는 무대 위에서 전혀 다른 표정과 제스처로 일상적인 삶의 이방인처럼 변신하는 사람인지도 몰랐다. 소녀가 배우의 옆얼굴을 뚫어지게 바라보는 사이 안내원은 그가 이름을 기입하는 일에 관여한 부서들에 전화를 걸었다. 대부분의 부서들은 끔찍하게 바쁜지 배우가 평생처럼 느껴지는 시간 동안 핸드폰을 들고 있는 동안에도 전화를 받지 않았다. 마침내 누군가 전화를 받았을 때 배우는 급박하게 입을 열었으나 사정을 어디에서부터 어떻게 설명해야 할지 알 수 없어 멈칫거릴 뿐이었다. 소녀는 당장 울음을 터뜨릴 것 같은 얼굴로 입술만 달싹거리는 배우에게 접수자 명단을 가리켜보였고 안내원은 그제야 근원을 알 수 없는 공포로부터 헤어난 듯 접수자의 이름이 잘못 기입되었을 가능성이 있다고 고함을 지르듯 크게 소리쳤다. 소녀의 바로 뒤에서 한 발로 중심을 잡으며 놀고 있던 어린 소년은 깜짝 놀라 비틀거렸다. 안내원이 통화 음량을 지나치게 크게 설정해 놓은 나머지 소녀는 그가 하는 통화 내용을 생생하게 들을 수 있었다. 어쩌면 소녀의 뒷자리 소년도. 그의 뒷자리 사람도. 어쩌면 대기실 앞 복도 전체에 안내원의 통화 소리가 울려 퍼지고 있는지도 몰랐다. 소녀는 남의 비밀을 훔쳐듣는 듯한 수치심에 얼굴이 달아오르는 것을 느꼈으나 기실 새어나가는 것은 소녀 자신의 비밀이었다. 전화 상대는 명단 기입이 잘못되었을 가능성도 있지만 그건 무척 드문 실수이며 실수가 이루어졌는지 여부를 확인할 수 있는 방법은 소녀의 신원과 대조해보는 수밖에 없다고 말했다. 정확히 어느 단계에서 실수가 발생하였는지는 영원히 알 수 없겠지만 적어도 실수가 있었는지 여부는 소녀의 신원 증명서와 대조해봄으로써 확인할 수 있다고. 안내원이 소녀에게 말을 전달하기 전에 이미 상황을 판단한 소녀는 고개를 저었다. 소녀에게는 신원을 증명할 만한 서류가 없었다. 그녀는 이곳에 지원하기 전까지 한 번도 자신의 이름을 써 본 적이 없었으며 이름을 확인받을 일도 없었다. 소녀는 누구에게나 배우라고 불렸고 그 별명만으로도 소녀를 확인하는 데에는 충분했다. 그러나 이곳, 배우 오디션장에서 소녀는 아직 배우가 아니었고 배우가 되기 위해 지원한 자는 너무도 많았으며 당장 소녀의 앞에도 진짜 배우가 있었기에 소녀를 배우라고 부르는 것만으로는 소녀의 존재를 확인할 수 없다는 것이 분명해 보였다. 안내원은 난감한 낯으로 신원 확인이 불가능하다고 전화 상대에게 말을 전했고 상대는 그렇다면 모든 것이 불가능하다는 말을 남기고 전화를 끊었다. 소녀는 그가 말한 모든 것에 소녀가 배우가 되는 일까지도 포함된다는 것을 알았다. **모든 것은 말 그 대로 모든 것이었으니까.**

안내원은 의자에서 일어선 채 소녀에게 입 맞출 듯 고개를 기울이고 속삭였다. 원래 신원 증명서가 없는 소녀가 배우 오디션을 보는 것은 금지되어 있지만 신원 확인은 특별한 경우가 아니면 거의 이루어지지 않으므로 만약 소녀가 모든 실수, 그녀와 관련되었던 모든 해프닝과 오류를 잊고 그녀에게 가장 적합할 것으로 추정되는 접수번호를 받아들인다면 신원 증명 서류를 가져오지 않은, 분명히 소녀의 잘못인 실수에 대해서는 추궁하지 않겠다는 것이었다. 소녀는 고개를 끄덕였다. 소녀로서는 거절할 이유가 없는 제안이었다. 실제로 이름을 잘못 기입하는 잘못 역시 소녀의 것이 었는지도 모른다는 생각을 해 보면 더욱 그러했다. 그렇다면 진짜 소녀의 접수번호는 소녀의 이름과 다른 이름에게 할당된 접수번호일 테지만 소녀는 그러한 가능성을 지적하는 대신 그녀의 이름과 나이범주에 완전히 부합하는 접수번호에 서명을 했다. 소녀의 뒤에서 한 발로 중심을 잡으며 무료함과 초조함을 달래고 있던 소년은 순식간에 자신의 접수번호에 서명을 한 뒤 소녀와 함께 대기실 문 안으로 들어섰다. 안내원은 실수를 함께 나눈 소녀에게 행운을 빈다는 인사를 하고 싶은 것 같았으나 또 다른 실수를 범하게 될까 두려웠던지 입을 다물고 싱긋 웃어 보이기만 했다. 소녀는 그의 얼굴을 기억하려 애쓰느라 마주 웃어주지 못하였지만 소녀와 함께 문 안쪽으로 들어가는 소년은 손짓으로 인사까지 하며 활짝 웃어보였다. 소녀는 그녀에게 주어진 기회가 소년에게 넘어간 것 같은 불안함에 소년의 얼굴을 더 자세히 살펴보았지만 특별한 구석은 없어 보였다.

소년은 소녀에게 가까이 다가오며 여느 여자아이보다 높은 목소리로 재잘거리기 시작했다. 무슨 일이 있었던 거야? 뭔가 착오가 있었지? 얼마나 오래 기다렸는지 몰라. 화장실에 가고 싶은데 언제 내 차례가 올지 몰라서 다녀올 생각도 못하고 있었어.

대기실이 끔찍하게 적막했기 때문에 소녀는 소년의 수다가 견딜 수 없이 창피스럽게 느껴졌다. 소녀는 소년에게 남자들이 줄을 서 있는 곳을 가리켰으나 소년은 웃으면서 그곳은 화장실이 아니라 오디션장 앞이라고 말했다. 소년이 무표정한 사람들, 석고상처럼, 혹은 형상을 잃은 그림자처럼 같은 자리에 가만히 서 있는 지원자들 사이를 뚫고 화장실을 찾아 들어가는 동안 소녀는 아무런 안내도 없이 시간이 되면 지원자 한 명이 문에서 나오고 다른 지원자 한 명이 문 안으로 들어가는 것을 지켜보았다. 소녀로서는 그들이 어떻게 자신의 차례를 알고 오디션장으로 들어가는 건지 짐작조차 할 수 없었다. 소란은커녕 지원자의 이름이나 접수번호를 호명하는 목소리도 없었지만 문 안쪽으로 들어가는 사람은 언제나 한 명뿐이었다. 소녀는 그녀가 없는 사이에 누군가가 그들의 순서를 안내한 것은 아닌가 하는 의심을 하였지만 소녀의 뒤를 이어 대기실 바깥 쪽으로부터 들어오는 사람들은 무시할 수 없이 많았으므로 그런 일은 부당할 뿐 아니라 불가능하다고 여겨졌다. 반드시 문 앞에 있는 사람이 오디션장 안쪽으로 들어가는 것도 아니었다. 정수기 옆에 서서 떨어지는 물을 멍하게 바라보고만 있던 사람이 열린 문 안쪽으로 걸어들어갈 때 소녀는 오디션으로부터, 지원자들 사이의 암묵적인 규칙으로부터 그녀가 완전히 소외되었음을 인정할 수밖에 없었다.

소년이 돌아오기 전까지 소녀는 가능한 한 다른 지원자들처럼 가만히 서서 소녀의 차례가 계시와도 같이 알려지기를 기다리려 하였으나 쉬운 일은 아니었다. 소녀는 이전까지 한 번도 이토록 철저한 고요 속에 남겨진 적이 없었다. 소녀의 주변에는 소녀를 미워하거나 소녀를 사랑하려 노력하는 사람들이 들끓었다. 소녀의 할머니는 소녀가 반드시 배우가 될 거라고, 주목받는 사람만이 더 주목받을 수 있게 되는 법이므로 소녀는 머지않아 배우가될 거라고, 소녀의 이마를 쓸어넘기며 다정하게 중얼거렸다. 하지만 대기실의 사람들은 두려울 정도로 소녀를 무시하고 있었다. 소녀는 자신이 주목받고 있지 않다는 사실을 도저히 이해할 수 없었다. 지원자들은 소녀에 비해 특별히 눈에 띄는 외모를 가지고 있지도 않았음에도 마치 소녀가 그들에 비해 평범한 사람, 주목할 만한 가치도 없는 행인에 불과하다는 듯 소녀를 무시하고 있었다. 돌아온 소년은 소녀의 옆에서 작은 새처럼 재잘거리기 시작했지만 소녀는 소년의 관심 역시 소녀의 특별함에 향한 것이 아닌, 소녀에 대한 소년의 친근함으로부터 기인한 것임을 알 수 있었다. 아무도 소녀가 일생 알아온 소녀를 보고 있지 않았다. 소녀는 변기통에 빠져 허우적거리는 작은 파리가 된 심정이었다. 식탁이 아닌 변기에서 죽어가는 파리를 신경쓰는 사람은 없다.

**소녀는 소녀가 있어야 할 곳에 있었다.** 그러나 소녀가 소녀로 있기 위해서 소녀는 이곳에 있어서는 안되었다. 소년이 소녀의 귓가에 더 가까이 다가서기 위해 발뒤꿈치를 들고 여전히 끔찍하게 높은 소리로 그는 원래 배우가 될 생각은 한 번도 해본 적이 없었으나 람세스 호텔에서 배우를 모집한다는 소식을 듣고 무척이나 우연한 기회로 오디션에 참가하게 되었으며 오디션에 떨어진다면 객실 청소부로 지원할 생각이라며, 그때엔 같은 호텔의 배우 오디션에 참가했던 경험이 괜찮은 경력이 될 수 있을 것이라고 재잘거릴 때 소녀는 완전히 처참한 심정이 되어 그녀가 지나치게 오래 기다렸음을 상기해야만 했다. 소녀는 막 죽은 환자가 떠나간 수술실에 홀로 남겨진 유령처럼 그녀에게 닥쳐올, 그리고 그녀가 속해 있는 모든 과정에 철저히 무지한 채 서 있어서는 안 되었다. 그녀는 접수실 바깥에서 새 배우 후보생들을 안내하고 그들로부터 은근한 선망을 받는 배우의 자리에 있어야 했다. 어째서 소녀가 아직까지도 배우가 아닌 것인지 누군가는 소녀에게 해명해 주어야 했다. 그러나 그녀의 곁에서 끝없이 재잘대고 있는 소년조차도 소녀가 반드시 배우가 될 것이라는 언질을 주지 않았다. 소녀는 언제쯤 오디션장에 들어가면 되는지 아느냐고 소년에게 물어보고 싶었으나 대기실에 감도는 치명적인 침묵의 금기를 깨고 싶지 않아 입을 다물었다. 소녀는 냉혹하게 소년을 무시하며 고개를 돌렸다.

소년은 소녀의 왼쪽 귀에 입을 갖다 대고 계속해서 재잘거렸다. 람세스에서 공연을 본 적이 있어? 난 사실 한 번도 없어. 친구가 표를 선물해 줬을 때 난 그 애가 날 조롱한다고 생각했지. 그 애가 진심으로 내게 연극 표를 선물했다는 사실을 알았을 때 난 람세스 호텔에, 호텔의 연극 공연에 어울리는 옷을 한 벌도 가지고 있지 않다는 사실을 고백해야 했어. 그 애는 놀라서 사과했지만 다행히 내게 옷을 빌려주겠다는 말을 하지는 않았어. 학교 앞 전봇대에 오디션 광고가 붙어 있는 걸 보고 그때 생각이 나서 지원했지.

소녀는 소년이 지나치게 사적인 이야기로 그녀를 괴롭히는 까닭을 이해할 수 없었으나 마침 또다시 문이 열렸고 삐에로 분장을 한 흰 얼굴의 사내가 걸어나왔을 때 아무도 문 안쪽으로 들어가지 않는 것을 보고 곧장 문 쪽으로 다가갔다. 소년은 날카로운 소리로 소녀에게 인사를 건넸으나 소녀는 돌아보지 않고 문 안에 들어섰다. 안쪽으로 발을 내딛는 순간 소녀는 비명을 지를 뻔하였으나 간신히 참아내었다. 바닥은 색색의 페인트로 흠뻑 젖어 있었다. 소녀는 미끄러져내린 한쪽 발에 묻은 페인트를 조심스레 털어내며 문을 닫고 철제 의자가 놓여 있는 자리까지 다가섰다.

심사위원 세 명이 소녀의 반대편에 앉아 있었으나 그들은 소녀에게 철저하게 무관심해 보였다. 그들은 소녀가 그들의 면접자가 아니라 더러워진 오디션장을 치우러 들어온 직원이라도 된다는 듯 무심하게 굴었다. 소녀는 그들의 주의를 환기하기 위해 고개를 숙였다. 그제야 심사위원들은 소녀를 돌아보았다. 그들은 소녀에게 증명서를 제출하라고 말했다. 소녀는 심사위원들이 증명서를 요구하리라고는 생각하지 못했기 때문에 당황하여 고개를 저으며 행정적 절차는 이미 대기실 바깥에서 마쳤다고 대답했다. 심사위원 한 명이 다른 심사위원에게 무어라 수군거리기 시작했고 그들은 곧 고개를 끄덕이고는 소녀에게 배우 학교를 졸업했느냐고 물었다. 소녀는 아직 학교에 다니고 있으며 게다가 그녀는 일반 공립학교에서 공부하고 있을 뿐 그녀의 학교는 연기와는 아무런 관련이 없다는 사실을 고백해야 했다. 왼쪽에 앉아 있던 검은 페도라를 쓴 여자가 소녀에게 배우 학교에 진학하지 않은 특별한 이유가 있느냐고 물었다. 소녀는 배우가 되기 위해 배우학교를 졸업해야 한다는 말을 들어본 적이 없었으며 심지어 배우학교가 있는지도 몰랐다고 대답할 수는 없었기 때문에 공부를 더 하고 싶었다고 우물쭈물하며 이야기했다. 오른쪽에 앉은 긴 머리의 남자가 소녀에게 무슨 공부를 가장 좋아하느냐고 물었고 소녀는 음악이라고 대답했다. 심사위원들은 갑자기 심각한 얼굴을 하더니 배우가 된다고 해서 반드시 음악 공부를 계속 할 수 있는 건 아니에요, 그건 순전히 개인적인 역량과 의지의 문제죠. 하고 말했다. 소녀는 음악 공부를 좋아할 뿐이지 음악 공부를 계속 해야만 하는 것은 아니라고 대답했다. 긴 머리의 젊은 남자는 오디션장에서 거짓말을 하는 것은 개인의 자유지만 그것이 소녀에게 유리한 결과를 가져오지는 않을 것이라고 말했다. 소녀는 분명 음악 공부를 더 하고 싶었기 때문에 배우 학교가 아닌 일반 학교에 진학했다고 말했기에 이제와서 음악 공부에 어떠한 당위도 없다고 주장하는 것은 배우 일에도 특별한 애착이 없다고 말하는 것이나 다름없다는 것이었다. 소녀는 그의 말을 부정하기 위해 너무도 많은 말들을 처음부터 다시 시작해야 했기에 가장 마지막의 결론만을 부정했다. 배우가 되고서도 음악 공부를 할 생각이에요, 하고. 그편이 가장 적은 거짓말로 가장 많은 말들의 진실성을 담보하는 방법이라고 생각했기 때문이다. 그러나 심사위원들은 더 이상 소녀의 말을 진지하게 듣지 않는 것 같았다. 그들은 진정한 배우라면 무대 위에서의 거짓말을 위해 다른 모든 것을 진실로 만들 수 있어야 한다고 충고했다.

그들은 갑작스레 입을 다물고 소녀를 물끄러미 바라보았다. 마치 소녀에게 무언가를 요구하듯. 소녀는 상황이 그녀에게 불리하게 돌아가고 있다는 사실 외에는 아무것도 알 수 없었기에 그들과 함께 침묵할 수밖에 없었다. 가운데 앉아 있던 창백한 얼굴의 남자가 소녀에게 준비해 온 것을 보여주라고 이야기했다. 소녀는 이해할 수 없었다. 소녀는 이미 그녀를 보지 않았느냐고 물었다. 심사위원들은 고개를 끄덕였으나 그들은 그것으로는 충분하지 않다고 말했다. 하지만 소녀로서는 그녀의 특징적인 존재 이외에 어떠한 것도 보여줄 것이 없었다. 배우로서 소녀의 자질은 외형적으로 드러나 있었으며 소녀는 단 한 순간도 그것을 감춘 적이 없었다. 심사위원들의 머리 위를 커튼과도 같은 영사막이 가리었고 소녀는 영사막에 비추어진 그녀의 모습을 멀거니 바라보았다. 그녀 앞에 설치되어 있는 라이브 카메라가 소녀를 찍고 있었다. 그들은 소녀에게 어떠한 경고도 해주지 않았다. 소녀는 끔찍하게 느릿하게 움직이는 영상의 느릿하게 바스라지는 여러 겹의 환영과도 같은 흔적 속에서 두 개의 머리가 서서히 눈을 감았다 뜨는 모습을 바라보았다. 소녀는 그것으로 충분하다고 생각했다. 어스름한 조명이 그녀의 볼을 쓰다듬고 있었다. 푸른 얼굴이 엷은 노란빛에 부드럽게 풀어지는 동안 소녀는 눈물을 흘렸다. 영사막 뒤에서 심사위원들이 소녀를 부추기는 소리가 들렸다. 그들은 눈물로는 충분하지 않다고, 소녀 바로 전의 참가자는 이곳에서 목을 매달았다고, 그들이 보는 앞에서 신발끈을 의자에 묶고 올가미에 목을 매 불완전자살을 시도했다고 소리쳤다. 소녀는 악몽처럼 어렴풋이 반짝이는 푸른 얼굴을 마주보지 않으려 애썼으나 어찌할 수 없이 그녀에게, 잔혹하게 확대된 그녀의 감긴 눈꺼풀에 시선을 가져갈 수밖에 없었다. 소녀는 그들이 그녀를 바라보도록 가만히 서서 견디었다. 왜곡된 영상을, 느릿하게 증폭되는 수십 개의 머리들을. 그들은 소녀의 불구를 과장하고 있었다. 소녀는 다가들며 물러나고 있는 기울어진 푸른 얼굴들을 조심스럽게 쓰다듬었다. 그녀는 그 모두를 원하고 있었다.

　그들은 소녀에게 정말 배우가 되고 싶냐고 물었고 소녀는 고개를 끄덕였다. 물결치는 고개들이 아래 위로 넘나들었고 소녀는 현기증에 눈을 감았다. 소녀가 가능한 다른 현실, 실종된 현재를 모색하기 위해 눈을 떴을 때 영사막 뒤에서 그림자들이 기다랗게 일어서는 모습이 보였다. 대기실을 메우고 있던 배우들이 문을 열고 들어와 더러워진 바닥을 걸레로 닦아내고 영사막을 거두며 오디션장을 정리하는 동안에도 소녀는 놀라지 않았다. 심사위원석에 앉아 있던 배우들은 소녀가 마지막 기회를 잡아서 다행이라고 다정하게 웃으며 이야기했으나 소녀는 그리 기쁘지 않았다. 소녀는 오디션장에 들어서기 전부터 이 순간을 경험했던 것처럼 담담했다. 소년은 소녀를 속여서 미안하다고 말했지만 소녀는 그가 조금도 미안해하지 않는다는 사실을 알았다. 그들은 모두 배우였다. 긴 머리의 남자는 소녀를 채용하기 위해 너무 많은 비용을 소비했다고 말했다. 소녀는 람세스 호텔에서 그리 오래 연기할 수 없으리라는 사실을 굳이 밝히지 않았다. 그들은 곧 소녀가 배우로 채용되었음을 증명하는 서류를 발급해주겠다고 약속했다. 소녀는 비서 역할을 하는 배우에게 소녀의 이름 철자를 틀리지 말라고 당부하는 일을 잊지 않았다. 배우는 고개를 끄덕였으나 장담할 수는 없다고 했다. 실수는 구태여 설명하지 않아도 발생해서는 안 되는 일이기에 다른 직원 배우들에게 굳이 당부하는 것은 그들에 대한 모욕이 될 수 있다는 것이었다. 그들이 소녀에 대한 보복으로 철자를 틀리게 적는다고 해도 배우들의 작업은 너무도 세분화되어 있으며 그들의 작업에 대한 기록이 이루어지고 있지 않기에 누군가에게 책임을 묻는 일도 불가능하며 차라리 그들이 평소와 같이 일을 처리하도록 놓아두는 것이 더 낫다고 배우는 말했다. 그러나 소녀는 그가 당부를 전달해주기를 원했다. 배우는 떨떠름한 얼굴로 마지못해 수긍하였다.

소녀는 그녀를 채용하기 위해 모여 있는 배우들에 대한 책임이 그녀에게 있다고 여겼기 때문에 조금 전까지 심사위원 역할을 하던 배우들이 앉아 있던 기다란 테이블 한가운데에 서서 배우들에게 이제 돌아가도 좋다고 소리쳤다. 할 일을 찾아 불안하게 움직이던 배우들은 소녀의 말에 안심한 것처럼 보였으나 저녁에 있을 공연에 소녀를 엑스트라로 세울 것인지 결정하기 전에는 그녀의 채용 결정이 완전히 끝난 것이 아니라고 서글프게 중얼거렸다. 소녀는 기꺼이 무대에 서겠다고 대답했으나 배우들은 열의만으로 되는 문제가 아니라고 대답했다. 소녀는 면접자에게 질문을 던지는 심사위원처럼 그들에게 질문을 던졌다. 소년은 소녀가 엑스트라로 나서기에는 너무 눈에 띄어서 관객들이 소녀를 주역으로 착각할 위험이 있다고 했다. 그러나 소녀는 주역을 맡기에는 충분히 준비가 되지 않았기 때문에—배우 학교 학생도 아니고요, 하고 심사위원 역할을 맡았던 배우가 소리쳤다—또 그녀의 기지와 천재성이 확실히 보증된 것도 아니기에 소녀가 주역으로 오해될 끔찍한 위험을 감수하기는 어렵다고 했다. 그럼, 하고 소녀는 낮은 목소리로 소리쳤다, 무대에 나가지 않겠어요. 그러자 삐에로 분장을 한 배우가 그럴 수는 없다고 울부짖었다. 람세스 호텔에 채용된 배우가 저녁 무대에 나서는 것은 오랜 관례이며 소녀 때문에 오십 년 가까이 지속된 전통을 한순간에 깨뜨릴 수는 없다는 것이었다. 소녀는 관례가 깨지는 것은 언제나 어떠한 순간일 수밖에 없으므로 소녀 때문에 관례가 깨진다고 해서 특별할 것은 없다고 대답했으나 다른 배우들은 소녀의 말에 동의할 수 없다는 듯 불안하게 수런거렸다. 누군가 소녀의 채용 자체를 취소해야 하는 것이 아니냐고 중얼거렸지만 소녀는 그의 말이 받아들여질 수 없음을 알았다. 소녀는 이미 채용되었고 그것은 이 자리에 있는 모든 배우들에게 알려진 사실이었다. 한 번 알려진 사실을 정정하는 데에 소요되는 시간이 얼마나 오래 걸릴지 알 수 없었을 뿐더러 사실을 거짓으로, 거짓을 사실로 바꾸는 끔찍한 책임을 떠맡을 사람이 나타나지 않을 것은 너무도 자명해 보였다. 그들 누구에게도 아직 발생하지 않은 현실을 이미 발발한 현재와 뒤바꿀 의무는 없었다. 소녀는 저녁 공연이 언제 시작되느냐고 물었지만 아무도 대답하지 않았다. 그들은 병적인 절망에 젖어 막 채용된 신참 배우에게 신경을 기울일 여력도 없는 것 같았다. 소녀는 곧 그녀가 출연하게 될 지도 모르는 연극에 대해 알아야만 한다고 느꼈으나 창백하게 질려 발작적으로 맨 얼굴을, 벽을, 바닥을 긁어내리는 배우들을 더 괴롭히고 싶지는 않아 그들이 소녀의 저녁을 결정하는 것을 묵묵히 관망하였다.

소년이 소녀에게 마실 것이 필요하냐고 물었을 때 소녀는 대기실에서 하던 대로 무심코 그를 무시하고 말았다. 소년은 갑작스레 끔찍할 정도로 크고 날카로운 비명을 질렀다. 여전히 불안에 서성이던 배우들이 불현듯 멈추어 소년을 뚫어지게 응시하였다. 소녀는 다시 대기실로 돌아간 것 같다고 느꼈다. 그녀가 경험했다고 믿은 일련의 사건들이 아직 발생하지 않은 것 같다고. 소년은 절망적으로 일그러진 얼굴로 소녀의 채용을 재고하는 것이 좋겠다고 외쳤다. 놀랍도록 낮고 중후한 목소리로. 저녁 공연 전에 소녀의 채용이 번복될 수 있도록 그가 모든 책임을 지고 일을 처리할 것이라고 말하는 소년이 그의 어린 모습과는 괴리될 정도로 근엄하게 느껴져 소녀는 소년이 연기를 하는 것인지 의심스러울 정도였다. 실제로 몇몇 배우가 조심스럽게 박수를 쳤으나 소년은 인사를 하지도, 그들의 박수에 고개를 끄덕이지도 않았다. 소년은 확고해 보였다. 소녀는 이토록 많은 배우들이 결정하고 합의한 소녀의 채용을 번복할 수 있을 정도로 많은 권한이 소년에게 있을지 확신할 수 없었으나 소년이 지나칠 정도로 진지해 보였기 때문에 더 이상 소년을 무시하지 않겠다는 제스처로 소년을 바라보면서 어느 쪽이 되었든 일이 빨리 결정되었으면 좋겠다고 말했다. 저녁 무대에 서게 되든 호텔에서 쫓겨나게 되든 소녀에게는 자신에게 벌어질 일을 미리 알 권리가 있다고.

소녀가 말을 마치자 배우들은 급작스럽게 웃기 시작했고 소녀는 그녀의 말이 농담이 아님을 설명할 기회도 갖지 못한 채 해일과도 같은 웃음 속에서 허우적거리면서 변기 안쪽으로 밀려들어가는 작은 거미의 애처로운 발들을 떠올릴 수밖에 없었다. 소녀는 언제나 그랬듯 그녀의 운명이 그녀가 알지 못하는 이들의 자유로운 손짓과 의도, 심지어는 그들의 무의식에 따라 결정되는 것을 조용히 기다렸다.

소녀는 심사위원석에 가만히 선 채로 영사막 위에서 부드럽게 일그러지던 그녀의 푸른 유령을 더듬으며 그녀가 모르는 그녀의 저녁이 소리 없이 다가오는 것을 바라보았다. 소년의 선언과 달리 그의 바람은 흐지부지되었다. 그들은 소녀를 내쫓을 수 없었다. 소녀는 이미 그들에게 너무도 깊이 관여해 있었으므로. 소녀는 그들에게, 그들은 소녀에게 연루되어 있었으므로. 그들도 자각하지 못하는 그들의 비밀이 새어나갈 것을 감수하지 않는 이상 소녀를 내보낼 수는 없을 것이었다.

소녀는 흰 유령 분장을 했다. **두 개의** 얼굴에 모두 흰 분을 바르고 흰빛의 원피스를 입은 소녀는 끈으로 묶어 놓은 백합처럼 보였다. 배우 중 누구도 소녀에게 대본을 주지 않았다. 소녀는 자신이 맡은 역할을 그녀의 분장으로 유추해낼 수밖에 없었다. 미친 듯이 두려웠으나 소녀는 이미 겪은 일을 다시 쓰듯 담담하였다.

람세스 호텔의 다이닝룸에는 스태프의 제지에도 불구하고 미리 무대에 들어온 관객 두어 명이 있었다. 수치스럽게도 그들은 분장을 한 채로 관객 앞에서 끝없이 놓여 있는 둥근 테이블들을 한쪽 구석으로 밀어낼 수밖에 없었다. 관객들은 그들이 퍼포먼스를 하는 것인지 실제적이며 효용적인 작업을 하는 것인지 감별하기 위해 그들을 뚫어져라 쳐다보았으나 관객들에게 주어질 결정적인 단서는 어디에도 없었다. 소녀는 그들이 새로운 범죄를 저지르고 있는 것 같다는 느낌을 받았다. 한 번도 알려진 적이 없는, 어디에도 기록된 적이 없는 범죄. 목격자들은 그들에게 치명적으로 연루된 희생양이었다. 그들은 관객 없이는 행위일 수 없는 배우들이었으니까.

소녀는 세계로부터 파문당한 음모꾼들이 텅 빈, 애매한, 서글픈 암흑 위에서 푸른 입술을 벌리는 모습을 지켜보았다. 그들은 모두 혀와 입술을 푸르게 칠하고 흰 빛의 날개를 달고 있었다. 마치 그들이 자신들의 메시아를 연기해야 하는 것처럼. 메시아를 연기하지 않고는 메시아를 볼 수 없다는 사실을 아는 것처럼. 밤처럼 검고 무겁게 반짝이는 관객들의 눈들이 그들의 희멀건한 날개를 왜곡하고 있었다. 그러나 그러한 왜곡이라도 없으면 그들은 아무것도 볼 수 없었기에 그들은 대사를 읊었다.

아이들은 낙원의 대표자이고 메시아는 낙원을 중단시키는 자이다. 그들은 서글픈 날갯짓으로 모든 것을 멈춘다. 우리는 돌아보고 지나쳐온 미래를 본다. 아무도 기억하지 못하던 미래가 서서히 밝혀진다. 아이들은 비명을 지르고 발을 구른다. 아이들은 행복하진 않지만 기뻐할 수 있다. 그들은 멈춘다. 평생을 머물러도 행복할 수 있는 아이들은 기꺼이 절망하며 기뻐한다. 아이들은 그들이 노인일 적, 어른일 적 이미 겪었던 미래로 돌아간다. 미래는 얼마든지 바뀔 수 있지만 그것은 과거가 다시 쓰일 수 있는 방식으로만 가능하다. 사건은 모두 이루어졌으며 그들은 이미 오래전에 꿈을 꾸었다. 꿈의 사건을, 잠의 현실을 바꿀 수는 없다. 아이들은 점점 어려진다. 어려지면서도 그 애들은 뒤로 돌아가기 위해, 미래로 가라앉기 위해 발을 휘젓는다. 그렇게 그들은 다시 늙어간다. 가라앉으며 떠오르고 떠오르며 가라앉는 애들은 세계가 멈춘 것을 본다. 얼어붙은 호수를 얼어붙은 숲을 얼어붙은 땅을 본다. 땅은 그들의 어머니가 아니다. 하늘은 그들의 어머니가 아니다. 숲은 그들의 어미다. 여자아이들은 어머니를 낳는다. 어머니는 그들의 자식이며 그들은 그들의 어머니이다. 그들은 투쟁하고 극복하지만 변한 것은 아무것도 없다. 그들은 아무것도 변화시키지 않고, 심지어는 그들 자신조차도 변하지 않고 모든 것을 극복한다. 극복되어야 할 것은 끝임없이 도래한다. 마치 한 번도 극복된 적이 없었던 것처럼. 그러나 오래전 인간이, 그보다 더 전에는 신이 승리의 재능을 타고났던 것처럼 아이들에게는 불안의, 불결의, 슬픔의 재능이 있다. 아이들은 불멸하지 않는다. 아이들은 수 차례 죽고 오직 죽기 위해 다시 태어난다. 이제 세계는 신의 것도 인간의 것도 아닌 아이들의 것이다. 쥐의 아이들 파리의 아이들 뱀의 아이들이 그대들을 돌아본다. 아이들은 죽으며 자라나고 다시 자신을 낳는다. 산란기의 파리는 적의 손에 뭉그러지면서도 터진 배 아래로 흰빛의 알들을 흘려낸다. 흰빛의 혼탁, 비통한 혼잡. 그대는 거의 질식할 지경이지만 그들이 다시 태어나는 것을 막을 수는 없다. 아이들은 기형으로 태어난다. 아이들은 나락에서도 결연하게 잠을 잔다.

푸른 입술의 천사들은 관객들에게 다가가 날개를 내밀었다. 관객들이 만져볼 수 있도록 넌지시. 관객 몇이 주저하며 천사의 날개 끝을 만졌고 천사는 아이처럼 꺄르르 웃으며 발을 굴렸다. 그들이 천사의 날개를 느낄 수 있는 것처럼. 소녀는 그들의 날개가 가짜임을, 그러나 무대 위에서 살아남기 위해서는 가짜를 믿을 수밖에 없음을 알고 있다. 대사를 알지 못하는 소녀는 천사들이 불협으로 노래하는 것을 가만히 바라보고만 있었다. 천사들은 다시.

어둠은 볼 수 없다. 미래는 인식할 수 없는 어둠이다. 그러나 꿈은, 아이들은, 밤은 언제나 미래에서 온다. 우리는 불면하며 꿈꾸는 어린 아이들을 안다. 하루살이들은 생애 내도록 금식하며 침묵을 지키기 위해 입도 혀도 없이 태어난다. 그들은 아이들을 낳기 위해 태어나고 아이들이기 위해 아이들로 태어난다. 하루살이들은 영원한 아이들이다. 그러나 그들은 끝없이 죽는다.

천사들은 손을 모으고 노래했다. 소녀는 희고 푸른 분에 뒤덮인 그들의 얼굴이 놀랄 정도로 늙어 보인다고 생각했다. 오디션장과 대기실에서 마주쳤던 그들은 대부분 소녀 또래, 기껏해야 이삼십대의 청년들이었음에도. 소녀는 그들이 이야기하는 은밀한 약속에 대해 알지 못하였다. 어쩌면 그들의 아이들, 그들의 미래, 그들의 구원은 소녀와는 무관할지도 몰랐다. 그들은 같은 무대에 서 있었음에도. 관객들은 소녀의 존재에 대해 무어라고 생각하고 있을까? 어째서 소녀는 무대 뒤에서 그녀의 차례가 오기를 기다렸다가 정해진 시간, 그녀가 대사를 내뱉을 수 있는 결정적인 순간에 나타나지 않는 것일까? 어째서 소녀는 무대 위에 아무런 대사도 행위도 없이 끔찍하게 무지한 상태로 현전해 있을까? 치명적인 두려움, 돌연한 숨 멎음, 지나친 불협과 목소리들. 소녀는 검고 반질반질한 눈이 그녀들을 마주보는 것을 느꼈다. 소녀는 그녀의 유령이, 그녀가 두고간 머리가 소녀 쪽으로 내려앉는 것을 느꼈다. 소녀는 발작적으로 비명을 질렀다. 천사들은 입을 다물고 그녀를 바라보았다. 소녀는 그들의 적막이 그녀를 향한 신호라고 느꼈다. 소녀는 생명의 끔찍함을 내밀며 그녀의 비논리적인 연루를 누설하며 이야기하기 시작했다. 그녀가 그녀의 것이 아닌 무대 위에서 노래하듯 정해지지 않은 대사를 읊는 것을 아무도 막을 수 없었다. 소녀는 그녀가 어릴 적 믿었던, 그러나 그녀 스스로 파문하였던 신의 이름을 버릇처럼 불렀으나 그녀가 믿는 것, 혹은 믿지 않는 것이 그녀를 구해주지 않는다는 사실을 이미 알고 있었다. 소녀는 선언하듯 대담한 목소리로 말했다.

우리는 괴물이다. 우리는 처음부터 괴물이었다. 그러나 우리는 영원한 신화도 전설도 아니다. 우리는 필멸하는 괴물이다.

관객들의 갑작스러운 환호와 박수 소리가 소녀를 뒤덮었다. 소녀는 그녀가 결정적인 순간에 결정적인 발언, 무대에 반드시 필요했던 역할을 해냈음을 알아차렸다. 그러나 그녀가 원하는 것은 그런 게 아니었다. 소녀는 아직 아무것도 제대로 알지 못함에도 확신하지 못함에도 선언을 하고 말았다. 그녀는 그녀가 성급히 뱉은 말들을 모조리 철회하고 싶었다. 그녀들은 괴물이었으나 처음부터 괴물이었으나 그것으로 끝은 아니라고. 그녀는 소녀에게 우리가 괴물이 아니라고 말했고 소녀는 그녀에게 수긍했었다. 이토록 중요한 순간, 결정적인 순간에 우리가 괴물이라고 선언함으로써 그녀를 배신할 수 있다는 생각은 한 번도 해 본 적이 없었다. 소녀는 아주 오래전부터 그녀들을 배신하려 해왔던가? 그녀에게 수긍하고 그녀에게 순종하며 그녀를 사랑하던 그 순간부터?

썩어가는 푸른 입술은 아무런 말이 없었다. 소녀는 그녀의 무릎을 꿇고 그녀의 손을 마주대어 그녀에게 용서를 빌고 싶었다. 그러나 그녀는 소녀가 그녀를 배신하든 그녀에게 순종하든 아무런 감정을 느낄 수 없을 것이다. 그녀는 더 이상 분노하지 않는다. 분노하는 것, 배신하는 것, 그리고 배신당한 것은 소녀였다. 소녀는 불명확한 목소리로 변명하듯 중얼거렸다.

하지만 우리는 괴물이 아니었을지도 몰라요. 난 괴물이었지만 그녀는. 내가 그녀를 우리라고 부를 수 있을까요? 그녀가 영원하지 않다고 확신할 수 있을까요? 그러나 괴물이기 위해서는 나이거나 그녀인 게 아니라 우리여야 하는데. 그녀와 내가 우리일 수 있을까요? 그녀는 아름답지만 우리는?

박수 소리가 서서히 잦아들었다. 관객들은 혼란을 견디지 못하고 수군거렸다. 소녀는 그들이 실망하고 있음을 명확하게 느낄 수 있었다. 관객들은 소녀의 우물쭈물하는 대사가 불가해한, 질질 늘어지는 사족에 불과하다고 여기는 듯했다. 천사들은 소녀의 실수를 수습하기 위해 다시 입술을 열고 까마귀처럼 앙상하고 아름다운 노래를 부르려 했으나 소녀는 아직 말을 끝맺을 수 없었다. 심장이 당장이라도 찢겨나갈 듯 뛰고 있었고 숨은 멎을 듯 가빠왔다. 소녀는 눈물을 흘리며 불명확한 발음으로 말을 계속해나갔다.

소녀들은 검은 숲 속으로 들어갔어요. 엄마는 그녀들을 견디지 못해서 울었고 약속된 틈에 만족하지 못하고 게걸스레 탄생하던 그녀들 때문에 벌어진 밑에서는 계속해서 진물이 흘렀죠. 소녀들은, 하고 소녀는 헐떡거리며 울부짖었다. 소녀들은 엄마를 배신하고 싶지 않았어요. 그녀들로 불구이고 그녀들로 병든 찢긴 몸을 향해 다정하게 미소짓고 입을 맞추고 싶었어요. 하지만 태어나기 위해서 소녀들은 엄마를 찢어냈고 자라나기 위해서 소녀들은 다시 한 번.

소녀들이 깨어 있는 시간에 엄마는 소녀들을 끌어안고 이미 다 큰 그녀들에게 말라버린 젖을 물리고 그녀들에게 사랑한다고 속삭였지만 밤이 내려앉고 나면 엄마는 숨죽여 흐느꼈어요. 엄마는 처음부터 울고 싶었던 거예요. 울고 있을 때보다 울음을 억지로 죽이고 있을 때가 더 괴로우리라는 걸 소녀들은 몰랐어요. 소녀들은 엄마가 더 이상 울지 않기를 바랐고 한때 소녀들이 그러했던 것처럼 엄마 역시 이미 찢긴 몸을 배신하기를 원했지만 엄마는 밤마다 배신당한 몸을, 이미 헤어진 틈을 갈무리하며 울었죠. 소녀들은 엄마의 울음소리를 들으면서 잠들었어요. 소녀들은 서글펐지만 기쁘기도 했죠. 엄마의 울음소리는 그녀의 뱃속에서 들었던 최초의 신호였고 최초의 소리였고 최초를 암시하는 모든 음향이었으니까. 소녀들은 밤마다 그녀들의 꿈과 잠을 묵직하게 뒤덮는 황홀한 죄악감에 매혹되었어요. 울고 있는 엄마를 달래고 그녀의 눈물을 닦아줄 생각조차 떠올릴 수 없을 정도로. 그러나 엄마가 모든 것을 끝내고 싶다고 속삭였을 때 소녀들은 그녀의 비명을 진심으로 받아들였죠. 소녀들은 기꺼이 찢기었고 기꺼이 상처받았고 기꺼이 죽어갔어요. 소녀들은 그녀들에게 닥친 위협에 질식할 듯 황홀해 했어요. 소녀들은 그녀들에게 떨어져내린 날카로운 비명에 완전히 찢어발겨지기로 결심했어요. 새벽이 밝아오던 순간 소녀들은 집 밖으로 빠져나갔어요. 더러운 잠옷과 슬리퍼도 벗어두고. 속옷까지도 벗어내리고. 끔찍한 맨몸으로. 소녀들은 한 여자의 불길한 바람을 현실로 만들 수 있음에 기뻐했어요. 한 여자를 단지 울음만으로 죄인으로 만들 수 있음에, 한 여자를 심판하여 파멸시킬 수 있음에. 새벽에 흠뻑 젖은 맨몸이 반짝이는 모습을 소녀들은 거울 없이도 느낄 수 있었어요. 검은 숲의 초입에서 검은 그림자와 마주쳤을 때에도 소녀들은 당당하게 걸어갔죠.

은빛으로 반짝이는 수천 개의 날들이 부드러운 흙으로 파고들었고 소녀들은 당장이라도 숨이 멎을 것 같은 비통한 기쁨을 이기지 못하고 웃었어요.

창백하게 질린 목수의 얼굴이 그녀들을 욕망하고 있다는 것을 알았지만 목수는 그가 본 것을 현실로 만들지 않기 위해 그녀들로부터 도망칠 수밖에 없었죠. 소녀의 희고 부드러운 어깨 앞에서 그의 손이 발작적으로 떨려왔지만 그는 차마 소녀에게 닿을 수 없었어요. 그는 소녀를 악몽으로 만들기 위해 그녀들의 등 뒤, 그녀들이 이미 지나온 마을 쪽으로 도망쳤어요. 소녀들은 나무의 피와 살점이 달라붙은 도끼를 주워들었어요. 끔찍하게 배가 고팠지만 집으로 돌아갈 수는 없었어요. 그녀들은 어머니를 파묻기로 결정한 성자들이었으니까. 그녀의 가장 사소한 울음, 생존일 뿐인 욕망을 단죄하기 위해서 그녀들은 병적으로 황홀하고 냉혹해야 했으니까. 소녀들은 허기가 불러온 불가해한 힘과 열로 달떠 노래를 불렀어요. 소녀들은 부드럽고 흰 맨몸을 드러낸 자신들, 등뼈로 가려지지도 않은 배, 영양가 있는 장기들을 끔찍할 정도로 얕은 곳에 담고 있는 매혹적인 살을 그대로 내보인 그녀들이 밤을 견딜 수 없으리라는 것을 알고 있었어요. 검은 숲은 죽음과도 같다는 것을 마을의 소녀 소년들은 모두 알고 있었죠. 소녀들은 죽음에서 태어났음에도 죽음이 어떠한 방식으로 이루어지는지는 몰랐지만 죽음을 피하고 싶지는 않았어요. 소녀들은 엄마의 가슴을, 엄마의 입술과 엄마의 팔 안쪽을 욕망하듯 죽음을 욕망하고 있었어요. 황홀한 파열, 황홀한 찢김과 황홀한 끔찍함, 소녀들은 두려움과 흥분에 바들바들 떨면서 서로의 짙은 초록빛 눈동자를 마주 보았어요. 검은 숲처럼 깊고 검은 눈들을. 소녀들은 숲을 사랑하듯 서로를 사랑했어요. 곧 죽을 눈들, 죽음을 바라보고 있는 눈들, 죽음이 비추어진 아름다운 눈들을. 소녀들은 숲 안쪽으로 걸어갔어요. 그녀들은 끔찍하게 두려웠음에도 멈추지 않았어요. 두려움은 그녀들이 갈망하던 유일한 것이었으니까. 그녀들은 기꺼이 위험해지기를, 파멸하기를, 산산조각 나기를 바랐으니까. 상처입고 죽어가는 일, 그것만이 그녀들이 바라는 것이었으니까. 그녀들은 위험을, 상처를, 괴로움을 사랑하였고 그녀들 스스로의 고통을 위해 기꺼이 순교할 수 있었어요. 히스테리에 지쳐버린 여자가, 이미 치명적인 고통을 수태하고 낳느라 돌이킬 수 없을 정도로 소진되어버린 여자가 할 수 없었던 일을 소녀들은 할 수 있다고 여겼어요. 그녀들은 당장이라도 눈물이 터져나올 정도로 기뻤어요. 주체할 수 없는 슬픔이 그녀들을 기쁘게 했어요. 소녀들은 영원히 지지부진한 행복에는 연루되지 못하리라는 확고한 예감에 황홀해 했어요. 소녀들은 치명적으로 결연하였으며 위험했어요. 소녀들은 종말의 밤을 거행하는 폭도들처럼 무자비한 엑스터시를 만끽했어요. 아직 얼지 않은 짐승의 배설물과 흙, 죽은 나무의 살과 껍질, 곤충과 지렁이의 시신이 소녀들의 맨발을 더럽혔지만, 나무 사이사이를 덫처럼 가로지르는 거미줄과 그 속에 꼼짝없이 갇혀 있던 날벌레들이 소녀들의 가슴과 배, 다리 사이와 팔에 묻었지만, 소녀들은 몸 위에서 기어다니는 벌레들과 오물을 털어낼 생각도 하지 않고 걸어나갔어요. 소녀들은 그녀들을 잠식한 황홀만으로 죽을 수 있다는 것을 알았어요. 다만 황홀한 고통만으로. 상처도 흉터도 없이. 생명과 투쟁하지 않고 생명의 끔찍함에 흠뻑 젖어 생명의 불결함에 파묻혀 죽을 수도 있음을.

소녀들은 그녀들이 간직한 비밀스러운 행복을 누설하지 않기 위해 적막으로 입술을 봉하고 걸었어요. 그녀들의 앞에 검은 집이 나타났을 때 소녀들은 거침없이 문을 두드렸어요. 양손과 발을 모두 써가면서 부술 듯 광폭하게 두드렸죠. 낮지만 가녀린 목소리가 침묵하는 것을 소녀들은 분명히 들을 수 있었어요. 소녀들은 그곳에 들어가고 싶다고 소리쳤어요. 소녀들의 엄마와는 다른, 그러나 엄마의 목소리만큼 거칠고 매혹적인 목소리는 늦었으니 어서 집으로 돌아가라고 말했어요. 소녀들은 그럴 수 없다고, 그녀들에게는 이곳밖에는 없다고 높게 소리쳤죠. 여자는 안절부절못하며 소녀들을 달래어 진정시키기 위해 애썼지만 그녀의 억눌린 목소리는 소녀들의 광분한 충동을 끝없이 자극시킬 뿐이었어요. 소녀들이 갈라진 목으로 새처럼 비명을 질러댈 때 여자는 어쩔 수 없이 문을 열고 소녀들을 들일 수밖에 없었죠.

여자는 벌거벗은, 난폭하고 불결한 소녀들을 보고 죽을 듯 놀랐지만 소녀들은 거침없이 좁은 틈을 밀쳐내며 집 안으로 들어갔어요. 검은 외관과는 달리 눈부시게 흰 나뭇바닥에 더러운 얼룩을 묻혀가며. 소녀들은 여자가 그녀들을 내보낼 수 없다는 것을 알았어요. 여자는 황홀하고 매혹적인 침입자들을 멍하니 바라보면서 힘없이 중얼거렸어요.

숲의 괴물을 조심하라고 너희들에게 말해주고 싶었어.

소녀들은 붉게 상기된 서로의 얼굴을 마주보며 키득거렸어요. 하지만, 하고 언제나 왼쪽인 소녀가 말했어요, 우린 당신을 잡아먹지 않을 거예요. 언제나 오른쪽인 소녀가 고개를 끄덕였어요. 당신 말대로 숲에는 괴물들이 많으니까 하룻밤만 우리를 재워 주세요.

소녀들은 여자가 그녀들을 쫓아낼 수 없다는 것을 알고 있었어요. 일곱 명의 작은 소년 소녀들이 쥐새끼처럼 기어나왔을 때 소녀들의 붉고 매혹적인 기형을 본 아이들은 졸도할 듯 괴로워했지만 숲의 초입에서 소녀들의 불길함을 견디지 못하고 도망치고 만 목수와는 달리 매혹을 향해 손을 뻗어 소녀들을 쓰다듬었어요. 소녀들은 은빛 왕관을 쓴 일곱 개의 머리들이 그녀들을 향해 기울어지는 것을 견뎌내었어요. 소녀들은 죽을 듯이 두려웠으나 오로지 그녀들의 내부를 찢어내며 들끓고 있는 광폭한 고통을 증명하기 위해 아이들의 서투른 손길을 모두 참아냈죠.

흥분을 이기지 못한 작은 손들에 어깨와 허벅지에 피멍이 들었지만 그보다 더 괴로운 것은 아이들의 순수하고 잔혹한 행복을, 불쾌한 행복으로 훤히 드러난 그들의 흰빛을 바라보는 일이었어요. 아이들의 폭력적인 연약함을 지켜보는 일, 소녀들은 그들의 치명적인 기쁨조차도 아이들의 끔찍한 생명을 견뎌내기에는 너무 단단하며 혼탁하다는 사실을 인정할 수밖에 없었어요. 소녀들은 은빛으로 반짝거리는 순수한 아이들 일곱을 증오하지 않기 위해, 그들의 역겨운 생을 웃음을 행복을 그대로 받아들이기 위해 애썼지만, 그들의 부글거리는 흰빛의 기포들을 경멸하지 않는 것은 소녀들에게 너무 가혹한 요구였어요. 소녀들은 위대하고 충만한 대지의 결여로 살아가기에는 아직 너무도 온화했으며 너무도 살아 있었어요. 일곱의 무지하고 불결한 아이들을 받아들이기 위해 열린, 거대하게 파괴된 구멍이 소녀들에게는 없었어요.

아이들이 소녀들의 가슴까지 손을 뻗었을 때 소녀들은 참지 못하고 일어나 아이들을 닥치는 대로 발로 차버리고 말았어요. 아이들은 작은 개처럼 깽깽거리며 멀리 떨어져 소녀들을 애처롭게 바라보았어요. 마치 그들에게는 어떠한 죄도 없고 모든 죄악, 모든 학대, 모든 경멸은 소녀들로부터 탄생했다는 것을 그녀들에게 피력하듯. 소녀들은 아이들의 비열한 항변이 정당하다는 사실을 알고 있었기 때문에 아이들을 더욱 경멸할 수밖에 없었어요. 소녀들은 그녀들을 잠식하고 깨뜨리고 질식시켰던 병적인 황홀이 서서히 희미해지는 것을 느꼈어요. 그녀들의 불행, 그녀들의 기쁨과 그녀들의 불구는 그녀들보다 어린, 끔찍하게 어린 유충들의 흰빛을 감당할 수 없었어요.

소녀들은 흐느끼면서 살고 싶다고 외쳤어요. 살고 싶어요.

살고 싶어요.

여자는 그들의 치열하고 암묵적인 범행을 지켜보면서, 소녀들의 철저한 패배, 불완전한 연약함을 서글프게 바라보면서 소녀들이 그들의 내부를 견뎌낼 수 없으리라고 예언했어요.

밤이 되면 아이들을 잡아먹는 식인귀가 온단다. 너희는 그이를 견뎌낼 수 없을 거야.

하지만, 소녀들은 다급하게 외쳤어요, 바깥에는 늑대들이 있어요. 우리를 찢어발길 거예요. 우리는 그 고통을 고스란히 다 느껴야 할 거예요. 우리는 최후의 순간에 삶을 구걸하고 말 거예요.

소녀들은 헐떡이며 외쳤다. 짐승처럼 울부짖으면서 소녀들은 그녀들이 두려워하는 것이 무엇인지 알아차렸다. 그녀들은 그 수치스러운 한 마디, 미끄러진 신음, 게걸스러운 구걸을 두려워하고 있는 것이었다. 다 끝났으면 좋겠어, 하고 외치던 여자의 히스테리컬한 비명, 소녀들이 신적인 순결함으로 단죄하려 한 이교적인 주문이 그녀들의 입술에서 나오는 것을 소녀들은 두려워하고 있었다. 그녀들의 발작적인 충동과 달리 죽음이 끔찍하게 느리고 무방비하게 이루어질 것을, 소녀들이 폐허가 되어버린 뒤에도 밤이 끝나지 않는 것을, 그녀들이 넘어설 수 없는 한 밤, 그녀들이 살아남지 못할 하나의 밤이 영원처럼 길어지는 것을 소녀들은 두려워하고 있었다. 아이들은 불안한 듯 수십 개나 되는 몸의 말단을 꿈지락거리며 소녀들을 흘겨보았지만 소녀들은 패배한 쪽이 그녀들이라는 것을 고통스럽게 상기하고 있었다. 소녀들은 치명적인 흰빛을, 역겨울 정도로 연약한 생의 헐벗은 충동을, 은빛의 뾰족한 왕관들을 견뎌내지 못하였다. 소녀들은 생을 잊기에는 그녀들 자신이 너무도 생으로 넘치고 있음을 자각하였다. 생명은 불결함을 단죄하고 파괴한다. 소녀들은 본능적으로 불결한 타자의 죽음을 바라고 있었다. 그녀들의 흰 몸에 엉겨붙은 새벽의 충동은 장식에 불과했을까? 소녀들은 아이들의 침을, 정액을, 오줌을, 오물을 영원히 견뎌내지 못하리라는 것을 알았다. 여자들은 어머니를 낳는다. 소녀들은 그녀들이 어머니를 낳고 어머니를 심판하고 어머니를 훈육하고 어머니를 기를 수 있으리라고 생각했다. 그러나 소녀들은 아이를, 끔찍하게 축축하고 방만하고 불결하며 드글거리는 헐벗은 흰 살들을 낳을 수는 없었다. 그녀들의 고결하고 매혹적인 공백에서 침 흘리는 역겨운 살성을 배양하는 것은 불가능했다. 소녀들은 아이들이 더 이상 그녀들의 몸을 벌레처럼 뒤덮지 않는다는 사실에 안심하고 있었다. 동시에 절망하였다. 소녀들은 아이들을 짓밟고 때리고 깨뜨리고 살해하고 싶었다. 그녀들은 치가 떨릴 정도로 간절하게 아이들의 죽음을 욕망하고 있었다. 더러운 흰빛이 영원한 어둠으로 사라져 그녀들을 괴롭히지 않기를. 그러나 어둠은 한없이 투명했고 그녀들은 무방비하게 헐벗은 네 개의 눈동자로 아이들의 치명적인 흰빛을 모두 견뎌내어야 했다. 끔찍하게 번져 흐르는 흰빛들. 무자비한 탐욕과 허기, 생의 심부로 파고드는 수백의 치아와 손발톱, 소녀들은 더 이상 아이들의 고통스러운 존재를 잊고 죽음에 그녀들을 내맡길 수 없었다. 소녀들은 아이들이 그들 존재의 치명적인 비밀을 누설하지 않기를 바랐지만 아이들은 온몸으로, 안과 밖이 뒤집힌 연약한 속살로 생명의 역겨운 진실을 발산하고 있었다. 아이들은 삶에 대한 순수한 갈망이었다. 갈망할 필요조차 없는, 갈망에 대해 애써 생각할 필요조차 없는, 갈망을 원할 필요도 없는 갈망.

소녀들은 아이들이 끔찍하게 두려웠다. 소녀들을 멀거니 올려다보며 점점 대담하게 다가들고 있는 스물여덟 개의 발들. 소녀들은 그들이 그녀와 같은 생의 구조를 가지고 있다는 사실을 믿을 수 없었다. 그들은 기형적으로 연약한 내장만으로 이루어진 것 같았다. 그들은 거대하고 붉은 폐들 같았다. 소녀들은 그녀 가까이 온 한 아이의 볼에 긴 생채기가 생긴 것을 보고 질식할 듯 놀랐다. 아이들은 끔찍하게 약했다. 소녀들의 몸부림만으로 출혈할 정도로. 소녀들이 의도하지 않은 몸짓으로 상처 입어 깨어질 정도로. 그러나 아이들은 끝없이 살아남을 것이었다. 수 차례 죽고도 수백 번 수만 번 수억 번 죽고도 다시 차올라 드글거리는 흰빛, 그들은 마치 영원히 살아있는 듯 번식하는 죽음들이었다.

저녁 무렵, 창밖이 어스름으로 짙어지고 노랗고 희미한 불이 실내를 부드럽게 점령하였을 때 소녀들은 잠에 빠지지 않으려 애쓰며 밤이 순식간에 찾아들기를, 그래서 무한한 밤에 대한 소녀들의 공포가 틀린 예감이었음이 증명되기를, 두려움에 떨며 기다렸다. 문을 세 번 두드리는 소리가 들렸고 아이들은 비명을 지르며 문쪽으로 뛰어갔다. 소녀들은 아이들의 작고 둥근 머리에서 은빛의 종이 왕관이 미끄러져내리는 모습을, 붉고 연약한 손들이 왕관을 추켜올리려 허우적거리는 모습을 멍하니 지켜보았다. 소녀들은 더 이상 무엇을 해야 할지, 무엇으로 나아가고 무엇으로 도망쳐야 할지 알 수 없었다. 아이들은 이미 소녀들이 이해할 수 없을 정도로 깊은 생에 도달해 있었으며 소녀들은 아이들을 미워하지 않고, 아이들을 살해하지 않고, 아이들로부터 도망치지 않고 무엇을 할 수 있을지 아는 바가 없었다. 아이들을 사랑해야 한다는 생각이 문득 스쳤으나 그녀들은 도저히 그렇게 할 수 없었다. 사마귀의 알집에 입을 맞추고 흘러내린 계란의 투명한 점액에 고개를 박고 거미의 흰 내장에 혀를 집어넣고 그렇게 모든 것을, 그녀들이 천성적으로 경멸하는 끔찍한 생을 사랑하고 살아남을 수는 없었다. 소녀들은 차라리 철저히 무지한 상태로, 그녀들이 그토록 멸시하던 맹목적인 무결함에 자폐된 상태로 죽어버리길 바랐다. 소녀들은 쓸 수 없는 문장, 쓰여서는 안 되는 문장들이고 싶었으나 아이들은 위반에 대한 도착적인 욕망 없이도 쓰여지고 있는 둥글고 황홀한, 구부러진 어휘들이었다.

아이들의 붉고 가느다란 손가락이 다시 소녀들의 배에 닿았을 때, 소녀들은 검은 집에서 밤을 보낼 수밖에 없음을 깨달았다. 여자는 걱정스러운 어조로, 소녀들의 불행을 기뻐하듯, 그녀들이 다시 의미와 삶의 지상으로 추락한 것을 축복하듯, 그렇게 다정한 말투로 소녀들에게 경고했다. 밤이 되면 식인 괴물이 찾아올 거야. 소녀들은 고개를 저었다. 소녀들은 더 이상 밖으로 나갈 수 없었다. 엄마에게 돌아갈 수도 없었다. 그녀들이 단죄하고 그녀들이 축복하고 그녀들이 구원한 유년으로는 더 이상.

소녀들은 그녀들이 아무런 말도 하지 않고 가만히 서 있었음을 알아차렸다. 관객들은 소녀가 읽어내리는 끔찍한 적막 속에서 몸을 뒤틀며 괴로워하고 있었다. 어디서부터 이야기를 다시 시작해야 하는가? 소녀들은 결연한 산통의 언어를 내뱉을 수는 없다고 생각했다. 소녀들은 이미 모든 것을 겪었지만 아직 어떠한 결정적인 사건도 그녀들을 통과해 가지 않았다. 소녀들은 지금 말을 끝내는 편이 가장 좋으리라고 생각했다. 관객들은 소녀들을 바라보고 있었다. 가장 보기 싫은, 흉측한 반항과 누설에 매혹당하듯, 그들의 것이 아닌 비밀, 그들의 것이었던 비밀.

소녀들은 이야기를 이어나갔다. 밤이 되었을 때, 하고 살아남은 하나의 입술이 움직이며 말을 뱉었다. 여자의 남편이 집에 들어왔어요. 그는 자신의 일곱 아이들의 볼에 하나씩 전부 입을 맞추고서 소녀들을 보았죠. 초대하지 않은 손님이었던 소녀들을 그는 자연스럽게 받아들이고 싶어하는 것 같았어요. 그러나 그의 입술이 파르르 떨렸고 시선은 이리저리 흔들렸죠. 그는 참을 수 없는 혹독한 갈망이 지시하는 대로 소녀들을 응시해야 할지 아니면 그녀들을 철저히 외면해야 할지 갈피를 잡지 못하고 있는 것 같았어요. 소녀들은 그가 어떻게 하든 소녀들을 대하는 일에 서툰 그가 소녀들에게 상처를 주는 것은 불가피하다는 사실을 알고 있었기에 가만히 앉아서 그의 눈동자가 소녀들의 얇고 여린 맨몸을 할퀴는 것을 감당해냈어요. 비명은 없었어요. 소녀들은 대담하게 고통을 감내했지만 아무도 소녀들의 영웅적인 인내를 알아주지 못했어요. 남자는 두려움에 떨리는 목소리로 소녀들에게, 밤이 되면 식인 괴물이 찾아올 거야, 하고 충고했죠. 그러나 그러한 예언은 더 이상 충고나 경고가 될 수 없었어요. 소녀들은 자신들이 식인 괴물을 감당해야 함을, 위험을 피해 도망치는 미래는 없음을 직감했어요. 숲은 끝없이 검고 넓었으며 그녀들이 우연히 들어서 있는 집 역시. 어둠, 끝없고 도착적이며 매혹적인, 음험하며 대담한 어둠. 소녀들은 어둠이 그녀들을 해치기 위해 존재하는 것은 아님을, 두려움 바깥에도 어둠이 있음을 알고 있었어요. 소녀들은 불가해한 고통에 시달리며 아픔을 참아내는 여인들의 처연하고 아름다운 미소를 지었어요. 아무도 그녀들이 웃는 모습을 볼 수 없었죠. 그녀들의 미소는 비밀스럽고 내밀한 것이었으니까.

소녀는 파랗게 굳어버린 입술을 흘깃 바라보며 관객들을 향해 웃어보였다. 관객들이 실망하고 있는 것을 느낄 수 있었다. 그들은 소녀의 불구, 소녀의 불행과 소녀의 데뷔를 존중하기 위해 가만히 앉아 버티고 있었지만 당장이라도 식당-극장 밖으로 빠져나가 버리고 싶은 듯 괴로운 얼굴이었다. 소녀는 소녀들이 더 이상 소녀들이 아닌 소녀임을 선언하여 그들을 달래고 싶었으나 간혹 소녀는 소녀들이었기에, 푸른 입술은 실제로 움직이지 않고도 소녀가 알지 못하는 은폐된 이야기들을 신중하고 치밀하게 누설하고 있기에 소녀는 그들이 간절히 욕망하는 위로의 말을 건넬 수 없었다.

소녀들은 식탁의 상석에 앉아 부부와 아이들과 함께 식사를 했어요. 소녀들은 가장 짙은 부분의 스프를 차지하고 들이켰어요. 그들은 소녀들에게 두 개의 그릇을 가져다주었죠. 소녀들의 울분을, 허기를 달래려는 듯. 그녀들이 응당한 대접을 받으면 그들의 가련하고 유약한 세계를 해치지 않으리라는 듯. 부부는 소녀들을 여전히 경계하고 있었어요. 그러나 아이들은 딱정벌레처럼 반짝이는 눈들로 부끄러움도 없이 소녀들을 뚫어지게 바라보고 있었죠. 축복도 저주도 아닌 단단하고 완고한 생인 아이들. 아이들은 기꺼이 위험을 향해 손을 뻗고 입술을 문질렀어요. 피클통에 갇혀 허우적대는 파리들처럼. 죽은 자의 살 속을 헤엄치며 죽음의 살성을 만끽하는 흰빛의 구더기들처럼. 소녀들은 각각 오른손과 왼손으로 두 명 분의 스프를 떠먹었어요. 소녀들은 식인귀가 언제 오는지 묻지 않았어요. 식인귀가 그녀들을 갈기갈기 찢어놓기 전에, 그녀들이 겪지 않을 수 있는 고통으로 그녀들을 짓이기기 전에 자살해야 한다고 느끼면서도 소녀들은 아무것도 준비하지 않았어요. 자기 살해는 더 이상 그녀들에게 어떠한 쾌락도, 위반도, 투명하고 가냘픈 존재의 누설도 아니었어요. 소녀들은 도착적인 자기-살해가 더 이상 그녀들의 몸을 공유하지 않는 별개의 몸과 치명적으로 연관되어 있다는 사실에 흥분했지만 뱃속을 밀어내고 당겨오는 날카로운 흐름이 소녀들에게 그녀들의 죽음은 이제 그녀들이 선언했던 의미를, 가장 무겁고 신랄한 의미를 잃었다고 단언했죠. 소녀들은 이미 삶에 지나치게 연루되어 있었어요.

소녀의 곁에 멀거니 서 있던 천사의 흰 날개 한쪽이 떨어져 내렸다. 소녀는 연극이 실패했음을 직감했다. 소녀들은 쫓겨나게 될까? 그녀에게 갑작스럽고 폭력적으로 닥쳐온 가혹한 기회 때문에? 관객들이 요구하던 순간, 강렬한 박수 소리로 소녀에게 침묵을 종용하던 그 순간에 소녀들은 그들의 환호에 순응하여 입을 다물고 그들이 시키는 대로 암울하며 파멸적인 자연의 기형으로, 비명으로 남아야 했을까? 소녀는 지금이라도 입을 다물어야 한다고 생각하면서도 수면처럼 매끄럽고 검은 바닥에 떨어진 날개를 바라보며 말을 이었다.

아이들은 그들의 하나뿐인 방에 소녀들을 초대했어요. 소녀들은 아이들의 초대를 거절할 수 없었어요. 아이들은 천진하고 살가운 무례함으로 소녀들을 사랑하고 있었으니까. 소녀들의 불구를, 소녀들의 병을, 소녀들을 소녀들로 갈라놓는 치명적인 오류를 그들은 아무런 거리낌 없이 대담하게 사랑하고 있었으니까. 소녀들은 그들의 무조건적인 사랑, 불구와 이형에 대한 끔찍한 매혹으로부터 벗어날 수 없다는 사실을 알았어요. 그녀들은 아이들을 도저히 사랑할 수 없었으니까. 그녀들에게 닥쳐온 불결한 생들, 하염없이 꿈틀거리며 움직이고 상스럽게 울부짖으며 그녀들을 갈망하는 광폭한 흰빛을 도저히. 그러나 아이들은 소녀들을 사랑하고 있었고 그녀들에게 그녀들의 흉측한 진실을 더 노골적으로 드러내기를 요구하고 있었고 소녀들은 도저히 아이들의 손 열네 개로부터 벗어날 수 없었으니 소녀들은 병든 개처럼 그들의 꿈틀거리는 손짓을 따라 방으로 들어갈 수밖에 없었어요. 비좁은 방은 쭈그려

앉은 아이들과 소녀들만으로 가득 찼어요. 소녀들은 단단하고 뾰족한 장난감 위에 앉아야 했어요. 운 좋게 빈자리를 차지한 두어 명을 제외하고는 나머지 아이들도 마찬가지였죠. 아이들은 수줍고 도발적으로, 소녀들을 만져보고 싶다고 말했어요. 소녀와 소녀를 잇는 연결부위를, 소녀들 자신도 제대로 더듬어 본 적이 없는 서로의 공터를. 소녀들은 끔찍하게 싫었지만, 그녀들의 비밀이, 그녀들의 몸골이 흉측한 탐구가들에 의해 낱낱이 감각되고 밝혀지고 강탈되는 것이 절망적으로 싫었지만 아이들의 가차 없는 갈망을 감당해낼 수 없으리라는 것을 알고 있었기에 순순히 목과 목을 내밀었어요. 작고 부드러운 손바닥들이 그녀들의 목과 목 사이를 더듬으면서 그녀들의 고통과 음험함에 매혹된 채 환호성을 지를 때 소녀들은 그녀들이 죽지 않았다는 사실, 아직도 죽지 않고 살아 있다는 사실을 상기해야 했어요. 소녀들은 교활한 연약함으로 아이들을 사랑하는 체하면서, 그녀들의 비밀을 더듬는 아이들의 머리를 쓰다듬고 입을 맞추면서, 생의 환영에 절박하게 매달리면서 그 순간을 견디었어요. 하지만 공모자가 된 일곱 아이의 자랑스러운 얼굴들, 그들을 환히 빛내는 슬픔의 엷은 막, 그 절망이 그녀들로부터 갈취해간 것이라는 사실은 너무도 깊었어요. 소녀들은 살아남기 위해 눈을 감고 그들을 잊으려 했지만 결국 아이들의 얼굴을 아름답게 적신 연민의 눈물을 보고야 말았죠. 소녀들이 귀를 막기 전에 한 여자아이가 그녀의 가슴을 아프게 헤집어오는 열기를 참지 못하고 소리치고 말았어요. 너무 불쌍해! 아이들은 전염이라도 된 듯 여자아이를 따라 소리쳤죠. 너무 불쌍해, 너무 불쌍해, 너무 불쌍해, 너무 불쌍해, 소녀들은 죽어버릴 듯 수치스러웠어요. 소녀들은 광폭한 연민에 질식해버릴 지경이었어요. 처음으로 연민을 배운 아이들은 너무도 순결하고 아름다웠으며 잔혹했어요. 아이들은 자신들이 흘린 투명하고 번들거리는 눈물을 자랑하듯 앞으로 내밀었어요. 소녀들은 아이들의 손바닥과 볼, 턱 끝에서 반짝거리는 물기를 모두 보아야 했어요. 소녀들은 비명을 지르면서 울부짖고 싶었지만 울 수 없었어요. 아이들이 울고 있었으니까. 소녀들은 스스로를 동정하며 울어서는 안되었으니까. 스스로를 연민하는 자는 순식간에 박살나 파멸해버릴 수밖에 없으니까. 아이들의 얼굴은 해처럼 따갑고 날카로운 빛으로 소녀들을 조각조각 해체하였고 소녀들은 더 이상 살아갈 수 없다는 사실을 깨달았어요. 그녀들은 살아가기에는 너무도 불쌍한 존재였으니까.

아이들은 소녀들에게 언제쯤 죽게 될지 물었죠. 소녀들은 아마 오늘 밤을 넘기지 못할 거라고 대답했어요. 아이들은 시무룩해졌지만, 그녀들의 죽음을 미리 애도하듯 엉엉 울어젖혔지만, 곧 소녀들의 죽음을 목격할 수 있으리라는 음험한 욕망에 달떠 소녀들에게 너무 늦기 전에 죽을 수는 없냐고 묻기까지 했어요. 자신들은 너무 어려서 늦은 밤까지는 견딜 수 없을 거라고요. 우리가 당신 몸을 씻겨줄게요! 하고 가장 작은 남자아이가 어눌한 말투로 속삭였어요. 우리가 당신 입에 흰 꽃을 넣어줄게요. 하고 다른 아이가 속삭였어요. 물론 두 개를요! 하고 다른 아이가 덧붙였죠. 아이들은 소녀들의 장례를 준비하느라 분주해졌어요. 아이들은 상상과 선언만으로 불확실성을 사로잡을 수 있다고 믿는 대담한 오만으로 소녀들의 죽음을 대비했어요. 소녀들에게 어떠한 자세로 죽으면 좋을지 지시를 내리기까지 했죠. 아이들은 죽음이 갑작스럽고 변덕스러운 기후와도 같다는 사실을 모른다는 듯, 마치 그들이 완벽하게 대비하고 계획할 수 있는 일과라도 된다는 듯 소녀들의 장례에 대해 의논했어요. 아이들은 소녀들의 목을 돋보이게 하는 흰 원피스를 소녀들에게 입히고 싶어 했어요. 아이들은 방 구석에 구겨져 있던 옷을 조심스레 펴서 소녀들에게 건넸지만 아이들의 옷은 소녀들에게 너무 작아서 맞지 않았죠. 아이들은 실망한 듯 보였지만 곧 누군가 흰 꽃으로 소녀들의 몸을 덮을 수 있다고 외치자 기쁨에 날뛰면서 가쁜 숨을 들이켰어요. 아이들은 소녀들에게 꼭 눈을 전부 뜨고 죽어달라고 속삭였어요. 그들이 눈을 감겨줄 수 있게. 당신 눈은 아름다우니까 우리는 마지막에, 당신을 잊을 수 없으리라고 확신할 때, 당신의 눈을 꿈 속에서도 선명하게 볼 수 있게 될 때 당신 눈을 감길 거예요. 하고 창백한 얼굴의 여자아이가 속삭였어요.

아이들은 소녀들이 황홀하고 비참하며 아름답게 죽으리라고 확신하는 것 같았어요. 곧 소녀들의 죽음을 목격할 수 있다는 생각에, 비극의 가장 내밀한 관객이 될 수 있다는 기대에 달떠 끊임없이 속닥거렸죠. 소녀들의 장송곡을 즉석에서 작곡하여 죽음에는 어울리지 않는 발랄하고 산뜻한 목소리로 합창을 하기까지 했죠. 소녀들은 아이들에게 식인 괴물을 본 적이 있느냐고 물었어요. 아이들은 본 적이 없다고, 식인 괴물이 무엇인지도 모른다고 대답했죠. 그런 건 지어낸 이야기일 뿐이라고 짐짓 어른스럽게 덧붙이기까지 했어요. 소녀들은 어쩌면 오늘 밤을 살아남을 수 있을지도 모른다고 이야기할 수 없었고 아이들의, 생의 실망한 눈길, 그녀들을 파문하고 혐오하고 경멸하여 몰아붙일 체념한 얼굴들을 견딜 수 없었으니, 소녀들은 더 이상 아무런 말도 하지 않았고 아이들이 그녀들의 죽음을 장식하고 애도하기 위해 분주하게 서로의 머릿속을 뛰어다니는 꼴을 가만히 지켜보고 있었으니, 아이들의 머리 위에서 반짝이며 휘청거리는 은빛 왕관들은 치명적인 흰빛으로 빛났고 소녀들은 아무런 저항도 하지 않음으로써 아이들에게 죽음을 보여주겠다고 선언하였고 아무것도 속삭이지 않음으로써 그녀들의 죽음을 확증하였고 아이들은 기쁨을 이기지 못하고 결연한 흉측함으로 미소 지으며 키득거렸고 소녀들은 아이들의 무고한 행복에 어떠한 균열도 일으키지 않으면서도 어쩌면 오늘 밤을 살아남을 수 있겠다는 불길한 절망을 앓았어요. 아이들은 깊은 밤까지 버티려 했지만 결국 소녀의 품에 쓰러져 잠들었죠. 아이들은 끔찍하게 뜨겁고 가벼웠어요. 소녀들은 아이들의 머리 위에서 떨어져내린 왕관을 그녀들의 머리 위에 나누어 썼어요.

문이 열리고 눈부시게 하얀 여자가 들어왔을 때, 그녀의 뻗은 두 손을 보았을 때, 초점 없이 멍한 두 눈을 보았을 때, 소녀들은 그녀가 눈 먼 여자임을 알아차렸어요. 소녀들은 어째서 그녀의 눈이 멀었는지 어째서 그녀가 눈 먼 여자인지 묻지 않았어요. 소녀들은 여자가 아이들의 왕관을 더듬거리면서 셈하는 모습을 물끄러미 지켜보았어요. 여자가 소녀들의 머리 위에 있는 왕관을 확인했을 때, 눈 먼 여자는 부드럽게 미소지으며 깊다란 틈을 노출하였고 소녀들은 그녀가 타오르는 어둠에 눈이 멀었다는 것을 알아차렸어요.

다른 아이들은 왕관을 잃어버렸고 소녀들이 왕관을 쓰고 있었기 때문에, 그녀의 아이들은 밤을 견디지 못하고 폐위되었고 소녀들이 그녀의 아이들이 되었기 때문에 눈먼 여자는 아무런 의심 없이 소녀의 목을 졸랐어요. 소녀는 소녀의 얼굴이 새파랗게 질려가는 것을, 그녀의 눈이 감기고 결연한 잠이 일순 쏟기는 것을 가만히 바라보았어요. **소녀는 소녀의 죽음을 느꼈어요.** 소녀는 죽음의 내부에 밀착하여 있는 끈적한 삶을 감각할 수 있었어요. 죽음은 잉태하고 기르고 축복하는 타자가 아니라는 것을, 죽음은 늘 그 희고 광폭한 존재를 드러내놓고 있다는 것을, 발설하기 위해 소녀가 입을 벌렸을 때, 그리고 가느다란 신음을 내뱉었을 때, 눈 먼 여자는 소스라치게 놀라며 뒤로 물러났어요. 갑작스럽게 깨어난 눈 먼 여자는 더 이상 멀지 않은 눈으로, 어둠의 부드러운 매혹으로부터 벗겨져나간 갈빛의 눈으로, 쓰러져 잠든 아이들을, 소녀의 수그린 고개를, 소녀의 뜬 눈을, 소녀의 감은 눈을, 소녀의 멎은 숨을, 소녀의 가쁜 숨을 바라보았어요. 소녀들은 아무 말도 할 수 없었어요. 소녀는 한 번도 이런 끝을 상상해 본 적은 없다고 생각했죠. 소녀들은 언제나 소녀들이었고 소녀는 소녀들 없이 살아갈 수 없었으니까. 그러나 소녀들의 미래는 한 번도 숨겨진 적이 없었고 소녀는 언제나 그녀의 죽음과 탄생을 암시하는 잔혹한 암시들 속에 있었어요. 여자는 더 이상 결연하지 않은, 신적이지 않은, 응시하지 않는 평범한 두 눈으로 소녀들을 바라보았어요. 여자는 울고 있었지만 소녀들은 아무것도 들을 수 없었어요. 소녀는 오로지 소녀의 죽음만을, 그리고 소녀의 탄생만을 너무도 난폭하게 감각하고 있었죠.

소녀는, 하고 소녀는 숨을 들이쉬며 소리쳤다. 소녀는 여자를 용서하고 말았어요. 소녀는 흐느끼며 말했다. 소녀는 눈 먼 여자를, 이제는 사라지고 만 여자를, 더 이상 돌아오지 않을 여자를, 그럼에도 몇 번이고 돌아오고야 말 여자를 용서하고 말았어요. 그녀는 어둠을 잃었고 불구를 잃었고 그녀의 것이어야 했던 살해를 잃었고 죄를 잃었고 벌과 구원마저도 잃었고 혹독한 몰골, 짓이겨진 두 눈으로 끝없이 건강한 두 눈으로 울고 있었어요. 소녀는 마치 두 번의 생을 동시에 가지고 있었던 것처럼 그렇게 죽고 또 살아남았어요. 살아남고 또 죽었어요. 소녀는 그녀가 왼편의 아이였는지 오른편의 아이였는지 기억할 수 없었죠. 소녀는 죽은 것이 자신의 머리라고, 살아남은 머리로 생각하고 있었어요. 조각조각 나누어진 죽음, 영원처럼 분리되고 만 두 개의 사유가 연속되는 일순, 소녀는 처음부터 하나의 머리만을 살고 있었던 것처럼 자연스럽게 하나의 몸과 하나의 머리를 감각했어요. 한쪽에서는 그녀가 잃어버린 비밀을 무표하는 혹독한 결여가 느껴졌지만 먹먹한 통증은, 소녀가 홀로 느끼는 죽음은 끝이 아니었어요. 소녀는 예언대로 밤을 견디지 못하고 죽었지만 동시에 그녀들의 불길한 예감처럼 밤을 살아남고 만 거예요.

소녀는 포만한 고통을 견디지 못하고 돌연 입을 다물었다. 이야기는 여기서 끝나지 않았지만, 여기서 멈추어서는 안 되었지만 소녀는 더 이상 아무런 말도 할 수 없었다. 소녀가 헐떡이는 소리가 고요한 식당 전체를 가로지르며, 휘저으며, 산산조각 내었다. 소녀는 그들이 소녀들의 이야기를 소녀의 고백으로 착각하지 않기를 바랐지만, 지금 멈추면 소녀들의 이야기가 소녀의 진실이 되리라는 것을 알았지만 계속할 수 없었다. 소녀는 축제 속에 내버려진 자폐아처럼 지쳐 있었고 미칠 듯한 당혹으로 체념한 채였다.

천사들이 갑작스럽게 노래를 시작했다. 아무런 가사도 의미도 없는 불협이 이어졌고 붉은 커튼이 소녀와 천사들을 둥글게 감싸며 내려왔다. 소녀는 형상과 대응하지 않는 그림자들이 커튼 뒤에서 흔들리며 자라나는 모양을 지켜보았다. 날개를 벗어던진 천사들은 스트레칭을 하며 수다를 떨었다. 소녀는 문득 그녀가 더 이상 무대 위에 서 있지 않다는 사실을 알아차렸다. 차가운 땀에 흠뻑 젖은 채 소녀는 몸을 떨며 기침하였다.

배우들은 소녀를 끌어안을 듯 가까이 다가오며 성공적이었다고, 그녀가 지나칠 정도로 잘 해냈다고 달뜬 목소리로 소리쳤다.

소녀는 그들이 진심이라는 것을, 푸른 분 뒤에서도 흥분에 달아오른 붉은 빛을 보고 알아차렸다. 그들은 소녀가 곧 더 큰 무대에 서게 될 거라고 말했다. 황홀과 같은 경탄 속에서 소녀는 꿈과 같은 진실을 힘겹게 받아들였다.

소녀는 그녀가 무대에서 결국 아무것도 하지 않았음을 알았다. **아무도 소녀를 듣지 않았고 소녀들을 보지 않았다.** 그들은 흰 칠을 하고 신비롭게 웅얼거리는 두 개의 죽음을 보았다. 살아남은 죽음, 양분된 목과 양분된 운명, 양분된 결합. 하지만 소녀에게 그 이상의 진실이 있었던가? 소녀는 눈물이 아닌 땀으로 흠뻑 젖은 얼굴이 차게 식어가는 것을 느꼈다. 소녀는 쉬고 싶다고 말했다. 그러나 소녀가 묵을 숙소는 배정되지 않았다. 배우들은 명단에 없는 외부인이―물론 소녀는 더 이상 그들의 외부인이 아니지만― 숙소에 묵는 것은 엄격하게 금지되어 있다고 당황한 목소리로 말했다. 아마 내일이면 숙소가 배정될 거야, 하고 어느새 화가 풀린 소년이 다정스럽게 일러 주었다.

# 바이올린 연주회

축복 속에서, 소녀는 작은 무대로 나아갔다. 아이들의 사랑스러운 실수와 자만을 격려해주기 위한 결의로 똘똘 뭉친 어른들은 소녀를 따뜻하고 부드러운 시선으로 지켜보고 있었다. 소녀는 그들이 무엇을 원하는지, 소녀가 무엇을 해야하는지 알았다. 실수는 없을 것이었다. 곡은 쉬웠고 소녀는 그녀가 연주해야 할 곡에 비해 더 능숙했으니까. 소녀는 바이올린의 네 줄을 조심스럽게 튕겨 조율이 잘 되어 있음을 확인했다. 활은 적절하게 조여져 있었고 송진 가루가 희게 묻어 그녀에게 필요한 음량, 단단하고 확고한 소리를 내보일 수 있을 것이었다. 소녀는 왼쪽 어깨에 3/4 사이즈의 바이올린을 걸치고 활을 들었다. 악보를 볼 필요는 없었지만 소녀는 모든 것을 확실하게 하기 위해 악보로 시선을 돌렸다. 소녀는 끔찍하게 지루한 첫 멜로디를, 모두가 이미 경험한 멜로디, 누구나 기억하고 즐길 수 있는 멜로디, 누구의 인상에도 남지 않을, 소진되어버린 멜로디, 마력을 잃은 멜로디를 연주할 것이었다. 소녀는 손가락을 떨며, 손목과 팔을 떨며, 희게 굳어버린 손가락에서 힘을 빼려고 애쓰며 아무런 경이도, 폭력도, 누설도 없는 첫 번째 소리를 들었다. 관객들은 상냥하고 온화한 지루함으로 소녀의 시간을 흘려보내고 있었다. 소녀 앞에서 연주했던 여자아이의 흰 리본이 투명하고 화려한 구멍들을 드러내며 미세하게 흔들렸다. 소녀는 그녀의 손가락에 작고 지친 날벌레가 내려앉는 것을 보았다. 어쩌면 착각일지도 모르지만, 소녀는 힘겨운 날갯짓을 보았다. 소녀는 무력하게 흘러가고 있던 멜로디를, 그녀 자신도 모르는 사이에 중반에 다다른 지겨운 음악을 느꼈다. 소녀는 돌연 연주를 멈추고 파리의 가련하고 투명한 날개를 보았다.

소녀의 악기가 갑작스럽게 침묵하자 처음으로 소녀를 들은 관객들은 놀란 듯 웅성거렸다. 그들은 소녀가 그녀의 첫 실수에 너무 절망하지 않기를 바라는 것 같았다. 어른들은 소녀를 달래듯 부드럽게 미소지으며 소녀를 바라보았다. 수십 개의 적막한 미소들에 둘러싸인 채, 소녀는 여자아이의 리본 위에서 번들거리는 검은빛을 바라보았다.

소녀는 불현듯 그녀가 무엇이든 연주할 수 있음을, 소녀에게 할당된 무대에서 아무도 소녀를 쫓아낼 수 없음을 알아차렸다. **소녀는 무엇이라도 할 수 있었다.** 소녀가 다시 높이 활을 들었을 때 어른들은 신중한 얼굴로 소녀에게 감미로운 끝을 압박하였지만 소녀는 최면에서 깨어난 아이처럼 광폭하게, 벌거벗은 아이의 목을 자르는 살인마처럼 냉혹하게 활을 그었다. 끔찍하게 떨리는 소리, 비밀을 박살내는 소리, 그녀를 향했던 위로를 무참히 짓이기는 소리. 소녀는 미칠 듯이 두려웠으나 울지 않았다. 관객들은 경악한 채 소녀를 바라보았다. 그들은 소녀가 지나치게 절망하였다고 그래서 그녀가 여전히 가지고 있던 순결하고 온화한 끝을 포기하고 만 것이라고 생각하고 있었다. 소녀는 여자아이의 머리 위에서 반들거리는 축축한 미소를 보았다. 파리는 연약한 날개로 소녀의 단단한 악기를 찢어발기고 있었다. 소녀는 결연한 음험함으로, 고통에의 깊은 탐욕으로 엉망진창의 연주를 하였다. 그녀는 손가락을 구부리지 않았고 팔의 힘을 풀지 않았고 잔혹할 정도로 현을 깊게 파고들며 활을 끽끽거렸고 어린 짐승들이 죽어가는 것처럼 역겨운 신음이 새어나왔고 관객들은 소녀의 광폭한 절망을 어른스럽게 견뎌내기 위해, 귀를 막지 않고 눈물을 흘리지 않고 얼굴을 찡그리지 않고 소녀의 돌이킬 수 없는 실수를, 그녀의 파멸에 잇따르는 고통을 조금이라도 경감해주기 위해 안간힘을 쓰고 있었다. 그러나 소녀는 절망하지 않았다. 오히려 그녀는 날카롭고 신랄한, 교활한 환희로 춤추고 있었다. 소녀는 아무도 그녀를 쫓아낼 수 없다는 것을 알았다. 그녀의 연주는 흉측한 독이며 폐허이며 광폭한 발작과도 같았다. 소녀는 난생 처음으로 날카로운 무기를 휘둘러 타자를 위협해본 어린아이와도 같이 추잡하고 반항적인 열정으로 날뛰었다. 소녀는 의미의 부드러운 지평 위에 고요히 앉아 있던 아이들을 유혹하였다. 당장이라도 목을 베어내고 생을 운반하는 기관의 깊은 밀지를 찢어발길 수 있는 광폭함으로, 소녀는 활 털이 너덜너덜하게 찢겨진 활을 휘둘렀다. 손톱이 깨질 듯 아파왔고 혐오스러운 비명이 무방비하게 벌어진 소녀의 귀와 입 속으로 파고들었으나 소녀는 멈추지 않았다. 그들이 이 갑작스러운 황홀을, 정신 나간 고통을 어떻게 받아들일지 궁금했다.

소녀는 바이올린 교사가 울고 있는 것을 보았다. 그녀는 충격과 혼란을 견디지 못하고, 끔찍한, 가장 추잡한 형태의 반항을 이기지 못하고 흐느끼고 있었다. 그러나 소녀는 바이올린 교사에 대항하는 것이 아니었다. 소녀가 깨뜨리고 있는 것, 소녀의 비명이 겨냥하는 것, 소녀가 폭파시키는 것은 그녀에게 속한 이 텅 빈 공간이었다. 적막한, 잠들지 않은, 열려 있는, 아침을 닮은 공간. 소녀는 그녀가 신중하게 꺾어놓은 굴곡과 균열에 열중하였다. 그러나 연주와 파괴에 도취되지 않으려 애쓰며. 도취는 모든 정밀하고 교활한 투쟁을 순결한 파토스로 오염시킬 테니까. 파리는 여전히 여자아이의 흰 리본 위에서 바들바들 떨고 있었다. 소녀는 지나치게 살아 있는 생이, 그녀가 도저히 존중할 수 없는 흉측한 호흡이 그녀를 듣고 있다는 것을, 그녀로 떨리고 있다는 것을 알았다. 소녀는 오만하게 날뛰었다. 무대 밖으로 서서히 밀려나가고 있는 자, 추락하는 자만이 취할 수 있는 격렬한 불안으로, 소녀는 그녀가 속해 있는 그녀가 추방당하고 있는 결여의 공간을 감각하였다. 그녀는 절박하게 비통하였고 소스라치며 희박해져가는 손상된 음들을 쫓고 있었다. 헐떡이면서, 죽어가면서, 돌연한 범죄에 작고 붉은 몸을 모두 실어낸 채. 소녀는 갑자기 멈추었다.

## 사냥꾼 그라쿠스

　그는 슈바르츠발트의 사냥꾼이었다. 알프스산양과 늑대, 검은 개와 붉은 돼지들이 그의 자연이었다. 슈바르츠발트의 사람들은 자연을 쏘다니는 그를 사랑했다. 그는 자연을 사랑했고 자연을 돌보았으며 다른 누구보다도 자연 가까이에 있었다. 그는 늑대들이 사슴과 양을 사냥하듯 사슴과 양을 사냥하였으며 또한 늑대 역시.

　맹세컨대 그는 신이 자신을 보호하리라고, 자연과 자신을, 그리고 자연이 자신을 지켜주리라고 믿었다. 그는 자연 가까이에 있었으며 미묘하고 섬세한 연쇄의 주요한 항이었으며 자연에 치명적으로 연루되어 있었으니까. 그는 자신의 존재를 누설하는 대담하고 확고한 몸짓으로 총을 쏘았고 짐승들은 단번에 쓰러졌다. 목수가 나무를 베듯, 정원사가 가지를 치듯 사냥꾼은 피와 살로 이루어진 가냘픈 사랑을 쏘았다. 그는 목수가 나무를 사랑하듯, 정원사가 꽃을 돌보듯, 목마른 꽃이 물줄기를 갈망하듯 그렇게 짐승들을 사랑했다. 그는 갓 죽은 알프스산양과 늑대, 붉은 돼지들과 검은 개, 간혹은 흰 빛의 새들에게 어설픈 기도를 해 주었고—그들이 다시는 태어나지 않기를, 그들이 천국에도 지옥에도 가지 않기를, 그들의 죽음 이후의 비참한 삶이 없기를— 등, 혹은 품에 죽은 짐승을 짊어지고 집까지 곧장 돌아갔다.

그날도 마찬가지였다. 검은 숲의 울음소리를 쫓아 숲의 심부로 들어간 사내는 바다처럼 검고 축축하게 빛나는 돼지를 보았다. 사내는 한없이 반들거리며 미끄러져내리는 매혹적인 살을, 여인의 벌거벗은 몸을 보고 흠칫 놀랐다. 세이렌을 처음으로 맞닥뜨린 유령선의 선원들처럼. 그러나 여인은 돼지였다. 그녀는 여인이 아닌 돼지였다. 사내는 돼지가 자신을 애걸하고 있음을 알았다. 그녀는 사냥꾼 그라쿠스를 불렀고 그는 언제나와 같이 그녀에게 돌아갔다. 하지만 언제나와 같았던가? 언제나 이토록 강렬한 연약함, 은폐된 절망과 기형적인 숨 멎음, 혐오스러운 황홀이 있었던가? 그라쿠스는 눈을 감고 입을 다물었다. 그는 그녀를 사랑하지 않기 위해 헐떡거리는 숨소리를 가라앉히면서 도망가지 않고 여전히 그를 혹독한 검은 눈으로 바라보고 있는 그녀를, 그리고 그 자신을 진정시키려 애썼다. **그녀는 돼지이다.** 그의 눈앞에 있는 돼지를 사냥하지 않을 수는 없었다. 그는 언제나처럼 총을 들고 총을 쏠 것이다. 그의 오랜 내력을 알리는 결연한 몸짓으로. 그는 본능적으로 자연의 죽음을 바라고 있었으니까. 죽음의 내밀한 심부에 도사리고 있는 삶을 꺼내 열어보이는 일이 그의 자랑스럽고 숭고한 천직이었으니까. 여자는 그를 바라보고 있었다. 그는 그녀를 사랑하지 않기 위해 숨을 들이쉬었다. 그녀의 짙은 살이 그를 향해 반짝이고 있었다. 그는 그녀를 기억하지 않기 위해 숨을 내쉬었다. 그녀는 돼지이다. 그녀는 돼지이다. 돼지들은, 하고 사냥꾼 그라쿠스는 애써 생각했다. 간혹 사람을 잡아먹기도 하지. 저년도 숲 속에서 길을 잃은 가엾은 어린아이들을 잡아먹었을지도 몰라, 내 사랑스러운 어린 그라쿠스처럼 자그마한 아이들을. 사내는 이웃 마을―아니, 이웃 나라였던가?―에서 소녀를 잡아먹은 돼지가 재판에서 사형 선고를 받았다는 소문을 떠올려냈다. 그년은, 하고 그라쿠스는 생각했다. 반성하지도 않았지. 그년은 울었지만 그건 결코 죽은 소녀와 소녀의 아비에 대한 눈물이 아니라고 했어. 그년의 아이들이 삑삑거리면서 그년에게 안기려고 해도 돌아보지도 않았다고 했어. 이 돼지는 그년이야. 사형당해야 마땅할, 사냥당해야 마땅할, 죽지 않으면 불쌍한 어린아이를 죽이고 말 돼지들. 암돼지는 모두 같은 암돼지니까, 저년도 벌써 누군가를 잡아먹었을지도 모르지.

사냥꾼은 끔찍할 정도로 느릿하게 총을 들었다. 그녀는 달아나지 않았다. 마치 죽음을 갈망하듯 부드럽고 온화한 검은 눈. 사내는 돼지의 눈이 그토록 검고 깊을 수 있다는 것을 이전에는 생각해 본 적이 없었다. 돼지는 아름다웠다. 마치 돼지가 아닌 것처럼. 아니 마치 다른 누구보다도 돼지의 본질과 깊숙이 연관되어 있는 것처럼, 한없이 갈망하는, 비어 있는, 충만을 요구하는 게걸스러

운 아름다움. 검은 장미처럼, 호수처럼, 석류의 신맛처럼 도발적
이고 도착적인 아름다움, 시선과 갈망을 거리낌 없이 빨아들이는.
사내는 여자의 미소를 보았다. 그녀의 두 눈이 눈 속의 검은 중력
이 일그러졌고 사내는 그녀의 내부에서 미소짓는 세계를 보았다.
그녀는 입술도 없이 웃고 있었다. 그녀에게 도달한 세계를, 그의
시선을 그가 보는 앞에서 일그러뜨리며, 망가뜨리며, 당당하게 훼
손하며. 그는 끔찍하게 일그러진 매혹적인 세계를 보았다. 그녀는
망가진 거울이, 이미 오래전에 거울의 기능을 잃어버린 거울이 그
러하듯 세계를 그녀의 멋대로 휘어놓았다. 그는 한 번도 웃은 적
없이 웃고 있었다. 그녀는 그녀를 응시했고 그 역시, 그녀를 응시
하지 않는 일은 불가능했다. 심장이 미어질 듯 아파왔고 목 안쪽
이 게걸스러운 불꽃으로 타들어가고 있었다. 어느새 어깨 높이까
지 올라온 총이 그를 고통스럽게 짓눌러왔다. 그는 이미 총을 들
었다. 다시 내려놓을 수 없는. 내려놓는다면 그녀를 포기하는 일
을, 그에게는 불가능한 일을 선택해야만 하는. 놓칠 수 없는 사냥
감을 놓치는 일은 그에게 불가능한 일이었다. 하지만 끔찍하게도
그녀를 죽이지 않는 일은 충분히 가능한 일처럼 느껴졌다. 다만
총을 내려놓고 그녀를 내버려두고 숲의 다른 울음을 찾아 나가는
일은. 그러면 사냥 시간은 평소와 달리 길어지겠지만, 아직 잠에
서 깨어나지 않은 아내를 볼 수도 없겠지만, 대개 사냥은 새벽 시
간에 이루어졌기 때문에 집으로 돌아가면 아내가 막 잠에서 깨어
날 시간이었으니까, 어쩌면 다른 사냥감을 발견하지 못할 수도 있

지만, 그는 두 번째 사냥감을 물색하러 돌아다녀 본 적이 한 번도 없었지만, 그는 언제나 신이 인도해주신 첫 번째의 사냥감을 사냥해왔지만, 그가 처음 마주한 사냥감들은 십 년 넘는 세월 동안 단 하루도 단 한 번도 빠짐없이 생을 잃고 쓰러졌지만 이번 한 번만은 예외여도 괜찮지 않을까. 그녀는 검은 눈으로 사내를 응시하고 있었다. 그녀는 이미 사내가 어떠한 선택을 할지, 그녀의 미래가 어떤 형상일지 전부 알고 있는 것 같았다. 눈 먼 기도자의 눈, 미래만을 바라보고 있는 검고 깊은 눈. 사내 역시 그녀의 예언이 어떠한 내용일지 정확하게 알고 있었다. 다만 그는 그 순간을 끝없이 유예하고 싶었다. 그는 끔찍하게 머뭇거렸으며 절망적으로 허둥대었다. 그녀는 도망가지 않고 그를 응시하고 있었다. 사냥감의 죄는 그것으로 충분할 것이었다. 사냥감은 사냥꾼을 응시했다는 죄만으로도 죽는다. 그녀는 지나치게 죽음 가까이 있었고 이미 돌이킬 수 없을 정도로 죽음에 깊이 연루되어 있었다. 더 이상 사내가 어찌할 수 없을 정도로. 그는 자신이 총을 쏘고 말리라는 것을 서서히, 서글프게, 절망적으로 깨달았다. 그는 당장 도망치고 싶었다. 아내와 어린 아들이 있는 곳으로 뛰어가 그들의 앞에 무릎을 꿇고 용서를 빌고 싶었다. 아내의 품 위에서 어린 짐승처럼 키득거리며 기어다니는 아들, 그와 마찬가지로 그라쿠스인 아내와 그라쿠스인 아들을 끌어안고 그들을 사랑한다고 맹세하고 싶었다. 하지만 그녀는 끝없는 검음으로 사내를 응시하고 있었고 사내는 도망칠 수 없으리라는 것을 알았다. 그는 이 순간을 감당해내

고 말 것이었다. **그는 미래를 경험하고야 말 것이었다.** 사내는 그
녀의 눈 속에서 일그러지고 휘어지며 미소짓는 숲을 마주보았다.
그가 다시 이 숲으로 돌아올 수 있을까? 그녀가 없는 숲으로? 그
녀가 있었던 숲으로? 그녀는 피를 흘리며 죽어가고 있었다. 아니
그녀는 죽어 있었다. 그녀는 눈을 감았고 다시는 매혹적이며 흉측
한 검음을 드러내지 않았다. 그녀의 검고 추잡한, 순결하고 역겨
운 미소는, 그녀와 사내의 미래를 응시하며 누설하던 휘어짐은 오
로지 사내의 과거에 속해 있었다.

사내는 그녀였던 그녀를 등에 업고 숲을 빠져나갔다. 아이가 아
내의 가슴을 잡아채며 깨울 무렵 그라쿠스는 욕실로 들어가 죽
은 짐승에 차가운 물을 끼얹고 정성껏 씻겼다. 날카로운 이빨 속
에 손가락을 밀어넣고 목구멍까지 깨끗이 헹구어냈고 콧속과 귓
속, 항문 안쪽까지 물로 씻어내었다. 욕실 바닥에는 변과 뒤섞인
구정물로 가득해졌지만 그라쿠스는 시체의 겨드랑이와 사타구
니 안쪽, 등과 귀밑까지 조심스럽게 닦아냈다. 아마 죽은 짐승조
차 생전에 닦은 적 없을 밀부에 손가락을 밀어넣고 오물을 닦아내
면서 그라쿠스는 누군가에게 용서를 빌고 있다고 생각했다. 그러
나 누구에게? 죽은 짐승? 신? 도착적이고 역겨운 매혹과 사랑? 그
라쿠스는 돼지의 감은 눈을 내려다보았다. 둥글고 매혹적인 곡선
이 그를 응시하고 있었다. 그라쿠스는 눈 먼 여자의 대담하고 오
만한 시선을 굳건하게 받아들였다. 아니, 힘겹게. 신랄한 기형과
맞닥뜨린 여자처럼, 머리가 벌어진 채로 태어난 괴물과 눈이 마

주친 여자처럼 그렇게 간신히 사내는 결연하고 강하였다. 죽은 시선은 깊었다. 그라쿠스는 참지 못하고 죽은 돼지의 추잡한 입가에 입을 맞추었다. 차고 밍밍한 살덩이. 그는 자신의 혀를 삼킬 때처럼 아무런 맛도 느낄 수 없었다. 아무 맛도 느껴지지 않았다. 그라쿠스는 흠칫 놀라며 깨달았다. 아무 맛도 느껴지지 않았다. 마치 자신의 신체에 혀를 갖다 댈 때처럼. 그는 곧 황홀하게 찢겨져 가장 혹독한 비밀을 드러낼 세계의 축축한 하늘을 맛볼 수는 없었다. 그라쿠스는 눈을 질끈 감고 돼지를 마저 씻기려 했지만, 어제와 그제, 그리고 그 전날에도, 놀랍게도 신의 가호로 매일같이 성공했던 사냥의 관습에 따르려 했지만, 돼지는 감은 눈으로 그를 곧고 도도하게 응시하고 있었고 그라쿠스는 결국 참지 못해 눈을 뜰 수 밖에 없었다. 그는 존재의 가장 내밀한 비밀로 향한 여자의 눈과 눈을 마주쳤다. 끔찍이 솔직하고 범죄적인 외면. 여자는 외면하며 오로지 외면만으로 그라쿠스를 응시하고 있었다. 그라쿠스는 그녀의 붉고 풍만한 살을 조심스럽게 쓸어내렸다. 찬 물기가 어린 살은 갓 태어난 아기의 육신과 같았다. 구름처럼 순결하고 덧없는 아기의 붉은 살. 그는 한 번도 그러한 붉음이 외설적이라고 생각해본 적이 없었다. 그러나 그녀의 벗은 살, 처음부터 벗은 살, 진창에서 뒹굴며 햇볕의 난폭한 시선을 식혀내었을 살, 자신의 오물 위에서 잠들었을 살, 짙은 오줌과 변을 기쁘게 빨아들였을 살, 더럽힘으로 순결해진 살, 창녀를 지칭하는 살, 음탕한 여자들을 멸시하기 위해 악용되는 유사성, 붉은 살은 그러나 그의 소중하고 순결한 작은 아이를 닮았고 사내는 마치 갓 태어난 아이를 증오하듯, 벌거벗어 꿈틀거리는 고깃덩이와도 같은 괴물을 미워하기 위해 더 증오하고 더 경멸하기 위해 끌어안고 입을 맞추듯, 그러나 입속으로 파고드는 비릿한 내음에 사로잡혀 아이를 사랑하게 되어버리듯 그렇게 여자를 사랑하고 있었다. 그녀는 어째서 사내에게 온 것일까? 그는 이전에도 돼지들을 사냥해 본 적이 있었지만, 늘 죽은 사냥감들을 이렇게 씻겨왔지만 이토록 잔혹하게 망가져본 적은 없었다. 마치 돼지가 아니라 사내 자신을 사냥한 것처럼 그는 괴로웠다. 더욱 고통스러운 것은 사냥당한 자신이 사냥꾼이었으며 그녀는 죽었고 그는 살아있다는 사실이었다. 그는 그녀를 죽이지 않을 수 있었다. 갑작스럽게 그 가능성, 이제는 잠재되지 않은, 상실되어버린 과거가 무시무시하게 번져갔다. **그는 죽이지 않을 수 있었다.** 총을 내려놓고 그녀를 내버려두고 두 번째 사냥감을 찾아 숲 깊은 곳으로 들어갈 수 있었다. 그리고 영원히 나오지 않거나, 그가 순간 떠올렸던 것처럼 두 번째 사냥감을 사냥하여 나올 수도 있었다. 아무도 그의 범행을 알지 못할 것이었다. 오직 그녀만이. 누구에게도 증언할 수 없는, 돼지의 비명과 돼지의 아가리와 돼지의 혀만을 가진 그녀만이 그를 기억할 것이었다. 그는 결코 자백하지 않을 것이었다. 그는 고통스럽게 되뇌었다. 그는 그녀를 죽이지 않을 수 있었다. 그녀는 숲 속에서 영원히 살아갈 수 있었다. 그는 검은 숲으로 갈 때마다 그녀를 찾을 것이고 그녀를 발견하지 못할 것이고 그렇게 그녀를 간직할 수 있을 것이었다. 그녀와 다시 마주친다고 해도 그는 첫 번째에 그렇게 하였듯 그녀를 외면할 수 있었으리라. 지금 그녀가 그에게 끈질기게 보내는 혹독한 외면을 이번에는 그가 그녀에게. 하지만 그는 그녀를 쏘았고 그녀는 죽은 채 그의 손 아래에서 식어가고 있었다. 삶의 속도보다 현저히 빠르게 부패해가고 있었다. 그는 그녀를 죽이지 않을 수 있었다. 다만 총을 내려놓고 그녀를 지나치기만 하면 될 일이었다. 하지만 그녀를 지나칠 수 있었을까? 그녀를 두고 두 번째 사냥감을 찾아갈 수 있었을까? 그가 그녀를 외면할 수 있었을까? 그녀의 곧고 적막한 시선을 미소를 외면할 수 있었을까? 외면, 그것은 오직 그녀에게만 가능한 일처럼 느껴졌다. 그녀는 그 신비로운 검은 눈으로 그를 외면하였지만 그는 그녀를 마주보는 일밖에는, 그녀의 아름다움이 이끄는 대로 갈망하는 시선을 바치는 일밖에는 할 수 없었다. 그녀는 죽음을 원하고 있었고 죽음을 주름잡고 죽음을 웃었고 오로지 죽기 위해 사내를 불렀다. 그는 그녀의 욕망을 배신할 수 없었다. 그녀가 삶을 원했다면, 그녀가 그를 마주보는 대신 도망갔다면 그는 처음으로 사냥에 실패했을 것이다. 그러나 그녀는 도망가지 않았고, 눈을 감지도 않았고, 살려달라고 애걸하지도 않았다. 그가 들었던 가냘프고 애처로운 울음소리가 거짓이었다는 듯 그녀는 굳게 입을 다물었고 신음조차 흘리지 않았다. 그는 신이 아닌 그녀의 도구였던 것일까? 그는 신을 배신하고 그녀를 선택했던 것일까? 삶이 아닌 죽음을? 자연이 아닌 돼지를? 부드럽고 온화한 얼굴로 잠든 흰 여자

대신 벌거벗은 붉은 창녀를? 그는 이미 그녀를 더럽혔고 그녀를 모욕하였다. 그라쿠스는 그녀가 열이 넘는 아이를 낳았으리라는 것을, 열이 넘는 돼지들과 뒹굴고 열이 넘는 진창에서 뒹굴었으리라는 것을 짐작했고 확신하고 있었다. 그녀는 그가 상상할 수 있는 가장 더러운 여자였다. 그녀가 그를 부르기 전까지 그는 그토록 더러운 여자가 실재하리라는 사실을 잊고 있었다. 그는 지금껏 한 마리의 암돼지도 사냥해본 적이 없음을 새삼스레 깨달았다. 그는 언제나 수돼지만을 죽였다. 그가 마주친 것은 언제나 수돼지였다. 그는 그들의 붉은 알몸을 새삼스레 응시해 본 적이 없었다. 그들 역시 그를 바라보지 않았다. 그들은 언제나 스쳐갔고 빗겨갔으며 미끄러졌다. 대부분의 죽음이 그러하듯 그들은 직시하지 않은 채 끝맺었다. 그러나 그녀는 황홀한 알몸을, 제 오줌으로 향긋하고 음탕하게 달아오른 맨몸을 환히 드러내며 그를 유혹하고 있었다. 그녀는 그를, 그는 그녀를 갈망하고 있었다. 그녀에게 입맞추지 않을 수 있었을까? 그녀에게 죽음을 선물하지 않을 수 있었을까? 그는 도자기 인형처럼 희고 순결했던 아내에게 갓 피어난 장미를 바쳤던 것처럼 그녀에게 가장 검고 짙은 죽음을 선물하였다. 그녀가 그것을 원하고 있었으므로. 그녀가 죽음을 원하고 있었으므로 그는 그녀를 죽인 것이었다.

그는, 그라쿠스는 울면서 생각했다, 그녀를 죽이고 싶지 않았다. 그녀의 죽음은 그의 욕망이 아니었다. 그는 그녀의 갈망을 채워주기를, 그녀의 도구가 되기를 간절하게 희망하였지만 그녀가 죽기를 바란 것은 아니었다. 그녀는 그의 앞에 너무도 희고 너무도 붉게 드러누워 있었고 하수구로 떠내려가는 오물, 그는 그녀가 죽었다는 것을 알았다. 하지만 완전히 상실되지 않은 채, 그가 도저히 감당할 수 없는 여분을 그의 앞에 드러낸 채, 그가 삼켜낼 수 없는, 그가 견뎌낼 수 없는, 그가 사랑하지 않을 수 없는, 그러나 그가 사랑할 수 없는 붉고 차가운 살, 곳곳에서 번져오는 종양과도 같은 흰빛, 그는 그녀가 그를 사랑하지 않으리라는 것을 알았다. 그녀를 죽이지 않을 수 있었다, 그는 다시 한 번 되뇌었다. 그는 울고 있었다. 욕실에서 지나치게 오래 있는 것을 걱정한 아내가 그를 걱정하며 문을 두드렸으나 그는 괜찮다고 대답해줄 수 없었다. 단 한 번의 거짓, 단 한 번의 속임만으로 완전히 무너져버릴 수 있을 만큼 그는 찢겨져 있었다. 그는 상처입었고 그는 연약했고 그는 고통스러웠다. 고통에의 탐욕으로 질식할 지경이었다. 그녀의 돼지 얼굴, 그녀의 돼지 젖과 그녀의 돼지 음부, 그녀의 돼지 다리들, 그녀의 흉측하고 헐거운 생김새가 그를 괴롭게 만들었다. 그녀의 비인간적인 젖들이, 늘어진 젖꼭지가, 혐오스럽게 구부러진 꼬리가 그를 갈기갈기 찢어놓았다. 그녀는 그의 앞에 있었다. 그는 그녀를 언제나와 같이, 다른 모든 사냥감에게 그리 했던 것처럼 정성껏 씻기고 있었다. 하지만 그는 그녀가 아직도 더럽다는 것을 알고 있었다. 그녀의 피부 깊은 곳, 위와 장, 그의 손가락이 씻어내지 못한 곳은 역겨운 오물로 들끓을 것이었다. 돼지들은 쓰레기와 분뇨를 먹고 쓰레기와 분뇨 위에서 뒹굴고 쓰레기와 분뇨를 배설하니까. 그녀는 오물로 가득 차 있는 오물 여자였다. 그녀는 처음부터 가장 더럽고, 냄새나고, 역겨운 돼지였다. 그녀는 악취 나는 오물로 들끓는 오물의 눈으로 그를 보고 있었다. 그는 오물에 매혹된 것이었다.

하지만 어떻게 그녀를 마주 보지 않을 수 있었겠어? 하고 그는 가녀린, 떨리는, 흐느끼는 목소리로 비명을 질렀다. 어떻게 그녀를 사랑하지 않을 수 있었겠어? 아내는 문 밖에서 서성이고 있었고 그는 자신이 아무런 말도 내뱉지 않았다는 사실을 알아차렸다. 그들은 조용하게 정사를 나누고 있었다. 가장 끔찍하고 추악한 사랑을. 심지어 그녀는 그를 사랑하지도 않았다. 그녀가 사랑한 것은 오로지 그가 그녀에게 가져다줄 수 있는 단 하나의, 확고불변한 가능성이었다. 그는 그녀의 사랑을 배신할 수 없었기에 자신의 사랑을 배신하여 그녀를 죽였다. 그녀는 웃었고 그녀는 만족하였고 그녀는 그를 떠났다. 그녀는 아직 이곳에 남아 있었지만 그녀는 이미 그를 저버렸다. 남자는 거미줄에 매달려 새벽의 참혹한 응시에 서서히 짓이겨지는 작은 날벌레처럼 그녀를 내려다보았다. 불결함을, 참혹함을 사랑하는 것, 그것만큼 위험한 일은 어디에도 없었다. 새벽을 사랑한 시인은 새벽에 목을 매어 죽을 수밖에 없었을 것이다. 거미의 날카로운 내장을 사랑한 새는 거미를 삼키고 파열하여 죽어버릴 수밖에 없었을 것이다.

그는 그녀를 사랑하되 죽이지 않는 미래에 대해, 이제 가능하지 않은 미래, 하지만 가능할 것처럼, 너무도 가능할 것처럼 생각되는 미래에 대해 망상하였다. 그는 그녀를 죽이지 않고 사로잡아 집까지 끌고 올 것이다. 깜짝 놀란 아내에게 그는 그녀를 선물할 것이었다. 아내는 그녀를 사랑했을 것이다. 아내는 솔직하고 대담한 여자니까, 그가 그녀에게 사로잡혔듯 아내 역시 그녀를 사랑하지 않을 수 없었을 것이다. 아내는 그녀에게 입을 맞추고 그녀의 더러운 몸을 씻기고 그녀의 검은 눈에 시선을 담고 부드럽게 미소지으면서 그녀를 쓰다듬었을 것이다. 그녀에게 희거나 검은 리본을 매달아 주고 그녀를 끌어안고 그녀에게 입맞추고 그녀를 사랑해 주었을 것이다. 아니, 아니다.

그는 어느새 욕실 문을 열고 그를 경악한 채 내려다보고 있는 아내를 올려다보며 생각했다. 아내는 그녀를 가질 수 없을 것이다. 그는 그녀를 결코 아내에게 주지 않을 테니까. 그녀는 그를 불렀고 그를 갈망했고 그를 선택했으니까. 그는 그녀를 죽였고, 막 피어난 장미, 너무도 아름다운 장미, 지나치게 섬세하고 매혹적인 장미를 누구에게도 빼앗기지 않기 위해 삼켜버리듯 그렇게 그녀를. 아내는 더듬거리면서 무슨 일이 있었느냐고 어째서 울고 있는 거냐고 물었다. 아내는 모든 것을 알아차렸을까? 그가 아직 누설하지 않은 몸짓, 아직 이루어지지 않은 범죄, 아직 말해지지 않은 말 모두? 아내는 울지 말라고 울부짖었다. 그가 우는 것을 처음 본다고. 그는 한 번도 울지 않았다고. 마치 그를 비난하듯이. 그녀를 위해 그녀 앞에서 그녀를 울어주지 않았던 그를 고발하듯이. 하지만 그는 살아 있는 그녀를, 영원히 살아남아 삶을 견뎌내야 할 그녀를 슬퍼해 본 적이 없었다. 어째서 어떤 말들은 끝내 말해질 수 없는 것일까? 어째서 그는 그녀에게 사랑한다고 말할 수 없었던 것일까? 그라쿠스는 아내에게 괜찮다고 아무일도 아니라고 걱정하지 말라고 이야기해야 했다. 그라쿠스는 간신히 그렇게 했다. 아내는 간신히 그를 믿었고 간신히 그녀의 자리로 돌아갔다. 벌거벗은 아이는 그녀처럼 붉고 부드러운 살을 집파리들에게 내어준 채 그를 향해 꺄르르 웃어보였다. 천사처럼 검고 반짝이는 작은 짐승들은 아이의 고기를 게걸스럽게 물어뜯고 있었다. 검은 천사들을, 아무것도 갈망하지 않고 회한하지 않고 생을 탐하는 그 천박하고 아름다운 생을 그는 더 이상 감당할 수 없었다. 그는 찢어지고 있었다. 그는 찢어지고 있었다. 찢어지고 있었다. 그는 참지 못하고 아이의 순결한 살에 들러붙은 추악한 아가리들을 내려쳤다. 아이는 끔찍하게 상처받은 눈으로 그를 올려다보았고 곧 그의 부당함에 항의하듯 절망적으로 울어젖혔다. 아내는 그곳에 없었다. 아내는 욕실 바닥에 누워 있는 그녀를 홀린 듯 내려다보고 있었다. 정말 예쁜 돼지네요, 하고 아내가 멍하니 중얼거렸다. 사내는 그녀가 죽었다고 대답했다. 그녀가 더 이상 돼지가 아니라고, 그녀가 더 이상 예쁘지도 않다고 대답하듯 단호한 어조로. 무엇보다도 그녀는 당신의 것이 아니라는 고집스러운 거부. 체념한 자의 고집. 함께 사는 미래가 정말 가능했을까? 그녀를 영원히 검은 숲에 간직하고 외면할 수 있었을까? 아내와 함께 그녀를 사랑할 수도 있었을까? 집파리는 천사처럼 거대했고 천사처럼 검었다. 그는 그녀의 몸에 내려앉는 검은 눈들을 바라보았다. 그는 흰빛의 입술을 뻐끔거리는 아내를 두고 그녀, 끔찍하게 젖은 그녀를 등에 멘 채 부엌으로 들어섰다. 그토록 혐오스러운 존재가 어떻게 아름답지 않을 수 있겠는가? 그토록 더러운 몸을 어떻게 끌어안지 않을 수 있겠는가? 그토록 악취나는 입술에 어떻게 입 맞추지 않을 수 있겠는가? 그토록 역겨운 곳에. 그는 가장 커다란 부엌칼, 아내가 한 번도 사용하지 않은 새 칼, 오로지 장식용으로 꽂혀 있었던, 여인의 가느다란 손목에는 지나치게 무겁고 험악한 칼을 꺼내 들었다. 아내는 비명을 질렀다. 도축은 그의 일이 아니었다. 그는 사냥꾼이었다. 그는 사냥감을 스스로 박제해 본 적조차 없었다. 그는 언제나 죽은 동물을 정성껏 씻겼고 깨끗해진 시신을 내다 팔았다. 아내는 고개를 저으며 비명을 질렀다. 그러나 그가 죽은 여자의 목 아래에 칼을 박아넣었을 때, 더 이상 출혈하지 않는 살이 갈라지며 매혹적인 악취와 시뻘건 내장이, 그녀가 감춰온 황홀한 미소가 서서히 누설되었을 때, 아내는 아무런 소리도 내지 못하고 그가 쥔 칼 밑에서 벌어지는 그녀의 존재를 홀린 듯 바라볼 수밖에 없었다. 아내는 바들바들 떨면서 울고 있었다. 그 역시 미친 듯이 경련하면서 흐느끼고 있었다. 돼지를 도축하는 일, 그녀를 열고 그녀를 바라보는 일, 그녀가 허락하지 않았던 깊은 곳으로 그를 채우는 일은 범죄였다. 인간의 것이 아닌 범죄. 그들이 한 번도 상상해보지 못한 범죄. 그들은 죽은 여자의 속에 빼곡이 들어찬 매혹적인 생을 들여다보았다. 죽음의 심부에서 번들거리는, 죽음에 감춰진 삶의 도착적인 비밀. 그녀는 잔혹할 정도로 붉었고 젖어 있었다. 그들은 끝없는 붉음에 취해 오직 붉음밖에는 보지 못했지만 그곳에는 그들이 이해하지 못할 불결함과 아름다움, 생을 짜왔던 천상의 물레와도 같은 비밀이 감추어져 있었다. 그들은 훤히 입을 벌리고 웃고 있는 비밀을 보았다. **비밀은 웃고 있었다.** 생은 웃고 있었다. 그들의 절망을, 슬픔을, 공포를 조롱하듯 한없이 매끄럽고 당당한 웃음. 그녀의 붉은 혀가 그의 손을 감싸쥐었다. 그들은 그녀의 음탕하고 노골적인 외침에 귀를 붉히며 울었다. 그녀의 비밀이 그들의 것이라는 듯, 그녀가 그들의 내부를 누설하고 있다는 듯. 이제 그들은 어떻게 살아갈 것인가. 죽음의 과육에 감추어져 있던 생의 황홀한 씨앗을 목격한 이들이 어떻게 희멀건 삶에 만족하며 살아갈 수 있을까.

아이는 그녀의 내장처럼 시뻘겋게 달아오른 몸으로 울고 있었다. 돼지처럼. 그라쿠스들의 아이 그라쿠스는 돼지처럼 살아 있었다. 사내의 손바닥이 칼에 베어 시뻘겋게 벌어졌다. 마치 한 번도 죽어보지 않은 것처럼 격렬한 출혈. 아내는 그와 함께 살 수 없을 것이었다. 그라쿠스는 그라쿠스를 두고 떠날 것이었다. 그들은 너무도 가혹한 비밀을 함께 할 수 없었다. 그라쿠스는 홀로 그라쿠스를 기를 것이었다. 죽은 돼지의 내장을 더듬듯 붉게 익은 입술에 입을 맞추고 붉은 살을 씻길 것이었다. 그녀의 피와 오물로 젖은 식탁에서 식사를 하고 삶을 이야기하고 삶을 이어나갈 수는 없을 것이었다. 하지만 그라쿠스는 계속 그라쿠스로 살아가리라. 생의 심부에게 꿰뚫린 순간, 조각조각 파열하여 으스러진 순간, 결코 이전과 같을 수 없는 순간을 지나고서도 그라쿠스는 그라쿠스로 살아가리라. 그녀는, 죽음 속의 깊은 생은 삶이 견딜 수 없는 비밀이므로 그들은 마치 아무것도 보지 못한 것처럼, 아무것도 기억하지 못한 것처럼 이전처럼 사냥을 하고 식사를 하고 죽음을 씻어내며 살아가리라. 암퇘지를 죽이고 암퇘지를 사냥하고 암퇘지를 씻기고 암퇘지를 저주하고 암퇘지를 사랑하고 암퇘지를 먹고 암퇘지를 게워내면서. 그들은 생을 삼킨 듯 울렁거렸으며 고통스러웠고 상처 없이 출혈하였거나 상처에서 출혈하였으며 견딜 수 없을 정도로 죽어가고 있었고 결국 역겨움을 견디지 못해 그녀의 붉은 내장에 구토하고 말았다.

## 교실

어떤 맥락에서 그 말을 꺼냈는지 기억나지 않는다. 난 그 애에게 전유되었고 그 애에게 패배하였고 조각조각 바스라졌다. 여러분은 의사가 되고 싶나요, 청소부가 되고 싶나요, 라고 물었을 때 아이들은 쭈뼛거리면서 청소부가 되고 싶다고 말했고 그 애는 아무것도 되고 싶지 않다고 말했다. 그 애는 나를 똑바로 쳐다보면서, 검은 눈으로, 한없이 응시하는, 고요한, 서글픈, 그러나 도발적인 검은 눈으로 아무것도 되고 싶지 않다고 말했다. 난 그 애가 곧 죽으리라는 것을 알았다. 하지만 그러한 방식으로 그렇게 갑작스럽게 죽으리라는 것은 짐작할 수 없었다. 난 그 애를 말릴 수 없었다.

아무것도 되고 싶지 않아요. 선생님.

난 그 애에게 말하지 못했다. 내가 아주 어릴 적부터 죽고 싶어 했다고, 애야, 난 네 나이 때부터 매일 죽고 싶었단다. 매일 죽는 방법에 대해 죽는 고통에 대해 죽음의 황홀과 서글픔에 대해 생각했단다. 난 죽음을 희망했고 죽음을 바랐고 죽음을 갈망하면서 살았어. 네 앞에서 아주 늙어버린 여자로 서 있을 때까지. 아주 늙어버린 여자의 말을 내뱉을 때까지. 난 그렇게 말하지 못했다.

그 애는 죽고 싶다고 말하지 않았다. 그 애는 갓 태어난 밤처럼 검고 아득하며 넓고 대담한 목소리로, 아무것도 되고 싶지 않다고 말했을 뿐이다. 그 애는 위태롭지도 않았고 연약하지도 않았다. 그 애는 똑바로 서 있었고 흔들림도 걱정도 없이 그렇게 아무것도 되고 싶지 않다고 말했다. 아이들은 깔깔대며 웃었지만, 소녀의 대담한 치기를 존중하는 미소를 지으며 수군거렸지만 나와 그 애는 웃지 않았다. 아무것도 되고 싶지 않다고 말했다. 난 그 애를 이해할 수 있었다.

아무것도 되고 싶지 않다고, 나는 소리치고 싶었다. 나 역시 아무것도 되고 싶지 않았다고. 내가 무엇이 되어 너희들에게 무엇을 강요한 것은 내 의지가 아니었다고. 아무도 날 여기까지 내몰지 않았지만 결국 난 여기에 서 있었고 이건 결코 내가 원한 게 아니었다고. 나 역시 교사도 청소부도 의사도 어른도 되고 싶지 않았다고 소리치고 싶었다.

남자아이 하나가 일어나 자신은 아빠가 되고 싶다고 말했다. 우주인과 대통령, 총리와 가수가 될 (수 없을) 아이들이 키득거렸다. 난 그 애를 놀란 눈으로 바라보고 있었다. 그 애는 당장 울 것 같이 젖은 눈을 하고 있었으나 조금도 흔들리지 않았다. 그 애는 이미 수만 번 아무것도 되지 않는 미래에 대해 생각한 사람처럼, 이미 끝을 겪고 다시 쓰고 있는 사람처럼 담담했다. 전부터 그 애는 그랬다. 히스테릭하거나 반항적이지는 않았으나 종종 참을 수 없는 가쁜 숨을 토해내듯 그렇게 엇나갔다. 가령 어버이날 편지를 쓰라고 이야기했을 때, 그 애는 아무도 알아듣지 못할 말들을 썼다. 수신인이 없는, 심지어는 발신인조차도 없는 조각난 기호들.

소녀는 검은 숲 속으로 들어갔습니다. 날마다 들어갔습니다. 아무도 소녀를 말리지 않았습니다. 아무도 소녀가 검은 숲을 사는 것을 막을 수 없었습니다. 소녀는 검은 숲이였으니까. 소녀는 검은 숲에 있었으니까. 머리가 커다란 부엉이 아저씨가 소녀에게 말을 걸었습니다. 소녀는 웃으며 대답했습니다. 부엉이 아저씨는 갑자기 화를 내며 소녀에게 다그쳤습니다. 새는 사람의 말을 하지 않아 짐승은 사람의 말을 하지 않아 멍청한 아이야. 소녀는 웃으며 침묵했습니다. 부엉이 아저씨는 소녀를 잡아먹지 않았습니다. 부엉이 아저씨는 노랗고 붉은, 달과 같은 흰 눈으로 소녀를 응시하고 있었습니다. 소녀는 두려웠습니다. 소녀는 행복했습니다. 소녀는 사람의 말 없이 웃는 법을 배웠습니다. 새의 말도 부엉이의 말도 아닌 울음을 배웠습니다. 부엉이 아저씨는 웃지 않았습니다. 소녀는 매일 검은 숲에 갔습니다. 소녀는 울고 있었습니다. 소녀는 웃었습니다. 아무도 소녀가 우는 이유를 몰랐습니다. 아무도 소녀가 웃는 이유를 몰랐습니다. 절박함은 깊었고 소녀는 나날이 검어졌습니다. 밤조차도 소녀를 발견할 수 없을 정도로.

학부모들을 불러 모아 아이들이 쓴 편지를 돌려 읽을 수 있도록 나누어주던 자리에서 그 애의 어머니는 울지 못했다. 그녀의 글을 읽고 울라는 것은 너무 가혹한 요구였다. 치명적인 상상력, 불온한 환상으로 빠져들지 않는 한, 우리는 차라리 아무것도 상상하지 않기를 선택했다. 소녀에게 해명을 요구했을 때 소녀는 마치 그녀의 글이 그녀로부터 떨어져나간 살점이라도 된다는 듯, 언젠가 분명히 그녀가 앓았지만 더 이상은 느낄 수 없는 죽은 살이라는 듯 그렇게 무심하게 말을 더듬었다. 소녀는 끔찍할 정도로 냉혹하게 더듬거렸다. 그 애가 더듬거리면서 말하는 무감한 파편들은 그녀의 편지에 대한 가장 진부한 해석이었다. 소녀는 위험한 곳을 원했고 그곳으로 갔다고 말했다. 그럼 왜 울었는데? 하고 물었을 때 소녀는 울지 않았다고 대답했다. 그럼 왜 웃었는데? 하고 물었을 때 소녀는 무표정한 얼굴, 흰빛으로 가득 찬 결백한 얼굴로 모르겠다고 대답했다. 마치 그녀는 한 번도 웃어본 적이 없다는 듯.

간혹 교실 한복판에서 멍하게 서 있는 그 애를 보면 난 그 애에게 더 이상 그 애와는 무관한 것 같은, 그러나 한때는 치명적으로 그 애였던 문장들에 대해 캐묻고 싶은 욕구를 참을 수 없었다. 아이들은 그 애를 그다지 좋아하지 않았다. 그 애는 잘 웃지 않았고 잘 어울리지 못했다. 난 같은 나무 속을 집요하게 파고드는 새를 관찰하듯 그 애를 바라보았다. 간혹 그 애와 눈이 마주칠 때에는 부러 그 애의 뒤편에 시선을 고정하여 마치 그 애가 아닌 다른 무언가를 보고 있는 것처럼 행동했다. 그러나 난 그 애를 보고 있었다. 그 애의 매혹적인 무표정, 아무것도 웃지 않고 아무것도 울지 않는 침착하고 확고한 은폐, 난 그 애 앞에서 웃을 때마다 죽을 듯 수치스러웠다. 그 애는 간혹 백일장에서 상을 받았다. 난 그 애의 문장들을 참을 수 없었고 그래서 다른 낭만적인 몇 장의 글들과 함께 그 애의 글들을 선별하였고 그 애의 문장들에 매혹당한 다른 교사들은 그 애에게 기꺼이 상을 주었다. 하지만 그 문장들은 모두 거짓이었다. 난 알 수 있었다. 문장들에서 소녀는 더 이상 웃지 않았으며 무표정하지도 않았다. 그 애는 어머니에 관한 글을 썼다.

어머니는 푸르다. 어머니는 파랗다. 어머니는 검지 않다. 검지 않은 것을 난 사랑한다. 검은 것을 사랑하는 것만큼이나 검지 않은 것을. 어머니가 피아노를 연주할 때 난 그녀의 가녀리고 부드러운 등에 기대어 음들의 층위를 경유하여 울렁거리는 호흡을 듣는다. 그녀는 숨을 내쉬고, 들이쉰다. 음들은 그녀를 떨어내고 그녀는 경련하며 손가락을 움직인다. 그녀는 곧 죽을 것 같다. 그러나 그녀는 살아 있다. 난 그녀와 함께 살아가고 싶다. 난 그녀를 사랑한다. 난 그녀를 사랑할 수 없는 만큼 그녀를 사랑한다. 그러나 그녀는 내가 아니고 난 더 이상 파랗지 않으며 어머니는 파랗다. 피아노는 끝없이 부드럽다. 유령조차도 함부로 앉을 수 없을 정도로 매끄러운 건반들 위에서 흘러내리며 스며드는 깊은 파열. 난 눈을 감고 숨을 내쉰다. 숨을 들이쉰다. 느끼지 않으려 애쓰면서 난 깊이 느낀다. 깊이 느끼면서 난 느끼지 않으려 안간힘을 쓴다. 그러나 연주는 계속된다. 그녀는 내가 태어나기 전부터 같은 음악을 연주했다. 언제나 피아노, 언제나 미묘한 중성의. 난 그녀의 뱃속에서 붉은 살을 살 때에도 같은 음악을 들었을지 궁금하다. 그녀는 매번 다른 음악을 연주하지만, 그녀의 음악은 동일하지 않지만 난 같은 음악을 듣는다. 난 그녀의 음악이 같지 않다는 것을 알지만 난 같은 음악을. 파란 음악을 들으면서 파랗지 않은 것에 대해 생각한다.

그 애를 교무실로 불렀을 때 그 애는 신중한 얌전함으로 무장하고 있었다. 철저히 은폐된 돌연함, 범죄적인 교활함을 스스로 망각한 채 나를 곧게 올려다보는, 숭배하는 두 눈. 난 그 애의 어머니가 피아노를 연주할 수 없다는 사실을 알고 있었다. 그 애의 집에는 피아노가 없고 그 애의 어머니는 피아노를 연주할 수 없는 사람이다. 난 그 애에게 정말 어머니가 피아노를 연주해 주었느냐고 물어볼 수 없었다. 그것이 그 애의 진실이 아니라는 것을, 그 애조차도 어머니의 피아노 소리를 망상하지 않는다는 것을 뻔히 알면서도, 차마 그 애에게 물어볼 수는 없었다. 그래요. 어머니는 피아노를 연주한 적이 없어요. 모두 내가 지어낸 얘기예요, 이렇게 말해주기를 바라는 것일까? 난 그 애에게 잔혹하고 싶은가? 난 그 애가 울기를 원하는가? 아니면 웃기를. 나를 철저히 무시하고 멸시하기를. 내 훼손된 상상력, 더 이상 복구할 수 없는 폐허, 아니 이미 오래전부터 내게 맡겨졌지만 손조차 대지 못했던 깊은 폐허를 낱낱이 고발하기를 원하는가? 그 애는 웃지 않았다. 그 애가 나를 와해시킬 치명적인 저주를 내뱉기 전에 난 돌아가렴, 하고 말했다. 아무런 말도 듣지 않고 아무런 설명도 하지 않고, 돌아가렴, 하고 말했다. 그 애는 순순히 돌아갔다. 눈이 열병에 걸린 듯 시뻘겋게 달아오르는 것이 느껴졌다. 그 애가 사라진 이후에도 난 그 애의 폭력을, 그 애의 현전을 요구하고 있었고 내가 아직도 그 애의 웃음을 기다리고 있다는 것을 절박하게 알고 있었다. 하지만 어머니가 푸르다는 아이에게, 그녀의 피아노 연주를 들었다는 아이에게 대체 무얼 요구할 수 있을까? 난 그 애에게 내 전부를 의탁하고 싶었다. 그 애가 날 자신의 어머니로 만들기 위해 날 거부하고 신성시하고 조각조각 찢어내어 해체하고 그녀의 신성하고 순결한 제단에 세우기를, 그리하여 그녀의 박해당한 문장 속에 틈입할 수 있게 되기를 나는 기다리고 있었다. 그 애의 어머니는 피아노를 연주할 수 없는 사람이었지만 난 피아노를 연주할 수 있었다. 그 애도 그것을 알았다. 음악 시간마다 아이들의 게걸스러운 고음에 맞추어 반주를 해 준 것은 나였으니까. 한 주가 지나기 전에 그 애는 다시 내 피아노 연주를 들을 것이었다. 그 애가 기억하는 연주는 내 연주였다. 그 애가 들은 푸름은 그 애가 연상하는 어머니는 나였다. 피아노를 연주하는, 푸른. 세상에, 난 그 애에게 낳아지기를, 그 애의 어머니로 입양되기를 바라고 있었다. 뒤늦게 그 애의 연약한 자궁, 생리조차 하지 않은, 여물지도 않은, 아직 준비가 되지 않은, 영영 아물지 못할 자궁에 착상되고 싶었다. 그 애의 문장들을, 어설프고 암시적인, 치명적으로 무의미한 문장들을 게걸스레 삼키고 그 결여를 탐닉하고 싶었다. 그 애의 문장들은, 너무도 얼기설기 엮인, 비어 있는, 듬성듬성한 흰빛은 너무도 매혹적이었다. 난 그 애를 갈망하고 있었다. 그러나 그 애는 웃지 않았다. 난 그 애 앞에서 웃고 있었고, 웃지 않을 수 없었고, 웃지 않고 응시하는 방법을 배운 적이 없었고 그 애와 눈이 마주칠 때마다 싱긋 웃을 수밖에 없었는데 그때마다 추악하고 정떨어지게 바들바들 떨리는 입꼬리, 난 내가 괴물처럼 느껴졌고 그 애는 참을 수 없을 정도로 희었는데 사실 그 애는 그렇게 희지 않았을지도 몰라, 그저 창가 가까이 앉아서 햇볕에 타들어가고 있어서 그렇게 희게 보이는 것뿐인지도 몰라, 하고 되뇌면서도 난 그 애가 희다고 생각했고 눈이 멀어버리는 것 같은 두려움, 난 고통도 없이 상처입었고 상처는 아무런 흔적도 없이 흰빛이었고, 누구에게도 보여줄 수 없는 벌어짐, 미세하고 가녀린 균열, 그 애는 아무것도 되고 싶지 않다고 말했다. 하지만 그렇게 살아갈 순 없어. 무엇도 되지 않고 무엇도 아닌 채로, 그렇게. 하고 난 비명을 지르고 싶었다. 하지만 너는 여자아이고 사랑스러운 학생이고 시민이고 꿈을 꾸는 아이고 혹은 꿈에서 내쫓긴 아이고 팔이 없는 어머니를 가진 아이고 푸른 어머니를 낳은 아이고 네 문장들은 널 어머니라고 생각할 텐데, 무언가가 되는 건 욕망만의 문제일 순 없단다, 아무것도 되고 싶지 않다고 해서 아무것도 아닐 수는 없어, 하고 소리치고 싶었다.

난 아무런 말도 하지 않고 그 애가 천천히 자리에 앉는 모습을 보았다. 마르고 흰 허벅지가 말려 올라간 붉은 치마 아래로 드러났다. 난 그 애를 조심스레 불러내어 옷가지를 정리해주는 상상을 했다. 그러나 그 애는 아무것도 입고 있지 않았다. 그 애는 아무것도 숨기고 있지 않았고 아무것도 부끄러워하지 않았다. 난 그 애에게 허벅지가 없다는 사실을 상기했다. 그 애는 다만 앙상한, 꼬챙이처럼 마른 두 갈래의 기관을 구부려 자리에 앉았다. 그뿐이었다. 그 애는 더 이상 나를 보고 있지 않았다. 검고 깊은 시선도 없었다.

아이들은 곧 모든 것을 잊었고 난 이제는 기억나지 않는 문장들을, 이미 교과서에 쓰여 있는 문장들을 기계적으로 내뱉었다. 아이들은 집으로 돌아가지 않았다. 저녁 늦게까지, 저녁 식사를 마치고 차분한 밤공기에 젖어 축축하게 늘어질 때까지 교실은 가득차 있을 것이었다. 아이들은 청소부가 되고 싶다고 했다. 남자아이는 남편이 되고 싶다고 했다. 그리고 그 애는 아무것도 되고 싶지 않다고 했다. 난 그 애의 공모자가 되고 싶었다. 가장 유치하고 비열한 방식으로 그 애의 슬기로운 아포리즘에 맹목적으로 편승하여 나도 아무것도 되고 싶지 않다고 비명을 지르고 싶었다. 아무것도 되고 싶지 않았다고. 하지만 난 어쩔 수 없이 여기 이곳에 있고 아무것도 선택한 적 없이 여기에서 너희들을 바라보고 있고 아무도 날 비난할 수 없어, 하고. 하지만 난 그 애들에게 물어서는 안 될 물음을 물었다. 내게 물어서는 안 되었던 물음. 오래도록 잊고 있다고 믿었던. 그러나 한 번도 잊은 적이 없었던. 차라리 그 애를 꾸짖었어야 했다. 무엇이라도 선택해야 한다고 선택하지 않을 거면 여기에서 나가라고. 네게는 지금 여기를 허락받을 자격이 없다고. 선택하지 않는 자, 백치처럼 교묘하게 대답을 회피하는 자는 추방되어야 한다고.

그러나 소녀는 내 망상적인 발작을 피해 어스름처럼 부드럽게 자리에 앉았다. 난 그녀를 벌할 수 없었다. 하지만 어째서? 어째서 그 애는, 그리고 나는? 그 애를 승인해서는 안되었다. 나를 갈기갈기 찢어버리는 한이 있어도 나를 부정하고 삭제하고 제거하고 부수어버리는 한이 있어도 치명적인 죄의식에 시달려 죽어버리는 한이 있어도 그 애에게 상을 주어서는 안 되었다. 어머니가 푸르고 피아노를 친다고 그런 건 아무래도 좋았어. 하지만 거짓이 아니었던 글, 그 애는 옷장 속에 갇혀 있는 소녀에 관한 글을 썼다. 푸른 곰팡이로 짜여져 있는 원생동물과 같은 징그러운 괴물이 소녀에게 입을 맞추고 소녀에게 이상한 환상들을 보여준다. 그녀들은 여러 개의 머리로 웃는다. 소녀들은 수십 벌의 옷들 속에 파묻혀 잠든다. 우리는 소녀가 그토록 끔찍하게 진실할 수 있다는 사실에 감격하였고 그녀에게 대상을 주었다.

하지만 진실이 상을 받는다는 역겨운 망상을 소녀에게 심어주어서는 안 되었다. 그 애는 더 이상 진실해져서는 안 되었으므로. 아무것도 되고 싶지 않다고 말했을 때, 난 모든 것을 짐작하였다. 하지만 내가 어떻게 할 수 있었겠어? 하고 절규하고 싶었다. 그러나 아무것도 소리치지 않은 채로, 닫힌 입술, 아이들의 검고 반짝이는 눈들, 여러 각도로 휘어진 시선들, 그 애들은 시선을 유보함으로써 나를 구원하였고 난 그 애들의 상냥한 외면에 구원받으며 마음껏 눈물을 흘렸고 그러나 닫힌 입술, 난 비명지르지 않은 채로, 나도 죽고 싶었어, 애야, 내가 네 나이일 때부터 어쩌면 그보다 어릴 때부터 난 매일같이 죽음을 연상했어. 하지만 한 번도 죽지 못했고 결국 수만 번을 죽으면서 이렇게 커버렸고 이제는 영원히 죽을 수 없을 것 같다는 생각이 들어. 난 **지나치게 죽었고** 겁도 없이 죽음을 소진했고 이제는 발바닥도 적시지 못하는 황폐한 나무들, 쓰러진 나무에는 목을 매달 수 없으니까. 난 새로운 죽음을 발명해내야겠지. 하지만 이미 소진되어버린, 돌이킬 수 없이 메말라버린 죽음, 난 소녀의 가느다란 손목을 부여잡고 그녀의 앙상한 어깨를 끌어안고 울고 싶었다.

난 죽고 싶었어. 그리고 아무것도 되고 싶지 않았어. 내가 무언가가 되었다고 해서 내가 무엇인가 되고 싶어 했다고 생각하지 마.

그 애는 쉬는 시간에 옥상에서 뛰어내렸고 난 그 애의 부서진 흰빛을 보지 못했고, 구급차의 윙윙거리는 날갯짓 소리. 아무것도 되고 싶지 않아요, 그 애는 서서히 자리에 앉았고 끔찍할 정도로 우아하게, 어떠한 흔들림도 없이 결연한 동작으로 자리에 앉았고 사실 흔들렸던 것, 파멸하고 있던 것, 망가진 것은 나였고 그래서 난 그 애를 다그칠 수 없었고. 난 너무 아팠고 고통도 없이. 그러니까 뛰어내린 것은 그 애가 아닌 나였어야 했는데. 그 애는 내가 수만 번 수백만 번 실패했던 그 죽음을 살았고, 단 한 번의 단호한 결심만으로 자리에 앉았던 것처럼, 내가 그 애를 다그치기도 전에 그 애를 비난하고 겁박하기도 전에 자리에 앉았던 것처럼 그렇게 나보다 먼저, 놀랍도록 간단하고 단호한 동작으로 그렇게 뛰어내렸고. 하루도 이틀도 일 년도 십 년도 아니고 바로 다음 시간에, 쉬는 시간에, 그 애는 아무것도 되고 싶지 않다는 문장을 향해 뛰어들었고 대체 내가 뭘 할 수 있었겠어? 그 애에게 상을 주지 않고 그 애를 승인하지 않고 그 애에게 아무것도 되지 않아서는 안 돼 넌 항상 무언가를 선택해야 해 이곳에 있기 위해 넌 의사 아니면 청소부를 선택해야 해 그것도 아니라면 아빠가 되겠다고 말 해, 엄마가 아니라 아빠가 되겠다고 말 해도 우린 너를 위해 웃어줄 수 있어, 하고 다그쳤더라면 그 애는 뛰어내리지 않았을 것이다. 그 애는 기만적인 연극에 꼼짝없이 사로잡혀 그 애에게 주어진 대사를 뱉어내고 터져나오는, 발작적인, 부주의한, 그러나 치밀하게 의도된 아이들의 웃음과 함께 슬며시 웃고 말았겠지. 그리고 절망하였겠지. 그러면 그 애도 나처럼 실패하며 미수에 그친 죽음을 일별하며 자라났겠지. 젊고 건강한 육체가 지탱할 수 있는 병적인 부조화를 상실한 채, 그 애는 휠체어를 끌고 창 밖으로 뛰어내리지는 못했겠지. 늙어서 굳어버린 두툼한 손이 그 애의 추락을 몇 번이고 저지했겠지. 그 애는 날 수 없었겠지. 날개가 퇴화하여 뒤뚱거리는 도시의 아름다운 비둘기들처럼 그 애는 그렇게 적당히 불쾌하고 적당히 더러운 존재가 되어서 세상을 오염시키며 살아갔겠지.

난 오직 나를 위해서 그 애를 꾸짖지 않았고 오직 내 비의적인 부활을 이미 사라져버린 가능성을 말소시켜버리고 싶지 않다는 이기적인 욕망으로 그 애를 놓쳐버렸고 그 애가 의자로 서서히 가라앉는 동안 난 그 애가 곧 죽으리라고 생각하면서도 그게 그토록 빨리 이루어질 줄은 몰랐다. 마치 날 고발하듯이, 나를 저주하고 내게 그 애를 형벌 지우듯이 그렇게 빨리 죽어버릴 줄은 몰랐어.

경찰 조사를 받으면서 나는 그 애가 착하고 얌전한 아이라고 말하지 않을 수 없었다. 그 애는 착하게 행동했고 얌전하게 침묵했으니까. 다만 잘 웃지 않는 아이였다고, 간혹 이상한 글을 쓰는 아이였다고, 그리고 지나치게 예민한 아이였다고, 그렇게 나를 변호하지 않을 수 없었다. 그 애가 우울했다고. 그 애는 너무 심약하고 순수해서, 너무 예민해서 자기 자신을 고발하고 처벌하지 않을 수 없었던 거라고. 새들이 가녀리게 웃는 소리를, 나뭇잎이 햇빛에 타들어가는 냄새를, 나비들이 찢겨질 듯 부드러운 날개를 펼치고 창문으로 날아드는 모습을 버티지 못했던 거라고.

경찰들은 이해할 수 있다고 대답했다. 내가 그들이 이해할 수 있는 말만 했으므로 그들은 이해할 수밖에 없었다. 난 푸른 어머니에 대한 작문과 검은 숲 속의 소녀에 대한 편지를 그들에게 보여주었다. 그것이 틀림없는 거짓이라는 말도 덧붙이지 않고, 마치 그녀가 잃어버린 살이 그녀가 떠나보내고 잘라내야만 했던, 사후적인 거짓이 그녀의 유일한 진실이라는 듯. 옷장 속의 머리 여럿

달린 소녀에 대한 글은 보여주지 않았다. 그녀가 이해하지 못한 진실에 대해 나는 한 마디도 하지 않았다. 그 애가 아무것도 되고 싶지 않다고 말했다는 것도 증언하지 않았다. 그렇게 나는 몇 조각의 그녀를 흘려 버렸고 몇 조각의 그녀는 은밀하게 삼켜 간직하였다. 상처 없이 피 흘리며 나는 울었다. 그 애의 책상에는 아무것도 놓이지 않았다. 우리는 그 애가 앉았던 책상과 의자를 모두 음악실로 치워 버렸다. 우리는 그 애의 부재를, 부재의 선명한 흔적을 도저히 견딜 수 없었다.

선생님은 그 애를 보지 않았죠, 하고 비난하듯 몰아붙이는 소녀 앞에서 난 아무 말도 할 수 없었다. 소녀는 존재하지 않았으므로. 그녀는 이미 존재하지 않는 유년이었으므로. 주의 깊은 부주의로 나는 소녀 앞에서 웃었다. 소녀는 울고 있었다. 소녀는 미안하다고 말했다. 그 애를 잊지 못해서 그 애가 아파서 그렇게 말한 거라고.

난 고통 없이 웃었다. 간혹 그 애를 잊지 못한 아이들이 나를 찾아와 울었다. 난 그 애들 앞에서 언제나 웃었고 그 애들은 내 미소를, 아픔도 죄악도 없는 내 웃음을 이해했다. 우리는 그 애와 깊이 대화해본 적이 없었으나, 그 애가 뛰어내리기 전에는 한 번도 그 애와 친밀하게 어울려본 적이 없었으나, 마치 그 애가 우리의 오랜 유년이라는 듯, 그 애 없이는 우리의 유년을 떠올릴 수 없다는 듯 그렇게 그 애에 대해 이야기했다. 우리는 놀랄 정도로 그 애에 대해 많이 기억하고 있었다. 그 애는 피아노 소리를 좋아했어요,

하고 한 소년이 내게 카네이션을 건네며 말했다. 나는 소년에게, 난 그 애의 어머니가 아니라고 대답했다. 그 애는 선생님이 피아노 치는 걸 좋아했어요, 하고 소년은 즉석에서 작문하듯 어색하고 희미한 말투로 중얼거렸다. 아니야, 그 애는 내가 피아노 치는 걸 징그럽다고 생각했어, 하고 나는 대답하지 못했다. 그 애는 푸른 것을, 피아노를, 어머니를 닮은 것, 어머니이기를 바라는 것, 그녀를 원하는 것, 그녀를 거꾸로 전유하려 하는 것, 그녀를 삼키려드는 것, 그녀에게 찢기길 원하는 것, 그녀를 갈망하는 것을 견디지 못했어. 그 애를 애도하기 위해 그 애의 상실을 견뎌내고 그 애의 없음을 살아내기 위해 그 애를 찾아 내게 돌아오는 소년들과 소녀들을 난 말릴 수 없었다. 그 애들이 징그럽게 군다고 생각하면서도 난 그 애들 앞에서, 난 그 애가 죽으리라는 걸 알고 있었어, 하고 고백하고 싶은 충동을 계속해서 견뎌내야 했다. 난 그 애가 죽을 걸 알았어 하지만 그토록 실제적이고 즉각적인 죽음일 줄은 몰랐어. 난 내가 죽었듯이 내가 수만 번 죽었듯이 그렇게 그 애가 죽으리라고 생각했어. 그 애가 단 한 번만 죽으리라고 그 한 번으로 성공하리라고 감히 상상도 못 했어. 난 그 애가 실패하기를, 그래서 저속하고 천박하고 악착같은 실패를 거듭하기를 기대했어. 아무것도 되고 싶지 않다는 그 애의 천진한 욕망이 갈기갈기 찢겨 부패해버리기를. 그래서 그 애가 아무것도 아닌 채로 무언가가 되어버리기를.

거울 같은 고요, 나는 치밀어오르는 예감을 참아내었다. 난 그 애를 향해 조그맣게 속삭였다. 봐, 난 네 진실을 발설하지 않았어.

그러나 그 애는 나를 보고 있지 않았다. 그 애는 자리에 앉았고, 놀랍도록 유연하고 결연한, 자연스러운 몸짓으로 의자에 내려앉았고 난 사소한 배신, 인내, 선행을 자랑하는 열 살배기 소녀처럼 그녀에게 속삭였는데, 그녀를 꾸짖지 않았다고, 내가 너를 참아낼 수 없다는 사실을, 네가 너를 참아내지 않았다는 사실을 고발하지 않았다고 복화술사의 단련된 은폐술로 속삭였는데, 그 애는 나를 보지 않았다. 그러나 그 애는 내가 죽고 싶었다는 것을, 내가 그 애를 견딜 수 없을 정도로 사랑하고 있다는 사실을, 그 애의 불행을 병적으로 갈망하고 있음을 분명히 듣고 있었다. 그 애는 내가 죽지 못한 수만의 죽음을 은밀하게 삼켰고 단 한 번의 순수하고 확고한 몸짓으로 나를 전유하였고 나를 초월하였고 나를 깨뜨렸다. 내가 그녀의 책상 앞에 무릎을 꿇고 스타킹 아래에 감추어진 흰 발을 부드럽게 움직이며 나를 깨뜨려달라고 나를 잡아채고 나를 강탈하고 나를 왜곡해달라고 애원했다는 듯, 그렇게 무심하고 자비로운 여주인의 헌신으로 그 애는 나를, 그러나 나는 그 애를.

그 애의 어머니는 뭉툭한 어깨로 나를 위로했다. 내가 그녀를 향해 어쩔 수 없는 음울함을 웃어보였을 때 그 애의 어머니는 나를 끌어안고 흐느끼며 내게 잘못이 없다고 울부짖었다. 그녀가 아니라 내가 그 애의 어머니라는 듯, 위로를 받아야 할 사람은 그녀가 아니라 나라는 듯. 하지만 난 한 번도 그 애의 어머니인 적이 없었다. 그녀는 내 피아노를 훔쳤고 내 푸름을, 내 푸르지 못함을, 내 거짓만을 훔쳐 둥근, 균열투성이의, 위험하고 매혹적인 유리공을 만들었고 난 참지 못하고 그녀의 유리공을 더듬다가 손가락이 베어 피를 흘리면서 피아노를 연주했고 그녀는 또다시 나를 훔쳐 거짓말을 했다. 그 애의 어머니는 나를 끌어안고 울었다. 어째서 죽어야 하는 걸까요, 하고 물었을 때 난 뭐라고 대답했던가.

어쩌면 꿈을 꾸기 때문이에요.

여자는 갓 죽은 딱정벌레처럼 검고 축축한 눈으로 나를 내려다보았다. 난 마치 그녀의 우물이 된 듯, 그녀를 마주보며 웃었다. 그녀가 나를 이해하고 있다는 것을 느낄 수 있었다. 그러나 나는? 나는 어땠던가? 교사는 무수한 나에 사로잡힌 채 숨을 헐떡였다. 교사가 다시 그녀이기 위해서 그녀는 무엇을 버려야 하는가.

교사는 어린 시절을 떠올렸다. 그녀가 그 애였고 다른 그녀가 교사의 자리를 대체했던 무렵. 황혼의 땅거미처럼 아무런 예고도 전조도 없이 부드럽게 서로의 자리를 채우고 있던 과거에 교사는 교단에 서 있지 않았으나 교단은 마치 한 번도 비어본 적이 없는 것처럼 누군가의 그림자로 젖어 있었다. 교사는 내게 대개 친절했지, 하고 교사는 생각했다. 여러 얼굴들, 여러 미소와 여러 귀와 여러 목소리들이 괴물처럼 덕지덕지 늘러붙은 교사가 그녀에게 사탕을 건네주는 모습을, 끈적한 노란 물이 뚝뚝 녹아내렸고 그 위에 황홀하게 엉겨붙은 수천 마리의 날벌레들이 소녀를 향해 작고 여린 등을 보였고 소녀는 조금의 저항도 없이 찢겨질 끔찍한 가녀림과 무감각하게 생을 운반하는 결연함을 멍하니 응시하였고 그리고, 나는 어떻게 죽기를 원했지? 천천히 눈을 감았다 뜨며 나는 그 애의 뒷모습에 대해 생각했다. 내가 목격하지 못했던 그 애의 흰빛에 대해. 교사는 내 손을 잡아채 거칠게 흔들며 소리질렀다. 왜 그렇게 느린 거야? 증오하듯, 경멸하듯 내려다보는 눈의 검고 날카로운 빛깔. 아이들은 숨 죽여 웃었고 나는 허겁지겁 고개를 끄덕였다. 교사의 말에 순응할 준비가 되어 있다는 것을 증명하기 위해, 내게는 당신에 대한 어떠한 반감도 없다는 것을. 그러나 교사는 확신하지 못하였다. 그녀가 얼마나 오래도록 내 천성적인 느림을, 버벅거림을 참아내었을지 상상도 할 수 없었다. 어쩌면 그 순간 단 한 순간 내 느림을 포착하였을 수도 있었을 것이다. 하지만 그게 아니라면. 내가 느림과 집요함으로 그녀를 집요하게 괴롭히는 동안 그녀가 서서히 죽어가고 있었던 거라면, 그녀는 그녀가 죽어가고 있다는 사실을 견디지 못하고, 오로지 나의 느림으로, 나의 버벅거림으로 그녀가 살해되고 있다는 사실을, 이전에는 단 한 번도 생각해본 적이 없을 그러한 서투름으로 그녀가 망가지고 있다는 사실, 훼손되고, 이제는 앞으로 돌아갈 길이 없다는 사실, 난 아무런 생각도 없이 마치 느림만이 내게 가능한 유일한 리듬인 양 손가락을 꼬아댔고, 불필요한 동작은 아무것도 없이, 단 하나의 결정된 동작만을 아주 느리게, 고문하듯, 괴롭히듯, 역겹게 느려진 슬로우 화면을 바라보며 여자는 이를 갈았고 여자는 입술을 깨물었고 여자는 눈물을 참았고 그녀는 그녀의 마음이 그녀의 몸보다 먼저 썩어버리리라는 것을 알았고 은근한 부패의 향기, 그녀는 참지 못하고, 왜 그렇게 느린 거야? 그리고 그녀는 깜짝 놀란 듯, 상처받은 갈빛의 눈으로 나를 내려다보았는데 난 오직 그녀를 안심시키기 위해, 내가 상처받지 않았다는 사실을 그녀에게 설득하기 위해 고개를 끄덕였다. 그러나 난 웃지 않았다. 웃지 않았기에, 그녀는 안심할 수 없었을 것이다. 교사는 내게 은근한 눈치를 주어야 했다. 조금 서두르자, 수업이 곧 끝날 거야, 친구들이 기다릴 거야, 그녀는 내가 들고 있던, 절단해야 할 부드러운 곡선으로 가득찬 종이를 **빼앗아** 막힘없고 재**빠른** 가위질로 내 시간을 순식간에 도려내어야 했다. 그러나 그녀는 참지 못했고, 왜 그렇게 느린 거야?

교무실에서 그녀의 사과를 들을 때, 선생님이 미안했다고 말하는 소리를 들을 때, 난 당장 도망치고 싶었다. 난 고개를 끄덕여서는 안 되었다고, 선생님이 잘못했다는 말은 내가.

교사의 눈은 붉게 부풀어 있었고 그녀의 입술은 축축한 버찌처럼 붉었고 난 어른이 잘못할 수 있다는 사실을 처음으로 알았는데 그것은 곧 내가 더 이상 느림을 반성할 필요가 없다는 말이기도 했다. 난 끝내 서툴렀고 끝내 느렸고 교사는 나의 고집스러운 결여를 굳건하게 견뎌내어야 했고 그녀는 끝내 나를 미워할 수밖에 없었다. 내 눈빛은 언제나 그녀의 사과를 그녀의 굴욕을 그녀의 패배를 조심스럽게 요구하는 눈이었다. 난 오로지 그녀의 마음에 들기 위해, 그녀를 사로잡기 위해, 그녀에게 인정받기 위해 그녀를 뚫어지게 쳐다보았으나—교사는 착한 아이들은 수업에 집중하는 법이라고, 눈을 보면 알 수 있다고 말했으니까—그녀는 내 눈을 피했다. 나와 눈이 마주치는 순간, 내 눈에 새겨진 그녀의 죄악을 자각하는 순간 무너져내리고 말 것임을 짐작한 듯.

수업 중 그녀가 발작적으로, 난 얌전한 아이가 싫어, 하고 외쳤을 때 난 끔찍하게 놀랐다. 그녀는 눈을 감고 말하고 있었지만 난 그녀가 나를 보고 말하는 것임을 오로지 내게 말하고 있는 것임을 선명하게 알 수 있었다. 그녀는 얌전한 아이가 순종하는 아이가 조용한 아이가 징그럽다고 말했다. 대체 내 무엇이 그녀에게 징그러웠을까? **내 얌전함과 순종, 조용함은 오직 그녀만을 위한 것이었다.** 첫 수업을 시작할 때 교사는 차분하고 조용하며 얌전한 학생들이 좋다고 밝히지 않았던가? 수업 시간에는 조용히 해야 한다고, 쉬는 시간에도 소리를 지르거나 뛰어다니지 않고 자리에 얌전히 앉아서 책을 읽는 것이 좋다고 말하지 않았던가? 교사의 사과를 받은 이후부터 교사는 내 결점을 찾아내 확대하기 위해 안간힘을 쓰는 것처럼 보였다. 공기 놀이나 실뜨기 놀이를 할 때도 교사는 구태여 나와 짝에게 다가와 내가 갖지 못한 기민함과 재빠름을 가지고 있는 내 짝을 칭찬해 주었다. 그녀는 매번 바뀌는 내 짝이 너무도 빠르고 너무도 영리하고 너무도 사랑스럽다고 감탄하였다. 짝들은 시무룩한 환희로 그녀의 과분한 칭찬을 묵묵히 받아들였다. 그러나 난 그들처럼 재빠를 수 없었고 느림을 상쇄할 침착함과 정확성도 갖지 못하였다. 난 그저 서툰 것이었으므로. 장인적인 섬세함을 위하여, 많은 일들을 한 번에 더 정교하게 처리하기 위하여 느려진 것이 아니라, 그저 느린 것뿐이었으므로. 그녀는 절망적으로 상처받은, 찢겨진 검은 눈으로 나를 집요하게 외면하며 기계적인 칭찬과 경탄을 중얼거렸다. 난 그녀가 그토록 서글퍼 하는 것이 끔찍하게 싫었다. 그녀는 치졸한 잘못을 저지를수록 불가피하게 나를 미워하게 되었고 당시 내 삶의 목표는 오로지 그녀의 사랑을 받는 것뿐이었기에. 그러나 내게는 칭찬할 거리보다 지적할만한 부분이 훨씬 많았다. 난 지독하게 서툴렀고 내 모든 행위와 말들은 얼기설기 얽힌 느슨한 거미줄과도 같았기에, 그녀는 종종 참지 못하고 발작적으로 내 결핍을 지적하였고 나는 아무런 수치도 느끼지 못한 채 오로지 그녀를 위로하기 위해 입꼬리를 부드럽게 올려보였고 그녀는 깊은 당혹과 아픔을 숨기지 못한 채 당장이라도 울 듯 고개를 숙였다. 그러나 난 그녀를 괴롭히는 것을 원하지 않았다. 그녀가 새로운 범죄를, 무엇보다 그녀 자신을 상처주지 않고 나를 신랄하게 비판할 수 있는 범죄를 발명해 낸다면 난 아무런 거리낌 없이 그녀에게 내 결여를 내어줄 준비가 되어 있었다. 그러나 우리는 어렸고―지금 생각해보면 그녀 역시. 그녀는 아직 어린아이였다. 어린시절을 잊지 못한, 어린시절의 독과 같은 흰 늪으로부터 벗어나지 못한. 어째서 그 때는 그녀가 어린아이였다는 생각을 하지 못했던 것일까? 서투름을 병처럼 휘두르는, 죽어감을 견딜 수 없는 어린아이. 그녀의 눈은 매일 짓물러 있었고 우리는 개구리처럼 툭 튀어나온 그녀의 눈을 신기해했지

만 아마 그녀의 눈은 원래 그렇게 부풀어 있지 않았을 것이다.─
우리가 경험하거나 상상하지 않은 다른 범죄를 창안해낼 수는 없
었다. 죽이지 않고 훔치지 않고 상해하지 않고 욕하지 않고 추방
하지 않고 저지를 수 있는 치졸한 잘못들은 그리 많지 않았다. 우
리는 언제나 실패한 범죄들만을 맴돌았고 그녀는 죄가 되지 않을
은근한 괴롭힘만으로, 그녀 자신에게도 발각되지 않을 미묘한 음
험함으로 내게 천착하였다.

그녀는 받아쓰기에서 백 점을 맞았다는 이유로, 책상 정리를 가
장 잘했다는 이유로 내게 특혜를 주었다. 아이들이 끔찍하게 시끄
럽게 굴었다고 매를 때릴 때도 나를 배제해 주었고 자리를 선택할
때도 내게 첫 번째로 자리를 고를 수 있는 기회를 주었다. 그러한
도발적인, 그러나 실상은 아무런 이득도 없는 공허한 특혜는 아이
들의 은근한 따돌림을 불러일으켰지만 난 같은 교실을 공유하는,
나와 똑같이 멍청하고 똑같이 어리고 똑같이 서툰 아이들에게는
아무런 관심이 없었다. 린넨 원피스 사이로 드러나는 희고 두툼한
어깨와 끝없이 흘러내리는 듯 부드럽게 일렁거리는 젖은 듯한 가
슴, 내가 원하는 것은 그녀의 성숙한 흰빛뿐이었다. 달빛으로 젖
어든 물 웅덩이를 향해 게걸스럽게 달겨드는 한밤의 나방 떼처럼
난 그녀가 베푸는 특별한 외면에 집착했지만 우리는 결국 단 한
번도 제대로 대화를 나누어본 적이 없었다. 우리는 서로의 서투름
이 만들어내는 우연적인 효과들에만 천착하였다. 난 언제나 가장
앞줄, 왼쪽 자리, 창가와 그녀에게 가장 가까운 자리를 선택했다.

그녀가 원한다면 언제라도 나를 창문 밖으로 밀쳐낼 수 있도록 창문 옆에 꼭 붙어 앉았다. 그녀는 결국 나를 살해했을까? 그랬다면 몇 번이나? 그러나 그녀는 한 번도 내게 자신의 살해를 드러낸 적이 없었다.

그녀는 나를 죽이지 못했고 창문 밖 짙고 탐욕스러운 햇빛 아래서 흔들리는 내 유령과도 같은 흔적을 바라보던 날 나는 문득 죽어야겠다고 결심했다. 나를 살해해야겠다는 생각은 진부하지만 절망적으로 독창적인 창안이었다. 난 항상 죽음은 외부에서, 혹은 내부에서 닥쳐오는 것이라고 생각했다. 노화와 병으로, 세포들의 치명적인 반역으로 죽거나 타자의 거센 폭력에 의해 찢겨 죽는 것이라고. 그러나 창문 밖에서 울렁거리는 회절 이미지를 멍하니 응시하면서, 나는 자기 살해에 대한 충격적인 발상을 떠올렸다. 창밖으로 걸어가면, 그리하여 날지 못하고 떨어지면 나는 그녀가 이루지 못했던 일을 눈부시게 간단히 성공할 수 있을 것이다. 자기-살해는 그녀에게 던질 수 있는 가장 매혹적인 메시지처럼 느껴졌다. 운동장은 눈이 멀 듯 희었고 난 자연스럽게 창문을 반쯤 열었고 하늘은 치명적으로 가까웠으며 모든 일은 지독히 쉬워 보였다. 교사는 내 부재를 꿋꿋이 응시하며 수업을 하고 있었다. 그녀는 창문 쪽을 바라보지 않았지만 난 그녀가 바라보는 것이 내 방만임을, 그녀가 오로지 내 돌발적인 주의산만에 신경을 기울이고 있음을 알 수 있었다. 손을 뻗었다. 바깥으로 내민 손은 더 이상 내 것이 아닌 것처럼 희고 찼다.

그때 누군가, 결코 대비하지 못했던 검은 아이가 창 밖으로 불쑥 손을 내밀었다. 그의 손에는 손바닥만 한 바퀴벌레가 매달려 있었다. 연약한 더듬이 아래로 적갈빛의 몸과 투명한 날개가 안개처럼 펄럭이고 있었다. 그 애는 손을 놓았고 바퀴벌레는 젖은 날개를 홀로 휘젓다가 순식간에 떨어져내리고 말았다. 순간 난 그 역겨운 흰빛과, 비어져나온 내장, 웃고 있는 내장, 날 조롱하듯 내게 애걸하듯 그렇게 벌어진 틈과 눈을 마주치고 말았다.

　난 고통을 참지 못하고 검은 아이를 올려다보았다. 창문 앞에서, 그 애는 놀라울 정도로 희었다. 아무도 창문 아래를 바라보지 않았다. 바퀴벌레가 이토록 높은 곳에서 살아남을 수 있을까? 그건 죽었을 것이다. 잔혹한 흰빛으로 번들거리는 운동장에서는 그 연약하고 불결한 흰빛을 찾아볼 수 없었다. 아무도 떨어져내린 바퀴벌레에 대해 생각하지 않았다. 바퀴벌레는 죽었고 사라졌다. 마치 한 번도 존재하지 않았던 것처럼. 마치 죽음이 삶에 의존적인 것처럼, 그래서 삶이 사라지면 죽음 역시 온데간데 없이 사라져버리는 것처럼. 그러나 바퀴벌레의 죽음은 분명 창문 아래, 이곳보다 낮은 곳 어딘가에 있을 것이었다. 날아오르지 못했다면 그건 죽었을 것이다. 난 힘겹게 숨을 몰아쉬며 상스러운 날갯짓, 기형적이며 불결한 적갈색과 그 속에서 눈처럼 반짝이던 흰빛을 잊으려 애썼다. 질식할 듯 고통스러웠으나 난 혼잡한 침묵 속에서 지나친 산통을 겪어내듯 그것의 죽음을 잊으려 애썼다. 난 바퀴벌레의 추락을, 너무 늦게 펼쳐진 날개를 관통하며 찢어발기며 거세게 몰아붙이던 날카로운 대기의 효과를 몇 번이고 다시 보았다. 그것은 몇 번이고 내 앞에서 죽음의 흰 웃음을 드러낸 채 웃고 있었다. 난 홀린 듯 그것을 바라보았다. 나의 죽음을 목격하듯.

나의 죽음을 목격하듯. 난 나의 죽음을 목격하듯 그것을 보았다고 생각했다. 그러나 그것은 내 죽음일 수 없었다. 한 번도 나인 적이 없었던 것의 죽음, 바퀴벌레는 도저히 나일 수 없었으며, 상상하고 싶지도 않은 그것의 불결한 내부, 어쩌면 흰빛의 축축하고 끈적한 알들로 바글댈 내장, 그것은 웃으며 기꺼이 떨어졌지만 그 알들은? 무게와 가속의 충격으로 파괴되기에는 너무도 가벼울 그 알들, 알들은 살아남을 것이다. 운동장의 흰빛을, 추락의 흰빛을, 어미의 흰빛을, 죽음의 흰빛을 모두 견뎌내고 살아남아 부화할 것이다. 계절이 끝나기 전에 그것은 검붉은 심장처럼 거대하게 차올라 교실 창문으로 날아들 것이다. 난 창문에 매달린 그것의 원시적인 검은 눈, 더듬이와 단단하고 매혹적인 얼굴 생김을 모조리 관찰하게 될 것이다. 알과 알집, 날개와 흰 배, 배를 가로지르는 흰 반점들에 대해 떠올리며 난 죽을 듯 괴로웠다. 당장이라도 기억을 구역질해내고 목 아래에 손가락을 쑤셔넣어 그것의 흰빛, 인상의 흰빛, 기억의 흰빛을 모조리 끄집어내고 싶을 정도로. 그러나 난 고집스럽게 흰빛, 흰빛, 흰빛들에 매달렸다. 운동장을 가득 채운 진주의 흰빛들, 그것은 모두 해가 낳은 축축한 알들이다. 언젠가 검고 투명한 날개를 펴고 날아오를, 사방을 헤집고 쏘다니며 순식간에 찢겨 죽어버릴, 생의 알들, 끔찍이도 젖어 있는, 운동장의 모래 한 알 한 알이 모두 그러한 알들로, 자궁과 페니스와 수천 개의 다리들과 알집과 흰 반점과 검고 무감한 자갈과도 같은 눈으로 짜여진 괴물들이 병적으로 가녀리고 힘겨운 숨을 몰아쉬고 있는 그러한 알들로 채워져 있다는 생각, 생각만으로 나는 죽어버릴 것 같았다. 난 그 치명적인 비밀이 떨어져내린 창문으로는 결코 떨어져내릴 수 없으리라는 것을 알았다. 바퀴벌레는 웃고 있었다. 더 이상 바퀴벌레인 것을 견딜 수 없다는 듯. 천박하고 아름다운 웃음. 하수를 뒤덮은 쥐들의 웃음, 은빛 투구를 뒤집어쓴 달의 웃음, 아직 태어나지 않은 진주들의 웃음, 알들의 매끄럽고 적막한 웃음, 메두사의 결연하고 음탕한 웃음, 난 웃었다. 교사는 내불운한 웃음을 숨 멎을 듯 당혹한 눈으로 마주보았다. 나를 무시해야 한다는 규칙, 적어도 내 눈을 피하며 나에게 골몰해야 한다는 규칙조차 잊고. 여자는 나를 마주보았다. 그녀는 묻고 있었다. 무엇을 보았냐고. 그러나 난 아무것도 보지 못했다. 난 나의 죽음을 보지 못했다. 내가 본 것은 삶이 볼 수 없는 것, 어린아이가 보아서는 안 될 것, 그래서 보았더라도 볼 수 없었던 것이었다. 죽음의 흰빛을 난 감히 들여다볼 수 없었다. 난 오직 삶이 자신을 내버리는 미소의 흰빛만을 보았고 그 깊은 곳에서 드글거리는 알들의 흰빛은 볼 수 없었다. 아무도 볼 수 없을 흰빛.

그러나 정말 계절이 지나기 전에 알들은 부화하였고 언제나와 같은 날벌레들이 괴물처럼 우글거리며 날아들 때 난 그들이 추락자의 자손들, 한낮의 고아들임을 알았다. 먼지구름처럼 부푼 날벌레 떼가 신기루처럼 창문 밖에서 아른거릴 때, 억누르지 못한 비명, 난 서둘러 창문을 닫으려 했으나 내 손은 끔찍하게 느렸고 미끄러운 창문에서 내 손은 자꾸만 허덕거렸고 결국 창문을 닫았을 때 이미 수백 마리의 하루살이들은 죽음의 그림자처럼 교실 안에 들어온 뒤였다. 아이들은 기쁨에 겨운 공포의 환성을 내질렀다. 우리는 불길한 그림자와도 같은 희미한 검은빛의 날개들을 어떻게 처리해야할지 몰라 난감해하였으나 믿을 수 없게도 곧 잊고 말았고 정말로 그 불길한 패거리, 당장이라도 죽음을 몰고 올 것 같은 역병처럼 음험한 검은 빛을 우리는 까맣게 망각하였고 결국 아무도 기억하지 못하는 사이 그것들은 완전히 사라지고 말았다.

난 그런 일들이 종종 일어났음을, 그 이전에도, 그 이후에도 그와 같은 불길한 안개는 정말로 우리의 내부로 밀려들어왔고 종말을 불러올 듯 위협적으로 웅성거렸음을 기억한 유일한 목격자였을지도 몰랐다. 그들은 언제나 순식간에 사라졌으므로 아이들은 언제나 그들이 우리를 위협하고 우리를 뒤덮고 우리를 내파하였다는 사실을 잊어버렸다. 아마 바퀴벌레를 잡아 창 밖으로 던져버린 검은 아이도 그것의 흰빛을 기억하지 못 할 것이었다. 언젠가 내가 그 애에게 다가가 흰빛에 대해, 불결하고 아름다운 흰빛에 대해 불쑥 말을 꺼냈을 때 그 애는 아무것도 이해하지 못한 듯 어리둥절해 했고 내가 교실의 암묵적인 금기를 깨고 그 애에게 함부로 말을 걸었다는 사실에 당황하여 얼굴을 붉힐 뿐이었다. 난 끔찍하게 조용하였으므로 간혹 내가 말을 못한다고 믿는 아이들이 있었으며 그 애들은 내게 은근하게 침묵을 강요하였다. 난 내게 발설할 수 있는 혀와 성대가 있다는 사실을 구태여 증명하고 싶지 않았기에 그들의 암묵적인 요구에 따라 입을 다물었고 그 얄팍하고 보잘 것 없는 순응만으로 아이들은 만족하였다.

검은 아이에게 주어진 선택지는 두 가지뿐이었다. 그 애는 신랄한 비명으로 나를 고발하거나, 돌이킬 수 없이 상처받거나 둘 중 하나밖에는 할 수 없었다. 살아남기 위해 그 애는 울어서 나를 잊거나 나를 잊지 않고 내 비-침묵을 받아들일 수밖에 없었다. 그러나 그 애는 비명을 지를 수 없는 아이였고 상처받기를 원하지도 않았으므로 붉게 부풀어오른 무력감으로 내게 호소한 것이다. 더 이상 그 애를 몰아붙이지 않기를. 난 교활한 조롱으로 그 애를 몰아붙일 수도 있었지만 그렇게 하지 않았다. 난 바퀴벌레의 흰빛을, 죽음의 순간을 기억하는 사람이 나뿐이라는 사실을 알았다. 그 일순의 이미지는 오로지 내게 주어진 것이었다. 난 작고 연약한 병아리를 어떻게 다루어야 할지 몰라 쩔쩔매는 어린아이처럼 내게 주어진 일그러진 무형의 흰빛을 아무런 계획도 없이 조물락거렸다. 흰빛은 희어졌고 악몽처럼 늘어났고 서글프게 미소지었다. 칼날처럼 날카로운 수컷의 성기를 받아내며 배가 찢기는, 죽어가면서 동시에 산란하는 절지동물처럼 가련하고 불결한 흰빛의 미소. 난 그 혹독하고 적막한 죽음에 매혹되었다. 추잡한 반점과 상처, 알과 병균이 으글대는 생의 배양소인 죽음의 껍질에, 난 내가 바퀴벌레가 아니라는 사실이 믿을 수 없을 정도로 기뻤고 동시에 바퀴벌레가 되고 싶은 역겨운 욕망에 사로잡혀 신열을 앓았다. 창문 바깥의 어둑한 흰빛을 보며 난 매일같이 뛰어내렸고 매일같이 터졌고 매일같이 죽었다. 그러나 진실로 난 한 번도 죽지 않았다. 내 유일한 진실을 견뎌내야 했다. 터질 듯이, 미어질 듯이 발가벗겨진 심장으로. 바퀴벌레의 매끄러운 알몸처럼 검붉은, 피와 조직과 생으로 그득찬 내 바퀴벌레. 한 번도 내 것이었던 적이 없는. 그러나 언제나 내 안에서 움직이고 호흡하고 입맞추는 검붉은 움직임들. 목 아래를 갈라서 불결한 알들을 모조리 **빼낼** 수 있을까? 한 조각의 흰빛도 남지 않게. 죽은 나를 두고 내 안에서 흰빛의 낯선 생들이 부화하지 않도록. 다른 누군가를 위해 죽는 일, 사랑할 수 없는 것들을 위해 죽는 일은 내가 원하는 것이 아니었다. 난 오로지 그녀를 위해 죽고 싶었다. 그녀가 나를 미워하는 만큼, 그녀가 나를 사랑하는 만큼 죽고 싶었다. 그러나 내 죽음에는 그녀가 없을 것이었다. 한 번도 죽은 적 없는 붉고 흰 알들이 내 깨어진 파편들 사이에서 머리를 내밀고 나오는 모습, 물결처럼 날아오르는 검은 날개들, 내가 뭘 할 수 있었겠어? 난 그 애처럼 결연하게 뛰어내릴 수 없었다. 아무도 보지 않는 곳, 그러나 곧 모두에게 들켜버릴 장소에서 바퀴벌레처럼 아무런 유언도 비명도 없이 폭파해버린 검붉은 육신처럼, 난 그 애가 그토록 확고할 수 있음을 알지 못했다.

난 아무것도 되고 싶지 않아요, 난 그 애를 무시했고, 난 아무것도 되고 싶지 않아요, 난 그 애를 포기했고, 난 아무것도 되고 싶지 않아요, 난 그 애를 죽이지 않았고, 난 아무것도 되고 싶지 않아요, 난 그 애를.

책장 가장 아래쪽에는 어린 시절부터 모아놓은 무수한 기록들이 파일에 정리되어 있었다. 기억나지 않는 상장들 기억나지 않는 기록과 기억나지 않는 수치들. 더 이상 내게 속하지 않는 문장들. 놀랍게도 난 사랑에 대한 산문을 발견했다.

여자를 사랑합니다. 날아가는 여자, 떨어지는 여자, 바퀴벌레 여자, 잠자리 여자, 파리 여자, 개구리 여자와 개 여자를, 당혹한 여자, 체념한 여자, 착취하는 여자 병든 여자 미친 여자 찢어진 여자 봉합된 여자 죽어가는 여자 살아가는 여자를 사랑합니다. 꿈꾸는 여자 불면하는 여자 잠자는 여자 음험한 여자 불길한 여자 임신한 여자 앙상한 여자 출산한 여자 텅 빈 여자 가득 찬 여자 결여로 부푼 여자 풍만으로 비어버린 여자를 사랑합니다. 그러나 그 모두를 사랑하는 건 아닙니다. 오직 살아 있었던 여자를 나는 사랑합니다.

그것은 절박한 거짓이었다. 그러나 지금, 더 이상 그 문장들을 생산한 여자를 기억할 수 없는 여자에게 그 문장들은 다른 어느 때보다도 진실이었다. 여자는 정말로, 살아 있었던 여자만을 사랑하고 있었다. 그녀는 소녀의 흰빛을 포기하였다. 그녀는 아무것도 되고 싶지 않다고 말하는 소녀의 순간을, 죽음 직전의 순간, 다른 어느 때보다도 검게 빛나던 그 순간을 소스라칠 정도로 광폭하게, 은폐된 비통과 의혹으로 사랑하고 있었다. 할 수만 있다면 소녀의 죽음에서 배양된 알들을 훔쳐오고 싶을 만큼. 그러나 그녀는 그리하지 않았다. 교사는 마치 소녀가 그녀에게 보내온 편지를 읽듯, 그녀의 소녀가 쓰지 않은 투명한 글자들을 읽듯 그 산문을 다시 읽었다. 당혹한 여자 체념한 여자 착취하는 여자 소녀는 소녀의 죽음을 예견하고 있었던가? 죽어가는 여자 봉합된 여자 찢어진 여자 미친 여자 병든 여자 소녀는 누구를 향한 거짓이었던가? 누구를 위한 진실이었던가? 여자는 미칠 듯 고통스러웠다. 하지만 아직 미쳐버리지 못한 서글픈 고집으로 교사는 이미 오래전에 쓰인 미래를 다시, 그리고 다시 읽어내렸다. 숙명과도 같은 마주침이 없었더라면 그녀가 읽지 않아도 되었을 문장들을. 바퀴벌레는 마치 그녀를 위해 죽은 것처럼 보였지만 사실 그의 잔혹하고 희미한 죽음은 소녀와는 무관한 것이었다. 바퀴벌레의 죽음은 소녀의 죽음이 아니었고 검붉은 괴물의 파멸과 소녀의 생은 아무런 관련도 없어야 했다. 하지만 소녀는 불결한 파열을 제 것으로 삼았고, 게걸스럽게 삼켜내었고 감히 살아남았다. 교사는 여름의 햇살처럼, 검고 뭉근하게 부풀어오른 축축한 날벌레 떼처럼 사라졌고 소녀는 어린시절을 살아남았다.

놀랍게도, 그녀는 단 한 번도 떨어내리지 않았다. 죽음은 아직까지도 그녀의 진실이 아니었다. 어째서 죽었을까요, 하고 흐느끼는 여자에게 교사는 악몽처럼 푸르게 웃으며 어쩌면, 하고 대답했다.

어쩌면 그 애는 이미 오래전에 죽었는지도 몰라요. 우리가 상상할 수도 없을 정도로 깊은 미래에. 그 애는 아무것도 되고 싶지 않다고 말했어요.

하지만 그 애는 무언가 되었어요, 하고 여자는 속삭였다. 그 애는 소음처럼 불결하였고 전유할 수 없을 정도로 병들어 있었다고 여자는 여자에게 말했다.

아무도 그 애가 무엇이 되었는지 알 수 없어요. 그 애가 무엇도 되지 않았다는 것을 부정할 수 없어요. 우린 어떤 근거도 가지고 있지 않으니까.

그 애는 추락하였다. 그 애는 죽었다. 그녀가 보지 못한 흰빛, 그러나 그녀가 알고 있는 흰빛으로. 햇빛으로 번들거리는 창문은 교실 안의 세계만을 자폐적으로 비추고 있었고 거울의 내부에 갇힌 여자는 어쩌면 아무것도 보지 못했을 수도 있다. 그러나 흰 팔목과 손가락, 희고 창백한 먼지로 더러워진 무릎의 잔영은 어째서 그토록 선명한 것일까. 완수되지 않은 세계에서 불치병과 공존하며 살아가는 여자들, 소녀는 무엇이 되고 싶지 않다고 말했었나. 아무것도. 소녀는 아무것도 되고 싶지 않다고 말했다. 지독히 먼 옛날부터 되뇌어온 듯 매끈하게 닳아버린 문장을 핥듯이 내놓으며 아무것도 되고 싶지 않아요, 하고 말했다. 흰빛은 언제부터 소녀를 보고 있었던가? 흰빛은 언제부터 소녀였던가?

## 곡예사

소녀는 그 자리에 매달려 있었다. 언제부터 소녀가 그곳에 있었는지 소녀가 얼마나 오래 버티었는지 그녀가 그녀의 기록을 얼마나 높이 초극하였는지 세어주는 사람은 아무도 없었다. 다른 서커스 배우들은 간혹 소녀의 발밑을 오갔고 소녀의 밑에서 손을 흔들어 인사해주기도 했지만 대체로 다들 소녀에게 무심했다. 그들은 소녀가 추락하는 날만을 기다리고 있는 것 같았다. 아니 소녀가 추락하기를 기다리는 것은 소녀뿐이었다.

소녀는 그녀의 발을 조심스럽게 잡아당기며 장난치는 청소부를 내려다보았다. 그는 소녀에게 작은 빵 조각을 던져 주었다. 몇 조각은 소녀 밑으로 떨어졌고 몇 조각은 소녀의 오른손 안에 들어갔다. 청소부는 아이처럼 키득거렸다. 소녀는 그가 웃는 것을 멍하니 내려다보았다.

소녀는 정말 오래 버티었다. 서커스 천막이 그를 두고 다른 마을로 가는 동안에도 소녀는 샹들리에 가만히 매달려 있었다. 단장은 정말 가지 않을 것이냐고 물었다. 함께 가지 않으면 넌 굶어 뒈질거야. 서커스 없이 네가 뭘 할 수 있겠어? 너처럼 어린 여자아이가 달리 뭘 할 수 있을 것 같아?

　그네 타는 여자가 소녀의 발을 조심스레 어루만지면서 달래었을 때도 뱀 소녀가 소녀의 다리에 매달려 흐느꼈을 때도 불을 뿜는 소년들이 소녀에게 공을 던지며 내려오라고 소리쳤을 때도 소녀는 고집스레 가만히 매달려 있었다. 지쳐버린 서커스 단원들이 소녀를 두고 사라져버릴 때까지 소녀는 가만히 매달려 있었다. 그들이 정말 가 버릴 것을 소녀는 예상하고 있었을까? 샹들리에의 불이 흐릿하게 달아오를 때 소녀는 그녀의 입가를 떠도는 노란 빛의 먼지들을 보았다. 불빛으로 일그러진 가련한 날개들과 입술들, 입술들, 그리고 입술들. 얼마나 오래 버티면 내려가도 좋은지 말해주는 사람은 없었다. 매달리기로 결정한 것도, 내려가지 않기로 결정한 것도 소녀였다. 그렇지만 뱀 소녀가 소녀의 다리를 붙들고 흐느낄 때, 불을 뿜는 소년들이 소녀의 발가락을 간질이며 키득거릴 때 아무것도 모르는 척 태연하게 내려갔다면, 그랬다면 소녀는 서커스의 시절이 어디로 사라졌는지 그것이 정말 사라진 것이 맞는지 모든 것이 악몽은 아닌지 고민할 필요가 없었을 것이다. 아마 정말 가 버리지는 않았을 것이라고 소녀는 생각했다. 하지만 분명 가버렸을 것이라고. 가 버리지 않았을 리 없다고 소녀는 생각했다. 소녀는 그들을 사랑하지 못했다. 소녀가 사랑할 수 있는 것은 서커스뿐이었음에도 소녀는 서커스에 재능이 없었다. 그녀는 그리 높이 올라갈 수도 없었다. 그러나 그녀가 할 수 있는 일은 오직 매달리는 일뿐이었기에 그녀는 공중 곡예사가 된 것이었다. 뱀 소녀처럼 다리를 일자로 찢어내고 허리를 뒤로 꺾어낼 수 있었다면, 샹들리에 위에 한 발로 서서 균형을 잡고 기묘한 체위를 선보일 수 있었다면 소녀는 매달리지 않았을 것이다. 소녀는 샹들리에 위까지 올라갈 수도 없었다. 낡아빠진 샹들리에가 덜렁대는 자리, 늙은 여자가 목을 맸다는 곳, 오페라의 유령들이 여가수의 흐릿한 기억을 점화했던 전기 촛불들, 소녀는 샹들리에와 연결된 긴 밧줄에 매달려 있었다. 더 이상 올라가지도 내려가지도 않은 채로, 곡예라고는 볼 수 없을 정도로 지상과 가까운 자리에, 성인 남자의 머리에 발이 맞닿을 정도의 높이.

정말 갔을까? 정말 가버렸을까? 소녀는 생각했다. 공연장에는 시계가 없었기 때문에 소녀는 시간을 어림짐작할 수밖에 없었다. 얼마나 지났을까? 그들이 정말 가버렸을까? 생고기처럼 붉고 아름다운 얼굴들, 얼굴들은 정말 소녀를 두고 가버렸을까? 소녀는 아직 서커스의 짐승들에게 작별인사조차 하지 못했다.

머리가 두 개 달린 개 샴은 소녀가 가장 아끼는 동물이었다. 소녀는 그 애의 어미가 서커스 천막 한구석에서 죽어가는 것까지 목격했다. 샴의 어미를 죽인 것은 소녀였다. 소녀가 짐을 정리하고 트렁크의 문을 닫을 때, 샴의 어미는 하나뿐인 머리를 그곳에 집어넣었다. 트렁크 안쪽에 육포가 있었기 때문일 것이다. 가느다란 목이 찢어졌고 부러졌고 조각난 상처에서 안개처럼 새빨간 피가 울컥거리며 새어나왔다. 소녀는 비명조차 지르지 못했다. 왜 거기에 들어간거야? 넌 잘못한 거야 네가 잘못한 거야 하고 소녀는 말없이 속삭였다. 이름 없는 개였던 샴의 어미는 달처럼 노란 눈동자로 소녀를 바라보았다. 소녀는 그녀의 눈이 닫히는 것을 똑똑히 보았다. 비명도 책망도 없이. 소녀는 당장이라도 웃음이 와락 터져나올 것 같아서 입술을 짓씹었다. 끔찍한 웃음, 잔혹하고 비열한 웃음, 소녀의 심장을 산산조각낼 웃음이 소녀의 내부에서 치밀어올랐다. 그녀는 정말 죽어 있었다. 소녀는 더 이상 맥박하지 않는 가슴께에 가만히 손을 밀어넣었다. 그녀의 음부는 메말라 있었다. 부풀어오른 유방들도, 입 밖으로 비져나온 붉은 혀도 모두 병적으로 말라가고 있었다.

소녀는 죽은 개의 귓가에 입술을 붙이고 흐느꼈다. 도와 줘, 도와 줘요, 하고 소녀는 죽은 이에게 애원했다. 개는 죽었다. 소녀는 죽은 개 앞에 멍하니 앉아 피와 섞인 오줌이 그녀의 맨다리를 적시는 것을 멍하니 지켜보았다. 소녀는 축축하게 젖어들었다. 왜 머리를 들이민 거야? 조금만 기다리면 조금만 얌전히 있으면 네게 육포를 주었을 텐데. 소녀는 부패하는 귓속에 날숨을 집어넣었다. 소녀가 숨을 밀어넣을 때마다 개의 입에서 바람 빠진 메마른 숨이 삐져나오는 것 같았기 때문이었다. 개의 가슴과 배가 살아 있는 것처럼 곧 살아날 것처럼 죽어가는 것처럼 들썩거렸기 때문이었다. 죽은 개는 숨을 쉬었다. 소녀는 제 것이 아닌 호흡 때문에 질식할 지경이었다. 숨이 막혔고 시야가 가물거리며 흐려졌다. 현기증에 비틀거리면서도 소녀는 풍선을 불 듯 숨을 억지로 쑤셔 넣었다. 그러나 개는 눈을 뜨지 않았다. 임신한 두 눈, 보름달처럼 풍만하게 부풀어 있었던 두 눈, 언제나 촉촉하게 젖어 있던 두 눈은 소녀를 보지 않았다. 소녀는 그녀가 더 이상 임신한 개가 아니라는 사실을 깨달았다. 그녀가 임신한 개였을 때, 소녀는 그녀의 옆에서 불룩 튀어나온 배를 조심스럽게 만질 수 있었다. 끔찍하게 연약하고 보드라운, 그러나 어딘지 단단한 배를 만질 수 있는 이는 소녀뿐이었다. 다른 배우들, 마술사 남자나 불을 뿜는 소년들, 뱀 소녀가 임신한 개의 곁에 다가가면 암캐는 미친 듯이 비명을 지르며 이빨을 드러내고는 했다. 그러나 소녀는 그녀의 곁을 허락받았다. 소녀가 축축하고 검은 음부에 손가락을 밀어넣을 때도, 부풀어오른 유륜을 아프게 잡아당길 때도, 보랏빛 입천장을 쓰다듬을 때도 개는 가만히 있었다. 그녀가 사자였다면 소녀는 맹수 조련사가 될 수 있었을 것이다. 그러나 그녀는 개였고, 서커스 주위를 떠도는 수십 마리의 개였고, 그녀를 무대에서 보고 싶어 하는 관객은 아무도 없었기에 소녀는 맹수 조련사가 될 수 없었다. 사자와 호랑이의 의붓어머니인 키 큰 소녀는 소녀를 비웃었다.

그런 개는 아무짝에도 쓸모 없어. 소녀가 침묵하며 고개를 수그리자 키 큰 소녀는 소녀를 달래며 말했다. 아냐가 새끼를 낳으면 너에게 줄게. 아주 어릴 때부터 젖을 주면 그 애는 너를 따를 거야. 간혹 그 애가 너를 깨물려고 하면 손등으로 코를 세게 내리쳐,

그러면 절대 대들지 않을 거야. 네가 잘 하면 내 조수로 무대에 설 수 있도록 단장에게 이야기해 줄게.

하지만 아냐, 키 큰 소녀가 그리 크지 않을 무렵부터 돌보아온 아냐, 그녀가 서커스에 들어올 무렵부터 젖을 주던 호랑이는 불을 보고 놀라 키 큰 소녀의 어깨를 물어뜯었고 키 큰 소녀는 아냐의 세 딸들을 보지도 못하고 서커스를 떠나갔다. 아냐는 무대에서 곧장 총살되었다. 키 큰 소녀는 대리석처럼 희게 질린 어깨에서 끔찍하게 붉은 피를 뚝뚝 흘리면서 사냥용 총을 든 남자들을 향해 비명을 질렀지만 무참한 비명은 사태를 지연시키기는커녕 더욱 앞당겼다. 아냐의 딸들은 다른 소녀들이 젖을 주며 길렀고 소녀는 평소처럼 줄 타는 연습을 했다.

소녀는 줄 타는 데에 그다지 재능이 없었다. 소녀는 끝까지 올라갈 수 없었다. 소녀는 처음 매달렸던 자리와 정확하게 같은 자리에서 버틸 뿐이었다. 끈질기고 완고하게, 고집스럽게 소녀는 같은 자리를 고수하였다. 그녀가 줄에서 내려가는 시간은 점점 늦어졌다. 줄 타는 곡예사가 그녀를 세로로 횡단하며 지나갈 때도 거대한 불기둥들이 그녀의 옷깃을 스쳐 작열할 때도 그녀는 가만히 매달려 있었다. 맹수들이 소녀의 발가락을 물어뜯을 듯 달려들 때도 그녀는 가만히. 발가락 몇 개가 떨어져나가도 소녀는 가만히 매달려 있었을 것이다. 다른 사람들은 줄에 매달려 있는 것만큼이나 내려가는 일이 힘들다는 사실을 모르고 있었다. 더 올라갈 수 없었기 때문에 소녀는 가만히 매달려 있었다. 더 내려갈 수 없었기 때문에 소녀는 그토록 얌전히 매달려 있을 수밖에 없었던 것이다. 개가 출산하는 장면을 소녀는 보지 못했다. 그때 소녀는 줄에 매달려 있었다. 개가 비명을 지르며 날아오르는 동안 그리고 추락하여 으스러진 뼛속에서 개들을 낳는 동안 소녀는 가만히.

소녀가 줄에서 내려갔을 때 출혈과 피로로 쓰러진 개 옆에 남아 있는 것은 샴뿐이었다. 다른 어린 개들은 수천 마리의 새끼 개들과 같았으므로 서커스에 남을 수 없었다. 그들에게는 어떠한 불구의 기미도 보이지 않았으므로. 소녀는 꿈 속에서 강에 빠져 익사한 아홉 마리의 개들을 보았다. 익사한 쥐들의 유령들이 그들을 물 위로 올리기 위해 안간힘 썼지만 아무런 소용이 없었다. 물 먹은 새끼들은 너무 무거웠다. 분홍빛 작은 발이 덫에 걸려 잘려나간 새끼 쥐가 무어라 속삭이며 가라앉는 새끼들을 위로했지만 소녀는 들을 수 없었다. 어려서 죽은 생물들은 모두 천사가 되는 걸까? 키 큰 소녀의 잘려나간 어깨는 천사가 되어 날개를 달고 은제 왕관을 쓰고 축축하게 젖은 어린 개들을 물 속 깊은 곳에 있는 천사들의 낙원으로 안내하고 있을까? 이름 없는 암캐는 그리 서글퍼 보이지 않았다. 그녀는 사흘도 안 되어 기운을 찾고 미친 듯이 먹고 마시기 시작했다. 그녀는 버찌 열매처럼 붉게 달아올랐고 아이들이 빠져나간 배는 다시 두둑한 분홍빛 살로 부드럽게 차올랐다.

샴은 태어나자마자 관객들의 사랑을 받는 주역이 되었다. 두 개의 머리는 꽃처럼 사랑스러웠고 네 개의 다리는 아직 어린데도 사습처럼 가늘고 길었다. 관객들은 누구나 웃돈을 얹어주고 무대로 올라와 샴을 쓰다듬고 싶어 했다. 소녀는 무대로 밀려드는 관객들을 시계추처럼 조용히 흔들거리면서 내려다 보았다. 황홀한 손길에 짓물러 부서질 듯 가련해 보이는 샴은 당장 뛰어내려 끌어안아 주고 싶을 정도로 애틋했다. 하지만 머리가 두 개 달린 샴쌍둥이 소녀가 서커스로 찾아온 이후부터 샴은 그리 환영받지 못했다. 관객들이 가장 많은 저녁 무대의 주연은 샴쌍둥이 소녀로 바뀌었고 불을 뿜는 소년들과 뱀 여자, 새로운 조련사 소녀들이 샴쌍둥이 소녀 옆에서 묘기를 부리며 맴을 돌 때 샴은 어린 소년소녀들의 가혹한 관심을 피해 서커스 천막의 옷들 사이에 파묻혀 잠들었다. 환호성과 그을음, 추락과 죽음의 냄새 속에서 소녀는 두 개와 함께 긴 낮잠을 자곤 했다.

매달리는 일은 소녀 스스로도 믿을 수 없을 정도로 피곤했다. 소녀는 매달려 있는 동안 온 신경을 기울였고 그녀 주위를 떠도는 소음들을 끔찍하게 예민한 상태로 견뎌내었다. 소년들의 불꽃과 여자들의 기울어짐, 관객들의 벅찬 웃음과 박수소리가 소녀의 피부를 날카로운 면도날처럼 파고들었다. 그러나 소녀의 병적인 피로를 이해하는 사람들은 없었다. 그녀가 매달려 있는 모습은 조금도 신기하거나 대단하게 느껴지지 않았고 그녀는 놀라울 정도로 정적으로 보였던 것이다. 하지만 가만히 있기 위해, 올라가고픈, 그리고 내려가고픈 충동과 불가능성 사이에 가련하게 매달려 투쟁하기 위해 소녀가 얼마나 깊은 고통에 시달리는지 그들이 알

앉더라면, 그녀가 공중으로 떨어져내리는 재와 비명의 날들을 일일이 감각하고 있다는 사실을 알았더라면 소녀의 잠을 방해할 수는 없었을 것이다. 소녀는 머리맡을 지키는 두 마리의 개, 세 개의 머리와 함께 잠들었다. 잠 속에서 그녀들은 관객들의 환호성을 받으며 줄에 매달리고 괴물을 낳고 괴물로 태어났다. 소녀는 박수받을 정도로 기형적인 괴물들을 기쁘게 내려다보았다. 지독하고 매혹적인 불구는 그들의 재산이었다. 더 기괴하고 더 기묘한 재주를 가진 아이들은 더 많은 박수를 가질 수 있었다. 그러나 그녀들은 무대의 변두리로 밀려난 지 오래였다. 샴쌍둥이 소녀가 관객들에게 둘러싸여 서로의 입술에 입을 맞추고 귓불을 깨무는 동안 그들은 한 명의 관중도 없는 어둑한 꿈의 무대에 빠져들었다. **그녀들의 육체와 불구를 원하는 사람은 없었다.** 무대에서 박수를 받는 것은 화상으로 피부를 뒤덮은 사람이지 속 깊은 곳에 열상을 숨긴 자는 아니었다. 소녀가 줄 위에서 얼마나 치열하게 깨지고 찢겨나가는지, 그녀가 얼마나 고통스럽게 매달려 있는지 볼 수 있는 사람은 없었다. 관객 누구도 소녀에게 박수를 쳐 주지 않았다. 샹들리에의 불이 꺼지고 희미한 저녁 공기만이 공연장을 어슴푸레하게 밝힐 때, 소녀의 가느다란 종아리와 복사뼈를 어루만지던 손들조차도 소녀가 아직도 고통스러운 연기를 하고 있다고 생각하지는 않는 것 같았다. 그들은 소녀의 움츠러든 발 위에 지폐를 올려놓고 돌아갔지만 소녀가 원하는 것은 돈이 아니였다. 소녀는 박수를, 시선을, 울음을, 환호성을 원하고 있었다. 다른 모든 배우들과 마찬가지로. 더 이상 박수도 시선도 울음도 환호성도 원하지 않게 될 때까지 소녀는 깊이 그 모든 것을 원하였다. 그녀의 세계에, 그녀의 줄 위에 매달림밖에는 남지 않을 때까지. 관객들이, 그들의 손이, 그들의 짐승처럼 거대한 머리들이, 창처럼 길게 벌어진 입들과 소년들의 불과 그을은 입술들과 소녀의 찢어진 다리와 무대 위를 유영하듯 돌아다니는 뱀들과 키스하는 샴쌍둥이 소녀와 유리조각을 삼키는 남자의 단단한 목구멍이 모두 사라질 때까지, 소녀는 매달렸다. 오직 매달림밖에는 남지 않을 때까지 소녀는 그녀를 둘러싼 모든 소음을 깊이 느끼고 깊이 갈망하였다. 더 이상 아무것도 바라지 않는다고 믿게 될 때까지 깊이, 깊이, 깊이.

배우들은 소녀를 용서하였다. 죽은 개 앞에서 엎드려 울부짖는 소녀에게 그들은 괜찮다고 말했다.

간혹 개를 죽이고 싶을 때가 있어. 우리처럼 외롭고 아픈 사람들은 다 그런 순간이 있기 마련이야. 개는 너무 연약하고 사랑스러우니까 너무 사랑해서 죽이게 되는 순간이 있어.

소녀가 개를 죽인 것이 아니라는 말을 아무도 믿어주지 않았다. 샴마저도 무대복 속에 뒤덮여 훌쩍이는 소녀를 위로하듯 머리를 문질러 대었다. 그 모든 사람들이, 암캐와 함께했던, 암캐의 유일한 가족이었던 모든 이들이 소녀를 용서했기 때문에 소녀는 더 이상 그녀의 죽음을 슬퍼할 수 없었다. 어째서 그녀의 머리는 하나뿐이었던 것일까? 하나의 머리가 떨어져나간다고 해도 나머지 하나의 머리가 그걸 지탱해준다면 그녀는 더 오래 살 수 있었을 텐데, 더 천천히 죽어갔을 텐데, 소녀는 그녀를 용서해 줄 수 있었을 텐데, 왜냐하면 잘못한 것, 트렁크에 머리를 밀어넣은 것, 소녀가 그녀에게 육포를 건네줄 때까지 기다리지 못하고 탐욕에 목을 들이민 것, 짙은 갈망을 지탱하기에는 너무도 가녀린 목을 함부로 밀어넣은 것은 암캐였으니까. 소녀는 용서받지 못한 개가 죽어서 어디로 가는지 알고 있었다. 암캐는 천국이 아니라 지옥으로 갈 것이었다. 그녀의 새끼들이 가라앉은 깊고 흰 천국으로 암캐는 갈 수 없을 것이었다. 그녀는 한없이 높은 곳에서 타오르는 검은 별에게로 올라갈 것이다. 태양의 흑점은 모두 지옥의 주민들이라고 불을 뿜는 소년은 줄에 매달린 소녀에게 속삭였다. 발끝을 간질이는 부드러운 속살거림을 소녀는 전부 기억하고 있었다. 그곳은 밤새도록 끓어넘치는 고통스러운 빛의 세계일 것이다. 용서받지 못한 암캐들이 부러진 목을 기우뚱거리며 흐느끼는 곳, 소녀의 암캐는 그런 지옥으로 비상하였을 것이다. 아무도 그녀와 함께 잠을 자지 않을 것이었다. 아무도 그녀와 함께 악몽을 꿔 주지 않을 것이었다. 소녀가 그녀를 용서할 기회가 있었다면! 단 한 순간만이라도, 하나의 머리가 다른 머리와 함께 쓰러져내리는 그 짧은 순간만이라도 그녀들에게 주어졌더라면 소녀는 그녀를 용서하고 천국으로 보내주었을 텐데. 용서하지 못했기 때문에 소녀 역시 천국으로 가라앉지 못할 것이었다. 소녀는 부풀어오른 열기구를 타고 뒤뚱뒤뚱 날아올라 암캐들의 지옥으로 비상할 것이다. 그곳에서 그녀들은 함께 잠들 수 있겠지. 개들도 서커스를 좋아할까? 그녀들은 지옥에서도 서커스를 하게 될까? 그런 생각을 하면서 소녀는 잠든 샴의 배를 쓰다듬었다.

샴은 오래 살지 못할 것이다. 서커스의 하나뿐인 담당 의사는 샴쌍둥이 소녀들이 첫 생리를 할 무렵 죽을 것이라고 예언했다. 아마 샴은 샴쌍둥이 소녀들보다도 훨씬 빨리 죽을 것이었다. 개들의 자궁은 사람보다 먼저 성숙하고 깊어지니까. 소녀가 암캐의 시신을 갈무리하기 전에 서커스의 잡역부들은 그녀 죽음의 흔적을 깨끗이 정리하였다. 불을 뿜는 소년들이 죽은 개의 육신에 황홀한 불을 붙이고 소각하였을 것이다. 소녀는 보지 않고도 알 수 있었다. 줄에 매달려 있는 동안 익숙한 냄새와 울음소리를 담은 재가 그녀의 이마 위에 내려앉았으니까. 줄에 매달려 있는 동안 그녀는 땅 위에서는 알 수 없는 많은 것들을 알 수 있었다. 그녀는 고통스러울 정도로 기민하였고 느낄 수 없는 감각을 느꼈으며 들을 수 없는 소리를 듣고, 맡을 수 없는 냄새를 맡았다. 가만히 매달린 채, 소녀는 그녀를 아래로 끌어내리기 위해 안간힘을 쓰는 폭력과 그녀를 광폭하게 지지하며 끌어올리는 짙은 소음을 느꼈다. 그녀는 그 모든 힘을 다 앓으면서 매달렸다. 그녀는 넓은 무대 위로 조각조각 흩어지면서 다시 그녀의 가녀리고 작은 몸 속으로 밀려들었다. 무자비한 힘들이 그녀를 경유하며 밀어붙였다.

어느 날 소녀는 줄 위에 매달렸고 다시는 내려갈 수 없게 되어버렸다. 소녀의 변덕과 고집을 잘 알고 있던 서커스 배우들이 도저히 참아줄 수 없을 지경에 이르기까지 소녀는 매달려 있었다.

그들은 소녀를 이해하지 못했다. 다만 손을 놓고 떨어지는 것만으로 소녀는 지상으로 돌아갈 수 있을 것이었으므로, 그들은 소녀를 비정하게 붙들어놓고 소녀를 밀어올리며 동시에 끌어내리는 난폭하고 불길한 힘을 볼 수 없었으므로, 그 힘은 소녀의 안에 형상도 색채도 없이 독처럼 담겨 있었으므로. 정말 그들이 갔을까? 소녀를 두고? 소녀는 감히 그들을 떠날 생각조차 할 수 없었다. 그녀는 서커스에서 태어난 서커스의 아이였고 단장의 말처럼 그녀는 서커스 없이 살아남을 수 없을 것이었으므로. 소녀는 살고 싶었다. 줄에 매달려 있는 것도, 삶이 그녀를 두고 사라지는 것을 무력하게 두고 볼 수밖에 없었던 것도 그녀가 삶을 끔찍하게 갈망했기 때문이었다. 소녀는 살고 싶었다. 줄을 올라갈 수도 내려갈 수도 없을 만큼, 가만히 매달려서 버티고 있을 수밖에 없을 정도로 소녀는 삶을 원하고 있었다. 그들은 샴을 데려갔을까? 서커스 천막이 트럭에 실려 떠나가는 소리를 소녀는 줄에 매달린 채로 모두 들을 수 있었다. 희미해져가는 불의 체취와 흙을 짓누르며 항해하는 바퀴 소리. 소녀는 샴의 부드러운 배를 쓰다듬고 싶다고 생각했다. 그녀의 어미처럼 매혹적이고 연약한 분홍빛으로 차오르던 배, 풍요로운 결여를 나날이 성숙시키며 부풀어가던 배, 암캐의 음부는 축축하고 보드라웠다. 너는 꼭 여기서 죽어야 해, 난 너를 가장 희고 부드러운 흙에 묻어서 돌봐 줄 거야 일주일에 한 번씩 육포를 가져다 줄게 네가 심심하지 않도록 노래도 불러주고 네 곁에서 잠도 잘 거야, 샴은 알았다는 듯 그녀를 고요하게 바라보았다. 그러나 매달린 채로 소녀는 샴의 무덤을 볼 수 없었다. 샴은 어디에서 죽어가고 있을까? 그들은 정말 샴을 데리고 떠난 것일까? 그녀의 개, 그녀의 것, 그녀가 가지고 돌볼 수 있었던 유일한 죽음을 데리고 그들은 사라진 것일까? 소녀는 흐느끼면서 죽은 개를 떠올렸다. 소녀는 세상에서 가장 애틋하고 사랑스러울 곡선을, 무덤의 곡선, 부패의 향기로 부풀어오른 곡선, 그녀가 애도하고 사랑하고 기억할 수 있는 최후의 곡선을 잃어버렸다. 그 곡선, 곡선의 가능성은 소녀가 가진 유일한 것이었다. 샴을 데려왔어야 해, 하고 소녀는 생각했다. 그 애가 트렁크에 머리를 들이밀면 트렁크를 잠그고 떨어져나간 한 개의 머리를 든 채로 남은 한 개의 머리에게 내가 얼마나 그 애를 잘 돌볼 수 있는지, 그 애가 무덤 속에서 죽어 잠든 사이 얼마나 그 애에게 잘 해줄 것인지 말했어야 해, 네가 무덤에 가면 우리는 평생 함께할 수 있을 거라고 아무도 우리의 잠을 방해할 수 없을 거라고 말했어야 해, 그러면 그 애는 절대 나를 두고 떠나지 않았을 거야. 트럭에서 뛰어내려서라도 내게로 돌아왔을 거야. 그 애의 무덤을 만들고 기도를 하고 그 애를 슬퍼해 주고 그 애와 함께 잠들어줄 수 있는 건 나뿐이니까. 그 애가 얼마나 탐욕스러운지 트렁크에 고개를 들이미는 금지된 일도 마다치 않을 정도로, 단 한 순간도 기다리지 못하고 죽음이 넘실거리는 삶의 가장 지독한 악취를 향해 입술을 맞붙일 정도로 게걸스러운 여자인지 아는 건 나뿐이니까.

샴은 돌아오지 않았다. 소녀는 샴이 벌써 죽어버렸다는 걸 깨달았다. 그녀가 느낄 수도 볼 수도 들을 수도 맡을 수도 만질 수도 없는 먼 곳에서 샴이 벌써 죽어버렸다는 걸. 왜냐하면 소녀는 더 이상 개의 부드러운 배를 만질 수 없었으니까, 개의 목을 잔혹하게 짓찧는 트렁크의 섬뜩한 비명도 들을 수 없었으니까, 샴은 그녀의 곁에 없었으니까, 샴은 죽은 것이었다. 소녀는 계속해서 매달려 있었다. **소녀는 정말 오래도록 매달렸다.** 관객들이 더 이상 서커스를 기억하지 못할 때까지. 소녀가 더 이상 불을 뿜는 소년들의 쌍둥이처럼 닮은 얼굴들을 기억하지 못할 때까지. 소녀는 매달린 채로, 부패하는 개들의 냄새를 맡았다. 공연장 주변을 떠도는 수십 마리 암캐들의 냄새, 소녀는 그녀들의 얼굴을 볼 수 없었다. 그녀들이 죽어가며 배회하는 동안에 그녀들이 태어나 살아가는 동안에도 소녀는 끈질기게 매달려 있었다.

서커스단이 떠나간 뒤 공연장이 완전히 비어버린 것은 아니었다. 공연장은 한 설치미술가의 갤러리로 바뀌었다. 일꾼들은 아무것도, 심지어는 바닥에 있는 얼룩 하나도 건드리지 말라는 지시를 받았기 때문에 샹들리에에 매달린 채 시계추처럼 고요하게, 밤처럼 아득하게 흔들리는 소녀를 가만히 내버려 두었다. 하룻밤 새 소녀는 갖가지 얼룩들과 함께 남게 되었다. 소녀는 예술가의 얼굴을 한 번도 볼 수 없었다. 아마 그 혹은 그녀는 소녀가 잠든 새 공연장을 다녀간 것이 틀림없었다. 소녀가 너무 깊이 잠들어 있었기 때문에 소녀를 깨울 수 없었을 것이다.

소녀는 이름도 얼굴도 모르는 누군가의 작품이 되었다. 서커스에 있을 때보다 소녀는 훨씬 환대받았다. 무수한 얼룩들 사이에서 소녀는 오직 살아 있는, 산 채로 매달려 부패해가는 유일한 살이었기 때문이었다. 정육점의 생고기처럼 살이 발긋하게 달아오른 매혹적인 고깃덩이처럼 소녀는 그곳에 매달려 있었다. 소녀는 전시장에서 가장 아름답고 살아있는 조형물이었다. 소녀는 고통스러운 환희와 자부심에 가득 차 흔들거렸다. 그러나 소녀는 괴로운 모멸에 시달렸다. 소녀의 매달림은 오직 소녀의 것, 소녀의 전유물, 소녀의 작품이었기 때문이었다. 소녀는 매달림의 대상이 아니었다. 소녀는 매달림의 황홀하고 비극적인 여주인이었다. 전시장을 가득 메운 얼룩들이 소녀의 것이 아니듯 소녀는 얼룩들의 것이 아니었다. 매달림은 소녀가 가진 유일한 재산이며 소녀가 느낄 수 있는 모든 것이었다. 소녀를 고통스럽게 파고드는 시선과 박수, 탄성과 괴롭힘은 모두 소녀의 매달림을 향한 것이었으므로, 소녀가 느끼는 무수한 힘과 소음과 먼지와 빛은 모두 매달림에 응축되어 있었다. 매달림은 소녀였다. 그러나 소녀는 매달림이 소녀의 작품임을 도저히 밝힐 수 없었다. 그녀는 매달리느라 온 신경을 기울이고 있었기 때문에. 작은 소리로 괴로운 비밀을 속삭일 여력조차 없이 지쳐 있었기 때문에. 소녀는 관객들이 그녀를 오해하도록 내버려둘 수밖에 없었다. 관객들은 소녀의 전위적인 매달림을, 그녀의 집요한 매혹을 사랑하였다. 소녀를 구입하겠다고 나서는 관객들도 있을 정도였다. 하지만 설치미술가는 갤러리에 전시된 어떠한 작품도 팔지 않겠다는 뜻을 이미 갤러리의 큐레이터들에게 밝혔기 때문에 소녀가 정말로 팔리는 일은 없었다. 소녀를 너무나 사랑한 나머지 소녀를 돌보고 소녀에게 기억되기를 원했던 관객들은 소녀에게 빵이나 과자를 던져주기도 했다. 소녀는 그들이 뿌려주는 물과 음식을 받아먹고 살아남았다. 변도 매달린 채로 해결했기 때문에 줄의 아랫부분은 오물이 묻어 파리와 모기가 들끓었다. 갤러리의 직원들은 변을 치우는 것 역시 작품의 일부라고 믿었기 때문에 아무런 불평 없이 그녀의 오물을 대걸레로 치워내었다. 관객들은 소녀의 줄 아래로 노란 오줌이, 붉은 피와 녹빛의 변이 떨어져 내리는 것을 좋아했다. 소녀가 무력하게 흘리는 오물을 손가락으로 찍어 맛보는 이도 있을 정도였다. 오직 소녀를 보기 위해 갤러리에 찾아오는 관객들은 소녀가 첫 생리를 하던 날 피와 오물을 흘리는 소녀에게 붉은 살이 막 피어오르는 흰 장미꽃을 내던졌다. 소녀는 고통스러운 수치와 흥분을 견디지 못하고 흐느꼈고 황홀한 모멸감으로 발갛게 부풀어오른 입술로 꽃을 물어뜯었다. 갤러리에 매달려 있는 동안 소녀는 이전과는 다른 것을 견뎌내어야 했다. 소녀의 생을, 정육점에 매달려 반쯤 굳은 젤리와도 같은 피를, 번들거리는 고깃덩이처럼 살아있음을 원하는 수십, 수백 개의 시선들. 소녀는 그들에게 생을 모두 건네주고도 매달려 있을 정도로 살아 있어야 했다. 소녀는 처음으로 그 어느 때보다도 강렬하게 삶을 느껴야 했다. 소녀는 삶이 소진될 수 있는 모래덩이와 같다는 것, 또한 억지로 채워넣을 수 있는 우물과도 같다는 것을 깨달았다. 삶의 양은 시간과는 다른 개념이었다.

오래 살지 않아도 많이 살 수 있었다. 갤러리에 매달린 지 한 달도 지나지 않아 소녀는 이전까지의 생 전부를 합친 것보다 더 많은 삶을 살았다. 살아있기 위해, 더 강렬하게 더 많이 살기 위해 소녀는 관객들이 그녀에게 던져 보내는 응시와 애정을 게걸스럽게 받아 삼켰다. 동물원 우리에 과자를 던지듯 소녀에게 먹을 것을 던져주는 관객들의 머리 위에서 한 손과 입으로 그들이 건네는 것을 모두 받아먹으면서도 소녀는 조금도 살이 찌지 않았다. 그녀가 너무도 벅차게 매달려 있었기 때문이다. 여린 몸으로 그녀를 끌어내리고 비상시키는 모든 힘에 저항하면서, 그녀의 매달림을 겨냥하여 발발하는 모든 투쟁을 감당하면서, 소녀는 매달려 있었다. 더 오래 매달려 있을 수는 없으리라는 것을 알았다. 달보다 강렬한 조명에 이끌려 샹들리에의 전선 틈으로 비집고 들어가 작고 둥근 세계에 자폐되는 날벌레들처럼 그녀 역시 밤까지 사라지지 않는, 밤을 희뿌옇게 메우는 미친 빛을 따라 올라가버릴 것이었다. 단 한 뼘, 한 뼘만 더 올라선다면 그녀는 속수무책으로 미끄러져버릴 것이다. 추락한 그녀는 다시는 매달리지 못하리라. 매달리는 것이 얼마나 고통스럽고 긴 과정인지 알고 있으므로, 그녀는 다시는. 하지만 매달리지 않고 소녀는 살아있을 수 없었다. 삶의 전 과정을 매달림에 묶어 놓았으니까. 확고하고 절망적인 끝, 실패가 예정되어 있는 불안한 묘기에 소녀는 그녀가 가진, 그녀가 가질 모든 것을 엮어 놓았다. 서커스의 배우들이 그녀 곁에 있었다면 틀림없이 비웃었을 것이다. 아무도 그토록 불안하고 경박한 묘기에 삶을 걸지 않는다. 관객들의 환호를 받지 못한 배우들은 곧 다른 묘기를 개발한다.

카드 마술을 하던 소년들의 복잡한 손기술을 이해하는 관객들은 아무도 없었다. 다음에는 어떤 무늬가 나오면 좋겠어요? 클로버요. 그리고 소년의 손바닥에 클로버 무늬가 새겨졌을 때 경탄하는 관객은 아무도 없었다. 클로버가 나오기 바랄 때 클로버가 나오는 것이 뭐가 대단한지, 관객들은 이해하지 못했다. 소년은 클로버를 뽑을 수 있었고 그래서 클로버를 뽑았을 뿐이었다. 소년이 클로버가 아니라 하트를 뽑았더라도 관객들은 똑같이 의심스러운 무표정을 지었을 것이다. 카드 마술을 하는 소년들은 언제나 카드들을 가지고 있었고 소년들은 관객들보다 카드들을 더 잘 다루므로 원하는 카드를 뽑을 수 있는 것은 당연하다고 말하는 관객도 있었다. 서커스의 사람들은 모두 자신의 도구에 능숙하다. 공을 굴리는 여자는 공에, 저글링을 하는 남자는 부유하는 사물들에, 불을 뿜는 소년들은 불에 능숙하다. 그러니 카드 마술을 하는 소년들이 카드에 능숙한 것은 당연한 것이다. 카드를 다루는 소년이 카드를 뽑는 것은 그리 경탄할만한 일이 아니었다. 그러나 카드 마술을 하는 소년들은 필연적인 우연성, 숙명과도 같은 불확실성을 배반하고 반드시 클로버를, 반드시 하트를 뽑기 위해 상상도 못할 노력을 기울여야 했다. 자신의 전 운명을 배신하는 것과 같은 고통. 우연을 부정하고 자유를 부정하고 한 장의 클로버를 희생양으로 삼는 것은 소년 자신을 희생시키는 것과 같은 아픔이었다.

결국 카드 마술을 하는 소년들은 불을 뿜는 소년들이 되어 살을 지져내듯 고통스럽게 카드들을 전부 불태웠다. 실패한 종목들과 성공한 묘기들은 대개 정해져 있었다. 관객들은 다른 무엇보다도 격렬하게 움직이는 것, 위험한 것, 죽음과 맞닿아 있는 것을 즐겼다. 고공에서 균형을 잡고 재주를 넘는 묘기, 나이프를 목 안쪽까지 삼키는 묘기, 머리 위에 올려 놓은 다섯 개의 사과를 총으로 쏘아 터뜨리는 묘기, 열에 녹아 흐르는 모래 위를 걸어가는 묘기, 사자의 입 속에 머리를 집어넣는 묘기, 여린 입에서 불을 토해내는 묘기, 죽음에 노출되어 있는 치명적인 불구를 고스란히 드러내는 묘기, 소녀의 묘기는 큰 호응을 얻지 못했다. 그녀는 그리 높은 곳에 매달리지 않았기 때문이었다. 공중 곡예사들이 천장 가까이에 바짝 매달려 기어가고 몸을 뒤집고 허리를 젖히고 양손으로 줄을 잡고 물구나무를 서서 버티는 동안 소녀는 이렇다할 동작도 없이 가만히 줄에 매달려 있었다. 관객들의 머리 높이에, 실수로 미끄러진다고 해도 발목이 접질리고 말 정도의 높이, 개구쟁이 소년들이 타고 올라가는 나무와 별 다를 바 없는 높이, 소녀가 아무리 오래 버티고 있어도 환호성은 들려오지 않았다. 아무리 오래, 무너질 듯이 고통스럽게 매달려 있어도. 소녀가 샹들리에 끝까지 올라가 있었다고 해도, 열이 치솟아 오르는 땅밑에서 불타고 있었다 해도 이토록 괴로울 수 없는 높이에서 소녀는 견디고 있었다. 소녀가 성인 남자의 머리 높이에서 발을 달랑거리며 버티고 있었던 것은 그곳이 가장 견디기 수월하기 때문이 아니었다. 오히려 그 자리가 가장 괴로웠기 때문에, 이미터 남짓한 그 높이가 소녀에게는 가장 고통스러웠기 때문에 그곳에 매달려 있었던 것이다. 매달려 있기, 그것도 정확히 그 자리에 매달려서 버티는 것은 소녀가 할 수 있는 최상의 묘기였다. **그곳에서 소녀는 가장 깊고 신선한 죽음을 느꼈다.** 그곳에서 소녀는 죽음에 피부 표면을 담그고 있었고 그랬기 때문에 살아 있었다. 생고기처럼 붉은 얼굴에서 땀이 흘러내릴 때 샹들리에와 연결된 줄이 손바닥을 아프게 파고들 때, 소녀는 그 고통으로 말미암아 깊이 살아 있었다. 깊이, 깊이, 당장이라도 샹들리에 위로 치솟아 올라가고 싶을 정도로, 알전구 속에 유폐되어 벌레들과 함께 굶어 죽어가고 싶을 정도로, 몸과 높이, 기억과 미래를 모두 포기하고 죽어버리고 싶을 정도로 깊이, 깊이, 너무나 깊이 소녀는 살아 있었다.

소녀는 들키지 않는 두 개의 머리였다. 샴쌍둥이 소녀가 죽음을 향해 질주하고 있는 서로의 가녀린 맥박에 손을 얹고 입을 맞출 때 소녀 역시 그녀의 죽음에 입술을 담그고 있었다. 소녀가 은폐하고 있는 치명적인 와해와 위험을 누군가 걱정해주었다면 그곳에서 내려올 수 있었을까? 박수와 환호성도, 경탄조차 없는 곳에서 소녀는 점점 깊어졌고 그녀는 돌이킬 수 없을 정도로 단단히 매달려 있게 되었다. 그녀는 이미 매달림이었다. 녹은 채 엉겨붙은 그녀의 삶, 그녀가 호기롭게 꺼내어든 삶이 그녀의 양손과 허벅다리에 끈적하게 달라붙어 있었다. 매달림으로부터 벗어나기 위해 소녀는 거미줄처럼 치렁치렁하게 가로놓인 삶을 전부 뜯어내야 했다. 매달림으로부터 미끄러진 그녀는 살아날 수 없을 것이었다. 삶은 짙고 비린 피를 흘릴 것이고 출혈은 깊을 것이다. 살과 피를 전부 쏟아내는 출혈을 소녀는 살아남을 수 없을 것이다.

　과숙한 과일이 썩기 시작하듯 소녀의 매달림, 이미 무르익을대로 익어버린 매달림은 부패하기 시작했다. 그녀는 정말 정육점에 걸린 죽은 고기, 가죽이 벗겨진 생살의 악취를 풍기기 시작했다. 시선들이 그녀를 반기는 만큼, 불가능한 경탄과 애정이 그녀를 뜨겁게 달구는 만큼 소녀는 더 빨리 부패해갔다. 악취를 견디다 못한 갤러리 직원이 관객들이 돌아간 밤 시간에 사다리를 대고 소녀에게 올라가 소녀의 다리를 젖은 수건으로 닦아내었지만 이미 그녀의 짓무른 살을 파고든 구더기들은 어찌하지 못하였다. 백합처럼, 어린 연인의 손가락처럼 희고 여린 빛들이 소녀의 허벅다리에서 번져가고 있었다. 피와 오물이 엉겨붙은 걸레를 황급히 털어버린 직원은 역겨움을 견디지 못하고 구역질을 해댔다. 직원은 소녀에게 조심스럽게 관객이 없는 시간에는 내려와도 괜찮을 거라고 말했지만 소녀는 대답하지 않았다. 소녀가 내려갈 수 없다는 것을, 매달림을 중단하는 일이 이제는 불가능하다는 것을 직원은 이해하지 못했다. 소녀가 입고 있던 원피스와 속옷은 이제 끔찍할 정도로 더러워져서 직원은 그녀의 옷을 모두 벗길 수밖에 없었다. 처음에는 소녀에게 손끝 하나 대는 일조차 주저하던 직원들은 갈수록 대담해졌다. 그들은 바닥을 닦던 대걸레와 마른 걸레로 소녀를 거침없이 벅벅 닦아내었다. 소녀의 몸에 묻어 있던 피와 오줌, 똥의 말라붙은 부스러기가 모두 사라질 때까지, 대신 붉은 빛의 생채기가 소녀의 어린 몸을 뒤덮을 때까지 그들은 소녀를 열렬히 닦아내었다. 직원들은 더 이상 사다리조차 이용하지 않고 바닥에서 긴 대걸레 막대를 올려 소녀를 문질러댔다. 소녀는 시간처럼 흔들리며 멀미를 하면서도 불평하지 않았다. 그들이 억지로 소녀를 끌어내려 목욕시킬까봐 두려웠던 것이다. 매달림에서 찢겨나간 소녀의 살이 고통스럽게 움틀대는 모습을 오직 소녀만 볼 수 있을 것이다. 소녀는 다시는 올라가지 못할 것이고 다시는 매달리지 못할 것이고 다시는 살지 못할 것이다. 소녀는 병적인 연약함을 밧줄에 온전히 내맡기고 있었다. 소녀는 불가능할 정도로 위태로웠다. 청소부가 그녀의 발을 간질이고 발목을 잡아 끌어내릴 때마다, 소녀의 상처를 파먹고 부화한 파리들이 샹들리에로 날아오를 때마다 소녀는 당장 모든 것을 그만두고 떨어져 죽어버리고 싶었지만 그렇게 할 수 없었다. 그녀는 너무도 끈질기고 짙고 역겹게, 과숙한 삶을 살고 있었으니까. 미리 알았다면 두려움에 소스라쳐 감히 매달릴 수도 없었을 정도로. 차라리 뛰어내리고 싶을 정도로, 차라리 올라가 영원히 떨어뜨리고 싶을 정도로, 그렇게 고통스럽게 버티고 있었으니까. 고통은 소녀의 피부를 엮고 소녀의 살을 채웠다. 관객들이 던져주는 과자 한 조각 한 조각, 물방울 하나하나와 그녀를 짓무르는 구더기들의 광폭한 입맞춤 하나하나, 사물처럼 씻겨가는 순간순간이 그녀에게 모두 견딜 수 없는, 그러나 견딜 수밖에 없는 고통이었다. 살 수 없는 고통을 그녀는 살아야 했다. 소녀의 사타구니는 오물에 짓무르고 구더기에 갉아먹혀 끔찍하게 망가졌다. 작고 여린 꽃잎 같은 수포들이 앞다투어 피어올랐고 누런 진물이 흘러내렸다. 그곳으로 피와 오물과 벌레들이, 새하얀 알과 같이 축축한 생명들이 흘러내렸다.

그리 넓지 않은 갤러리 안이 파리들의 소굴이 되어 더는 버틸 수 없을 지경이 되었을 때, 소녀와는 무관했던, 그러나 소녀를 둘러싸고 있었던, 소녀의 매달림을 어느 누구보다도 끈질기게 지켜보았던, 그리고 소녀가 지켜보았던, 그래서 소녀와 치명적으로 연관되었던 얼룩들까지 벌레들의 공격에 뒤덮이게 되었을 때도 소녀는 이전과 같이 매달려 있었다. 과숙하여 위태로운 여린 몸을 가지고, 당장이라도 터져나갈 것 같이 비등한 붉은 상처로. 사 면의 벽을, 진짜 작품들을 시꺼멓게 뒤덮고 있는 파리들이 하루 아침에 그곳에 있었던 것은 아니었다. 그들은 그다지 은밀하지도 않게, 꾸준하고 집요하게 불어났다. 소녀의 상처를 먹고 소녀의 피와 진물로 자라난 소녀의 아이들, 검은 천사들은 흰 벽을 촘촘히 뒤덮어갔다. 모래사장을 가득 메운 인간의 얼굴들처럼, 바다에 씻기면서도 꾸역꾸역 차오를 정도로 깊어진 얼굴들처럼 그들은 그곳에 있었다. 처음으로 갤러리를 방문한 젊은 여자가 새까만 보석처럼 움틀거리는 생들의 기묘한 출렁거림을 보고 역겨움을 견디지 못해 비명을 지르며 졸도할 때 비로소 벽들을 서서히 잠식하고 있던 검은 물결을 발견한 오랜 관객들은 끔찍한 비명 속에 파묻힌 채 점점 소리를 높였고, 소녀가 칼날처럼 그녀를 저미고 도려내는 소음을 견디지 못하고 쓰러질 지경이 되었을 때, 관객들과 마찬가지로 지나치게 은밀하고 서서히, 눈에 보여도 발각되지 않을 정도로 대담하게 벽을 덮어나가던 날개들을, 그들의 불온함을 깨달은 직원들은 사태의 심각성을 알아차리고 대대적인 박멸작업에 돌입하였다.

직원들은 설치미술가에게 연락을 취해 갤러리에 누수가 생겼다고 얼버무리며 작품들의 보존을 위해 휴관을 해야 할 것 같다고 전했다. 일주일의 휴관일 동안 소녀는 흰색 방역복으로 온몸을 무장하고 어두운 갤러리 내부를 서성이는 직원들을 볼 수 있었다. 그러나 벽면들에 헐벗은 채로 방치된 연약한 작품들에 한 방울의 투명한 핏물도 남기지 않으면서 수천 마리의 파리들을 전부 학살하는 일은 결코 쉬운 작업이 아니었다. 죽음의 속도는 생의 속도를 따라잡지 못하고 치명적일 정도로 뒤처졌다. 관객들이 작품을 감상하는 사이에—사실 이제 그들이 볼 수 있는 것은 새까맣게 출렁거리는 역겨운 점들과 소녀뿐이었지만—벌레를 잡고 돌아다닐 수는 없었기 때문에 살육은 언제나 밤과 새벽에 이루어졌다. 시꺼멓게 뒤덮여 질식해가는 작품들을 훼손할 수는 없었기 때문에 직원들은 벽에 달라붙어 이글거리는 삶의 짙은 악취를 견디지 못하고 떨어져내리는 삶의 성분들 정도밖에는 잡아낼 수 없었다. 갤러리 내부를 통째로 얼리거나 불태우기 전에는 도저히 작품들의 맨살을 되찾을 수 없을 것처럼 보였다. 결국 직원들은 자체적으로 작품들의 신성한 화이트큐브를 수복하는 일을 포기하고 예술가에게 연락을 취할 수밖에 없었다.

여자를 처음 보았을 때 소녀는 깜짝 놀랐다. 그녀가 서커스단의 불을 뿜는 소년들과 너무나도 닮았기 때문이었다. 불을 뿜는 소년들은 하나같이 쌍둥이처럼 닮았는데 예술가 여자 역시 그들의 혈족처럼 보였다. 파리처럼 동그랗고 말간 두 눈과 짙은 눈썹, 길고 하얀 목과 살짝 구부정한 등을 보고 소녀는 서커스단이 소녀를 데리러 돌아왔다고 생각했을 정도였다. 그럴 리 없다는 것을 알고 있으면서도. 서커스단은 결코 이전에 머물렀던 장소로 다시 가지 않았다. 유년의 울음을 두고 더 분화된, 더 추상적인, 더 메마른 언어로 옮겨가는 말들처럼. 같은 생을 두 번 살지는 않는 윤회자들처럼, 소녀는 그들이 돌아올 리 없다는 사실을 알고 있었다. 그러나 여자가 입을 열 때까지도, 불에 그을지 않은, 한없이 발긋한 분홍빛의 혀가 언어를 내뱉을 때까지도 소녀는 기적과 같은 불가능성을 기대하고 있었다. 여자의 목소리는 짐승처럼 쉬어 있었다.

잠든 너를 보았어, 하고 여자는 속삭이듯 말했다.

고장난 라디오 소리처럼 갈라진 여자의 말을, 찢겨져나간 음의 파동을 이어붙여 이해하기 위해 소녀는 잠시 입을 다물고 그녀의 반향을 들어야 했다.

난 내려갈 수 없어요, 하고 소녀는 말했다. 난 당신들보다 더 오래 여기에 매달려 있었어요. 이제는 사라진 서커스가 이곳에서 공연을 할 때도 난 여기에 있었어요. 여긴 내 집이에요. 아무도 날 내쫓을 수 없어요.

여자는 서글프게 웃으며 소녀는 충분히 오래 이곳에 있었다고 말했다. 넌 너무 오래 매달려 있었어. 네가 성인이었다면 난 기꺼이 너를 고용했을 거야. 넌 이곳에서 가장 매혹적인 것이니까, 네가 내 작품을 연기해주겠다면 난 기꺼이 네가 이곳에서 살 수 있도록 도와줬겠지. 하지만 넌 너무 어려 보이는구나. 열세 살? 열다섯 살?

소녀는 고개를 저었다. 소녀는 태어남 이후의 날들을 세지 않았다. 서커스에서 사는 아이들은 모두 그랬다. 아무도 그들의 날을 세어주지 않았고 그들 역시 그런 것을 세지 않았다. 하지만 소녀는 다른 어른 여자들처럼 피를 흘린다고 소리쳤다.

생리를 하는 걸로 어른이 되는 건 아니야, 하고 여자는 고개를 저었다. 아이도 생리를 한단다.

하지만, 하고 소녀는 다시 소리쳤다. 난 정말 아이들을 낳았어요. 이리 와서 내 밑을 봐요. 이곳을 까맣게 덮은 저 천사 같은 파리들을 낳은 건 나예요.

여자는 슬픈 눈으로 소녀를 올려다보며 말했다. 그래, 그래서 넌 내려와야 해, 네가 낳은 것들로부터 떨어져서 쉬어야 해 넌 아직 아이니까.

소녀는 흐느꼈다. 난 당신의 아이가 아니에요.

소녀는 여자가 소녀를 끌어내릴만 한 힘을 가지고 있음을, 소녀의 발버둥과 저항을 모두 감내할 만큼 광폭하고 치명적인 애정을 소녀에게 느끼고 있음을 알았다. 미칠 듯 두려웠다. 그녀는 소녀가 어른이 될 만큼, 소녀가 그녀를 벗을 정도로 부드럽고 미지근하게 회복할 만큼 오래 기다릴 힘도 있는 것 같았다. 소녀는 그녀에게 끈질기고 집요하며 잔혹한 매달림을 모두 떠맡기고 싶은 충동에 사로잡혔다. 그녀는 기꺼이 받아줄 것이다. 그녀는 웃고 있었으니까, 서글프게, 눈물을 흘릴 정도로 애틋한 자비심에 사로잡혀 미소짓고 있었으니까, 소녀가 내던지는 피투성이 살을 그녀는 기꺼이 끌어안을 것이다. 하지만 정말일까? 정말 그녀는 소녀가 어른이 되어가는 것을 견뎌낼 수 있을까? 소녀가 고통스럽게 건네준 매달림을, 끔찍하고 치욕적인, 짓무른 종기들을 그녀가 견딜 수 있을까? 그녀에게는 어떠한 의무도 책임도 없었다. 소녀의 음부에서 자라난 구더기들, 짙은 흰빛의 역겨운 상처는 소녀의 몸이었다. 오직 소녀만이 아플 수 있는, 오직 소녀에게만 해당되는 짙고 외로운 몸.

그렇지만 여자는 정말 소녀를 사랑하는 것처럼 보였다. 이방인들만이 가질 수 있는 불가해하고 천연덕스러운 모성으로 여자는 소녀를 바라보고 있었다. 소녀를 바라보면서 여자는 속삭이고 있었다. 떨어져도 괜찮다고. 소녀의 살이 아물고 부풀어가는 것을, 소녀가 내팽개친 매달림을, 찢겨나간 매달림을 고스란히 주워 그것이 부글거리면서, 진액을 흘리면서, 악취를 풍기면서 되붙는 모습을 지켜보겠다고 속삭이고 있었다. 불을 뿜는 소년들처럼 살짝 구부러진 등으로, 모래사장처럼 길고 흰 목으로, 불처럼 붉고 축축한 입술로 여자는 소녀가 내려와도 좋다고 말하고 있었다. 소녀는 모든 것을 포기하고 싶을 정도로 고통스러웠다. 다시는 줄에 매달리고 싶지 않을 정도로. 샹들리에에 목을 매고 죽어버리고 싶을 정도로. 끈질긴 삶을 포기하기 위해 삶으로 뛰어들고 싶을 정도로. 삶에 매몰되어 더 이상 죽음을 기억하지도 못할 정도로, 죽음에 입술을 담그고 죽음의 수면에 피부를 담그며 매달릴 수도 없을 정도로, 다시는 매달림을 기억하고 싶지 않을 정도로, 여자는 소녀를 올려다보고 있었다. 내 작품들은 어땠니? 하고 여자는 물었다.

소녀는 희미하게 웃으면서 흰 석회벽을, 이제는 검은빛으로 고통스럽게 뒤덮인 흰 벽들을 둘러보았다.

붉고 푸른, 잿빛의 얼룩들, 그건 서커스단의 사람들이었어요. 하고 소녀가 말했다. 난 당신의 얼룩들이 공중그네를 타고 흔들리는 모습을 보았어요. 넘어지지 않고 흔들리는 모습을, 수억 년을 미동도 없이 돌고 있는 행성처럼.

여자는 대답하지 않았다. 소녀는 가물거리는 흐릿한 시야로 여자의 흰 얼굴을 내려다보았다. 그들은 정말 가버렸을까? 샴을 데리고? 죽은 개들을 데리고? 그녀를 두고 가버렸을까? 그녀는 소녀를 데리고 가기 위해 돌아온 서커스 단원이 아닐까? 불을 뿜는 소년들과 쌍둥이처럼 닮은 여자는 정말 불을 뿜는 소년이 아닐까?

첫 만남 이후로 여자는 매일같이 갤러리에 방문했다. 이전까지 한 번도 들르지 않았던 것이 거짓인 것처럼 여자는 소녀의 맞은편 벽, 아직까지 검은 파리들이 들끓는 역겨운 벽면에 철제 간이의자를 놓고 앉아서 소녀를 올려다보았다. 아침 아홉 시부터 저녁 여섯 시까지, 갤러리가 문을 열고 닫을 때까지 그녀는 가만히 앉아서 소녀를.

소녀는 어떻게 하면 좋을지 알 수 없었다. 그녀는 더 이상 한 마디도 하지 않았다. 소녀를 설득시키지도, 소녀를 위로하지도 않았다. 다만 사랑에 빠진 깊은 눈, 횡단보도에 피를 흘리고 누워 있는 낯선 아이를 안고 도망치는 여인처럼 불가해한 모성에 잠긴 두 눈, 여자는 오직 소녀에 대한 사랑을 키우기 위해, 파리들처럼 그녀의 세계를 짙게 메운 사랑을 더 증폭시키기 위해 갤러리에 와서 앉아 있었다. 소녀를 바라보는 아홉 시간 동안 여자는 소녀를 사랑하는 일 이외에는 다른 무엇도 하지 않았다. 여자의 얼굴을 알아본 관람객이 그녀에게 악수를 청하고 기념촬영을 부탁하고 즐겁게 말을 걸어도 그녀는 오직 소녀만을 뚫어지게 바라보고 있었다. 그녀의 슬픔, 그녀의 벅차오름, 그녀의 끔찍한 애정은 오롯이 소녀만을 향하고 있었다. 그녀가 갑작스럽게 소녀에게 달려들어 도축업자처럼 소녀의 몸을 갈기갈기 찢어낸다고 해도 소녀는 조금도 놀라지 않았을 것이다. 그녀의 애정은 삶처럼 난폭했고 죽음처럼 깊었으니까. 갤러리를 예전의 서커스 공연장으로 착각한 사람들은 불을 뿜는 소년에게, 갤러리를 갤러리로 착각하고 있는 사람들은 젊고 유망한 설치미술가에게 인사를 건넸다. 여자는 한 마디도 하지 않고 소녀를 바라보았다. 검고 신비로운 애정에 맨몸으로 노출된 소녀는 수치와 초조함에 벅차올라 찢겨나가면서도 원숭이처럼, 파리처럼 가만히 매달려 있었다. 그녀가 소녀에게 다가와 이제 내려와도 좋다고 단 한 마디라도 더 건네주었다면 소녀는 견디지 못하고 스르르 미끄러져 그녀의 품에 안기고 말았을 것이다. 다시는 매달림을 반복할 수 없으리라는 걸 알면서도, 아무것도 모르는 채로, 예언도 불길한 조짐도 없이 무참하게 폭풍에 노출당한 난민들처럼 소녀는 그녀를 잠식한 강탈과 재앙에 절망적으로 지친 살을 내맡겼을 것이다.

그러나 여자는 말 없이 소녀를 바라만 보았다. 소녀를 흔들지도 억지로 내려뜨리지도 않고, 사냥감이 제 풀에 지쳐 나무에서 떨어지기를 바라며 비정한 열에 달뜬 눈으로 하늘을 멀거니 올려다보는 재규어처럼. 소녀는 제발 그녀의 사랑을 거두어 달라고, 비정할 정도로 열띤 애정을 가지고 돌아가라고 비명을 지르고 싶었다. 어떤 관객도 여자처럼 집요하게 소녀를 바라보지 않았다. 어떤 관객도 소녀의 매달림을 그토록 황홀하게 지켜보지 않았다. 천 개의 장미도 소녀를 그토록 초조하게 만들 수는 없었을 것이다. 등과 허벅다리, 옆구리와 뒷머리, 종아리와 발가락 사이사이에서 큼직한 머리들이 돋아나는 것 같았다. 팽팽하게 늘어나 투명하게 속이 비추어지는 종기들이 소녀를 뒤덮고 있었다. 그녀는 대체 소녀의 무엇을 사랑하기로 작정한 것일까? 어떻게 그토록 냉혹하고 주의 깊게 소녀를 사랑할 수 있는 것일까? 소녀는 붉은 발진으로 부풀어오른 다리를 오므리며 소진되어가는 몸을 견디었다. 그녀의 애정은 너무 깊고 잔혹해서 소녀가 가지고 있는 모든 발진들을 그 발진에 뒤얽힌 모든 범죄들을 낱낱이 밝혀낼 것 같았다. 그보다 두려운 것은 그 모든 치명적인 범죄를 알고 나서도 그녀가 소녀를 사랑할 것이라는 짙은 예감이었다. 그녀는 소녀가 역겹고 더러운 만큼, 소녀가 치명적인 범죄의 기억들을 가지고 있는 만큼 더 소녀를 사랑할 것이었다. 소녀의 매달림에서 벗어날 수 없을 정도로. 언젠가 소녀의 곁에서 함께 매달리지 않고서는 배길 수 없을 정도로. 소녀에게 내려오라는 말을 할 수 없을 정도로, 소녀의 매달림을 피투성이 상처를 그대로 견뎌낼 수밖에 없을 정도로 소녀를 사랑하게 될 것이었다. 소녀의 고통조차 훼손할 수 없을 정도로. 믿을 수 없이 긴 시간 동안 소녀의 흰 배를 갈라놓은 붉은 자욱들, 그녀는 소녀 뱃속의 그을은 상처들을 발견하고 말 것이다, 소녀가 목 안으로 삼켜낸 깊은 칼날들을, 트렁크에 목이 바스라져 죽어버린 암캐의 뼛조각들과 소년들이 다리 사이로 줄줄 흘려버린 희멀건 불들과 다시는 돌아오지 않을 죽음들, 소녀의 뱃속을 절단하고 마모시키고 소진시키며 바스라뜨리고 찢어놓은 집요한 상처들을 여자는 발견하고 말 것이다. **소녀가 개와의 약속을 지키지 않았다는 사실을 여자는 알게 될 것이다.** 여자의 검은 두 눈, 알처럼 둥글고 축축한 두 눈이 소녀를 응시하고 있었다. 메두사의 치명적이고 비극적인 얼굴을 정면으로 마주하듯, 오로지 돌이 되기 위해 석상처럼 굳어버리기 위해, 끔찍하게 매혹당하기 위해 여자는 소녀를 바라보고 있었다. 여자는 소녀를 난도질한 깊은 미소들을 보고 있었다. 소녀의 흰살을 파고든 소녀보다도 흰 구더기들, 화상처럼 심각한, 파열하는 흰 입맞춤들.

소녀는 천 개의 상처로 웃고 있었다. 핏물처럼 번져 흐르는 물기, 소녀는 투명한 눈물로 웃고 있었다. 보이지 않는 눈들이 소녀를 웃고 있었다. 박해당한 여인처럼, 갈고리에 매달린 상처로 웃고 있는 치욕적인 환희들, 여자는 소녀가 죽어 버릴 듯한 황홀과 고통으로 살아 있는 것을 보고 있었다. 소녀는 여린 몸을 관통하며 어지럽히는 살갗들을, 그녀를 부풀리고 부풀어오르는 붉고 흰 꽃잎들을 전부 드러낸 채로, 그녀를 깊이 얽어 놓은 황홀에 매혹당한 여자를 내려다보았다. 다시는 매달릴 수 없을 것처럼 깊이, 죽음을 둥글게 둘러싼 생명보다도 깊이 매달린 채로. 여자는 소녀를 바라보고 있었다. 소녀는 여자가 매달림을, 오직 매달림만을 원한다는 것을 알고 있었다. 신이 가장 고통스럽게 죽어 위험을 관통하기를 바라는 신도처럼, 신에게 신의 살을 제물로 바치는 여사제처럼 여자는 소녀를 바라보고 있었다. 어쩌면 그녀는 더 이상 소녀가 내려가는 것을 바라지 않을 것이다. 어쩌면 그녀는 더 이상 소녀를.

하지만 매달림을 빼앗길 수는 없었다. 아름다움이 언제나 상실의 행위로 변색되어가고 있다고 하더라도, 소녀를 아름답게 만드는 것이 여자의 시선이라고 하더라도 소녀는 매달림을 주어버릴 수 없었다. 왜냐하면 매달림은 소녀가 가진 유일한 것이었으니까. 두 마리의 암캐, 세 개의 둥근 머리, 익숙한 세계를 채우고 있던 잠들이 모두 사라졌을 때 소녀에게 남은 것은 매달림뿐이었으니까. 그러나 여자는 매달림을 요구하고 있었다. 끈질기고 맹목적인 신자의 눈으로. 오로지 사랑으로, 소녀의 몸을 붉게 물들이는 폭력적인 연민으로 여자는 소녀를 소녀의 매달림을 원하고 있었다.

오전 아홉 시부터 저녁 여섯 시까지 여자는 매달림을 바라보고 있었다. 비둘기 떼에게 몰려든 아이들처럼 소녀에게 몰려든 관객들이 꽃과 과자 인형과 물을 던져 올릴 때, 소녀가 피와 섞인 오물을 흘리면서 그녀를 매달림으로 고정시키는, 유동하며 밀쳐내며 붙들어두는 힘을 느끼고 있을 때, 여자는 여전히.

소녀는 그녀에게 매달림을 주어야 한다고 느꼈다. 그녀가 매달림을 바라보고 있었기 때문에. 그토록 꾸준히, 그토록 조심스럽게, 그토록 열성적으로, 그토록 신중하게 그녀는 소녀의 헐벗은 부드러운 발가락 하나 건드리지 않고 소녀를 요구하고 있었기 때문에. 소녀는 매달림을 주어버리지 않고서는 견딜 수 없었다. 신도가 한 명도 남지 않은 신은 더 이상 신일 수 없으므로, 관객이 없는 배우는 미치광이일 뿐이므로. 여자는 다른 모든 관객들을, 흥밋거리 요깃거리 볼거리를 요구하는 가벼운 눈들을 압도하는 검고 깊은 응시였다. 그녀는 연구도 분석도 없이 소녀를 바라보고 있었다. 오로지 소녀의 매달림을 찬양하고 감동하는 두 눈. 소녀의 삶을, 소녀의 기예를, 소녀의 장소를 탐미하는 두 눈. 여자는 소녀의 매달림을 원하고 있었다. 그것을 주어버린다면 소녀는 그녀의 옷을 벗고 짓무른 상처들을 치료하고 더 깨끗한 곳 혹은 더 더러운 곳, 아무도 그녀를 응시하지 않는 텅 비고 고적한 세계에서 쉴 수 있을 것이다. 서커스로 돌아가서 불을 뿜는 기술을 익힐 수도 있을 것이다. 불을 뿜는 공연은 언제나 잘 팔리는 공연이니까, 소녀는 수십 명의 불을 뿜는 소년들 사이에 섞여 아무에게도 들키지 않으면서 은밀하게 박수와 환호를 받을 수 있을 것이다. 너무나 많은 입술들, 헐벗은 채, 불과 비명을 갈망하던, 너무나 많은. 소녀는 그 입술들 중 하나가 될 것이다. 소녀는 불을 뿜는 소년들처럼 육감적으로 부풀어오른 입술을, 둥글고 검은 눈과 살짝 구부러진 등을 갖게 될 것이다. 매달림으로부터 떨어져나간 채, 더 이상 매달림이 아닌 채, 소녀는 자유로울 것이다. 그녀는 불을 사랑하지 않으므로, 쌍둥이처럼 닮은 입술들을 요구하는 관객들의 시선은 사실 아무것도 요구하지 않는 것이므로 소녀는 누구의 응시에도 화답하지 않은 채, 누구의 광폭하고 애틋한 연민에도 시달리지 않은 채, 하염없이 불을 뿜으면서 뛰어놀 것이다. 샴 쌍둥이 소녀들은 그녀의 옆에서 입을 맞추고 하나뿐인 배꼽을 두 개의 손과 두 개의 구부러진 입술로 애무할 것이고 나이프 곡예사는 소녀들의 머리 사이에 칼을 던질 것이고 곡예사는 자기 다리를 둥근 무릎까지 삼킨 채 거꾸로 들린 머리로 관객들의 미소를 바라볼 것이다. 샹들리에도 파리들도 없을 것이다. 소녀는 입술을 태우는 짙은 그을음을 느끼지도 못하리라. 서커스 무대는 언제나 불투성이니까. 매달림의 깊은 갈증도, 애타는 여운도 없을 것이다. 아무도 그녀의 옷을 벗기지 않을 것이다. 아무도 그녀의 창백한 발뒤

꿈치를 더듬지 않을 것이다. 구더기가 피어오르는 상처는 깨끗이 닦여 소독될 것이다. 멸균된 상처에서는 더 이상 아무것도 자라지 않을 것이다. 그곳에서 돋아나는 것은 그녀의 새살뿐일 것이다.

여자는 소녀를 바라보고 있었다. 소녀는 고통스러웠다. 그녀는 어째서 소녀를 사랑하기로 결정한 것일까? 단지 연민만으로, 아, 연민만으로도 충분했다. 누구나 줄에 매달린 채 생을 허비하는 소녀를 연민할 수 있었다. 소녀에게 애정을 가질 수도 있었고 소녀를 가엾게 여길 수도 있었다. 그런 것은 중요하지 않았다. 몇 조각의 과자와 몇 번의 쓰다듬은 소녀를 해칠 수 없었다. 소녀는 비참했지만 쓰러지고 싶을 정도로 괴롭지는 않았다. 동정은 깊이 닿지 못했으니까. 대걸레로 소녀를 거칠게 닦아내는 손길들은 치명적이지 않았으니까. 그러나 여자는 달랐다. 여자는 너무도 깊이 너무도 오래 너무도 신중하게 너무도 열렬하게 소녀를 응시하고 있었다. 소녀의 매달림에 삶을 내바칠 수 있을 정도로. 소녀는 투명하게 비치는 창백한 피부 속에 들끓는 상처들을 모두 들킨 것 같았다. 상처 하나하나가 속삭이는 끔찍한 열망을, 매달림을 버리고 싶을 정도로 지독한 열망을, 소녀가 죽어갈 듯 깊이 살아있다는 사실을 여자는 알고 있을까? 그녀가 소녀의 매달림을 빼앗으면 소녀는 병도 출혈도 없이 순식간에 메말라 죽어버리리라는 것을? 아무도 죽음의 원인을 찾지 못할 것이다. 너무 오래 매달려 있었기 때문에, 너무 굶주렸기 때문에, 불결한 환경 때문에, 감염 때문에, 그런 진단에는 아무런 내용도 없다. 소녀는 죽어버릴 것이었다. 소녀는 매달림을 그만두었기 때문에, 그녀의 내장에 진득하게 엉겨붙어버린 무형의 고통을 여자에게 주어버렸기 때문에, 몸 안쪽이 끔찍하게 뜯겨 죽어버릴 것이었다. 어리석게도, 주어서는 안될 것을 주었기 때문에.

그러나 여자는 집요하게, 아무런 말도 없이 심지어는 요구도 없이 소녀의 매달림을 바라고 있었다. 요구도 없이. 그것은 가장 치명적이고 도착적인 요구였다. 여자는 소녀보다 매달림을 더 잘 살 수 있을 것이다. 소녀는 매달림을 어떻게 매듭지어야 할지, 그녀에게 주어진 이 희고 매끄러운 생을 어떻게 감당해야 할지 모르고 있었으나 여자는 다를 것이었다. 여자는 소녀보다 현명하고 유능하며 유명했으므로, 그녀는 수천 개의 형식으로 매달림을 피워낼 수 있을 것이다. 소녀보다 능숙하게.

여자는 소녀를 바라보고 있었다. 샴이 보고싶어, 하고 소녀는 생각했다. 그러나 거짓이었다. 소녀는 아무것도 그리워하지 않았다. 소녀는 오직 자신의 것인 매달림, 소녀의 전유물이어야 했던 매달림에 대해서만 생각하고 있었다. 매달림은 소녀의 것이었다. 지금까지 매달려 있던 것은 다른 누구도 아닌 소녀였으니까.

당신은 내가 매달려 있는 동안 찾아오지도 않았잖아요, 하고 소녀는 소리치고 싶었다. 당신은 내가 매달려 있는 걸 오랫동안 보지 않았어요. 내가 포기할 수 있을 때 내가 당신에게 아무런 미련없이 그리움도 없이 고통도 없이 주어버릴 수 있을 때 그때 당신은 오지 않았어요. 내가 죽음을 위해 모든 것을 내바칠 수 있을 때, 아직 삶을 개발하지 않았을 때 죽음을 생명과도 같이 소중하게 여기고 있을 때 그때 당신은 없었어요. 내 상처에 살아가는 건 나뿐이었어요. 과자봉지가 부스럭거리는 소리 파리의 날개들이 부스럭거리는 소리 여자의 입술이 부스럭거리는 소리 종이처럼 구겨진 몸들이 부스럭거리는 소리 소녀는 울 수도 없었다. 여자가 소녀를 보고 있었으니까. 소녀는 더는 들키고 싶지 않았으니까. 그녀에게 남은 한 조각의 비밀마저 빼앗겨버린다면. 어째서 여자는 모든 것을 원하는가? 그토록 탐욕스럽게 그토록 가련하게 그토록 아름다운 눈빛으로 소녀를 바라보는 이유는 무엇인가? 여자에게는 여자의 매달림이 있을 것이다. 원한다면 그녀는 얼마든지 소녀의 옆에 함께 매달릴 수 있었다. 갤러리를 그만두고 서커스단으로 갈 수도 있었다. 소녀를 내버려 두고. 그녀를 적당히, 얕게, 흥밋거리로 원하는 관객들도 내버려 두고. 소녀가 매달려 살 수 있도록, 살아서 죽을 수 있도록 내버려둘 수 있었다. 어째서 그녀는 소녀를 집요하게 바라보는가? 그녀는 소녀의 매달림을 원하고 있었다. 여자가 원하는 것은 소녀가 가진 유일한 것, 소녀가 가진 가장 고귀하고 아름다운 것, 소녀가 가진 가장 끔찍하고 비참한 것, 소녀의 매달림, 소녀의 생이었다. 소녀는 그녀의 앞에서 죽을 수도 없다는 것을 깨달았다. 그녀는 너무도 깊이, 소녀의 삶을 열망하고 있었으므로, 소녀는 살아서 죽을 수도 없었다. 매달린 채로 끝내는 일은 영원히 불가능할 것이었다. 여자는 소녀의 매달림을 바라고 있었으니까. 소녀는 그녀의 끔찍하고 절망적인 사랑에 매여 가만히 매달려 있었다. 여자의 흰 얼굴과 구부정한 등을 소녀의 자식들이 새까맣게 덮어버릴 때까지 그녀는 소녀를 바라볼 것이었다. 여자는 더 이상 소녀를 판단하고 감상할 수 있는 미적인 거리조차 없이 소녀를 더듬고 있었다. 그녀가 소녀에게 들어온다면 소녀는 그녀와 함께 살 수 있을까? 벌어진 상처에서 그녀와 함께 살 수 있을까? 살 수 없는 상처를 열린 상태로 두고 그녀를 받아들일 수 있을까? 소녀의 것이었던 상처를 공유할 수 있을까? 여자는 느낄 수 없을 텐데도. 왜냐하면 상처는 소녀의 내부에 있으니까. 여자가 아무리 깊이 들어온다 해도 여자는 소녀를 느낄 수는 없을 것이었다. 여자는 소녀의 아픔과 소녀의 매달림까지 앓을 수는 없을 것이었다. 모든 것은 수치스러운 연민, 고통스럽고 광폭한 연민일 뿐이었다. 연민이 소녀의 찢김과 와해 이상을 요구한다고 해도 연민이 너무 깊어서 소녀의 삶까지 요구한다고 해도 그것은 연민일 뿐이었다. 그러나 소녀는 어째서 여자를 무시하지 못하는가? 찢겨지면서도 어째서 소녀는 삶을 원하는가? 고기처럼 붉은 얼굴로 소녀는 역겨운 벌레들의 꿈틀거림을 들었다. 비상하고 추락하고 비틀거리며 죽어가는 강렬한 생들.

  여자는 아무말 없이 소녀를 바라보고 있었다. 고통은 아늑하고 절망은 향기로웠다. 여자는 소녀를 바라보고 있었다. 여자는 소녀를 바라보고 있었다. 노골적인 사랑과 죄책감으로 소녀를 올려다보는 곧은 시선. 소녀는 여자의 눈에서 축축한 죄책감을 보았다. 여자는 벌써 소녀를 가진 것이었다! 소녀는 미칠 듯 저며오는 속에서 짐승 같은 수런거림을 들었다. 여자는 소녀를 소유하고 있었다. 아직 소녀는 여자에게 아무것도 주지 않았는데도, 여자는 소녀를 가졌다. 참혹한 질병에 죽어가는 아이를 입양하여 돌보는 여자의 잔혹하고 벅찬 사랑, 여자는 소녀를 독처럼 주의깊게, 장미처럼 고통스럽게 사랑하고 있었다. 여자는 소녀에게 죄책감을 느끼고 있었다. 여자의 왼쪽 눈이 심각할 정도로 경련하는 것을 소녀는 절망으로 소스라치며 바라보았다. 여자는 소녀에게 죄책감을 느끼고 있었다. 소녀가 그곳에 매달려 있었기 때문에 여자를 대신하여 매달림을 살고 있었기 때문에. 소녀가 여자를 대신하여 죽어가고 있었기 때문에. 소녀가 여자를 대신하여 살아 있었기 때문에. 여자는 이미 소녀의 죽음을, 소녀의 삶과 소녀의 매달림을 앗아간 것이었다. 소녀는 더 이상 여자에게 매달림을 줄 기회조차 없음을 고통스럽게 깨달았다. 매달림은 이제 소녀만의 것이 아니었다. 소녀가 미소처럼 서글픈 생을 허락하기도 전에 여자는 은밀하고 집요하게 소녀의 것을 가로챘다. 그리고 생고기처럼 신선하고 번들거리는 소녀의 삶을 붉은 입술에 문 채로, 여자는 소녀를 바라보고 있는 것이었다. 도둑의 대담과 오만으로 여자는 소녀를 응시하고 있었다. 소녀는 그녀를 신고할 수도 없었다. 그녀가 빼앗긴 것은 처음부터 여자에게 속해 있는 것이었으므로. 여자는 소녀보다도 그것을 더 많이 가지고 있었으므로. 여자는 소녀에게서 그것을 빼앗아갈 이유가 없었으므로. 생, 갓 태어난 파리처럼 순수하고 신비로운 생은 소녀가 비밀스럽게 간직하고 있던 깊은 결핍이었다. 소녀의 생을 요구하는 관객들에게도 소녀의 붉은 피부와 오물을 음미하며 서성이는 이들에게도 한 번도 내민 적이 없었던 생. 소녀는 자신조차 발견할 수 없는 음습한 곳에 생을 숨겨 놓았다. 구더기들도 파고들 수 없는 깊은 자리에. 여자가 소녀를 훔쳐가는 것을 어떻게 막을 수 있었겠는가? 생은 가장 역겹고 병적인 타자였는데. 그러나 그 흉측하고 더러운 진물은 소녀의 전부였다.

소녀는 참지 못하고 흐느꼈다. 이제 그녀는 무엇을 매달리고 있는가? 어떠한 비밀도 없이 고통도 없이 그녀가 느끼는 것은 무엇인가? 소녀는 텅 빈 창백한 껍데기일 뿐이었다. 그녀는 이미 죽어 있었다. 줄 위에 매달려 있는 것은 시체에 불과했다. 소녀의 살은 흰 석회벽에 빼곡이 붙어 경련하고 있는 저 모든 떨림들은 이미 죽은 것이었다. 그러나 여자는 아직 소녀를 보고 있었다. 아무것도 없었다는 듯, 무자비한 올곧음으로, 집요한 애정으로 아직도 소녀를. 진실은 착각에 불과했을지도 몰랐다. 모든 것이 착각이었다는 것만이 소녀를 에워싼 황홀한 진실일지도 몰랐다. 여자의 경련은 소녀에 대한 견딜 수 없는 깊은 욕망으로부터, 오로지 결핍만이 가능케하는 그러한 갈망으로부터 비롯된 것인지도 몰랐다. 이미 사냥해놓은 사슴을 벽에 걸어놓고 만끽하는 박제사의 야릇한 우월감이 아니라, 갈망하는 것을 가질 수 없다는 사실만을 사랑하는 자의 혹독한 누설로 여자는 소녀를 바라보고 있는 것이었다. 그렇게 생각하지 않고서 소녀는 더 이상 매달릴 수 없었으므로, 소녀는 여자의 결백을 믿을 수밖에 없었다. 여자는 아직도 소녀를 보고 있었으니까. 너무도 신랄한 결연함, 당혹스러운 음험함으로 관통하는 시선. 매달림을 견뎌내기 위해 소녀는 그리워하지 않는 것을 그리워했다.

어쩌면 샴은 아직 죽지 않았을지도 몰랐다. 그녀는 실패한 마술사들이 모여사는 잔혹한 낙원에서 소녀를 기다리고 있을지도 몰랐다. 소녀가 그녀를 묻어주기로 약속했으니까. 그녀의 죽음을 슬퍼해주고 애도해주고 육포를 가져다주고 물을 부어주고 밤마다 숨이 막히게 아름다운 이야기를 들려주기로 약속했으니까. 그러니까 샴은 아직 죽지 않았을 것이다. 왜냐하면 그녀들은 같은 곳에서 잠들기로 약속했으니까. 헐벗고 연약한 잠을 노출할 정도로 깊은 약속을 나눈 이는 그녀들밖에 없었으니까. 소녀는 개의 죽음을 조용히 기다렸다. 세계의 종말을 은밀하게 기다리는 식물들처럼, 동물들이 모두 자멸한 뒤 초록의 심오한 생을 펼쳐낼 시간만을 끈질기게 고대하던 식물들처럼. 샴은 소녀를 기다리고 있었다. 소녀는 알 수 있었다. 소녀와 샴은 자매처럼 오래 함께 잠들었으니까. 같이 꿀 수 없는 꿈마저 횡단하여 오고 갈 정도로 오래. 그러니 샴은 서커스 천막 구석자리에 누운 채로 소녀가 오기만을 기다리고 있을 것이다. 서커스는 그리 멀지 않은 곳에 있을지도 몰랐다. 다른 곳은 단 한 발자국만 벗어나도 도달할 수 있는 곳일지도 몰랐다. 고향처럼 황폐하고 모어처럼 어둑한 곳에서 그들은 여전히 불을 뿜고 나이프를 던지고 신체를 절단하고 다시 늘러붙은 유기체로 널을 뛰고 다리를 삼키고 거꾸로 기어가고 공중을 날아 다니면서 소녀를 기다리고 있을 것이었다. 소녀는 그들을 찾아가 기만 하면 되었다. 매달림을 포기하고 샹들리에의 빛이 들지 않는 완연한 어둠으로 뛰쳐나가면 샴은 길게 찢어진 웃음으로 소녀를 반겨줄 것이었다. 서커스로 돌아간 소녀는 무대에 설 것이다. 여 자에게 주어버린 매달림을 다시 할 수는 없겠지만 그래도 소녀는 무엇이든 할 수 있을 것이다. 묘기의 종류는 수천 수만 가지이므 로 발가락을 삼키는 방법부터 머리칼을 뽑고 다시 붙이는 법 불을 삼키는 법 외발 자전거를 타는 법 사자의 입에 손가락을 넣는 법 부터 시작할 수 있을 것이다. 오로지 배우는 일만으로 시간을 보 낼 수도 있을 것이다. 아무도 소녀를 쫓아내지 않을 것이다. 그들 은 모두 소녀의 가족이었으니까.

그러나 여자는 아직도 소녀를 바라보고 있었다. 소녀의 매달림 을, 소녀의 생을, 그녀의 결핍을 고통스러울 정도로 짙은 시선으 로. 고깃덩이를 만지듯 소녀의 다리를 무심하게 더듬어대는 사람 들, 그들이 모두 질려버린 뒤에도 여자는 무한한 황홀로 소녀를 바라보고 있을 것이었다. 매몰찬 힘에 늘어난 소녀의 몸을 눈물로 덮고 기억하겠다는 언어에 연민을 전가한 채 사라지는 관객들, 그 리고는 다시는 돌아오지 않는 관객들, 혹여 돌아오더라도 갈수록 무심하고 냉혹해지는 시선들과는 달리 한없이 축축하고 뜨거운 시선으로 소녀를 바라보고 있었다. 여자는 소녀를 바라보고 있었 다. 서커스로 돌아가면 타로점이나 별자리점을 배울 수도 있을 것이다. 서커스의 유일한 예언가에게 개의 점을 봐달라고 부탁했을 때 그녀는 웃으면서 거절했다. 개에게는 손금이 없고 운명도 없다고 그녀는 말했다. 불을 뿜는 소년들도 점을 볼 수 없었다. 그들의 손금은 불에 그을러 지워져 있었으므로. 물에 젖은 지도처럼 으스러진 운명, 축축한 늪으로 돌아가면 처음부터 다시 시작할 수 있을까? 아무도 소녀를 애걸하지 않는 곳, 소녀가 매달렸다는 사실을 아무도 기억하지 못하는 곳으로 돌아가서, 마치 매달림이 소녀에게 아무것도 아니었던 것처럼, 매달림 없이도 살아갈 수 있을 것처럼 그렇게 불가능한 생을 살아갈 수 있을까? 몇 번이고 살이 벗겨지고 나무껍질처럼 딱딱한 굳은살이 배긴 손바닥은 더 이상 아프지 않았다. 그러나 아픔은 여전히 그 자리에 있었다. 소녀가 느끼지 못하는 동안에도 같은 자리에, 침묵처럼 머물러 있었다. 여자의 시선이 소녀를 향하고 있듯이, 여자가 돌아간 밤에도 눈이 사라진 채 번들거리는 여자의 어두운 응시가 있듯이.

어째서 여자는 소녀를 사랑하게 된 것일까? 소녀가 여자를 만나게 된 것, 소녀가 매달려 있는 버려진 공연장에 여자의 세계가 입주하게 된 것은 순전한 우연에 불과했다. 게다가 먼저 매달려 있던 것은 소녀였다. 여자가 이곳을 전시장으로 삼기 전에도, 소녀를 전시품으로 바꾸어버리기 전에도 소녀는 이곳에 매달려 있었다. 누구의 작품도 아닌 채로, 오직 광활하고 헐벗은 생만을 매단 채로 이곳에 있던 것은 소녀뿐이었다. 이곳에 매달린 게 소녀가 아니었다고 해도 여자는 그를 사랑했을까? 여자가 내려오라고 말했던 그 날 소녀가 못 이긴 척 내려가 그녀의 품에 추락을 내맡겼다고 해도 그녀는 소녀를 이토록 사랑했을까? 그래도 소녀를 바라보았을까? 소녀는 그녀의 곁에서 매달림을 경험한 아이로 살아갈 수 있었을까? 그런 것들은 모두 불가능하다는 사실을 소녀는 알고 있었다. **소녀는 매달림을 포기할 수 없었다.** 소녀는 처음부터 이곳에 매달려 있었다. 매달림 없이는 생도 죽음도 없었다. 축축하고 미끄러운 분홍빛의 역겨운 내장들이 조여내고 있는 밧줄, 밧줄은 이미 소녀의 입속을 통과하여 그녀의 밑까지 관통하고 있었다. 밧줄을 떼어내면, 이곳에서 더 올라가거나 내려간다면 소녀는 속수무책으로 상처 입어 죽어버리고 말 것이다. 죽음에 대한 갈망조차 잊고. 그러한 미래는 존재하지 않았다. 공고한 불가능성, 복원할 수 없는 균열.

소녀는 여자에게 제발 돌아가라고 소리치고 싶었다. 아무도 없는 곳에서 죽을 수 있도록. 아무도 소녀를 원하지 않는 곳에서, 매달림의 비밀이 밝혀지지 않는 곳에서 매달림을 그만두고 삶도 죽음도 없이 살아가고 죽을 수 있도록. 소녀를 부드럽게 애무하고 끌어안는 미지근한 무관심 속에서 잠들 수 있도록. 여자는 소녀를 바라보고 있었다. 그녀는 소녀의 불가능성을 탐식하고 있었다. 소녀는 그녀에게 말해주어야 했다. 그녀가 바라는 것은 이미 존재하지 않는다고, 소녀는 이미 죽었고 소녀는 이미 시체일 뿐이라고 당신은 너무 순진하다고 서커스의 곡예사들은 모두 알고 있었다고. 소녀가 별 볼 일 없다는 것을, 소녀의 매달림은 그저 매달림일

뿐이라는 것을, 매달림의 심부에서 번들거리는 검붉은 심장은 수억 마리 파리들의 것과 다를 바 없다고. 파리들이 살아있는 만큼만 소녀는 살아있었으며 파리들이 비상하는 만큼만 소녀는 매달려 있는 것이라고.

여자는 소녀를 바라보고 있었다. 소녀는 여자에게 말하고 싶었다.

당신은 불가해한 것, 가장 하찮은 것에 인생을 내맡기고 있어요. 서커스 곡예사들은 무대에 올라가기 전에 심장을 으깨어 삼켜요. 그러니까 사자의 입 속에 집어넣은 머리는 이미 죽은 머리예요. 나이프에 관통당해 출혈하는 목은 이미 죽은 목이고 마술사의 상자에서 절단당한 사지는 이미 죽은 사지예요. 오직 어리숙한 관객들만이 죽음의 비밀을 알지 못하고 위험한 묘기에 비명을 지를 뿐이에요. 서커스의 마술사들 조수들 심지어 청소부들까지도 전부 알고 있어요. 이미 죽어서 파리가 꼬인 머리가 잘려나가도 슬퍼할 필요가 없다는 걸, 애타고 가슴 졸이고 열망하고 사랑할 것도 없다는 걸. 죽음은 배우들보다 먼저 무대에 있었으니까.

소녀는 여자에게 아무것도 줄 수 없었다. 여자가 원하는 것, 석류처럼 향기로운 심장은 이미 소화되어 형체도 없이 퍼져나간지 오래였다. 소녀의 발밑으로 뚝뚝 떨어져 파리들을 꼬여내는 것, 직원들이 무자비하게 닦아낸 자국, 그것이 소녀의 생이었다 그것이 소녀의 심장이었다 그것이 소녀의 매달림이었다. 매달림의 절정과 최후는 매달림 전에 있었다. 여자가 계속해서 소녀를 지켜본대도, 여자가 계속해서 소녀를 갈망한대도 여자는 바라는 것을 얻지 못할 것이었다. 여자가 가졌다고 믿는 것, 여자가 차지했다고 생각하는 것, 여자가 음미하고 용서하고 죄책감을 느끼는 것은, 진실은, 착각뿐이었다. 그러나 어떻게 여자를 말릴 수 있겠는가? 소녀를 향한 매혹적인 눈맞춤을 어떻게 포기할 수 있겠는가? 소녀를 생으로 붙들어두고 있는, 소녀에게 무엇인가 신비가 있다고 암시하는 무한한 결핍을 어떻게 저버릴 수 있겠는가? 소녀는 말라 죽어가는 머리에서 눈물을 흘리면서 애걸하고 싶었다. 소녀에게 고통을, 삶을 주는 시선, 소녀를 삶으로 전유하는 광폭한 결핍을 거두지 말아달라고. 먼저 소녀를 바라보기 시작한 것은 여자였다. 소녀는 그녀를 요구한 적조차 없었다. 먼저 소녀에게 애정과 연민을 건넨 것은 여자였다. 소녀의 매달림을 신기해하는 관중들의 시선만으로, 간혹 과자와 물을 던져올리는 자비만으로 소녀는 살아갈 수 있었다. 비밀의 결핍을, 심오한 범죄를 들키지 않은 채로, 매달려 있는 곳에 이미 아무것도 없다는 사실, 비열하고 교활하며 불가피한 거짓을 숨긴 채로 소녀 자신을 온전히 내맡기며, 이미 부재하는 그녀의 벌어진 상처를, 텅 빈 채로 현재하여 들끓는 틈을 고스란히 드러내보인 채로, 박수받으며 연민 받으며 그녀의 이마와 입술을 때리고 추락하는 차가운 동전과 물방울들을 맞으며. 그들의 머리 위에 매달려 있는 것이 썩어가는 고깃덩이일 뿐이라는 사실을, 거리 곳곳에 널려 있는 것이 그러한 고깃덩이라는 것을, 아무 정육점에나 들어가도 그녀처럼 신선하고 잔혹하며 질긴 매달림을 볼 수 있다는 사실을 속이는 깊은 미소를 지으며 무한한 고깃덩이에게 분산되어야 마땅할 박수와 시선을 독점할 수 있었을 텐데도.

소녀는 고깃덩이처럼 신비로웠다. 모든 고깃덩이들은 소녀가 은밀하게 숨기고 있는 달콤한 생의 악취를 품고 있었다. 소녀의 가장 큰 매혹은 지상 어디에나 널려 있는 것이었다. 돈을 지불하지 않고도 얼마든지 맛보고 감상할 수 있는, 쓰레기장의 부패한 고깃덩이들. 그들이 혐오를 이기지 못하고 으깨 죽인 뒤 휴지로 온몸을 칭칭 감아 보이지 않게 가려 창밖으로 내던지는 파리들과 다를 바 없이 더럽고 하찮으며 드글대는 생명들, 그 모든 죽음은 소녀의 생명이었다. 소녀의 매달림은 그 모든 피투성이 사물들의 생명이었다.

그럼에도 여자는 소녀를 바라보고 있었다. 은하처럼 푸르게 반짝이는 희귀한 나비를 관찰하듯 집요하고 황홀한 시선. 그토록 애틋한 두 눈으로 여자는 공중에 매달려 경련하고 있는 가난한 파리를, 거대하고 끔찍하고 역겨운 심장을, 구더기가 들끓는 염증을 바라보고 있었다. 여자의 부드러운 웃음 때문에 소녀는 미칠 듯 수치스러웠다. 그녀는 그토록 황홀한 것이 아니었다. 소녀는 그토록 희귀한 것도 신비로운 것도 아니었다. 소녀가 은닉한 채 잃어버린 타자의 생은 정말 어디에나 널려 있었다. 그 모든 것은 소녀만큼 깊고 아프게 매달려 있었다. 그들은 이미 오래전에 그것들을 무시하기로 약속하지 않았던가. 너무 많이 있는 것들에 감동 받지 않기로, 더럽고 무수한 것들에 황홀해하지 않기로, 너무 오래도록 썩은 심장을 들여다보지 않기로, 그 무한한 틈들에 일일이 상처받고 매혹되어서는 도저히 살아갈 수 없으니까. 정의와 공평함으로 그들은 타자들의 신비로운, 끝없이 낯선 우글거림을 외면하기로 하지 않았던가.

## 돼지 시위

 돼지의 사지가 거친 밧줄에 묶였다. 붉은 두건을 쓴 네 명의 사
내들, 오랜 단식으로 굶주린 몸들이 새끼 돼지의 다리들을 서로
다른 방향으로 잡아당겼다. 돼지는 몸을 바르르 떨면서 울었다.
미친 듯한 팽창감이 온몸을 가로질렀다. 소녀는 한 번도 그런 식
으로 벌어져 본 적이 없었다. 여리고 부드러운 가죽이 틀어지는
것이 느껴졌다. 그러나 아직 피는 흐르지 않았다. 상처도 없었다.
다만 역겨운 불안감이 팽팽하게 당겨진 몸을 빨아들이고 있었다.
 사내들은 돼지농장의 도축업자들이었다. 돼지농장이 폐쇄된
뒤, 그들은 실직하였고 그들의 다섯 아이들은 굶주림에 죽어가고
있었다. 사내들은 참을 수 없는 울분에 거리로 뛰쳐나왔고 부유하
고 화목한, 권태로운 아이들과 여자들이 산책하는 공원에서 시위
를 하고 있었다. 그들이 무엇을 바라는지 그들이 어떠한 내력을
가지고 있는지 아무것도 모르는 채로, 아이들과 여자들, 한가로운

남자들은 소녀가 찢어지는 모습을 멍하니 바라보고 있었다. 사내들의 마른 몸에서 출혈하듯 땀이 흘렀고 소녀는 더, 더, 더 사방으로 당겨지고 있었다. 소녀는 비명을 질렀다.

그녀는 돼지농장의 마지막 남은 돼지였다. 아주 어릴 때, 유달리 희고 귀여웠던 그녀는 사내들이 함께 모여 사는 집안에서 잠들수 있었다. 아이들은 그녀를 사랑했고 그녀 역시 아이들을 사랑했다. 통통하게 부풀어오른 붉은 손의 감촉을, 그들이 불러주는 높은 음의 노래들을 모두. 그러나 사내들이 울 때, 아이들이 허기를 이기지 못하고 울부짖을 때, 소녀는 울지 못했다. 그녀의 부모와 형제들을 도축한 그들이 증오스러웠기 때문은 아니었다. 다만 소녀는 그들의 허기를, 그들의 고통과 슬픔을 느낄 수 없었던 것뿐이었다. 그녀는 그다지 배고프지도 목마르지도 않았으니까. 돼지농장이 폐쇄된 이후, 돼지들은 더 이상 죽지 않았고 그녀는 행복했다. 그들을 몰락하게 만든 절망은 그녀에게 거대한 행운이었다. 소녀는 죽지 않을 것이었고 더 이상 사랑스럽지도 예쁘지도 않은 뚱뚱한 암돼지가 되어도 그들과 함께 살 수 있을 것이었다. 나날이 부풀어가는 몸을 소녀는 불안하게 느꼈던 것이다. 아이들이 그녀를 어색하게 느끼는 순간, 그녀에게서 돼지 특유의 짙은 악취가 풍기는 순간, 아이들이 그녀가 더 이상 새끼 돼지가 아니라 더러운 암돼지라는 사실을 깨닫는 순간, 그녀가 어디로 가게 될지 그녀는 이미 알고 있었으니까.

살아남기 위해, 아이들의 향기로운 손바닥에 더 오래 고개를 묻고 그들의 장난스러운 애무를 만끽하기 위해 소녀는 굶주림을 다스리는 법을 배웠다. 그녀는 그다지 먹지 않았고 오랜 금식 끝에 마침내는 굶주림을 잊을 수 있게 되었다. 그녀는 음식을 증오하는 방법을 익혔다. 그녀를 살찌우고 기르고 더러운 가축으로 만드는 음식은 독과도 같았다. 그녀는 죽은 고기에 빼곡이 들어차 있던 파리와 구더기를 떠올렸다. 그것은 사실이었으므로 그다지 어렵지도 않은 일이었다. 그래서 허기에 죽어가는 가족들 속에서 오직 소녀만이 배고프지 않았다. 그녀는 아이들의 울음소리가 애틋하고 가여웠으나 배고픔을 느낀 것은 아니었다. 그녀는 배고프지 않았다. 나날이 미쳐가던 사내가 붉게 달아오른 눈으로 그녀를 응시할 때도 그녀는 그다지.

사내는 배가 고프다고 중얼거렸으나 소녀는 그에게 해 줄 수 있는 일이 없었다. 폐사 처분된 돼지들은 모두 소녀의 일족이었다. 소녀는 배고픔은 그리 큰 문제가 아니라고 말해주고 싶었다. 인간은 돼지보다 더 오래 배고픔을 참을 수 있었다. 허기를 본성으로 타고난 소녀조차도 끔찍한 노력 끝에 굶주림을 잊을 수 있었다. 음식을 증오하고 마침내는 허기를 경멸하여 아무것도 갈망하지 않게 되는 것, 그것은 불가능한 일이 아니었다. 소녀는 사내를 격려하듯 부드럽게 꿀꿀거렸다. 그러나 사내는 아직도 배가 고프다고 끔찍하게 배가 고프다고 배가 고파서 죽을 것 같다고 말했다. 그는 새끼돼지처럼 가볍고 마른 소녀를 끌어안고 방도 없이 탁 트여 있는 거대한, 무덤과도 같은 농원에서 잠들던 사내들을 불러모

앉다. 그들은 곧 폐허마저 빼앗길 것이었다. 한때 그곳에는 네 채의 집이 있었다. 네 채의 집과 열여섯 개의 방에서 그들은 돼지들의 풍요로운 생명을 관리하였다. 그러나 이제 그들에게 남은 것은 한 마리의 비쩍마른 애완돼지밖에 없었다. 집들은 허물어졌고 그곳에는 이제 그들과는 무관한, 그들이 속할 수 없는 고층빌딩이 생길 것이다. 수백 개의 방들 중 그들이 들어설 수 있는 곳은 없을 것이다. 사내들은 소녀가 그들을 살릴 수 있다고 속삭였다. 그녀가 도와준다면 그들은 더 이상 배 곯지 않아도 될 것이라고 어쩌면 그들의 농원을 이미 죽은 돼지들을 대체할, 죽은 돼지들보다도 더 많고 건강하고 살찐 돼지들을 갖게 될 지도 모른다고 말했다. 소녀는 배고프지 않았지만, 그래서 잠든 아이들 곁에 남고 싶었지만 사내들의 품에 안겨 거리로 나갈 수밖에 없었다. 소녀에게는 거절의 언어가 없었으므로. 소녀의 언어를 이해할 수 있는 일족들은 모두 거대한 구덩이에 생매장되어 죽어버렸으므로. 죽은 돼지들은 소녀가 알아들을 수 없는, 바람과도 같이 신비롭고 음울한 망자들의 언어만을 속삭일 것이었다. 이제 소녀의 언어는 고통과도 같이 내밀한 것이었다. 소녀는 내부에서 들끓는 상처를 내밀어 보일 수 없듯, 그녀의 거부를 말할 수 없었다.

광장에 도착한 사내들이, 돼지들의 분뇨와 진흙에 묻어 역겨운 악취를 진동하는 부랑자들이 소녀의 가느다란 네 다리에 거친 밧줄을 묶고 억지로 잡아당기는 동안에도 소녀는 비명밖에는 지를 수 없었다. 경악한 시민들은 그들을 보고 있을 뿐 말리지는 못했다. 그들이 배가 고프다고 배가 고파서 죽을 것 같다고 부르짖었기 때문이다. 사내들은 날카로운 흉기와도 같은 고통을, 그들이 점유하고 있는 그들만의 상처를 마구 휘두르며 여자와 아이들에게 치명적인, 끔찍한 목격을 강요하였다. 소녀가 찢어지는 모습을 그들은 눈물을 흘리며, 무감하게, 흥분에 차, 연민하며 바라보고 있었다. 아무도 소녀의 고통을 느낄 수는 없었다. 소녀의 아픔을 가장 깊이 상상하며 느끼는 여자들조차도 소녀가 어떻게 찢겨지고 있는지 속속들이 알 수는 없었다. 소녀는 죽을 것처럼 두려웠다. 그녀의 몸이 벌어지고 있는 것이 느껴졌던 것이다. 그녀의 작고 여린 성기가 찬 대기에 노출되었고 그녀의 몸속에서 발가벗은 채 흐르고 있는 붉은 내장이 투명하게 당겨진 배의 피부에 비치는 것처럼 느껴졌다. 소녀는 계속해서 비명을 질렀으나 핏발선 눈으로 울부짖고 있는 사내들의 고성에 묻혀 그녀 자신에게도 들리지 않았다.

그들은 미친 듯이 소녀를 잡아당기고 있었다. 소녀가 도저히 공존할 수 없는 방향으로, 그녀가 동시에 현존할 수 없는 네 개의 장소로 소녀를 몰아붙이고 있었다. 그들은 소녀에게 그들의 굶주림을 투사하고 있었다. 그들의 고통이 소녀의 찢겨짐만큼 가혹하고 비참하다는 것을 부드러운 햇볕을 쬐며 행복하게 산책하던 시민들을 향해 부르짖고 있었다. 그러나 소녀는 배고프지 않았다. 그들은 찢어지고 있지 않았다. **찢어지는 것은 소녀였고 배고픈 것은 그들이었다.** 찢어짐과 배고픔은 결코 같을 수 없었다. 소녀는 흐느끼고 비명을 지르고 애원했지만 아무도 소녀의 울음소리를 알아듣지 못했다. 소녀는 사내들을 부여잡고 그들이 얼마나 큰 착각을 하고 있는지 이야기해주고 싶었다. 그들은 소녀가, 소녀는 그들이 아니라는 사실을, 소녀의 고통과 그들의 고통이 같을 수 없다는 사실을, 그들은 정말 이해하지 못하는 것일까? 그들이 영원히 이해할 수 없다는 것을? 소녀는 배고프지 않았다. 조금도, 배고프지 않았다. 감당할 수 없는 팽팽한 압력이 소녀를 절망적으로 배부르게 했다.

아무리 잡아당겨도 소녀가 찢어지지 않자 사내들은 소녀를 광장의 돌바닥에 내려놓고 땀을 닦았다. 그들은 지쳐 있었다. 사내들은 배가 고프다고, 미친 듯이 배가 고프다고, 죽을 것처럼 배가 고프다고 비명을 질렀다. 군중들은 죽음의 감미로운 악취를 맡고 달려드는 파리떼들처럼 불어났다. 소녀의 찢겨짐을 목격하고 있는 천 개의 시선들.

사내들이 다시 소녀를 들어올렸을 때 소녀는 반항할 힘조차 없었다. 사내들은 배곯아 허약했고 살해는 길었다. 소녀의 얼굴은 과숙한 열매처럼 붉게 부풀어올랐고 침과 눈물로 젖어 번들거렸다. 사내는 구령을 맞추듯 배가 고프다고 소리쳤지만 소녀는 조금도 배고프지 않았다. 배고픔은 그녀의 바깥에 있었다. 그녀가 이해할 수 없는 바깥에, 그녀의 피부를 잡아당기며 찢어내고 있는 영원한 바깥에, 그녀의 살을 잔혹하게 당겨내는 허기는 그녀에겐 찢겨짐이었지 배고픔이 아니었다. 군중들이 바라보고 있는 것은 배고프다는 아우성과 찢겨지는 광경이었지 배고픔도 찢겨짐의 고통도 아니었다. 그럼에도 사내들은 이해와 공감을 갈망하는 어린 아이처럼 울부짖으며 소녀를 찢어내려 안간힘을 썼다. 소녀의 살은 고통스럽게도 질겼기에 사내들은 소녀를 내려놓고 그녀의 옆구리와 허벅지 안쪽에 칼집을 내어야 했다. 얕은 틈은 순식간에 깊이 벌어졌고 소녀는 돌이킬 수 없을 정도로 찢겨져버렸다. 너덜거리는 사지에서 햇빛에 희게 바랜 피가 넘쳐흘렀다. 사내들은 죽어가는 소녀를 높이 들어올려 관중들에게 보여주었다. 관중들은 소녀의 찢어짐을, 그녀의 외상과 죽음을, 아직 꺼지지 않은 가련한 삶을 더 자세히 들여다보기 위해 사내들을 둥글게 둘러싼 흰 그림자와도 같은 원을 서서히 좁혀나가며 그들에게 다가왔다. 소녀는 강렬한 찢겨짐으로, 고통스러운 통각으로 다시 짜여진 흰 틈의 피부를 드러낸 채, 그녀가 낳은 검은 시선들을, 수천 마리의 파리들과도 같은 검은 빛들을 보았다. 사내들은 그녀의 곁에서 흐느꼈지만 소녀의 찢겨짐 때문에 우는 것은 아니었다. 그들은 오직 그들의 배고픔 때문에 고통스러운 것이었다.

소녀는 찢겨짐 이후에도 오래도록, 군중들이 떠나가고 연극의 장막과도 같은 밤이 내려올 때까지 살아 있었다. 소녀는 끝내 배고프지 않았다.

# 뱀술

세 마리의 뱀을 알코올에 넣고 그녀는 뱀술을 담갔다. 그녀는 산 채로 끓고 있었다. 끓고 있었으니까, 그녀는 뱀술을 담갔다. 앞니가 부러진 노파는 홀쭉해진 주름을 벌렸다가 움츠리며 뱀술을 담가야 한다고 말했다. 그래야 살아날 거라고. 그녀의 아들, 그녀가 찢어지며 탄생시킨 아들, 그녀의 유일한 자부심, 그녀의 고통을 그녀의 삶을 그녀의 흔적들을 지표하는 유일한 흔적, 아들이 끓고 있었으니까 아들이 산 채로 끓고 있었으니까 여자는 노파의 말에 따랐다.

점성술사는 아들이 천벌을 받은 것이라고 말했다. 그의 토성과 목성의 위치가 어긋나서 죽음에 이르는 병에 걸린 것이라고, 그러니까 아들의 죽음은 이미 예정되었던 순리라고. 하늘에 제사를 올릴만한 돈이 여자에게 없는 것 역시 마찬가지라고. 여자는 그런 운명으로 비렁뱅이의 운명, 가난한 여자의 운명, 가진 것은 아들이 가지고 있는 벌건, 그러나 이미 여자를 떠나가버린 서글프고 공허한 고통의 잔여밖에는 없는 운명으로 태어났다는 것 역시 점성술사는 알고 있었다. 노파는 여자의 운명이 이미 정해져 있다고 말했다. 여자가 태어나기 전부터, 그녀의 인생의 끝없는 조우와 우발적인 접촉들, 우연들은 벌써 일어난 사건이라고, 그녀는 천체들의 과거를 되짚는 투사물에 불과하다고.

천막 천장에서 쥐새끼가 떨어졌을 때도 점성술사는 놀라지 않았다. 노파는 이미 알고 있었다는 것이었다. 쥐새끼는 임신하였는지 배가 불룩했다. 여자는 역겨움을 견디지 못하고 헛구역질을 해 댔다. 노파는 흰 줄기와도 같은 빛이 일렁거리는 수정구 위에 손을 얹고 여자를 바라보았다. 노파는 즐거워 보였다. 즐거우신가봐요, 하고 여자가 물었다.

그러나 노파는 아무것도 즐겁지 않다고 말했다. 삶은 더 이상 노파에게 어떠한 흥밋거리도 될 수 없다고, 사람들은 천체들의 폭력적인 투사물에 불과하므로, 우발적인 것은 천체뿐이며 지상은 별들과 행성들의 짙은 그림자에 불과하므로, 즐거울 것도 슬플 것도 없지, 하고 노파는 소녀처럼 맑고 여린 목소리로 속삭였다.

여자는 그녀의 주머니에 있던 푼돈을 모두 점성술사에게 건네고 더러운 천막 문을 나섰다. 천막 바깥으로 몸을 빼낸 여자에게 노파는 뱀술을 담그라고 말했다. 세 마리의 독사를 산 채로 담가 삼 년 동안 뱀술을 끓이면 아들은 살 거야, 하고.

그러니 여자가 무엇을 할 수 있었겠는가? 아이는 끓고 있었고 여자는 뱀들을 잡을 수밖에 없었다. 하나 둘 세 마리의 뱀들이 여자의 손에서 꿈틀거렸다. 기절한 채로, 그러나 아직은 살아 있는 채로 꿈을 꾸는 뱀들을 여자는 거대한 유리병 속에 넣었다. 뱀들은 죽은 듯 고요하였다.

세 마리의 뱀들을 여자는 서커스에서 구했다. 뱀 마술사가 은퇴하고 난 뒤 서커스단은 마술사가 두고 간 뱀들을 처리할 방법이 없어 곤란을 겪고 있었다. 그들은 여자를 반기며 건투를 빈다고 악수까지 청하였다. 아마 여자가 뱀 마술을 연습하려 한다고 생각했던 것이리라. 서커스의 주민들에게 산 뱀을 원하는 여자는 뱀 마술사일 수밖에 없었으니까. 여자는 신사처럼 매혹적으로 구부러진, 꼿꼿한 콧수염을 가진 단장이 직접 녹색 보따리에 싸놓은 기절한 뱀들을 들고 집으로 돌아갔다. 아들이 끓고 있어서요, 라고 여자가 떠나가며 한 말을 그들은 물이 끓고 있다는 말실수로 생각하고 와아아 웃었다.

아들은 노란 장판이 깔린 방 바닥에 엎드린 채 앞으로 뒤로 기어다니고 있었다. 몸이 뜨거워, 뜨거워서 죽을 것 같아, 하고 아들은 흐느꼈다. 그건 모두 네 잘못이야, 여자는 터질 듯 부풀어오른 물집들을 조심스레 더듬으며 울었다. 대체 왜 거기에 들어갔던 거야?

펄펄 끓고 있던 물, 죽은 고기를 집어넣기 위해 올려놓은 불. 아이는 잠을 자고 있었다. 여자는 칭얼대는 아이의 곁에서 악몽을 달랠 이야기를 들려주다가 잠에 들고 말았다. 찢어지는 비명이 들렸고 불길하고 고통스러운 냄새가 났고 아이는 끓고 있었다. 거대한 솥에서 삶아지고 있는 아이 아이의 살은 소고기처럼 발긋하게 희게 익어가고 있었다 뼈와 떨어져나간 살점 물 속에서 삶아져 풀어진 살들 여자는 미친 듯이 비명을 질렀다. 아이는 외로웠다고 말했다. 엄마는 자고 있었어. 엄마는 너무 오래 잠들었어. 끓고 있는 건 그 애밖에 없었어, 하고 아이는 말했다. 응급실의 의사는 아이가 오래 살지 못할 것이라고 말했다. 뜨거워 엄마 너무 뜨거워라고 말할 때 아이의 화상에서 투명한 기포가 끓고 있을 때 여자가 할 수 있는 일은 끈적한 흰빛의 화상 연고를 아이의 전신에 발라 주는 것밖에는 없었다. 아이의 몸은 아직도 뜨거웠다. 견딜 수 없이 들끓고 있는 상처들.

여자는 잠이 들었다 그뿐이었다. 아이도 잠이 들었고 그녀는 무척 피곤했으니까. 홀로, 단지 홀로라는 이유만으로 여자는 끔찍하게 피로했으니까. 삶의 깊은 정지와 흘러내림을 억지로 올려붙이며, 너무 위로 떠오르지도 너무 깊이 가라앉지도 않기 위해 애쓰는 것, 다만 가만히 있는 것만으로도 여자는 지나치게 피로했으니까. 아이는 여자를 이해하지 못했다. 여자가 고통스러운 기색을 보이는 것만으로 아이가 금세 흥미를 잃고 그녀를 외면하는 것을 여자는 알아차릴 수 있었다. 아이는 여자가 힘든 것을 원하지 않았다. 아이에게 중요한 것은 그 작고 발긋한 생명을 넘치도록 흐르고 있는 기쁨뿐이었다. 아이는 환희에 찬 고통과 슬픔, 행복과 쾌락의 감정들을 여자에게 재잘거리며 이야기했다. 여자가 알지 못하는 환희들. 여자가 사는 것이 고통스럽다고 말했을 때 아이가 얼마나 냉혹하고 무심하게 떨어져나갔는지, 그녀의 품에서 아이가 얼마나 재빨리, 마치 남처럼, 마치 겨울을 피해 도망가는 철새들처럼 빠져나갔는지 여자는 아직도 생생히 기억할 수 있었다. 엄마는 맨날 아프다고만 해, 엄마는 맨날 힘들다고만 해, 하고 투정을 부리는, 젖은 꽃잎처럼 붉고 부드러운 입술, 말간 침과 열기로 부풀어오른. 여자는 아이의 거북스러운 얼굴을 내려다보며 미안하다고 말했다. 그러나 여자는 기쁨에 대해 행복에 대해 환희에 대해 이야기할 수 없었다. 그녀는 정말 고통스러웠고 힘들었고 지쳐 있었으니까. 권태조차 없이 깊은 피로. 그녀는 살아 있는 것만으로 날카롭고 괴이한 날들로 일그러진 그녀의 독특한 신체를 무너뜨리지 않고 유지하는 것만으로도 죽을 듯 괴로웠으니까. 그건 아이 때문도 아니었고 삶 때문도 아니었다. 그건 여자가 여자였기 때문이었다. 여자가 여자였기 때문에 여자는 그렇게 괴로웠던 것이다. 여자의 고통은 아이를 향해 흐르지 않았다. 아이는 여자와 다른 몸을 가지고 있으므로 여자의 고통은 평생 이해할 수 없을 것이었다. 그러므로 너도 어른이 되면 알게 될 거야, 라고 여자는 말할 수 없었다.

그녀는 끔찍하게 지쳐 있었다. 유치원 학예회에서 아이가 천사 옷을 입고 사랑스럽게 춤을 추며 노래를 부를 때도 여자는 눈앞에서 흔들거리는 날개 껍질의 흰빛, 투명하게 반들거리는 흰빛밖에는 볼 수 없었다. 그녀는 아무것도 찍지 않았고 깔깔거리며 웃을 수도 없었다. 그녀는 아이를 두고 도망가고 싶었다. 그녀는 아무 것도 보고 싶지 않았다. 아이는 행복해 보였다. 무대 위에서 천사 옷을 입고 천사의 날개를 달고 검은 직모 대신 금발의 곱슬머리를 달고 뒤뚱거리는 아이는 마치 천사 같아 보였다. 그녀가 한 번도 본 적이 없는, 그녀가 낳은 적이 없는 천사. 아이는 두툼하게 부풀 어오르는 새의 부리 같은 입술을 뻐끔거리면서 노래를 부르고 있 었다. 아이는 여자만을 바라보고 있었다. 갑작스럽게 객석에 조명 이 비추어졌을 때 여자는 견디지 못하고 흐느끼고 말았다. 아이 의 얼굴이 순식간에 일그러졌고 갑작스럽게 풀이 죽은 아이는 막 이 내릴 때까지 다시 웃지 못했다. 내가 귀엽지 않았어? 하고 묻는 아이에게 여자가 뭐라고 대답할 수 있었겠는가? 아이는 귀여웠고 사랑스러웠으나 여자가 아픈 것은 여자였다. 여자는 여전히 피로 했고 고통스러웠다. 그건 네 잘못이 아니야. 하지만 난 엄마가 웃 어주길 바랐어. 그래서 매일 연습하고 연습하고 연습했어.

하지만 행복을 느끼지 못하는 게 여자의 잘못일까? 여자는 행 복하고 싶은 갈망조차 없었다. 그녀는 너무도 깊이 피로하였고 이 제는 피로를 사랑하게 될 정도로, 피로와 고통 없이는 살아갈 수 없을 정도로 그렇게 피로했는데 어떻게 정순한 행복을 바랄 수 있 단 말인가 이제와서. 아이가 끓는 솥에 들어간 것은 여자의 잘못 일지도 몰랐다. 아이가 외로웠던 것, 끓는 아이가 여자의 아이를 원했던 것, 아이가 끓는 아이를 원했던 것은 모두 여자가 끓고 있 었기 때문인지도 몰랐다. 천사처럼 사랑스러운 무대 위의 아이들이, 가짜 금발을 달고 환하게 웃는 아이들이 증오스러웠던 것이 여자의 잘못일까? 그녀 주위에서 물결치듯 둥글게 퍼져가는 행복한 웃음, 여자의 흰 그늘을 피해 흔들리는 웃음들, 여자가 그 속에서 웃어야 했다고 아이는 말하고 있었다. 하지만 여자는 행복하고 싶지 않았다. 행복한 체하려는 노력조차도 할 수 없을 정도로 여자는 지쳐 있었다. 여자에게 남은 웃음은 서글프고 고통스러운 여자의 엷은 미소뿐이었다.

아이에게는 친구가 없었다. 아이의 사회화 시기에 여자가 아이를 다른 아이들에게 데려가지 않았으니까. 그녀 아이 또래의 아이를 가진 그녀 또래의 여자들과 여자는 만나지 않았으니까. 작은 동네의 아이들은 어릴 때부터 교류하여 벌써 서로를 알고 친해져 있었지만 여자의 아이는 아무에게도 알려지지 않은 채로, 그렇게 낯설게 유치원에 들어서야 했다. 아무도 여자의 아이를 반겨주지 않았고 아이의 이름을 불러주지 않았다. 여자조차도, 아이의 이름을 부르지 않았다. 아이가 홀로 자기 이름을 부르는 모습을 여자는 본 적이 있었다. 고독한 요정의 주문처럼 몇 번이고 되뇌면서 속삭이는 모습을. 왜 나만 친구가 없는 거야, 하고 묻는 아이에게 여자는 여자에게도 친구가 없다는 말밖에는 할 수 없었다. 곧 친구가 생길 것이라는 말은 할 수 없었다. 그것은 여자가 알 수 없는 일이었으니까. 여자는 한 번도 친구를 가진 적이 없었다. 아무도 여자의 이름을 불러주지 않았으며 여자의 짐을 나누어 들어주지 않았고 여자와 함께 울어주지 않았다. 학교에 다닐 때 여자는 아주 못생긴 여자아이였다. 아무도 그녀를 원하지 않았으나 차오르는 갈망을 갈무리하기에는 너무도 여리고 무력했던 소녀는 끝없이 원했다. 끝없이 깊은 구멍을 세상을 향해 내밀었다. 진흙과 휴지조각, 날카로운 유리조각과 먼지, 벌레의 시체들과 쓰레기들로 그녀의 무수한 구멍들이 전부 메워질 때까지 그녀는 계속해서. 여자는 바깥을 향해 내밀었던 구멍을, 깊은 갈망을 내부로 돌릴 수밖에 없었다. 시간마저 그녀의 몸 속에서 밀려나 공간의 심연만이, 몸의 결연한 갈망만이 남을 때까지, 그녀는 그녀와 접촉하고 그녀를 쓰다듬고 그녀를 애무하고 그녀를 찢어내고 그녀를 흐느끼고 그녀를 파고들었다. 몸은 향기로웠다. 몸은 아름다운 관능이었다. 몸에서 여자는 그늘처럼 축축하고 달콤한 신음소리를 들었다. 하지만 몸이 그녀의 친구가 될 수는 없었다. 오직 그녀에게만 들리는, 그녀에게만 열려 있는 애처로운 고독을, 아이에게 돌려줄 수는 없었다. 몸으로 돌아가기에 벌써부터 내부로 갈망을 돌리기에 아이는 너무도 싱싱하고 향기로웠다.

물은 끓고 있었고 그 열기에 서슴없이 뛰어들 정도로 기갈 났던 아이, 아이도 끓고 있었다. 고통스러운 피와 진물을 흘렸던 피부는 어느정도 가라앉았지만 아이의 온몸에는 치유할 수 없는 깊은 일그러짐이 남았다. 아이는 일그러졌다. 아이는 아직도 끓고 있다고 말했다. 물이 피부가 속이 아직도 끓고 있다고 너무 뜨겁다고 엄마는 일어나지 않았다고 내가 비명을 질렀는데 하루종일 이틀 내내 일주일 내내 평생 비명을 지르고 있었는데도 엄마는 듣지 않았다고 아이는 소리쳤다. 하지만 여자가 잠든 것은 고작해야 세 시간 남짓이었다. 그 세 시간이 아이에게 평생이었으리라는 것을 여자는 결단코 알아차리지 못했다. 여자는 아무것도 예감하지 못했다. 비명은 너무도 갑작스러웠고 끓어넘치는 아이 앞에서 깃털이 벗겨진 닭처럼 붉고 흰 살 앞에서 여자는 어떻게 해야할지 몰랐다. 아이가 뜨겁다고 울 때, 여자의 마른 팔뚝을 할퀴어대며 비명을 지를 때, 왜 빨리 오지 않았느냐고 왜 자고 있었느냐고 울부짖을 때, 여자는 증오스러운 결백을 주장하며 침묵할 수밖에 없었다. 결단코, 여자는 아이가 끓는 것을 바라지 않았다.

내가 별로 사랑스럽지 않았어?

아니었다. 아이는 사랑스러웠다. 사랑스러움을 느끼지 못한 것은 여자뿐이었다. 천사들이 작은 새들, 너무도 잘 먹고 행복하여 비대해진 짐승들 같다고 느꼈던 것은 여자뿐이었다. 천사들을 사랑하지 못했던 것은 여자뿐이었다. 하지만 아이는 불행의 원인을 외부로 돌리기에는 너무 어렸다. 내가 사랑스럽지 않았다면 왜 엄마는 날 돌보지 않았던 거야. 다들 박수를 쳤는데 다들 웃었는데 엄마는 왜 나를 보지 않았던 거야.

그건 여자가 끓고 있었기 때문이었다. 여자가 이미 오래 전부터, 아무도 알아차리지 못하던 순간부터 계속 끓고 있었기 때문에, 아가, 네가 끓기도 전부터 내가 끓고 있었기 때문에, 그래서 네가 끓고 있는 것도 알아차리지 못했던 거야. 끓는 건 너무 뜨겁고 고통스러우니까. 다른 소리는 아무것도 들리지 않을 정도로 웃음도 나오지 않을 정도로 차마 울 수도 없을 정도로 너무 아파서, 끓는 건 아프니까, 아파서 널 보지 못했던 거야.

아이는 짓무른 붉은 눈으로 여자를 올려다보며 말했다. 하지만 끓던 건 나뿐이었어. 엄마는 잠들어 있었어. 평온하게, 천사처럼, 아무런 걱정도 고통도 없이 깊이 잠들어 있었어. 내가 끓고 있는 동안에.

악몽 속에서 여자는 아무런 대꾸도 할 수 없었다. 그녀에게는 아이가 그토록 행복하고 기쁘며 무감해보였다는 말도, 그녀에게는 끓고 있는 것이 그녀뿐이었던 것처럼 느껴졌다는 말도 악몽은 듣지 않을 테니까.

아이는 백치가 되어버렸다. 너무 깊은 고통을 통과하면서 아이는 영원히 아이로 남게 되었다. 아이는 언제나 끓고 있어서 도저히 다른 것을 배우고 받아들일 여력조차 없었다. 여자가 서커스에서 받아온 기절한 뱀들을 수조처럼 거대한 유리병 속에 빠뜨리는 동안에도 아이는 불투명한 흰 막으로 뒤덮인 눈으로 부글부글 끓고 있는 제 몸만을 바라보고 있었다. 뱀들은 신음조차 없이 병 속에 빠졌다. 여자는 고무 마개로 유리병을 잠근 뒤 찬장 가장 깊은 곳에 뱀술을 집어넣었다. 삼 년 뒤, 마개를 열자 갑작스럽게 튀어오른 뱀이 아이의 목을 물 때까지, 삼 년의 시간 동안 알코올의 독 속에서 잠들어 있던 뱀이, 아직도 살아 있던 뱀 살아남을 뱀 영원처럼 살아있는 뱀. 삼 년의 시간 동안, 여자는 간혹 찬장으로 가서 죽은 듯 잠들어 있는 뱀들을 바라보았다. 물 속에서 숨 쉬기 위해 독을 들이키고 있는 뱀들, 왜냐하면 물 속에서는 독을 들이키지 않고는, 죽어가지 않고는 숨 쉴 수 없으니까. 죽음으로 폐를 적시면서 살아가는 뱀들. 여자는 간혹 공기가 독과 같다고 느꼈다. 여자는 간혹 호흡하는 일이 버거웠다. 공기는 물처럼 무겁고 깊고 고통스러웠다.

아이는 한겨울에도 뜨겁다고 울부짖었다. 꿈 속의 아이는 놀랍도록 침착하고 어른스러운 말투로 여자를 비난했다. 당신에게는 아이를 낳을 자격이 없었어요. 당신은 당신밖에 모르니까. 당신이 아닌 것은 느끼지 못하니까. 당신이 아닌 것은 듣지도 보지도 않으니까. 내가 당신 앞에서 죽어갈 때도 끓고 있었던 것은 당신뿐이라고 믿었으니까. 아이가 지니고 있던 기포와도 같이 찬란한 가능성들, 미래의 생존을 갈취한 것은 여자였을까? 여자가 아이에게 웃어보였다면, 아이에게 친구를 만들어주었더라면, 아이를 끌어안고 입맞추고 사랑한다고 말해주었다면, 아이가 외롭지 않았다면 영원히 끓고 있는 외로움은 아이를 부르지 않았을까. 아이는 고통스러운 친구를 찾아 솥으로 뛰어들지 않았을까. 아이의 짓물러 일그러진 입술은 웃는 듯도 우는 듯도 보였다. 몽상의 주름처럼 깊은 균열. 아이는 여자를 용서해주지 않았다. 악몽의 냉혹한 속삭임처럼. 그녀는 아이를 낳아서는 안 되었다. 그녀는 외로웠으니까 그녀는 고통스러웠으니까 그녀는 끓고 있었으니까 그녀가 낳은 것은 외로웠고 고통스러웠고 끓고 있었던 것이었다. 그녀는 외로움밖에는 낳을 수 없었던 것이었다. 여자는 아이를 사랑할 수조차 없었다. 여자가 사랑한 것은 여자의 외로움 여자의 고통 여자의 찢겨짐 여자의 끓어넘침 여자의 이글거리는 신랄한 헛것들뿐이었다.

혼수상태에 빠진 뱀들은 미동조차 없이 호흡하고 있었다. 뱀술을 떠도는 희미한 기포들이 숨이라는 것을 여자는 알아차리지 못했다. 삼 년의 시간 동안 여자는 아이의 화상과 함께 살았다. 아이의 끓고 있음과 함께 살았다. 학교조차 갈 수 없을 정도로 아이는 고통스러워했다. 뱀술은 여자가 믿을 수 있는 마지막 보루와도 같았다. 병원은 언제나 같은 진단, 같은 화상연고만을 처방해 줄 뿐이었다. 연약한 환각들이 여자를 둘러싸며 울고 있었으나 그것은 아이의 울음이 아니라 여자의 울음이었다. 여자는 울고 있었다. 여자는 너무 지쳤고 피로하였으며 더 이상 끓고 싶지 않았다. **아무도 그녀에게 화상 연고를 발라주지 않았다.** 아무도 그녀의 끔찍한 화상을 발견하지 못했다. 끓고 있는 것은, 전신에 극심한 화상을 입은 것은, 미쳐 버린 것은 그녀의 아이였다. 아이가 미쳐버렸으므로 그녀는 미칠 수조차 없었다. 그녀는 치밀어오르는 역겨운 광증을 눌러담으며, 그녀의 속을 엉망으로 파헤치며 찢어 뜯어내는 극단적인 비명을 방치한 채로 아이의 울음을 달래었다. 끓고 있어 엄마 너무 뜨거워. 아니야 아가, 끓는 물은 이제 없단다 이젠 아무도 끓지 않아, 여자는 흐느낌으로 아이를 달래었다. 여자가 찬 손으로 아이의 이마를 어루만지고 배를 두드리면 아이는 곧 잠이 들었다. 여자는 잠들지 못했다. 여자는 더 이상 잠들 수 없었다. 악몽이 불면 속으로 깊이 스며들어 산산조각으로 깨어진 그녀에게 파고들 때까지 그녀는 눈 뜬 채로 악몽을 듣고 있었다. 잠들지 않았다면, 아이의 비명을 들었다면, 아이는 병들지 않았을 것이다. 꺼지지 않는 불이 아이를 태우지 않았을 것이다. 여자가 끓고 있지 않았다면, 여자가 미칠 듯 피로하지 않았다면 아이의 비명을 들을 수 있었을 것이다. 여자가 조금 더 살아 있었다면, 여자가 조금 덜 피로했더라면, 여자가 끓고 있지 않았다면. 고통스럽게, 여자는 여자를 속였다. 끓음 없이 여자는 살아 있을 수도 아이의 비명을 들을 수도 없었다는 사실을 잊고, 끓고 있었던 것은 여자가 먼저였다는 사실, 아이는 여자의 끓음을 알아차리지 않았다는 사실, 먼저 잠든 것 비명을 지르며 끓고 있는 여자를 두고 잠든 것은 아이였다는 사실도 잊고, 살아남기 위해 여자는 깊은 망각 속에 빠져들었다. 봄의 새벽처럼 부드러운 죄책감을 온몸에 두르고 여자는 아이를 쓰다듬었다.

뱀들은 일어나고 싶지 않았을 것이다. 고무팩을 열었을 때, 갑작스럽게 차갑고 날카로운 공기가 펫속을 파고들 때, 폭력적인 침입으로 깨어난 뱀들은 고통스럽게 울부짖으며 아이의 목을 물어뜯었다. 여자는 깨어나고 싶지 않았다. 불면의 달콤한 혼몽 속에서 영원히 떠다니고 싶었다. 뱀들이 독 속에서 부유하며 잠들어 있는 동안, 잠도 현실도 아닌 깊은 혼수상태를 살아가는 동안, 여자는 술 속을 떠다니는 작고 둥근 기포들을 바라보았다. 다섯 개 스무 개 그리고 열두 개의 기포들. 여자는 삶이 그곳에 있다는 사실을 알아차리지 못했다. 끔찍한 착각 속에서, 여자는 죽음처럼 고요한 환각을 살았다. 끓고 있다는 것을 잊을 정도로. 끓고 있는 것이 아이일 뿐이라고 착각할 정도로, 그 정도로 대담하고 오만한 몽환 속에서 여자는 창백하고 부드러운 밤의 구름과도 같은 죄악감을 온몸에 휘감고. 끓는 것은 아이뿐이라고 잘못한 것은 그녀뿐이고 돌보는 것은 그녀이고 고통스러워하는 것은 아이라고 병든 것은 아이라고 되뇌었다. 고무팩을 뜯어내는 순간 절망적으로 파고들 삶의 깨어짐을 망각한 채. **그러나 여자는 계속해서 끓고 있었다.**

서커스에서 숨을 죽이고 삶을 은폐하는 방법을 배운 뱀들, 천으로 덮인 항아리 속에서 성긴 녹빛을 통과하는 희박한 공기만으로 호흡하며 은밀하게 살아남는 방법을 익힌 곡예사들, 뱀들은 가장 길고 위험한 연기를 하고 있었다. 오로지 여자만이 관객인 공연, 언제 끝날지도 모르는 공연, 예기치 못한 순간을 뛰쳐나갔을 때 관객이 한 명도 없을지도 모른다는 위험성을 무릅쓰고 뱀들은 삶을 지속하고 있었다. 독을 들이키면서, 뼛속에 차오른 독으로 죽어가면서 오직 절정의 순간을 위하여 지속하고 있는 은밀하고 비참한 삶. 여자는 그들이 살아 있다는 것을 모르고 있었다. 여자는 그들의 삶을 모른척 하고 있었다. 수면 속에서 지속되는 비참한 삶, 여자는 그런 삶이 있다는 사실을 잊고 있었다. 아니었다. 어떻게 잊을 수 있었겠는가. 그녀가 끓고 있는데 끔찍한 화상의 작열을, 세포를 지져서 망가뜨리는 뭉근한 물의 욕망을 어떻게 잊을 수 있겠는가 끓어 넘치는 고통과 뜨거움을 어떻게. 여자는 창백한 납빛 절망을 온몸에 두르고, 온몸을 가리고 수면 아래에서 폭발의 비정한 순간이 그녀를 관통하기만을 기다리고 있을 뿐이었다. 독 속에서 잠든 뱀들이 마술사의 마지막 신호만을 기다리며 최후의 파열을 위해 긴 인내를 떠다니고 있는 것처럼. 독처럼 매콤한 공기, 유동하는 액체가 폐를 저미며 망가뜨리는 동안에도 그들은 그곳에 있었다.

아이가 끓고 있었기 때문에, 아이가 뜨겁다고 했기 때문에 여자는 끓고 있을 수 없었던 것이다. 그러나 끓고 있음을 그만두지도 못한 채, 끓어서 울고 있는 아이의 곁에서 그녀의 오랜 끓고 있음을, 내밀한 화상을 모두 감춘 채로 가만히. 마치 끓고 있음이 치료되었다는 것처럼. 불가능한 치료가 완수되었다는 것처럼. 그러나 살아 있는 한 여자의 끓음은 결코 멎지 않을 것이었다. 그동안 대체 몇 개의 기포들이 있었을까. 몇 번의 끓어넘침이, 몇 번의 악몽이, 몇 번의 후회가, 몇 번의 비난이, 몇 번의 찢겨짐이, 몇 번의 화상이, 몇 개의 화상연고가 있었을까. 여자가 고무팩을 열었을 때, 뱀들이 기다림의 최후를 향해 헌신하며 튀어오를 때, 독에 짓무를대로 짓물러 더 이상 살 수조차 없이 망가진 몸으로 관객을 향해 달겨들어 가장 치명적인 독을 퍼부을 때, 홀로는 도저히 견딜 수 없었던 독을, 알코올 속에서 증폭될 대로 증폭된 독을, 참지 못하고 쏟아부을 때, 여자는 뱀들을 돌본 것이 그녀 자신임을 알고 있었다. 독 속을 둥둥 떠다니는 기포들을 무시한 것이, 그들이 살아 있다는 것을 고발하지 않은 것이, 마술이 끓음이 아직 진행되고 있다는 사실을, 은밀하게, 그러나 결연하게 숨쉬고 있는 짐승들, 그들이 아직 죽지 않았다는 사실을 여자는 아무에게도 고발하지 않았다. 그녀 자신에게도. 왜냐하면 그녀는, **왜냐하면 그녀는 끓고 있었으니까.** 아주 오래 전부터, 끓음을 배신하기 전부터 아이가 울기 전부터 아이가 외로움을 느끼기 전부터 아주 오래 전부터 그녀가 기억조차 할 수 없는 긴 시간 동안 소녀는 끓고 있었으니까. 소년들은 소녀를 외면하였고 소녀들 역시 소녀를 두고 사라졌고 소녀는 해갈할 수 없는 끔찍한 갈망, 별처럼 작열하는 고통스러운 갈망을 그녀의 내부로 돌린 채로, 끓어 넘치면서 드글드글 올라오는 기포와도 같은 화상으로 숨을 쉬면서 살고 있었으니까. 그 광폭한 착란은 결코 끝나지 않았으니까.

너무도 밝고 다정한 조명 아래에서 여자는 끓고 있는 가슴을 가련한 두 팔로 가린 채 흐느끼고 있었다. 천사는 그녀가 끓는 것을 보지 못했다. 다만 깨어지고 있는, 슬픈, 의식을 잃어가는 그녀의 텅 빈, 그러나 공백일 수 없는 그녀를 보았을 뿐이다. 여자의 흔적, 여자의 유사성, 여자의 은근한 자부심이었던 천사가 낯선 금발을, 너무도 금빛인 머리칼을 반짝이면서 울먹이는 목소리로, 내가 사랑스럽지 않았던 거야? 하고 물을 때도 그녀는 끓어 넘치고 있는 그녀의 은밀하고 고통스러운 흉터들을 보여줄 수 없었다. 끓고 있는 건 나야 아주 오래 전부터 처음부터 끓고 있었던 건 나야 나뿐이야.

독으로 끓고 있던 뱀들이 그토록 오래 버틸 수 있다는 사실에 여자는 놀라지 않았다. 독 속에서의 끔찍한 삶이 있다는 사실을 여자는 알고 있었던 것이다. 죽음 없이 얼마나 긴 삶이 이어질 수 있는지 여자는 이미 알고 있었던 것이다.

어느 밤, 여자는 아이를 낳았다. 끓고 있는 여자가 아이를 낳는 것이 어떠한 의미인지도 모른 채.

# 여배우

소녀는 여배우가 되고 싶었다. 여배우는 사람들 앞에서 다른 사람이 되는 사람이다. 이곳이 아닌 다른 장소를 사는 사람, 천 개의 얼굴들을 상상하는 사람, 천 개의 가면을 가지고 있는 사람, 가면들이 피부 속 깊이 뼈까지 파고들어도 아랑곳 않고 뜯어낼 수 있는 사람, 결코 그만두지 않는 사람, 흙과 벌레들이 없는 매끄러운 지평 위에서 끝나지 않는 춤을 추는 사람. 사람들은 여배우의 춤을 보기 위해, 신음소리를 듣기 위해 점점 더 그녀 가까이 밀려가고 여배우는 죽을 듯 피로하면서도 그들에게 터질 듯 박동하는 관능적인 육체를 내맡긴다.

누구나 그녀를 갈망한다. 그녀가 갈망하는 것을 모두가 갈망한다. 그녀는 미치게 아름답고 고통스럽다. 무대 위에서 비명을 지르며 쓰러지는 여배우의 잔혹한 두 눈을, 끓어넘치는 눈을 보았을 때 소녀는 여배우가 되겠다고 결심했다.

무대 위에서 여배우는 목을 매달았다. 다음 날도 그 다음 날도 계속해서 목을 매달았다. 죽고 나서도 여배우는 다시 목을 매달았고 오직 목을 다시 매달기 위해 다음 공연을 살아냈다. 쉬는 시간에 소녀는 종종 교실 앞에 나와 춤을 추고 대사를 읊고 흐느꼈다. 아이들은 소녀의 공연을 좋아했다. 소녀가 천재라고 치켜세우는 아이도 있었다. 소녀는 어느 누구보다도 빨리 울 수 있었기 때문이었다. 아무런 슬픔도 고통도 없이 소녀는 얼굴을 흠뻑 적시며 울 수 있었다. 공연은 막간극처럼 짧았다. 하지만 아이들은 소녀를 보기 위해 교실에 모여들었고 수십 쌍의 시선들 앞에서 소녀는 영원처럼 행복했다. 그러나 연기를 하고자 하는 사람은 학교에서 소녀뿐이었기 때문에 소녀는 홀로 연기를 할 수밖에 없었다.

학예회에서도 소녀는 햄릿 없이 홀로 오필리어를 연기했다. 소녀는 무대 위에서 홀로 사랑에 빠지고 홀로 배신당하고 홀로 비참하여 홀로 흐느끼다가 홀로 죽어버렸다. 아이들은 소녀가 눈물을 흘릴 때마다, 늙은 여자처럼 크고 깊은 소리로 울부짖을 때마다 환호하였고 담임교사는 소녀가 꼭 훌륭한 여배우가 될 것이라고 장담했다. 하지만 소녀는 당장 여배우이고 싶었다. 소녀는 여배우가 되기로 결심했다. 그래서 여배우의 작업을 하였다. 무대 위에서 두 시간 동안 연기를 하는 것.

소녀는 날마다 교실에 남아 두 시간씩 오필리어의 대사를 읊었다. 노래하세요 땅 속 그대여 땅 속 그대여 아직 끝나지 않았어요 노래하세요 땅 속 그대여 교실 뒷문 옆에 매달린 거울을 보고, 노래하세요 땅 속 그대여 노래하세요 아직 끝나지 않았어요.

소녀는 업무를 마친 교사들과 함께 하교하였다. 거울 속 두 개의 눈을 소녀는 열렬하게 들여다보았다. 거울 속 시선 앞에서 소녀는 연기를 했다. 평생 끝나지 않을 것처럼 평생 오필리어의 순간만이 계속될 것처럼 그렇게. 간혹 즉흥적인 대사를 내뱉기도 했다. 당신이 미쳐서 다행이에요. 당신보다 먼저 죽게 되어서 다행이에요. 소녀는 그곳에 없는 햄릿의 아름답고 창백한, 죽음과도 같은 얼굴을 상상하며 속삭였다. 연극은 점점 절정으로 치달았고 공연 횟수는 잦아졌다. 소녀는 밤의 무대에 입성하기에 이르렀다. 밤의 학교는 고요하고 음험했으나 소녀는 아랑곳하지 않고 그녀의 거울 무대 앞에서 오필리어를 연기했다. 마치 초대처럼 켜진 교실의 불.

소녀는 누군가 그녀를 바라보고 있음을 알았다. 그러나 비명을 지르지는 않았다. 그녀는 불길한 시선마저도 간절할 정도로 깊이, 무대에 침잠해 있었으므로. 거울 한 구석에서 떠도는 희미한 두 개의 눈. 노래하세요 땅 속 그대여, 소녀는 속삭였다. 노래하세요 왜냐하면 밤은 길고 덧없으니까 우리에겐 긴 밤밖에는 없으니까. 누군가 소녀를 바라보고 있었다. 소녀는 울 듯 벅찬 소리로 소리쳤다. 노래하세요 밤이 끝나면 우리는 어디에도 갈 수 없으니까 우리에게는 이곳뿐이니까 밤을 견디지 못한 유령들이 서성이는 곳 그곳으로 가서는 안 돼요 우리에게는 이곳뿐이니까 노래하세요 깊은 착각처럼, 소녀는 흐느끼며 속삭였다. 가면 안 돼요 우리에게는 이곳뿐이니까 창백한 안개 바깥에서 난 당신을 당신은 나를 볼 수 없겠죠. 소녀는 거울 속 희미한 시선이 두려웠다. 그리고 그 시선이 사라져버릴까봐 끔찍하게 무서웠다. 이곳에는 소녀뿐이었으니까. 거울 속에서 증폭된 시선만으로는 여배우가 될 수 없다는 사실을 소녀는 알고 있었으니까. 그녀를 엿보는 등 뒤의 뻔뻔하고 대담한 시선, 어쩌면 적의에 찬. 소녀는 영원과도 같은 시간이 끝나가는 것을 느꼈다. 오필리어는 끝까지 살아남을 수 없으니까. 오필리어는 물에 뛰어들 것이고 익사할 것이고 그렇게 퇴장해야 하니까. 소녀가 거울을 향해 마지막 대사를 내뱉고 사라짐을 연습할 때, 그녀는 그가 사라지는 것을 느꼈다. 희미한 바람 소리, 교실 문이 닫히는 소리, 복도를 따라서 이동하는 물처럼 여린 발소리, 그 모든 것은 깨어남 뒤의 꿈처럼 희미했다.

다음 날도, 그 다음 날도 소녀는 그의 존재를 느꼈다. 누구에게도 그의 존재를 입증할 수 없을 만큼 희미한. 그러나 소녀는 그를 사랑하게 되었다. 거울 속의 오필리어를 뚫어지게 바라보는 창백한 시선을, 그녀의 관객은 그뿐이었으니까. 밤마다 계속되는 신비롭고 집요한 만남들. 그의 시선을 느끼며 소녀는 완전히 다른 오필리어를 연기하게 되었다. 그녀는 때로 미치도록 슬펐고 때로는 행복했으며 때로는 죽을 듯 헐떡이며, 고통스러운 사랑을 노래했다. 소녀를 찢어발기는 집요한 시선, 고집스럽게 거울의 한 귀퉁이를 응시하는. 소녀는 거울 속 소녀에게만 고정했던 시선을 아주 조금 움직여 거울에 비친 그의 얼굴을 바라보았다. 하나의 굳건한 몸을 포기하고 다른 몸으로 유랑하는 영혼처럼, 오로지 사랑으로 움직이는 흐느끼는 시선으로. 소녀는 처음으로 거울 속 그녀를 벗어나 거울 속 다른 이의 얼굴로 시선을 돌렸다.

그는 무표정했으나 굳건하게 같은 자리만을 응시하고 있었다. 마네킹처럼, 죽은 사람처럼. 소녀는 그의 얼굴을 직접 마주보기 위해 연극을 중단하고 싶은 충동에 시달렸다. 그러나 거울 밖으로 고개를 돌릴 수는 없었다. 소녀는 여배우였으니까. 여배우는 공연 중에 사랑에 목말라 고개를 돌리고 무대를 벗어나지 않는 법이었으니까. 작은 사각형의 거울 속이 소녀의 무대였으므로, 소녀는 연기가 끝날 때까지, 오필리어가 이미 예정되어 있는, 수십 차례 반복된 죽음을 맞기 전까지는 그를 똑바로 마주 볼 수 없었다. 사내는 끔찍할 정도로 희었다. 죽은 것처럼, 유령처럼 흰 거울 속 사내를 소녀는 탐욕스럽게 훑어보았다. 그는 소녀의 담임교사보다도 더 나이들어 보였다. 무엇보다도 소녀를 경악케 했던 것은 거울 속에 비치는 그의 반신이 벌거벗은 채였다는 사실이었다.

그는 벌거벗고 있었다. 나체는 위험한 것이었다. 소녀는 심장이 고통스럽게 뛰는 것을 느꼈으나 계속해서 대사를 내뱉었다. 로즈마리의 기억과 기도와 사랑 노래해요 죽은 자를 위해 땅을 향해 노래해요. 그는 죽었으니 다시는 돌아오지 않겠지 하지만 노래해요 죽은 자를 위해.

사내가 조금만 더 뒤로 움직이면 그의 성기가 보일 것 같았다. 그는 끔찍하게 벌거벗은 채였다. 그는 유령일까? 소녀는 죽음을 서두르기 위해, 그래서 그를 돌아보기 위해 헐떡이며 대사를 내뱉었다. 그러나 소녀가 마지막 대사를 내뱉는 순간, 사내는 어김없이 사라져버렸다. 소녀는 그의 벌거벗은 등을 향해 달려갈 자신이 없었다. 발걸음 소리가 사라진 뒤, 소녀는 교실에 주저앉아 흐느꼈다. 소녀는 그를 사랑하게 되었다. 절망적인 연결과 파열의 감각이 소녀를 덮쳐왔다.

다음 날, 초대와 같이 여리고 아름다운 불빛은 없었다. 소녀는 어둠 속에서 노래했다. 어둠에 익숙해진 눈에도 희미한 윤곽밖에는 보이지 않는, 죽음과도 같은 깊은 밤, 헐떡이는 숨소리가 점점 소녀에게 다가갔다. 소녀는 가슴 밑바닥에서부터 차오르는 거친 숨소리를 느낄 수 있었다. 언제고 살아 있는 것, 그녀와 같이 헐떡이고 맥박하는 무언가에 닿을지 모른다는 생각이 소녀를 미치도록 두렵게 만들었다. 하지만 소녀는 계속해서 연기했다. 이전에 한 번도 느껴본 적 없는 절정과도 같은, 극단적인 고통에 차서 소녀는 오필리어를 울부짖었다. 소녀는 허공을 부유하는 날카로운 시선을 느낄 수 있었다. 어둠 속에서 그녀를 찢어내는, 투명한 어둠은 소녀의 속살이었다. 소녀는 무방비하게 노출된 허공을 틈입하며 음험하게 헤엄치는 몸을 생각했다. 뜨겁고 축축하며 죽음처럼 창백한 몸을.

소녀는 그가 떠나가는 것조차 알아차리지 못했다. 그토록 깊이, 그토록 오래 그들은 어둠으로 연결되어 있었다. 희멀겋게 반짝이는 투명한 윤곽만이 그들을 갈라놓고 있었다. 소녀는 공포와 황홀

에 찢긴 숨을 거칠게 들이켰다. 어둠 속에서 연기를 한 것은 처음
이었다. 소녀는 수천 갈래로 갈라진 착란과도 같은 신음소리를 느
꼈다. 그것들이 모두 소녀의 내부에 있다고 확신할 수는 없었다.
어쩌면 그는 아직도 소녀의 곁에 있을지도 몰랐다. 소녀는 공포에
울렁거리는 가슴을 부여잡으며 간신히 일어나 어두운 복도를 달
려 학교를 빠져나왔다. 그러나 황홀과도 같은 공포는 사라지지 않
았다.

 밤 열 시에 소녀는 불이 꺼진 교실로 숨어들었다. 휴대폰의 희
멀건 불빛도 손전등의 노란 불빛도, 초대와도 같은 음험한 전등
불도 없었다. 소녀는 눈 먼 여자처럼 능숙하게 거울 앞으로 미끄
러져 대사를 읊었다. 어둠 속에서, 그의 형상은 삶처럼 희박하였
고 그의 존재는 죽음처럼 깊이 증폭되었다. 소녀는 어둠 속을 헤
매며 그의 축축하고 불온한 체온을 확인하고 싶었다. 아무도 소녀
가 거울을 빠져나갔다는 사실을 알아차리지 못할 것이다. 소녀는
맨발이었으니까. 그녀의 발은 운동장의 모래와 먼지로 뒤덮여 있
었고 그녀가 조심스럽게 교실을 헤매는 것을 아무도 발견할 수 없
을 것이었다. 무대에서 그녀가 사라졌다는 사실은 소녀만의 비밀
로 남을 것이었다. 그가 정말 여기에 있을까? 소녀는 아이다운 음
험한 기대에 가득 차 허공을 더듬어 보았다. 그러나 만져지는 것
은 얼음처럼 차갑고 미끄러운 거울뿐이었다. 소녀는 흠칫 놀라 손
을 거두었다. 어딘가에서 숨소리가 들리는 것 같았다. 어쩌면 소
녀의 것일지도 몰랐다. 소녀는 그녀의 대사조차 뒤덮을 정도로 거

칠게 헐떡이고 있었으니까. 무덤에 쌓인 눈처럼 거칠고 날카로운 숨소리가 그녀의 노래를 질식시키고 있었다.

그가 이곳에 있다는 걸 확인하고 싶어, 하고 소녀는 생각했다. 그가 여기 있다는 것만 안다면 모든 갈망을, 죽을 듯 고통스러운, 애타는 결핍을 메울 수 있을 것 같았다. 그녀는 평온하게 숨 쉬며 익숙한 대사들을 뱉을 수 있을 것이다. 그녀가 수백 번 연습했던 대사들, 이미 반들반들하게 닳아 매끄러워진 대사들을 입술로 움켜쥐고 능숙하게 늘어뜨릴 수 있을 것이었다. 그러나 거울의 사각 프레임에 갇힌 듯 소녀는 꼼짝도 할 수 없었다. **소녀는 무대를 벗어날 수 없었다.** 그녀는 여배우였으니까. 확신할 수 없는 그의 존재가 현실이라면, 소녀는 지금 관객 앞에서 무대에 선 여배우였으니까, 소녀는 유일한 관객을 배신할 수 없었다. 그의 불확실한 시선은 천사의 날카로운 깃털처럼 공중을 부유하고 있었다. 그 불확실성이 소녀의 목을 조르고 있었다. 그는 오늘도 벌거벗은 채일까? 소녀는 이전까지 한 번도 사내의 알몸을 본 적이 없었다. 그녀에게는 아빠도 남자 형제도 없었으니까. 소녀는 사내의 밀랍 같던 얼굴을 기억하려 애썼으나 짙은 흰빛만이 어른거릴 뿐 얼굴의 구체적인 윤곽은 떠오르지 않았다. 하루만 더 늦게 불을 껐다면, 하고 소녀는 후회했으나 이제와서 불을 켤 수는 없는 노릇이었다. 어둠은 꿈처럼 감미로웠고 깊었으므로. 교실의 축축한 어둠은 이제 소녀의 몸이 되었으므로. 소녀는 물 속에서 풀어진 살처럼 끝없이 불어가는 피부를 느끼었다. 그녀의 몸 속에 있는 확고한 불확실성을, 소녀를 집요하게 응시하며 파고드는 벗은 몸을, 소녀는 병처럼 깊이 느끼었다. 그녀의 내부를 배회하는 은밀하고 집요한 외부. 어쩌면 그가 존재하지 않을지도 모른다는 사실이 소녀를 죽을 듯 괴롭게 만들었다. 그가 환상에 불과할지도 모른다는 절망적인 공포 때문에 소녀는 그를 더 사랑할 수밖에 없었다. 그의 양가성, 그의 존재와 부재를 동시에 사랑하는 것이 소녀의 경이로운 어둠 속에서는 가능한 일이었다.

땅을 향해 노래해요, 하고 속삭이면서 소녀는 흐느꼈다. 어쩌면 그는 한 명이 아닐지도 몰랐다. 어둠 속에 수십 명의 그가 있을지도 몰랐다. 단지 한 걸음만 벗어나면 그녀의 몸에 와닿을 뜨거운 맨살이 어둠 곳곳에 도사리고 있을지도 몰랐다. 소녀는 착란과도 같은 현기증 속에서 흐느꼈다. 그가 다시 돌아오지 않을까? 그가 다시 돌아오지 않을까? 어째서 시간에 입을 맞출 수는 없는 것일까? 어째서 시간은 거울에 비추어지지 않는 것일까? 소녀는 맨발로, 소리도 없이 복도를 뛰어나가며 생각했다. 교실은 나날이 끔찍할 정도로 습하고 더워졌다. 소녀는 그녀의 작은 얼굴을 뒤덮은 축축한 눈물을 느낄 수 있었다. 우는 것이 그녀뿐만이 아니라는 생각만으로도 그녀는 절망적으로 행복했다. 어둠 속을 떠도는 은밀한 결속과 연결의 감각, 단 한 줌의 빛만으로 찢어발겨져 조각조각 흩어지고 말, 고통스러운 틈입들.

소녀는 은밀한 비밀로 나날이 성숙했고 아름다워졌다. 소녀는 여린 몸을 터뜨릴 듯 차오르는 경이를 견디지 못하고 종종 울음을 터뜨렸다. 소녀가 성숙한 여인의 울음을 흐느끼는 것을 아이들은 홀린 듯 바라보았다. 아이들은 소녀의 모든 행동이 연기라고 생각하기에 이르렀다. 교사는 수업에 집중하라고 소녀를 나무랐으나 소녀는 도저히 울음을 멈출 수 없었다. 그녀는 투명하게 일그러진 눈으로, 눈물에 흠뻑 젖어 반짝이는 얼굴로 교사의 희고 아름다운 손을 바라보았다. 소녀는 밤이 두려웠다. 그녀는 오필리어를 잊어가고 있었다. 소녀가 가지고 있는 하나뿐인 낡은 가면은 너덜너덜하게 늘러붙은 살점과 피로 더러웠다. 소녀는 그것을 다시 쓰고 싶지 않았다. 소녀는 사내처럼, 어둠처럼 벌거벗고 싶었다. 연극도 가면도 행위도 대사도 심지어는 눈물조차 없이 끔찍하게 헐벗고 싶었다. 그러나 어떻게 그녀의 작고 깊은 무대를, 하나뿐인 가면을 배신할 수 있겠는가? 오필리어 없이 그녀가 무엇을 연기할 수 있겠는가? 오필리어를 연기하지 않는 그녀를 누가 보아주겠는가? 소녀는 여배우가 되기로 결심했고 그것은 결코 번복될 수 없는 내밀한 약속이었다. 헐벗지 않겠다는 결심, 매일 같은 호수에 빠져 죽겠다는 결단. 첫 연인을 위해 삶과 영혼을 송두리째 바칠 준비가 되어 있는 어린 여자아이처럼 소녀는 고집스러웠다. 어둠 속에서, 소녀는 가능한 모든 윤곽과 신비로운 나신들을 오고갔고 그것을 모두 사랑하기에 이르렀다. 오필리어와 함께 죽어버리고 싶을 만큼. 오직 사랑을 위해, 사랑을 간직하고 죽기 위해 매일 밤 다시 삶을 연기하는 망자처럼 소녀는 그 공포스러운 시간을 사랑하고 있었다. 그 투명하고 부드러운 시선이 단단한 몸을 가지고 있다는 생각을 하면 미칠 것 같았다. 소녀처럼, 그도 어둠을 사랑하고 있을까?

그도 소녀를 원하고 있을까? 한밤에 소녀가 비밀스럽게 교실에 찾아간다는 사실, 소녀가 여배우라는 사실을 아는 이는 그뿐이었다. 소녀가 훌륭한 여배우가 되리라고 칭찬하는 그 누구도 소녀가 이미 진짜 여배우라는 사실을 알지 못했다. 그녀의 가면이 이미 피투성이라는 사실을, 얼룩진 가면을 벗을 수 없을 정도로 그녀가 밤의 공연을 사랑하고 있다는 사실을, 갑갑한 밤의 장막 속에서 거칠게 숨을 헐떡이면서도 신비롭고 집요한 만남을 계속하고 있다는 사실을, 잠에 빈틈없이 부착된 꿈의 허공을 노니는 아이들 누구도 짐작하지 못하였다.

사내가 소녀의 어깨를 붙잡았을 때, 아이처럼 뜨겁고 밤처럼 거대한 손이 소녀를 움켜쥐었을 때, 소녀는 비명을 지르지 않았다. 그저 고통스러운 숨을 헐떡였을 뿐이다. 소녀는 오필리어의 대사를 외우고 있었다. 그가 다시 돌아올까요 그가 다시 돌아올까요. 달빛처럼 연약하고 희미한 눈물이 펜촉에서 새어나오는 잉크처럼 소녀를 번져흘렀다.

처음으로, 무대 바깥으로 떨어진 소녀는 죽음을 느꼈다. 그러나 그녀는 계속 대사를 읊었다. 오필리아가 죽어버린 뒤에도 계속해서 그가 돌아올까요 그가 다시 돌아올까요, 소녀는 다음 날 밤에도 다시 교실에 찾아갔다. 그녀는 이미 여배우였으니까. 그녀는 어둠을 사랑하고 있었으니까. 한밤의 공연 없이, 그녀는 아무것도 아니었으니까. 그녀가 여배우라는 비밀을 그녀는 너무도 사랑하고 있었으니까. 그는 어둠처럼 거대했고, 살아있었다. 치명적인 불확실성을 잃어버리면서, 찢어발겨진 불확실성을 경련하면서 소녀는 그가 살아 있다는 사실을 알았다. **그는 소녀를 보고 있었다.** 소녀는 오필리어의 대사를 읊었다. 이곳이 아닌 다른 장소를, 다른 죽음을, 다른 호수를, 다른 사랑을 상상하면서. 왜냐하면 그녀는 여배우였으니까. 규칙적으로 찾아오는 어둠, 대사, 벌거벗은 몸. 소녀는 그가 살아 있음을 고통스럽게, 죽음보다도 고통스럽게 깨달았다. 그리고 그녀가 살아 있음을.

가면은 피투성이었으나 그녀에게는 여분이 없었으므로, 소녀는 헐떡임 속에 깊이 파묻힌 오필리어를 연기했다. 생명을 잃어가는 어둠이 희미해질 때까지, 소녀는 보이지 않는 신체를 향해 벌어진 상처를 느꼈다. 기갈 들린 시선과 신비를 잃어버린 치명적인 손, 상실되어버린 낭만이 소녀를 짓누르고 열어젖히는 동안에도 소녀는 삶을 그만둘 수 없었다. 죽어가면서도, 소녀는 끔찍하게 젖은 숨을 들이쉬었다. 소녀는 살아있었으니까. 어둠은 살아있었으니까. 오필리어는 살아있었으니까. 소녀는 교실을, 밤을 벗어날 수 없었다.

# 사진

사진들이 있기 전에 그곳이 어떠했는지 기억하는 쥐들은 없었다. 언제나 사진, 사진, 그리고 사진들이 있었고 사진들은 그들을 두렵게 했으며 흥분시켰고 절망하게 했으며 슬프게 만들기도 했다. 그러나 모두가 같은 운명을 가질 수는 없었다. 사진을 채운 피사체는 언제나 소녀들뿐이었으니까, 그녀들의 비밀스러운 주름들이 큼직하게 현상된 사진. 소녀들은 두려움에 떨었지만 소녀는 그리 두렵지 않았다. 왜냐하면 그녀는 아주 못생겼으니까. 아무도 그녀의 은밀한 구석을 보기를 원하지도, 그녀의 비뚤어진 면면을 깊이 관찰하고 싶어하지도 않았으니까.

그녀는 골목에서 잡담을 나누는 소년들을 보았다. 교실 구석에서 낄낄거리는 소년들을. 그들은 소녀를 보지 않았다. 아무도 소녀를 관찰하지 않았다. 소녀는 외면당한 자들만이 가질 수 있는 대담한 은밀성으로 마을의 혈관 곳곳을 쏘다녔다. 최초의 사진이

사진    347

떨어졌을 때도 소녀는 그리 경악하지 않았다. 검붉은 주름들이 어느 소녀의 것이라는 사실이 밝혀진 것은 그곳에 그녀의 이름이 적혀 있었기 때문이었다.

소녀들은 실종되었고 마을에는 싸구려 전단지처럼 인쇄된 사진들만이 떠돌았다. 소녀는 서글프게 찍찍거리며 흐느끼는 쥐들을 보았다. 고립된 하수구에서 간신히 하루하루를 생존해가고 있는 긴밀한 친족들은 소녀들의 불행을 끔찍스럽게 여겼다. 범죄가 일어날 수 있는 공간은 어디에나 있었다. 하수구는 아직 모두 개발되지 않았고 살아남기 위해 쥐들이 탐사할 수 있는 구역, 그들이 포식자들에게 발각당하지 않고 안전하게 점령할 수 있는 지역은 극히 한정되어 있었으니까. 경찰 쥐들은 부모 세대 쥐들에게 자식들을 단속할 것을 요구하였으나 그러한 주문이 터무니없다는 것은 모두가 알고 있었다.

그들은 너무나, 지나치게 닮아서, 마치 쌍둥이처럼 닮아서 서로의 얼굴을 도저히 알아볼 수 없었던 것이다. 그래, 자식들의 얼굴까지도 그들은 알아볼 수 없었다. 어둠 속에서 사물들은 흐릿한 윤곽만으로 비추어졌고 쥐의 일족들은 비슷한 윤곽을 공유하고 있었으니까, 수만 년 전부터 이어져온 견고한 생의 윤곽. 하수구 안쪽은 쥐들의 짙은 체취가 엉겨붙은 안개로 가득했으며 온갖 오물들이 떠내려왔기 때문에 개별적인 몸의 냄새를 구별하는 일은 불가능했다. 대체 누가 소녀들을 모욕하였는지, 아마 죽었을 것이 분명한 소녀, 왜냐하면 이곳에는 범죄를 겪고 살아 돌아온 쥐들이 극히 드무니까. 그들의 생명은 촛불처럼 뜨겁고 순식간에 사그라드는 연약한 것이었으니까. 하물며 소녀의 작고 덜 여문 육체가 얼마나 쉽게 망가질 수 있는지 그들은 이미 잘 알고 있었다.

부모 세대의 쥐들이나 극히 드물게도 살아남은 조부모 세대의 쥐들은 그리 두려워하지 않았다. 그들은 그저 안타까워하고 서글퍼할 뿐이었다. 그러나 위험에 당면한 소녀들은 달랐다. 어린 암컷 쥐들은 날마다 끔찍한 악몽에 사로잡혀 애처롭게 찍찍거려야만 했다. 극악무도한 범죄자가 이 폐쇄적인 공동체 내부에 있다는 사실이 그녀들을 미칠 듯 고통스럽게 만들었다. 이토록 폐쇄적인 집단, 그러나 이토록 넓고 황량한 어둠 속에서 한 장의 치욕스러운 사진으로 탈태하는 것, 몸을 빼앗기는 것, 두툼하고 황홀한 털 투성이 어린 육신과는 비교할 수 없을 정도로 메마르고 약해빠진 한 장의 인화지로 변해버리는 것만큼 두려운 일은 어디에도 없었다.

요제피네는 그들을 위로하기 위해 서글프고 연약한 찍찍거림으로 노래했지만 그녀의 노랫소리는 (죽었을 것이 분명한) 소녀들의 가녀린 비명을 상기시킬 뿐이었다. 최초의 사진 뒤에는 또 다른 사진들이 있었다. 그들은 평생토록 소녀들의 성기에 둘러싸여 있었던 것처럼, 늪과 같이 축축한 하수도 바닥을 빼곡이 메운 사진들 위에서 잠들어야 했다.

대체 누가 이 궁핍하고 빈한한 세계에 사진기를 가져온 것인지, 지치지도 않고 계속해서 사진을 찍어댈 수 있는 자가 대체 누구인

사진    349

지에 대한 의문이 가득했다. 그는 젊고 정력적인 청년일 것이라는 의견이 대두되었다. 늙은 쥐들은 하수도 바깥과 내부를 오고갈 만한 힘도 체력도 없었으므로. 바깥은 끔찍스럽고 위험하기 그지없는 곳이었다. 오직 세계에 대한 터무니없는 갈망과 오만으로 터질 듯한 젊은이들만이 바깥을 원했다. 날카로운 이빨과 잔혹한 가학성으로 똘똘 뭉친 맹수들이 기어다니는 곳. 바깥의 맹수들이 가엾은 동포들을 입에 물고 까칠까칠한 혀로 애무하며 장난치는 모습을, 순결한 흰빛의 주둥이에 입을 맞추면서 겁간하고 공처럼 굴리며 노는 모습을 한 번이라도 본 쥐들은 소스라쳐 바깥으로 나가기를 거부했다. 부드럽고 다정한 손이 건네주는, 양의 젖을 뭉쳐 만든 매혹적인 음식을 먹고 병에 걸려 거품을 흘리며 죽어버리는 젊은이들도 있었다. 부모 쥐들이 아무리 철저히 교육시켜도 소용 없었다. 어린 쥐들은 스스로가 특별하다는 지독한 자만에 가득 차 그들만이 예외일 것이라고 생각하였고, 놀랍도록 거대하고 따뜻한 손의 향기에 취해 마음을 열고는 했다. 그것은 언제나 있는 죽음이었다. 푸른 독약을 무방비하게 받아먹고 내장이 녹아내려 죽어버린 쥐들은 묻어줄 수조차 없었다. 바깥에서 죽은 쥐들은 누군가의 이웃도 동료도 가족도 연인도 아니었기에 사물로서 버려졌다. 바깥을 경험한 노인들은 결코 바깥으로 돌아가기를 원하지 않았지만 어린 쥐들은 천성처럼 바깥을 탐하였다. 관능적으로 익어가는, 풍만한 육체들에게 하수도의 내부는 너무도 비좁고 음침한 공간이었다. 그들은 온몸을 흠뻑 적실 따뜻한 우유와 달콤한 향신

료를, 검은 숲 속의 전설처럼 매혹적인 추억과 깊은 낭만을 원하였다.

간혹 충분히 교육받지 못한 어린 쥐들이 아무런 대비책도 없이 하수구 바깥으로 탈출하는 경우도 있었다. 오직 빛, 희미한 빛을 따라서 한없이 올라간 것이었다. 하수구 바깥의 세계는 위험했고 그만큼 아름다웠으므로 어른 쥐들은 자유를 따라 벅차오르는 몸의 충동을 따라 바깥으로 나가는 어린 쥐들을 도저히 말릴 수 없었다. 동료들도 안전장치도 없이 탈출한 어린 쥐들은 대개 다시는 돌아오지 않았다. 그랬기에 실종된 소녀들에 대한 수사가 제대로 이루어지지 않은 것에 대해 경찰을 탓하는 것은 당연한 일이었고 또한 부당한 일이기도 했다. 실종 당한 쥐들은 너무 많았고 그들을 수색하기 위해 매번 바깥으로 나갈 수는 없는 노릇이었으니까.

경찰 쥐들조차도 바깥으로 나가는 것은 기피하였다. 그들은 대개 바깥에 대한 절망적인 경험이 있는, 따라서 결코 바깥으로 돌아가지 않겠다고 맹세한 자폐자들이었으므로. 그러나 경찰 쥐들을 탓하는 주민들은 적어도 실종 신고가 된 건에 대해서는 내부에서라도 조사를 진행했어야 되었다고 주장했다. 그것이 경찰들의 의무였으니까. 아무리 희박한 가능성이어도 그들은, 수색하는 시늉이라도 해야 했다. 사라진 소녀들, 아마 죽었을 것이 분명한 소녀들의 시신이라도 되찾기 위해 경찰들은 이전까지는 단 한 마리의 쥐도 들어서본 적이 없는 깊은 하수도까지 내려가 수색을 진행하였다. 그러나 하수도 골목 곳곳에는 너무도 많은 시신들이 있었

사진    351

기 때문에 그것들의 신원을 확인하는 것만으로도 시간은 순식간에 허비되었다. 신원미상의 부패된 시신들의 이름을 알고 있는 쥐들은 그리 많지 않았다. 아주 간혹, 쥐가 걸치고 있던 특이한 천이나 쥐의 몸에 있는 독특한 흉터 때문에 신원이 밝혀지는 경우 이외는 드물었다. 썩어가는 고깃덩이들을 안치하여 공동 묘지 구역에 적재해두는 동안, 그래서 경찰들이 실질적으로 하수도의 청소부 노릇을 하고 있는 동안에도 소녀들은 계속해서 실종되었고 그녀들의 이름이 적힌 음부 사진은 나날이 쌓여갔다.

소년 소녀 쥐들이 교실로 사용하는 하수구 구역에는 날마다 경찰들이 드나들었다. 그들은 학급 인원의 수를 기록하고 소녀들이 모두 남아 있음을 확인한 뒤에야 돌아가곤 했다. 그러나 그러한 노력도 소용없이 소녀들은 서서히, 그러나 눈에 띄게 줄어갔다. 쉰 마리의 학급 소녀 쥐들이 스무 마리밖에 남지 않았을 때도 소녀는 두려워하지 않았다.

소녀는 소녀들의 사진을 남몰래 수집하고 있었다. 소녀들의 사진을 구하는 일은 그리 어렵지 않았다. 실종된 소녀들의 이름이 적힌 비밀스러운—그러나 공공연한— 사진은 쥐들이 생활하는 하수도 곳곳에 싸구려 전단지처럼 흩뿌려졌기에 비명과 울음이 난무하는 난장에서 사진 한두 장을 훔쳐오는 것쯤은 그리 수고로운 일조차 아니었다. 범죄 사진을 사적으로 소유하는 일은 금지되어 있었지만—사실 그들의 마을에서는 대부분의 사적 소유 자체가 금지되어 있었지만— 소녀는 발각당하지 않을 자신이 있었다.

그녀에게는 아무에게도 알려지지 않은 비밀스러운 세계가 있었으므로. 오물에 흠뻑 젖은 더러운 몸, 그래서 오물에서는 결코 발각당하지 않을 의태한 몸으로 소녀는 마을의 가장 음험한 구석자리까지 쏘다닐 수 있었다. 그녀는 교실 뒤편 벽에 있는 미세한 틈을 발견했고 그 틈 뒤에 거대한 구덩이가 있다는 사실까지 알아차릴 수 있었다.

열두 마리의 교사 쥐들과 백세 마리의 학생 쥐들이 모두 집으로, 혹은 골목으로 돌아간 뒤에 소녀는 비밀스럽게 그녀만의 구덩이로 들어갔다. 그녀와 닮은, 그러나 미세한 차이들을 가진 주름들과 이름들로 가득 찬 곳, 그곳이 그녀의 집이었다. 등교 시간까지 그곳에서 버텨도 그녀를 찾는 쥐들은 없었다.

소녀는 고아였다. 소녀에게 젖을 준 암컷 쥐는 발정 난 수컷 쥐에게 물려 살해당했다. 경찰들은 살해자를 찾지 못했다. 당시에는 언제나 그렇듯 지독하게 많은 죽음들이 있었고 지금보다도 덜 개간되었던 오물투성이의 하수도 곳곳에는 부패해가는 너무도 많은 살점들이 있었기 때문에. 어쩌면 어머니를 살해한 쥐가 소녀의 아버지일지도 모르는 일이었다. 쥐들은 너무 유사한 생김새를 가지고 있어서 그들에게 충분히 깊이 관여하지 않은 자는 도저히 그들을 구별할 수 없었으니, 소녀조차도 언젠가 살해자 쥐를 다시 마주쳤더라도 그를 알아볼 수 없었을 것이었다.

사랑을 갈구하는 청년 쥐들만이 사랑에 빠질 만큼 매혹적인 암컷 쥐들을 기적적인 안목으로 알아보고는 하였다. 특별히 기다랗

사진    353

고 날렵한 주둥이를 가진, 요제피네처럼 긴 목과 수줍은 목소리로 속삭거리는 암컷 쥐들을 소년들은 기민하게 알아보았다. 그러나 소녀를 알아보는 쥐들은 어디에도 없었고 소녀의 미묘하게 비뚤어진 얼굴, 지나치게 검고 도도한 두 눈과 한 쪽이 유달리 긴 수염들, 지저분한 갈빛의 코는 수만 마리의 숱한 쥐들과도 같았고 그 미세한 차이를 알아볼 수 있을 만큼 그녀에게 매혹된 쥐들은 어디에도 없었으므로 소녀는 투명한 대기처럼 자유롭게 마을 곳곳을 쏘다닐 수 있었다.

그녀들로 가득 찬, 그녀의 공간은 소녀가 가진 가장 아름다운 것이었다. 소녀는 스스로의 몸보다도 그 공간을, 그녀의 전리품들로 가득한 매혹적인 범죄를 사랑하였다. 교실의 희미한 불만이 스며드는 어둡고 고요한 곳, 오물 찌꺼기를 먹고 부화한 벌레들이 그녀들을 타고 오르며 평등한 흔적을 남기면서 돌아다니는 곳. 그곳에서 소녀는 유일한 쥐였으며 가장 매혹적이고 당당한 몸이었다. 벌레들은 그녀를 해치기에 너무도 작았지만 소녀는 그들을 마음껏, 단 한 번의 손짓만으로도 터뜨릴 수 있었다. 날카로운 이를 벽 구석에 대고 갈아대면서 소녀는 끔찍하게 어둡고 황홀한 밤을 만끽하였다. 불가능한 최후의 밤에도 소녀는 두려워하지 않을 자신이 있었다. 사진들은 그녀를 구원하였고, 그녀와 비슷한, 그러나 조금씩 다른 주름들 위에서 여주인으로 군림하는 악몽 속에서 그녀는 구원받았고, 그녀는 누군가의 범죄를 깊이 사랑하고 있었으니까.

소녀는 악한의 범죄가 마치 그녀 자신의 것인 양 생각했다. 어린 시절의 은밀한 범죄들, 묘비들을 훔쳐 벌레들의 무덤을 세워주는 것만큼 지독한 위반으로 소녀는 소녀들의 죽음을 전유하였다. 왜냐하면 그녀는 소녀들을, 그녀와 유사한 주름만으로 확장된 소녀들의, 냄새조차 없는 평평한 이미지들을 사랑하고 있었으니까. 한 번도 소녀를 원한 적이 없는 소녀들을 소녀는 사랑하고 있었으니까. 소녀에게 사랑은 불가능한 소유와도 같았으니까. 소녀는 소녀들에게 고독하고 벅찬 애정을 고백해 본 적조차 없었다.

그녀가 할 수 있는 일은 누군가 남긴 전리품을 훔쳐 상상하는 것뿐이었다. 사진들과 함께 잠들고 사진들을 상상하면서 꿈꾸는 것, 그것이 전부였다. 소녀는 소녀들의 보이지 않는 얼굴을, 깊다랗고 연약한, 어두운 주름 위에 수놓인 여린 주름들을 상상하였다. 그녀가 갖지 못한 어린 시절들, 소녀들의 공백 위에서 소녀는 마음껏 소녀들의 삶을 상상하였고 그것은 곧 소녀의 어린 시절이 되었고 소녀는 소년들의 검은 몸 위를, 그녀를 원하는 검은 눈 위를 헤엄치면서 사랑을 고백하는 소녀가 되었고, 청중들 앞에서 가장 연약하고 매혹적인 주문과도 같은 노래를 속삭이는 여가수가 되었고, 어머니의 따끈한 젖 속에 파묻혀 잠드는 어린아이가 될 수 있었다. 그곳은 오로지 소녀의 공간이었으니까. 소녀는 붉은 피가 흐르는 몸을 가진 유일한 여주인이었으니까.

교실의 분위기는 나날이 침체되었지만 절망에 잠식당하기에는 너무도 생기 넘치는 육체들은 곧 향기로운 주둥이를 비비적거리

사진    355

며 찍찍거렸다. 식량을 구하기 위해 용감하게 바깥으로 나갔다 죽은 용맹한 청년 쥐들을 기리며 묵념하는 시간 뒤에 살해당한 소녀들을 위하여 기도하는 시간이 덧붙여졌다. 기도 시간은 나날이 늘어나고 있었다. 어린 소년 소녀들에게 그토록 긴 침묵은 가혹한 것이었지만 불만을 표하는 쥐들은 없었다. 기도의 침묵에 애도와 고통의 감정을 모두 고착시키고 나면 그들은 자유롭게 낄낄거리고 장난치면서, 여느 청년 쥐들처럼 행복한 하루를 보낼 수 있었기 때문이었다.

유달리 두툼한 몸을 가진 잿빛 털의 경찰이 들어왔고 그는 날카롭게 벼려 놓은 쥐의 이빨로 만든 칼을 든 채 교실 앞에 서서 소년 소녀들의 수를 세었다. 교사 쥐는 초조하게 찍찍거리면서 검산을 도왔다. 오늘, 소년 소녀는 어제와 같은 수였다. 그들은 안심했고 경찰은 하수도의 코너쪽으로 돌아 나가 더 이상 보이지 않았으며 교사 쥐는 하수구 한쪽 벽면에 검은 석탄으로 음표들을 그리기 시작했다. 쥐들은 요제피네보다 훨씬 우렁차고 자신감 넘치는 목소리로, 그러나 그 때문에 요제피네보다 조악하고 평범한 익명의 목소리로 노래 불렀다. 소녀는 주둥이만을 뻐끔거리며 노래 사이에 묻혀들었다.

오래도록 같은 자리에 엎드려 있던 탓에 등이 아팠다. 찰나와도 같은 유년을 지나쳐 보낸 쥐들은 한 달도 지나기 전에 성체가 될 것이고, 쥐들은 아이들을 낳을 것이며, 바깥으로 나가 비명횡사하거나 미쳐버린 채 간신히 살아 돌아와 죽어갈 것이다. 어린 쥐들은 부모들이 얼마나 끔찍하고 별 볼일 없이, 요제피네와 같은 광폭한 사랑과 청중과 명예를 한 번도 가져보지 못한 채 죽어버리는지 잘 알고 있었다. 그들 백 마리 남짓한 쥐들 가운데 아직 부모를 가지고 있는 쥐들은 그리 많지 않았다. 대부분의 쥐들은 부모가 유산으로 남기고 간 텅 빈 집의 공간만을 가진 채 홀로였다. 그마저도 갖지 못한 쥐들은 부모에게 버려진 채, 실종되었다는 사실조차 알아차리지 못한 채 실종된 쥐들이었다. 쥐들이 생활하는 하수도의 공간은 한정적이었고 그보다 깊은 곳, 아직 개간되지 않은 오물 속으로 나가 자리를 잡기 위해서는 죽음의 위험을 감수해야 했다. 포식자들과 시신들과 독이 우글거리는 골목으로 쫓겨나기를 자청하는 쥐들은 어디에도 없었다. 어둠보다 더 깊은 어둠, 구석보다 더 외진 구석, 악취보다 더 짙은 악취 속으로 추방당한 쥐들은 마을의 경계를 넓히거나 혹은.

그럼에도 혁명은 없었다. 비좁은 지하 세계를 바꾸기 위해 투신하기에 쥐들의 생은 너무도 짧았으니까. 간신히 차지한 자리에서 쥐들은 단 한 번의 겨울도 제대로 나지 못할 것이었으니까. 쥐들은, 오로지 혈족들로만 이루어진 이 기묘한 집단은 서로를 제대로 미워할 수조차 없었다. 알아볼 수 없는 윤곽들, 희미한 체취 중 어딘가에는 그들 자신의 자식이나 부모의 것이 섞여 있었을 것이므로. 그들이 오래 전에 잃어버린 그 많고 많은 가족들이. 검고 투박한 쓰레기 차고 속에 갇혀 바깥을 몽상하는 치명적인 젊음들, 그들이 원하는 것은 결국 오물 투성이인 하수도가 아닌 바깥, 천

사진    357

개의 나무들을 일시에 태워버릴 수 있는 뜨거운 별빛으로 들끓는 땅, 고독보다도 깊고 순결한 갈증으로 이글거리는 도시와 눈부신 빛을 발산하는 아름다운 육체들이었으므로. 소녀 역시 바깥을 상상하면 뱃속이 찢어지는 것처럼 고통스러운 갈망을 느낄 수 있었다. 그들은 만연한 유사성을 벗어나고 싶어 했다. 그들과 젖을, 자궁을, 냄새를, 악몽을, 오물을 공유하지 않은 낯선 짐승들 사이에 섞여서 꿈조차 꿔본 적 없는 달콤한 악취 속에서 살아가는 것이 그들의 유일한, 그리고 어리석은 희망이었다.

아이들은 덫에 걸려 죽어가는 가련한 종달새처럼 서글프게, 그러나 넘쳐흐르는 빛에 대한 가혹한 낙관으로 찍찍거리며 노래 불렀다. 그리고 사진, 사진, 사진들이 있었다. 교사는 창문조차 없는 교실에서, 오로지 짙은 얼룩을 가리기 위해 그곳에 있는 블라인드를 내렸고 아이들은 각자의 골목으로, 자리로, 혹은 자리 없음으로 돌아가기 위해 하수도의 코너 바깥으로 사라졌다. 그 자리에 가만히 앉아 있는 소녀를 알아차리는 쥐는 아무도 없었다. 소녀는 벽 뒤의 은밀한 틈으로 들어가 소녀들의 사진 위에 꿇어앉은 채, 아직 소녀의 귓속을 떠도는 서글픈 울음소리의 잔향을 들으면서 바깥의 불가능성을 일러줄 뿐인 음표들을 되짚으면서 흐느꼈다.

소녀 역시, 세상이 바뀌기를 원하지는 않았다. 소녀는 다른 소년 소녀들과 마찬가지로 다른 곳을 원할 뿐이었다. 다른 곳으로 가기를, 홀로 다른 곳으로 사라질 수 있기를. 왜냐하면 다른 곳에서는 더 이상 힘겹게 다른 곳을 상상할 필요조차 없을 테니까, 다른 곳에서는 유년의 깊고 더러운 하수도가 독특한 냄새를 풍기는 추억에 불과할 테니까, 다른 곳에서, 소녀는 이곳의 흔해 빠진 죽음들과는 다른 방식으로 죽게 될 테니까. 다른 방식의 죽음은 다른 방식의 삶을 의미한다고 소녀는 믿고 있었으니까. 설령 독을 먹고 죽어버리게 된다고 하더라도 소녀는 바깥으로 가고 싶었다. 그것이 어린 시절의 모든 쥐들이 갖는 찰나의 욕망일 뿐이라고 생각하면서도 원하는 것을 멈출 수 없었다. 그녀의 심장은 너무도 붉었고 끈적한 오물이 엉겨붙은 잿빛 털 밑에서 펄떡거리는 그 고통스러운 경련을 소녀는 고스란히 느낄 수 있었으므로. 소녀들의 괴이한 사진들, 소녀 자신의 몸에서는 한 번도 그토록 자세히 들여다본 적 없는, 내부와 외부를 연결하는 살의 깊은 주름들은 일상을 운행하는 기차의 창문을 깨부수고 역행시키는 **다른 곳**이었다. 깨진 창문의 유리가루들로 출혈하며 소녀는 눈물 흘렸다. 머리가, 작고 부드러운 손이, 날카로운 이빨들이 깨져버릴 것 같았지만 소녀는 원하는 것을 그만둘 수 없었다. 아마, 그녀는 영영 바깥으로 갈 수 없을 테니까. 그녀가 가질 수 있는 것은 이 음험한 내부에서 삭제당하고 증폭된 소녀들의 기이한 이미지뿐이었으니까. 바깥에 빛이 없을 것이 소녀는 두려웠다. 바깥에 별이 없을 것이, 바깥에 터질 듯 박동하는 아름다운 육체들이, 매혹적인 죽음들이, 공중을 선회하는 반짝이는 깃털들이, 천사들이, 새들이, 곡예사들이, 모험을 후회하지 않을 정도로 기꺼이 죽을 수 있을 정도로, 미칠 듯 신비로운 숲이 없을 것이 소녀는 두려웠다. 무엇보

사진    359

다도 바깥에서 살아 돌아올 것이, 바깥을 겪고 바깥을 포기하고 다시 눅눅하고 음침하고 더러운 쥐들의 소굴로 돌아가 평생을 죽어갈 것이, 다시는 바깥을 상상할 수 없는 채로 다른 곳의 영원한 부재와 불가능성 속에 파묻혀 죽어가는 것이.

소년 소녀들은 다시 응축된 기쁨과 공포를 남김없이 발산하며 노래 부르고 있었다. 침묵에 각인된 죽음들은 서서히 흐려져 갔다. 소녀들은 범죄가 반복될 것이, 소녀는 범죄가 다시는 이어지지 않을 것이 두려웠다. 절정의 순간도 없이 곧 암컷 쥐가 되어버릴 소녀들, 알아볼 수 없는 아이들을 낳고 쥐들의 세계에 영원히 연루되어버릴 날로 하염없이 무력하게 밀려가는 소녀들. 소녀는 차라리 죽어버리기를, 그래서 더는 아무것도 발견할 수 없기를, 낙원과 낙관의 부재를 깨닫지도 못한 채 한 장의 이미지로 변형되어버리기를 깊이 바랐다. 왜냐하면 이미지에게는 실망도 절망도 없을 테니까.

그러나 그녀는 결코 사진 찍히지 않을 것이었고 한 장의 치명적인 이미지로 각인되기에는 너무도 희미한, 못생긴 그녀, 아무도 그녀를 원하지 않았고 그녀의 갈망은 지나치게 깊었으니, 만약 반복되는 어린 목소리들을 영원히 얼려버릴 수 있다면, 그래서 아무것도 이루어지지 않은 유년을 고정시킬 수만 있다면 소녀는 무엇이든 바칠 수 있을 터인데 그녀가 바칠 수 있는 것은 아무 것도 없었고 그녀에게는 애걸할만한 부모도 연인도 없었으니 소녀는 잠자코 기다리는 수밖에, 서서히 끔찍하게 부패해가는 속도에 익숙해질 수밖에 없었고 또 한 장의 사진, 또 한 명의 소녀가 실종되었고 소녀들이 어디로 사라진 것인지 경찰들은 알 수 없었고 매일같이 두려움에 떠는 살아남은 소녀들조차 실종된 소녀들의 소재를 알 수 없었고 그 많은 사진들이 대체 어디로 사라졌는지도 그들은 알지 못했으니, 소녀가 야금야금 훔쳐간 범죄의 흔적들, 소녀가 은닉해 놓은 범죄들, 소녀는 소녀들의 실종에 치명적으로 연루되어 있다는 사실을 알면서도 죄를 고백할 수는 없었으니 왜냐하면 소녀는 마침내 목소리를 들었으니까! 그는 결국 소녀에게 말을 걸었으니까! 그 희미한 찍찍거림이 환청인지 현실인지 소녀는 확신할 수 없었지만 그것은 분명한 현상이었고 소녀는 나지막한 울림이 전달하는 소리를 분명히 알아들었다.

그는 찍찍, 하고 울었다. 찍찍, 하는 울음만큼 소녀가 명확하게 알아들을 수 있는 소리는, 소녀가 예민하게 구분할 수 있는 음성은 어디에도 없을 것이었다. 그는 찍찍, 하며 흐느끼고 있었다. 그는 울고 있었다. 소녀의 것이 아닌 나지막한 울음소리가 소녀의 비밀스러운 틈 바깥에서 훌쩍이고 있었다. 그는 소녀에게 고해를 하고 있었다. 백한 마리의 소녀들을 벌거벗겼다고, 그녀들의 희고 검고 잿빛인 털을 모두 깎아내고 뱀처럼 움틀거리는 매혹적인 붉은 살을 뒤집어 벗겨내고 그 짓을 저질렀다고.

소녀는 미쳐버리고 말았다. 목소리는 매일 소녀를 방문했고 틈 바깥에서 서성이며 고해하였다. 소녀는 희미한 틈에 눈을 붙인 채 흐릿하게 번들거리는 검은 눈을 바라보았다. 눈은 소녀를 응시하

사진    361

고 있었다. 그것은 분명 소녀를 바라보고 있었다. 그러나 그 응시가 거울이 아님을 소녀는 확신할 수 없었다. 존재를 구성하는 당혹스러운 성분들이 이전과는 다른 규칙으로 갑작스럽게 튀어나오는 일이 가능하다는 것을 알고 있었으니까.

소녀들이 사진들에, 끔찍한 이미지들에, 공포와 불안에 익숙해지기까지는 그리 오랜 시간이 걸리지 않았다. 쥐의 일족은 역사적으로 숱한 위험과 덫들에 순식간에 적응하고는 했으니까. 그들에게는 영원한 낙원도 안전한 영토도 없었으며 쥐들은 언제나 절망적인 오염과 위협 속에서 생존해야만 했으므로 소녀들의 죽음은 자연스러운 것이었고, 사진들 역시 역사적인 새로운 비극에 지나지 않았고, 쥐들은 언제나 그랬듯이 적응했고, 십분 가량의 묵념 속에 모든 절망과 슬픔과 공포를 매몰시켜 놓았고, 소녀들은 죽어가면서도 또 다시 태어나 소녀들이 되었고, 소녀들로 자라났고, 소녀들을 잃어갔고, 소녀들이 다시 태어났고, 소녀들은 이미 미래를 아는 채로 살아갈 수밖에 없었다. 한결같은 과거처럼 역사에 불과한 미래, 그러나 그녀들에게 다른 곳을 제공해 줄 수는 없는 쥐들의 미래에서. 부패해가는 살들과 침의 찌꺼기 부글거리며 부화하는 익숙한 벌레들과 거미줄, 끈질긴 악취와 알들, 지긋지긋하게 태어나는 생명들 울음들 젖과 출혈.

소녀들은 사진과 범죄가 없었던 시절을 기억조차 할 수 없이, 그렇게 사진들 속에서 살아갈 수밖에 없었다. 왜냐하면 그들은 쥐들이었으니까. 그들은 당혹과 공포만으로 죽을 수 없게 만드는 길고 견고한 역사를, 지긋지긋한 생을 가지고 있는 종족이었으니까. 너무도 쉽고 비참하고 만연한 죽음들 속에서 그들은 계속해서 태어났고 계속해서 자라났고 계속해서 살아가고 있었으니까. 더러운 하수도를 무호흡으로 통과할 수 있는 쥐는 없었으니. 그들은 어쩔 수 없이 소녀들의 성분을, 소녀들의 악취를, 사진에서 떨어져 나온 치명적인 독을 들이키고 말았고 그들은 절망에 익숙해졌으며 마침내는 비극적인 이미지들이 그들이 터전이라도 되는 양 그렇게 익숙해질 수밖에 없었으니까. 아무것도 맡지 못한 채, 소녀들의 악취가 진득하게 들러붙은 코를 킁킁거리면서, 더 이상 어떠한 악취에도 괴로워하지 않으며 살아갈 수밖에 없었으니까. 쥐들의 가장 두드러진 특징은 그 역사적으로 끈질긴 삶에 있었으므로, 그들은 그렇게 범죄 속에서, 최초의 흥분과 공포를 유년처럼 잊어버린 채 죽어갈 수밖에 없었다.

이토록 끈질긴 삶도 이제는 막바지에 다다라 있었다. 소녀는 직감할 수 있었다. 모두가 직감하고 있었다. 그들의 개체 수는 이제 손쓸 수 없이 줄었으며 사막과 달, 망망대해, 얼음의 지대와 소금밭을 쏘다녔던 그들의 너른 대지는 이제 끔찍하게 더러운 하수도로 축소되었다는 것을. 쥐들은 죽어가고 있었다. 교사들은 무성의하게 지나간 일들만을 되뇌었고 그 어디에도 새로운 사실은 없었다. 그들은 무수한 세월 동안 반복해온 죽음과 삶, 무엇보다도 끈질긴 생명을 이어가고 있을 뿐이었다. 쥐들은 더 이상 어떠한 미래도 기다리지 않았다. 그들의 어리석은 믿음은 이미 수천 번 배

사진    363

신당했으며 새로운 기대를 걸기에 그들은 너무 지쳤기 때문이었다. 쥐들에게는 더 이상 희망이 없었다. 쥐들은 여가수의 물신화된 찍찍거림 앞에서 환각에 취해 흐느적거리면서, 시간이 모두 죽어버리기만을, 고통스러운 지형들이 삭제되어 맨들맨들한 평면으로 일축되기만을 바라고 있었다. 그들은 다른 곳, 다른 자리를 상상해야 했다. 쥐들이 아닌 다른 삶을, 그러나, 소녀는 생각했다, **쥐가 아니면 그들이 대체 무엇일 수 있단 말인가?** 실종된 소녀들, 음부의 이미지만을 남기고 사라진 소녀들이 쥐가 아니었다면 대체 무엇일 수 있었단 말인가?

동굴처럼 축축한 벽 뒤의 공간 속에서 소녀는 사진들 하나하나를 유심히 들여다보며 그것들에게 말을 걸었다. 어째서 도망치지 않았느냐고, 어째서 비명조차 지르지 않았느냐고. 그녀들이 쥐인 것이 잘못일까? 하지만 쥐의 자궁에서 태어나 쥐의 탯줄을 달고 쥐의 주둥이를 가지고 쥐의 젖을 빨고 쥐의 자리에서 자라났던 그녀들이 어떻게 쥐가 아닐 수 있었겠는가? 소녀들은 순결했고 아름다웠다. 어쩌면 그 때문에 그녀들은 살아남지 못했던 것일 수도 있다. 쥐들은 언제나 지저분했고 불결했으며 살아남기 위해 삶의 가장 깊다란 구석까지도 거리낌 없이 먹어치웠으니까. 그녀들의 주둥이 역시 피와 오줌에 젖어 번들거렸을 테니까. 소녀가 상상한 무수한 다른 곳들, 다른 이야기들은 어디에서도 오지 않고 어디로도 사라지지 않는 것이었다. 그것들은 모두 소녀의 내부에 있었다. 소녀는, 끔찍하게도 상상하기를 그만둘 수 없었던 소녀는 사진 하나하나의 다른 장소를 유달리 검은 눈으로 되비출 수밖에 없었다.

바깥에서, 사내는 흐느끼고 있었다. 귀를 막고 그가 하는 말을 무시하기에 소녀는 너무 예민했다. 그녀의 커다란 두 귀는 미세한 소리를 향해 기울어져 경련하고 있었다.

난 그녀들을 구해주고 싶었을 뿐이에요. 그녀들은 나를 따라오고 싶다고 했고 난 분명히 거절했죠. 바깥은 그녀들의 생각과는 다를 거라고. 난 그녀들을 돌봐줄 수 없다고. 하지만 그녀들은 간질거리는 소리로 찍찍거리면서, 온몸이 찢어질 듯 고통스럽게 찍찍거리면서 제발 데려가 달라고 말했어요. 난 그럴 생각으로 그녀들을 찾았던 게 아니에요. 난 사진사예요, 그저 그녀들을 찍고 쥐들이 얼마나 끔찍하고 역겨운 환경에서 살아가는지 알리고 싶었을 뿐이에요. 처음 하수도에서 그녀들을 마주쳤을 때 그녀들은 웃으면서 원하는 만큼 마음껏 찍어도 좋다고 말했죠. 그녀들은 내가 누군지 알고 있었어요. 네가 아주 어릴 때, 하고 여자는 수줍게 속삭였어요. 내가 네게 젖을 주었단다. 기억하니? 난 기억하지 못하면서도 열심히 고개를 끄덕였어요. 그 순간 그녀들은 실험실의 쥐처럼 희고 가련해 보였으니까, 그녀들이 얼마나 좋은 사진이 될 수 있을지 직감했으니까.

그는 대체 누구에게 이야기하고 있는 걸까? 소녀는 의아했으나 그의 이야기를 계속 듣지 않을 수는 없었다. 나지막한 목소리가 계속 이어졌다. 찍찍거리지 않는 도시적이고 세련된 억양.

사진　365

내가 바깥에서 성공했다는 소식을 들었다고 그녀들은 이야기했어요. 학교에서도 내 이름과 작품들을 다룬다고, 나를 꼭 다시 만나고 싶었다고요. 그렇지만 난 그녀들의 예상처럼 그리 대단한 업적을 이루지는 못했어요. 그저 바깥에 나갔고 그곳에 정착했을 뿐이죠. 바깥의 사람들은 날 특별히 여기지도 않아요. 난 잡지사에 취직해서 사진을 찍고 있을 뿐인데 그런 사진가는 수십만도 더 되죠. 하지만 내게서는 더 이상 시궁쥐의 비린내가 나지 않았고 난 그녀들과는 비교도 할 수 없을 정도로, 그녀들에게 닿는 것조차 염려될 정도로, 그래서 그녀들의 반가운 손짓에도 어색하게 물러날 수밖에 없을 정도로 깨끗했으니 그녀들의 말도 이해가 가지 않는 것은 아니에요.

사내는 대체 누구일까? 그는 사내가 맞긴 한 것일까? 소녀는 한 번도 바깥에 정착한 쥐의 이야기를 들어본 적이 없었다. 그녀들은 대체 누구인가? 사라진 소녀들은 젖을 줄 만큼 성장한 암컷 쥐가 되지 못했다. 그것은 이미 사라진 미래였다. 현실일 수 없었던, 오로지 잠재된 채로 사그라진 시간들. 소녀는 그의 고백이 어딘가 어긋나 있다는 인상을 지울 수 없었다. 그들은 우발적으로, 필연적인 연결점도 없이 벽의 틈새에 합류한 것에 불과할지도 몰랐다. 그는 소녀가 찾는 범인이 아니었고 소녀는 그가 용서를 구할만한 대상이 아니었다. 사내는 계속 이야기를 이어나갔다.

작업은 평소보다 훨씬 오래 걸렸어요. 그녀들에게서는 오묘한 향과 빛이 흘렀고 난 그걸 모두 포착해내고 싶었거든요. 그녀들에게서 느낄 수 있는 서글픈 인상이 사진에서는 이상하게도 흐려져서 수백 장을 반복해서 찍을 수밖에 없었어요. 그녀들은 거리낌 없이 포즈를 취해 주었죠. 난 그녀들이 처음 마주쳤을 때의 도도하고 오만한 곧은 시선으로 렌즈를 바라봐주기를 바랐지만 그녀들은 무척이나 기이한 자세를 취했어요. 마치 바깥의 동물들처럼 두 발로 서서는 옆으로 살짝 기울인 머리로 렌즈를 흘겨보았죠. 그녀들이 사람처럼 구는 게 마음에 들지 않았어요. 사람을 닮은 동물들은 바깥에 넘치도록 많았으니까, 난 네 발로 기어다니는, 엉덩이께까지 머리를 내리고 하수에 코를 박은 자연스러운 모습을 원했죠. 하지만 그녀들은 그런 자세가 자연스러운 것은 아니라고 말했어요. 그녀들은 대개 두 발로 걷는다고. 수천 년 동안 그녀들은 성교할 때가 아니라면 그렇게 야만스러운 자세를 취해본 적이 없다고.

사진을 찍고 난 뒤 그녀들에게 주목할 만한 일들에 대해 물어보았죠. 하수도에서 생존하는 것이 얼마나 괴로운지, 이곳에서 얼마나 많은 쥐들이 죽어가는지, 상품도 경제도 없는 이곳이 얼마나 무질서하고 빈한한 터인지, 그런 것들을 말이에요. 운이 좋으면 그녀들에게 원조가 들어올 수도 있다고 말했어요. 그녀들은 하수도의 삶이 그렇게 절망적이지는 않다고 말했어요. 그녀들은 행복하지 않지만 실제로 행복하다고 느끼는 쥐들의 수도 적지 않고, 쥐들은 이제 미래의 낙관을 포기했지만 그래도 과거를 유지해가는 일만큼은 저버리지 않았다고. 그런 식으로는, 하고 사내는 서

사진　367

글프게 속삭였다, 제대로 된 기사를 쓸 수 없다고 말할 수밖에 없었죠. 사진 속 그녀들은 실험실에서 안락하게 생활하는 흰쥐들처럼 오만하고 아름다워 보였으니까, 행복하지 않지만 절망적이지도 않은 것은 바깥 역시 마찬가지였으니까요. 내가 구걸하기를 원하니? 하고 내게 젖을 주었다는 여자가 말했을 때 내가 뭐라고 대답할 수 있었겠어요? 그녀들은 날 끔찍한 검은 눈으로 노려보고 있었고 난 두려웠어요. 이곳이 더 이상 고향이 아니라는 걸 깨달을 수밖에 없었죠. 난 내게 젖을 주었다는 여자의 얼굴조차 알아볼 수 없었고 더러운 하수도에서 기억나는 것은 아무것도 없었으니까. 유년의 이름조차 난 잊어버렸으니까.

내가 서둘러 바깥으로 나가려 하자 여자들은 조심스럽게 사과하면서 그녀들을 바깥으로 데려가 달라고 부탁했어요. 그녀들은 사진과 인터뷰에 대한 사례로 준비한 구호 상자조차 거부하면서 바깥으로 데려가 달라고, 그것 외에 그녀들이 바라는 것은 아무것도 없다고 말했어요. 양젖 치즈와 밀알들, 쿠키들로 가득 채운 상자였죠. 그게 젖어서 썩어버리지 않게 하려고 얼마나 힘들게 옮겨왔는지 몰라요. 사진 찍을 때조차 차마 더러운 바닥에 내려놓을 수 없어서 계속 어깨에 들쳐메고 있었죠. 그녀들은 막무가내로 데려가 달라고 애원했어요. 물론 난 거절했죠. 그때 난 끔찍하게 당혹스러웠고 화까지 났어요. 그녀들이 그렇게 뻔뻔스럽게 매달릴 줄은 몰랐으니까요. 구걸하지 않겠다고 선언한 그녀들이 이렇게 갑작스럽게 매달릴 줄은. 난 분명 차분하게 설명했어요. 사진은 언제나 사실이어야 하고 내가 찍어온 사진들은 언제나 왜곡도 보정도 없는 사실이었다고, 나는 사실만을 찍는다고, 그러니까 그녀들이 하수도에서 거주하지 않는다면 내가 찍은 사진은 거짓이 될 수밖에 없고 그러면 결국 그녀들 역시 거짓말쟁이가 되는 것이며 사기꾼들에게 원조를 해줄 사람은 어디에도 없다고 말이에요. 하지만 그녀들은 막무가내였어요. 사기꾼이 되어도 좋으니 바깥으로 가고 싶다고 매달렸죠. 내가 그녀들을 두고 가 버리면 비명을 질러 경찰을 불러오겠다고 협박까지 했어요. 터무니없는 말이었지만―이런 부랑촌에 경찰이 어디 있겠어요?―당시 난 너무 당황했고 역겨운 악취 때문에 숨조차 제대로 쉬지 못해서 현기증에 비틀거리고 있었기 때문에 서둘러 이 빌어먹을 상황을 일단락하기 위해 고개를 끄덕일 수밖에 없었죠.

바깥으로 가는 출구를 그녀들도 알고 있더군요. 열기와 악취에 쓰러질 지경인 나를 이끌고 위로 향하는 사다리까지 안내한 건 오히려 그녀들이었어요. 그녀들은 발갛게 상기되어서 자기네들끼리 속닥거리고 있었죠. 찍찍거리는 방언이 너무 많이 섞여 있어서 난 제대로 알아들을 수도 없었어요. 두려웠지만 그녀들이 나를 해칠 수는 없다는 것을 알고 있었어요. 난 이곳에 올 때 고향에 대한 애틋한 추억과 아직 지하에 남아 있는 동포들에 대한 아릿한 연민으로 차서 신중하고 용감하게 내려왔던 사다리를 배반의 고통과 피로로 비참하게 올라가야 했어요. 그녀들은 내 발 밑에 코를 붙인 채 재빨리 따라왔죠. 바깥에는 나와 동거하던 여자 조수가 대기하

사진    369

고 있었어요. 시궁쥐들을 보고 조수는 경악하여 비명을 질렀지만 곧 내가 상황을 설명하자 놀랄 만큼 침착하게 쥐들을 내려다보았죠.

처음으로 세계에 나온 여자들은 인간 조수를 보고 두려움에 바들바들 떨고 있었어요. 그들에게 사람은 뱀과 마찬가지로 포식자였으니까. 한 여자는 경련하다 못해 거품을 물고 졸도하기까지 했죠. 조수는 그녀들에게 터무니없는 낙관을 심어주는 건 잔혹하기 그지없다고 했어요. 평생 하수도에서 살아온 그녀들은 분명 바깥에 적응하지 못할 것이고, 설령 그녀들이 기적적으로 바깥에서 살아남는다고 해도 그녀들만을 구원하는 일은 모든 쥐들을 위한 일이 아니라고 말했죠. 그건, 하고 사내는 쓸쓸하게 속삭였다. 부정할 수 없는 사실이었어요. 그녀들이 바깥을 견뎌내지 못하리라는 것은 미친 듯이 경련하면서 흐느끼는 가련한 꼴만 보아도 알 수 있었죠. 내가 그녀들을 달래기 위해 다가가자 그녀들은 폭력적인 흰빛으로 달아오른 아스팔트, 광폭한 속도로 질주하는 차들의 소리, 그녀들을 굽어보는 무수한 포식자들 속에서 죽을 듯 고통스러워하면서도 고개를 저었어요.

돌아가고 싶지 않아, 하고 여자들은 속삭임처럼 가녀린 비명을 질렀죠. 돌아가고 싶지 않아. 하지만 그녀들만을 구할 수는 없었어요. 내 유년과 관련되어 있는 쥐들은 너무도 많았고 난 그 많은 쥐들을 모두 보살필 수는 없는 노릇이라고 그녀들에게 설명했지만 그녀들은 빛에 달떠 흘러내리는 물컹한 눈을 쉴 새 없이 깜빡이면서, 모두를 구할 필요는 없다고 그저 그녀들만 지금 이곳에 나와 있는 내게 속삭이고 애원하는 그녀들만 구하면 된다고 속삭였어요. 왜냐하면 그녀들은 쥐들이기 이전에 그녀들이었으니까. 그녀들은 분명히 쥐들에게 속해 있었지만, 쥐들이 그녀들에게 불과한 것이 아니듯, 그녀들 역시 쥐들일 뿐인 것은 아니었으니까.

조수는 초조해 보였어요. 그녀는 나보다도 쥐들을 더 걱정하고 있었죠. 바깥에 오래 있을수록 돌아가는 것이 더 고통스러울 거라고 조수는 인간의 언어로, 쥐들이 알아들을 수 없는 은밀하고 오만한 언어로 속삭였어요. 하지만 그녀들은 돌아갈 생각이 없는 것 같았죠. 임박한 절망에서 도망치기 위해서라면 몸이라도 팔 수 있다고 비명을 지를 정도였어요. 하지만 그녀들은 애완 쥐가 되기에는 너무도 더럽고 불결하며 늙어빠졌고 내게는 어떠한 대안도 없었어요. 잡지사에서 임대해 준 아파트에 시궁쥐들, 그것도 하수도의 끔찍한 악취가 인박힌 더러운 쥐 여자들을 데리고 갈 수는 없는 노릇이었고 아무리 생각해 보아도 그녀들에게 어울리는, 그녀들을 받아줄 수 있는 곳은 하수도뿐인 것 같았으니까. 난 그녀들에게 하수도를, 그녀들의 집을 개선하는 수밖에 없다고, 골목과 도로를 뒤덮은 오물과 쓰레기들을 정리해나가고 청결에 대한 교육을 실시하면, 그리고 시의 행정조치를 강화하면 하수도도 더 살만한 곳이 될 거라고 말했죠. 자본가들이 지껄이는 것처럼, 사실 나는 정치에 대해서는 잘 몰랐지만 그 순간에는 그 유치하고 조악한 해결책만이 진실인 것처럼 느껴졌으니까. 여자들은 내 말을 들

사진    371

으려 하지 않았어요. 그녀들은 그녀 몸 바깥의 쥐들에게는 관심이 없다고 말했어요. 그녀들이 원하는 것은 다른 곳, 바깥, 이미 깨끗한 땅일 뿐이라고 쥐들의 운명에 예속되는 것이 그녀들의 의무는 아니라고 속삭였죠. 난 그녀들이 이미 돌이킬 수 없는 희망에 병들었다는 걸 알아차렸어요. 그녀들의 것이 아닌 미래를 갈망하고 말았다는 걸.

하지만 바깥에는 그녀들이 있을 만한 자리가 없었어요. 난 오줌과 침, 기생충과 진흙으로 뭉쳐진 살덩어리와도 같은 그녀들에게 어울릴만한 바깥의 장소를 도저히 상상할 수 없었죠. 그녀들의 악취를 참아줄 만한 사람은 없을 거예요. 요즈음 세상에 시궁쥐라니! 애완쥐도 실험용 쥐도 아니고 시궁창에서 갓 올라온 더러운 시궁쥐들이라니, 그녀들은 하루도 버티지 못하고 박멸당하고 말게 분명했죠. 난 그녀들에게 제발 돌아가 달라고 애원했어요. 그러나 그녀들은 잔혹한 낙관을 정말 믿는 것처럼 보였어요. 그녀들은 덜덜 떨면서도, 매캐한 공기와 지나치게 강렬한 흰빛의 태양에 비틀거리면서도 이곳에서 살아남을 수 있다고, 그녀들은 무엇이든 바칠 준비가 되어 있고 무슨 일이 있어도 이미 빠져나온 곳으로 돌아가지는 않을 거라고 소리쳤죠. 그녀들은 아직 어디에서도 빠져나오지 못했다는 사실을 받아들이려 하지 않았어요. 악취가 진동하는 그녀들, 피와 오줌이 엉겨붙은 그녀들은 아직 아래에 속해 있음을, 오직 그녀들만이 모르고 있는 것처럼 보였어요. 하지만 그녀들도 알고 있었겠죠. 그녀들만이 맡을 수 없는 악취가 그녀들의 신체라는 걸, 떨쳐낼 수도 빠져나갈 수도 없이 인박혀버린 영원한 신체라는 걸.

조수는 나를 손바닥에 들고 얼굴까지 들어 올려 입을 맞추면서 제발 저 가엾은 여자들을 돌려보내라고 흐느꼈어요. 그녀가 우는 걸 난 그때 처음 보았어요. 그녀는 언제나 강인하고 단단한 사람이었으니까, 그녀들처럼 나이 든 여자들이 잔혹한 희망에 빠져 애걸하는 모습을 바라보는 것은 그토록 고통스러운 일이었던 거예요. 왜냐하면 그녀들이 원하는 것은 허황된 낙원도 꿈도 아니었으니까. 그녀들이 바라는 것은 다른 곳의 삶, 삶뿐이었으니까. 우리는 이미 짐작하고 있었어요. 그녀들이 이제 지하로 돌아갈 수 없으리라는 것을, 그곳에서 그녀들이 끔찍하게 절망하리라는 것, 더 이상 악취로 뒤덮인 몸을 견딜 수 없으리라는 것을. 하지만 바깥에도 그녀들의 자리는 없었죠. 난 슬픔과 역겨움에 허우적거리며 비명을 지르는 미친 여자들을 두고 조수의 손에 올라탄 채 서둘러 사라질 수밖에 없었어요.

사진기를 두고 왔다는 건 아주 나중에야 알아차릴 수 있었죠. 아파트로 돌아가자마자 난 서둘러서 온몸을 씻어냈고 기생충 약을 먹고 조수의 서글픈 품에 안겨 잠들었어요. 그녀들의 일그러진 얼굴을 모두 악몽으로 돌리기 위해서. 그러나 난 꿈조차 꾸지 못하고 잠들었죠. 어쩌면 꿈을 꾸었을지도 모르지만 생생한 악취와 울음소리가 너무도 압도적인 현실이어서 난 깊은 현실에서 표류할 수밖에 없었어요. 조수는 털 하나 없이 희고 매끄러운 배를 그

사진    373

대로 드러낸 채 잠들어 있었죠.

난 그녀의 품에서 빠져나가 쥐 여자들을 두고 온 하수 뚜껑으로 향했어요. 그곳에는 아무도 없었죠. 그녀들이 결코 지하로 돌아갔을 리는 없다는 것을 알았지만 난 그렇게 믿을 수밖에 없었어요. 그녀들의 자리도 고향도 추억도 유년도 미래조차도 없는 곳에서 그녀들이 어디로 사라졌는지 도저히 상상할 수 없었으니까. 상상할 수 없는 것을 상상하는 일이 얼마나 고통스러운지 알고 있었으니까.

소녀는 그가 다른 하수도에서 왔다는 것을, 그가 불가해할 정도로 터무니없이 길을 잃었다는 것을 깨달았다. 흐느낌은 계속되고 있었으나 그것이 소녀의 귓속에서 반향되는 기억인지 아직도 벽 바깥에 실재하는 사물의 기척인지 소녀는 확신할 수 없었다.

빛 없이도 하루를 셈할 수 있는 쥐들의 특징적인 기민함에 따라 소녀가 새벽을 알아차리고 벽 바깥으로 나갔을 때 그곳에는 아무도 없었다. 곧 아이들이 차례로 등교했고 마지막으로 교사가 들어왔다. 묵념의 시간이 있었고 아이들은 어설프고 가느다란 찍찍거림으로 노래를 불렀고 경찰은 소녀들이 한 명 줄었다는 사실을 발견해냈다. 쥐들은 서글픔과 애처로움, 공포를 이기지 못하고 바들바들 떨며 흐느꼈지만 그러한 정동이 사라진 소녀를 되돌리는 것은 아니었다.

그리고 사진이 있었다. 소녀의 실종과 사진의 누출 사이에는 며칠 간의 격차가 있었기에 쥐들은 소녀의 치명적인 상실을 두 번째로 상기해야 했다. 사진, 그리고 목소리도 있었다. 소녀는 벽 뒤의 비밀스럽고 희미한 어둠 속에 주저앉은 채로 사내의 고백을 몇 번이고 다시 들어야 했다. 이야기의 순서나 문장의 구성은 조금씩 바뀌었지만 사내가 말하는 내용은 대체로 동일했다. 그는 대체 누구에게 이야기하고 있는 것일까? 소녀의 검은 눈을 마주보고 있는, 두 개의 검은 빛. 쥐의 언어로 쥐들의 고향에 대해 이야기하는 그가 쥐일 것이라는 짐작 이외에는 특별한 사실을 유추해낼 수 없었다. 그는 소녀에게 대체 무엇을 원하고 있는 것일까? 소녀는 그가 버리고 떠난 그녀들이 아니었고 그녀들의 이름조차 알지 못했으며 그녀들의 행방도 몰랐으므로, 그녀들을 대신하여 사내를 용서해줄 수는 없는 노릇이었다.

소녀는 아무도 용서해줄 수 없었다. 소녀를 고통스럽게 한 것들은 그녀에게 무관심하였고 소녀에게 용서를 비는 목소리는 소녀가 알지 못하는 것이었으니까.

사진   375

# 낚시꾼

그는 작고 푸른 플라스틱 낚싯배 위에 앉아 있다. 그는 낡아서
군데군데 틀어진 그물을 던졌다. 검고 더러운 물과 플라스틱 조각
들, 구겨진 캔과 감긴 눈꺼풀과 같은 알 수 없는 검은 뭉치들이 그
물 곳곳에 침전물처럼 남아 있었다. 하늘이 무너져내리며 온갖 오
물로 지저분한 강가에 옅은 기적과도 같은 불빛을 흐트러뜨리고
있었다.

어째서 사람은 아름다움을 느끼는 것일까? 어째서 향기롭지도
이롭지도 않은 것에 사람은 그토록 매혹되는 것일까? 그는 부러
진 손톱을 주워들었다. 그물을 다시 던졌고 그물에는 잘려나간 왼
손이 걸려 있었다 그것이 마네킹의 의도적인 조형이 아님을, 그것
이 정말 살아 있는, 살아서 물에 불어서 물고기들의 날카롭고 게
걸스럽고 가느다랗고 삶을 구걸하는, 아니 구걸도 애원도 슬픔도
후회도 주저도 없이 살아 있는 이빨에 훼손된 살임을 남자는 알

고 있었다. 물 속까지 침범하지 못했던 파리들이 게걸스럽게 달겨들어 손을 물어뜯으려 했다. 그는 아직 그의 의지대로 움직인다고 믿을 수 있는, 그에게 연결된 신체 기관을 움직여 불청객들을 쫓아내었다. 왜냐하면 그것은 이제 그의 것이었으니까. 누군가의 훼손된, 이제는 누구도 원하지 않을 그 잘려나간 왼손, 인간은 먹지 않을 썩어가는 고기는 그의 것이었으니까. 그가 가진 것은 경멸스러운 푸른빛으로 녹아내릴 듯 번쩍거리는 낚싯배 한 척과 군데군데 삭아서 틀어진 더러운 그물, 그리고 그가 찾아낸 보물들밖에는 없었다.

보물들. 그는 밝은 햇빛을, 바스러지는 노란 빛의 분말들을 즐기는 사람이라면 아무도 찾지 않을, 폐수와 끔찍한 화학 물질, 기화되어 인체에 어떠한 작용을 할지 알 수 없는 역겨운 독과 방사성 폐기물이 침전된 버려진 강가에서 보물들을 찾았다. 낚싯배와 낚시 그물로 살아 있는 물고기들을 낚는 데에 그는 큰 관심이 없었다. 그는 항상 삶이 어려웠고 살아 있는 것들이 거북했고 살아 있음이 두려웠다. 물고기들은, 정해진 행로와 습관에 몸을 맡기고 일상의 궤적을 건너가는 사람들과는 비교도 되지 않을 정도로 살아 있었다. 낚싯바늘에 꿰뚫린 미끈한 몸, 관통당한 심장에서 분수처럼 쏟아져나오는 붉은 육즙, 눈꺼풀 없는 눈의 투명한 막에서 비어져나오는, 절망적으로 짠 소금기, 헐떡거리며 음탕하게 뻐끔거리는 아가미. 그는 그의 다리 밑으로 후두둑 떨어져내리는 내장들을, 마치 배설물처럼, 산성비처럼 떨어져내리는 대장과 소장의 무게를, 무게를 가진 것들이 추락하며 내는 소리를 도저히 견딜 수 없었다. 그것들은, 관통당해 찢겨지며 팔딱거리는 그것들은 정신이 나가버릴 것처럼, 더는 견딜 수 없을 것처럼 살아 있었다.

선장은 금빛 행성에서 이주한 사람이었다. 그는 고향에서 이곳까지 물 없는 검고 투명한 바다—우주—를 건너 온 베테랑이었다. 그는 한 번도 숨을 참지 않고 맨정신으로 직접 항해를 하여 왔다고 자랑조로 늘어놓았다. 대형 고기잡이 선박에는 황금처럼 반짝이는 비늘을 가진 희귀 어종들을 잡아올리겠다는 황금 같은 꿈에 부풀어 배에 오른 선원들이 많이 있었다. 그도 그들 중 하나였다. 그는 내력을 잊고 태어난 돼지가 흙탕물에 이끌리듯, 고양이가 움직이는 날개에 이끌리듯 물에 이끌렸다. 어릴 적부터 그는 멍하니 물을 바라보는 일이 많았다. 그의 부모는 그가 언젠가 물에 빠져 죽을 것이라고 생각했다. 그러나 그에게는 말을 하지 않았다. 불에 홀린 아이들보다는, 그래서 산 채로 불에 타들어갈 운명을 가진 아이들보다는 물에 빠져 죽는 편이 더 나을 것이라는 말도 하지 않았다.

그의 부모가 다른 마을 사람들과 함께 나무에 목을 매고 죽은 뒤부터 그는 홀로 겨울을 버텨야 했다. 그러나 그는 돌이킬 수 없을 정도로 절망하지는 않았다. 아직 물은, 호숫물과 강물과 바닷물과 하숫물과 흙탕물과 늪은 얼어붙지 않았으므로. 그는 아무것도 가지지 못한 다른 남자들과 함께 배에 올랐고 그곳에서 물을, 멎지 않는 물을, 얼어붙지도 졸아들지도 않을 영원과도 같은 물을, 그에게는 그 자체로 황금이나 다름없는 아름다운 물, 죽음의 아가리처럼 검붉게 반짝이는 끔찍하게 아름다운 물을 바라보았다. 그는 황홀해 죽어버리고 싶었다. 그는 너무도 기뻐서 멀미를 앓았다. 물이 너무 아름다워서, 물 냄새가 너무 싱그러워서, 그 비린내가 너무 아득해서, 그곳에서 살아 있는 물을 닮은 유선형의 축축한 몸들 전부, 젖어 있는 그 삶들이 너무 감미로워서, 그는 미친 듯이 구토했다. 토해내고 토해내고 또 토해냈다. 그는 선박 바닥, 그의 발치를 뒤덮은 시뻘건 내장들을 보고 죽을 만큼 놀랐다. 그는 그가 지독한 경이와 현기증을 견디지 못하고 내장까지 토해버렸다고 생각했다. 물론 그것들은 아직 정리하지 못한 물고기들의 내장이었다. 그러나 그는 순간 그 삶이, 그 천박할 정도로 새빨간 역겨운 삶이 자신의 것이라는 생각을 지울 수 없었다. 그의 입속에, 그의 몸 속에 황금과도 같은 바다가, 황금과도 같은 바다를 닮은 물고기들이, 물고기들의 장미처럼 새빨간 음탕한 내장들이 들끓고 있다는 생각을. 그가 그만큼 살아 있다는 생각을. 그가 그렇게, 지나치게 살아 있으리라고 그는 한 번도 생각해 본 적이 없었다. 삶, 그토록 헐벗고 적나라하고 팔딱거리는 싱싱한 삶에 대해 생각하는 것은 그를 죽을 것처럼 울렁거리게 만들었다.

그는 그리 특별할 것이 없는 아이였다. 그의 부모는 다른 아이들의 부모처럼 때로는 상냥했고 때로는 매정했고 때로는 추위를 참지 못하고 흐느꼈다. 그의 부모는 다른 부모처럼 그를 쓰다듬거나 씻겨주거나 사랑하거나 미워하였고 그의 부모는 다른 아이들의 부모와 함께 끔찍하게 울창해진, 나날이 번성하는 나무들에 목을 매달고 죽었다. 그는 다른 아이들처럼 행복했고 슬펐고 죽어가고 있었으며 살아 있었다. 그는 다른 아이들만큼만 행복했고 슬펐고 죽어가고 있었으며 살아 있었다.

그러나 고기잡이 선박 위에서, 섬과도 같이 동떨어진 생애 위에서, 죽을 것처럼 붉은 환상을 토해내고 있는 것은 그뿐이었다. 다른 선원들은 바다의 울렁거림에 순식간에 적응했다. 마치 바다 위에서 태어난 것처럼. 바다의 젖고 출렁이는 이상하고 아득한 압력과, 소리로 매개된 세계도 바다 건너의 딱딱하고 냉혹한 세계도 아닌 바다의 표면에서 태어난 이상한 생물인 것처럼. 그들은 멀미를 하는 이방인을, 역겨운 비린내를 풍기는 흔들리는 심장에 적응하지 못한 남자를 물끄러미, 냉정하게 내려다보았다. 남자는 허리를 수그리고 갑판에서 구역질을 해댔다. 매일 같이 하루도 빠지지 않고. 시간이 흘러도, 그의 손이 거친 그물에 찢어져 피를 흘리고 상처가 다시 아물고 다시 찢어진 상처에서 진물이 흐르고 굳은살이 배기고 굳은살이 찢어지고 찢겨진 굳은살 밑에서 또 다른 굳은살이 생겨도 멀미는 조금도 나아지지 않았다. 백조는 태어나면서부터 자신이 백조라는 것을 알고 있었을까? 물고기는 태어나면서부터 그들이 살아 있음을 알고 있었을까? 살아 있음이 울렁거리지 않았을까? 미칠 것 같지 않았을까? 역겨운 비린내에, 붉음에, 짓무름에 죽어버리고 싶지 않았을까?

관통당한 심장들이 뿜어내는 붉은 핏물에 배가 서서히 침몰해가기 시작했다. 배가 전부 가라앉은 뒤에도 바다는 조금도 붉어지지 않았다. 얼룩처럼 희미한 붉은 빛은 검은 바다에 퍼져 순식간에 사그라들었다. 일식의 짧은 순간처럼. 이등 항해사는 그것이 모두 망상에 불과하다고 했다. 선원들은 모두 남자를 무시했으나 이등 항해사만은 검은 굳은살로 덕지덕지 뒤덮여 갑각류처럼 보이는 끔찍한 손으로 그물을 올리면서 그의 말을 들어 주었다.

이등 항해사는 동향의 남자였다. 이등 항해사는 피곤하면 무리하지 말고 배 안쪽, 더러운 침낭이 널브러져 있는 작은 방 안으로 들어가서 잠을 자라고 했다. 괜찮아요. 하지만 가끔은 당신이 검은 물고기처럼 보여요. 이등 항해사가 친절한 까닭이 무엇인지 남자는 알고 있었다. 그는 남자를 두려워하고 있었다. 미쳐버린 그가 배 안에서 난동을 피우기 시작하면 망상과 환각, 정신착란을 전염시키기 시작하면 아무도 살아남을 수 없음을, 생존은 이유 없는 우연에 맡겨지리라는 것을 이등 항해사가 알고 있음을 남자는 알고 있었다. 다른 선원들이 사내의 멀미와 미치광이 같은 헛소리를 무시로 일관하는 것도 마찬가지의 이유일 것이다. 그들은 사내를 두려워하고 있었다. 사내는 삶을 견디지 못하고 있었으므로. 벌거벗은, 팔딱거리는, 짓물러 관통당해 출혈하며 죽어가는 너무 붉은 생명들을, 젖은 몸으로 가득 찬 물을 견딜 수 없이 사랑하고 있었으므로.

구타와 모욕과 학대는 없었다. 선장은 조심스러운 사내였고 다른 선원들도 마찬가지였다. 그들은 수백 척의 배들이 어떠한 이유로 가라앉았고 어떠한 이유로 실종되었는지 알고 있었다. 물고기들처럼 살 준비가 되어 있는 이는, 벌거벗은 심장을 터뜨리며 움켜쥘 이는 아무도 없었다. 사실 그들 모두 간신히 멀미를 참고 있었다. 간신히 삶을 버티고 있었다. 생명을 짓씹어 삼킬 준비가 되어 있는 이는 아무도.

육지 근처를 지날 무렵 이등 항해사는 희고 날카로운 별들에 유달리 가느다란 목을 내맡긴 채로 갑판에서 구역질을 하고 있는 사내에게 다가왔다. 이등 항해사는 그의 우물처럼 둥글고 깊은 귀에 거친 입술을 대고 비밀스럽게 속삭였다. 그를 위해 비상용 낚싯배를 훔쳐왔다는 것이었다. 이등 항해사는 보물을 발견해낸 어린 소년과도 같은, 쥐의 발을 잘라낸 아이 같은 음흉하고 순진스러운 미소를 지으며 사내를 내려다보았다. 사내는 서서히 굽혔던 허리를 폈고 이등 항해사는 우툴두툴하고 거친 손날로 그의 입술과 턱을 적신 말간 침을 훔쳐내 주었다. 밤이었지만 육지의 두툼하고 검은 지평은 선명하게 드러나 보였다. 나침반이나 지도 없이도 충분히 가 닿을 수 있을 것이었다. 이등 항해사는 그의 눈 앞에서 낚싯배를 바다의 매끈하고 완벽한 수면 위에 내동댕이쳤고 수면은 믿을 수 없이 높고 끔찍한 비명과 함께 산산조각났다. 이등 항해사는 그를 향해 눈짓을 해 보였다. 갑판에서 내려다본 해수면은 너무도 아득해 보였다 그것은 너무도 멀리, 너무도 깊이, 너무도 단단하게 있었다. 뛰어내리면 그는 죽게 될까? 그는 자살을 하는 것일까?

어릴 때 난 자주 날고 싶어 했네, 하고 이등 항해사는 음침하고 부드러운 목소리로 속삭였다. 높은 곳을 생각하면, 높은 곳에서 아득한 아래를 내려다보는 상상을 하면 심장이 터질 것처럼 두근거렸지. 높은 곳을 생각하면 난 흥분했고 발기했고 눈물이 흘렀네. 난 벌거벗은 여자나 여자의 음부 젖가슴과 입 속을 생각하는 대신 높은 곳을 생각하며 수음을 했어. 높은 곳을 생각하면 죽고 싶을 정도로 행복했어. 높은 곳에서 떨어지는 생각을 하면 끔찍하게 감미로운 느낌이었지. 나는 높은 곳에서 죽겠다고 결심했어. 높은 곳에서 목을 매거나 높은 곳에서 추락하거나 높은 곳에서 얼어붙거나 높은 곳에서 분신을 하거나. 가끔 난 내가 새였을지도 모른다는 생각, 아니, 새일지도 모른다는 생각을 한다네. 하나의 몸과 다른 몸이 동시에 하나의 의식을 가지고 있다면 그 두 몸은 알 수 없는 접합점으로 연결 되어 있다는 생각. 그러니 높은 곳에서 밑을 바라보는, 높은 곳을 상상하고 높은 곳을 느끼는 새들과 나는 같은 존재라는 생각. 하지만 높은 곳이 두렵지 않은 건 아니야. 난 높은 곳이 두려워. 미칠 듯이 두려워. 심장이 찢어 발겨질 듯이, 온몸이 낚싯바늘로 꿰뚫린 듯이, 천 개의 낚싯바늘을 삼킨 듯이, 입천장과 목구멍과 볼 안쪽 연한 살이 찢겨져 구멍이 난 것처럼. 그래도 난 높은 곳을 생각하면 어린 시절을 생각하는 것처럼 달콤하고 씁쓸한 매혹에 빠져들어. 내가 자네였다면 망설이지 않고, 아니, 망설임을 기적처럼 만끽하면서 뛰어내렸을 걸세.

남자는 허공처럼 보이는 검은 물의 막을 내려다보았다. 그는 자살하는 것일까? 그는 살기 위해 뛰어내리는 것일까? 살기 위해 죽는 것일까? 살기 위해서? 낚싯배에서는 멀미를 하지 않을까? 육지로 돌아가면 구역질이 치밀지 않을까? 껍질이 벗겨진 복숭아처럼 축축하고 끈적거리는, 붉은 과육이 흘러넘치는 검붉은 심장을 으깨면서 걷지 않아도 될까? 남자는 순간적으로 숨을 참으려 했으나 이등 항해사는 육지에 가 닿기 전까진 숨을 참으면 안 된다고, 그의 오른쪽 어깨를 은밀하게 주무르며 경고했다.

어째서요?

그러면 다른 곳으로 가게 될지도 모르니까. 우주에서 숨을 참으면 안 되는 것과 마찬가지네.

하지만 이 배에도 숨을 참고 있는 사람들이 있는걸요.

그들은 모두 정해 놓은 규칙을 가지고 있네. 그들은 삼십 초, 삼십 분, 삼십 시간이 넘어갈 때까지 숨을 참지 않아. 그들은 삼십 초, 삼십 분, 삼십 시간이 지나면 모두 그들이 왔던 곳으로 돌아갈 걸세.

이등 항해사의 푸른 얼굴은 밤에 짓물러 검게 보였다. 아스팔트에 함몰되어 썩어가는 석류처럼. 그러나 이등 항해사의 표정은, 마치 그의 황홀을, 그의 죽음을, 그의 생명을 훔쳐내고 싶다는 듯 애틋하고 격분한 그의 얼굴은 선명하게 보였다. 그의 검은 얼굴을 향기롭게 쥐어짜낸 과일처럼 만들어놓는 그 깊고 얕은 주름들. 하지만, 하지만 우리는 어디로 가든 숨을 참든 참지 않든 시간의 규칙을 정해 놓든 정해 놓지 않든 정신을 잃든 잃지 않든 정신 착란하든 착란하지 않든 망상하든 망상하지 않든 악몽을 꾸든 악몽을 꾸지 않든 죽어가든 죽어가지 않든 물고기처럼 살아 있든 전혀 다른 방식으로 살아 있든 혹은 죽어 있든 간에 결코 같은 곳으로 돌아갈 수 없어요, 하고 그는 말하지 않았다. 왜냐하면 그는 이미 뛰어내릴 수밖에 없다는 것을 알고 있었으니까. 견딜 수 없는 멀미를 견디기 위해 더 거센 멀미로 뛰어내려야 한다는 것을. 그 추락의 단차를, 에너지의 흐름을, 격렬한 깨어짐을 그가 사랑하게 되리라는 것을. 그리고 그가 죽지 않으리라는 것을, 설령 깨진 거울처럼 산산조각 난다고 해도 죽음이 종언일 수 없다는 것을.

남자는 뛰어내렸다. 천 개의 으깨진 심장들이 그의 머리 위로 우박처럼 쏟아졌다. 그는 개처럼 네 발을 저어 헤엄을 쳐서 낚싯배 위에 올랐다. 낚싯배는 깜짝 놀랄 정도로 작고 비좁았다. 그 낚싯대가 그의 섬과 땅과 미래와 보물이 되리라는 것은 아직 그에게 알려지지 않은 사실이었다. 그는 갑판 위를 올려다보았다. 그곳에는 그를 일별하기 위해 갑판으로 나온 무수히 많은 얼굴들이 있었다. 무수히 많은 검은 심장들. 숨을 참거나 숨을 참지 않고 있는, 지상에 있거나 허공에 떠 있는, 유령이거나 유령이 아닌 그 많은 검은 눈들이 그를 내려다보고 있었다. 검음은 한없이 다정하고 불길했으며, 아름다웠다. 마치 어린 시절처럼.

낚싯배에 올라타 엎드린 그는 탈진할 때까지 양팔을 저어 육지로 향했다. 간혹 해류가 그를 그의 몸부림이 의도한 방향과는 전혀 다른 방향으로 장난스럽고 잔혹하게 잡아끌었지만, 어찌 되었든 그는 육지를 향했으며 언젠가 도착할 것이었다. 육지로의 도달은 이미 결정되어 있는, 이미 발생한 미래였으므로 그에 대해 묘사하는 것은 간단하다. 그는 육지로의 도달이 그리 절박하지도 애타지도 않았다. 왜냐하면 그는 이미 육지에서의 삶을, 육지로의 도달을, 육지로의 미래를 상상하고 있었으므로. 그 확정된 미래를 기억하고 있었으므로. 황금에 대한 매혹과 승선에 대한 보상은 껍질이 벗겨진 매혹적인 검붉은 심장들의 악몽과 낚싯배 한 척뿐이었지만 그는 만족했다. 어떠한 물질도 생을 보상할 수 없다는 것을 알고 있었으므로. 아무도, 심지어는 생명 자신조차도 생명을 보상할 수는 없었다. 무한히 생명에 접근해가는 죽음, 무한히 소리에 접근해가는 유리 파편들, 무한히 깨어짐에 접근해가는 수면.

상여와도 같은 나룻배에 실려 오는 몸을 환대하기 위해 흰 꽃다발을 가지고 부두로 나온 리바의 시장과 비서들은 없었다. 고무공을 가지고 노는 소년들과 거울을 깨뜨리며 빛의 실험, 빛의 수술을 하는, 빛의 미래를 점쳐보는 소녀들은 없었다. 그는 죽지 않았고 그는 죽음 이후를 살지 않았고 그는 아직 생의 무작위성에, 죽음을 향한 무한한 접근에 내맡겨져 있었으므로. 그는 주목할 만한 유령이 아니었다. 그가 육지로 들어오는 것을, 기적과도 같은 미래를 관통하고 들어서는 것을 아무도 발견하지 못하였으며, 그 누구도 기억하지 못했다. 심지어는 사내 스스로도. 강 밖에서의 과거를, 무한히 출렁였던, 손끝으로 빠져나가는, 그의 틈새로 미끄러지는 역겨운 과육과도 같았던 황금빛 항해를 기억할 수 없었다.

　이제 그는 빈곤한 아이들과 부랑자 노인들의 놀이터인 강, 물의 살 통째로 부패해가는, 아직 얼어붙지도 말라붙지도 않은 피의 강의 주민이었다. 그의 집은 과거가 그에게 물려준 거의 유일한 유산인 낚싯배였으며 간혹 미치광이 노인에게 장난스럽게 말을 붙이는 아이들 이외에 그에게는 이렇다 할 연인도 친구도 없었다. 그에게는 그의 보물들뿐이었다.

　그는 살아 있는 물고기 대신 죽은 몸을 낚았다. 죽은 사람의, 돼지의, 새의, 닭과 개의, 쥐와 물고기의 토막들. 산아 제한 때문에 남몰래 낳아 버린, 남성기를 갖지 못한 여자아이들이 그곳에 버려졌으며 거세한 남성기들이 그곳에 버려졌으며 감염되어 썩어버린 팔이나 다리가, 발을 견딜 수 없었던 여자가 직접 톱날로 잘라낸 발이, 겨울철에 너무 많은 새끼들을 낳은 고양이의 못생기고 연약한, 그래서 곧 죽을 것이 분명한, 그리하여 실제로 죽음을 맞이한 살아 있던 새끼 고양이들이 보자기에 싸여 그곳에 버려져 있었다. 시체의 조각들, 삶의 흔적들, 잘려나간 손톱이나 머리카락 따위도 그에게는 더없이 아름답고 황홀한 보물이었다. 머리카락과 뽑힌 치아들, 수술 후 남은 성기의 표피와 토사물과 출혈하여 굳어버린 핏덩이들, 언젠가 누군가의 몸이었던, 언젠가 누군가에게 연결되어 있던 그 살들은 모두 어디로 사라질까?

　그는 그 비밀을 알고 있었다. 그 비밀들은 그에게 있었다. 그것은 그에게로 합류하고 그에게로 돌아왔고 그의 보물이 되었다. **비**

**밑들은 그에게 속해 있었다.** 곰팡이가 피어 흰 입맞춤처럼 순결하고 깨끗한, 우글거리는 구더기들이 물결처럼 일렁거리는 살의 조각들은 그의 시간이었으며, 그의 세계였으며, 그의 보물이었으며, 그의 아름다움이었다. 어째서 아름다움은 삶을 초과하여 계속되는 것일까? 어째서 삶이 끝난 뒤에도 아름다움은 남아서 만개하는 것일까? 그것은 아름다움이 아직 살아 있기 때문이었다. 죽음이후에도 살아서, 무엇으로 감추고 가릴 여력조차 없이 흐트러져서, 피가 뚝뚝 떨어지는 천사의 고기를 원하면서, 원하는 것인 채로 살아 있기 때문이다. 공장의 불투명한 암막 너머에서 생성되고 해체되고 재조립되는 죽음들의 더는 분절될 수 없는 과정이, 적나라하고 은밀하며 음란한 붉음의 장기들이, 찢겨나간 조직들이 전부 드러난 채로 살아 있기 때문이다.

죽음의 무고하고 음험한 생명은 그에게 창녀의 검갈빛 음부와 부드러운 엉덩이 밑을 적시는 체액보다도 황홀한 매혹이었다. 그는 물고기의 벌어진 입과 쥐의 잘려나간 주둥이, 덫에 걸려 토막난 작고 가녀린 발들과 흰 쌀알과 같은 구더기들이 피어오르는 여자의 입술을, 그가 수집한, 이제는 그에게 속해 있는, 그가 사랑하는 붉은, 썩어가는, 살아 있는 보물들을 향해 애처로운 신음을 흘렸다. 감미로운 악취는 그의 기도 속에 뾰족한 손톱을 박아 넣고 숨을 흘려넣었다. 그는 부패해가는 시뻘겋고 검은 죽음들이, 토막난 살들이, 형편없이 잘려나가 너덜너덜한 남자의 허벅다리, 여자의 턱과 아이의 귀, 개의 꼬리와 고양이의 허파, 햄스터의 상반과

먹다 남긴 생선의 뼈들과 독사의 버려진 박제, 독사의 날카로운 앞니가 그의 안에서 비밀스럽고 경이롭게 불거져 있는 것을, 미친 듯이 환희하며 괴로워하고 있는 것을 느낄 수 있었다. 그는 기꺼이, 그의 안에 침입한 처음부터 그의 안에 있었던, 그에게 응당한 연결의 감각들이 그를 찢어발기는 것을 허용하였다. **그는 받아들였다.** 삶을 거북스럽게 메우는 죽음의 살점들을, 가혹하게 침묵하는 울부짖음을, 그가 수집한 보물들이 모두 어디로 사라지는지, 그리고 사라지지 않는지, 그는 잘 알고 있었다.

그는 강 위에 정박해 놓은, 비좁고 깊은 강물을 한 길로만 흘러가는 낚싯배 한쪽에서 오물투성이의 강을 향해 변을 보았다. 멀미는 아직도 사라지지 않았고 그는 변을 보는 것만큼이나 자주 구토를 했다. 아직 형체가 그대로 남아 있는, 손톱이 그대로 붙어 있고 검게 녹아 뭉그러진 머리카락이 그의 목구멍 밖으로 흘러넘쳤다. 그것들은 탈출과 추락의 황홀경을 느끼고 있을까? 몸은, 검은 몸은 그를 향해 흐르고 있었다. 그는 그에게 다시 돌아온, 아직 소화되지 않은 뭉그러진 살점들을 다시 삼켰고, 다시 토해냈고, 또 다시 삼켜내기를 반복하였다. 그것이 잊을 수 없는 확고한 사실로 남을 때까지.

그가 무슨 일을 하는지, 그 근방에 사는 버려진 강의 주민들은 누구나 알고 있었다. 그의 소문을 듣고 찾아온 경찰은 그에게 살인 사건의 수사에 협조할 것을 부탁하기도 했다. 영광스러운 일이었다. 자부심과 정의감으로 똘똘 뭉친 그 결연한 주둥이를 들어올린 채 찍찍거리는 경찰은 무척 어려 보였다. 물론 경찰이 찾는 것은 쥐들의 시체였다. 사내는 쥐들의 법과 처벌에 대해 잘 알지 못하였으나 경찰에게 협조하기로 약속하였다. 그는 그물로 건져 올린 쥐들의 주둥이와 쥐의 눈꺼풀을 잃은 눈알과 쥐의 턱과 쥐의 앞발과 쥐의 방광과 쥐의 꼬리를 전부 모아 낚싯배 한쪽 구석에 쌓아두었다. 그중에는 그가 먹고 토해낸 쥐의 우므러진 잿빛 털뭉치도 있었다. 경찰은 난도질 당한 끔찍한 시신 조각들을 보고 작고 검은 눈을 적셨다. 남자는 경찰을 손 위에 올려 그의 턱과 주둥이를 어루만져 위로해 주고 싶었지만 그러한 행동이 어린 경찰의 오만하고 떳떳한 자존심을 해칠 것 같아 경찰이 우는 것을 묵묵히 내려다볼 수밖에 없었다. 아마 그는 신참일 것이다. 늙은 쥐들, 죽음을 앞둔 두 살배기 쥐들은 죽음에 그토록 상처받지 않았다. 쥐들에게 있어 죽음이란 너무나 흔한 일이었으며 그들은 언제나 죽음을 포식하고 죽음에 둘러싸여 죽음으로 돌아가며 살아갔기 때문에, 그들의 누이와 형제와 엄마와 아빠와 조모와 조부가 모두 죽었기 때문에 쥐들은, 그 모든 죽음에 끔찍하게 찢어지면서는 도저히 살아남을 수 없는 쥐들은 놀랄 만큼 죽음에 무뎌져갔다. 더욱이 늙은 쥐들의 내부에는 견고하고 잠잠하게 웅크리고 있는 죽음의 심연이 자리하고 있었으므로, 그 심연이 나날이 불거져 나오고 있었으므로, 앙상한 잿빛 몸을 꿰뚫고 수척한 얼굴에 서글픈 푸른 그늘을 드리우면서 흘러내리고 있었으므로 그들은 더 이상 죽음에 소스라칠 수 없는 것이었다. 그러나 경찰은 죽음을 처음 보는 것처럼, 그토록 끔찍하게 훼손당한, 쓰레기와 오수에 섞여 더 이상 쓰레기와 오수가 아니라고 주장할 수도 없을 역겨운 덩어리들을 상상도 하지 못한 것처럼, 마치 죽음이 쓰레기가 아닌 것처럼, 마치 삶이 사물이 아닌 것처럼, 마치 쓰레기는 생명이 아닌 것처럼, 마치 사물은 살아 있지 않은 것처럼, 그렇게 서글프게 오열하고 있었다. 그 앞에서 사내는 죽음이 당연한 일이라고, 당신도 곧 익숙해질 것이라고, 당신의 직업이 당신의 고향이 당신의 삶이 당신을 그 녹아내린 역겨운 덩어리들에 더 익숙하게 만들 것이라고 위로할 수 없었다. 왜냐하면 사내 역시 그 광란과도 같이 다급한 황홀을, 절정과도 같은 멀미를 떨쳐내지 못했으므로.

　그는 시체들을 사랑하는 일을 그만둘 수 없었다. 유기체의 조직으로부터 해체되어 떨어져나온, 갈기갈기 찢겨 뭉그러지고 녹아내린 붉은 심장들을 애무하고 겁탈하고 학대하고 사랑하고 으깨고 피흘리고 먹어치우고 삼키고 토해내는 일을. 부모가 다리를 잘라주고 붕대를 동여매주면 신이 나서 시장으로 기어나간 가난한 아이들이 그 끔찍한 불구로 벌어들일 수 있었던 녹슨 동전들로 산 탐스러운 분홍빛의 심장 모양 복숭아 껍질을 양손, 혹은 하나 남은 손으로 황급히 게걸스럽게 까내면서 달콤하고 끈적한, 파리들이 몰려드는 부패한 흰 과육에 입술을 묻고 이를 박고 붉은 혀를 움직이면서 절정과도 같이 절망적인 감미로움에 빠져들 듯이, 그는 날개들이 달라붙는 천사의 과육을 물어뜯었다. 썩어가는 것들은 그를 매혹시켰다.

그는 파리들의 얇고 투명한 날개들로 뒤덮여 하늘로 비상하는 아름다운 암캐의 꿈을 꾸며 몽정하였다. 검은 물 속에 떠오른 암캐는 날렵하게 찢긴 주둥이를 벌리고 웃고 있었다. 추한 검붉은 구멍들이 그녀의 몸 속 은밀한 허공을 미미한 푸른 빛으로 비추고 있었다.

## 예기치 못한 마술

할 수 있을 것이라고 그녀는 한 번도 생각해 본 적이 없었다. 그녀가 그것을 원하고 있으리라고 도저히. 텔레비전 화면에서 여자는 죽어 있었고 그녀는 여자를 보았다. 여자의 시체는 놀랍도록 희었다. 처음에 여자는 그것이 마네킹이라고만 생각했다. 그러나 그녀는 진짜였다. 여자는 뒤늦게 처리된 모자이크를 보고 그것이 가려야만 하는, 죽은 살이라는 사실을 깨달았다. 마치 처음부터 사물이었던 것처럼 끔찍하게 창백한. 여자는 욕실 바닥에 주저앉아 구역질을 했다.

그날 밤 여자는 벌거벗은 그녀의 꿈을 꾸었다. 그녀의 배는 돌처럼 단단하고 매끄러웠으며 흙이 묻은 무릎뼈는 유달리 길쭉한 모양이었다. 그녀의 둥근 턱을 어루만지면서 여자는 수음을 했다. 여자는 죽음에 수백 개의 얼굴을 대입할 수 있었다. 그리고 단 하나의 얼굴도 밀어넣을 수 없었다. 여자는 그녀의 얼굴을 볼 수 없었으므로. 그녀에게는 얼굴이 없었다.

여자는 붉은 스커트를 걸치고 거리로 나섰다. 그들이 여자를 샀고 여자는 그들을 빨아 주었다. 아기가 어미의 젖을 빨듯이 갈급하게, 그들은 여자의 머리채를 움켜쥐었고 여자는 그들이 아이처럼 흐느끼는 것을 느낄 수 있었다. 가장 견디기 어려운 것은 그들의 울음소리였다. 여자의 앞에서 그들은 거리낌 없이 울부짖고는 했다. 여자는 그들의 아이, 순진하고 멍청하여 아무것도 기억하지 못하는 가련한 아이가 아니었음에도. 여자는 그들의 울음소리를 기억하고 있었다. 기억하고 싶지 않은 것들을 더 선명하고 끈질기게 기억하는 습성에 따라, 여자는 그들의 얼굴과 성기와 사타구니와 체취를 전부 잊고 끔찍하게 가녀린 울음소리만을 기억하고 있었다. 땀은 놀랄 만큼 차가웠고 그들은 종종 여자의 입 속에서, 얼굴 위에서, 여자의 배에 대고 그대로 배설을 했다. 피로에 늘어진 그들 곁에 누워 잠을 자면서 여자는 대리석처럼 창백하고 매끄럽던 **그녀**의 배를 떠올렸다. 여자는 그녀처럼 딱딱하게 굳은 채 눈꺼풀을 감았다. 그러나 오래도록, 잠은 찾아오지 않았다. 밤이 내려오고 난 뒤에도, 여자의 곁에서 함께 불면하던 이가 문을 여닫는 소리가 들려도, 여자의 곁에서 남자가 악몽에 시달리며 소녀처럼 가느다란 신음을 흘리는 소리가 들려도 여자는 잠들지 못했다. 언제고 그들이 그녀를 죽일 수 있다는 사실을 여자는 알고 있었다. 창녀들이 얼마나 많이, 쉽게 죽는지, 생명에 대한 욕망과 죽음에 대한 욕망이 얼마나 밀접하게 맞닿아 있는지 여자는 알고 있었으므로. 간혹 목을 조르는 두툼하고 거친 손이 있었고 그녀는 무호흡의 상태가 절정을 넘어 영원까지 이어지리라고 짐작하였으나, 곧 그는 힘이 풀려 손을 놓아버렸다. 여자는 의아함과 서글픔, 그리고 지독한 고통과 함께 살아남았다.

여자는 곁에서 잠든 왜소한 남자를 바라보았다. 그는 여자보다도 작은 키에 비쩍 말라 소년처럼 보였다. 그러나 주름으로 쭈글쭈글한 그의 얼굴이, 터무니없이 가느다란 잿빛 머리칼이, 가녀리게 흐늘거리는 늙은 목 피부가, 그가 나이든 남자임을 일러주고 있었다. 그는 발기하지도 못한 채 여자의 품에 끌어안겨 어린 애처럼 배뇨하였다. 허벅지 사이로 미지근한 오줌이 흘러내렸지만 역겨움은 없었다. 여자는 능숙하게 그녀의 몸을 적신 이물을 닦아내었고 그는 남는 시간 동안 여자가 얌전히 그의 이야기를 들어주기를 바랐다.

난 군인이었어, 하고 그가 느닷없이 속삭였다. 남자는 오래도록 달에서 살았으나 정복전쟁이 시작되고서는 종종 다른 행성으로 출전했다고 말했다. 그녀는 한 번도 우주선을 타 본 적도, 우주 바깥으로 나가본 적도 없었기에 사내의 말을 흥미롭게 들었다. 그의 이야기가 허풍에 불과하리라는 것을 알면서도.

처음부터 군인이었어요? 하고 묻자 사내는 고개를 저었다. 그는 여린 붉은 살이 비쳐 보이는 머리 위에 손을 올리며 어릴 때, 난 여기에 비둘기들을 길렀지, 하고 은밀하게 속삭였다. 여자는 의례적으로 미소를 지었고 사내는 그가 마술사였다고, 기다란 중절모 아래에서 예기치 못하는 순간에 비둘기를 날려보내는 마술을 했다고 말했다. 그는 예기치 못한 순간을 기가 막히게 알아차렸고 관객들은 항상 환희와 경악에 찬 그들의 눈 앞에서 공중으로 비상하는 비둘기를 바라보았다고 말했다.

노인에게서는 짙고 쿰쿰한 노쇠의 냄새가 풍겼으나 여자는 내색하지 않으려 노력했다. 그처럼 작고 왜소한 노인도 벌거벗은 창녀를 얼마든지 죽일 수 있다는 사실을 알고 있었기 때문이다. 게다가 자신이 군인이었다고 믿는 남자라면.

노인은 외계 혹성에서 아주 어리고 아름다운 소녀와 해 본 적도 있다고 자랑스러운 듯이 말했다. 그 애는 아직 거기에 있어요? 하고 묻자 노인은 엉뚱하게도, 그 애는 나를 원하고 있었어. 그 애가 맨몸으로, 호숫물에 젖은 축축하고 반짝이는 몸으로 내 가슴에 뛰어들어서 흐느낄 때 난 그 애가 나를 원하고 있다는 걸 알았어, 하고 나지막하게 중얼거렸다.

여자는 소름이 끼쳤지만 잠자코 있었다. 그가 그녀를 죽일까? 그는 살인자일까? 여자는 매일 밤 반복했던 불길한 질문을 속으로 되뇌었다. 여자는 도망칠 수 없을 것이었다. 그녀는 언제나 같은 자리, 같은 방, 같은 침대에서 몸을 내놓았으므로. 마치 정육점에 매달린 벌거벗은 고기처럼 그녀는 같은 곳에 한없이 늘어져 있을 수밖에 없었으므로. 그녀를 그다지 원하지 않는 사람들, 그녀 역시 그들을 그리 원하지 않았지만 그들은 집요한 관성에 의해 이곳 같은 침대 같은 자리로 왔다. 여자는 언젠가 그들이 자신을 죽이리라는 것을, 적어도 그럴 가능성은 언제나 여자의 곁에 밀착해 있다는 것을 알고 있었지만 떠날 수 없었다. 그녀는 지금까지 이렇게 살아왔으므로. 변화는 죽음과도 같았으므로. 왜냐하면 삶은 한없는 지속이고 지속하는 자들이 살아남으니까.

노인의 눈은 거의 검은 빛으로 보이는 짙푸른 색이었다. 그는 소녀 말고는, 붉은 혹성의 가없은 원주민 말고는 아무도 그렇게 그를 원하지 않았다고 말했다. 그렇군요, 하고 여자는 그를 연민하는 것처럼 보이려 애쓰며 속삭였다. 그 애도 창녀였나요? 하고 여자는 갑작스럽게, 그녀 자신도 의도치 않은 말을 내뱉었다. 여자는 말을 꺼내고 나서 흠칫 놀라 어깨를 움츠렸다.

노인은 대답하지 않았다. 안전하게 살 수 있고 안전하게 죽일 수 있는, 안전하게 오해하고 안전하게 사랑할 수 있는 그런 여자였냐고 여자는 묻고 있는 것이었다. 역겨운 지린내가 미지근한 안개처럼 떠다니는 더러운 침대 위에 걸터앉은 채 여자는 노인에게 마술을 보여줄 수 있느냐고 물었다. 노인은 거절했다. 비둘기들은 전부 죽었고 그는 더 이상 예기치 못한 순간을 포착해낼 수 없다는 것이었다. 노인이 불현듯 자리에서 일어나 더러운 작업복을 걸치고 나갈 때까지도 여자는 멍하니 앉아 있었다. 그는 돈도 내지 않고 사라졌다.

노인은 비둘기들이 전부 죽었다고 말했지만 여자는 살아 있는 비둘기들을 보았다. 잘려나간 발로 절룩거리는 짐승들, 염증으로 멀어버린 눈을 끔뻑거리며 흉측한 눈길을 보내는, 육중한 몸을 가누지 못하고 비틀거리는 불결하고 가엾은 짐승들. 그들은 그녀가 아니었고 그래서 그녀는 그들이 그녀를 바라보는 것이 아팠다.

여자는 텅 빈 침대에 등을 대고 드러누운 채 천장 불빛을 따라 일렁거리는 자그마한 날벌레들을 바라보았다. 그들은 여자가 그들을 죽이기만을 기다리듯 온순하고 힘없이, 끔찍하게 느린 속도로 날아다니고 있었다. 그러나 여자가 죽이지 않아도 그들은, 하루가 채 가기도 전에 죽어버릴 것이었다. 여자는 가만히 누운 채로 검고 취약한 생들이 죽어가는 모습을 지켜보았다. 창녀들은 종종 죽었다. 그녀들은 칼에 맞아서, 목이 졸려서, 병에 걸려서, 늙어서, 피로해서 죽었다. 단지 숨이 가쁘다는 이유만으로 죽는 여자도 있었다.

여자는 죽은 여자들의 이름과 얼굴을 기억하지 못했다. 그녀들은 철저히 독립적으로 행동하였고 간혹 마주칠 때도 인사를 나누지 않았다. 그녀들은 그녀들의 불투명한 얼굴에서 드글거리는 깊은 갈망과 두려움을 들키는 것을 두려워했다. 모든 여자가 그러한 것은 아니었을 것이다. 그러나 적어도 여자는 두려웠다. 여자는 죽고 싶을 정도로 살고 싶어 한다는 사실을 들키고 싶지 않았다. 왜냐하면 그녀가 알지 못하는 날파리들은 하루가 가기 전에 죽어버리고는 했으니까. 아무에게도 보이지 않는 은밀한 구석에서 불결하게 끔찍하게 죽어서 둥둥 떠다니고는 했으니까. 개들은 눈이 멀었고 비둘기들은 지쳐 늘어진 날개를 질질 끌면서 기어다녔으니까. 탈장된 붉은 내장을 그녀는 보았으니까. 그건 그녀의 것이 아니었고 그래서 그녀는 그것을 보는 일이 끔찍하게 두려웠으니까. 죽은 뒤에 속삭이는 울음소리는 아무도, 그 자신조차도 들을 수 없었으니까. 여자는 들리지 않는 소리로 속닥거리는 서글픈 목소리들이 있다는 것을 알고 있었으니까. 그러나 들을 수 없는. 그곳에 있어도, 그곳에 있음을 느껴도, 들을 수는 없는 그런 음울한 속닥거림들. 그것이 반드시 절망적이지 않다는 사실을 여자는 알고 있었다. 병을 옮기는 만남들, 유독한 전염성의 입맞춤들.

여자는 날카로운 흰빛으로 견고하던 **그녀**의 토르소를 떠올렸다. 그녀가 창녀라는 것을 여자는 알 수 있었다. 그녀는 그토록 아름다웠고 그토록 죽어 있었으므로. 여자는 어린 시절에 마술을 본 적이 있었다. 유랑 서커스단의 공연이었다. 서커스단은 한 달에 한 번씩 여자의 도시를 방문했고 여자는 날개도 없이 가느다랗고 희미한 줄에만 매달려 공중을 누비는 곡예사들을 보기 위해 끔찍하게 덥거나 끔찍하게 추운 공연장으로 향하곤 했다. 그들은 모두 보석처럼 반짝이는 황금빛 스팽글로 뒤덮인 아름다운 복장을 하고 있었다. 가느다란 몸의 곡선을, 인체의 울룩불룩한 요철과도 같은 섬세한 선을 고스란히 드러내는 매혹적인 의상들. 소녀는 그처럼 화려한 옷을 입고 싶었다. 그런 옷을 입으면 불을 뿜고 사자의 입속에 머리를 집어넣고 코끼리의 강인한 등 위에 올라타고 맨발로 공중을 걸어다니고 다리를 종아리까지 삼킬 수 있게 될 것이라고 믿었으니까. 하지만 서커스 무대는 하룻밤 사이에 꿈처럼 사라져버렸고 다음 계절에도 돌아오지 않았다.

여자는 황금빛 스팽글로 수놓인 매끄럽고 화려한 옷을 입을 수 없었다. 대신 그녀는 붉은빛의, 심장처럼 빛나는 매혹적인 스커트를 입었다. 그것을 입고는 불을 뿜을 수도, 공중을 걸어다닐 수도 없었지만 여자는 대체로 만족했다. 그녀는 그리 절망하지 않았다. 어린 시절의 꿈을 이루고 꿈 속에서 살아가는 사람은 극히 드무니까. 여자는 다른 이들이 받아들이는 진실을 받아들일 수 있을 만큼 성숙하였다. 가슴이 불룩하게 부풀어오르고 목소리가 나지막하게 변한 뒤에도 초경을 하지 않았다는 사실은 여자의 은밀한 자랑거리였다. 그녀는 콘돔을 거부하는 이들에게 애원할 필요도, 그들의 불가해한 점화점을 건드릴 필요도 없었다. 그래도 대부분의 남자들은 콘돔을 착용하였다. 그들은 여자에게 병이 있다는 사실을 이미 알고 있는 것처럼 굴었다. 여자조차도 확인할 수 없는, 미지의 병이 그들에게 번져가는 것을 그들은 끔찍하게 두려워했다. 여자의 성기 근처에 돋은 종기를 보고 기겁을 하며 거칠게 물러서는 사내도 있었다. 그는 여자에게 병이 있는지 떠보았지만 여자 자신도 그녀가 정말 병을 가지고 있는지, 그녀가 몸 깊은 곳에서 느끼고 있는 독과도 같은 고독이 그녀처럼 죽음을 가지고 있는 생명체인지 확신할 수 없었다. 그녀는 그들을 안심시키기 위해 부드럽게 미소지으며 고개를 젓거나 모멸감을 느끼는 것처럼 보이기 위해 얼굴을 찌푸렸다. 그러나 병을 가지고 있는 것은 그들도 마찬가지일 것이었다. 여자가 가지고 있지 않은 것, 여자에게 속해 있지 않은 모든 것은 여자에게 치명적인 병이었다. 그들이 여자에게 병을 옮기는 것을 여자는 그들과 달리 용감하고 대담하게 받아들였으나 사실 그녀 역시 두려웠다. 독이, 그녀의 내장을 갉아먹고 부식시키는 치명적인 독이 그녀에게서 정확히 무엇을 갈취하고 있는지, 그들이 빼앗아가고 삽입한 것이 무엇인지 여자도 알지 못했기 때문이었다. 적어도 그것이 아이일 수는 없다는 것, 그 외에 여자가 아는 것은 아무것도 없었다.

여자에게는 휴일조차 없었다. 낮에 그녀는 비좁고 더러운 방에 틀어박혀 텔레비전을 보거나 결말이 그리 궁금하지도 않은 낡고 오래된 책을 읽었다. 그렇게 흘려보낸 이미지와 문장들을 그녀는 대개 기억하지 않았다. 그러나 대리석처럼 창백한 **그녀**의 몸, 뒤늦게 모자이크에 가려진, 꿈처럼 지나가 버린 그녀의 흰 몸만은 선연한 얼룩처럼 남아 있었다. 여자는 언젠가 그녀를 만났을지도 몰랐다. 그녀가 창녀였다면 그녀들은 언젠가 마주쳤을 것이었다. 그러나 아직 죽지 않은, 죽음의 신비로운 미지에 둘러싸이지 않은, 여자의 앞에서 벌거벗지도 않은 **그녀**는 아직 그토록 희지 않았을 것이고 여자는 그녀를 알아보지 못했을 것이다.

여자는 공포소설을 무감하게 넘기면서 그것이 아주 지루하다고 생각했다. 페이지 속의 여자들은 흰 등을, 말 할 수 없는 말들을, 신음들을, 짐승 같은 울음들을 남기지 않고 죽었고 무엇보다도 그녀들은 창녀가 아니었다.

술집 골목에서 여자는 또다시 노인과 마주쳤다. 그는 포주처럼 능숙하게 여자의 어깨를 잡아끌었다. 여자보다 앞서서 여자의 방을 찾아가는 노인의 구부정한 마른 등을 보면서 여자는 그가 아주 늙은 창녀처럼 보인다고 생각했다. 그는 또 오줌으로 침대를, 여자의 입술과 턱을 적셨고 그대로 쓰러진 채 신체의 가장 작은 부분만을, 입술만을 달싹거리면서 이야기했다. 여자는 다리를 벌리고 늘어진 노인을 겁간한 것 같은, 여자가 그의 몸을, 그의 입술을 사서 범한 것 같은 착각에 휩싸였다. 노인은 정말 창녀처럼 지치고 서글퍼 보였다. 벌거벗은 육체에 간신히 들러붙어 있는 마른 가죽은 고기처럼 흐늘거렸다. 여자는 노인의 갈비뼈 위에 얹어진 추레한 흰 살을 들어올려 보고 싶은 충동에 시달렸다.

노인이 소녀처럼 여린 목소리로 속삭였다. 그때 우리는 들떠 있었어. 그곳에는 영원처럼 펼쳐진 검푸른 숲이 있었고 우리는 피로에 취한 채 잠도 없이 숲 곳곳을 유령처럼 서성였지. 우리는 그곳에 새로운 왕국을, 시민사회를, 공화국을, 상품경제사회를, 공산국가를, 비관 없는 낙원을 건설할 수 있다는 사실을 알고 있었지. 우리는 천사와도 같았어. 그곳은 터무니없이 미개하고 평화로운 마을이었고 우리는 우리가 무엇을 할 수 있는지에 대해 계속해서 생각했어. 우리가 뭘 했을 것 같아? 하고 노인은 음흉하게 키득거리면서 동굴처럼 음탕하고 검은 입을 드러내며 속삭였다.

여자는 대답하지 않았다. 노인은 곧 흥미를 잃고 쭈글쭈글한 입을 다문 채 어젯밤 여자가 그랬던 것처럼 희멀건 등불만을, 날개가 잘려 빛을 향해 날아갈 수 없는 불구의 나방처럼 멀거니 올려다보았다. 그가 이토록 늙어버리기 전에, 그가 지독하게 지쳐버리기 전에 그를 살해해줄 이는 정말 아무도 없었을까? 그가 아직 군인이었을 때, 자신을 군인이라고 믿을 수 있었을 때, 그것을 지나버린 추억으로 늘어놓지 않았을 때, 그가 아직 무언가였을 때 그를 죽여줄 사람이 정말 아무도?

여자는 노인의 목에 손을 가져다 대었다. 목의 가죽은 놀랄 만큼 부드럽고 연약했다. 그녀가 무엇을 할 수 있는지 여자는 알고 있었다. 노인은 멍하니 뜬 눈으로 여자를 올려다보았다. 여자에게 알려지지 않은 어떠한 기억을 더듬는 듯 보였다. 목 근육이 바들바들 떨리는 것을 느낄 수 있었다. 노인은 아직 믿지 않는 것 같았다. **여자에게도 원하는 것이 있음을.** 노인은 의문스러운 표정, 미약한 불길함이 감도는 경련으로 눈을 움츠리며 고개를 저었다. 여자는 나직하게 웃었다. 노인이 그것을 원하는지 원하지 않는지는 중요하지 않았다. 왜냐하면 그녀는 밀림이 말라비틀어진 땅에게 그러하듯, 숲 밖의 이방인들이 숲의 사람들에게 그러하듯, 탐욕스러운 긍정으로 그를 착취하려 했으니까. 여자는 아주 오래전부터 이 순간만을 기다려왔다는 생각을 했다. 그녀는 노인을 겁탈하고 살해할 것이다. 노인은 그녀보다 작고 유약했으니까, 지쳐 쓰러진 노인은 힘이 빠진 채 공포에 엎드린 창녀처럼 취약했으니까.

여자는 속삭였다. 아주 어렸을 때, 그러니까 학교에 다닐 때 말이에요. 장난을 한 적이 있어요. 우리는 교단에 올라갔고 책상에 엎드린 채로 훌쩍거리는 선생님을 즐겁게 내려다봤죠. 선생님을 가르칠 수 있다는 걸 이전까지는 생각해 본 적이 없어요. 선생님은 우리보다 키가 컸고 목소리도 단단했고 무엇보다도 어른이었으니까. 하지만 교단에서 그 작은 단 위에서 내려다본 선생님은 너무 작게 느껴졌어요. 우리는 휘파람 부는 법을 선생님에게 알려주었죠. 하지만 선생님은 흐느끼느라 제대로 소리를 내지 못했어요. 벌을 주기 위해 우리는 선생님을 벌거벗겼고 양동이로 물을 부었고 축축해진 피부를 조심스럽게, 그리고 점점 대담하게 매만졌어요.

다음 날 선생님은 교단에 우뚝 서서 아주 기괴하고 음탕한 이야기를 읽어줬어요. 끔찍하게 커다란 붉은 책을 보았을 때만 해도 우리는 그게 무엇인지 몰랐어요. 우리는 그녀가 우리를 훈계할 거라고, 악몽 같았던 방과 후에 대한 복수를 할 거라고 생각했죠. 선생님은 한 번도 들어본 적이 없었던 천박하고 괴기한 어휘들로 이루어진 문장들을 계속 읽어나갔어요. 중간중간 우리가 알아들을 수 있는 색정적인 어휘들이 있었지만 대부분은 음탕함을 느낄 수조차 없이 낯선 단어들이었죠. 처음에 키득거리던 아이들도 점차 침묵해갔어요. 그건 너무도 기괴하고 이해할 수 없이 고통스러운 문장들이어서 우리는 아무 말도 할 수 없었어요. 어떤 어른도 우리들에게 그런 문장들을 읽어준 적이 없었으니까. 선생님은 태양을 죽이고 싶었고 그게 아니라면 태양으로 세상을 불질러버리고 싶었지만 아무것도 할 수 없었다고 말했어요. 그녀는 우리가 혐오스럽다고 말했어요. 증오도 경멸도 아니고, 혐오라고. 혐오스럽다고 선생님이 말했어요.

우리는 그녀가 울고 있다는 걸 느낄 수 있었어요. 하지만 죄책감은 없었어요. 그날 그녀는 멍청하고 유약한 학생이었고 우리는 그녀에게 가르칠 것이 있는 선생들이었으니까, 수업 내용을 잘 따라오지 못하는 학생에게 벌을 주는 건 우리가 할 수 있는 일이었으니까. 그건 금지된 일이 아니었어요. 말 안 듣는 아이를 벌거벗기고 집 밖으로 내쫓는 부모처럼 우리는 그녀를 발가벗겼을 뿐이에요. 선생님은 계속해서 이상한 문장들을 읊고 있었어요. 그때는 이해하지 못했지만 이상스럽게도 머릿속에 남아서 뒤늦게 이해했다고 믿게 된 문장들.

의도되지 않은 말을 들어야 해. 감정적인 말, 감정에 지쳐 닳아버린 말을 들어야 해. 이 세계의 진실들이 얼마나 감정에 의존하고 있는지 알아야 해. 몸 사이를 움직이고 들러붙는 감정이 없다면 우리는 의도하지 않은 어떠한 말도 전할 수 없다는 걸 알아야 해.

선생님은 붉은 책을 내려놓고는 이번에는 그리 어렵지 않은, 그러나 아이들에게 들려주기에는 충분히 수상쩍은 이야기를 들려주었어요. 그녀가 어째서 그러한 이야기를 해야 하는지, 그녀가 읊는 길고 긴 문장들 중 무엇을 듣고 무엇을 배워야 하는지 알지 못한 채로 우리는 그녀를 듣고 있었죠. 왜냐하면 이번에 교단에 서 있는 건 그녀였으니까. 가르칠 것을 가지고 있는 건 그녀였으니까.

포로모자 섬에서는 서른다섯 살 이전에 임신한 여자의 배를 유산할 때까지 짓밟는다. 왜냐하면 서른다섯 살 이전에는 분만해서는 안되니까. 항해사는 포로모자 섬에 표류하였다. 그는 혼자였다. 그와 함께 배를 탄 선장과 일등 항해사, 이등 항해사와 견습선원은 모두 익사하였다. 괴이하게 치솟는 파도가 있었고 귓가를 찢어내며 도망하는 바람이 있었고 세이렌들의 노래와 같이 치명적인 비명이 있었고 항해사는 홀로 남았다. 그가 살아남을 것이라고 아무도 기대하지 못했다. 그는 병중이었고, 수십 차례의 항해 중 한 번도 시달린 적이 없었던 깊고 끔찍한 멀미에 뱃속에 든 물이란 물은 위액까지 전부 토해내어 말라 비틀어져 있었고, 햇볕에 말려져 육포처럼 변해가고 있었으며, 식량이 떨어졌을 때 얼마든지 굶주린 이들의 열로 변환될 준비가 되어 있었기 때문이다 그러나 오직 그만이 살아남았다.

포모로자 섬 사람들은 죽어가는 그를 기쁘게 맞아 주었다. 그들은 그를 잡아먹지 않았다. 항해사는 갈빛의, 흔들리는 과실과도 같은 젖가슴을 멍하니 바라보았다. 여자들은 거대하고 튼튼했다. 버려진 유류품과도 같은 그를 주워간 이들은 모두 반라의 여자들이었다. 여자들은 포르투갈어를 쓰고 있었다. 영국 출신의 항해사는 그녀들의 말을 제대로 알아듣지 못했기에 그녀들의 웃는 얼굴을 제대로 해석해낼 수 없었다. 그녀들이 웃으면서 그를 조롱하고 있는지 그를 안심시키고 달래고 있는지 알 길이 없었다. 그러나 항해사는 그녀들이 마치 열대우림에서 살아가는 원시종족처럼 아름답다고 생각했다. 그녀들에게서는 독특한 향신료 냄새가 났다.

나무뿌리와 잎사귀를 빻아 만든 약초와도 같은 냄새, 여자들의 목과 팔 밑에서 흘러내리는 굵고 소금기 짙은 땀방울을 항해사는 현기증에 지쳐 몽롱하게 바라보았다.

여자들은 그를 들쳐메고 흰빛의 모래사장을 건너갔다. 항해사가 너무도 말랐기 때문에 여자들은 그를 어렵지 않게 끌고 갔다. 황량한 푸른빛이 더 이상 보이지 않게 되었을 때, 항해사는 바닷바람에 유백색으로 흘러넘칠 듯 빛나는 다섯 채의 게르들을 볼 수 있었다. 여자들은 그중 가운데에 있는 게르에 항해사를 끌고 들어갔다. 그곳은 장정 열 명이 발을 뻗고 잘 수 있을 정도로 넓었다. 여자들은 흙이 그대로 드러난 바닥에 항해사를 눕힌 뒤 그녀들의 두툼하고 강인한 허벅지에 그의 머리를 올려놓고 짜지 않은 물을 먹였다. 항해사는 여자들의 간호를 받으며 서서히 회복되어갔다. 그는 온종일 뾰족한 게르 천장 너머에 있을, 구더기처럼 생동하는 흰 별들을 상상하며 시간을 보냈다. 낮이든 밤이든 별들은 그곳에 있을 것이었다. 간혹 그는 끔찍한 오한에 시달렸고 그럴 때면 뜨겁고 질기며 부드러운 살을 가진 여자가 반라로 그의 등을 껴안고 몸을 데워주기도 했다. 그럴 때면 그는 여자에게서 짙은 고무 냄새를 맡을 수 있었다. 한여름에 오한을 앓는 것은 그뿐이었다. 여자는 그보다 몸이 컸지만 아주 작은 짐승처럼, 새끼 쥐처럼 심장이 빨리 뛰었고 그만큼 땀도 많이 흘러내렸다.

그는 반라로 그를 껴안는 여자가 이곳의 창녀일 것이라고 생각했다. 그녀를 겁간하지 않을 이유가 그에게는 없었다. 그는 여자를 안았고 그녀는 거대하고 두툼한 몸을 그대로 내맡겼다. 그러한 일이 몇 번 반복되었다. 그녀가 임신을 했을 때 그는 내심 놀랐지만 설령 그녀가 그에게 결혼을 하자고 해도 그는 받아들일 준비가 되어 있었다. 그는 바다가 절망적으로 두려웠고 더 이상 급변하는 물의 변덕스럽고 잔혹한 색채에 상처 입고 싶지 않았다. 그는 이름도 알지 못하는 그녀의 몸을 사랑했다. 그녀의 몸은 밀림의 짐승들처럼 두텁고 향기로웠으며 야생적인 관능이 있었다. 무엇보다도 그녀의 몸은 따뜻했다. 항해사는 영국의 선교사 부인이 하렘의 여인들에게 매혹되듯, 고고학자가 원시부족의 문명에 골몰하듯 그렇게 여자에게 빠져들었다. 여자는 자신의 목을 가리키며 같은 억양의 음성을 몇 번이고 반복해서 내뱉었지만 항해사는 도저히 그녀의 기묘한 음성을 모사할 수 없었다. 그녀 역시 그가 반복하는 그의 이름을 되뇌지 못하였다. 어쩌면 반복적이고 집요했던 말은 그에 대한 청혼이었을지도 모른다고 항해사는 생각했다. 그는 여자를 안심시키고 싶었으나, 결코 그녀를 두고 사라지지 않을 것이라고 위로하고 싶었으나, 그가 할 수 있는 것은 그녀의 어깨를 쓰다듬는 부드러운 몸짓밖에는 없었다. 그녀는 서글프게 고개를 끄덕였다.

여자의 배는 나날이 눈에 띄게 불러왔다. 언젠가부터 게르에는 항해사와 임신한 여자 둘밖에 남지 않았다. 첫날 그를 게르까지 끌고 왔던, 그리고 며칠간 그의 옆에서 그를 간호해 주었던 여자들의 무리는 어느 순간부터 보이지 않았다. 여자는 그들의 행방에 대해 말해주지 않았다. 아니, 그녀는 이미 수차례 설명했을지도 모르나 항해사는 알아듣지 못하였다. 그러나 다섯 개의 게르들에, 그리고 게르 주변의 섬 곳곳에 다른 사람들이 산다는 것은 부정할 수 없는 사실이었다. 항해사는 게르 내부에서만 생활했지만, 게르 바깥에서 바스락거리는 소음과 불을 붙이는 소리, 무언가를 굽는 냄새와 걸걸한 사내들의 목소리, 축제와도 같은 노랫소리, 여러 발걸음 소리들을 느낄 수 있었다.

그러나 항해사는 바깥으로 나가지 않았다. 바깥이 두려웠던 것은 아니었다. 다만 밖으로 나가야 할 이유를 찾을 수 없었을 뿐이었다. 그는 그다지 갑갑하지 않았고 여자는 그가 원하는 모든 것을 주었으며 그는 그녀의 둥근 배를 쓰다듬는 일, 그녀의 따뜻한, 짐승과도 같은 열기를 훔치는 일 이외에는 욕망하는 것이 없었다. 창녀는 여전히 반라로 지냈기 때문에 그녀의 배가 검은 과육처럼 부풀어가는 모습을 항해사는 적나라하게 볼 수 있었다. 만약 그가 젊고 야망 넘치는 탐험가였다면 오직 그녀의 검붉은 배를 찍기 위해 이 멀고 이국적인 섬까지 항해해 올 수 있었을 것이다. 그만큼 그녀는 독특한 아름다움을 가지고 있었다.

항해사는 그녀의 두툼한 허벅지를 베고 이해할 수 없지만 매혹적인 속삭임을 들으며 잠들었다. 그는 언제나 꿈을 꾸는 것처럼 몽롱했고 심지어 행복하기까지 했다. 행복이 가능하지 않다고 믿으면서도 그는 행복했다. 그는 더 이상 원하는 것이 없었고 갈망은 더 이상 깊지 않았고 더 이상 돌아가고 싶은 곳도 없었고 그는 고향을 잊어갔고 망각의 황홀하고 부드러운 살갗 위에 드러누운 채 그는 여자를 사랑한다고 생각했다. 그녀의 눈은 태양의 흑점처럼 검었고 불투명했다. 그녀는 언제나 서글퍼보였으나 그것이 창녀들의 직업적인 우수인지, 임신부들의 특성적인 우울인지, 아니면 그녀의 개인적인 불행에서 말미암은 절망인지 사내는 확인할 수 없었다. 항해사는 다른 무엇보다도 그녀의 이해할 수 없는 아름다운 목소리를 사랑했다. 그는 그녀에게서 아무것도, 그를 괴롭게 하는 사상이나 담론, 일상적인 상념과 같은 것을 듣지 않고 그를 어지럽고 역겹게 만드는 감상적인 시구들도 듣지 않고 오직 그가 원하는 그녀의 목소리만을 들을 수 있었다.

그날 항해사는 게르에 홀로 남아 누워 있었다. 이제 그는 게르 안을 자유롭게 산책할 수 있을 정도로 회복되었으나 누워 있는 것이 더 익숙했고 편했기 때문에 누워 있었다. 갑작스럽게 게르 안으로 침입한 괴한들이 그를 내려다보면서 일어서라고, 끔찍하게 익숙한 언어로, 그가 분명히 알아들을 수 있는 언어로 소리쳤을 때도 그는 무력하게 배를 드러낸 채 누워서 멍청하게 그들을 올려다볼 수밖에 없었다.

그들은 놀랍게도 평범한 청바지와 셔츠를 입고 있었다 항해사는 모든 것이 꿈이 아니었는지 의심해보지 않을 수 없었다. 배를 탄 것도, 배가 난파한 것도, 검고 깊은 물이 그에게 하염없이 밀려들던 것도, 배고픈 갈매기가 그를 뜯어먹기 위해 달려들던 것도, 끝없이 미끄러지던 것도, 기울어진 채로 그가 모르는 것들을 게워

내던 것도, 그리고 태양의 흑점처럼 아름답던 검은 눈도 전부.

사내들은 항해사의 아내가 법정에 섰으므로 그 역시 재판에 참석해야 한다고 말했다. 재판 당사자들의 관계자들이 모두 법정에 출두하는 것이 그들의 법도라고. 항해사는 멍하게 두 명의 사내를 따라, 태양에 달구어진 그을린 몸을 우스꽝스러운 합성 섬유 밑에 숨긴 이들의 그림자를 밟으면서 흰 모래사장까지 걸어갔다. 그는 익숙한 곡률의 검은 배를 보았다. 여자는 그녀를 빙 둘러싸고 있는 십수 명의 사람들 한가운데에 외따로 무릎을 꿇은 채 앉아 있었고 원의 둘레에는 그에게 익숙한 반라의 여자들이 몇몇 보였다. 항해사를 끌고 온 사내들은 원의 외곽 중간의 빈틈을 비집고 들어갔고 그들 사이에 항해사의 자리를 마련하여 주저앉혔다. 항해사는 임산부를 둥글게 둘러싸고 있는 사람들 사이에 멀거니 끼어서 자신의 아이를 품고 있는 여자를 바라보았다.

곧 집행이 시작될 거요, 하고 그의 오른쪽에 앉은 셔츠 차림의 남자가 나직하게 중얼거렸다. 항해사는 무엇을 물어야 할지도 모른 채 가만히 그녀를 바라보고 있었다. 검은 눈은 그녀의 갈빛 머리칼에 숨겨져 보이지 않았다. 포모로사 섬에서는 서른다섯 살 이전에 분만하는 것이 불법이며 항해사의 아내는 아직 스무 살밖에 되지 않았다고 사내는 영어로 설명했다. 그의 억양은 독특했으나 알아듣기 어려울 정도는 아니었다.

원을 이루던 사람들이 한 명씩 원 내부로 들어가 여자의 배를 주물럭거리고 원형의 곡률 외곽으로 튀어나온 배꼽 언저리에 귀를 붙인 채, 숨겨진 짐승의 은밀한 심장소리를 들었다. 처음으로 임신한 배를 매만졌던 나이든 여자가 원 바깥쪽으로 되돌아가자 시계 방향으로 한 명씩 한 명씩 원의 내부로 들어가 나이든 여자가 했던 일을 정확하게 반복하였다. 마침내 그의 옆에 있던, 영어를 하던 남자가 원의 내부로 들어가 항해사의 아내와 아이의 생존을 확인하였고 다시 항해사의 곁으로 돌아와 앉았다. 반라의, 혹은 서양식 셔츠 차림의 그을린 얼굴들이 그를 바라보고 있었다. 항해사는 그가 무엇을 해야 하는지, 그들이 그에게 요구하는 행동이 무엇인지 알고 있었다.

그는 원의 내부로 들어갔고 식은 땀에 젖어 축축한 그녀의 배를 더듬거렸다. 그리고 그녀의 배에 귀를 가져다대고 아이의 태동을, 심장소리를 들었다. 그들은 모두 살아 있었다. 여자는 그에게 눈을 맞추지 않았다. 항해사는 다시 원의 둘레로 돌아갔다. 반라의 노파, 처음으로 원 안쪽으로 들어가 여자를 더듬거렸던 노파가 자리에서 일어난 채 명랑하고 확고한 어조로 알아들을 수 없는 언어를 외쳤고, 사내의 옆에 앉은 셔츠 차림의 남자는 영어로 그녀가 하는 말을 통역해 주었다. 당신의 아내가 임신했다는 데에 동의하는 사람들은 손을 들라고 말하는 중이에요. 그는 오른손을 번쩍 든 채로 속삭였다.

사람들은 모두 손을 들고 있었다. 항해사 역시 오른손을 들었다. 노파는 주름과 기미로 뒤덮였으나 탐스럽게 그을은 얼굴을 오만하게 치켜든 채 확신에 찬 목소리로 외쳤다. 포마로사 섬에서 서른다섯 이전에 분만하는 것은 금지되었다는 데에 동의하면 손을 들어요, 하고 남자가 나지막하게 속삭였으나 항해사는 손을 들 수 없었다.

손을 들지 않은 것은 항해사뿐이었다. 섬의 주민들은 그를 뚫어지게 바라보고 있었다. 손을 내리지도 않은 채, 그대로 앉아서 그가 손을 들기만을 기다리며. 임신한 여자도 어느새 고개를 들고 그를 바라보고 있었다. 그녀가 원하는 것이 무엇인지 알 수 없었다. 그가 끔찍하게 선명히 느낄 수 있는 것은 그를 둘러싼 원형 둘레의 사람들이 그에게 요구하는 것뿐이었다. 그는 손을 들고 싶었다. 모두가 그가 손을 드는 것을 바라고 있었으므로. 영어로, 사내는 항해사에게 전원이 동의하지 않으면 판결을 진행할 수 없다고 말했다. 태양은 모든 것을 불살라버릴 것처럼 뜨거웠고 잔혹하게 희었다. 살갗을 저미는 듯한 열기가 고통스러웠다. 통역자 청년은 그를 원망하듯 땀으로 흠뻑 젖은, 붉게 익은 얼굴로 그를 흘겨보며 어서요, 하고 속삭였지만 항해사는 손을 들 수 없었다.

밤이 될 때까지도, 그들은 원형 내부에 가만히 앉아 판결이 끝나기만을 애타게 바라고 있었다. 항해사는 그들이 어째서 그를 내쫓아버리지 않는지, 그를 무시하고 재판을 속행하지 않는지 이해할 수 없었으나 이제와 고집을 버리고 손을 들 수는 없었다. 그는 판결이 이루어지지 않기를 바랐다. 하지만 원형의 내부에 갇혀 시선의 압력에 질식해가는 여자는 원을 이루고 있는 그 누구보다도 괴로워하고 있었다. 그녀가 항해사에게 시선을 맞추며 무어라고 소리쳤으나 그것이 손을 들어 모든 것을 끝내버리라는 말인지, 끝까지 손을 들지 않고 버티라는 말인지 이해할 수 없었다. 통역자 청년은 그녀의 말을 번역해주지 않았다. 그들은 그렇게 아무런 말도 없이, 물도 마시지 못한 채 하룻밤을 새웠다. 몇몇 사람들은 한 손을 여전히 든 채로 주춤거리며 일어나 원의 바깥쪽을 향해 배설하기도 했다. 그러나 원을 빠져나가지는 않았다. 짐승들의 기묘한 울음소리가 점점 가까이 다가들어도 원형은 해체되지 않았다.

날이 밝고 나서 항해사는 아직 그대로 올라가 있는 십수 개의 손을, 경련하고 있는 갈빛의 팔들을 보고 죽을 듯 놀랐다. 그들은 항해사만을, 그의 늘어뜨려진 양손만을 집요하게 응시하고 있었다. 노파는 홀로 선 채로 그를 내려다보고 있었다. 항해사는 그들이 끝까지 버틸 작정이라는 것을, 그리고 실제로 끝까지 버티리라는 것을 직감했다. 그들은 갈증과 굶주림으로 죽어버리고 말 것이다. 모두 자멸하고 말 것이다. 그러나 어째서 모두가 동의해야 하는가? 저 가엾은 여자에게 끔찍하게 잔혹한 판결을 내리는 데에 어째서 그가 찬성해야 하는가? 만약 그들이 항해사를 두고 창녀에게 어떠한 판결을 내린다고 해도 그는 순응할 준비가 되어 있었다. 그들이 항해사에게 그들의 판결에 동조하기를, 그리고 가장 핵심적인 선택을 내리기를 강요하지만 않는다면. 배가 부른 여자, 취약한 생에 연루되어 있는 여자가 그들 중 가장 먼저 죽으리라는 것은 불보듯 뻔한 일이었다.

항해사는 그의 옆에서 여전히 자신을 노려다보고 있는 청년에게 그가 손을 들기를 원하느냐고 물었다. 청년은 경멸스러운 눈으로, 그건 당신이 선택할 일이죠. 하고 말했다. 하지만 그게 당신만의 선택이라고 생각하지는 말아요. 우리는 모두 선택했고 그 모든 선택들을 당신의 선택으로 환원시킬 수는 없으니까. 항해사는 자신이 선택지의 정확한 내용조차도 모른다는 것을 알고 있었다. **여자의 죽음과 여자의 죽음 중 무엇을 선택해야 할지, 그는 알 수 없었다.** 그가 손을 들면 그들은 여자에게 무엇을 할 것인가? 그가 손을 들지 않으면?

그는 목이 말랐다. 죽을 것처럼 목이 말랐다. 차라리 죽고 싶을 정도로. 하루 이틀을 더 견디는 것에 의미가 있을까? 그들은 항해사가 여자에 대한 판결에 동의하기 전에는 끝낼 생각이 없는 것이었다. 무엇보다도 견디기 어려운 것은 갈증과 태양이었다. 게르 바깥에서, 모래사장 한복판에서 맨살이 속수무책으로 빨아들이고 있는 열기는 그를 짓무르고 녹여내어 훼손시키고 있었다. 끔찍하게 거대한 검은 파리들이 살을 절여내는 소금기의 황홀한 악취를 쫓아 달겨들었다. 항해사와 임산부는 양손으로, 손을 들고 있는 다른 이들은 한 손으로, 끈질기게 달라붙는 파리들을 쉴새 없이 내쳐야 했다. 그 탓에 그들은 더욱 목말랐고 더욱 피로하였다. 밤과 짐승들과 울음소리, 파리와 검은 눈들, 응시와 열기, 현기증, 그리고 갈증. 빌어먹을 갈증이 있었고 항해사는 원형의 감옥에 갇혀, 감옥을 구성하는 하나의 울타리가 된 채로, 감옥 내부를 들여다보며, 그를 집요하게 바라보는 검은 눈을, 그가 사랑하는 열기를 아직 가지고 있을 검은 눈을 바라보며 죽어가고 있었다.

그는 목이 말랐고 결국 손을 들고야 말았다. 사흘째도 되지 않았던 낮에, 그는 돌발적으로, 그 스스로도 믿을 수 없이 너무나도 갑작스럽게 오른손을 들었고, 그만을 끈질기게 관찰하고 있던 눈들은 곧바로 손을 내렸다. 노파는 사흘 내내 서 있느라 비틀거리는 다리를 다잡으며 터무니없이 쉬어버린, 그러나 아직 강건한 목소리로 외쳤다. 통역사 청년은 흐느낌에 가까운 소리로 속삭였다. 그녀가 스무 살이라는 데에, 그러니까 서른다섯 살 미만이라는 데에 동의하면 손을 들어요.

이번에 항해사는 지체없이 손을 들었다. 임산부의 불투명한 검은 눈이 그를 원망하고 있는지, 혹은 그의 결정에 환호하고 있는지 알 수 없었다. 그녀의 눈은 오랜 갈증에 더욱 깊이 젖어 있었고 항해사는 그녀의 눈을 마시고 싶다는 충동에 사로잡혔다. 갈증에 사로잡혀 미쳐가는 배심원들은 서둘러 형을 집행할 것을 촉구했다. 통역사는 항해사를 부추겨 일어서게 했다. 원의 둘레에 있는 사람들은 항해사를 밀쳐내어 원 안쪽으로 집어넣었다. 여자는 체념한 듯 끔찍하게 뜨거운 흰 모래사장에 등을 대고 누워 있었다. 그녀의 불룩하고 육중한 배가 그대로 노출되어 있었다.

배심원들은 그녀를, 그리고 항해사를 뚫어지게 응시하고 있었다. 항해사는 목이 말랐다. 광증과도 같은 목마름이 그를 갈기갈기 찢어내었다. 항해사는 지체없이, 무자비하게 여자의 배에 발을 올렸다. 모래사장에 달구어진 맨발에 여자의 배는 놀랄 정도로 차갑게 느껴졌다. 그는 여자의 배에 무게를 실었다. 서글픈, 그리고 고통스러운 흐느낌 소리가 들렸다. 항해사는 울지 않았다. 그는 계속해서 배를 짓눌렀다. 짓누르고 짓누르고 또 짓눌렀다. 목이 말랐다. 판결을 마친 배심원들은 환호성도 경탄도 비명도 없이 묵묵하게 원의 내부를 지켜보고 있었다. 여자의 배는 거북스러울 정도로 물컹하고 부드러웠다.

그리고 선생님은 말을 멈추었죠. 우리는 야릇한 공포를 느끼며 선생님을 올려다보고 있었어요. 선생님의 배는 언제나처럼 홀쭉했고 우리는 그녀가 임신하지 않았다는 사실을, 벌거벗긴 그녀의 배가 아이처럼 작다는 사실을 알고 있었어요. 그런데도 교실을 벗어나고 난 뒤, 학교를 벗어나고 이 호텔에 자리를 잡고 난 뒤, 더이상 유년과 나를 동일시 할 수 없게 되어버린 뒤, 나는 그때의 교사가 아이를 잃은 여자처럼 서글픈 얼굴을 하고 있었다는 인상을 지울 수가 없어요. 아이를 유산하거나 돌볼 수 없는 아이를 시설에 맡기고 난 창녀들이 그렇게 허망하고 고통스러운 눈매를, 그러나 삶에 대한 악착같은 집념으로 강인하고 단단하게 변한 턱을 가지고 있다는 것을 난 알고 있거든요. 그때 교사의 얼굴은 아이를 잃은 창녀들의 고유한 인상과 놀랍도록 닮아 있었던 것 같아요. 물론 시간이 흐른 뒤에 당시는 제대로 쳐다보지도 못했던 교사의 얼굴을 뒤늦게 상상해서 덮어씌운 것일지도 모르지만요. 오랫동안, 난 창녀가 아닌 여자들과 만나지 못했으니까.

선생님은 항해사가 얼마나 열성적으로 그리고 집요하게 임산부의 벌거벗은 배를 짓밟았는지 미친 사람처럼 끈질기고 차분한 어조로 중얼거렸어요. 우리는 너무 무서워서, 선생님이 당장 우리 앞에 벌거벗은 채로 배를 드러내고 누울 것만 같아서 우리에게 그녀의 배를 밟도록 강요할 것만 같아서 아무런 말도 하지 못한 채 그녀를, 일정한 리듬으로 벌어졌다 닫히기를 반복하는 불그스름한 입술을 올려다 보고만 있었죠. 결국 창녀가 죽었는지 살아남았는지, 항해사는 고향으로 돌아갔는지 그 기이하고 잔혹한 섬에 남아 살았는지 창녀와 항해사가 헤어졌는지 아니면 그 참상에도 불구하고 함께 살았는지 선생님은 더 이상 이야기해주지 않았어요.

쉬는 시간을 알리는 종소리가 울렸고 선생님은 교실 앞문을 열고 나갔죠. 우리는 화장실에도 가지 못하고 수다를 떨지도 못하고 복도로 나가지도 못하고 교실 뒤편을 하릴없이 서성거리지도 못하고 자리에 꼼짝없이 앉아서 텅 빈 교탁만을 올려다보고 있었어요. 아이들에게는 불가능한 긴 침묵이 계속되었고 다시 수업을 알리는 종소리와 함께 선생님은 열린 앞문으로 다시 돌아왔죠. 그리고는 아무 일도 없었다는 듯이, 교과서를 꺼내고 도덕 수업을 했어요. 그날 우리가 공부했던 건 남을 해치지 말아야 한다는 내용이었는데 선생님은 아무렇지 않게 그 말을 적었죠. 내가 원하지 않는 것을 남에게 강요하지 말아야 한다고, 그리고 내가 원하는 것 역시 남에게 강요해서는 안 된다고 선생님은 적었어요. 그러나 부연 설명은 없었죠. 선생님은 교과서에 적혀 있는 학습목표를 그대로 옮겨적고는 그것을 읽었고 그걸로 끝이었어요.

## 좋아해 좋아해 미워해

　얼굴이 하얀 네가 좋아. 동물에게 친절한 네가 좋아. 급식을 남기지 않는 네가 좋아. 어른스러운 네가 좋아. 상냥한 네가 좋아. 개를 때리지 않는 네가 좋아. 오렌지의 투명한 껍질을 벗겨내는 네 길고 깨끗한 손톱이 좋아 손톱 밑에 남은 오렌지 과육이 노을과 같은 빛깔이어서 좋아 웃을 때 눈가에 엷고 부드러운 주름이 생기는 네가 좋아 무서운 걸 잘 보지 못하는 네가 좋아 네 어깨를 두드리면서 농담을 하는 그을린 손 밑에서 움츠러든 네 작은 어깨가 좋아 꽃잎을 삼키는 네가 좋아 화단에서 장미 꽃잎을 몰래 뜯어서 맛보는 네가 좋아 비밀스럽게 꽃잎을 짓씹는 네 흰 이는 붉은색도 검은색도 아닌 이상한 빛깔의 얼룩으로 더럽혀졌어 칠칠맞지 못한 네가 좋아 네 희고 마른, 안쪽으로 움푹 패인 부드러운 허벅지 곡선 사이로 흘러내리는 검붉은 핏방울이 좋아 네 치마 뒤에 남은 갈빛 얼룩이 좋아 네가 말을 걸어서 좋아 네가 내게 말을 걸었을 때부터 나는 네가 좋아 검은 파리가 달라붙은 네 깊고 가느다란 쇄골이 좋아 흰 먼지가 달라붙은 네 등이 좋아 내게 말을 걸어준 뒤부터 난 네가 좋아 네가 좋아 정말 좋아 왜냐하면 너는 내게 말을 걸어주었으니까 네 눈은 검은 거울처럼 투명하고 젖어 있었어 네 검은 눈에 비친 나를 응시하고 있는 네가 좋아 너를 바라보는 나를 보고 있지 않는 네가 좋아 횡단보도를 건널 때 보이는 네 단단한 뒷모습이 좋아 어깨에 부딪히고 허공을 쓰다듬는 네긴 머리가 좋아 들리지 않는 소리를 내면서 부딪히는 네 흰 종아리가 좋아 그 위로 떨어지는 피 한 방울이 좋아 네가 깨끗해서 좋아 네가 깨끗하지 않아서 좋아 네가 말을 걸어줬을 때 나는 이상한 말을 토하고 있었어 너는 작고 병든 개가 아니라 내게 말을 걸었고 나는 네가 좋아 하고 말하지 못했어 네가 좋아 네 둥글고 주름진 귀가 좋아 네 긴 속눈썹이 좋아 발가벗은 지네처럼 속눈썹으로 뒤덮인 네 가늘고 긴 눈이 좋아 네가 좋아 네가 내게 말을 걸지 않아서 좋아 네가 곤혹스러운 얼굴을 하고 있어서 좋아 네가 울것 같아서 좋아 네 친구들이 물어오라고 공을 던졌을 때 줍지 않아서 좋아 네 친구의 어깨를 주무르면서 울지 않아서 좋아 내게 남은 급식을 억지로 먹여서 좋아 네가 뜯어낸 오렌지 껍질을 내식판 위에 올려 놓아서 좋아 너는 길고 부드러운 흰 손가락으로 그 껍질을 내 입술 속에 밀어넣었고 짭조름한 눈물 맛이 나는 네 손가락이 좋아 좋아 네가 좋아 너는 급식을 다 먹을 때까지 내 옆에 앉아서 노을빛이 나는 과육이 드문드문 묻은 축축한 오렌지 껍질을 먹였고 비닐처럼 뭉쳐진 셀룰로스가 내 목구멍을 막아서 자꾸 구역질이 나서 좋아 내가 식판 위에 고개를 박고 토를 할 때도 내 옆에 있어 준 네가 좋아 그래서 너와 함께 네 옆에서 오래오래 토하고 싶어서 난 가만히 입을 벌리고 네가 셀룰로스 뭉치를 입속에 넣어주기를 기다렸고 너는 얼굴을 찡그리면서도 그걸 전부 넣어 주었어 치매 노인의 밑을 닦아주는 간병인처럼 길가에서 넘어져 코피를 흘리는 여자아이의 마스크 밑 은밀한 핏물을 훔쳐주는 커다란 손처럼 네가 좋아 네가 나와 함께 토할 것 같은 얼굴이어서 좋아 네가 떠나지 않아서 좋아 네가 내게 말을 걸어서 좋아 내게 처음으로 말을 걸기 전에 너는 움찔거렸지 너는 울 것 같은 얼굴이었어 네 친구들 내게 말을 걸지 않은 그래서 내가 좋아하게 될 수 없었던 네 친구들이 너를 깔깔 웃으면서 자지러질 듯 웃으면서 지켜보고 있었고 너는 당장 눈물을 터뜨릴 것처럼 서글픈 얼굴로 내게 다가왔어 네 불그스름한 눈가가 좋아 다물어지지 않은 네 붉은 입술이 좋아 어린아이처럼 울렁거리는 네 코끝이 좋아 무릎 옆으로 흘러내리는 네 핏방울이 좋아 너를 비웃는 웃음소리가 좋아 맑은 유리종처럼 웅웅거리는 달을 향해 날아가는 나방들의 울음소리처럼 투명한 웃음소리가 좋아 네게서 나는 짙고 역겨운 땀냄새가 좋아 너를 바라보는 나를 바라보는 네 불룩한 눈이 좋아 네 나지막한 목소리가 좋아 식은땀이 흘러내리는 네 뒷목의 곧은 선이 좋아 급식실에 갈 때 혼자 걷고 있었던 네가 좋아 네가 혼자여서 좋아 네 친구들이 더 이상 네 옆에서 웃고 있지 않아서 좋아 네 옆이 비어 있어서 좋아 네가 외로워서 좋아 네가 예쁘지 않아서 좋아 남자애들도 여자애들도 너를 바라보지 않아서 좋아 홀로 있는 네가 눈에 띄지 않아서 그래서 나 말고는 그 누구도 너를 바라보지 않아서 좋아 네 친구들이 너를 쉽게 잊어서 좋아 네가 쉽게 잊히는 희미한 아이여서 좋아 네가 곧 사라질 것 같아서 좋아 네가 아직 사라지지 않아서 좋아 급식실 줄에 혼자 서서 하늘을 바라보고 있는 네 옅은 흰빛으로 변한 두 눈이 좋아 깨진 얼음호수처럼 비참한 균열로 일그러진 네 거울이 좋아 아무도 발을 담그지 않은 네 눈이 좋아 내가 다가갈 때 거북스럽게 물러나는 네 자그마한 두 발이 좋아 희고 깨끗한 네 실내화가 좋아 네가 실내화를 여러 켤레 가지고 있어서 좋아 누군가 네 실내화를 훔쳐가도 실내화를 몇 켤레나 잃어버려도 그리 아까워 하지 않는 네가 좋아 내가 가까이 다가갈 때 도망가고 싶은 것처럼 움츠러드는 네 몸이 좋아 하지만 도망가지 않는 네가 좋아 나를 밀어내지 못하는 네가 좋아 줄 끝에 선 채로 어째서 네 뒤로는 더 이상 줄이 이어지지 않는지 궁금해 하는 네가 좋아 내가 네 뒤에 서지 않기를 바라는 네가 좋아 내가 네게 인사를 할 때 사라져버리고 싶은 듯이 찡그리는 네 얼굴이 좋아 하지만 사라지지 못하는 네가 그래서 우울해하는 네가 좋아 내 말을 듣지 않는 척 하면서도 전부 듣고 있는 네가 좋아 기억하고 싶지 않은 말들을 하나하나 선명하게 새기고 있는 네가 좋아 나를 잊지 못할 네가 좋아 나를 밀어내고 욕하고 경멸하고 짓밟을 수 없는 네가 좋아 영원히 짧아지지 않을 것 같은 줄이 순식간에 사라져버린 것을 놀란 눈으로 바라보는 네가 좋아 시간의 절개에 멀미를 앓는 네가 좋아 파르스름하게 질린 네 창백한 얼굴이 좋아 당장 기절할 것처럼 비틀거리는 네가 좋아 네가 곧 죽을 것 같아서 좋아 네가 목을 맬 것 같아서 좋아 하지만 나 때문에 내가 너보다 작고 너보다 흉측하고 너보다 비참하고 너보다 가난하고 너보다 외롭고 너보다 멍청하고 너보다 절망적이기 때문에 나보다 더 절망적이고 비참하고 외로워지는 네가 그래서 자살하지 못하는 네가 좋아 내 앞에서는 손목과 발목에 그어진 길고 흰 흉터들, 민달팽이의 맨살처럼 희게 벌어진 상처들을 숨기지 않는 네가 좋아 난 네 상처가 좋아 나를 좋아하지 못하는 너를 좋아하지 못하는 네가 좋아 밥을 쩝쩝거리면서 먹지 않는 네가 좋아 쌀알들을 삼킬 때 역겨워서 울렁거리는 네 가느다란 목이 좋아 침을 튀기지 않기 위해 꼭 다물린 채로 부드럽게 움직이는 네 입술이 좋아 한 마디도 뱉어내지 않고 다물린 네 입 안에 넘치도록 들어있는 알 수 없는 말들이 좋아 네 앞자리가 비어 있어서 좋아 네 옆자리도 비어 있어서 좋아 내가 네 앞에 앉으면 무섭고 서글퍼서 눈물이 떨어질 것 같은, 젖은 네 눈이 좋아 네 앞에 앉은 나를 남겨두고 떠나지 못하는 네가 좋아 나를 무서워하는 네 눈이 좋아 누군가 나와 너를 걔들이라고 부를까봐 안절부절 못하는 네 곤혹스럽고 연약한 얼굴이 좋아 네가 깔끔하고 희고 깨끗한 네가 식판에 대고 구역질을 해대서 좋아 네 안에서 나오는 게 내 안에도 있어서 좋아 흰빛의 끈적끈적한 네 침이 좋아 네 옷 속으로 기어들어가는 벌레를 잡아 죽이지 못하는 네 바들바들 떨리는 손이 좋아 누군가 벌레를 잡아주기를 네 안에서 벌레를 내쫓아주기를 그래서 자유롭게 너이기를 바라는 어리석은 네가 좋아 네 안에 이미 수억의 벌레들이 들끓고 있다는 걸 모르는 네가 좋아 날개를 접은 채 네 흰 와이셔츠 밑으로 파고 들어간 파리 때문에 한 겹이 더 중첩된 네 피부가 좋아 네 피부가 여러 겹이어서 좋아 역겹고 아름다운 날개 때문에 두 개의 엷은 막으로 벌어진 네 피부가 좋아 나와 함께 구토하고 역겨운 토사물 냄새 때문에 또 구토하고 나와 함께 음식물을 버리러 가는 네가 좋아 나와 떨어져서 걷는 네 뒷모습이 좋아 네 치마 밑단이 더러워서 좋아 네 팔 밑이 젖어 있어서 좋아 축축한 와이셔츠 밑의 붉은 고기 같은 살이 드러나보여서 좋아 교복 밑에 숨겨진 피부가 다른 피부보다 더 희고 더 붉을 것이어서 좋아 보이지 않는 곳을 흐르고 있는 네 혈관이 좋아 묶여 있거나 얽혀 있거나 구불거리는 미로 같은 네 안이 좋아 절망적으로 열려 있는 네 취약한 표면이 좋아 네 표면이 구멍 투성이어서 좋아 네가 나를 막을 수 없어서 좋아 네 손에 겹치는 내 손을 밀어내지 않아서 좋아 네 손이 차가워서 좋아 네게 닿는 내 손이 따뜻할 거라서 좋아 네가 거북스럽게 나를 느끼고 있어서 좋아 네가 손을 떨쳐내지 못해서 좋아 검고 더러운 내 손 손톱 밑에 오렌지의 부드럽고 향긋한 과육이 아니라 모래와 먼지와 때가 끼어 검은 내 더러운 손에 네가 닿아 있어서 좋아 내 손목에 있는 상처들을 몰래 훔쳐보는 네 눈이 좋아 내게는 아프지도 곤혹스럽지도 않은 상처 때문에 아파하고 곤혹스러워하는 네가 좋아 내가 너보다 병들었고 더럽고 가난하고 비참하고 멍청하고 외롭고 불결하기 때문에 나를 완전히 미워하지 못하는 네가 좋아 네가 나를 좋아하지 못하는 너를 미워하는 것만큼 내가 나를 미워하는 나를 미워하지 않는 걸 모르는 네가 좋아 네게 접해 있는 손과 손을 타고 너와 내가 샴쌍둥이처럼 같은 피부의 표면을 가지고 있어서 좋아 네가 언제든 나를 놓아버릴 수 있어서 좋아 네가 손을 놓아도 허공의 살이 우리에게 접해서 이어져 있을 것이라서 체온의 차가움과 따뜻함의 기억이 우리의 몸을 공유하는 거대한 피부로 이어질 것이라서 좋아 우리가 떨어져 있고 또 이어져 있어서 좋아 나와 함께 있으면 다른 애들이 가까이 오지 않을 것을 알면서도 나를 완전히 밀쳐내지 못하는 네가 좋아 내가 네게 기대는 만큼 네가 내게 의존하는 것을 알고 있는 네가 좋아 영원히 이곳을 벗어나지 못하리라고 믿는 네가 좋아 학교가 끝나면 너를 데리고 도망가줄 친구들이 없는 네가 좋아 나와 함께 같은 방향으로 그렇지만 더 먼 곳까지 종종걸음으로 걸어가는 네가 좋아 숨이 차서 뛰어가지는 못하는 그래서 언제나 나보다 세 걸음 앞에서 걸어가는 네가 좋아 가끔씩 견디지 못하고 내게 다정한 네가 좋아 아직 네모난 평면 그대로인 내 색종이를 대신 접어 주는, 목련처럼 향긋한 네 손가락이 좋아 희고 단정한 곡률의 손톱 반달이 좋아 깨끗하고 투명한 큐티클이 좋아 불룩 튀어나오지 않고 부드럽게 뻗은 네 관절들이 좋아 네 손등 위로 드문드문 비치는 연푸른 핏줄이 좋아 내게 아무엇도 가르쳐주지 못하고 내게 많은 말을 하고 싶지 않아서 유달리 붉고 두툼한 입술을 꾹 다물고 네 것 대신 내 색종이를 먼저 접어주어서 좋아 네 손끝에서 피어나는 장미가 살아 있지 않아서 좋아 기억도 미래도 없는 시간의 살이 흐르지 않는 죽은 장미 위에서 맥동하는 네 손끝이 좋아 곧 잘려 나가 장미와 마찬가지로 죽어 있을 마치 한 번도 너인 적 없을 듯 떨어져나갈 네 투명한 손톱이 좋아 장미가 살아나기를 간절히 원하는 네가 좋아 장미가 살아 있지 않음을 절박하게 알고 있는 네가 좋아 장미보다 먼저 죽지 못한 네가 좋아 살아서 장미를 쓰다듬고 있는 네 늙어가는 손이 좋아 횡단보도를 먼저 건너가는 네 등 세 걸음 뒤에서 따라오는 나를 느끼는 네가 좋아 그렇지만 나를 돌아보지 못하는 네가 좋아 다시 내가 없는 곳으로 돌아갈 수 있기를 은밀하게 바라고 있는 네가 그러나 그러한 기회가 영원히 돌아오지 않기를 그래서 나와 함께 구토하기를 더 은밀하게 바라고 있는 네가 좋아 마치 내가 너인 것처럼 나를 부끄러워 하는 네가 좋아 내가 턱 밑으로 침을 흘릴 때 내가 수업 시간에 의자에 앉은 채로 오줌을 쌀 때 네 손을 덥썩 잡을 때 교과서를 찢어 놓을 때 모두의 시선이 있는 그러나 아무도 나를 보지 않는 교실 한복판에서 커터칼로 손목을 그을 때 수치심에 끔찍하게 일그러지는 네 가느다란 두 눈 형편없이 젖어 있는 눈이 좋아 빗물보다 바닷물보다 훨씬 짤 것 같은 네 눈물이 좋아 혀를 가져다 대면 견디지 못하고 엉엉 울어버릴 네가 좋아 네 비밀을 까발리는 것 같은 내 발가벗은 행동을 언어를 몸짓을 두려워하는 네가 좋아 하지만 나를 막을 수 없는 네가 좋아 나를 네 내장처럼 비협응적인, 그러나 절망적으로 선명하게 감각되는 살로 느끼는 네가 좋아 물 속에서 장미처럼 피어나는 네 벌어진 상처 속에서 흘러나오는 피를 주워 담을 수 없듯 피가 꽃처럼 만개하는 것을 막을 수 없듯 나를 만류하지 못하는 네가 좋아 언제나 실패하는 네가 좋아 대화하는 데에 말을 이어받는 데에 말과 말 속에 부드럽게 틈입하는 데에 사랑받는 데에 만남의 불연속적이고 날카로운 날들을 견뎌내는 데에 화해의 불가능성을 견뎌내는 데에, 살아가는 데에 끔찍하게 무능한 네가 좋아 네가 친구들로부터 쫓겨나서 좋아 둥글게 이어진 몸들의 원에서 자연스럽게 밀려난 네가 좋아 다시 비집고 들어가 억지로 끼어 있을 밀려나면서도 꾸역꾸역 밀고 들어갈 용기와 뻔뻔함이 없는 네가 좋아 개를 때리지 못하는 네가 그래서 개의 추종자 개의 동족 개의 아류가 되어버린 네가 좋아 미워하지 못해서 미움받는 네가 좋아 그러나 사실은, 미워한다고 생각하기 때문에 괴로워하는 네가 좋아 말을 훔치기만 하는 네가 좋아 입을 꾹 다물면 갑작스럽게 만연하는 침묵 속에서 창백하고 역겨운 낮의 흰빛에 가려 썩어가던 어둠과도 같은 정적 속에서 비밀스럽게 타자의 언어를 채굴하고는 그렇게 오래도록 그렇게 많이 훔쳐낸 말들을 한 마디도 누설하지 못하는 네가 한 마디도 말할 수 없는 네가 천형과도 같은 침묵을 앓는 네가 좋아 동물에게 다정하면서도 동물을 사랑하면서도 비둘기의 날개가 아름답다고 네 어깨를 툭 치고 지나가는 자유로운 새가 견딜 수 없이 애틋하면서도 그것이 불결하다고 생각하는 그래서 구역질을 혐오를 두드러기를 선뜩함을 참을 수 없는 네가 좋아 고양이를 사랑하기 때문에 고양이의 목을 꺾어버리고 싶어하는 네가 좋아 가장 아름답고 사랑스러운 장미를 꺾어서 잘린 목을 깨끗한 어항 속에 담가놓지 않으면 견딜 수 없는 슬픈 여자처럼 남자가 아닌 여자들만을 아이들만을 너보다 작은 동물들만을 아름답고 가엾고 취약한 생만을 발버둥치는 벌레들만을 취약하고 신적인 붉은 고기에 신의 육체 안에 유폐된 비참한 죽음들만을 신만을 해치고 싶은 네가 좋아 사랑하지 않는 것이 가장 오래 살아남기를 바라는 네가 좋아 꺾어버린 장미가 썩기 전에 네가 죽어버리기를 아니 차라리 장미들이 모두 썩어버리기를 바라는 네가 좋아 장미 안에 응당한 장미가 있듯 네 안에는 응당한 네가 있을 것이라고 네 안이 사막도 갈증도 천사도 미래도 희망도 절망도 죽음도 없이 텅 비어 있더라도 적어도 네가 있기를 바라는 네 소극적인 낙관이 좋아 네 안에는 네가 없다는 것, 너를 넘치거나 너를 결핍한 것밖에는 없다는 사실을 이해하지 못하는 네가 좋아 갓 태어난 네가 불가능한 네가 피가 뚝뚝 흐르는 고깃덩이처럼 새빨간 네가 장미처럼 만개한 네가 그대로 너무 벌어져 죽어버리기를 그래서 태어나기를 완전히 망가지고 찢겨지고 으깨져서 심장만큼 붉기를 바라는 네가 좋아 그렇게 간절히 살고 싶은 네가 좋아 이제는 삶을 믿지 않으면서도 삶에 속해 있는 네가 좋아 죽음을 믿지 않으면서도 죽음을 갈망하는 네가 좋아 죽음에 속해 있는 연약한 과육과도 같은 생명을 은밀하게 갈망하는 네가 좋아 네가 원하는 것의 이름을 모르는 네가 좋아 가끔은 실수처럼 한없이 내게 다정한 네가 좋아 내 침을 꽃무늬가 있는 부드러운 손수건으로 닦아주는 네가 좋아 내 등 뒤에 붙은 우스꽝스러운 낙서가 적혀 있는 포스트잇을 말 없이 떼어주는 네가 좋아 내 옷깃을 정리해주는 네가 좋아 간혹 마지못해 그러나 다정하게 내 인사를 받아주는 네가 좋아 내 의자 등받이에 적힌 욕설들을 지우개로 지워주는 네가 좋아 흑연이 묻어 더러워진 네 손날이 좋아 내가 공백으로 남겨둔 문제 밑에 답을 적어주는 네가 좋아 단정하고 깔끔한 네 글씨가 좋아 책상 위로 기어오른 개미를 눌러 죽이지 못하는 네가 좋아 개미의 내부를 넘쳐흐르는 내장을 보고 싶으면서도 개미가 되고 싶으면서도 개미처럼 완전하게 발가벗은 신이 되어 으깨지고 싶으면서도 개미가 너를 지나가기를 개미의 시간이 지나가기를 개미가 절멸하기를 바라는 네가 좋아 파리들이 게걸스럽게 들러붙는, 검게 썩어가는 붉은 피가 묻은 네 의자 방석이 좋아 피가 삶이 지나친 생명이 수치스러워서 어쩔 줄 모르는 네 창백한 얼굴이 좋아 네 친구들이 무심코 네게 눈짓을 보내면 소스라치게 놀라서 내게서 뒷걸음질치는 네가 좋아 나와 닿지 않았다는 것을 나와 피부를 공유하고 있지 않다는 것을 시간의 살을 기억의 살을 내게 맞대고 있지 않다는 것을 증명할 사실들을 절박하게 찾아헤매는, 그리고 내게 등을 돌리는 네가, 그 애들에게 불려간 네가 나를 부정하도록 나를 미워하도록 강요받는 네가 무엇을 말해야 하는지 무엇을 미워해야 하는지 학습한 네가 불결한 것을 증오하지 않고는 깨끗해질 수 없다는 것을 알 정도로 똑똑한 네가 깨끗한 것을 원하는 네가 깨끗한 네가 걘 친구가 아니라고 소리치는 네가 날 좋아하지 않는다고 날 경멸한다고 내게서 냄새가 난다고 끔찍한 악취가 하수구 냄새 걸레 쉰내 바퀴벌레의 알집에서 부글거리며 올라오는 미지근하고 역겨운 기포와도 같은 냄새 벌레를 잡아먹는 아이의 잔혹한 이빨에서 썩어가는 실처럼 가느다란 다리들의 냄새 잘려나간 더듬이의 냄새 종양에서 흘러내리는 고름과 진물의 냄새 자살자의 냄새 자폐의 냄새 빈곤의 냄새 미침의 냄새 실패자의 냄새 저능아의 냄새 와해된 언어의 냄새 더럽고 축축한 손바닥의 냄새 구역질의 냄새 설득하지 못한 고독의 냄새 텅 빈 연극 무대에 웅크리고 앉아 막간이 사라지기를 시간이 분쇄하여 보이지 않는 곳으로 떠나가기를 시간과 공간의 격자로부터 이탈한 방랑하는 먼지가 되기를 바라는 퇴출당한 무명 배우의 냄새 특별 공연 이후로는 다시는 극단에서 무대에 설 수 없었던 절름발이 무용수가 아무도 없는 연습실의 거울들 수십 개의 환영들로 증폭된 절름발이들의 앞에서 비틀거리며 춤을 출 때 흘리는 땀의 냄새 중첩되고 누적되고 쌓이고 터질 듯 부풀어 썩어가는 끔찍한 장마의 냄새 따돌림의 냄새 홀로의 냄새 외톨이의 냄새 피부를 갖지 못한 채 절망적으로 벌어져 있는 몸의 냄새 비참하게 드러나 보인 내장의 냄새 죽음과도 같은 취약성의 냄새 불구의 냄새 죽어감의 냄새 그리고 살아있음의 냄새 그 모든 냄새들을 견디기 힘들었다고 연극을 하듯 큰 소리로 중얼거리는 네가 다시는 내가 네게 다가올 수 있도록 허락하지 않겠다는 네가 나를 수치스러워하는 너를 허락하지 않겠다는 네가 나와 맞닿은 투명한 시간의 살을 불태워버리겠다는 네가 단 한 번뿐인 기회를 저버릴 수 없는 네가 아찔한 자비로 조금 벌어진 틈 속으로 간신히, 헐떡거리면서 비집고 들어가는 땀투성이인 네가 나를 비추지 않는 검고 투명한 눈을 가진 네가 세 발자국 뒤에서 네 등을 따라 걸어가는 나를 뒤돌아보지 않는 네가 네 친구가 아닌 나를 연민하지 않는 네가 네 몸에서 밀어낸 네 세상 바깥으로 쫓아낸 나를 기억하지 않는 네가 유독한 가스등을 향해 비틀거리면서 날아가는 작고 얇은 날개들처럼 초록불을 향해 길도 의도도 없는 열린 빛을 향해 걸어가는 네가 네 등을 따라 걷느라 양옆을 살피지 못한 나를 돌아보지 않은 네가 거미집처럼 넓게 퍼진 밤의 아름다운 균열들에 산산조각나는 나를 잊은 네가 공기 중에 그리고 땅 위에 형언할 수 없는 균열의 비명과 함께 쏟아진 나를 돌아보지 않은 너의 투명하고 검은 눈이 내가 좋아하는 거울들을 가진 네가 내가 비추어지지 않은, 내가 아닌, 내가 알지 못하는 풍경으로 얼룩진 네가 생명을 붉음을 젖음을 악취를 네게 속해 있는 너와 공유 하는 너를 알고 있는 그러나 너는 아직 마주치지 못한 비밀들을 끔찍하게 아름답게 서글프게 축축하게 붉게 무고하게 아프게 먹먹하게 취약하게 구토해놓은 나를 돌아보지 않는 네가 단단하고 빠르고 비정하고 영원한 속도에 심장을 가지지 않은 물질의 가속된 날에 찢겨버린 나를 부르지 않은 네가 내 이름을 기억하지 못한 네가 그래서 나를 향한 불가능한 마지막 순간에 나를 부를 수 없었던 네가.

# 낚시꾼

관처럼 몸에 꼭 들어맞는 플라스틱 낚싯배에 누운 채로 그는 그물이 알려지지 않은 세계를 실어나르기를 기다렸다. 어린 경찰이 무엇을 그렇게 발견하고자 하는 것인지 그로서는 이해할 수 없었다. 쥐들은 너무 쉽게, 어디서나 죽는데 그 많은 죽음의 조각들로 대체 어떠한 새로운 사실을 알아낼 수 있단 말인가? 쥐들의 존속은 죽음의 쟁취에 달린 일은 아니었다. 쥐들은 오래도록 살아 있었고, 지나치게 살아서 이제는 절멸해가는 종족이었고, 죽어가는 쥐들이 살려달라고 외쳤는지 아니면 죽여달라고 애원했는지 검은 강물에 삼켜져 짓이겨진 시체 조각은 아무것도 말해주지 않는다. 그를 아득하게 짓누르는 보이지 않는 압력에 남자는 물 위에서 구토했다.

대체 어린 쥐가, 언젠가 반드시 죽을 쥐가 원하는 것이 무엇일까? 어째서 그는 쓰레기장이나 다름없이 썩어가는 검은 강에 찾아와 쥐가 아닌 이에게 부탁하는 것일까? 쥐의 일이 대체 그와 무슨 상관이 있다고? 그는 쥐를 죽인 적도 쥐를 살린 적도 없었다. 그가 쥐들의 시신을 찾아낸다고 해서 쥐들을 살리거나 죽일 수는 없었다. 왜냐하면 죽음과 생명은 그보다 선행해 있었으므로. 그는 이미 발생한 사실들의 수면 위에서 떠다니는 일 이외에는 할 수 있는 일이 없었으므로.

심장이 검게 타 버린 듯 초췌한 낯의 어린 쥐는 날마다 그를 찾아왔다. 쥐는 오물투성이의 악취 나는 몸으로 강변에서 그를 기다렸다. 남자는 세금을 내는 상인처럼 그에게 따박따박 쥐의 시신 조각을 갖다 바쳤다. 유달리 작은 발과 뾰족한 주둥이, 잿빛의 몸에는 형체가 무너진 뒤에도 알아볼 수 있는 질긴 유사성의 흔적들이 남아 있었다.

자네처럼 어린 동물은 죽음보다는 다른 일에 매진하는 게 좋아. 당신은 아직 어리고 미래는 아직 당신의 앞에서 닫히지 않았으니까. 당신은 미래를 넘어서는 시간을 가지고 있으니까.

쥐를 만날 때마다 그는 평소 하지 않는 긴 훈계를 늘어놓았다. 그 자신도 이해하지 못하는 말들. 그는 이등 항해사의 흉내를 내고 있었다. 쥐는 서글프게 웃으면서 자신이 그리 어리지는 않다고 속삭였다.

전 살아온 날만큼 많은 날을 살지는 못할 거예요 그러니까 당신이 더 많은 미래에 접하고 있는 거죠.

남자는 쥐의 작고 더러운 주둥이가 미세하게 떨리는 모습을 지켜보았다.

그리고 당신이 생각하는 것보다 저는 훨씬 나이 들었어요 저는 모든 쥐들만큼 나이들었죠. 쥐들은 사람보다 더 오래 살아왔어요. 우리는 생이 영원하다고 믿었죠. 죽음만큼이나 많은 생명을 우리는 가지고 있었어요. 하지만 요즈음에는 잘 모르겠어요. 만약 쥐들이 쥐들을 죽이기 시작한 것이라면, 인간이나 천적들과는 무관한 내밀한 독이 우리 심장에서 번져흐르기 시작한 것이라면, 우리는.

어린 쥐는 말을 멈추고는 작고 가녀린 소리로 찍찍거렸다. 내 생각대로 쥐가 범인이라면 난 더 이상 어떻게 해야할지 모르겠어요. 우리에게 식량이 없는 건 아니에요. 오히려 넘쳐나서 문제죠. 그러니 오래전 그랬듯 배고픔에 못이겨 서로를 잡아먹은 건 아닐 거예요. 살해자는 정말 쥐를 죽이고 싶었던 거예요. 어쩌면 자살했을지도 모르죠. 자살이라니. 아니, 어떤 식으로든 쥐들이 쥐들을 죽이는 건 자살이에요. 우리는 같은 운명을 가지고 태어났으니까. 우리의 조상들은 그들의 후손이 조상들의 메시아라고 믿으며 오직 구원받기 위해 우리를 낳았고 우리는 그들을 구원하기 위하여 자라나 새로운 쥐들을 낳을 것이죠. 하지만 쥐가 쥐를 죽인다면 모든 게 끝장이에요. 이해하실 수 있나요?

요제피네가 살해당했으리라는 의혹이 있었을 때도 우리는 믿지 않았어요. 믿을 수 없었죠. 요제피네는 우리를 버리고 떠난 거예요. 그녀에게 짐 지워진 막대한 애정과 증오를 견디지 못하고 스스로 실종된 거예요. 그게 아니라면 우리가 어떻게 버틸 수 있겠어요? 우리가 더 이상 요제피네를 원하지 않게 되어버렸다면, 우리가 직접 요제피네를, 우리가 가진 유일한 절망적인 낙관을 살해했다면? 사실 나는 요제피네를 한 번도 본 적이 없어요. 하지만 그녀의 노래가 얼마나 아름다웠는지, 그녀가 얼마나 절망적인 비극을 은밀하게 찍찍거렸는지 알고 있어요. 왜냐하면 우리는 모두 그녀를 사랑했으니까. 아직 태어나지 않은 쥐들조차도 그녀를 애무하는 입술들 속에서 자라났으니까.

남자는 어린 쥐가 무엇을 찾는지 알 수 있었다. 쥐는 요제피네의 시신을 수색하고 있는 것이었다. 바닷가에 떠밀려온 왕의 시신을 구하려는 보물 사냥꾼들처럼, 터질 듯 희게 부풀어오른 연약한 살점을 탐하는 가난한 부랑자들처럼. 남자는 그녀를 찾으면 어떻게 할 것이냐고, 그녀의 몸에 특별한 특징이 있느냐고 물었다. 쥐는 깜짝 놀란 듯 얼떨떨한 얼굴로 고개를 저었다.

난 그녀를 본 적도 없어요. 그녀의 얼굴을 기억하는 쥐는 그 누구도 없죠. 그렇지만 그녀의 얼굴을 모르는 이는 없어요. 그녀는 놀랄 만큼 우리와 닮았으니까요. 그녀는 우리였으니까요! 노래하지 않는 그녀를 알아보는 쥐는 없었다고 해요. 그녀는 아름다웠지만 그건 그녀의 독특한 노래 때문이었지 그녀의 존재 때문은 아니었어요.

남자는 뚜껑이 벗겨진 관의 단면과도 같은 배에서 몸을 일으켜 다리를 벌리고 앉은 채로 쥐의 다급하고 초조한 음성을 듣고 있었다. 이 가엾은 미치광이를 그는 사랑하고 있었다. 그에게 집과 고향이 있었다면 그는 쥐를 집으로 데려가 깨끗이 씻기고 우리 속에 가두어 놓았을 것이다. 유리로 만든 우리의 내부는 쥐들이 좋아하는 간식들, 독을 풀지 않은 우유와 치즈, 해바라기씨와 비스킷 따위로 가득 채웠을 것이다. 어린 쥐의 털 안쪽까지 말라붙은 오물을 깨끗이 닦아내고 그의 귓속과 입, 항문 안쪽까지 씻어낼 것이다. 청결한 환경, 먹을 것들이 넘치는 안전한 수조 속에서 쥐는 평균 수명보다 더 오래 살 것이다. 어쩌면 그가 죽고 난 뒤에도 쥐는 살아남을 것이다. 쥐는 그의 죽음을 목격하는, 그의 최후를 사실로 만드는 유일한 증인이 되어줄 것이다. 단 한 마리의 쥐만 가질 수 있다면, 그는 그의 죽음을 사실로 만들 수 있었다. 그는 모든 것을 끝낼 수 있었다. 쥐는 발작적으로 찍찍거리며 울부짖었다.

꿈 속에서 그녀를 봤어요. 그녀는 검은 밤의 베일 속에 덮여 있었죠. 그래서 얼굴도 몸도 보이지 않았어요. 하지만 그녀는 종양처럼 불거져나온 젖가슴들을 내 머리 위로 늘어뜨리며 웃었죠. 난 부풀어오른 궤양과도 같은 그녀의 부드러운 가슴을 조심스럽게 어루만졌어요. 그녀는 찍찍거리면서 노래를 부르기 시작했어요. 서툴게 호흡하면서 은밀하게 속삭이는 그녀의 노래는 마치 나를 그녀의 내부로 초대하는 것 같았어요. 나는 그녀의 몸 속에 삽입했고 그녀는 신음인지 노래인지 분간되지 않는 찍찍거림을 애달프게 내뱉었어요. 내 앞에서 그녀는 나를 낳았어요. 그녀를 벌리고 나온 나는 나를 산 채로 잡아먹었고 나는 역겨움과 슬픔을 견디지 못하고 울었죠. 그녀는 찍찍거리는 그 황홀하고 아름다운 노래로 나를 위로했어요. 그녀는 다시 나를 낳고 싶다고 속삭였죠. 그러나 그녀의 배는 이미 찢겨 있었어요. 그녀의 내부는 흰 구더기들이 파먹어 썩어버린 채였죠. 내가 그 사실을 말하자 그녀는 화를 냈어요. 그녀는 절망적으로 울부짖었고 난 그녀를 위로하지도 못한 채로 망연하게 그녀의 옆에 주저앉아 있었죠. 보이는 것은 오직 그녀의 뱃속에서 드글거리는 흰 구더기 떼뿐이었어요. 그것들은 정말 천사처럼 희었죠. 난 그녀가 아름답다고 속삭였어요. 노래하지 않는 그녀도 아름답다고. 그러나 사실 아름다웠던 것은 그녀가 아니라 구더기들이었죠. 아름다운 것은 그녀가 아닌 것뿐이었죠. 내가 볼 수 있었던 것은 그녀가 아닌 것뿐이었으니까 결국 나는 거짓말을 했던 거예요.

그녀는 쥐를 먹어본 적이 있느냐고 은밀하게 속삭였어요. 난 이해하지 못한 채로 그녀를, 그녀의 희게 꿈틀거리는 역겨운 상처를 바라보았어요. 그녀는 먹어 본 적이 있다고 했어요. 쥐이기 이전에 그녀는 새였다고. 그녀는 새의 가슴 속에서 울부짖는 검붉은 심장이었다고 했어요. 유리창에 부딪혀 아득하고 단단한 지면으로 추락한 뒤 그녀는 쥐가 되었다고 했어요. 그녀의 심장은, 터져서 출혈하는 붉은 피는 쥐의 입속으로 들어갔고 그렇게 그녀는 쥐가 되었다고 했어요. 하지만 나는 쥐 이전에 아무것도 아니었으므로 그녀를 이해할 수 없었어요. 나는 처음부터 쥐였고 쥐이기 이전에도 쥐였으며 앞으로도 영원히 쥐일 것이므로.

그녀는 보이지 않는 날개로 나를 감싸안았어요. 단단한 뼈에 짓눌린 몸이 타들어가는 것처럼 아팠지만 그녀를 밀어낼 수 없었어요. 난 그녀의 상처 안으로 몸을 밀어넣었고 그녀는 자장가처럼 부드럽고 다정한 노래를 불러주었어요. 그녀의 상처에서 득실거리던 구더기들이 내 성기로 옮아왔고 난 미칠 듯한 가려움에 사로잡혀 흐느꼈어요. 그녀는 나를 따라서 울면서 괴롭다고 속삭였죠. 그녀는 더 이상 쥐이고 싶지 않다고 말했어요. 그녀는 쥐의 몸을, 쥐의 운명을 감당할 수 없다고도 소리쳤죠. 이해할 수 없었어요. 난 한 번도 내가 쥐인 것에 대해 불만을 가진 적이 없어요. 나는 쥐이고 쥐가 아니라면 그 무엇도 될 수 없죠. 우리는 모두 쥐이고 영원히 쥐일 것이에요. 멸종된 뒤에도 우리는 쥐일 거예요. 쥐가 아니고서 우리가 무엇일 수 있겠어요? 우리는 태어나기 전부터도 쥐였고 죽은 뒤에도 쥐예요. 하지만 그녀는 쥐로 태어나기 전에 그녀가 쥐가 아니었다고 했어요. 그러니 죽은 이후에도 그녀는 쥐가 아닌 다른 것일 수 있다고 말했죠.

난 그녀가 미쳤다고 생각했어요. 하지만 미친 것은 나였죠. 미친 그녀를 꿈꾸는 내가 미친 것이지 그녀가 미친 것은 아니었어요. 마찬가지로 그녀는 쥐이고 쥐가 아닌 다른 것은 아니에요. 그러니 그녀는 처음부터 쥐였고 앞으로도 쥐일 거예요. 쥐가 아닌 무엇이었다는 믿음은 터무니없는 망상이에요. 그걸 알면서도 난 미쳐버린 그녀를 꿈꿨어요. 마치 그녀가 쥐가 아닌 다른 것일 수 있다는 양, 쥐인 것이 괴롭다고 속삭이는 그녀를.

그건 정말 이상스럽고 부당한 꿈이었어요. 꿈에서 그녀를 만나기 이전에 난 한 번도 쥐가 아닌 다른 것이 되고 싶다고 생각해 본 적이 없어요. 고양이에게 턱을 물어뜯기고 심장이 찢겨 죽은 조상에 대한 이야기를 들을 때도 고양이가 되고 싶다고 생각하진 않았죠. 그건 불가능한 일이었으니까. 쥐들은 결코 불가능을 망상하지 않아요. 우리는 지극히 현실적이고 언제나 현실만을 살아가죠. 나는 불가능의 가능성을 몽상하는 일을 고려한 적조차 없어요. 그런데도 꿈 속에서 그녀는 쥐인 것이 괴롭고 두렵다고 흐느꼈어요.

그러니까, 어린 쥐는 검게 젖은 유리구슬과도 같은 눈으로 눈물을 흘리며 소리쳤다. 그러니까 그건 내 꿈이 아니었던 거예요. 그건 그녀의 꿈이었어요. 난 요제피네의 꿈에 들어갔던 거예요. 그녀가 날 초대한 것인지 아니면 초대받은 누군가와 나를 혼동한 것인지는 모르겠어요. 우리들은 모두 믿을 수 없을 정도로 닮았으니까. 나를 그녀의 옛 연인과 착각했을지도 모르죠. 그녀의 꿈에 우발적으로 진입하는 것은 충분히 일어날 수 있는 일이에요. 쥐들의 꿈은 개미굴과 같아서 정교한 미로처럼 분기하고 합류하는 길들 사이에서 서로의 꿈으로 흘러들 수도 있는 것이죠. 극히 드물게 선택받은 쥐들만이 그녀의 꿈으로 들어갈 수 있었을 거예요. 그녀가 초대한 쥐와 같은 얼굴을 가진 수백억 쥐들 중 하나가. 나는 그 놀라운 행운으로 그녀의 부드러운 가슴들을 더듬고 얼굴을 묻을 수 있었던 거예요. 하지만 어둠 속에서 나를 잡아먹은 나는 대체 누구였을까요? 살아남은 건 누구고 남겨진 건 누구였을까요? 우리는 거울을 보는 것처럼 닮았는데 그렇다면 나는 살해된 동시에 살아남은 것인지도 모르죠. 그리 이상한 일도 아니에요. 쥐들은 모두 죽으며 또 살아남으니까. 살아남은 쥐들과 죽은 쥐들은 같은 쥐들이니까. 어릴 적 교실 벽 한쪽에서 깊은 틈을 발견한 적이 있어요.

어린 쥐는 광적으로 키득거리면서 속삭였다. 그 안에는 무언가 있었어요.

쥐는 갑작스럽게 비명을 질렀다. 무언가 있었다고요. 틈 안에는 무언가 있어요.

남자는 낚싯배를 강 기슭에 정박시킨 뒤 미친 듯이 울고 있는 쥐를 손바닥 위에 올려 쓰다듬었다. 쥐의 눈은 잘려나간 우주처럼 검었다. 쥐는 믿을 수 없을 정도로 연약하고 가련해 보였다.

죽어 있는 여자를, 쥐는 속삭였다. 난 처음 보았어요. 쥐들이 모두 같은 운명을 가지고 영원과도 같은 생명을 분유한다는 말은 다 거짓이에요. 아니, 거짓이고 또 사실이에요. 그날 난 처음으로 죽음을 보았어요. 그 애가 누구인지 난 알아볼 수 없었어요. 아마 그 애는 내가 수업을 듣는 동안, 내가 다른 쥐들과 함께 노래를 부르고 수다를 떨고 쥐들의 역사와 미래를 공부하는 동안 그곳에서 죽어 있었을 거예요. 그 애의 몸에는 벌써 흰 구더기들이 꿈틀거리고 있었죠. 난 도망치고 싶었지만 그럴 수 없었어요. 난 그 애의 죽음과 닮은, 그리고 그것과 같은 수백억의 죽음들을 동시에 보았어요. 내가 기억하지 못했던 그 많은 죽음들, 미래의 죽음까지

도 볼 수 있었어요. 그 애의 목을 뚫고 튀어나온 날카로운 유리조
각 밑으로 굳어 있는 갈빛 피에 모래먼지처럼 엉겨든 무수한 파리
들이 그 애를 어디로 싣고 사라질지 몰라서 두려웠어요. 난 그 애
를 잃고 싶지 않았어요. 그 애를 빼앗기면 안 된다는 생각이 들었
어요. 하지만 어떻게 그 애를 지킬 수 있는지는 알 수 없었죠. 그
애는 이미 죽었고 조각조각 흩어진 그 애는 아직 벌어지지도 않은
모든 죽음이 될 텐데. 어째서 이전까지는 틈을 발견하지 못했을까
요? 어째서 틈 안에 무엇이 있는지 볼 수 없었던 걸까요?

남자는 어린 쥐의 부드러운 배를 손끝으로 어루만졌다. 경이롭
게 꿈틀거리는 배의 움직임을 느끼면서 남자는 그녀를 찾아주겠
다고 약속했다.

쥐는 가혹하게 쉬어버린 목소리로 속삭였다. 파리들이 내 안으
로 파고들어요. 하얀 천사들은 죽지 않은 쥐를 구원하지 않아요.
우리는 죽기 위해 태어난 건가요 우리가 천사라면 죽음 없이 우
리는 아무도 구원할 수 없나요. 나는 벽 바깥으로 손을 내밀었어
요. 누군가 내 팔을 잘라주기를 바라면서. 하지만 곧 벽은 깨어졌
고 나와 똑같은 것을, 똑같은 죽음들, 설명할 수 없이 뭉그러진 흰
얼굴들을 발견한 쥐들은 나와 함께 울었죠. 우리는 모두 벽 뒤에
무엇이 있는지 발견했어요. 우리는 그 애를 끌어안고 흐느꼈어요.
선생님은 그 순간 마치 어린아이처럼 우리 사이에 섞여들었죠. 우
리는 둥근 원을 그리며 둘러서서 서로의 품에 그 아이를 넘겨 주
었어요. 우리는 그 애를 끌어안고 슬프게 노래를 불렀어요. 손에

서 손으로 품에서 품으로 몸에서 몸으로 건너가는 아이의 얼굴을 기억하는 쥐는 아무도 없었어요. 구더기들의 탐욕스러운 생명에 훼손된 얼굴은 더 이상 얼굴이 아닌 머리였어요. 눈부시게 흰 두개골이 언뜻 드러났죠. 누군가는 그 상처에 입을 맞췄어요. 우리는 그 애의 이름을 불러주고 싶었지만 그럴 수 없었죠. 이름을 가진 쥐들은 소수이고 우리와 마찬가지로 그 애 역시 이름을 가지지 못했으리라는 것을 우리는 알고 있었어요. **그래서 그 애는 가엾게도 모든 죽음이 되었어요.** 이름이 없었기 때문에 이름이 없는 모든 죽음이 그 애였던 거예요. 이름이 있었다면 그 애는 하나의 죽음만 죽어도 되었을 거예요. 하지만 이름이 없었기 때문에 그 애는 하나의 몸으로 감당할 수 없는 수백억의 죽음을 살아야 했죠.

그래요. 이미 알고 있었어요. 우리는 우리를 죽이기 시작했어요. 난 죽어 있는 미래의 쥐들을 보았어요. 죽음은 행복도 경이도 절망도 아니었죠. 우리는 마치 우리가 처음부터 쥐였던 것과 같이 그렇게 자연스럽게 아무런 의심도 없이 죽어 있었어요. 쥐가 아니었다고, 쥐가 아닐 수 있다고 믿는 쥐는 오직 요제피네뿐이었어요.

쥐는 탈진한 듯 남자의 손바닥 위에 드러누워 거친 숨을 헐떡이고 있었다. 어째서 그 애에게 이름을 지어주지 않았느냐고 남자가 묻자 쥐는 놀란 듯 크게 뜬 눈으로, 깜빡임 없이 고요한 행성과도 같은 눈으로 남자를 올려다보며 속삭였다.

우리는 이름을 지을 줄 몰라요. 내가 아는 이름은 요제피네뿐이에요. 하지만 노래하지 않는 쥐에게 요제피네라는 이름을 붙여 줄 수는 없어요. 우리가 아는 건 그 애가 요제피네가 아니라는 사실뿐이었어요. 설령 그 애가 언젠가 요제피네였다고 해도 노래하지 않는 그 애는 요제피네가 아니죠. 어린 쥐는 보이지 않는 곳을 바라보듯 초점을 잃은 검은 눈을 위로 치켜뜬 채로 몽롱하게 중얼거렸다. 요제피네는 우리가 가진 가장 아름다운 것이었어요. 그런 이름을, 그런 노래를 우리는 두 번 다시 가질 수 없을 거예요. 요제피네의 시체를 찾지 못했기 때문에 우리는 그녀의 장례를 치를 수도 없었고 그녀를 애도할 수도, 그녀를 잊을 수도 없었죠. 사실 요제피네를 떠나보내는 것은 처음부터 불가능한 일이었어요. 살아 있지 않은 요제피네는, 노래를 부르지 않는 요제피네는 요제피네가 아니니까. 요제피네는 시신을 가질 수 없죠. 요제피네의 멎은 심장은 신의 유골만큼이나 불가능한 사실이에요. 우리는 영원히 요제피네를 잊을 수 없을 거예요. 요제피네는 돌아오지 않을 것이고 우리는 요제피네의 노래를 영원히 상실했다는 사실을 인정하지도 못한 채 돌아오지 않을 그녀를 하염없이 기다릴 수밖에 없겠죠. 그러니까 요제피네의 시신을 찾는 일은 불가능한 일이에요. 난 당신에게 불가능한 일을 부탁하는 거예요. 그러니까 당신이 내게 해 줄 수 있는 일은 내게 있어 아무것도 아니고 동시에 모든 것이에요. 아무 의미도 없는, 그러나 가능한 모든 의미를 가지고 있는 것이에요.

쥐는 헐떡거리면서 흐느꼈다. 남자는 당장이라도 터질 듯 박동하는 쥐의 심장 위에 검지 손톱을 가져다대었다. 그는 쥐에게 요제피네를 만나고 싶으냐고 물었다. 쥐는 남자의 젖은 눈을 올려다보며 고개를 저었다.

그녀를 다시는 만나고 싶지 않아요. 그녀를 기억하고 싶지 않아요. 그녀는 내가 가진 기억 중 가장 아름다운 것이지만 난 더 이상 아름다움을 원하지 않아요.

그러나 어린 쥐는 요제피네를 잊겠다고 선언하지 않았다. 그것은 불가능한 일이었으므로. 남자는 요제피네의 유골을 찾으면 꼭 전해 주겠다고 약속했다. 남자는 일부러 아무것도 이해하지 못한 것처럼 굴었다. 마치 요제피네의 죽음이 가능하다는 듯, 요제피네의 이름을 가진 시신이 존재한다는 듯, 쥐는 남자의 말을 반박하지 않고 얌전히 드러누운 채 숨을 골랐다. 제단에 꼼짝도 하지 않고 드러누워 천공에 떠오른 비극들을 서글피 감상하는 반신마비의 신처럼.

어째서 우리는 가지지 못한 것을 바라는 걸까요? 어째서 우리는 아름다움을 느끼는 걸까요? 어째서 우리는 불가능한 것만을 약속하고 사랑하는 걸까요?

쥐는 울고 있었다. 남자는 대답할 수 없었다. 쥐는 요제피네가 하나이기 때문에, 그리고 죽은 소녀가 너무 많기 때문에 괴롭다고 말했다. 설명할 수 없는 것을 설명하려 애쓰는 작은 몸은 찢겨질 듯 위태롭게 바들거렸다. 남자는 배 위에서 밤을 함께 보내자고 제안했지만 쥐는 곧 고개를 젓고 남자의 손바닥에서 뛰어내려 어두운 물안개 속으로 사라졌다.

남자는 지난 몇 년의 밤처럼 홀로인 어둠을 보내야 했다. 남자는 검은 대기 속으로 뛰어드는 선원들을 보았다. 그들은 어둠의 밑바닥에 물이 없다는 사실을, 바다가 모두 말라붙은 뒤 이제는 마른 땅뿐이라는 사실을 모른 채 죽은 선원들의 유령인 세이렌의 노랫소리를 따라 죽음으로 뛰어들고 있었다. 남자는 그들을 말리지 않고 그들의 죽음을 멍하니 지켜보고 있었다. 남자 역시 죽은 세이렌들의 동료였으므로. 심장이 멎은 부패된 몸을 가진 세이렌들은 귀머거리였다. 그들은 들리지 않는 노래를 서글프게 흐느꼈다.

남자는 식은땀을 흘리며 깨어나 그를 집어삼킬 듯 일렁거리는 검게 젖은 어둠을 바라보았다. 그는 고통스럽게 구토한 뒤 생각했다. 언젠가 그는 물에 빠져 죽을 것이다. 익사는 마치 오래된 예언과도 같이 그의 가슴 깊은 곳에 침잠해 있었다. 그와 그의 부모는 예전부터 그의 운명을 알고 있었다. 그가 깊고 아름다운 물의 일렁임에 매혹되어 눈물을 흘리던 순간부터. 그가 익사한 유령들의 절망적인 노랫소리에 빠져 그들과 함께 흐느끼던 순간부터. 그는 마비된 다리를 물 밑 깊은 곳에 담근 채 검은 팔을 허우적거리는 인어들을 보았다. 그녀들을 무심하게 지켜보며 그녀들이 물에 빠져 죽기만을 기다리는 세이렌 남자들 사이에서 인어들은 비명을 지르며 살려달라고 애원했다. 세이렌 남자들은 비정하고 집요한 유령들이 그렇듯 그녀들이 힘이 빠져 익사하기만을 가만히 기다리고 있었다. 인어들의 꿈이 어디까지 사실인지 그는 더 이상 확신할 수 없었다. 모두 거짓은 아니라는 사실만이 분명했다. 바다를 항해할 때 남자는 종종 진짜 인어들을 보았다. 그녀들은 너무 검거나 너무 희어서 눈에 띄었다. 처음에 남자는 그녀들이 사람이라고, 밤의 물결에 삼켜져 검게 보이거나 달빛으로 희게 보이는 조난자라고 생각했다.

검거나 흰, 물에 빠진 두 발 짐승이 인어임을 알려준 이는 이등 항해사였다. 잠결에 욕설을 뱉던 이등 항해사는 남자의 말을 듣고는 깜짝 놀라 갑판에 올라 바다를 샅샅이 살피며 어디 있느냐고 물었다. 악몽처럼 절망적으로 일그러진 얼굴로 이등 항해사는 어디 있느냐고 흐느꼈다. 두려움에 질린 남자는 방금 전까지만 해도 이 아래에 있었는데 멀리 떠내려간 모양이라고 말했다. 밤은 너무도 넓고 아득했기에 남자는 더 이상 달빛에 희게 바랜 조난자의 몸을 찾을 수 없었다. 이등 항해사는 졸도할 듯 숨을 거칠게 헐떡이며 배 없이 물에서 허우적거리는 검고 흰 짐승은 인어라고 속삭였다. 이전까지 동화와 전설로만 인어를 알고 있던 남자는 깜짝 놀랐다. 그는 인어들이 사람의 얼굴과 물고기의 다리를 가지고 있는 괴물이라고 생각했던 것이다.

그러나 이등 항해사는 인어들이 유달리 아름답고 지나치게 검거나 흰 것을 제외하면 사람과 똑같은 신체 구조를 가지고 있다고 말했다. 그 때문에 색맹들은 인어를 사람으로 착각해 뭍에 풀어주기도 한다는 것이었다. 이등 항해사는 유달리 낮게 잠긴 목소리로 인어들을 뭍에 놓아주는 일은 보물을 숲에 뿌리는 일과도 같다며, 만약 다음에도 인어를 발견하면 선장이나 선원들에게는 이야기하지 말고 그에게만 은밀하게 알려달라고 속삭였다. 인어들의 기름은 고래기름보다도 비싼 값에 팔리니 그들끼리 인어를 숨겨 돈을 나누자는 것이었다. 이등 항해사의 얼굴이 유달리 침울해 보였기에, 그가 절망감을 이기지 못하고 당장 바다 속으로 뛰어들어 인어가 되어버릴 것 같았기 때문에 남자는 황급히 고개를 끄덕였다. 돈은 아무래도 좋았다. 그는 유일하게 그를 친절히 상대해 주는 이등 항해사의 기분을 거스르고 싶지 않았다.

남자는 그 이후로도 밤의 바다에서 종종 인어들을 마주쳤지만 그 누구에게도 알리지 않았다. 이등 항해사와의 약속을 어기고 싶지 않았으므로 다른 선원들이나 선장에게 신고하지 않았음은 물론이고 이등 항해사에게도 인어에 대해 말하지 않았다. 이등 항해사가 그때처럼 절망적인 얼굴로 흐느끼는 것이 두려웠기 때문이었다. 그는 바다의 잔혹한 어둠과 틈입에 공모하여 희거나 검은 몸들이 물속으로 빨려들어가는 모습을 조용히 바라보았다. 마치 적막만으로 사실을 취소할 수 있다고 믿는 것처럼 그는 필사적으로 침묵하였다. 그는 인어들을 구하지 않고 그들의 존재를 누구에게도 누설하지 않음으로써, 인어들의 존재를 거짓으로 돌려놓고 싶었다. 그러나 기이하게도 그는 영원처럼 이어지는 밤을 허우적거리는 인어들과 맞닥뜨렸으며, 검게 벌어진 그들의 비명은, 광대하고 잔혹한 바다에 함몰되어 들리지 않는 그들의 헐떡임은 가장자리가 흐릿하게 지워진 그의 악몽 속을 표류하였다. 그는 검게 타들어간 심장으로, 그의 침묵이 인어들의 죽음에 깊이 연루되어 있음을, 단지 바라봄만으로, 우연적인 접촉만으로 그가 가라앉는 울음들의 공모자가 되었음을 깨달아야 했다. 그는 차라리 인어들이 그에게 복수하여 그를 검고 깊은 바다 속으로, 그의 운명 속으로 끌고 들어가기를 바랐지만 인어들은 그저 바다 속으로 가라앉을 뿐 그에게 어떠한 원망도 내비치지 않았다. 익사자가 바다를 원망할 수 없듯, 검은 숲 속의 방랑자가 어둠을 미워하지 않듯 인어들은 침묵으로 공조하는 그의 악몽을 비난하지 않았다. 인어들은 언제나 갈급한 죽어감 속에, 축축하게 젖어 익사하는 심장의 내부에 있었다. 좁고 깊은 강으로 터를 옮긴 뒤에도 그는 인어들의 죽음 속을 떠돌았다. 그는 간혹, 햇빛에 새까맣게 그을은, 재처럼 검은 심장을 가지고 있는 그가 인어가 되어버렸을지도 모른다고, 그래서 인어의 미래를 가진 그가 그토록 자주 인어들을 보았고 또 인어들을 꿈꾸는 것인지도 모른다고 생각했다. 절망적인 물의 생명을 표류하는 검은 심장들은 모두 인어일지도 모른다고.

# 유원지

목소리가 그녀에게 속삭였다. 모든 것은 꿈에 불과해. 그러나 그녀는 영원히, 꿈에서 깨어날 수 없을 것이다. 꿈은 그녀가 가진 유일한 사실이었다. 거짓은 그녀가 가진 유일한 진실이었다. 언어는 그녀가 잃을 수 있는 모든 것이었다. 언어는 그녀가 가진.

가족은 딸 나비의 생일을 맞아 유원지로 갔다. 나비는 올해 8살이었다. 첫 여름방학과 첫 유원지. 나비는 비정상적인 기쁨으로 가슴이 아팠다. 나비의 엄마는 나비가 행복해서 그런 것이라고 말했다. 그러나 나비는 슬픔과 기쁨을 구분할 수 없었다. 기쁨은 슬픔만큼이나 아프고 외로운 것이었다. 아무도 나비만큼 가슴이 아프지 않은 것 같았다. 학교 소풍으로 이미 유원지에 다녀온 나비의 언니는 심드렁한 표정을 하고 있었으며 나비의 엄마와 아빠 역시 마찬가지였다. 잔혹하게 내리쬐는 하얀 태양과 게걸스럽게 날아다니는 파리떼에 그들은 신경이 곤두서 있었다. 나비는 계속해서 가슴이 아프다고 칭얼거렸고 그들은 점점 나비의 말을 무시하기 시작했다. 한 번도 이토록 고통스러워본 기억이 없는 나비는 그들의 냉담한 반응에 충격을 받았다. 어째서 그녀는 그토록 아픈 것인가? 어째서 **그녀만이** 눈물이 날 정도로 서글픈 것인가? 아니야, 이건 기쁜 거야, 하고 나비는 생각했다. 나비는 기쁨을 도저히 달갑게 여길 수 없었다.

주말이었기 때문에 유원지 앞 매표소의 줄은 믿을 수 없을 만큼 길었다. 사람들은 초조하게 서로의 앞에 놓인 무수한 머리들을 노려보고 있었다. 사탕 포장지처럼 붉거나 노란 캡 모자로 감싸여 있거나 감싸여 있지 않은 머리들을. 나비는 떨리는 손으로 그들 앞에 놓인 검거나 검지 않은 머리들의 개수를 하나씩 세어 보았다. 십을 넘어갔을 때 나비는 안간힘을 쓰며 그 다음 수를 떠올리려 했지만 성공하지 못했다. 언니에게 물어보자 언니는 짜증스럽게, 그러나 야릇한 기쁨에 미소를 지으며, 뭐겠어? 하고 되물었다. 나비는 십 그리고 하나, 하고 조심스럽게 대답했다. 그걸 뭐라고 불러?

언니는 알려주지 않았다. 뭐라고 부르겠어? 언니의 흰 이마에 검지 손톱만 한 검푸른 파리가 달라붙었다. 언니는 비명을 지르며 거칠게 파리를 쳐내었다. 나비는 마침내 열하나, 하고 대답했다. 나비의 말을 듣지 못한 듯 언니는 다시 줄의 앞쪽 아득한 곳을 멍하니 바라보고 있었다. 열하나 열, 둘 열셋 열넷 숫자의 규칙을 발견한 나비는 거침없이 세어 나갔다. 하지만 열여섯까지 세었을 때 나비는 그녀가 어디까지 세었는지 더 이상 기억할 수 없었고 작고 가느다란 손가락을 서글프게 내린 뒤 끔찍하게 느린 걸음을 내디 딜 뿐이었다. 목덜미 아래로 간지럽고 투명한 물이 흘러내리고 있 었다. 겨드랑이와 사타구니, 배와 등 밑으로 눈물이 흘러내렸다. 나비는 엄마가 잘못 안 것이 분명하다고, 그녀가 느끼는 것은 슬 픔이라고 생각했다. 그렇지 않으면 이토록 많은 눈물이 흐를 리 없으니까.

대기 시간은 영원처럼 계속되었다. 참다 못한 남자아이 한 명 이 비명을 지르며 바닥에 드러누웠다. 아이의 바지가 축축하게 젖 어들었으나 그 애를 말리는 부모나 손위 형제는 없었다. 남자아이 는 드러누운 채 절망적으로 울부짖었다. 한참이 지난 뒤에야 아이 때문에 더 앞으로 나가지 못한 사람들이 항의를 했고 보이지 않는 먼 곳에서 관리 직원이 뛰어왔다. 직원은 쥐의 커다랗고 둥근 귀 를 머리에 매달고 있었다.

직원은 아이에게 다가가 이름을 물었다. 아이는 대답하지 않았 다. 너희 부모님은? 아이는 대답하지 않았다. 직원은 아이를 줄 에서 황급히 끌어내어 들쳐 안고는 사라졌다. 아이에게는 처음부 터 부모가 없었던 것일까? 아니면 슬픔과 절망에 탈진하여, 나비 와 같은 광폭한 기쁨에 지쳐 쓰러져 아무런 대답도 할 수 없었던 것일까? 부모의 이름을 기억하지 못했던 것일까? 아니면 그저 대 답하지 못했던 것뿐일까? **대답하지 못했기 때문에 아이는 영원히 부모와 만날 수 없게 될까?** 나비는 아빠의 셔츠 뒷자락을 끌어당기며 아이가 어디로 가느냐고 물었다. 아빠는 거대한 잿빛 얼굴로 나비를 뒤돌아보며 아무도 모른다고 했다. 아이는 미아 센터로 갈 것이고 그 이후로 어디로 갈지, 그것은 아이를 데려간 직원도 아이도 알 수 없다고. 왜냐하면 직원은 미아 센터에 아이를 놓은 뒤 영원히 줄어들지 않을 줄을 향해 돌아올 것이고 아이는 마찬가지로 줄에서 이탈한 다른 아이들과 함께 부모를 기다릴 것이며 마지막에 누가 아이를 데려갈지, 그것은 끝이 닥치기 전까지는 알 수 없는 일이므로. 그러니 너는 길을 잃으면 안 돼. 언니 손을 꼭 잡고 있으렴.

나비는 두려움에 떨며 언니의 희고 축축한 손에 손을 밀어넣었다. 언니는 짜증을 내면서도 손을 뿌리치지는 않았다. 해가 지고 절망적인 붉음이 내려오기 시작할 무렵 그들은 마침내 매표소에 다다랐다. 매표소의 여직원은 웃고 있었으나 그녀의 입술 끝은 바들바들 떨리고 있었다. 그녀는 마치 당장 울음을 터뜨리고 싶은 것처럼 보였다. 꿈과 환상의 나라에 오신 것을 환영합니다. 여자는 갈라진 목소리로 속삭였다.

아빠가 자유이용권 네 장을 주문하자 여자는 그들의 손목에 둥근 팔찌 형태의 종이 티켓을 감아 주었다. 티켓을 찢거나 훼손하거나 분실하면 안 된다고 여자는 말했다. 잃어버리면 어떻게 되나요? 나비가 묻자 여자는 야릇하게 웃으며 대답했다.

그러면 놀이공원에서 나갈 수 없답니다. 꿈과 환상의 나라에서 영원히 살게 되는 거예요.

나비는 그러면 좋은 것이 아니냐고 되묻고 싶었지만 언니가 나비의 손을 잡아끄는 바람에 더 이상 묻지 못하고 달려가듯 앞으로 내몰릴 수밖에 없었다. 매표소 건너 세상은 눈부실 정도로 무수한 색채들에 뒤덮여 있었다. 마치 신이 그가 가진 모든 물감들을 자랑하듯 마구잡이로 흩뿌려놓은 것 같았다. 나비는 깊은 울렁거림과 멀미를 느꼈다. 오래도록 차를 탔을 때 나비의 갈비뼈 안쪽에서 스멀스멀 올라오는 역겨운 가죽의 냄새. 나비는 어지럽다고 속삭였으나 얕은 숨결과도 같은 속삭임은 광대하고 멀미나는 색채들 사이로 순식간에 흩어져버렸다. 작고 여린 심장에 기쁨은 너무도 치명적이며 난폭했다. 나비는 불가해한 고통으로 전율하는 붉은 원들을 느꼈다. 거대한 플라스틱 말들이 파리처럼 거대한 붉은 겹눈으로 나비를 노려보고 있었다. 나비는 깜짝 놀라 비명을 질렀지만 경악한 것은 나비뿐이었다.

타고 싶니? 아빠가 나비를 내려다보며 물었다. 나비는 곧바로 대답할 수 없었다. 윤기가 흐르는 플라스틱 말들은 돌로 변한 저주받은 왕자들처럼 아름답고 신비로웠으나 왕자들이 그들의 저주받은 등에 함부로 올라탄 아이를 용서할지 나비는 확신할 수 없었다. 나비는 왕자들을 화나게 하고 싶지 않았다. 동화는 그녀에게 착한 공주와 시련을 겪는 왕자들을 불쾌하게 만들면 얼마나 큰 벌을 받게 되는지 수백 번 거듭 알려주었다. 하지만 저주받은 왕자들은 믿을 수 없을 만큼 매혹적인 유선형으로 화려한 무대 위를 빙글빙글 돌고 있었다.

나비가 머뭇거리는 사이 그들은 나비를 이끌고 긴 줄 뒤에 섰다. 그들 뒤에는 이상하게도 아무도 서지 않았다. 매표소의 줄과는 달리 회전목마 앞의 줄은 십몇 명 단위로 한 번에 줄어들었기 때문에 그들은 금세 줄의 가장 앞에 도달할 수 있었다. 왕자들이 그녀를 거부하지는 않을까? 갑작스럽게 그녀를 바닥에 내동댕이치지 않을까?

나비는 엄마, 하고 속삭이며 부드럽고 커다란 손을 끌어당겼지만 그녀를 돌아본 것은 낯선 여자였다. 한 번도 상상한 적이 없는 얼굴, 나비가 영원히 기억할 수 없을 얼굴이 나비를 돌아보았다. 여자 옆의 남자가 마찬가지로 낯선 얼굴로 무슨 일이냐고 물었다.

우리를 잃어버리면 안 돼, 아빠는 나지막하게 속삭였다. 그러면 알 수 없는 곳으로 가게 될 테니까. 아무도 알지 못하는 다른 곳으로.

나비는 참지 못하고 울음을 터뜨렸고 여전히 나비의 손과 연결되어 있던 언니의 손이 나비를 잡아끌며 달래었다. 언니는 나비를 붙잡지 않은 나머지 손으로 줄 너머 회전목마 앞에 있는 나무 벤치를 가리켰다. 그곳에는 그들의 엄마 아빠가 무시무시하게 붉은 석양빛에 감싸인 채 부드럽게 일그러진 얼굴로 웃으며 물결처럼 손을 흔들고 있었다. 언니는 나비의 바로 옆에 붙어 있는 왕자의 등에 올랐다. 그 왕자는 심장처럼 커다란 붉은색 보석이 박힌 왕관을 쓰고 있었다. 나비의 왕자는 다른 말들에 비해 왜소했으며 심장 모양의 붉은 보석도 달고 있지 않았지만 나비는 얌전히 언니의 옆 말에 자리를 잡았다. 커다란 고깔모자를 쓴 직원이 나비에게 다가와 안장에 나비의 작은 골반과 발목을 고정시켜 주었다. 검은 직사각형 모양의 밴드가 나비를 왕자의 등 위에 결박하였다. 나비는 밴드의 날카로운 모서리가 그녀의 발목을 잘라버릴까 봐 무서웠지만 언니 역시 그녀와 같은 것에 구속되어 있었기에 아무 말도 하지 않았다. 나비는 왕자의 슬프고 붉은 눈을 감싸 위로하듯 더듬거렸다. 왕자는 그녀를 돌아보지 않았지만 나비는 왕자가 그녀의 몸을, 그의 맨등을 짓누르고 있는 그녀의 허벅다리를 느끼고 있음을 알았다. 그녀가 공주가 아니라는 사실 역시 왕자는 알고 있을 것이었다. 하지만 그녀는 선하고 착한 공주의 편이었다. 나비는 왕자를 안심시키기 위해 그의 매끄러운 플라스틱 갈기를 쓰다듬었다. 그에게 무언가 말하고 싶었으나 무엇을 말해야 할지 알 수 없었다.

쾌활한 오르골 소리가 울려퍼지며 저주 받은 왕자들은 둥근 미로 속을 하염없이 돌기 시작했다. 그들은 서글프고 초연하게 미끄러져 나갔다. 앞으로 돌진할 수 있음을 더 이상 믿을 수조차 없는 듯, 그들은 알 수 없는 힘에 이끌려 원의 중심 주위를 한없이 돌고 있었다. 나비는 황홀한 멀미에 시달렸다. 조각난 붉은 심장을 구토할 것 같은 기분이었다. 나비가 마른기침을 하자 언니는 걱정스러운 듯 나비를 돌아보았으나 곧 다시 고개를 돌리고 엄마와 아빠를 향해 손을 흔들었다. 그들은 마치 지나간 추억처럼, 작별 인사처럼 부드럽게 손을 흔들고 있었다. 나비는 잃어버린 것을 찾듯 서글프고 애타게 손을 뻗었으나 무엇을 잃어버렸는지는 그녀 자신도 알 수 없었다. 숫자들, 그래, 열여섯 그리고, 나비는 열일곱을 세었다. 열일곱을 세고 나면 열여섯은 영원히 사라지고 마는가? 열하나를 세고 나면 열을 잃어버리는 것인가? 나비는 다시는 숫자를 세지 않겠다고 다짐했다. 그녀가 간직한 친숙한 숫자들을 잃어버리지 않도록. 그러나 나비는 버릇처럼 열일곱 이후의 수를 떠올렸고 열일곱을 잃어버렸다. 그녀의 두려움과는 달리 왕자는 나비에게 욕설을 퍼붓지도 나비를 그의 매끄럽고 슬픈 등에서 떨쳐버리지도 않았다. 왕자는 마치 살아 있지 않은 것처럼 고요했다. 나비는 곧 그의 공주가 그를 구하러 찾아올 것이라고, 그녀의 아름다운 입맞춤으로 당신은 깨어나고 못된 기사들을 물리치고 왕이 될 것이며 공주와 영원한 행복을 누릴 것이라고 서둘러 속삭였다. 그러나 공주가 언제 올지, 공주가 어디에서 그를 데리러 올지, 그것은 나비도 알 수 없었다. 그녀는 그저 슬퍼 보이는 왕자를 위로하고 싶을 뿐이었다.

음악이 끝나고 나자 왕자들은 무례한 승객들의 집요한 시선을 의식조차 하지 못한 채 순진하게 잠들었다. 청혼조차 하지 않은 왕자의 갑작스러운 입맞춤을 외설적인 순진함으로 허락하는 죽은 여자처럼. 호수 위를 둥둥 떠다니는 유리관 속 붉고 내밀한 입술들. 직원이 나비와 왕자를 잇던 검은 결속을 풀어주고 나비를 들어올려 왕자의 발 밑으로 내려주자 언니는 나비의 손을 잡아끌며 빨리 다음 놀이기구를 타자고 소리쳤다.

어느덧 땅거미가 지고 있었다. 벌레들의 알처럼 미끈거리며 반짝이던 색채들은 붉고 검은 빛으로 저물어가고 있었다. 나비는 마치 영원히 색을 잃어가는 노인처럼 서글픈 기분에 잠겨들었다. 엄마는 그녀들에게 놀이기구가 재밌었느냐고 물었고 언니는 시시했다고 퉁명스럽게 내뱉었으며 나비는 아무런 대답도 하지 못했다. 아빠가 나비에게 다시 재미있었느냐고 묻자 나비는 멍한 눈으로 그의 흐릿한 눈을 바라보며 고개를 저었다. 그것은 황홀하고 어지러웠으며 멀미가 났으나 재밌지는 않았다.

느티나무처럼 거대한 곰이 뒤뚱거리며 그들에게 다가들었다. 그는 과장되게 고개를 숙이고 한쪽 발을 뒤로 내밀며 인사를 했다. 언니는 얼굴이 발갛게 상기되어 비명을 질렀고 나비는 그녀의 왼손에 입을 맞추는 곰의 거대한 입이 믿을 수 없을 정도로 부드럽다는 사실에 놀랐다. 곰은 딱정벌레처럼 검고 윤기나는 두 개의 둥근 눈으로 나비의 눈을 마주보았다. 곰은 눈꺼풀조차 없는 검은 눈으로 나비를 응시하고 있었다. 단 한 번의 깜빡임도 없이, 눈물도 반영도 없이. 곰이 29번 채널에 등장하는 이야기꾼을 닮았다고 나비는 흥분한 채 소리쳤으나 29번 채널을 보는 이는 나비뿐이었기에 아무도 그녀의 벼락 같은 깨달음에 동조하지 않았다. 곰의 몸은 TV에서 볼 때와는 달리 축축한 클레이에 뒤덮여 있지도 않았고 그리 헐벗지도 않았으며 다리 사이는 텅 비어 있었으나 나비는 그가 29번 채널의 그 곰을 닮았다고 확신했다. 어쩌면 곰은 모두 서로를 닮았을지도 몰랐지만 그녀가 본 곰은 그들뿐이었으므로 나비는 그들이 쌍둥이처럼 깊은 연관을 가지고 있으리라는 생각을 지울 수 없었다.

곰은 나비와 언니에게 탐스럽게 부푼 달걀 모양의 풍선을 내밀며 갖고 싶으냐고 물었다. 언니는 열렬히 고개를 끄덕였고 나비는 기쁨에 겨워 탄성을 내뱉었다. 그러나 부모는 조심스럽게 그들을 뒤로 밀어내며 값을 치러야 하느냐고 곰에게 물었다. 곰은 잠시 주저하더니 풍선 한 개 값만 주어도 된다고 무척 낮은 목소리로 속삭였다. 카드도 괜찮냐고 아빠가 묻자 곰은 고개를 저으며 물러났다.

현금 가진 것만 주세요, 하고 곰은 초조하게 속삭였다. 곰은 절박해 보였다. 그러나 엄마는 고개를 저었다. 그들은 단 하나의 값싼 동전조차 가지고 있지 않았다. 곰은 시무룩하게 뒤로 물러났다.

곰은 더 이상 움직이지 않았다. 손을 흔들지도 않았고 악수를 청하지도 않았으며 풍선을 건네지도 않았다. 수십 개의 가벼운, 날개 없이 날아다니는 달걀들은 곰의 손 위에 화병의 꽃처럼 멀거니 서 있었다. 나비와 언니는 애가 타 곰을 툭툭 건드리고 그를 밀어보며 말을 시켜보았지만 곰은 석상처럼 가만히 멈추어 꼼짝도 하지 않았다. 엄마와 아빠는 그리 달가워보이지 않았으나 그녀들을 말리지도 않았다.

나비는 곰돌아, 곰돌아, 하고 애타게 부르며 그녀가 잘못했다고 그러니 제발 다시 움직이라고 애원했다. 언니의 얼굴도 축축하게 젖어 있었다. 그러나 아빠가 휴대폰 카메라를 들었을 때 그들은 가만히 서 있는 곰의 품 안에 뛰어들며 허공에 브이자를 그렸고 찰칵하는 소리가 울려퍼지자마자 갑작스럽게 곰은 고개를 숙여 그녀들을 내려다보았다. 곰의 눈은 끔찍할 정도로 검었다. 소녀들은 불가해한 두려움에 사로잡혀 몸을 떨었다. 곰은 더 이상 웃고 있지 않았다. 곰은 그대로 서서 묵묵히, 그녀들을 내려다보고 있었다. 그는 당장이라도 그 거대한 머리를 반으로 갈라 벌리고 소녀들의 가늘고 부드러운 목을 물어뜯을 것 같았다.

나비는 곰에게 용서를 빌고 싶었으나 그녀가 무엇을 잘못했는지 모르고 있었기에 아무것도 말할 수 없었다. 거짓으로 용서를 빈 것을 알면 곰은 그녀를 가장 잔혹한 방식으로 찢어놓을 것 같았다. 부모는 너무 멀리 떨어져 있어서 곰이 그녀들의 작은 머리를 하나씩 뜯어버리기 전에 그녀들에게 도달할 수 없을 것 같았다. 소녀들은 하나의 손이 얼마나 쉽게 꽃의 머리를 잡아뜯을 수 있는지 알고 있었다. 그녀들은 학교 화단에 피어난 붉은 장미를 뜯어 호주머니에 넣었다. 짓무른 꽃의 피가 호주머니를 붉게 물들였고 식탁에 올려놓은 장미는 알 수 없는 빛깔로 썩어가고 있었다.

영원처럼 그녀들을 노려보던 곰은 순식간에 등을 돌리고 반대편으로 걸어갔다. 언니가 엉엉 울기 시작하자 아빠는 곰처럼 검은 눈으로 그녀를 노려보며 그렇게 울면 두고 갈 것이라고 소리쳤다. 언니가 우는 것을 보자 나비는 신기할 정도로 슬픔이 가라앉았다.

언니가 아이처럼 울고 있었기 때문에 나비는 더 이상 아이가 아닌 것 같았다. 언니의 공포 앞에서 나비는 믿을 수 없을 정도로 용감하고 씩씩해졌다. 엄마는 나비를 가리키며 언니가 동생만도 못하다고 질책했다. 언니는 절망적으로 흐르는 눈물을 닦을 생각도 하지 못한 채 나비를 원망스럽게 노려보았다. 언니가 겁쟁이였기 때문에, 언니가 울보였고 이기적인 아이였기 때문에, 동생만도 못한 아이였기 때문에 이제는 나비가 언니며 언니는 동생이었다.

　나비는 동생의 축축한 손을 꼭 쥐며 동생을 끌어안았다. 동생의 어깨는 힘없이 늘어져 있었다. 나비는 기쁘게 웃었다. 왜냐하면 나비는 아주 오래 전부터 동생을 원하고 있었으니까. 동생은 유원지보다도, 붉고 음란한 입술을 벌린 밤의 튤립들보다도, 등이 벗겨진 저주받은 왕자들보다도, 투명하게 부풀어오른 달걀들보다도 더 매혹적인 선물이었다. 나비는 동생이 언제나 울고 있기를, 아빠가 언제나 동생에게 화가 나 있기를 바랐다. 나비가 평생 의젓하고 웃고 있는 언니일 수 있도록. 그러나 동생은 곧 가느다란 팔등으로 눈물을 닦았고 아빠는 그녀에게 다시는 그러지 않을 거지? 하고 다정하게 속삭였고 동생은 고개를 끄덕였으며 그렇게 동생은 다시 나비의 언니가 되어 그녀의 작고 축축한 손을 잡아끌었다. 채색 유리들로 만들어진 거대한 성벽이 그들의 모습을 비추고 있었다. 나비는 길게 늘어나고 평평해진 그들에게 입을 맞추러 달려갔으나—왜냐하면 그들은 저주에 걸린 것이 분명했으니까—언니는 나비를 만류하며 조심하라고 소리쳤고 부모는 흐뭇하게 웃으며 그녀의 복권(復權)을 승인하였으며 나비는 알 수 없는 서글픔에 걸음을 멈추었다.

언제부터 언니는 언니였을까? 언제부터 언니는 나비보다 숫자를 더 잘 세고 나비보다 크게 자라고 나비보다 많은 것들을 알게 되었지? 하지만 언니가 처음부터 언니였던 것은 아니었다. 언젠가 나비는 아빠와 둘만 남아 엄마를 기다리고 있었고 아빠는 엄마가 여동생을 데리고 올 것이라고 했으며 여동생은 나비를 위한 생일 선물이라고 말했다. 나비는 여동생에게 가르쳐줄 것을 일기장에 하나씩 하나씩 적어내려갔고 1. 29번 채널만큼 재미있는 건 없어 우리는 같이 29번 채널을 볼 거야 2. 생일은 일 년에 한 번뿐이야 우리는 평생 한 번만 서로의 생일을 축하할 거야 3. 열 다음은 열하나야 4. 29번 채널에 편지를 보내면 의사가 우리를 초대할 거야 편지를 쓰려면 글을 배워야 해 5. 엄마는 하나뿐이야 6. 아빠도 하나뿐이야 7. 언니는 하나뿐이야 8. 길을 잃었을 때는 가만히 서서 어른들을 기다려야 해 알지 못하는 사람들은 따라가면 안 돼 엄마나 아빠나 내가 너를 데리러 갈 때까지 기다려 절대 움직이면 안 돼 알지 못하는 곳으로 가면 안 돼 그러면 너는 영원히 우리를 잃어버릴 거야 영원히 잠을 잘 수 없을 거고 영원히 행복할 수 없을 거야 9. 언니에게는 대들면 안 돼 10. 벌거벗은 아이들을 따라가면 안 돼 엄마나 아빠 없이는 밖에 나가면 안 돼 밖에서 벌거벗으면 안 돼 벌거벗은 아이들은 잡아먹히고 말 거야 엄마나 아빠가 없는 아이들은 벌거벗겨질 거야 벌거벗겨지면 잡아먹힐 거야. 그러나 아무리 기다려도 리스트가 일기장 한 권을 전부 채워도 엄마와 여동생은 돌아오지 않았다.

언젠가 나비가 눈물을 흘리면서 잠에서 깨었을 때 엄마는 희고 부드러운 얼굴을 나비의 이마에 가져다댄 채 눈물을 흘리고 있었다. 엄마는 나비가 기억하는 엄마보다 말랐으며 입술이 검었고 마치 다른 사람처럼 보였다.

나비의 엄마를 엄마라고 부르며 나비의 침대로 달려든 여자아이는 나비가 거울에서 마주치는 소녀와 놀랄 만큼 닮아 있었다. 나비가 저 애는 누구냐고 묻자 엄마는 슬픈 눈으로 저 애가 아니라 언니라고 말했다. 언니는 나예요, 하고 나비가 소리치자 엄마는 고개를 저었고 소녀는 깔깔대며 웃었다. 언니는 나야, 그리고 너는 여동생이야.

하지만 나는 언니예요. 나는 여동생을 기다리고 있었어요. 여동생이 오면 나는 언니가 되는 거예요. 내가 언니예요.

그림자처럼 은밀하게 튀어나온 아빠는 나비가 악몽을 꾸었다고 속삭였다. 그건 모두 악몽이야. 현실이 아니라고. 네게는 여동생이 없단다 얘야. 너는 여동생이지 언니가 아니야.

나비는 혼란스러웠지만 서서히 악몽을 잊어갔다. 꿈은 예고 없이 그 짙고 선명하며 역겨운 접착력을 잃고 순식간에 떨어져나가고는 하니까. 나비는 여동생과 엄마를 기다리던 긴 하루의 악몽을 잊어버렸다. 언니는 예민했으나 종종 다정했고 나비는 여동생을 원하고 기다리던 만큼은 아니었지만 언니의 축축한 손을 뿌리치지는 않을 정도로, 언니가 참지 못하고 누설한 비밀을 고요히 간직할 정도로 언니를 좋아했다.

날이 어둑해지고 있었기 때문에 그들은 줄이 적은 어트랙션을 골라 타기 시작했다. 4D 영상관이나 거울 미로는 가만히 멈추어 서서 걷거나 걷지 않은 머리들의 숫자를 셀 필요도 없이 순식간에 걸어들어가 이용할 수 있었다. 거대한 검은 거미들이 나비의 배 위에 올라가 나비의 두 눈을 꿰뚫었다. 나비는 간지러움을 이기지 못하고 키득거리면서 발을 저었다. 너무 크게 웃었다간 거미 여왕이 잡아갈 것이라고 언니가 속삭였고 나비는 놀라 입을 다물고 숨을 참았다. 불꽃의 소년들이 거미들의 왕궁을 찾아 들어갔다. 왕궁은 투명하고 날카로운 거미줄로 정교하게 짜내려간 것이었다. 나비는 손끝을 스치는 희미하고 스산한 바람을 느꼈다. 소년들은 거미 여왕이 알들을 숨겨 두는 은밀한 거울 방 속으로 들어갔고 그곳에서 수백 개의 얼굴들로 증폭된 그들의 붉고 아름다운 거울상을 보았다. 소년들은 슬픔을 이기지 못하고 주저앉아 울기 시작했고 그들의 미지근하고 축축한 눈물이 나비의 얼굴 위로 떨어졌다. 나비는 그녀의 얼굴 위에 이마를 맞대고 있는 흰 여자를 떠올렸으나 그것은 사실이 아니었다. 소년들은 곧 용기를 되찾고 바르작거리는 축축한 배아들에 불을 질렀다. 거미의 알들, 미래를 앞두고 있는 작은 아기들은 눈이 아플 정도로 새빨갛고 뜨거운 화염에 타들어갔고 눈처럼 부드러운 재가 소녀의 얼굴을 뒤덮었다. 소녀는 얼굴을 덮는 고요한 천의 감촉을 기억하고 있었다. 그러나 그것 역시 사실이 아니었다. 쟤들은 수천 마리의 모기떼로 변해 나비에게 달려들었고 나비는 고통스럽게 숨을 들이쉬며 마른 기침을 콜록거렸다.

언니는 거울 너머에서 기다리고 있었다. 나비가 언니를 향해 달려가려 발을 구르자 언니는 나비에게 조심하라며, 잡은 손만을 따라오라고 속삭였다. 나비는 언니가 손을 놓고 달아나버릴까 두려웠다. 거울 미로에 펼쳐진 소녀들의 얼굴은 검었다. 이상한 광채가 거울 표면에서 흩어져 나왔다.

서둘러, 엄마 아빠는 벌써 나갔단 말이야, 언니는 나비를 재촉하며 말했다. 거울은 절망을 분비하듯 축축하고 차갑게 반짝거렸다. 나비는 고개를 푹 숙인 채 언니의 흰 손만을 따라 걸었다. 밤은 알 수 없는 기도문을 소녀의 둥근 귓속에 흘려넣고 있었다.

나비는 꿈처럼 부모와 다시 합류했다. 거울 미로 속에는 거미의 숨겨놓은 알들도 소년들의 불도 모기떼도 없었다. 그런 건 모두 가짜야, 하고 언니가 말했다. 밤이 되자 놀이공원 곳곳에 색색의 향기로운 불빛들이 떠다니기 시작했다. 저건 유령이야? 나비가 묻자 언니는 화를 내며 그런 것은 없다고 소리쳤다. 엄마와 아빠는 아무 말 없이 그들의 대화를 듣고 있었다. 나비는 배가 고프고 목이 마르다고 칭얼거렸고 언니는 놀이기구를 더 타고 싶다고 외쳤다. 두 개의 놀이기구를 더 탄 후에야 그들은 신 맛이 나는 음료수와 커다랗고 기름진 츄러스를 먹을 수 있었다. 음료수는 놀이기구처럼 어지럽고 불쾌한 불꽃들을 소녀의 여린 입 속에서 터뜨렸다. 나비는 음료수를 모두 뱉어버리고 싶었지만 목이 말라 어쩔수 없이 삼켰다. 목 안쪽이 화끈거렸다. 둥글고 기묘한 거품들이 소녀의 몸 속을 떠돌아다녔다. 알약을 삼킨 것 같은 기분이었다. 언니는 그게 맛있는 것이라며 너도 어른이 되는 거야, 하고 말했다.

허기와 갈증에 시달리느라 놀이기구가 어땠는지는 잘 기억나지 않았다. 나비는 눈을 꼭 감고 있었으며 그들은 하염없이 올라가고 또 순식간에 떨어졌다. 추락은 그리 무섭지 않았다. 슬프고 목마른 바람이 땀에 젖은 손바닥을 파고드는 것이 안타까울 뿐이었다. 그리고 안전바 안에서 언니의 손을 잡을 수 없는 것이 괴로웠다. 언니는 놀이기구가 너무 재미있었다고, 흥분해 비명을 지르며 소리쳤다. 츄러스와 탄산음료에 뒤섞인 눈먼 비상과 추락의 기억은 붙잡을 수도 설명할 수도 없이 아득하고 추상적으로 느껴졌다. 하루의 끝에 나비는 어디에도 도착하지 않았다. 눈을 감고 공중을 떠다니는 아득하고 붙잡을 수 없는 기류를 느끼며 몸을 풀어놓는 것, 그것만으로 끝이었다.

나비는 언니에게 곰 아저씨가 보고 싶다고 속삭였다. 언니는 곰 아저씨는 이미 떠났다고 말했다. 하지만 언니는 틀렸다! 나비는 단언할 수 있었다. 언니는 틀렸다. 떠나는 것은 곰과 돼지가 아니었다. 떠나는 것은 오직 늑대들뿐이었다. 나비가 입을 벌리고 늑대들의 영원한 떠나감에 대해 이야기하려 할 때 언니는 갑작스럽게 무언가를 향해 고개를 돌렸다. 언니뿐 아니었다. 엄마와 아빠와 놀이공원을 떠도는 나비의 것이 아닌 엄마들과 아빠들과 언니들과 동생들 역시 고개를 돌리고 일제히 무언가를 응시하였다. 나비도 그들을 따라 고개를 돌렸으나 그녀는 아무것도 볼 수 없었다. 사람들이 동시에 응시하기 시작한 보이지 않는 것을 나비는 이해할 수 없었다.

그들은 오른손을 가슴 위에 올려놓고 모기를 향해 속삭이는 미친 고양이처럼 중얼거리기 시작했다. 나비가 알아들을 수 없는 이상한 주문을, 이상한 동작과 함께. 나비는 그녀에게 속하지 않는 동작들과 소리들, 시선들에 둘러싸여 멍하니 그 영속적인 이상한 순간이 끝나가기만을 바랐다. 갑자기, 사람들은 오른손을 내렸고 저마다의 무한히 다른 방향으로 걸어가기 시작했다. 나비는 엄마나 아빠, 언니에게 무엇을 보았느냐고 물어볼 용기가 없어 입을 다물고 있었다. 엄마는 나비도 했지? 하고 속삭였으나 무엇을 했다는 것인지, 오른손을 왼쪽 가슴에 대고 이상한 소리를 중얼거리는 것을 말하는 건지, 그렇다면 그 이상한 동작은 대체 무엇인지, 나비가 하지 못한 것이 무엇인지 나비는 알지 못한 채로 고개를 끄덕였다. 그래, 잘했어 나비는 훌륭한 사람이야, 하고 엄마는 속삭였고 그들은 마치 아무런 일도 없었다는 듯, 기묘한 소외의 시간이 잘려나갔다는 듯 젖은 오렌지, 체리와 수박 빛깔의 조명들을 따라 걸었다.

커다란 생쥐들과 토끼들이 나비를 향해 웃고 있었다. 곰은 보이지 않았다. 그들은 더 이상 붉거나 노랗게 보이지 않는 검은 튤립

정원을 따라 걸었다. 정원 안쪽으로 들어가자 아이들은 많이 보이지 않았다. 젖은 채 짓이겨진 풀잎들의 냄새가 몸 속으로 밀려들었다. 이국 식물 온실까지 그들은 말 없이 걸었다. 부모는 나비나 언니가 쓸모없는 말들을 재잘거리기를 바라는 눈치였지만 나비도 언니도 말 없이 걸었다. 나비는 소리없이 눈물을 흘렸다. 마치 모든 것이 그녀를 떠나간 것 같은 기분이었다. 나비는 잃어버린 것을 되짚듯 아주 천천히 걸으려 했으나 풍경들은 이해할 수 없이 빠른 속도로 그녀의 등 뒤로 흩어졌다. 사라진 것들, 잃어버린 것들, 그리고 잃어버릴 것들이 얼마나 많을지 아직 알지 못하면서도 나비는 모든 것을 잃어버리리라는 것을, **그녀보다 많은 것을**, 영원히 셀 수 없는 것들을 전부 잃어버리리라는 것을 예감하고 있었다.

넝쿨 식물들로 만들어진 기묘한 미로를 따라 그들은 묵묵히 걸었다. 순식간에 걸음을 둘러싸고 있던 모든 시간들이 절개되어 떨어져나갔고 그들은 식물 광장 한복판에 서 있었다. 음울한 얼굴의 아이들이 우글거리고 있었다. 아이들은 거친 붓으로 막 그린 유화처럼 붓질의 흔적이 짙게 남은 얼굴을 가지고 있었다.

낭독회를 하는 시인들이야, 하고 아빠는 악몽처럼 나지막한 목소리로 속삭였다. 그걸 어떻게 아는데요? 하고 나비가 묻자 엄마는 고개를 저었다.

아빠는 뭐든지 아는 거야. 아빠는 너보다 어른이니까. 그리고 대학을 졸업한 남자니까. 네가 모르는 것들을 아빠가 아는 건 당연한 거야.

하지만 광장을 둘러싼 시인들은 아무리 보아도 언니 또래의 아이들처럼 보였다. 그들은 언니만큼 키가 작았고 언니처럼 손목이 가늘었으며 언니처럼 슬픈 눈을 가지고 있었다. 언니는 나비의 손을 시인들 쪽으로 잡아끌었고 그들은—나비의 엄마와 아빠, 언니와 나비— 자연스럽게 시인들이 그려 놓은 삐뚤빼뚤한 원 속에 합석하였다. 원 한가운데 서 있던 시인은 언니처럼 높은 아이의 목소리로 이제 앉아도 좋다고 말했고 그 말과 함께 시인들은 일제히 젖은 풀잎 위에 주저앉았다. 밤의 어둠에 가려진 풀잎 안쪽에 희귀한 꽃이 있을지도 모른다는 생각에 메스꺼움을 느끼면서도 나비는 다른 사람들과 함께 자리에 앉았다. 잎사귀 끝에 맺힌 부드러운 이슬이 소녀의 허벅지를 따라 흘러내렸다.

가운데에 서 있던 아이는 언니와 같은 키와 언니와 같은 어깨, 언니와 같은 목소리를 가지고 있었다. 그녀는 언니인가? 나비는 왼손을 맞잡고 있는 언니의 오른손을 불안하게 바라보았다. 만약 가운데 있는 시인이 언니이며 나비의 왼손을 잡고 있는 사람은 그녀와 무관한, 낯선 사람이라고 하더라도 나비는 알아차릴 수 없을 것이다. 유원지는 모든 것이 가능한 마법의 공간이므로 광장을 지나가던 심술궂은 마술사가 나비의 언니와 시인을 바꾸어버렸다고 해도 나비는 할 수 있는 일이 없었다. 나비는 언니를 붙잡고 정말 언니가 맞느냐고 묻고 싶었지만 시인이 말을 하고 있었으며 다른 사람들은 마치 풀잎처럼 조용했기 때문에 나비 역시 입을 다물었다.

낭독회에 찾아와주신 손님들 모두 감사드립니다. 아시다시피 오늘은 아주 특별한 손님을 모셨습니다. 찾아오신 모든 분들께 감사드립니다.

언니처럼 보이는 시인은 허리를 숙여 인사했고 시인을 둘러싸고 앉은 시인들 역시 박수를 쳤다.

오늘 우리는 거짓 없이 모든 말들을 서로에게 건넬 것입니다. 주인을 잃은 말들은 주인을 잃은 입술들에게 돌아가고 그곳에서 울 것입니다.

언니와 똑같은 키에 똑같은 얼굴을 가진 어린 시인 하나가 원 바깥쪽을 빙 돌며 그들에게 가면을 나누어주기 시작했다. 얼굴 전체를 가리는 검은 천 바깥면에 얼굴을 가리는 흰 석고가 발라져 있는 기묘한 모양의 가면이었다. 시인들은 한 명씩 가면을 목 끝까지 내려썼고 나비도 언니의 도움을 받아 가면을 썼다. 원의 가운데 서 있던 시인과 가면을 나누어주던 시인 역시 가면을 썼다. 나비는 불안스럽게 시인들의 수를 세었다. 하나 셋 여섯 열 열, 하나 열여섯. 가운데 서 있던 시인이 원 사이로 흘러 들어갔고 다른 시인이 원 한가운데로 흘러들었다. 그녀는 언니와 똑같이 높고 낭랑한 목소리로 시를 읊기 시작했다.

나는 나를 떠다니며 나를 흡입하고 나를 갈취하는 언어다. 내 고향은 언어다. 그 누구의 것도 아닌. 탈골된 언어, 조각난 **뼛**조각들을 삼킨 채 나는 망가진 고향을 방랑한다. 그녀는 아무런 쓸모도 없는 시를 썼고 그것을 나에게 건넸다. 그 일은 마치 그녀의 일부를 선물하는 듯했다.

얼룩과도 같은 흰 반점을 들썩거리며 사람들은 박수를 쳤고 나비도 그들을 따라 함께 박수를 쳤지만 사실 그녀는 아무것도 이해할 수 없었다. 그저 박수를 치지 않으면 가면을 쓴 불길한 얼굴들이 그녀를 응시할까 봐 그녀를 앞으로 밀어낼까 봐 두려워 박수를 친 것이었다.

나비는 한 번도 시를 써 본 적이 없었다. 그녀는 시가 무엇인지도 몰랐다. 시인이 원 안으로 흘러들고 또 다른 시인이 앞으로 나갔다. 그런 일이 몇 번 반복되었다. 나비는 초조하게 왼손을 들어 가면에 가려진 코를 거칠게 긁었고 그녀로부터 떨어져나간 오른손을 더 이상 찾을 수 없었다. 나비의 옆자리는 비어 있었다. 원 가운데로 들어간 검고 흰 가면은 보이지 않는 입을 벌려 시를 읊기 시작했다.

우리는 그녀를 사랑했습니다. 우리는 그녀의 신이 되려 했지만 그녀의 삶만을 함께하기에 우리는 너무 번잡한 세계를 가지고 있었죠. 그녀는 우리가 상상한 최초의 이미지였습니다. 그녀는 우리를 위해 설산으로 걸어들어갔고 설산의 가장 높은 곳에 올라 붉은 고래를 초혼하는 춤을 추었고 고래의 불가능한 슬픈 배아를 발견하였습니다. 배아는 믿을 수 없이 구체적인 사물이었습니다. 사물들의 죽음과 사물들의 그늘과 사물들의 시체가 떠밀려 오는 끝없이 아득하고 메스꺼운 밤 속에서 배아는 눈부시게 붉었으며 선명한 얼굴을 가지고 있었습니다. 우리는 배아를 잘게 찢어 나누어

먹었습니다. 배아는 당연히 죽어버렸지요. 하지만 우리는 배아의 가장 내밀한 살을 토해냈고 맑고 끈적한 침은 이유도 목적도 없이 엉켜들었습니다. 그곳에서 그녀가 태어났습니다. 우리는 그녀에게 이름도 지어주었지요. 이름을 짓기 전까지 우리는 우리가 이름을 지을 수 있다는 사실조차 확신하지 못하고 있었습니다. 왜냐하면 우리는 모두 이름이 없는 한밤의 아이들이었으니까요. 아무도 우리에게 이름을 지어주지 않았고 아무도 우리의 이름을 불러주지 않았으니까요. 하지만 우리는 기적처럼 그녀에게 이름을 지어줄 수 있었습니다.

시인들은 환호성을 지르며 박수를 쳤다.

그녀의 꿈을 지키던 파수꾼 개들은 그녀가 착하고 다정한 아이라고 말해 주었습니다. 그녀는 삐에로의 침묵을 상상할 줄 알고 TV에 나오는 돼지들을 위해 울 줄도 아는 아이라고요. 우리에게서 촉발된 이미지와 언어가 우리를 능가하는 경험을 이곳에 모인 분들 모두가 해 보셨으리라 믿습니다. 그녀는 우리를 초월하는 언어입니다. 그녀는 마침내 붉음을 이해하였고 현상적인 붉음이 광학적 붉음과는 전혀 다른 성질을 가지고 있다는 사실을 이론이 아닌 현실로 받아들였습니다.

그녀의 여동생이 죽던 날 그녀는 장미처럼 붉은 피를 구토하였습니다. 그날부터 그녀는 우리의 가장 자랑스러운 아이가 되었습니다. 우리는 영원히 그녀와 같은 것을 느낄 수 없겠지만, 우리가 그녀의 부모라는 사실을 기쁘게 여겨도 좋을 것입니다. 왜냐하면 그녀는 우리들의 소녀의 자궁에서 태어난 작고 불가능한 배아였으니까요.

시인은 잠시 숨을 고른 뒤 다시 말을 이었다. 그녀는 다양한 농담의 붉은빛들을 구분할 수 있습니다.

시인들은 경악하여 비명을 질렀다.

우리는 기꺼이 그녀에게 우리를 선물할 것입니다. 우리의 유한함은 그녀의 무한함이 될 것입니다. 그녀는 우리와 조금도 닮지 않은, 우리를 능가하는 영속성이 될 것입니다. 개들은 그녀가 감상적인 아이라고 했지만, 여러분, 안타깝게도 그녀는 아직 감상과 감성을 구분하지 못한다고 했지만 그녀의 그런 결점은 곧 완화될 것입니다. 그녀는 아직 어리고, 관객들의 시선을 의식하지 못한 채 홀로 눈을 감고 낮잠을 청하는 우아하고 우스꽝스러운 낙타처럼 순진하지만, 성체가 된 낙타는 더 이상 사람들의 존재를 믿지 않는 법이므로, 그녀의 순진성이 전혀 다른 방향으로 개화하리라고 믿습니다. 아이가 어디에서 와서 어디로 가는지 그녀는 아직 알지 못합니다. 심지어 그녀 자신이 어디에서 와서 어디로 갈지도 그녀는 알지 못합니다. 그것은 다행스러운 일입니다. 만약 알게 되어버린다면 그녀는 버티지 못할 테니까요. 손을 자르지 않고 계속해서 그림을 그리는 화가처럼 그녀는 진부하고 별 볼 일 없는 유용한, 그러니까 더 이상 매혹적이지 않은 관습적인 사실이 되어버릴 테니까요.

그때 나비의 옆에, 한 자리를 비워두고 건너 앉아 있던 시인이 손을 들고 질문했다. 그녀는 달의 존재를 알고 있나요?

원 중간에 서 있던 시인은 머뭇거리며 가면 뒤 목덜미를 거칠게 긁어대었다. 오늘은 달이 보이지 않는군요. 한참이 지난 뒤 시인은 이렇게 중얼거렸다. 하지만 달이 뜨지 않은 것은 아닙니다. 그녀의 말을 직접 들어보는 건 어떨까요?

시인들이 갑자기 까마귀처럼 끔찍한 비명을 질러대는 바람에 나비는 깜짝 놀라 귀를 막아야 했다.

나비야, 이쪽으로 오렴, 시인은 언니와 똑같이 희고 부드러운 오른손을 내밀며 그녀를 불렀다. 나비는 알 수 없는 인력에 이끌려 원의 중간으로 들어섰다. 언니의 오른손이 나비의 왼손을 붙잡았다. 놀이공원의 종이티켓은 여전히 그녀들의 손목에 걸려 있었다.

자, 내가 묻는 말에 대답해. 그것은 분명히 언니의 목소리였다. 나비는 조금 안심하며 고개를 끄덕였다. 달을 본 적이 있니? 나비는 고개를 끄덕였다. 그럼 달이 뭔지는 아니? 나비는 고개를 끄덕였다.

말해 봐.

그건, 나비는 우물쭈물하며 속삭였다. 애가 탄 시인들은 그녀의 작은 목소리를 향해 몸을 좁혀들었다. 불길한 침묵 속에서 나비의 중얼거림은 선명하게 울려 퍼졌다. 그건, 멀리 있는 하늘이야.

그리고? 언니의 오른손이 나비의 왼손가락 사이사이로 파고들었다.

그리고, 다른 곳이야.

나비는 질식할 것처럼 축축한 가면을 거칠게 긁어내며 숨을 몰아쉬었다. 그제야 나비는 그녀가 지금까지 숨을 참고 있었다는 사실을 깨달았다. 언니의 오른손은 여전히 나비의 왼손과 연결되어 있었다. 언니는 왼손으로 나비의 어깨를 툭툭 치며 깨웠다. 잤니? 언니는 깔깔대며 웃었다. 그들은 4D 영상관 좌석에 앉아 있었다. 남은 관객은 언니와 나비, 엄마와 아빠뿐이었다. 애가 피곤했나 보네, 하고 엄마가 말했고 나비는 검은 어둠으로 거칠게 색칠된 언니의 얼굴을 올려다보며 그것이 모두 꿈이었느냐고 물었다. 언니는 서글픈 얼굴로 꿈이었다고 그렇지만 거짓인 것은 아니라고 속삭였다. 나비는 울음을 터뜨리고 싶었다. 언니가 당장 부드럽고 축축한 오른손을 놓고 사라질 것만 같았다.

네가 어른이 되면, 너는 전부 잊어버릴 거야. 언니는 입술도 벌리지 않고 은밀하게 속삭였다. 그리고 아주 오랜 시간이 흐른 뒤에 너는 전부 기억하게 될 거야. 마치 꿈처럼. 너는 알지 못했던 것들을 되찾을 거야.

언니가 너무나 슬퍼 보였기 때문에 나비는 가슴이 뛰었다. 언니가 울었으면 좋겠어. 그래서 언니가 내 여동생이 되었으면 좋겠어. 나는 여동생을 갖고 싶어. 여동생을 가지면 꿈은 거짓이 아니라고 말해 줄 거야. 네가 어른이 되면 너는 전부 잊어버릴 거라고, 하지만 너는 언젠가 꿈처럼 모든 것을 기억하게 될 거라고 말해 줄 거야. 그리고 우리는 함께 29번 채널을 볼 거야. 오지 않을 늦

대를 기다리는 돼지들의 숫자를 셀 거야.

여동생을 잃어버릴 때, 너는 처음으로 여동생을 갖게 될 거야.

언니는 거울 미로로 가자고 했고 나비는 싫다고 답했다. 언니는 오른손으로 콧잔등을 긁어대었다. 언니의 코 위에 내려앉았던 작은 날파리가 보이지 않는 곳으로 날아갔다. 엄마는 커다란 검은 눈으로 그녀들을 바라보고 있었다.

곰 아저씨는 아이들을 잡아먹는대. 하지만 늑대는 곰보다 더 강하니까 늑대가 돌아오면 곰을 물리칠 수 있을 거야. 하지만 나는 늑대보다 곰 아저씨가 더 보고 싶어. 곰 아저씨랑 같이 서커스에 가고 싶어. 곰 아저씨는 백 개가 넘는 풍선들을 전부 나한테 줄 거고 나는 그 풍선을 붙잡고 하늘 높이 날아갈 거야. 관객들은 내게 박수를 치고 환호성을 지를 거고 나를 사랑하게 될 거고 나는 멀리 멀리 아무것도 보이지 않을 때까지 멀리 달까지 날아갈 거야. 나는 처음으로 달에 간 사람이 될 거야.

나비의 재잘거림을 말 없이 듣고 있던 언니가 바보야, 너보다 먼저 달에 간 사람이 있어, 하고 핀잔을 주었다. 나비는 깜짝 놀라 말 없이 언니를 올려다보았다. 장난을 치는 것 같아 보이지는 않았다.

그 사람도 백 개가 넘는 풍선을 가지고 있었어?

아니, 풍선 만 개보다 더 비싼 우주선을 타고 갔어.

그럼, 나비는 필사적으로 물었다. 나는 처음으로 달에 간 사람이 될 수 없어?

그래. 언니는 대답했다. 그건 늑대가 돌아오는 일만큼이나 불가능해.

불가능은 할 수 없다는 뜻이야, 하고 아빠가 나지막한 목소리로 설명해 주었다. 달에 가는 일 말고도 가치 있는 일은 얼마든지 있단다. 달에 가는 것보다 더 사람들에게 도움이 되는 일들, 예를 들면 우주선을 만들거나 병을 고치거나 나쁜 놈들을 잡아 넣는 일들, 나비는 그런 일들을 하렴.

정말 달에 간 사람이 있나요? 나비는 필사적으로 물었다.

그래, 엄마가 대답했다. 닐 암스트롱, 닐 암스트롱이라는 미국 사람이 벌써 오래전에 달에 갔단다.

하지만 달이 하나 더 있다면요? 나비는 속삭였다. 달의 뒤에 달이 하나 더 있다면 나도 처음으로 달에 간 사람이 될 수 있나요?

달 뒤에는 달이 없어. 달 뒤에도 행성들과 별들이 있지만 그걸 달이라고 부르지는 않는단다. 지구의 달은 하나뿐이야.

그러면 난, 나비는 울먹거리며 속삭였다. 달에 처음으로 간 사람이 될 수 없나요?

그래. 언니가 말했다. 대체 달에 왜 가고 싶은 거야? 달에는 아무도 없어. 이제 사람들은 달에 관심도 없어. 이미 누군가 달에 가 보았으니까 사람들은 두 번째로 달에 가는 사람들을 촬영하지도 않을 테고 만약 네가 백 개가 넘는 풍선을 타고 달에 간다고 해도 아무도 너를 지켜보지 않을 거야. 너는 홀로 달에 남겨질 거야. 그리고 다시는 돌아올 수 없게 되겠지. 그래도 달에 가고 싶어?

나비는 고집스럽게 고개를 끄덕였다. 달의 뒤에는 달이 있을 거야. 나는 처음으로 달에 간 사람이 될 거야. 사람들은 망원경을 들고 나를 지켜볼 거야. 나는 나를 촬영하는 사람들에게 달에 가는 게 얼마나 신비롭고 황홀한 일이었는지 말해 줄 거야.

황홀하다는 말은 대체 어디서 배운 거니? 언니는 눈을 크게 뜨고 나비를 바라보았다. 넌 정말 이상한 애야. 언니는 작게 웃었고 언니가 웃었기 때문에 나비는 눈물이 날 것 같았다. 그들은 나비가 꿈에서 눈을 감고 탔던 놀이기구를 다시 탔다. 나비는 그것을 이미 탄 것 같다고 말했고 엄마는 어린아이는 누구나 그런 느낌을 가지고 있다며 그것을 데자뷰라고 부른다고 설명했다.

왜 어린아이가 데자뷰를 느껴요? 하고 언니가 묻자 엄마는 어린 시절을 한 번만 겪는 사람은 없기 때문이라고 대답했다. 어린 시절은 꿈이니까. 우리는 기억하지 못하는 밤들에도 계속 어린 시절을 꿈꾸니까.

나비는 이번에는 눈을 뜬 채로 놀이기구를 탔다. 둥근 궤도를 계속해서 빙글빙글 도는 놀이기구였다. 몸이 공중에 뜬 채 머리가 중력을 따라 아래로 내려가는 동안에도 나비는 눈을 뜨고 있었다. 꿈 속에서 걱정했던 것과는 달리 놀이기구는 그리 무섭지 않았다. 언니는 꿈 속에서와 똑같이 황홀한 비명을 질러대었고 나비는 언니를 따라 조심스럽게 비명을 내질러 보였다. 나비의 비명은 사람들의 비명 속에 파묻혀 제대로 들리지 않았다.

이후로도 나비는 종종 달에 대한 알 수 없는 그리움에 시달릴 것이고 엄마는 그것이 어린시절만을 내용으로 갖는 데자뷰라고 말할 것이며 언니는 나비의 곁에서 절망적인 비명을 질러댈 것이고 나비는 여전히 달의 뒤에 다른 달이 있을 것이라고 믿을 테지만 아직은 그 무엇도 희미한 예감 이상으로 깊게 느끼지는 못하는 채로, 아니 얼룩 같이 침잠한 예언의 구체적인 문장들을 읽어내지 못한 채로 나비는 메스꺼움과 어지러움에 시달리며 비틀거리고 있었다. 엄마가 나비의 볼에 차가운 생수를 대주자 현기증이 조금 가라앉았다. 힘들면 집에 갈까? 하고 엄마가 물었고 나비는 고개를 저었다.

너, 달에 가고 싶다고 했지? 언니는 야릇하게 웃으며 나비의 귓가에 입술을 붙이고 속삭였다. 달에는 코끼리들의 매장지가 있어. 미국 사람들이 아프리카의 코끼리를 죽여서 전부 달에 묻어 놓았어. 아프리카 사람들이 코끼리를 끌고 미국으로 쳐들어올까봐 무서워서 아프리카 사람들이 거대한 배에 실려 바다를 건너고 있을 때, 검은 짐승들이 사라진 검은 대륙으로 몰래 건너가 그리 검지 않은 짐승들을 전부 총으로 쏴 죽여버린 거야. 다른 곳에 묻으면 언젠가 들킬 테니까. 미국 사람들은 바다보다도 더 커다란 우주선에 코끼리들을 태우고 달로 갔어. 그리고 달의 흰 모래 속에 죽은 코끼리들을 전부 묻어 놓은 거야.

나비는 경악하여 언니의 검은 눈을 바라보았다. 그러면, 나비는 언니를 따라 비밀스럽게 속삭였다. 닐 암스트롱은 코끼리를 몰래 묻으러 달에 간 거야?

그래. 언니는 눈 하나 깜빡이지 않고 그녀 자신의 거짓말을 음미하며 속삭였다. 닐 암스트롱은 사실 아프리카의 비밀 첩자였어. 그는 얼굴을 희게 칠하고 눈에 푸른 물감을 풀고 머리를 전부 뽑아낸 뒤 가을의 황금빛 지푸라기를 심어서 백인으로 위장하고 나사에 숨어든 거야.

나사가 뭐야?

우주선을 만드는 곳이야. 닐 암스트롱은 코끼리들과 함께 우주선을 타고 달에 가면서 울음을 터뜨리고 싶었어. 코끼리들은 모두 그의 이웃이었고 친구였으며 적이었으니까. 그의 어린 시절을 둘러싼 거대한 나무들처럼 서글픈 고향이었으니까. 하지만 다른 우주인들과 조종사에게 들킬 수 없었기 때문에 눈물을 참았어. 눈물을 흘리면 얼굴에 발라 놓은 흰 밀가루 반죽이 녹아내려 그가 검다는 것을 들키게 될 것 같았기 때문이야. 달에 도착한 뒤 눈부시게 흰 모래 설원에 코끼리들을 전부 묻어준 다음 성조기를 꽂고 우주복 헬멧을 벗은 뒤 웃으며 미국으로 보낼 영상을 찍고 닐 암스트롱은 미친 듯이 울부짖었어. 우주선 조종사는 웃으면서 처음으로 달에 온 사람이 된 것이 그렇게 감격스럽냐고 물었어. 닐 암스트롱 가까이 다가가던 조종사는 깜짝 놀랐어. 흰 모래에 반사되어 밝게 드러난 그의 얼굴이 흑인처럼 검었으니까. 조각조각 부서져 떨어진 밀가루 반죽 안쪽 그의 살은 불에 그을린 것처럼 검었어. 조종사는 비명을 질렀고 닐 암스트롱은 우주복 안에 숨기고 있던 코끼리의 상아로 조종사의 목을 찔렀어. 조종사는 태양처럼 붉은 피를 흘리며 코끼리의 봉분 위에 쓰러졌고 그렇게 닐 암스트롱은 무기도 없이 무방비한 미국 사람들을 한 명씩 한 명씩 죽였어. 심장을 꿰뚫거나 목을 관통해서. 그들의 피는 모두 믿을 수 없을 정도로 붉게 빛났어. 닐 암스트롱은 그들을 전부 코끼리 옆에 묻은 뒤 달의 희고 눈부신 모래로 우주선에 묻은 피를 닦아내었고 밀가루가 떨어져나간 자리에 젖은 모래를 바른 뒤 다시 우주복을 머리까지 덮었지.

조국으로 돌아간 닐 암스트롱은 영웅이 되었고 사람들은 닐 암스트롱과 함께 달에 착륙한 코끼리들과 조종사, 살해당한, 그러니 실패한 미국 사람들을 잊었으며 그렇게 닐 암스트롱은 달에 착륙한 최초의, 유일한 우주인이 되었고 달에서 일어났던 일들은 영원한 비밀이 되었어.

그건 언니가 꾼 꿈이야?

나비의 물음에 언니는 응, 하고 대답했다. 하지만 거짓은 아니야. 꿈은 현실만큼이나 사실이니까.

그들 네 명이 탄 배 주위를 둘러싼 작은 인형들은 아름다운 얼굴을 바스러뜨리며 웃고 있었다. 엄마와 아빠는 배 앞쪽에, 언니와 나비는 배 뒤쪽에 앉아 있었다. 배가 지나가는 철로 근처에서 형광 산호들이 신비로운 색채로 빛났다.

달을 꿈꾸면 달에 갈 수 있을까?

나비가 묻자 언니는 고개를 끄덕였다. 하지만 최초로 달에 갈 수는 없어. 닐 암스트롱과 코끼리들과 죽은 미국 사람들이 이미 달에 갔으니까.

닐 암스트롱이 죽어도 가장 먼저 달에 간 사람이 될 수는 없어?

그래.

수백 수천 개의 인형들, 나비가 셀 수 없는 숫자를 분유하고 있는 인형들을 보며 그녀는 집에 두고 온 어리고 부드러운 여자 인형을 떠올렸다. 초록이를 데리고 올 걸 그랬어, 하고 나비는 중얼거렸다. 언니는 그런 말은 하는 게 아니라고 소리쳤다. 비좁은 동굴 내부에서 언니의 목소리가 쩌렁쩌렁하게 울려퍼졌다. 엄마와 아빠는 깜짝 놀라 그녀들을 돌아보았다. 언니는 흐느끼고 있었다. 나비는 언니가 왜 우는 것인지 이해할 수 없었다. 동생을 괴롭히면 안 되지, 하고 엄마가 속삭였다. 엄마와 아빠가 다시 등을 돌린 채로 이야기했기 때문에 나비는 엄마가 누구에게 말한 것인지 알 수 없었다. 울고 있기 때문에 언니는 다시 여동생이 된 것일까? 하지만 나비의 여동생은 이미.

여동생은 붉었고 그것은 나비가 생전 처음 보는 끔찍하고 싱싱한 붉음이었고 엄마는 머리를 풀어 헤친 채로 달걀처럼 흰 얼굴을 나비의 이마에 마주대고 있었고 아빠는 이제 아무것도 기다려서는 안 된다고 했고 왜냐하면 기다림만으로 이루어지는 일은 아무것도 없으니까 우연은 절박한 기대를 제외한 모든 것이니까 여동생은 나비가 간절히 바랐기 때문에 엄마는 나비가 애타게 기다렸기 때문에 오직 나비가 너무도 깊이 원했기 때문에 돌아오지 않은 것이므로 모든 것은 나비의 탓이었고 여동생이 붉은 것도 엄마가 흰 것도 그들이 고장난 TV처럼 점멸하고 사라지기를 반복하는 것 역시 모두 나비가 어린아이이기 때문이었고 나비가 꿈을 꾸고 있기 때문이었고 자꾸만 꿈을 잊기 때문이었고 그러면서도 꿈을 꾸는 것을 멈출 수 없기 때문이었고 모든 것은 나비 때문이었고 엄마와 여동생이 돌아오지 못하는 것 역시 여동생이 되어버린 언니가 동굴 속에서 더 검게 빛나는 입을 벌린 채로 어린아이처럼 울고 있는 것 역시 나비 때문이었고 닐 암스트롱이 나비보다 먼저 달에 갔기 때문에 그곳에는 너무 많은 짐승들이 묻혀 있기 때문에 나비는 백 개가 넘는 풍선을 손에 쥐고 달에 간다고 해도 아무것도 묻을 수 없을 것이고 달의 흰 모래는 먼저 매장된 객을 덮는 것만으로 턱없이 모자라서 여동생의 붉고 작은 이마 하나 덮어줄 수 없을 것이고 결국 묻지 못한 꿈을 나비는 다시 꾸어야 할 것이고 언니는 나비의 어깨를 흔들며 깨울 것이고 나비는 꿈을 꾸었다고 할 것이고 언니는 꿈은 거짓이라고 위로해주는 대신 꿈 역시 사실이라고 그러니까 너무 자주 꿈을 꾸어서는 안 된다고 꿈을 꾸는 것은 숨을 참고 달을 상상하는 것은 꿈이 아닌 현실보다도 더 짙고 괴로운 사실이니까 꿈을 소중히 여겨야 한다고 말할 것이고 나비는 아무것도 이해하지 못한 채로 고개를 끄덕일 것인데 왜냐하면 그녀는 이미 꿈을 꾸고 있었으니까 꿈 속에는 이해할 수 없는 사실들이 자연스럽게 그녀를 둘러싸며 흘러드니까. 꿈 속에서 그녀는 그녀를 떠다니며 그녀를 흡입하고 그녀를 갈취하는 언어니까. 그러나 꿈을 꾸는 일은 마치 그녀의 일부를 선물 받는 것처럼 황홀할 것이고 탈골된 언어들은 그녀의 유일한 사실이며 고향일 것이고 그녀는 기울어진 채로 절룩거릴 테지만 원래 꿈의 삶은 기울어져 있으므로, 삶은 지독한 편애이므로 그녀는 꿈의 언어를 자연스럽게 받아들일 것이고 그녀는 불투명한 검은 호수 너머로 손을 뻗어 웃고 있는 인형들의 슬프고 창백한 붉은 얼굴을 더듬을 것이고 언니는 갑작스레 울음을 그칠 것이고 그들은 네 개의 인형을 태운 채 함께 유원지의 동굴 속을 떠돌 것이고 유년의 꿈을 실은 배는 달처럼 영원히 악몽의 주위를 맴돌 것이고 그들은 간혹 깨어날 것이며 또 간혹 서글픈 악몽의 아름다운 배로 돌아올 것이고 그들은 고통스러운 영원한 밤을 미워할 수 없을 것이며 그들은 어쩔 수 없이 유년을 다시 꿈꾸며 유년을 사랑할 것이며 어린 시절을 영원히 잊지 못할 것이며 꿈 바깥에서 나비는 꿈을 예언하는 이미 지나쳐온 미래의 그러나 아직 통과하지 못한 오랜 미래의 서글픈 예감을 느끼겠지만 결국 아무것도 바뀌지 않을 것이며 **그녀는 다시 꿈을 꿀 것이고 실종된 가족들을 찾는 사람들은 아무도 없을 것이고** 그들은 꿈 속에서 꿈처럼 잠들 것이고 아니, 사실 그들은 오직 깨어서 꿈 꿀 것이고 그들은 악몽을 결국 사랑하고 말 것이니, 왜냐하면 그들은 아직 어린 아이들이었으니까. 한밤의 아이들은 아직도 여동생을 원하고 있었으니까. 그들의 삶은 꿈과 밤에 대한 지독한 편애였으니까.

## 낚시꾼

　요제피네도, 어리석은 작은 쥐의 이야기도, 낚싯배 위의 선장도, 여자의 악몽과 꿈의 불가해한 통로들도, 죽은 쥐들의 유령이 서성이는 미로들도 모두 망상일지 몰랐다. 왜냐하면 그는 쥐의 언어를 모르므로. 쥐의 언어는 그에게 영원히 알려지지 않을 비밀이었으므로. 그러나 어린 쥐는 매일같이 사내를 찾아왔다. 남자는 그에게 이름 없는 쥐들의, 물에 부풀어 터진 젖은 살점들을 건네 주었다. 쥐는 구토를 하면서도 그 살점들을 작고 여린 발톱으로 헤집으며 하나하나 확인했다. 쥐가 사내에게 쥐들이 없는 곳으로, 요제피네도 죽음도 없는 곳으로 데려다 달라고 애원했다면 사내는 기꺼이 그렇게 했을 것이다. 한없이 굽이치는 폐쇄된 미로와 같은 강을 떠나 다른 곳으로, 거대한 대양으로 혹은 공중의 투명한 대기 속으로 뛰어들었을 것이다. 그러나 쥐는 그러한 부탁을 하지 않았다. 마치 사내가 그를 두고 죽어버린 여자들의 부패한 살점을 검은 비밀 속에서 무례하게 끄집어내는 일 이외에는 아무것도 할 수 없는, 실패한 부류의, 이미 잊혀져가는 부류의 인물임을 알고 있는 듯이. 쥐는 가녀리고 애달픈 소리로 찍찍거릴 뿐이었다.

하지만 쥐는 그들의 벌어진 상처 속에서, 부패해가는 자줏빛의 벌어짐에서 살아서 꿈틀대는, 벗겨진 생들이 몰려들고 있음을 알았다. 그는 보았다. 미소, 틈, 육감적인 젖은 미소와 히스테리 여인들, 무수한 찢김들 무수한 틈새들 속에서 발아하는 죽은 여자들의 살아 있는 검붉은 혀들, 고양이의 목을 조르는 소녀들, 소녀의 입을 물어뜯는 고양이들, 찢겨나간 입으로 벌어진 입에 키스하는 소녀들. 언제나 그녀가 아닌 것을 출산 중인 검고 젖은 상처들, 상처들은 살아서 꿈틀대는 역동적인 불길한 타자들을 산 채로 원하고 있었다.

## 늑대와 소년, 그리고 소녀의 물방울

소년은 흐느끼며 말했다. 우리 집에는 동생이 있어요. 돼지처럼 크고, 부드럽고, 아름다운 여자애예요. 늑대는 고개를 끄덕였다. 검은 숲에서 새처럼 뛰어노는 소년을 그들은 발견했다. 한 마리의 늑대와 한 명의 소년이, 소년을 발견했다. 늑대는 검고 짙은 주둥이를 벌려 소년에게 말을 걸었다.

넌 검은 숲에 오지 말았어야 했어.

소년은 그의 검고 긴 발톱들에 매혹당해 정신없이 바라보며 물었다.

어째서요?

늑대는 그가 배가 고프기 때문이라고 대답했다.

그럼 난, 소년이 말했다. 어떻게 되는 건가요?

늑대는 대답했다. 소년은 곧장 늑대에게 잡아먹힐 거라고. 괴물과 마주친 가여운 어린아이들이 그러하듯, 어른들의 충고를 무시하고, 검음의 불길한 경고를 무시하고 숲속으로 날아 들어온 어린 새들이 그러하듯.

소년은 흐느끼며 말했다. 날 잡아먹지 말아요. 우리 집에 동생이 있어요. 돼지처럼 크고 부드럽고 아름다운 여자애예요.

늑대는 배가 고프다고 말했다. 속이 메슥거릴 정도로, 심장이 튀어나올 정도로 배가 고프다고.

소년은 조금만 기다리면 더 많은 짐승들을 잡아먹을 수 있을 거라고 속삭였다. 조금만 참으면요. 하고 소년은 땅거미처럼 새빨간 입술로 속삭였다.

넌 교활한 아이구나, 하고 늑대는 소년을 내려다보며 나지막하게 대꾸했다.

하지만 늑대는 고개를 끄덕였고 그들은 함께 숲 바깥을 향해 걸었다. 소년은 허기에 지친 늑대가 언제라도 소년의 목을 물어뜯을 수 있음을 알고 있었다. 찢겨나감을 받아들일 준비, 지나치게 고통받지 않을 준비, 우스꽝스러운 비명을 지르지 않을 준비. 소년은 늑대의 노란 마노와 같은 두 눈을 바라보았다. 두 발로 걷고 있는 늑대는 끔찍할 정도로 커 보였다. 부드러운 분홍빛의 배가 전면으로 노출되어 있었다. 강한 체취로 썩어가는 나무의 거죽 위에 죽은 짐승의 머릿가죽을 덮어놓은 것처럼, 수만 개의 머리털이 숭숭 돋아난 피투성이 머릿가죽으로 덮여있는 것처럼 강렬하고 고통스러운 악취. 소년은 늑대가 살아있음을 알았다. 마치 죽은 짐승처럼 거세게, 불가능할 정도로 살아 있음을. 그는 늑대와 함께 걸어가고 있었다. 살아서, 늑대와 함께 검은 숲 밖으로. 소년은 병적인 환희에 미칠 것 같았다.

소년들은 소년이 검은 숲을 살아남을 수 없을 것이라고 했다. 소년들은 소년에게 검은 숲의 피아노를 치라고 종용했다. 넌 유령처럼 하야니까 칠 수 있어야 해 그건 유령의 피아노니까. 소년들은 높은 나뭇등걸에서 다람쥐처럼 뛰어내리며 소리쳤다. 이건 벌칙이야 넌 검은 숲에 가야 해 유령의 피아노를 쳐야 해.

소년은 절뚝거리면서, 나뭇등걸에서 엎어지면서, 이마와 코에서 피를 흘리면서 그들에게 서둘러 고개를 끄덕였다. 소년들은 벌써 멀어지고 있었으므로 소년은 황급히 그들에게 대꾸해야 했다. 그들이 소년을 잊고 사라지기 전에 소년은 검은 숲으로 가겠다고 피아노를 치겠다고 소리쳤다. 소년들은 사라졌고 다음 순간 소년은 검은 숲속에 있었다. 피아노는 보이지 않았다. 숲은 끝없이 넓고 깊었다. 흰빛의 조각들이 숲속 곳곳에서 소년을 경계하며 응시하고 있었다. 소년은 그를 아득히 쏘아보고 있는 별과 같은 눈들에, 눈 하나하나에 매달려 춤을 추는 소년의 모습에 기뻐 죽을 것 같았다. 소년은 흰 맨몸으로 춤을 추었다. 새처럼 가녀린 몸이 흔들거리는 모습은 유령처럼 보였다. 유령을 응시하듯 그렇게 소년을 뚫어지게 응시하는 눈들.

소년은 피아노를 찾지 못했다. 하지만 피아노는 숲 어디엔가 있을 것이었다. 소년은 피아노를 칠 수 있었다. 그것으로 충분할 것이었다. 소년은 다른 어떤 소년들보다도 숲 깊이 있었고 피아노

가까이 있었을 테니, 운이 좋다면 소년은 피아노를 칠 수도 있었을 테니. 소년이 소녀와 함께 태어나는 행운, 소년의 옆에 소녀가 있을 행운, 그 정도의 행운만으로도 소년은 피아노의 뼈처럼 희고 매끄러운 손가락 위에 손을 맞잡을 수 있었을 테니. 소년은 땅 위를 새처럼 흐느껴 춤추며 생각했다. 소년들을 사랑한다고. 소년들의 갈빛 손바닥이 소년의 머리를 쓰다듬을 때, 나뭇등걸에서 쓰러진 그를 부축하며 어깨에 기대게 해 줄 때, 상처난 턱에서 반짝이는 흰빛. 소년은 소년들을 사랑한다고 생각했다. 그들은 종종 다정했다. 소년의 무릎을 적신 피를 닦아줄 만큼. 하지만 소년들은 무시무시하게 빠른 속도로 자라나고 있었고, 거의 유년의 문턱 바깥에 발을 내디디고 있는 것처럼 보일 정도였고, 그들의 턱과 입술은 푸른빛의 풀잎들을 예고하듯 눈부시게 희었고 목소리는 소녀처럼 가늘었으며 또 짐승처럼 거칠었으니, 소년은 소년들이 갑작스럽게 어른이 되어버리리라는 것, 더 이상 소년을 나뭇등걸에서 밀치지 않고 소년의 깨진 무릎을 닦아주지 않고 소년을 검은 숲으로 보내지도 않고 검은 숲에서 돌아온 소년을 끌어안아주지도 않고 어느 순간 숲 바깥에서 잿빛 석상처럼 굳어 희거나 검은 무언가를 뚫어지게 보고 있을 소년들. 소년은 아직 사라지지 않은 소년들을 벌써 그리워하고 있었다. 그들이 유년은 지옥처럼 길고 괴로웠어, 그곳에서 빠져나오는 일은 너무 힘들었어, 난 영영 그곳에 갇혀 죽어버릴 뻔했어, 하고 흐느끼는 소리를 소년은 듣고 있었다. 소년들은 노을 속에서 도래하며 길어지는 그림자가 아니었다.

소년은 그들을 잃어버릴 수밖에 없다는 사실을 알았으므로 이미 그들을 잃어버린 것처럼 행동했다. 소년은 후회했다. 소년들에게 늑대를 보았다고 거짓말하지 않은 것을, 숲 속에서 피아노를 치고 있는 유령이 소년이라고 거짓말하지 않은 것을. 소년들의 유년을 조금이라도 연장시킬 수 있도록, 그들이 한없이 붉고 기만적이며 아름다운 유년에 조금이라도 더 갇혀 있을 수 있도록 그들을 붙들어두지 않은 것을. 이 숲에서 나가면 그들은 얼마나 자라 있을까. 소년들은 서서히 자라는 대신 순식간에 어른이 되어버릴 것이다. 번데기에서 나온 나비가 유충의 형태로부터 완전히 탈피하듯, 애벌레와 나비가 전혀 다른 생물인 것처럼 그들은 낯설고 새까만 눈들로 소년을 외면할 것이다. 그들은 소년을 부끄러워할 것이고, 더 이상 소년을 깨뜨리고 맞붙이고 끌어안고 묶어놓지 않을 것이고, 소년은 밀치는 손도 일으키는 손도 없이 홀로 나뭇등걸에서 떨어져 피 흘릴 것이었다. 아니, 어쩌면 상처도 출혈도 없이.

숲 속에서 맨몸으로 새처럼 흐느끼는 소년에게 늑대는 말을 걸었다. 늑대는 최초의 밤처럼 검었고 징벌처럼 털북숭이였다. 소년은 성큼성큼 내디디는 검고 굵다란 허벅다리를, 매끄럽게 젖어 있는 코와 보석처럼 창백한 두 눈을 보며 생각했다. 존재하지 않는 제물을 바치는 일이 가능할까? 단지 집으로 가는 동안만이라도. 소년이 구축하고 소년이 변장시킨 소년을 그에게 온전히 건네는 일, 그래서 그의 입속에서 살아가는 일, 크고 창백한 두 눈으로 새처럼 작은 소년을 굽어보는 일, 그리고 올려다보는 일.

소년은 갑작스레 소리쳤다. 난 유령이에요.

늑대는 놀란 듯 커다랗게 뜬 눈으로 소년을 내려다보며 물었다. 뭐라고?

난 유령이에요. 그래서 당신에게 나를 줄 수 없었던 거예요. 당신은 살아있는 피와 살을 원할 테니까. 내게는 더 이상 피도 살도 없으니까. 하지만 여동생이 있다는 말은 정말이에요.

늑대는 소년에게서 피 냄새가 난다고, 네 무릎에서 아물어가는 상처를 보았다고 속삭였다. 그러나 소년은 완강했다. 난 유령이에요. 당신이 믿지 않는다면 집까지 안내하지 않겠어요. 돼지처럼 붉고 축축하고 풍만한 여동생도 없어요.

늑대는 낯설고 거친 목소리로 소년을 위협했다. 넌 거짓말을 하고 있어.

소년은 거짓의 여운으로 떨리는 목소리를 무기 삼아 대항했다. 소년은 자신이 유령이라고 검은 숲의 늪에 빠져 죽었던 유령, 뼈조차 남김없이 사라져 떠오른 투명한 마음이라고 소리쳤다. 소년은 유령인 소년을 늑대에게 내밀었다. 늑대는 유령의 창백한 귀와 목을 만졌고 유령의 날카로운 비명을 들었다. 늑대는 유령의 존재를 믿을 수밖에 없었다. 뜯어내는 절단 없이, 감염도 상처도 없이 찢겨나가는 일이 가능할까? 소년은 그렇게 했다. 소년은 돌처럼 창백한, 언제나 노출되어 있는 흰빛의 유령을 내밀었고 늑대는 죽은 고기를 묵묵히 받아들었다. 그것은 온전한 피와 살이었으나 너무도 피와 살이어서 피와 살의 부재로 착각할 수도 있을 정도였다.

늑대는 피가 뚝뚝 흘러내리는 흰 머릿고기를 끌어안은 채 물었다. 이건 네 여동생이 아니겠지? 네가 주겠다고 했던 붉고 축축하고 풍만한 여동생, 이건 말라빠진 고기잖아.

소년은 목덜미에서 피를 흘리며 가냘픈 목소리로 속삭였다. 그건 유령이에요. 난 유령이에요. 당신에게 말했잖아요. 소년은 **마치 처음부터 하나였던 것처럼** 걸었다. 비틀거리면서도 소년은 단호하게 자신이 유령임을 믿었다. 소년은 분열이 근원적이지 않다고 오랫동안 생각해왔다. 병원에서 수술을 강요하듯 권고해왔을 때도 소년은 고개를 저었다. **하나뿐인** 머리를 갈라내면 소년은 죽어버릴 것이라고 생각했다. **그러나 그들은 하나가 아니라고 했다.** 최초부터 찢겨짐이 예정되어 있던, 오로지 절단만으로 빚어진 둘. **그들은 소년이 하나인 둘이라고 알려 주었다.** 소년은 이해할 수 없었다. 소년에게 머리는 처음부터 하나뿐이었는데, 소년은 언제나 하나의 머리를 느끼고 거주하고 생각하고 살아왔는데 **어째서 하나의 창백하고 무거운 머리가 하나 더 있었던 것인지.**

창백한 붉은빛의 머릿고기를 든 채로 소년은 그들이 찢겨지기 위해, 오직 떨어져나가기 위해 둘이었음을 깨달았다. 파문당하기 위해 왕홀을 든 병든 왕들처럼. 늑대는 썩은 사과를 내버리듯 죽은 고기를 더러운 흙 위에 떨구었고 소년은 황급히 허리를 숙여 더럽혀진 머리를 주워들었다. 하나의 머리가 떨어져나간 소년은 허우적거리다가 곧 무게중심을 되찾고 똑바로 걸어나갔다. 그를 오래도록 비틀거리게 했던 치명적인 여분. 그는 더 이상 나뭇등걸에서 넘어지지 않을 것이다. 절룩거리지도 않고 가볍게 뛰어다닐 것이다.

소년들은 어른이 될 것이다. 비틀거리지도 절룩거리지도 않는 소년을 소년들은 밀쳐내지도 부축해주지도 않을 것이다. 소년은 늑대에게 매달리며 찢겨짐을, 항상 그의 목 안쪽으로 파고들어 있던 절단을 돌려달라고 애원하고 싶었다. 그는 유령이 아니라고, 화폭 위의 우연은 치밀하게 조작된 것뿐이라고, 소년의 가슴을 붉게 적시고 있는 머리, 눈물도 없이 흐느끼는 머리, **그것은 소년의 여동생이었다.** 소년은 깜짝 놀라 그 사실을 깨달았다. 신경질적으로 발을 땅 위에 내던지며 그의 어리고 가벼운 몸을 대기에 내동댕이치며 소년은 여동생의 죽음을 깨달았다.

하지만, 하고 소년은 중얼거렸다. 그녀는 처음부터 죽어 있었잖아요. 내가 잘라내기 전부터 그녀는 눈을 감고 아무런 말도 없이, 호흡도 없이, 잠도 없이 그렇게 죽어 있었는걸.

늑대는 대답하지 않았다. 다른 모든 평범한 늑대들처럼, 늑대는 으르렁거리는 거친 짐승의 소리만을 내었다. 소년은 끔찍하게 놀라 옆을 돌아봤지만 다행히 늑대는 아직 **두 발로** 걷고 있었다. 날카로운 칼날이 소년의 가슴을 저며 짓이기는 것 같았다. 소년은 그에게서 떨어져나간 죽음을 끌어안았다. 소년은 오랫동안 그의 내부에서 살아가던 불구가 완전히 잘려나갔음을, 그는 이제 그녀에게 속해 있지 않으며, 언제라도 그녀를 바닥에 내버릴 수 있음을 깨달았다. 늑대가 그랬듯이, 썩은 과일을 내버리듯 그렇게, 손가락을 펼치기만 하면 될 뿐이었다. 칼도 도끼도 총도 필요 없었다. 그저 손가락에서 힘을 풀기만 하면, 바람에 작은 비닐봉지를 날려 보내듯 그렇게 무심하게 흘러내리기만 하면 그녀는 굴러 떨어질 것이었다. 소년은 한 걸음만에 그녀를 잊을 것이고 집까지 미친 듯이 뛰어갈 수 있을 것이다. 소년의 집 앞에는 사냥꾼이 살고 있었으니까 소년은 살아남을 수 있을 것이다. 짐승과의 약속을 지킬 필요는 없었다. 늑대는 소년에게 진실을 종용하지 않았다. 그는 그리할 수 없었다. 검은 숲에 늑대가 있다고 미리 알려주지 않은 것은 늑대 역시 마찬가지였으므로, 손가락에 힘을 풀고 흩날려 사라지는 투명한 비닐을 적극적으로 놓쳐버리는 일, 그러한 거짓은 이미 만연해 있었다. 아무도 그러한 비열함을 탓할 수는 없었다. 소년이 살고자 하는 것을 누구도 비난할 수 없었다.

그들은 철도를 걷고 있었다. 소년은 그들 왼편에 놓인 비상용 사다리를 향해 달려갔다. 소년은 힘껏 도약하여 사다리에 달라붙었다. 그러나 도약은 너무 얕았다. 소년은 아직 소녀를 놓지 못하였다. 소녀는 여전히 소년의 품에 있었다. 어느새 소년을 따라온 늑대가 소년과 마주보았다. 소년은 그의 눈 바깥의, 깜빡임도 없이 고요한 두 개의 노란 눈을 바라보았다. 소년은 사다리에서 뛰어내린 뒤 늑대에게 먼저 사다리를 올라가라고 권유할 수 있었다. 늑대가 사다리를 올라가는 사이, 그의 눈이 멀어진 사이 힘껏 달려 철도 바깥으로, 소년들이 있는 공터로 달려갈 수 있었다. 그러나 소년은 그렇게 하지 못했다.

소년은 사다리에서 뛰어내렸다. 사다리 윗길이 지름길이었는데 지금은 지나갈 수 없어요, 그걸 잊었네요.

늑대는 조용했다. 소년은 늑대를 붙들고 흐느끼고 싶었다. 여동생을 돌려달라고 애걸하고 싶었다. 여동생을 다시 소년의 어깨에 되붙여 달라고. 그게 아니라면 여동생을 빨리 잡아먹으라고, 소년이 여동생을 잊을 수 있도록, 여동생의 죽음을 슬퍼하고 여동생을 추억할 수 있도록. 하지만 늑대는 죽은 고기를 먹지 않을 것이었다. 소년의 피를 흘리는 소년의 죽은 살점, **늑대는 소년의 죽음을 원하지 않았다.** 늑대가 원하는 것은 붉고 풍만한, 돼지처럼 싱싱하게 살아 있는 여자아이였다. 소년은 경악하며 깨달았다. 소녀는 아직 살아 있었다. 늑대는 곧 그가 원하는 그녀를 얻을 것이었다. 늑대는 소녀를 쓰다듬을 것이고 소녀를 상처낼 것이고 소녀를 끌어안을 것이고 소녀를 사랑할 것이고 소녀를 잡아먹고 붉어진 입가로 소년을 바라볼 것이었다. 소년은 나무처럼 가만히 굳어 나무처럼 파르라니 경련하며 늑대를 마주볼 것이었다.

소년은 자신이 늑대를 사랑할 수 있음을, 찢어질 만큼 팽팽한 호흡으로 사랑하고 있음을 깨달았다. 그의 검고 짐승적인 육체를, 기형적으로 커다랗고 부풀어오른 머리를 사랑하고 있었다. 얼굴도 없이 일렁거리는 엷은 막들을.

소년은 자신이 곧 죽을 것임을 알았다. 소년은 지나치게 출혈하고 있었고 세계는 이끼처럼 흘러내리고 있었다. 철도를 따라 부산히 걸어가고 있는 유령들의 검은 낯은 공포로 일그러져 있었다. 그들은 늑대를 피해, 죽음을 피해 도망가고 있었다. 돌진함으로써 아직 불명확한 공포를 현실로 만들지 않기 위해 안간힘을 쓰면서.

소년은 문을 세 번 두드렸다. 익숙한 목소리가 누구세요? 하고 물었다. 소년은 나예요, 하고 대답했다.

벌어지는 틈 사이에서 한껏 부풀어오른 배, 임부의 둥글고 풍만한 배, 소년의 엄마는 경악하여, 그러나 악몽을 응시하듯 담담하게 소년을 바라보고 있었다. 오로지 소년만을. **여자는 돼지처럼 붉고 아름다웠다.** 늑대는 소년이 알려주지 않은 것을 깨달았다. 소년은 엄마에게 그가 아직 죽지 않았다는 사실, 검은 숲에서 늪에 빠져 죽지 않았다는 사실, 죽은 것은 그가 아니라 여동생이라는 사실을 차근차근 설명하려 했으나 엄마는 아무것도 알아듣지 못하는 것처럼, 아니 모든 것을 이미 이해해버린 사람처럼 혼란스러워 보였다.

그녀는 소년의 유골을 정리했다고 말했다. 소년의 유령을 여러 번 보았다고. 소년은 새처럼 가볍고 희었다고. 소년은 춤을 추고 있었고 행복해 보였다고. 소년은 품에서 썩어가고 있던 여자아이의 붉은 사과와 같은 머리를 엄마에게 내밀었다. 여자는 고개를 저었다. 흐느끼면서, 당장이라도 졸도할 듯 붉게 상기된 얼굴로, 돼지처럼 아름답고 매끄러운 살에 투명한 눈물이 흘러내렸다.

여동생은 소년보다 더 오래전에 죽었다고, 태어나기도 전에 죽었다고 여자는 울면서 속삭였다. 그건 널 위해서였어. 그 애는 네게 파고들어 있었으니까, 그 애를 떼어내지 않으면 네가 죽었을 테니까. 네가 죽기 전까지 난 네가 오래 살 거라고 믿었어. 네가 나와 함께 그 애의 죽음을 슬퍼해줄 거라고, 네가 나보다 더 그 애를 사랑해줄 수 있을 거라고. 마치 연인처럼 그 애를 사랑할 거라고.

소년은 울먹거리며 여자를 끌어안았다. 사냥꾼을 불러올게요. 그러면 모든 게 해결될 거예요. 우린 더 이상 혼란스럽지 않을 거예요. 늑대는 죽을 거고 더 이상 어떤 불길한 미래도 엄마를 괴롭히지 않을 거예요. 다시는 검은 숲에 들어가지 않을게요.

그러나 소년이 사냥꾼의 집으로 찾아가기도 전에, 늑대에게 여동생이 태어날 때까지 기다려 달라고 회유하기도 전에, 늑대는 여자에게 달려들어 여자의 배에 길고 날카로운 손톱을 박아넣었다.

어째서 당신의 손톱은 그렇게 긴가요?

네게 고통을 주지 않고 잡아먹기 위해서란다. 너를 단번에 끊어내기 위해서, 너무 오래도록 찢겨나가는 건 고통스러운 일이니까.

어째서 당신의 눈은 그토록 아름다운가요?

너를 사랑하기 때문이란다. 너를 사랑해서 나는 아름다운 거야.

어째서 당신의 치아는 그토록 날카로운가요?

너를 죽이기 위해서. 얘야, 난 너를 죽이기 위해 태어났단다. 너와 마찬가지로. 우리는 같은 운명을 가지고 있어.

늑대는 여자의 헐벗은 상처에 입술을 묻고 흐느꼈다. 소년은 엄마의 벌어진 배를 멍하니 내려다보았다. **그는, 그녀는 곧 태어나고 말 것이다.** 그들은 곧 숲으로 들어갈 것이다. 그들은 곧 떨어져 나갈 것이다. 한 마디의 대화도 없이, 한 번의 눈맞춤도 없이, 한 번의 포옹도 작별도 없이, 그들은 찢겨질 것이다.

여자의 붉은 고기에서 늑대는 밀착된 몸을, 그러나 하나뿐인 몸, 그러나 두 개인 머리를, 괴물처럼 갈라진 두 개의 하나를 끄집어내었다. 소년은 여자의 유언을 듣기 위해 그녀에게 다가가 달싹거리는 입술에 귀를 붙였지만 들리는 것은 신음뿐이었다. 늑대는 배가 부르다고 말했다. 그의 주둥이, 치아는 모두 붉은 피로 흠뻑 젖어 있었지만 소년은 사라진 것을 아무것도 발견할 수 없었다. 늑대가 무엇을 먹었는지 알 수 없었다. 끔찍한 공포에 사로잡혀 소년은 강탈당한 것, 부재의 흔적을 돌아보았다. 그는 여자의 배를 샅샅이 뒤지고 붉은 열매와 같은 아이들의 입속까지 들여다보았다. 그러나 아무것도 찾을 수 없었다. **모든 것은 제자리에 있었다.**

소년은 늑대에게 다가갔으나 늑대는 등을 돌리고 돌아가고 있었다. 소년은 늑대를 향해 뛰어갔으나 네 발로 달려가는 짐승을 도저히 따라잡을 수 없었다. 그들은 점점 멀어지고 있었다. 그들은 숲으로 갈 것이었다. 소년은 소녀가 매달려 있던 목의 흔적을 향해 손을 갖다대었다. 아물어버린 흰빛의 상처. 자라나는 흰빛, 사그러드는 흰빛, 흰빛은 어디에도 없었다. 소년은 흉터조차 없이 깨끗했다. 소년은 더 이상 늑대의 뒷모습을 찾을 수 없었다. 늑대는 한 번도 사람의 말을 한 적이 없었던 것처럼, 한 번도 검은 숲을 상상한 적이 없는 것처럼, 지상에 밀착되어 있는 네 발 짐승의 형상으로 사라졌다.

소년은 집 바로 건너편에 있는 사냥꾼의 울타리를 뛰어넘어 문을 두드렸다. 문을 열고 소년과 마주한 사냥꾼은 웃으면서, 소년이 마치 작고 흰 새처럼 보인다고 말했다.

어째서 넌 옷을 벗고 있니?

소년은 집안에 늑대가 들어왔다고 울부짖었다. 늑대가 들어왔어요, 늑대가.

사냥꾼은 경악하여 집안으로 뛰어들어가 사냥용 총을 들고 나왔다. 그는 정원 곳곳에 덫이 있어 위험하다며 소년을 등에 업고 길고 검은 다리로 정원을 가로질러 울타리를 뛰어넘었다. 그의 머리칼은 늑대처럼 검었고 목 뒤에는 길게 찢어진 상처가 있었다. 짐승의 발톱에 할퀴어진 듯 깊은 상처, 소년은 상처의 흰빛을 뚫어지게 들여다보았다.

아무도 내가 살아남은 날을 세지 않았어요. 하고 소년은 조용하게 말했다.

사내는 급하게 뛰어나가느라 헐떡거리고 있었다. 가쁜 숨이 날카로운 비명처럼 소년의 귓속을 파고들었다. 소년은 아직 아무런 일도 일어나지 않았을지도 모른다고, 변명하듯 속삭였다.

집안은 고요했다. 소년과 소녀는 여자의 둥근 배에 머리를 대고 잠들어 있었다. 사냥꾼의 목 뒤에서는 하얀 거품이 흘러내렸다. 소년은 어째서 우리를 깨웠느냐고, 어째서 우리에게 돌아왔느냐고 그에게 묻지 않았다. 사내는 소년의 피아노 연주를 들었다고 속삭였다.

네 연주는 꿈처럼 아름다웠단다.

목제 침대 위에 누워 있는 여자는 아직 아무것도 낳지 않은 여인처럼 창백하고 가녀렸다. 아무도 세어주지 않은 날들을 소년은 잊을 수 없었다. 소년은 눈처럼 희게 움틀대는 상처에 손을 밀어넣었다. 갓 태어난 구더기들이 소년의 손가락을 적셨다. 아무도 목격하지 못한 탄생을 소년은 잊을 수 없었다.

소년은 상처에서 두 개의 붉은 머리가 솟아오르는 모습을 멀거니 바라보았다. 소년은 자신의 탄생을 목격하였다. 소년은 엄마의 여윈 뱃속에서 흰빛으로 끓고 있었다. 소년은 그녀의 속에서 타들어가는 소년의 울음소리를 들을 수 있었다. 그러나 여자의 뱃속에서 끔찍하게 자라나는 소년의 고통을 느낄 수는 없었다. 소년은 더 이상 소년이 아니었으므로. 소년은 더 이상 여자의 안에 있지 않았으므로. 여자는 부드럽고 나직한 소리로 배를 향해 동화를 들려주었다.

거짓말쟁이 소년은 마을 사람들에게 늑대가 나타났다고 소리쳤단다. 하지만 늑대는 오지 않았어. 마을 사람들을 이끌고 숲으로 향한 소년은 늑대를 기다렸단다. 노란 달이 떠오를 때 소년은 늑대의 마노처럼 반짝이는 두 눈을 생각했어. 밤이 검고 짙어질 때 늑대의 새까맣고 번들거리는 털을 생각했어. 하지만 늑대는 오지 않았지. 소년은 늑대가 한 번도 그에게 약속한 적이 없다는 것을, 희멀겋게 사라져버리는 밤을 바라보면서 고통스럽게 깨달았단다. 하지만 소년은 늑대를 기다리는 일을 멈출 수 없었어. 마을 사람들이 소년을 거짓말쟁이라고 조롱할 때도 소년은 늑대가 반드시 올 거라고 얘기했어. 늑대는 올 거예요. **소년은 늑대를 기다렸단다.** 수천 번의 밤을 지새우고 수천 번의 밤을 잃는 동안 소년은 늑대처럼 검고 늑대처럼 반짝이는 노란 눈을 가진 밤이 늑대라는 사실을, 늑대는 다른 어디에도 있지 않다는 사실을, 늑대는 언제나 소년에게 내려앉고 또 사라졌다는 사실을 깨달았어. 소년은 행복했단다.

소년은 여자의 붉은 어깨에 두 개의 머리를 기댄 채 눈을 감았다. 소년은 꿈처럼 조용하게 속삭였다.

여동생을 본 적이 있어요.

밀착한 두 개의 표면, 짓누르며 파고드는, 그러나 스며들지 못하고 떨어져나가는 두 개의 피부, 소년은 아직 일어나지 않은 일을 믿고 있었다. 소년은 더 이상 그가 아닌 것에 이끌렸다. 소년은 돼지처럼 붉고 아름다운, 그러나 끔찍하게 가녀린 머리를 끌어안았다. 마치 그녀가 그가 아닌 것처럼, 한 번도 그녀에게 속해본 적이 없는 것처럼. 소년은 그녀의 고통에 닿고 싶다고 생각했다. 그녀의 안에서 고동치는 소년에게. 한없이 근접하는, 그러나 도달할 수는 없는 두 개의 피부.

사냥꾼의 등은 넓고 가팔랐다. 소년은 미끄러져내리면서 그가 곧 소년을 놓쳐버릴 것이라고 생각했다. 하지만 소년은 더럽고 단단한 흙바닥에 떨어지기 전에 집에 도착했고 사냥꾼은 늑대가 이미 돌아갔다고 속삭였다. 늑대처럼 낮고 거친, 그리고 한없이 부드러운 목소리로. 소년은 사냥꾼의 크고 붉은 머리를 끌어안았다. 그들은 아무런 말도 할 수 없었다. 아무도 몸의 언어를 기록하지 않았으므로. 아무도 그들의 생존을 증명해주지 않았으므로.

신처럼 배가 고픈 자들. 늑대는 신처럼 낮고 매혹적인 목소리로 배가 고프다고 속삭였다. 소년은 아직 태어나지 않은 소녀를 바쳤다. 피가 뚝뚝 흐르는 유령.

우리는 아직 죽지 않았어요, 하고 소년은 발작적으로 소리친다. 소년은 비명을 지른다. 히스테릭한, 날카로운, 무참한 비명들이 투명한 대기를 난도질하며 가로지른다.

우리는 아직 죽지 않았어요! 우리는 아직 죽지 않았어요!

늑대는 서글픈 사냥꾼의 눈으로, 이미 사라져버린 눈, 검은 숲으로 합류하여 형체도 남지 않은 유령과도 같은 텅 빈 눈으로 두 개의 머리를 내려다본다. 소년은 소년들이 돌이킬 수 없이 자라버렸다는 사실을 깨닫는다. 소년은 소년들의 등이 저녁 무렵의 그림자처럼 끔찍하게 길어지는 것을 바라본다. 소년은 소년들이 자라나는 소리를 듣는다. 여동생은 붉은 틈, 아물어가는 살 속에서 소년들이 자라나는 것을 바라본다. 소년은 절망적인 암시에 미친 듯이 몰두한다. 소년은 붉게 저무는 암시가 된다. 소년은 소녀처럼 가녀리고 비참하다. 소녀는 늑대처럼 거칠고 고통스럽게 자라난다. 소년은 살아낼 수 없는 것과 함께 살고 싶다고 생각한다. 소년은 그녀의 고통과 함께 살고 싶다고 생각한다. 소년은 사내의 목 뒤에 가로놓인 찢김을, 너울거리는 흰빛을 헤집으며 알려지지 않은 고통에 가 닿는다. 소년은 알 수 없는 고통을 느낀다. 고통은 꿈처럼 혼란스럽고 서글프다. 그러나 그들은 아직 잠들지 않았다.

소년은 그들이 아직 죽지 않았음을, 그들이 살아 있음을 소리친다. 늑대는 썩어가는 흰 빛의 생생한 상처를 손톱으로 벌려 그것을 꺼낸다.

# 인어

　밤은 액체처럼 축축했다. 눈의 외피를 물어뜯는 절망적인 햇볕은 더 이상 없었다. 죽은 고기의 속을 후벼대는 흰빛은.

　소녀는 여자의 녹색 눈을 바라보았다. 그녀는 거칠게 벗겨진 입술을 벌려 속삭였다. 나를 다른 곳으로 데려가 줘. 다시는 돌아올 수 없는 곳으로. 아무것도 보이지 않는 곳으로. 그러나 소녀는 알아들을 수 없었다. 여자의 언어는, 신의 언어는 소녀의 언어가 아니었다. 그녀들은 모두 각자의 신의 이방인이었다. 신은 영원한 외국이었고 그녀들은 결코 신에게 닿을 수 없을 것이었다. 소녀는 여자의 말을 이해할 수 없었다. 불가해함은 전염병처럼, 살인처럼 번지고 있었다.

　소녀는 푸른 방수 페인트로 칠이 되어 있는 철문을 열고―철문은 열려 있었다 철문은 비스듬한 내부를 드러내고 있었다―남자의 집 안으로 들어섰다. 비명도 애원도 없이, 사내는 문고리에 목을 매고 죽어 있었다. 문고리 아래로 사내의 긴 다리가 늘어뜨려져 있었다. 소녀는 마치 비슷한 장면을 몇 번 본 적이 있는 것처럼, 그것이 그녀의 내부에 어떠한 고통스러운 벌어짐도 남기지 않은 것처럼 자연스럽게 사내를 내려다보았다. 사내의 얼굴은 검었고 그의 불그죽죽한 입술 위에는 보석처럼 푸르게 반짝이는 작은 파리가 앉아 있었다. 소녀는 유사한 악몽을 꾼 적이 있었다. 꿈 속에서 남자는 표백된 빨래처럼 희고 축축하게 늘어져 있었다. 사내의 사타구니는 젖어서 더러웠고 그의 턱 역시 침과 비명이 흘러내려 끈적했다. 그의 앞에서 소녀는 울지 않았다. 이해할 수 없는 안타까움에 메슥거릴 뿐이었다. 가슴을 조이는 어지러움과 욱신거림은 깊은 애정을 닮은 것이었다. 어째서 아름다움은 생명을 지나쳐 피어나는 것일까? 어째서 죽음 뒤에 만개하는 생명들이 있는 것일까? 어째서 악몽은 반드시 현실이 될까? 그건, 그녀가 이미 가장 절망적인 미래를 경험했기 때문이다. 미래의 속을 게걸스럽게 후벼대는 날카로운 송곳니가 그녀의 꿈 속에 깊은 흔적을 남겼기 때문이다. 소녀는 결코 남자의 죽음으로부터 벗어날 수 없을 것이었다. 남자의 목은 뒤쪽으로 기괴하게 젖혀져 있었다. 무릎을 꿇고 남자 앞에서 남자를 바라보면 마치 그의 얼굴이 없는 것처럼 보였다.

그를 죽인 것은 소녀일까? 소녀가 그를 원했기 때문에 소녀가 그를 절망했기 때문에 소녀가 그와 닮은 남자의 죽음을 꿈꾸었기 때문에 그는 죽은 것일까? 소녀가 그를 예언했기 때문에, 그는 존재한 것일까? 그것은 소녀가 소유한 최초의 범죄였다. 소녀는 눈물을 흘리며 유령처럼 창백한 맨발로 집안 곳곳을 돌아다니기 시작했다. 비좁은 단칸방에는 돌아볼 곳이 그리 많지 않았다. 옷장 속에 들어 있는 것은 몇 벌의 낡고 촌스러운 원색의 츄리닝 바지와 기능성 셔츠가 대부분이었다. 옷장의 서랍을 열자 소녀의 손바닥만 한 검붉은 벌레가 구석으로 미끄러지듯 기어갔다. 집안 바닥에는 빨지 않은 구겨진 속옷과 양말들이 뗏처럼 놓여 있었다. 노란 장판은 구석구석 틀어져 잿빛의 단단한 맨살을 보였다. 하나뿐인 방과 바로 인접해 있는 비좁은 부엌에는 알 수 없는 갈빛의 거대한 얼룩이 있었다. 기묘한 악취가 풍겼다. 바닥은 믿을 수 없을 정도로 끈적하게 소녀의 맨발에 들러붙었다. 소녀는 피부가 떨어져나갈 것 같은 두려움에 조심스럽게 발을 옮겨야 했다. 마치 사내의 유령인 듯 부드럽고 은밀하게, 소녀는 사내의 유일한 공간에 틈입하였다. 사내의 목에 매여 있는 삭아 빠진 가죽 허리띠가 그가 가진 유일한 벨트인 것 같았다. 주방 한구석에는 목이 잘린 크고 통통한 생선이 있었다. 검갈빛으로 말라붙은 절단면의 핏자국에는 이미 파리들이 진을 치고 있었다.

소녀는 미친 파리처럼 집 안을 두서없이 돌아다녔다. 끈적한 공기가 접착제처럼 소녀의 콧속으로 밀려들어 호흡을 버겁게 만들었다. 소녀는 먼지가 쌓인 서랍을 하나씩 열어 보았다. 서랍 안쪽에는 낡은 수첩과 싸구려 볼펜들, 나뭇잎과 부스러진 마른 흙들이 있었다. 서랍들 모두 마찬가지였다. 소녀는 세 번째 서랍의 나무판 안쪽에 숨겨져 있는 현금과 통장과 사내의 은밀한 유서를 발견하지는 못할 것이었다. *하지만 너는 마치, 너를 붙잡는 것이 아무것도 없다는 듯이, 네가 속한 시간조차 없다는 듯이 날아가버릴 수는 없을 거야.* 소녀는 언제까지나 사내가 홀로 죽었다고, 유언도 유산도 없이 목을 맸다고 생각할 것이었다. *분명히 구분할 수 없는 무언가가 너를 붙들고 있지 않다는 듯이, 그렇게 사라질 수는 없을 거야. 구름의 무방비한 배를 관통하는 날카로운 햇빛처럼 혈관을 잘라내고 날아갈 수는 없을 거야.*

물비린내가 진동하는 화장실의 세면대 위에서 소녀는 열쇠 꾸러미를 발견했다. 오래도록 닦지 않아 물때가 낀 세면대의 배수구에서 깨어나 사내의 일부를 마시고 자라난 날파리들이 소녀를 향해 밀도 높은 안개처럼 달겨들었다. 소녀는 거칠게 파리들을 떼어내며 얼룩 속 흐릿하게 비추어지는 그녀의 둥근 얼굴을 바라보았다. 이목구비가 거칠게 지워진 소녀의 얼굴은 유령처럼 희었다. 소녀는 열쇠 꾸러미를 챙겨들고 맨발로 춤을 추듯 사내의 집 문을 나섰다. 비스듬히 열려 있는 틈을 더 벌릴 필요도 없이 소녀의 가느다란 몸이 문 밖으로 새어나갔다. *하지만 너는 마치, 너를 붙잡는 것이 아무것도 없다는 듯이, 네가 속한 시간조차 없다는 듯이 날아가버릴 수는 없을 거야.* 사내는 이렇게 썼다.

*내게도 어린 시절이 있었어. 난 어린 시절을 기억하지만 더 이상 그것이 내게 속해 있다고 느끼지는 않아. 어릴 때 난 바다 밖으로 나가고 싶었어. 보물선을 타고 벌거벗은 원주민들 몰래 보물들*

을 훔쳐오고 싶었어. 검은 땅조차 알지 못하는 숨겨진 보물들을. 하지만 처음 배를 탔을 때 우리는 아무 데도 가지 않았지. 우리는 헐떡이며 썩어가는 젖은 살들을 배 가득 싣고 육지로 돌아갔어. 만선이었고 난 구토를 했고 구역질을 하면서 생명은 보물이 아니라고 비명을 질렀고 아버지는 목을 맸어.

아버지는 오랫동안 미쳐가고 있었어. 그러니까 아버지를 죽인 건 내가 아니야. 내가 아닌 그 누구라도 아버지를 완전히 미쳐버리게 만들었을 것이고 아버지는 회칼로 혈관을 잘라버리는 것으로도 모자라서 마을 회관 앞의 하나뿐인 느티나무에 목을 매고 죽어버렸을 거야. 아버지는 미쳐가고 있었으니까. 하지만 만선이었고 아버지는 웃었지. 아버지는 내가 자랑스럽다고 말하고 싶었을지도 몰라. 그렇지만 오래 가지는 못했겠지. 누군가는 보물들의 정체가 무엇인지 말해 주었을 것이고, 삶이 봉헌이 될 수 없듯 썩어서 죽어가는 살 역시 제물이 될 수 없음을 말해 주었을 것이고, 그러면 아버지는 광증을 이기지 못하고 죽어버렸겠지. 그건 누구나 충분히 예상할 수 있는 일이었어. 아버지를 그가 있어야 할 곳으로 먼저 보내지 못한 건 우리가 아버지를 너무 사랑했고, 또 아버지 없이 우리는 살아갈 수 없기 때문이었어. 할머니는 배를 타고 나가 죽어가는 살들을 수집해 오기에는 너무 늙었으니까.

나는 아버지가 죽기 전에 아버지를 죽여야 했어. 내가 어설픈 자만심으로 아버지와 함께 늙어갈 수 있다고 믿었기 때문에, 아버지를 죽일 필요가 없으리라고 믿었기 때문에, 아버지는 혈관을 자

르고 그것도 모자라 목을 매고 만 거야. 광장이나 다름없는 대낮
의 느티나무에. 아버지는 미친 여자처럼 머리를 헝클어뜨린 채 맨
몸으로 매달려 있었어. 썩어가는 붉은 과일처럼. 아버지의 머리칼
은 허리에 닿을 만큼 길었고, 누군가 아버지를 손가락으로 가리키
며 미친 여자라고 소리를 쳤고, 난 그녀가 내 아버지라고 말했어.
아버지를 둥글게 둘러싸고 있던 늙어가는 사람들은 순식간에 입
을 다물고 침묵했어. 침묵은 영원처럼 긴 절망이었어.

　아버지는 죽기 전부터 계속해서 미쳐가고 있었어. 아버지는 종
종 알 수 없는, 미쳐버린 언어를 내뱉었어. 뼈의 파열과도 같은 언
어, 발작적인 파편을 아버지는 폭탄을 내뱉듯 무심코 토해냈어.
아버지는 우리의 삶이 누구에게도 알려지지 않을 거라고 했어. 아
버지는 아무도 우리를 읽지 않을 거라고 했어. 우리는 누설되지
않을 비밀이라고 했어. 아버지는 여자처럼 말했어. 늙고, 지친 여
자처럼. 뼈가 잘려나간 여자처럼, 탈골된 뼈에서 진물을 흘리는
여자처럼 아버지는 종종 바닥에 엎드려 흐느끼고는 했어. 아버지
는 참지 못하고 오줌을 누는 어린아이처럼 어디에서나 절망적으
로 울어버리고는 했어. 하늘이 파랗고 빨래가 덜 말랐고 할머니가
웃고 있어서, 내가 졸고 있어서 아버지는 갑자기 울음을 터뜨리고
는 했어. 마찬가지로 하늘이 파랗고 빨래가 덜 말랐고 할머니가
웃고 있고 내가 졸고 있어서 아버지는 아무런 맥락도 없이 미친
여자처럼 웃음을 터뜨리기도 했지. 할머니와 나는 아버지의 울음
과 웃음을 모두 두려워했어. 우리는 아버지가 박제된 인형처럼 영

원히 잠들어 있기를 바랐어. 아버지가 언제나 배를 타고 떠나 있기를 바랐어. 문밖에서 행인들의 발소리가 들릴 때면 우리는 언제나 신경을 곤두세웠지. 작은 새처럼 총총거리며 뛰어가는 아이들의 경쾌한 발소리나 어설픈 자부심으로 무장한 사내들의 당당한 걸음걸이는 아버지의 것이 아니었어.

소녀는 인어들의 우리로 다가갔다. 소녀가 녹이 슨 자물쇠에 더러운 열쇠를 끼워넣는 모습을 인어들은 밤처럼 끔찍하게 일그러진 커다란 눈으로 바라보고 있었다. 마치 소녀가 무엇을 하는지이미 알고 있는 것처럼. 소녀는 죽어가는 어린 짐승의 단말마와 같은 녹슨 소리와 함께 쇠창살을 열어젖히고 우리 안으로 들어갔다. 우리 속에 맨발로 들어선 소녀는 아홉 번째 인어처럼 보였다. 소녀는 우리의 열쇠보다 비교적 크기가 작은 열쇠들을 하나씩 집어들어 인어들의 수갑과 족쇄에 맞추어 보았다. 그 시간은 끔찍하게 길었다. 땀에 젖은 손은 자꾸만 미끄러졌고 짙은 악취에 소녀는 구역질을 하고 싶었다.

아버지의 발걸음은 달랐어. 아버지는 미친 여자처럼 걸었어. 아무런 리듬도 없이 불규칙적으로. 우리는 아버지를 두려워했어. 왜냐하면 우리는 아버지가 이미 미쳐버렸다는 것을 알았으니까. 밤늦게, 혹은 새벽에 집에 들어온 아버지는 붉은 피로 흠뻑 젖어 있었어. 할머니는 비명을 질렀고 나는 흐느껴 울었어. 난 아버지가 거리의 여자들을 죽이고 온 것이라고 생각했고 결코 그 생각을 입밖으로 꺼내지 않았지만 아마 할머니도 그렇게 생각했을 거야. 아버지의 몸에서는 언제나 짙은 피비린내가 났고 아버지가 어부이며 직접 회를 뜨기도 하기에 피 냄새가, 살해의 악취가 나는 것이 당연함을 알면서도 우리는 아버지가 너무 많은 것들을 죽이고 온 것이라고 생각했어. 아버지가 당장이라도 우리를 죽일 것 같아서 우리는 두려웠어.

하지만 아버지는 결국 그 자신을 죽였지 우리를 죽이지는 않았어. 아버지는 아무도 열어주지 않던 거친 손목의 혈관을 직접 열어젖히고 마을의 광장과도 같던 느티나무에 목을 매고 죽었어. 거리의 창녀처럼 벌거벗은 채로, 거리의 창녀처럼 속을 드러낸 채로. 부끄러움도 치욕도 없이, 아버지는 거리에 목을 매달았어.

할머니는 그 이후로 다시는 아버지에 대해 말하지 않았어. 실수로 아버지를 언급하는 일조차 없었지. 마치 아버지를 완전히 잊어버린 것 같았어. 내가 간혹 참지 못하고 아버지의 제사나 성묘에 대해 말을 꺼내면 할머니는 정색을 하면서 경악한 눈으로 나를 바라보며 내게는 아버지가 없다고 했지. 할머니는 내가 미쳤다고 생각하는 것 같았어. 네게는 아버지가 없고 내게는 아들이 없단다, 하고 할머니는 정신병자에게 그러하듯 끔찍하게 느리고 또박또박한 설명조로 말했어. 내가 울면서 아버지에 대해서 아버지와 함께 배에 올랐던 일, 아버지의 발걸음 소리를 들으며 아버지를 기다렸던 일을 언급하자 할머니는 울 것 같이 일그러진 얼굴로 내게는 아버지가 없다고 말했어. 넌 네 어미처럼 미쳐가는구나, 하고 할머니는 속삭였어. 나는 깜짝 놀랐지만 할머니는 스스로 무슨 말을 했는지 알지 못하는 것처럼 보였어.

난 할머니가 미쳐버렸다고 생각했어. 아들을 잃고 미쳐버렸다고. 할머니는 내게 닭을 산 채로 잡아 주었고 그건 내가 가장 사랑하던 아름다운 암탉이었고 나는 희게 부풀어오른 살을 물어뜯었어. 살은 부드럽고 고소했어. 할머니는 다른 곳에서 아버지에 대한 말을 하면 안 된다고 말했어. 할머니의 송곳니와 앞니 사이에 끼어 있는 길고 흰 살을 바라보면서 나는 할머니가 미쳐버렸다고 생각했어. 할머니는 암탉처럼 희고 부드러운 살을 가지고 있었어. 암탉의 목이 잘렸던 자리에서 할머니는 쓰러져 죽었어. 할머니는 날개가 없었지만 암탉처럼 희고 아름다웠어. 난 내가 이 집에서 죽으리라는 것을 알고 있었어. 천사처럼 새하얀 날개를 펄럭이며 집 밖으로 빠져나가지 못한, 목이 잘린 채 신경질적으로 경련하던 암탉처럼, 이 집을 벗어나지 못한 채 죽으리라는 것을 난 이미 알고 있었어.

우리 집은 거리와 인접해 있는데도 문을 열고 내게 침입하는 사람은 단 한 명도 없었지. 오랫동안 도둑도 유령도 없이 나는 홀로였어. 너도 그렇다는 걸 알아. 너는 그림자를 잃은 아이 같았어. 정오의 햇볕이 언제나 네 머리 위에서 너를 무참하게 물어뜯고 있기 때문에 너는 그림자 하나조차 가지지 못한 거야. 난 네가 날 수 없으리라는 걸, 길고 아름다운 그림자를 펼치면서 이 비좁은 어촌을 빠져나갈 수 없으리라는 걸 알아. 왜냐하면 너는 우리 아버지를 닮았으니까. 너는 언젠가 가장 크고 늙은 나무에 목을 매고 죽을 거야. 길게 기른 헝클어진 머리를 풀어 헤치고, 벌거벗은 붉은 몸을 화어(花魚)처럼 매단 채 죽을 거야. 혈관이 잘려 나간 네 손목에서는 안개처럼 축축한 붉은 피가 흘러내릴 것이고 너는 복도를 사이에 두고 서로를 비추는 두 개의 거울처럼 매달린 채 죽어가는 너를 다시는 바라볼 수 없을 거야. 하지만 언제고 너는 어린 시절로 되돌아갈 거야. 네게 남는 것은 너를 떠나간, 더 이상 네가 아닌 어린 시절뿐일 거야. 표백제가 들이부어진 뇌에는 가장 깊고 서글픈 주름만이 남아 있을 거야. 어린 시절은 영원히 추락하지 않는 가벼운 천사의 깃털처럼 부유할 거야. 하지만 너는 마치, 너를 붙잡는 것이 아무것도 없다는 듯이, 네가 속한 시간조차 없다는 듯이 날아가버릴 수는 없을 거야.

　멀리서 개들이 짖는 소리가 들렸다. 밤의 혈관을 물어뜯는 울음소리는 믿을 수 없을 정도로 투명하고 축축했다. 소녀는 밤의 물속을 표류하듯 멍하니 숨을 참으며 상처에 짓무른 인어의 손목을 조심스레 쓸어내렸다. 여자의 수갑을 마지막으로 풀어낸 뒤, 소녀는 우리에서 등을 구부린 채 서서히 일어나는 여자를 바라보았다. 우리 바깥에서 본 여자들은 마치 남자처럼 컸다. 비쩍 마른 소녀들 역시 소녀보다 큰 키였다. 이리로 와요, 하고 속삭이며 소녀는 인어들을 이끌고 걸었다. 인어들은 주저함도 머뭇거림도 없이 소녀를 따라 걸었다. 그녀들은 간혹 비틀거렸지만 넘어지지는 않았다. 어둠 속에서 산발을 한 여자들은 버드나무처럼 보였다. 밤을 따라 은밀히 걷는 그녀들을 습격하는 것은 오직 개의 간헐적인 울부짖음과 치밀어오르는 서글픔뿐이었다. 보물을 잃어버린 것을 소녀는 평생 후회할 것이다. 보물을 갖지 않고 쏟아버린 것을, 소녀는 영원히 슬퍼할 것이다. 왜냐하면 소녀는 다시는 그녀를 가질 수 없을 것이니까. 그녀만큼 아름다운 보물은 소녀의 삶에 결코 없을 것이니까.

피와 산소와 소금으로 젖어든 바다의 밤공기가 그녀들의 맨살을 축축하게 덮어왔다. 소녀의 얼굴은 엉망으로 젖어 있었다. 다시는 돌아갈 수 없을 거야, 우리는 우리가 믿었던 미래를 가질 수 없을 거야, 하고 누군가가 속삭였다. 주인을 잃은 음험한 배들이 속살거리며 흔들리는 부두를 지나쳐 소녀는 해변가로 나아갔다. 피리 부는 소년은 쥐들을 이끌고 바다로 나갔어. 아니야, 바다가 아니라 강이었어. 소년이 아니라 남자였어. 쥐들은 남자에게 인사도 유언도 없이 물 속으로 뛰어들었어. 그리고 다시는 올라오지 않았어. 주민들은 남자에게 고맙다는 말을 하지 않았어. 고맙다고 하지 않았을 뿐 아니라, 주민들은 남자가 쥐들의 살해자라고 비난하기까지 했어. 남자는 다음 밤, 불면하는 서글픈 아이들을 데리고 강으로 갔어. 아이들은 악몽도 낮도 없이 밤의 강물 속으로 뛰어들었어. 아이들은 다시는 떠오르지 않았어. 남자는 돌벽처럼 단단한 강의 수면을 바라보며 웃었어. 다음 밤, 남자는 그곳에 없었어. 남자가 어디로 사라졌는지 그 누구도 알 수 없었어. 남자조차도, 남자가 어디로 갔는지 알지 못했어. 소녀들의 속삭임을 소녀는 이해할 수 없었다. 여자들은 물고기처럼 침묵했다. 소녀는 죽을 때까지 먼 곳의 서글픈 전설을 알 수 없을 것이다. 인어들의 전설은 영원히 소녀에게 알려지지 않을 것이다. 소녀는 그녀에게 도래한 신의 외국어를 이해할 수 없었고 소녀는 영원히 다른 언어조차 없이 그녀의 언어에서 살아갈 것이므로. 그리고 섬과 같이 고독하고 슬픈 모어에서 소녀는 늙고 거대한 나무에 고기처럼 붉은 맨몸을 매달고 죽어버릴 것이므로. 소녀의 머리칼은 나뭇가지에 매달린 채 길게 늘어져 있을 것이지만 소녀는 공중을 부유하는 공중 곡예사처럼 유명해지지는 못할 것이다. **소녀의 죽음은 마을 밖을 넘어서지 못할 것이고 소녀의 보물 역시 바다를 넘어 헤엄치지 못할 것이다.**

해변의 흰 모래가 여자들과 소녀들의 맨발을 적셨다. 밤의 행인의 볼을 할퀴며 흘러내린 유리조각이 그녀들 중 누군가의 연약한 발을 베어 그녀들의 지친 걸음을 따라 불그죽죽한 핏물이 길게 이어졌지만 그녀들은 개의치 않고 계속 걸었다. 그녀들의 눈물은 유리 파편처럼 날카로웠다. 그러나 그녀들의 눈물이 흉기처럼 날카롭다는 사실을 아는 것은 그녀들뿐이었다. 투명한 피로 축축해진 소녀의 얼굴에서는 날생선의 살아 있는 살을 뼈에서 떼어내는 거친 칼날의 비린내가 진동했다. 끔찍하게 검고 눅눅한 바다 앞에서 소녀는 돌연 걸음을 멈췄다. 인어들은 거울처럼 소녀를 바라보았다. 소녀는 손을 들어 바다를 가리켰고 인어들은 말없이 소녀를 바라보았다.

바다에 뛰어들지 않은 채 절망적으로 서 있는 인어들의 불그죽죽한 맨몸을 소녀는 멍하니 마주 보았다.

# 사유의 범람과 해체의 글쓰기

―이우연 소설 『악착같은 장미들』

김종회(문학평론가, 전 경희대 교수)

## 1. 새로운 개안(開眼), 새로운 서사

참으로 오랜만에 정좌(正坐)하고 읽어야 하는 소설을 만났다. 일반적인 의미에서 옷깃을 여미고 자세를 바로잡는, 대상에 대한 존중의 뜻을 말하는 것이 아니다. 범상한 글 읽기의 태도나 각오로서는 그 깊은 바닥을 두드려 보기 어려운, 실로 만만찮은 작품과 대면하게 되었다는 의미다. 아직 그렇게 귀에 익지 않은 이름의 이우연이라는 작가가 '악착같은 장미들'이란 표제를 붙여 쓴 장편소설이다. 제본된 원고의 첫 장을 열고 다음 장으로 넘어갈 수가 없었다. 딱히 문장이 어려운 것도 아니고 읽기 어려운 비문(非文)이 있는 것도 아니었다. 그런데도 쉽사리 눈길을 옮겨 책장을 넘길 수 없는 이유가 무엇인지 생각해 보았다.

그것은 이 작가의 문장이 형성하고 있는 의미의 집적 때문이었다. 사소한 언사들을 모아 작은 의미의 단위를 만들고 그 작은 요소들이 점진적으로 어떤 의미화의 노적가리를 만들어가는 기묘한 언어 운용의 형식이 거기 있었다. 일찍이 1930년대 이상의 모더니즘 문학이 보여준 작품 구성의 패턴을 보는 듯하고, 좀 더 시야를 넓혀 보면 니체가 『짜라투스트라는 이렇게 말했다』에서 구사한 단절과 연계의 의미망을 목도 하는 듯도 했다. 동시에 그의 내면세계를 투영한 작품 속의 서사는, 때로는 기괴하고 충격적이며 또 때로는 중층적이거나 입체적이었다. 지리잡박(支離雜駁)한 온갖 사유가 모여 하나의 완성된 형체를 이루는, 근자에 듣도 보도 못한 글쓰기의 유형이라 해야 옳겠다.

윌리엄 포크너의 단편소설 가운데 「에밀리를 위한 장미」라는 것이 있다. 19세기 후반의 미국을 배경으로 하는 이 소설은, 한 여자의 집념이 얼마나 끈질기고 악착같으며 얼마나 음산한 결말에 이르는가를 말한다. 집념으로 말하자면 서정주의 시 「신부」 또한 그에 뒤지지 않는다. 이우연의 이 소설에는 그처럼 집요한 의미의 천착이 편만해 있다는 후감이 남는다. 그런데 이렇게 단정적으로 말하기에는 이 소설의 외연과 내포가 훨씬 더 다양다기하다. 알베르 카뮈가 『이방인』에 매설한 의식의 분절, 김동인이 「광화사」나 「광염소나타」에서 선보인 탐미주의, 장용학이 『원형의 전설』에 풀어놓은 사변적 어투, 최인훈 소설 또는 희곡에 잠복해 있는 관념의 유희 등이 이 소설 곳곳에 숨어 있는 까닭에서다.

그도 그럴 만큼 이 작가는 자신의 내부에 들끓는 용광로와도 같은 아이디어와 열정, 그로부터 촉발된 글감을 이로정연(理路整然)

하게 제어하기 어려운 형국에 처한 듯하다. 알고 보면 한 작가에게 이보다 더한 축복이 있기 어렵다. 거의 모든 작가가 선물처럼 섬광처럼 찾아오는 글쓰기의 영감, 곧 영혼의 충격파를 기다리지만, 그것은 결코 여름날의 맥고 모자처럼 쉽거나 흔한 일이 아니다. 그런데 우리가 여기서 만나는 이우연은 그 귀한 축복을 고스란히 받아 누리는 작가로 여겨진다. 이 소설이 가진 난해성과 난독성에도 불구하고 그를 주목 해야 마땅한 작가로 간주하는 것은 바로 그러한 이유 때문이다. 하기로 한다면, 그는 그렇게 대작(大作)에 도전할 수 있는 작가다.

당연히 문제는 남아 있다. 그의 글쓰기가 주체하기 어려운 격정의 토로나 그것을 반영한 결과에 그치지 않고, 우리 시대에 독자적이면서도 독보적인 작품의 산출에 이르기 위해서는 스스로 다짐하고 성찰해야 할 과제들이 있다. 먼저 자신이 가진 다채로운 관념의 형상들을 함부로 방목하지 않고, 그것을 더 의미화하고 구조화하고 이야기화해야 한다는 것이다. 소설이 단순한 작가의 발화에 그치는 것이 아니라 독자의 눈길 아래서 완성되어야 하기에 그렇다. 그와 같은 과정을 통해서 보다 정돈된 주제, 정제된 문장, 전파력 있는 표현법을 확보해야 한다. 더 나아가 읽기의 재미나 유익을 담보할 수 있다면, 누구도 흉내 내기 어려운 그의 재능은 '꿩 잡는 매'가 되고도 남을 것이다.

## 2. 이 작가의 궤적과 방향성

이우연은 1998년 서울 출생이다. 이제 겨우 20대 중반에 이른 약관의 나이다. 이는 앞으로 그에게 창창한 미래의 날들이 남아 있음을 예고한다. 아직 수학(修學) 중에 있으되, 그 전공이 미학과 심리학이다. 소설의 몸체를 이루는 서사들이 이 전공 분야의 특성과 멀리 떨어져 있지 않아 보인다. 대학 입학 이전에 여러 유수한 문예 대회 수상 경력이 있으니, 그 필력에 있어서는 이미 예비 검증을 거친 터이다. 벌써 9편의 단편소설을 썼고 〈경북일보 문학대전〉 소설 부문 입상 경력도 있다.

이 아직 젊은 문필가는 시대와 역사 문제에 관심이 많다. 그는 〈SNU CORE〉 인문 프로그램으로, 로마 바티칸 비밀문서보관소를 견학한 적이 있다. 거기는 오래도록 잊혔던 조선 천주교 박해 라틴어 기록을 볼 수 있는 곳이다. 이러한 경험을 통하여 작가는 과거의 역사가 미래의 공동체와 불가분의 관계로 엮여 있음을 체득했다. 세월호 사건, 위안부 문제가 타인의 고통이 아니라 우리의 아픔임을 깨닫고 쓴 장편소설 『붉은 사막 초록 장마』가 있다. 그는 "언어를 잃어 온전히 울지 못하고 서럽게 견디고만 있는 이들의 울음을 대신 울어주기 위해 글을 쓰려 한다"고 언명(言明)했다. 마침내 '애도 되지 못한 죽음'을 살고자 한다는 것이다. 일찍이 어느 시인의 출사표도, 또 반대로 어느 작가의 절필사도 이렇게 '장엄'하기 어려웠다.

작가가 장편소설 『악착같은 장미들』에 대해 직접 쓴 '작품 소개'를 보면, "경악하는 히스테리 짐승들의, 즉흥적인, 음탕한, 불결한 소음들의 장소다. 동물들의, 동물일 수 없는 여자들의, 너무 느끼는 자들의, 아무것도 느낄 수 없는 자들의, 내가 발견한 실종자들의 이야기이다"라고 설명했다. 작가가 타자로 설정하고 있는 대상인 '그들'은 실상 온전한 타자가 아니다. '그들의 욕망에 대한 나의 욕망으로' 글을 쓰고 '죽어가는 자들을 살리는 대신 죽어가며' 글을 쓰고 그들을 '감히 우리라고' 부른다. 그들이 추락했다는 소문을 듣는가 하면, '죽어가는 검붉은 날개, 끔찍할 정도로 불결한 바퀴벌레의 날개로' 글을 썼다는 것이다. 그의 글을 처음 만난 독자는 이 요령부득의, 난삽하고 복잡다단한 변설(辯舌)에 기함을 할지도 모른다. 그런데 이 경우의 독자는 그의 독서로(reading path)를 바꾸는 것이 좋다.

의식의 정제된 절차를 따라 선형적(線型的)으로 읽기를 포기하고 비선형성의 방식을 따라가면, 곧 의미의 외형적 정렬을 놓아버리면 이 작가의 글은 한결 쉽고 재미있다. 아마도 작가 자신은 독자가 그러한 독서 패턴으로 따라와 주기를 원하는 것 같다. 예를 들어 니체의 『짜라투스트라는 이렇게 말했다』나 릴케의 『말테의 수기』는 책의 중간을 열고 어디서 시작해서 읽어도 논리적 균열이나 누락이 없다. 오늘날 디지털 문화의 시대에 부응하는 글쓰기나 글 읽기가 모두 이러한 접근 방법의 연장선상에 있다. 두꺼운 사전을 펴놓고 가나다 그리고 알파벳 순서에 따라 단어를 찾는 시대는 이미 지났다. 비선형적으로 단어의 일부를 제시하여 곧바로 그 중심에 당도하는 형태의 삶이 우리 곁에 있는 것이다.

문학의 장르에 있어서도 이미 하이퍼텍스트 문학이 창작과 수용 양면에 걸쳐 실용적으로 운영되고 있다. 이우연의 소설은 이렇게 변화하는 시대적 상황 가운데, 그 깊은 데에 그물을 던지고 있는 새로운 감각의 문학 행위에 해당한다. 물론 그 글들의 기저에는 감각과 정서보다 지성 또는 이성을 더 중시하는 주지주의의 태도, 예술 그 자체를 자족한 것으로 보고 윤리적·정치적·비심미적 기준을 배제하는 탐미주의의 경향, 그리고 세계 내의 인간 실존에 대한 해석에 주력하여 실존의 구체성과 문제적 성격을 강조하는 실존주의의 방식 등이 얼굴을 감춘 채 웅크리고 있다. 이토록 획기적이면서도 난감한, 사뭇 독창적인 소설이 이 작가의 것이다.

### 3. 22개 담화의 흥왕한 잔치

이우연의 『악착같은 장미들』은 서문에 이어 모두 22개의 단락으로 이루어져 있다. 앞서 언급한 바와 같이 독자는 소설적 이야기의 서사적 흐름을 찾아내려는 노력을 미리 시작하지 않는 것이 좋다. 이 소설은 불판 위에서 춤을 추는 여자로 시작하고, 어느 순간 그 여자가 얇고 넓은 철판 위의 암탉으로 치환되는 의미의 변화 또는 존재의 변용이 도입된다. 이 불편하고도 예민한 메타포(metaphor)는 소설의 종막까지 이어지고, 그동안에 작가는 그가 펼쳐놓을 수 있는 온갖 부류의 담론을 밀물처럼 부려놓는다. 이 새로운 담화 구조에 익숙해지면, 그의 소설이 굳이 재미 없을 바도 아니다.

이 소설, 장편소설로 명명된 이 작품에 실려 있는 이야기들은 일반적인 장편소설이 가지고 있는 그 스토리 전개의 순차적인 항목을 따라가지 않는다. 그러하자면 중심인물과 그와 연관된 인물의 구성 그리고 그들이 엮어나가는 사건 구조가 제시되어야 할 것이다. 그러나 이우연은 당초부터 그렇게 소설을 쓸 의향이 없었다. 만약에 억지로라도 하나의 연속성을 포착하자면, 여러 항목 가운데서 단절 없이 사유하고 발화하는 존재 자아의 지위를 지목할 수밖에 없다. 「재림 예수」에서는 '나는 예수의 재림이다'라는 매우 도전적인, 기독교 신앙의 입지 위에 서 있는 사람이 보기에는 더없이 참람(僭濫)한 서두로 문을 연다.

그 발상 자체가 이미 상식적인 묘사나 서술의 지경을 넘어서 있다. 예수의 신성이 '시간과 공간의 물리적 제약으로부터 자유로운 존재'에 의거해 있으므로, 끊임없이 부활하는 그 속성이 '나'의 자각과 인식에 잇대어져 있다는 논리다. 화자는 성경의 원론적인 비유들을 원용하여 부모와의 관계, 죄와 용서의 문제 등을 자기 논리에 실어낸다. 그의 담화·담론을 일관성을 가진 이야기의 흐름이나 합리적인 추론에 근거한 결말로 인도되기를 바라는 것은 처음부터 무망한 노릇이다. 이우연 소설의 성과는 그 논리를 밀고 나가는 과정 가운데 존재한다. 그러므로 바이올린 교습이나 E flat 연주의 금지를 상식적인 평가의 잣대로 계측해서는 답이 나오지 않는다. 화자는 그에 대한 '순수한 욕망'이 '이전에는 한 번도 존재한 적도 입증된 적도 없는 현상'임을 강변한다.

이러한 인식론적 상황을 포괄적으로 그리고 항시적으로 수용하고 있는 것이 이우연의 소설이다. 이 작품의 마지막 항목을 장식하는 「늑대와 소년, 그리고 소녀의 물방울」에는 소년과 소년이 집에 있다고 말하는 동생, 그리고 '검고 짙은 주둥이'를 가진 늑대가 나온다. 늑대는 소년에게 '넌 검은 숲에 오지 말았어야 했어'라고 말한다. 이 소설에서 '소녀의 물방울'이나 '검은 숲의 피아노' 등은 그것이 가진 일반적인 의미의 지평을 밟아가지 않는다. 이 개념들은 어느 자리에서건 그와 연동된 관념적 의미로 변신할 수 있다. 소년이 '자신이 유령'이라고, '검은 숲의 늪에 빠져 죽었던 유령, 뼈조차도 남김없이 사라져 떠오른 투명한 사유'라고 소리치는 장면은, 바로 그와 같은 존재론적 가역성(可逆性)을 대변한다.

이 두 존재의 관계에서는, 앞서 검토한 바와 마찬가지로 정연한 서사적 전개나 상호 간의 관계성을 찾을 수 없다. 이우연은 애당초 그것을 멀리 던져버린 글쓰기의 행보를 유지해 왔다. 소설적 상황은 좀 다르지만, 소설을 형성하는 이야기의 '등뼈'를 도외시하고 '지금 여기'의 현상적 서술에 몰두하는, 누보로망의 서사 기법과 닮은 측면이 있다. 그런가 하면 세계문학사에서 만나는 올더스 헉슬리의 주지주의나, 오스카 와일드의 탐미주의, 그런가 하면 프리드리히 니체의 실존주의 등의 여러 사조(思潮)가 함께 얼크러진 형용을 볼 수 있다. 이처럼 재능이 뛰어나고 특출한 지적 함량을 갖춘 작가가, 이 빙탄불상용(氷炭不相容)의 개념과 관념들을 풀어서 보다 정돈된 길로 인도할 수 있다면, 우리는 우리 시대의 젊은 '천재' 한 사람을 만나게 될 것이다.

KI신서 10135

# 악착같은 장미들

**1판 1쇄 발행** 2022년 4월 15일
**1판 2쇄 발행** 2022년 4월 29일

**지은이** 이우연
**펴낸이** 김영곤
**펴낸곳** (주)북이십일 아르테

**TF팀 이사** 신승철
**TF팀** 이종배
**출판마케팅영업본부장** 민안기
**마케팅1팀** 배상현 한경화 김신우 이보라
**출판영업팀** 이광호 최명열
**제작팀** 이영민 권경민
**진행·디자인** 다함미디어 | 함성주 유승동 유예지

**출판등록** 2000년 5월 6일 제406-2003-061호
**주소** (10881) 경기도 파주시 회동길 201 (문발동)
**대표전화** 031-955-2100 **팩스** 031-955-2151

© 이우연, 2022
ISBN 978-89-509-9967-4 03810